Alex Thomas
ENGELSZORN

Buch

In Rom laufen die Vorbereitungen für das Dritte Vatikanische Konzil auf Hochtouren, als eine abgelegene Abtei Opfer eines Gewaltanschlags wird. Bis auf einen Mönch sind alle Ordensleute bei lebendigem Leib verbrannt. Die rebellische Nonne Catherine Bell und Kardinal Ciban reisen nach L'Aquila, um zu ermitteln. Schon bald entpuppt sich das Kloster als eine Bastion des Geheimordens *Lux Domini*, der gegen eine alte, skrupellose Macht kämpft. Als Catherine und Ciban das Protokollbuch der Abtei finden, wird das gesamte Ausmaß des Schreckens klar. Der bestialische Anschlag war erst der Auftakt. Der Feind ist längst auf dem Weg nach Rom …

Autor

Alex Thomas ist das Pseudonym eines im Westen Londons lebenden Autorenehepaares. Sie arbeitet seit über zwei Jahrzehnten im Buch- und Medienbetrieb. Er forscht und lehrt als Professor an einer Londoner Universität. Beide entdeckten ihre gemeinsame Liebe für Geschichte, Wissenschaft und das Schreiben.

Von Alex Thomas bereits erschienen:

Lux Domini (37946)
Engelspakt (37989)

Alex Thomas

ENGELSZORN

Thriller

blanvalet

MIX
Papier aus verantwortungsvollen Quellen
FSC® C014496

Verlagsgruppe Random House FSC® N001967
Das für dieses Buch verwendete
FSC®-zertifizierte Papier *Holmen Book Cream*
liefert Holmen Paper, Hallstavik, Schweden.

2. Auflage
Deutsche Originalausgabe August 2015 bei Blanvalet,
einem Unternehmen der Verlagsgruppe
Random House GmbH, München.

Umschlaggestaltung und -motiv: www.buerosued.de
Redaktion: Angela Troni
ED · Herstellung: sam
Satz: Uhl + Massopust, Aalen
Druck und Einband: GGP Media GmbH, Pößneck
Printed in Germany
ISBN: 978-3-7341-0015-4

www.blanvalet.de

Für Joss und Morris

Vorbemerkung

Die Geschichte dieses Romans ist rein fiktiv. Sämtliche Namen, Charaktere, Organisationen und Ereignisse sind entweder ein Fantasieprodukt der Autoren oder wurden als Resultat der Recherche fiktional verwendet und erweitert.

Keine Fiktion hingegen ist die kontrovers diskutierte Theorie des Bewusstseins des Physikers Sir Roger Penrose und des Mediziners Professor Stuart Hameroff, nach der Bewusstsein im Grenzbereich zwischen Materie und Quantenwelt entsteht.

Ebenso real ist der Hinweis des amerikanischen Historikers und Archäologen Charles Cutler Torrey auf Indizien für Schriften, die weit älter sind als das *Alte* und das *Neue Testament*. Die fiktiv wichtigsten dieser Schriften werden in diesem Roman unter dem Begriff »Triadenbibel« zusammengefasst. Die *Triadenbibel* in diesem Roman hat allerdings nichts mit dem im frühen dreizehnten Jahrhundert in Böhmen geschriebenen *Codex Gigas*, der *Teufelsbibel*, zu tun. In den falschen Händen ist sie dennoch gefährlicher als jede andere Schrift, da ihre Kraft über die des gesprochenen und geschriebenen Wortes weit hinausgeht.

TEIL I

Die Welt wird von ganz anderen Personen regiert,
als diejenigen es sich vorstellen,
die nicht hinter den Kulissen stehen.

Benjamin Disraeli

1

Bruder Merdadus hatte den Abt brennen sehen – und all die anderen. Die fürchterlichen Schmerzensschreie der Patres, der Laienbrüder und der Novizen gehört. Binnen Sekunden waren alle wie zappelnde Strohpuppen in den Flammen umgekommen. Nur wenige Meter von Merdadus entfernt war Abt Umberto explodiert wie ein Soufflé. Nun hing der Gestank des Blutes so stark in Merdadus Sinnen, dass er selbst den Geruch nach versengtem Fleisch überdeckte.

Der junge Mönchsnovize verriegelte die letzte Tür und schrie auf. Das Eisengitter zur Krypta war glühend heiß. Er war in der Hoffnung zum heiligsten Ort des Klosters geflohen, dass das Geschöpf ihm hierher nicht folgen würde. Vielleicht war es dafür bereits zu spät.

Völlig erschöpft, kehrte er zum Altar zurück, betrachtete seine verletzte Hand, sank auf die Knie und betete. Noch immer spürte er das Feuer auf seinem Gesicht, hörte er die Schreie seiner brennenden Brüder. Doch erst jetzt bemerkte er, dass das zerfetzte Fleisch des Abtes auch an seiner Kutte hing.

Merdadus riss sich das Ordensgewand vom Leib, als stecke der Teufel darin, während er einen kurzen Blick auf den verriegelten Hauptzugang der Kirche warf. Wie im Fieberwahn hatte er alle Zugänge verschlossen. Auch die schwere Eichentür zur Sakristei.

Erneut kniete er vor dem Altar nieder, nackt, zitternd, halb verrückt vor Angst, während ihm Tränen über die Wangen liefen.

Sanftes Licht fiel durch die hohen, kunstvollen Buntglasfenster. Der Sonnenuntergang stand kurz bevor. Über der alten Abtei hallte ein dumpfes Grollen, das nicht allein aus dem Himmel, sondern auch aus der Krypta zu kommen schien.

Merdadus fröstelte, allerdings nicht nur wegen der Kälte. Für ihn war endgültig das dunkle Zeitalter angebrochen. Dabei hatte alles so friedvoll und harmlos begonnen, fast wie eine kindliche Fantasie.

Im letzten Jahr war ein hoher Herr aus Rom in der Abtei aufgetaucht und hatte dieses merkwürdige Kind zu ihnen gebracht, diesen Jungen mit den unglaublichen Augen, der im Kloster geblieben war. An manchen Tagen hatte der Abt sich stundenlang mit dem Kind unterhalten, wie mit einem Erwachsenen. Merdadus hatte den Knaben stets nur aus der Ferne gesehen, doch so, wie der Abt den Jungen behandelt hatte, musste er etwas ganz Besonderes sein.

Der Novize stockte. Ihm fiel auf, dass er das Kind gar nicht bei den brennenden Brüdern im Refektorium gesehen hatte.

Ob der Junge ebenso in Panik geflüchtet war wie er?

Wenn ja, dann befand er sich in Lebensgefahr! Dann jagte das Geschöpf auch ihn!

Merdadus zwang sich zur Ruhe, zum Nachdenken. Nein, es war sinnlos, die Kirche wieder zu verlassen, gerade jetzt, da er alle Türen verriegelt hatte. Er würde dem Knaben ohnehin nicht helfen können.

Er starrte auf das gewaltige Kreuz hinter dem Altar. Denk nach!

Ob der fremde Herr, der vor knapp einem Monat in einem alten Geländewagen im Kloster aufgetaucht war, etwas mit dem Grauen zu tun hatte?

Von seinem Auftreten her hätte der Unbekannte einem alten Adelsgeschlecht entstammen können. Doch sein Gesicht war ein einziger Widerspruch. Merdadus hatte Kultiviertheit und hohe Intelligenz darin gesehen und zugleich eine erschreckend brutale Entschlossenheit. Der Mann war ganz sicher ein Gelehrter gewesen, jedoch einer von jenen seltenen Menschen, die jederzeit dazu in der Lage waren, zum Pflug, zur Axt oder zu einer Waffe zu greifen.

Irgendwie hatte die ganze Katastrophe mit dem Fremden und dem Jungen begonnen, das spürte Merdardus, denn auch mit dem Mann hatte der Abt lange Gespräche geführt. Gespräche, an denen am Ende sogar das Kind teilgenommen hatte. Merdadus hatte den dreien mehrmals das Abendessen in die Wohnräume des Abtes gebracht, aber in seiner Anwesenheit hatten die beiden Männer und der Knabe geschwiegen, und so hatte der Novize nicht eine Silbe gehört.

Noch mehr hatte Merdadus die Reaktion seiner Mitbrüder auf den seltsamen Besuch erstaunt, denn sie hatten nichts Ungewöhnliches darin gesehen, weshalb er sich gefühlt hatte wie ein Sehender unter Blinden.

Vor zwei Tagen hatte der Unbekannte das Kloster wieder verlassen, war in einem alten Geländewagen Richtung L'Aquila davongefahren. Merdadus wurde das quälende Empfinden nicht los, dass mit dem Fremden etwas Essentielles aus dem Kloster verschwunden war. Sicherheit hatte der Novize hinter den Klostermauern gesucht, und nun hatte er seit Tagen nichts als Unsicherheit gefühlt.

Ein leises Geräusch holte ihn in die finstere Gegenwart zurück. Das zaghafte Quietschen alter Eisenscharniere.

Der Zugang zur Krypta!

Er erstarrte.

Ob der Junge sich durch den unterirdischen Zugang in die Kirche geflüchtet hatte? Sie schien der einzig sichere Ort zu sein.

Merdadus erinnerte sich an den einzigen Satz, den er während eines Gesprächs zwischen dem Abt und dem Fremden auf dem Klosterfriedhof aufgeschnappt hatte. »Dieser dem Licht geweihte Ort birgt die Möglichkeit, das Böse dauerhaft zu besiegen …« Oder hatte er die Worte falsch interpretiert?

Der Novize spürte die Furcht in seinen Knochen, verlor fast den Verstand. Ob er einen Blick Richtung Krypta riskieren konnte?

Er zwang sich, seine vor Angst starren Augen von dem Kreuz hinter dem Altar abzuwenden. Da entdeckte er es. Das Geschöpf. Es stand da und beobachtete ihn. Beobachtete seine Nacktheit.

Es war wunderschön anzusehen. Wie ein Engel aus den alten Texten, und doch hatte es etwas Menschliches an sich. Nur dunkler, düsterer … wie ein Ebenbild des Todes.

Elegant und zielbewusst trat das Geschöpf auf ihn zu, zog ihn an sich, küsste und berührte ihn, bis er vor Verlangen beinahe explodierte. Der letzte Funke Widerstand erlosch in den Augen des Novizen, ebenso die Angst. Das Wesen besaß die Macht der Dunkelheit. Und er war bereit zu empfangen, was immer es ihm gab. Allein bei dem Gedanken stieg eine ungeheure Lust in ihm auf.

Plötzlich spürte er eine extreme Hitze in seinem Innern, eine schmerzende Glut, die zu einem diabolischen Feuer heranwuchs und schließlich zu einer inneren

Feuersbrunst. Doch das Einzige, was ihm in den Sinn kam, während er in Flammen stehend seinen Samen vergoß, war das Wort »wunderschön«.

Vor lauter Lust hörte er nicht, wie er vor Schmerzen schrie.

DAS ZEICHEN

2

Rom
Privatklinik Dr. Fantoni

Einer von Kardinal Gasperettis Männern hatte Dr. Fantoni mitten in der Nacht aus dem Bett geholt. Ein dringender Notfall, hieß es. Es gehe um Leben und Tod. Natürlich musste die Angelegenheit äußerst diskret behandelt werden, wie immer, wenn Seine Eminenz den Doktor um Hilfe bat. Und so hatte Fantoni gemeinsam mit einer Krankenschwester, der er vertraute, die nächtlichen Stunden mit der Behandlung eines Brandopfers zugebracht, dessen Verletzungen alles übertrafen, was der Mediziner in seiner bisherigen Berufspraxis an Wunden je zu Gesicht bekommen hatte.

Jetzt stand Fantoni mit vor Müdigkeit geröteten Augen auf dem Gang vor dem Behandlungszimmer im Keller der Klinik, während in seiner Hand ein Becher mit Automatenkaffee vor sich hin dampfte. Hinter der rechteckigen Scheibe, durch die er blickte, lag der Notfallpatient in einem Hightech-Krankenhausbett, von Kopf bis Fuß mit sterilem, sekretaufnehmendem Verbandmaterial umwickelt und bis zur sprichwörtlichen Halskrause mit Medikamenten ruhiggestellt. Wer immer der Mann war und wie immer es zu diesen extremen Verletzungen gekommen sein mochte, es hatte auf Fantoni gewirkt, als hätte der Patient den Verbrennungsschmerz auf eine irrwitzige Weise genossen.

Darüber hinaus irritierte den Arzt die Tatsache, dass der Mann eigentlich aufgrund des Schweregrades seiner Verletzungen nicht hätte überleben dürfen. Vielleicht starb er ja noch. Was die Keimfreiheit des Raumes anging, hatte Fantoni zwar getan, was in seiner Macht stand, und sogar ein neuartiges Gel für die Behandlung besorgt, doch sein Hospital war nun mal keine Spezialklinik für Verbrennungen.

Er sah kurz auf die Uhr. Der Tagesbetrieb in den oberen Bereichen der Klinik würde bald beginnen, aber er hatte noch etwas Zeit. Vorsichtig trank er einen Schluck von dem heißen Kaffee.

Seltsames Zeug hatte der Mann gestammelt, wenn auch sehr eindringlich, weshalb der Arzt den beiden Patres, die den Verletzten an der Hintertür eingeliefert hatten, hoch und heilig hatte versprechen müssen, nichts von dem Gehörten weiterzugeben. Dabei hätte Fantoni sowieso geschwiegen – Kardinal Gasperetti wusste einfach zu viel über seine privaten und beruflichen Nebengeschäfte, als dass er sich auch nur die kleinste Indiskretion gegenüber der Kirche hätte leisten können. Letztendlich lebte er nach der alten römischen Devise, dass eine Hand die andere wusch.

Dr. Fantoni hörte, wie die Aufzugtür am Ende des Gangs aufglitt. Der Fahrstuhl zu diesem Bereich war offiziell stillgelegt, insgeheim jedoch wurde er für besondere Fälle wie diesen genutzt. Heraus trat der Pater, der Fantoni aus dem Bett geklingelt hatte, gefolgt von einem Herrn, der mit seiner Nickelbrille, dem grauen Mönchsgewand und dem Aktenkoffer in der Hand so gar nicht in das Bild eines kontemplativen Lebens passte. Der Mediziner hatte damit gerechnet, dass die Herren in Schwarz nicht lange auf sich warten lassen würden, trotzdem war ihm dieser Typ im Ordensgewand nicht ganz geheuer.

Nun denn, ob Pater oder Mönch, er würde den beiden schon klarmachen, dass im Augenblick an eine Befragung des Patienten nicht zu denken war, ganz gleich wie wichtig die Informationen sein mochten, die die Kirche sich von diesem erbarmungswürdigen Halbtoten erhoffte. Fantoni hatte es ohnehin tunlichst vermieden, genauer nachzufragen, was das in die Stirn des Verletzten gebrannte Schlaufenkreuz bedeutete und woher die Verbrennungen stammten. Eine der ihm bekannten Hitzequellen hatte beides jedenfalls nicht verursacht.

Als der Pater und der Mönch vor ihm standen, fragte Fantoni anstelle einer Begrüßung: »Auch einen Kaffee?«

Der Mann im Priesteranzug lehnte ab. »Danke nein, Doktor.« Gemeinsam mit dem Mönch trat er neben Fantoni an das kleine Sichtfenster. »Wie ist sein Zustand?« Der Anblick des an mehreren Schläuchen hängenden Patienten schien ihn nicht im Geringsten zu berühren.

»Ernst, aber stabil«, antwortete der Arzt. »Und das ist ein Wunder, das versichere ich Ihnen.« In Gedanken fügte er hinzu: Denn nichts an diesem Fall ist nach medizinischen oder menschlichen Maßstäben auch nur halbwegs normal.

Der Pater ignorierte geflissentlich den laut ausgesprochenen Satz. »Ist er bei Bewusstsein?«

Fantoni blickte den Priester ernst an. »Der Patient steht unter starken Beruhigungsmitteln. Aber selbst wenn er bei Bewusstsein wäre, könnten Sie nicht zu ihm. Es reicht nicht aus, dass wir seine Haut mit Silvadin behandelt haben. Dieser Raum muss unter allen Umständen so keimfrei wie möglich bleiben.«

Ohne seinen Blick zu erwidern, sagte der Pater: »Gut, dann setzen Sie die Beruhigungsmittel jetzt ab.«

»Wie bitte?«

»Sie haben mich verstanden, Doktor.«

3

Zwei Tage später
In der Nähe der Klosterabtei San Leonardo (Abruzzen)

Ein weiterer Blitz zuckte vom Himmel herab. Der darauf folgende Donner war so gewaltig, dass Bella Medici beinahe ihren mit Pilzen gefüllten Korb fallen ließ. Die auf dem Berg gelegene Abtei wirkte in dem Unwetter wie das surrealistische Abbild aus einem klassischen *Frankenstein*-Film. Dabei regnete es verhältnismäßig wenig. Wirkte der Himmel deshalb so bedrohlich?

Der Wetterumschwung war völlig abrupt gekommen, wie im Hochgebirge, dabei waren die Abruzzen gewiss nicht die Italienischen Alpen. Eben noch strahlender Sonnenschein, und schon wenige Minuten später hatte sich der Himmel verdunkelt.

Bella streichelte über den Kopf ihres Maremmanos Orpheus. Der große weiße Schäferhund zuckte trotz des Höllenlärms mit keinem Muskel und blieb völlig gelassen. Der majestätische Rüde lehnte sich beruhigend an sie. Oft streifte er alleine durch die Berge und Wälder und hatte vermutlich schon ganz andere Unwetter erlebt. Wer sollte ihm schon etwas anhaben? Er reichte Bella ein gutes Stück bis über die Hüfte, wog mehr als sie und hatte das Gesicht eines Bären. Mit ihrem Pilzkorb lief sie neben ihm her wie Rotkäppchen neben dem Wolf. Nur dass Orpheus' Fell so weiß war wie die Wolle der Schafe, die zu hüten seine Rasse seit Jahrhunderten in den Abruzzen gezüchtet worden war.

Bella setzte den schweren Korb ab und kniff die Augen zusammen, um den steilen, kilometerlangen Pfad, der nach oben zum Kloster und nach unten zu ihrem kleinen Haus am Rande der Stadt führte, besser erkennen zu können. Seit einer Weile belieferte sie das Kloster mit Pilzen und Kräutern aus der Region. Seit einem Jahr besaß sie sogar eine Lizenz und war nun ganz offiziell eine professionelle Pilzsucherin. Das Dokument erlaubte ihr auch, die gesammelten Pilze auf dem täglichen Markt in L'Aquila zu verkaufen. Natürlich würde sie kein Vermögen mit den Pilzen machen, doch zusammen mit einigen anderen Aushilfsjobs vermochte sie sich und Orpheus damit gut über Wasser zu halten.

Es fing an zu regnen. Nicht mehr lange, und der Regen würde über den Wald hinwegpeitschen. Bella überlegte, dass der Weg zur Abtei erheblich kürzer war als der nach Hause. Sie hatte schon einmal während eines Unwetters im Kloster übernachten dürfen, und diesmal würde sie das Obdach sogar mit einer reichlichen Portion Pilze begleichen können.

Die Mönchsabtei stammte aus dem dreizehnten Jahrhundert und war einst ein Zisterzienserkloster gewesen. Etwa fünfzehn Kilometer südöstlich von L'Aquila gelegen, galt sie den meisten Städtern als ein geheimnisvolles Waldrefugium. Die Mönche pflegten zwar Kontakt zur Außenwelt, da sich die Abtei schon lange nicht mehr selbst versorgte, doch Besucher, geschweige denn Touristen, waren nicht gerne gesehen. Hätte Orpheus sich während seiner stundenlangen Streifzüge durch die Berge und Wälder nicht mit einigen der Mönche und dem alten Klosterhund Rafael angefreundet, hätte wohl auch Bella damals inmitten eines ähnlichen, wenngleich nicht so heftigen Sturms diese Erfahrung machen dürfen.

Wenn das mit den Unwettern so weiterging, gab es am Ende bald keine Pilze mehr für Bella. Dann würden ihre ungeliebten Nachbarn, die mit einer ledigen Einzelgängerin, die sich partout nicht verkuppeln ließ, nichts anzufangen wussten, noch mehr Scherze über ihren Namen und ihren nicht vorhandenen Reichtum machen: Belladonna Medici. Gottlob lebten ihre Nachbarn nicht in ihrer unmittelbaren Nähe. Antonio war auch so schon der Schlimmste von allen.

Manchmal hätte Bella Antonio mit einer Kanone auf den Mond schießen oder, noch besser, ihm einen Hieb auf seine unförmige Nase geben können. Er wurde es einfach nicht leid, sie zu hänseln. Wie ein Halbwüchsiger, der in der Schule einen Mitschüler drangsaliert. An ihrem vierundzwanzigsten Geburtstag hatte sie sich geschworen, ihm gehörig die Meinung zu sagen, doch als hätte der alte Aasgeier es gewittert, hatte er sich tunlichst von ihr ferngehalten und ihr erst einen Tag später zum Geburtstag gratuliert. Selbstverständlich samt der üblichen Beleidigung.

Bella seufzte. Schutzsuchend kauerte sie neben Orpheus. Mit dem Blitzen, Donnern und Stürmen stimmte irgendetwas nicht.

Sie hob den Korb vom Boden auf. Als hätte er ihre Gedanken gelesen, schlug der Maremmano zielstrebig den Weg zum Kloster ein. Der Rüde war ein außergewöhnliches Tier. Zu intelligent, um dem Menschen unterwürfig zu sein, aber stets ein guter Freund, der seinen Kopf einzusetzen wusste und die Initiative ergriff, wenn ihm etwas nicht geheuer erschien. Bella hatte den mächtigen Hund von ihrem Großvater, einem Heiler und Kräuterkundler, noch als Welpe geerbt.

Schon bald hatte Bella festgestellt, dass Orpheus einen sehr eigenwilligen Charakter hatte, aus Zuneigung und Freundschaft jedoch bereit war zu gehorchen, wenn es für ihn einen Sinn ergab. Daher war es der jungen Pilzsucherin nicht weiter schwergefallen, den Hund so zu akzeptieren, wie er war. Schließlich hatte auch sie ihren eigenen Kopf, und Orpheus hatte erstaunlich schnell gelernt, damit umzugehen. Nicht selten trickste er sie aus, woraus in den Jahren ein liebevolles, auf Gegenseitigkeit beruhendes Spiel geworden war.

Erneut durchzuckte eine gewaltige Lichterscheinung das Firmament. Das Kloster vor ihnen, das an einem steilen Hang gelegen war, wirkte wie eine furchterregende Himmelserscheinung. Bis auf die gleißende Helligkeit der Blitze und das tiefe Schwarz des Waldes war alle Farbe aus der Welt gewichen. Diesmal ließ der tosende Donner sogar das Erdreich unter ihren Füßen erbeben.

Bella ließ sich nicht beirren und ging Schritt für Schritt weiter, während Orpheus mit jedem Meter, den sie sich der Abtei näherten, vorsichtiger zu werden schien. Schließlich konnte die junge Pilzsammlerin die schwere, dunkle Eichentür der Seitenpforte erkennen. Gleich waren sie in Sicherheit, im Warmen und Trockenen. Sie sah sich schon vor dem großen Kamin in der Küche sitzen und eine Suppe schlürfen, mit frisch gebackenem Brot, während Orpheus an einem fleischigen Knochen nagte, als der Rüde knurrend und mit gesträubtem Fell abrupt stehen blieb. Er stellte sich ihr mit seinem mächtigen Körper in den Weg, um sie am Weitergehen zu hindern.

Angestrengt spähte Bella in die Dunkelheit, doch sie nahm beim besten Willen nichts Ungewöhnliches wahr. Ob eine der unheimlichen Silhouetten der Bäume den Hund irritiert hatte? Die junge Frau hatte das bizarre Licht- und Schattenspiel um sie herum bewusst ignoriert. Die eigene Phantasie konnte einem üble Streiche spielen.

Der Hund blieb weiterhin wie angewurzelt stehen und lauschte in das Chaos. Als Bella seinen Willen schon ignorieren und auf die Pforte zugehen wollte, weil der Regen unerträglich wurde und der Schutz des Klosters so nah war, fletschte der Maremmano die Zähne und knurrte so tief aus der Kehle heraus, dass es nicht nur wie eine Mahnung, sondern wie eine Drohung klang.

Doch die Drohung galt nicht ihr.

Bella rümpfte die Nase. Bildete sie es sich nur ein, oder wehte vom Klostergemäuer ein Brandgeruch herüber? Der Rüde musste den Gestank schon vor ihr wahrgenommen haben.

Ach, Unsinn! Merdadus hatte ganz sicher eine plausible Erklärung für den seltsamen Geruch.

Zu ihrer Verblüffung schickte der Hund sich an, sie wie ein Schaf den Pfad zurückzutreiben, weg von der schweren Eichenpforte. Als sie ihm nicht nachgab, wirkte er zusehends unruhig.

»Was ist nur los mit dir?«, schrie sie gegen das Unwetter an. »Hier ist doch weit und breit niemand außer uns.« Im tiefsten Inneren aber war Bella verunsichert, und der Rüde spürte das. Nicht zuletzt war da dieser beißende Geruch.

Erneut machte sie einen Schritt Richtung Pforte. Prompt stellte sich ihr der Maremmano in den Weg, angespannt wie zum Kampf. Was fürchtete er? Ein Wolfsrudel? Oder einen tollwütigen Bären, der gerade noch genug Verstand besaß, sie nicht sofort anzugreifen?

Wenn es tatsächlich eine Bedrohung gab, dann mussten sie schleunigst hinter die schützenden Klostermauern. Hier draußen, ohne nennenswerte Deckung, waren sie ein zu leichtes Ziel. Nur warum sah der Hund das nicht ein?

Bella wollte schon zum Endspurt ansetzen, als sie ein unwirkliches, schaudererregendes Geräusch hörte. Sie erstarrte. Es klang weder menschlich noch tierisch, aber bedrohlich und abgrundtief bösartig.

Eine Sekunde später war ihr, als hätte sie einen Schatten gesehen, so tiefschwarz, dass er sich sogar von der Finsternis der Bäume abhob. Ein Schatten, der sich gegen die Richtung aller anderen Schatten bewegte. Sie schluckte.

Orpheus gab ein Winseln von sich. Es war das erste Winseln, das sie je von dem Rüden gehört hatte. Himmel! Was war das für eine Kreatur?

Vorsichtig zog sie die Tragegurte ihres graugrünen Rucksacks von den Schultern, nahm die Taschenlampe heraus und leuchtete in die Richtung, aus der das Geräusch gekommen war. Zwei gleißende Lichter flammten auf. Augen. Zornige Augen. Die Augen kamen auf sie zu.

Orpheus machte sich zum Kampf bereit.

I.

Er erwachte. Nach jahrtausendelangem Schlaf. Es war nicht vorgesehen, dass er nach all dem Wüten und Chaos erneut lebte. Eine Welle des Schmerzes durchflutete ihn. Mit dem Schmerz kam die diffuse Ahnung an ein Leben voll Blut, Feuer und Tod.

Dann stutzte er.

Was war das? Ein kurzes Aufflackern von Angst?

Er kannte keine Furcht!

Er lauschte in sich hinein … Woher war dieses Gefühl gekommen?

WAS war da mit ihm erwacht?

4

Vier Monate zuvor
Chicago, Re-Source-Laboratorien

»Was verrät Ihnen den Wahnsinn?«, fragte Dr. Eliza Kirk und starrte auf das Kind, das in einem mannshohen Glaszylinder in Fötushaltung in einer wohldosierten Nährflüssigkeit schwebte.

Sie hatte ihre Arbeit als Psychologin bei Re-Source erst vor wenigen Wochen angetreten und versuchte ihr Wissen über gentechnisch manipulierte Menschen so schnell wie möglich zu erweitern, um deren Psyche im Auftrag des Konzerns zu erforschen.

»Die Augen, Eliza. Nichts ist so verräterisch wie die Augen«, antwortete Dr. Samuel Ashdown. »Sie sagen Ihnen auch, ob ein Klon schon einmal tot war.«

Die junge Psychologin blickte von dem schwebenden Kind in der künstlichen Gebärmutter auf den davor stehenden Mann, der den weißen Arztkittel trug, als wäre es ein Priestergewand. Sie war es gewohnt, dass Männer sich selbst in brenzligen Situationen nach ihr umdrehten, Samuel Ashdown hingegen hatte ihrer Attraktivität nicht eine Millisekunde lang Anerkennung gezollt. Ob er auf Männer stand? Sie hatte ihn jedenfalls noch nie mit einem anderen Menschen in einer freundschaftlichen Beziehung gesehen. Vielleicht gehörte der kahlköpfige Wissenschaftler aber einfach nur zu jenen Fachidioten, die nichts anderes kannten als ihre Forschungsarbeit. Eins war jedenfalls sicher: Ashdown hatte, wie nicht wenige seiner Institutskollegen, die Bodenhaftung verloren. Sie hielten sich für die Götter der Humangenetik, der genetischen Anthropologie. Ja, sogar für klüger als der liebe Gott. Aus wissenschaftlicher Neugier hatten sie sich auf ein Experiment eingelassen, das sie nicht wirklich beherrschten, weil sie mit Genkombinationen lavierten, die jenen des Menschen in vielerlei Hinsicht überlegen waren.

Ashdown blickte kurz von dem kleinen Biodatenbildschirm auf, der an den Gebärmuttertank gekoppelt war und ihn über die aktuelle Entwicklung des heranwachsenden Klons informierte. Mit sanfter Stimme fügte er hinzu: »Mit etwas Übung werden Sie den geisterhaften Schatten des Wiederbelebungsschmerzes in den Augen erkennen, denn es bleibt immer etwas zurück, wenn ein Klon nach dem Sterben aus dem klinischen Tod zurückgeholt werden kann.«

Eliza ließ sich ihr Unbehagen angesichts dieser Worte nicht anmerken. In den Forschungsunterlagen hatte sie gelesen, dass der erwachsene Prototyp, den sie in naher Zukunft psychologisch betreuen sollte, bei der Geburt fast gestorben wäre. Vor zwei Wochen nun hatte die Klonin Ashdown und seinen Assistenten angegriffen und verletzt. Seither wurde sie in einem künstlichen Schlaf gehalten.

»Was meinen Sie damit, dass immer etwas zurückbleibt, Samuel?«, fragte sie.

»Haben Sie sich schon einmal mit dem Phänomen des Todes befasst, Eliza? Ich meine, so richtig? Wir wissen zwar rein medizinisch, was geschieht, wenn ein Mensch stirbt, doch wir haben noch so gut wie keine Erkenntnis darüber, was einem Sterbenden widerfährt, nachdem er klinisch tot ist. Warum behalten manche Menschen ihr Bewusstsein und nehmen ihre Umgebung weiterhin wahr, nachdem sie medizinisch gestorben sind?«

Noch vor wenigen Jahren hätte Eliza einen Mann wie Samuel Ashdown für einen verrückten Esoterikfreak gehalten und über derlei Nahtodberichte nur den Kopf geschüttelt. Erst recht, wenn Patienten, die den klinischen Tod erlebt hatten, nach dem Erwachen erzählten, sie seien von toten Verwandten oder gar einem religiösen Wesen mit einem Gefühl tiefer Liebe und tiefen Friedens empfangen worden. Damals war Eliza davon überzeugt gewesen, dass das menschliche Gehirn aufgrund von Sauerstoffmangel einfach nur anfing zu spinnen, dass es sich um nicht mehr als einen evolutionären Trick der Natur handelte, um dem Dahinscheidenden das Sterben zu erleichtern. Doch dann war ihre Mutter, eine überzeugte Atheistin, während einer schweren Herzoperation mehrere Minuten lang klinisch tot gewesen und hatte ihr hinterher erzählt, was sie dabei erlebt hatte. Seit diesem Erlebnis glaubte Eliza den meisten

Nahtodberichten zwar nach wie vor nicht, doch sie war ins Grübeln geraten und hatte sich zumindest mit dem Thema auseinandergesetzt.

Deshalb erwiderte sie: »Ich verstehe nicht ganz, was das Erforschen des menschlichen Sterbens mit diesen Transgeneten zu tun haben soll.«

»Ganz einfach: Für die meisten Menschen ist eine Nahtoderfahrung etwas Positives. Sie kehren emotional gestärkt und gereift daraus zurück und krempeln ihr Leben in positiver Weise um. Nicht so der genetisch verbesserte Retortenmensch. Er scheint aus einer anderen Wirklichkeit wiederzukommen. Aus einem Albtraum, der seine Seele entmenschlicht.«

Elizas Blick streifte das schwebende, engelhafte Kindwesen in dem gläsernen Brutkasten, das sie ungemein an den ausgewachsenen, ruhiggestellten weiblichen Prototypen erinnerte, der vom Rest der Versuchsobjekte isoliert am anderen Ende der Etage in tiefer Stasis lag.

»Woher stammen eigentlich diese Gene, mit denen wir hier experimentieren?«

Der Wissenschaftler verzog die Lippen zu einem nachsichtigen Lächeln und schaltete den kleinen Biodatenschirm aus. »Wenn Sie und ich das wüssten, meine Liebe, wären wir beide tot. Hüten Sie sich davor, die falschen Fragen zu stellen. Dann wird Ihnen unser Arbeitgeber auch weiterhin gewogen sein.«

Eliza starrte ihr Gegenüber an. Der Mann meinte es ernst, todernst. Sie bemerkte sogar eine gewisse Unsicherheit bei diesen Worten in seinem Blick. Re-Source hatte nach außen hin einen tadellosen Ruf und schien sich ethisch nichts zu Schulden kommen zu lassen. Doch die außergewöhnlichen Möglichkeiten, die der Weltkonzern mit Hauptsitz in Chicago seinen brillantesten Köpfen bot, bewegten sich selbst in Elizas Fall nicht mehr nur am Rande der Legalität. Praktisch in allen großen Forschungsbereichen wie der Medizin oder der Computerwissenschaft hatte Re-Source die Nase vorne. Das hatte nun mal seinen Preis.

Eliza war sich sicher, dass ihr neuer Arbeitgeber, der Medo-Konzern, gegen so ziemlich jedes Gentechnikgesetz verstieß, das je verfasst worden war. Vermutlich würden sie und ihre Kollegen, auch wenn sie selbst keine Genetikerin war, allesamt hinter Gittern landen, wenn die Existenz dieser geheimen Forschungslabore jemals herauskäme. Verhängnisvollerweise reizten Eliza gerade das Neue, das Unbekannte, das Forschen in Grenzbereichen, zu denen bisher kein Mensch Zugang gehabt hatte. Deshalb, und nicht wegen des Geldes, hatte sie diesen ungewöhnlichen, alles andere als legalen Job angenommen. Wer immer ihr diese Stelle angeboten hatte und ganz sicher an der Spitze des Forschungszweigs dieses Konzerns stand, hatte um ihre brennende Neugierde gewusst und war bestens über ihre bisherige Arbeit als Psychologin informiert. Elizas Spezialgebiet waren Savants, sogenannte Inselbegabte, sowie Menschen mit dem psychischen Profil eines Psychopathen. Nun erhoffte sich Re-Source von ihr dank ihrer Erfahrung eine Menge Aufschlüsse bei der Erforschung der Transgenetenpsyche.

An ihrem ersten Arbeitstag hatte Eliza noch nichts von den grenzwissenschaftlichen Experimenten und den damit verbundenen Rückhol- und Wiederbelebungsmaßnahmen gewusst, die im Untergrund der Klinik, in der sogenannten Krypta, an den gentechnisch verbesserten Retortenmenschen vorgenommen wurden. Wie ihr eine ältere Kollegin erklärt hatte, waren die

Klone noch sanft und gehorsam, wenn man sie aus der künstlichen Gebärmutter herausholte. Doch das Experiment, die Begegnung mit dem Tod, veränderte sie. Der ungeheure Stress verwandelte ihre Gehirne. Nach wie vor war Eliza der wahre Hintergrund der Experimente ein Rätsel, denn sie hatte bisher an keiner der Rückholmaßnahmen oder einer der darauffolgenden Sitzungen teilnehmen dürfen. Sie wusste lediglich, dass man für diese Versuche eine Art Tank entwickelt hatte, mit dessen Hilfe die Teilnehmer in mehr als nur einen todesähnlichen Zustand versetzt wurden.

Ashdown deutete auf die Laboruhr über der Tür. »Kommen Sie, meine Liebe. Gleich erhalten wir hohen Besuch. Wollen wir doch mal sehen, ob Doktor Richter uns helfen kann, den Verstand unseres Prototypen wieder zurechtzurücken.«

Das war eine Frage, die auch Eliza brennend interessierte. Schließlich würden sie den Prototyp nicht ewig im Stasisschlaf halten können, ganz zu schweigen davon, dass der fortschreitende Wahnsinn ab einem gewissen Punkt unumkehrbar schien.

Die beiden Wissenschaftler passierten den dämmrigen Flur und schritten durch eine Tür in eines der Labore am anderen Ende des Korridors. Mitten im Raum schwebte eine spärlich bekleidete Frau, durch Gurte, Karbonfaserdrähte und Nährstoffschläuche in einer nahezu perfekten Waagerechten gehalten. Der Oberkörper war nur geringfügig erhöht.

Eliza hatte von einem der an ihr interessierten Mitarbeiter erfahren, dass es vor diesem Modell, während des letzten Jahrzehnts, etliche Fehlversuche gegeben hatte. Furchtbares hatte sich angeblich während dieser frühen Experimentierphasen in den Laboratorien abgespielt, und drei der besten Wissenschaftler hatten diese Zeit nicht überlebt.

So friedlich, wie der weibliche Transgenet zurzeit nahezu frei in dem Labor schwebte, konnte Eliza kaum glauben, dass deren Vorgängerinnen ein derartiges Grauen verursacht haben sollten. Dennoch löste der Anblick der schlafenden Frau, ihre erzwungene Bewusstlosigkeit, tief im Innern der jungen Wissenschaftlerin eine unerklärlich deprimierende Erschütterung aus.

Während seiner Kontrollunterschungen hatte Ashdown den beginnenden Wahnsinn in der Seele der Transgenetin als Erster wahrgenommen, lange bevor die anderen Wissenschaftler die Abweichungen im sozialen Verhalten des Klons überhaupt registriert hatten. Soweit Eliza wusste, hatten transgenetische Menschen ohnehin ein soziales Manko. Darüber hinaus war das Leben und Arbeiten als Versuchskaninchen in einem Re-Source-Labor alles andere als ein humaner Ersatz für ein normales Familienleben.

Eliza fragte sich, wie die Resozialisierungstherapie von diesem Dr. Richter wohl aussehen mochte. Jedenfalls setzte Ashdown große Hoffnung in den Mann, vielleicht zu große.

Kurz darauf ging die Tür zum Labor auf, und ein schlanker, sehniger Mann um die fünfzig betrat in einem dunklen Gelehrtenanzug den Raum. Seine groben und doch irgendwie vergeistigt anmutenden Gesichtszüge machten ihn attraktiv, auch wenn er im landläufigen Sinne nicht unbedingt als gut aussehend zu bezeichnen war. Eliza kam spontan der Gedanke, dass er eher wie ein Offizier wirkte als wie ein Gelehrter. Eine eigentümliche Aura umgab ihn.

Einen halben Meter vor Ashdown und Eliza blieb der Mann stehen und reichte beiden die Hand.

»Ich bin Doktor Maximilian Richter. Ihr … Arbeitgeber hat mich gebeten, Sie bei Ihrer Arbeit zu unterstützen.«

»Doktor Samuel Ashdown. Das ist meine Assistentin, Doktor Eliza Kirk.«

»Freut mich, Sie kennenzulernen.«

Richter sprach ein perfektes britisches Englisch, dennoch schwang ein leichter, unbestimmbarer Akzent in seiner Aussprache mit, der jedoch nicht deutschen Ursprungs zu sein schien. Der Händedruck des Besuchers war genau bemessen, nicht zu lange und nicht zu fest, trotzdem glaubte Eliza so etwas wie leichte Unsicherheit in der Berührung wahrgenommen zu haben. Machte die Gegenwart des Klons den Doktor etwa nervös?

Ohne Zeit zu verlieren, wandten Richters dunkle Augen sich dem Forschungsobjekt zu. »Wie lange liegt sie bereits in Stasis?«

»Seit dreizehn Tagen«, erklärte Ashdown. »Was mir vor allem Sorge bereitet …«

»Ja?«, hakte Richter nach.

»Ihre Träume haben vor zwei Tagen ausgesetzt.«

Richter starrte sein kahlköpfiges Gegenüber an. »Warum hat man mich darüber nicht informiert?«

»Wir haben die Zentrale permanent über die Entwicklung des Klons auf dem Laufenden gehalten«, erklärte Ashdown beinahe gekränkt. »Ich habe schon vor über einer Woche Unterstützung angefordert.«

Wenn Richter ob der Verzögerung verärgert war, so zeigte er es nicht. Doch die Information schien zweifelsohne Auswirkungen auf seine Rehabilitationspläne zu haben.

»Also gut.« Er blickte von Ashdown zu der fast frei im Raum Schwebenden, wobei seine unergründlichen Augen kurz Elizas Blick streiften. »Verlieren wir keine weitere Zeit. Wecken wir sie auf.«

Eliza Kirk beobachtete, wie Maximilian Richter die Anästhesie des transgenetischen Klons Stufe für Stufe zurückfuhr, während Samuel Ashdown die Monitore, die über die Atmung, die Herzfrequenz, den Blutdruck, die Sauerstoffsättigung, die Körpertemperatur und vieles mehr informierten, nicht aus den Augen ließ.

Die Anzeigen waren noch halbwegs normal für einen Transgeneten, ähnelten denen eines Menschen, auch wenn die Spannungskurven stärker waren und die Körpertemperatur wie bei einem Fieber um ein bis zwei Grad höher lag. Als Neuling in Ambroses Team hatte Eliza die aggressive Aufwallung des Klons selbst nicht miterlebt, doch sie hatte vor einigen Wochen das erste Mal in die Augen der transgenetischen Frau geblickt. Irritiert hatte sie vor allem die maßlose Kälte darin. Gleichzeitig hatte die junge Wissenschaftlerin sich gefühlt, als hätte der Klon mit einem einzigen Blick in den hintersten Winkel ihrer Seele geschaut und dabei jede Stärke und jede Schwäche, die ein Mensch nur haben konnte, sorgfältig registriert.

Einige Tage später hatte sie dann von der Krypta, dem Tank sowie den Rückhol- und Wiederbelebungsexperimenten erfahren, an denen sie bisher nicht hatte teilnehmen dürfen. Ashdown war der Meinung, sie sei noch nicht so weit. Vermutlich hatte er recht. Eliza konnte wahrlich nicht behaupten, dass sie sich in der Nähe des weiblichen Klons, geschweige denn der Krypta wohlfühlte.

Mit einem ziemlich heftigen Unbehagen verfolgte sie

auch jetzt, wie die elektrische Hirnaktivität der Transgenetin allmählich in den Wachzustand überging, wobei Ashdown sicher dafür gesorgt hatte, dass ein wohldosierter Tranquilizer die erwachende Frau ruhig hielt. Noch blinzelte der Klon schläfrig. Aber das würde sich schnell ändern.

»Der Countdown läuft«, erklärte Ashdown, als ginge es um einen Raketenstart. »Vielleicht noch zwei, drei Minuten.«

Dr. Richter stand neben ihm und behielt sowohl die aus der Stasis erwachende Frau als auch den EEG-Monitor im Auge. Eliza hätte nur zu gerne gewusst, was in dem so unamerikanisch wirkenden Mann vorging. Der kurze Seitenblick, mit dem er Ashdown bedachte, weckte in ihr jedenfalls den Eindruck, dass ihr Vorgesetzter keinen leichten Stand bei Richter haben würde. Von wegen Götterstatus.

Sie räusperte sich, ging zu den an der Wand aufgereihten Liegen und schob eine davon unter die in der Schwebe gehaltenen Frau. Bisher hatte zwar noch kein Transgenet nach dem Aufwachen das Gleichgewicht verloren, aber man konnte nie wissen. Es gab für alles ein erstes Mal.

»Danke, Eliza«, sagte Ashdown und nickte ihr anerkennend zu.

Richter schien von ihrer Bemühung nicht das Geringste zu bemerken. Stattdessen fragte er: »Was ist mit dieser Narbe hier?« Dabei deutete er auf das linke Handgelenk des Klons.

»Ein früherer Selbstmordversuch.«

»Sie hat versucht, sich das Leben zu nehmen?«

Ashdown nickte. »Es war das erste Mal, dass wir sie zurückholen mussten. Fast hätten wir es nicht geschafft.«

»Hat es weitere Selbstmordversuche gegeben?«

»Nein.«

Richter dachte einen Moment lang über die Antwort Ashdowns nach. »Dann wird es auch in Zukunft keine mehr geben.«

Eliza überlegte, weshalb er sich da so sicher war. Womöglich hatte er Ähnliches schon mal erlebt. Oder es lag daran, dass Transgeneten die von Ashdown erwähnten Albträume während einer Sterbeerfahrung so sehr fürchteten, dass sie Angst davor hatten, noch einmal ins Leben zurückgeholt zu werden.

»Das freut mich zu hören.« Ihr Vorgesetzer wirkte unendlich erleichtert. »Denn wir haben noch viel mit ihr vor. Unsere Forschungsarbeit hat gerade erst begonnen.«

Täuschte Eliza sich, oder war da ein angewidertes Zucken um Richters Mundwinkel? Hätte sie ihn in diesem Augenblick nicht zufällig beobachtet, wäre es ihr glatt entgangen.

Vier lange Minuten später erwachte die Transgenetin endlich aus ihrer Bewusstlosigkeit. Mühelos hielt sie das Gleichgewicht, drehte leicht den Kopf und sah Richter, Ashdown und Eliza mit ihren blauen, regungslosen Augen an. Eliza hatte das Gefühl, als würde ihre Seele bei lebendigem Leib verschlungen.

»Wie fühlen Sie sich?«, fragte Richter, dem erst jetzt bewusst zu werden schien, dass er ihren Namen gar nicht kannte. »Haben Sie Schmerzen?«

Die Frau schüttelte kaum merklich den Kopf. Trotz der tagelangen Stasis schien sie kaum benommen, sah man von dem Beruhigungsmittel einmal ab.

»Ich bin Maximilian.« Richter wandte sich Ashdown zu und sagte wie ein Gentleman: »Wären Sie so freundlich, uns einander vorzustellen, Doktor?«

Ashdown räusperte sich irritiert. »Aber selbstverständlich. Darf ich Sie mit unsem Forschungsprojekt Angelus bekanntmachen? Prototyp F-XXVII. Das Beste, was der gentechnische Markt derzeit zu bieten hat.«

Richter blinzelte, als er den Codenamen und die abschließende Bemerkung hörte. Fast wirkte er ein wenig beschämt. Die technische Bezeichnung des Klons schien ihm ebenso wenig zu behagen wie Ashdowns marktschreierische Art.

Aber da ist noch etwas anderes, dachte Eliza. Es kam ihr so vor, als würde der Wissenschaftler die transgenetische Frau von früher kennen. Oder als wäre er zumindest ihrem Körper schon einmal begegnet. Ob Richter deshalb hier war? Der Grund, weshalb die Zentrale ihn als Außenstehenden überhaupt hier duldete?

Ashdown schien dieser Eindruck völlig zu entgehen. Eliza hingegen war sich sicher, dass Richter auch in der Transgenetin so etwas wie ein vertrautes Gefühl wachrief.

5

In der Nähe der Klosterabtei San Leonardo

Bella wusste nicht, wie ihr geschah. In dem einen Augenblick schossen die glühenden Augen geradewegs auf sie zu, im nächsten stürzte sie den am Kloster gelegenen Hang mitsamt der Taschenlampe, aber ohne Rucksack und Pilzkorb hinunter. Noch nie hatte sie Orpheus so wütend und in blitzschneller Aktion erlebt. Der Rüde hatte sie wie einen hilflosen Welpen regelrecht aus der Gefahrenzone gefegt, um sich dann wie ein Berserker auf den Angreifer zu stürzen.

Als Bella endlich liegen blieb – sie hatte keine Ahnung, wie viele Male sie sich überschlagen oder an irgendwelchen Ästen beinahe aufgespießt hätte –, begriff sie, am ganzen Leib zitternd, dass sie beinahe den gesamten, mühsam mit dem Hund über den verschlungenen Pfad bergauf zurückgelegten Weg wieder hinuntergestürzt war.

Von der eisigen Luft getragen, hallte das Bellen, Knurren und Winseln des Hundes zu ihr herüber, begleitet von unsäglichen Kampfgeräuschen, von Blitz und Donner unterbrochen. Wer oder was auch immer den Rüden in dem uralten Wald attackierte, es schien unglaublich wild und aggressiv zu sein.

Als die junge Frau sich aufrappelte, hatte sie das Gefühl, jeder einzelne Knochen in ihrem Leib sei ramponiert. Auf allen vieren versuchte sie, den glitschigen, mit Laub bedeckten Hang wieder hinaufzuklettern. Sie dachte nicht daran, Orpheus einfach so seinem Schicksal zu überlassen. Ein paar Meter höher fand sie die metallisch glänzende Taschenlampe wieder, doch für drei hektische Schritte nach oben rutschte sie jedes Mal zwei zurück. Es war zum Verzweifeln. Sie kam einfach nicht vom Fleck. Dann hörte sie plötzlich ein weiteres seltsames Geräusch. Ganz in der Nähe.

Noch ein Raubtier? Doch als sie die Taschenlampe einschaltete und den Lichtkegel über das Unterholz und das Gebüsch wandern ließ, entdeckte sie nichts. Sie steckte die Taschenlampe wieder ein und nahm einen neuerlichen Anlauf den Hang hinauf. Schon nach wenigen Metern fiel sie hin, prallte auf einen Vorsprung und fiel in eine Felsspalte. Sie schrie und griff nach einem

Ast, der sich jedoch bog und schließlich brach. Sie versuchte nach einem anderen Ast zu greifen, aber die Eiseskälte hatte ihre Hände so steif werden lassen, dass sie nicht schnell genug reagieren konnte.

Bella stürzte ins Leere und prallte dermaßen hart auf dem Boden auf, dass ihr für einen Moment die Luft aus den Lungen gepresst wurde. Über sich hörte sie noch immer die Kampfgeräusche, die wie aus weiter Ferne vom Kloster zu ihr herangetragen wurden. Zitternd und halb ohnmächtig vor Angst und Wut, blickte sie auf. Die Felsöffnung über ihr schien kilometerweit entfernt, wie ein Riss im Himmel, unerreichbar.

Sie japste nach Luft. Ihre Brust brannte wie Feuer. Ich muss Ruhe bewahren und einen Weg aus der Höhle herausfinden, sagte sie sich. Sie ignorierte die schmerzenden Schürfwunden im Gesicht und an den Händen, kramte nach der Taschenlampe und schaltete sie an.

Die Höhle entpuppte sich als ein alter, verwahrloster, von Menschenhand geschaffener Felsgang, an dessen Ende in einiger Entfernung ein Licht zuckte. Vermutlich gehörte der Höhlengang zum Kellersystem der Abtei, einem Labyrinth, in dem sie sich ganz gewiss verirren würde, wenn sie dumm genug war, sich in Richtung Kloster zu bewegen. Bewaffnet mit der eingeschalteten Taschenlampe, hielt sie auf das Licht zu, bog um eine sanfte Kurve – und stockte.

Etwa zehn Meter vor ihr kauerte ein dunkles Etwas in der Hocke an der Felswand. Nur sichtbar, weil das zuckende Licht dahinter einen schauerlichen Schatten warf. Fast wäre Bella die Taschenlampe entglitten. Das Etwas rührte sich nicht, obwohl es sie bemerkt haben musste. Ob es tot war? Seine aufrechte Körperhaltung schloss das eher aus. Das Etwas hielt zweifelsohne das Gleichgewicht.

Was, wenn es sich um ein weiteres Opfer des bösartigen Wesens handelte, das ihr und Orpheus vor der Seitenpforte des Klosters aufgelauert hatte? Falls das kauernde Geschöpf verletzt war, konnte es auch gefährlich sein.

Bella wollte schon den Rückzug antreten, als sie das leise Wimmern hörte.

Ein menschliches Wimmern.

Ein Laut voller Angst und Verzweiflung.

Vorsichtig trat sie ein paar Meter näher. Zittrig bewegte sich der Lichtkegel der Taschenlampe in der kalten Luft hin und her. Kurz glühten zwei Augen in der Dunkelheit auf, wie die eines scheuen Rehs im Scheinwerferlicht eines Wagens. Das Geschöpf schien nicht einmal mehr zu atmen.

Dann erkannte Bella das Kind, an den eiskalten Stein gepresst, als könnte der Fels ihm Schutz bieten. Der Junge trug eine Jeans, ein dickes Baumwollhemd und dunkle, vom Staub bedeckte Turnschuhe. Neben ihm lagen eine Wasserflasche und eine leere Schachtel. Wie es aussah, verharrte er wohl schon eine ganze Weile hier. Er starrte sie an, als hätte er nur auf sie gewartet. Ein hübscher Junge mit außergewöhnlichen Augen, mit denen jedoch irgendetwas nicht stimmte. Sie schienen seltsam leer. Nein, nicht leer, sondern gehetzt und nach innen gerichtet, obwohl er sie ansah. Dem Kind musste etwas Schreckliches widerfahren sein. Es stand eindeutig unter Schock.

Bella ging in die Hocke, beugte sich vor und berührte den Jungen vorsichtig an der Schulter. Er schien sich etwas zu beruhigen, doch plötzlich zuckte er zusammen, und Bella begriff auch sofort, wieso.

Orpheus!

Die Kampfgeräusche in der Ferne, das Knurren und Bellen hatten schlagartig aufgehört. Gleichzeitig tönte ein schreckliches Heulen durch den Wald, das weder von einem Wolf noch von einem Hund stammen konnte. Es klang überhaupt nicht nach einem irdischen Lebewesen. Noch ehe Bella so recht wusste, wie ihr geschah, hatte das Kind in seiner Panik auch schon einen Satz auf sie zu gemacht, ihren Arm gepackt und sie zu sich in die Felsnische gezogen, in eine nasskalte, lächerliche Sicherheit.

Als der Junge Bella wieder losließ, verzog er das Gesicht vor Schmerz und legte die Hände vorsichtig an die eiskalte Wand.

Seine Hände waren verbrannt. Er zitterte. Ganz sicher nicht nur aus Schmerz und Angst. Er fror. Bella streifte das gefütterte, langärmelige Kapuzenshirt unter ihrem Parka ab und zog es ihm über. Von draußen blitzten immer wieder Lichtgewitter in den Tunnel hinein.

»Mein Name ist Bella. Wie heißt du?«, flüsterte sie.

Der Junge antwortete nicht. Starrte sie nur an. Starrte vielmehr durch sie hindurch. Wenigstens zitterte er nun nicht mehr wie Espenlaub. Sie versuchte es noch einmal, nannte ihren Namen und deutete auf sich. Keine Reaktion.

Stattdessen legte er die Hände wieder auf die Wand. Die Handflächen mussten höllisch wehtun, doch die Kälte linderte den Schmerz.

Hatte er sich am offenen Kamin in der Küche verbrannt oder an dem alten gusseisernen Ofen, auf den Bruder Bernardo so stolz war? Was war passiert, dass er aus dem Kloster fortgerannt war? Die Abtei besaß eine kleine Krankenstation, und einer der Mönche war sogar ein ausgebildeter Sanitäter. Er hatte Bellas verstauchten Fuß bei ihrem Besuch vor ein paar Monaten in null Komma nichts wieder auf Vordermann gebracht. Oder gehörte der Junge überhaupt nicht zur Abtei?

Bella musste an Orpheus denken, daran, dass er sich strikt geweigert hatte, sich dem Kloster zu nähern. Ob er noch lebte?

Sie seufzte und kämpfte gegen die aufsteigenden Ängste an, da blickte der Junge von seinen verbrannten Händen einen Moment lang zu ihr. Ob er am großen Kamin eines der brennenden Holzscheite angefasst hatte? Aber hätten die Mönche das nicht verhindert?

Das Erste-Hilfe-Päckchen in ihrem Rucksack fiel ihr wieder ein, in dem sich auch ein Gel für leichte Brandverletzungen befand. Leider war der Rucksack weg, doch ein paar Meter weiter lief kristallklares Wasser über den Stein. Draußen goss es noch immer in Strömen. Irgendwie hatte es einen Weg durch den Felsen hierhergefunden.

Sie kroch zu der Wasserquelle, wo es etwas heller war, und legte die Hände hinein. Der Junge erkannte ihre Absicht und tat es ihr gleich. Während er seine Hände unter das fließende Nass hielt und den Rückgang der Schmerzen genoss, wagte Bella sich Richtung Ausgang, um einen Blick in die vermeintliche Freiheit zu werfen.

Gott sei Dank gab es kein Gitter, das ihr und dem Jungen den Weg versperrte, doch der Durchlass war sehr eng und kaum höher als sie. Das Wetter war seit ihrem Sturz vom Hang keinen Deut besser geworden. Vielleicht würden sie die ganze Nacht hier ausharren müssen. Bella dämmerte, dass sich auch ihr Handy im Rucksack befand. Andererseits, was spielte das schon für eine Rolle. Hier draußen hatte sie ohnehin keinen

Empfang. Abgesehen davon hatte das zornige Etwas den Rucksack sicher längst zerfetzt. Orpheus!

Ein Geräusch hinter ihr. Sie schnellte mit der Taschenlampe herum und richtete den Lichtstrahl in den höhlenartigen Gang. Alles wirkte friedlich. Der Junge hatte sich nicht von der Stelle gerührt, hielt seine Hände noch immer in den kühlende Strom. Das Säuseln musste eine Sinnestäuschung gewesen sein. Oder der Wind, der hier überall Richtung Ausgang wehte.

Sie kehrte zu dem Jungen zurück und kauerte sich neben ihn, als ihr Blick auf einen zerknitterten Zettel in der nun leeren gegenüberliegenden Nische fiel.

Sie kroch hinüber, hob das Papier auf, richtete den Lichtstrahl darauf und blinzelte.

Was für eine merkwürdige Fotografie.

Ob sie dem Jungen gehörte?

6

Rom
Vatikan

Stefano Kardinal Gasperetti schritt auf dem Weg zu seinem Büro durch die hohen Flure des Apostolischen Palasts. Nach dem wöchentlichen Gespräch mit Papst Leo XIV. hätte er glatt aus der Haut fahren können. Welten trennten den alten Kardinal in Fragen der Kirche von den Ansichten des amtierenden Pontifex. Vier Päpste hatte er bisher in Rom erlebt, doch ausgerechnet Leos Amtszeit stellte sich als zunehmendes Desaster heraus. Gasperetti sehnte sich nach dem vor dreieinhalb

Jahren verstorbenen Papst Innozenz zurück. Charismatisch, willenstark und vor allem traditionsbewusst. Innozenz hatte genau gewusst, was ein derart komplexes Gebilde wie die Kirche an Führung brauchte, und er war Gasperetti mit Abstand der liebste Papst gewesen.

Der Kardinal hatte seine Karriere als junger Priester in einer der vatikanischen Zentralbehörden begonnen, genauer in der Kongregation für die Institute geweihten und apostolischen Lebens, einer Kongregation, die für die Angelegenheiten christlichen Ordenslebens und klerikalen Lebens zuständig war. Jahr um Jahr hatte er sich dank seiner gewissenhaften und zielstrebigen Art Position um Position hochgearbeitet.

In den Neunzigern hatte Innozenz ihn dann zum Erzbischof geweiht und schließlich zum Kardinal ernannt. Oftmals waren Innozenz und er durch die Vatikanischen Gärten geschlendert, hatten ihre Gedanken geteilt, über die Politik und die Zukunft der Kirche gesprochen. Vor allem darüber, wie man den Schaden des von Papst Johannes in den sechziger Jahren einberufenen Konzils zur Kirchenerneuerung in Grenzen halten könne. Innozenz war dabei sehr klug vorgegangen. Er hatte über die Jahre die richtigen Männer in der Kirchenhierarchie aufsteigen lassen und war nur dort Kompromisse eingegangen, wo es dazu gedient hatte, die irregeleiteten Modernisten nicht weiter aufbegehren zu lassen. Dennoch hatte es ein progressiver Kardinal bis an die Spitze der Kirche geschafft und saß nun auf dem Stuhl Petri.

Als wäre das alleine nicht Übel genug, war aus den dunklen Kellergewölben der Kirche auch noch ein neuer Orden aufgestiegen: das Lux Domini. Ihm gehörten vor allem die medial begabten Mitglieder der Kirche an, meist ehemalige Studenten des Katholischen Instituts für Medial Hochbegabte, kurz KIMH genannt. Innozenz hatte von Anfang an ein wachsames Auge auf den neuen Orden gehabt, der sich in den ersten Jahren unauffällig und linientreu verhalten hatte. Doch mit der Zeit waren die Kundgebungen des Lux Domini zunehmend liberaler und irgendwann dermaßen kritisch geworden, dass ein traditionsbewusster Orden wie das Opus Dei sich plötzlich mit einem ernstzunehmenden Gegner konfrontiert sah.

Innozenz hatte umgehend reagiert, indem er die Führung des Ordens neu besetzte, unter anderem hatte er Gasperetti vor über sieben Jahren als Leiter des Lux eingesetzt, um den Orden an seine etablierten und überlieferten Wurzeln zu erinnern. Seither hatten der Kardinal und seine engeren Mitarbeiter, allesamt Nichtmediale, viele Schlachten geschlagen und so manchen Sieg errungen. Doch das Lux Domini war im Kern davon unberührt geblieben, gleich einem Menschen, der Gehorsam vorgab, während er das genaue Gegenteil tat.

Gasperetti atmete tief durch und betrat den Aufzug zu seiner Büroetage. Die Lage war mehr als ernst. Das Lux Domini und der Papst waren jeweils für sich alleine genommen schon eine problematische Angelegenheit, doch zusammen waren sie eine weit bedrohlichere Kombination. Vor allem Leo verhielt sich wie ein Eindringling, der die wahre Quelle der Kraft der Kirche, die Tradition eines zentralistischen Managements, nicht verstand. Außerdem sympathisierte er mit dem Lux. Dabei hatte der Papst der Diener der Diener Gottes zu sein, weil die Lehren der Kirche eins mit dem

Wort Gottes waren. Alles andere grenzte schlichtweg an Verrat. Zu allem Übel destabilisierte Leo das Gefüge der Kirche neuerdings auch noch durch dieses unsägliche dritte Konzil. Und die rebellischste Nonne von allen assistierte ihm dabei.

Schwester Catherine Bell, einst Studentin des KIMH, war eine ehemalige Agentin des Lux Domini. Vor wenigen Jahren hatte sie sich mit Hilfe ihres inzwischen verstorbenen Mentors Pater Darius trotz Gasperettis erbittertem Widerstand aus der Verbindung des Lux befreit. Ihre kirchenkritischen Bücher hatten die Öffentlichkeit auf die inneren Angelegenheiten – die »chronischen Leiden«, wie sie es nannte – der Kirche aufmerksam gemacht. Aus diesem Grund hatte sie sich vor etwa eineinhalb Jahren vor einem Tribunal der Glaubenskongregation für ihre Veröffentlichungen verantworten müssen. Gasperetti war sich damals sicher gewesen, dass Marc Kardinal Ciban – »der Großinquisitor«, wie ihn die Presse gerne titulierte – ihr ein für alle Mal den vorlauten Mund stopfen würde, stattdessen hatte sich die Situation der jungen Ordensfrau auf geheimnisvolle Weise verbessert. Das Disziplinarverfahren gegen sie ruhte, und sie hatte sogar zwei weitere Bücher veröffentlicht. Außerdem war Catherine nicht zu ihrem Chicagoer Mutterhaus zurückgekehrt, sondern in Rom geblieben. Was war das für eine irrwitzige Waffenruhe zwischen ihr und Ciban?

Über die Ursache hatte Gasperetti viel und lange spekuliert. Ganz sicher hielt Leo seine schützende Hand über Catherine Bell. Doch das alleine hätte für Marc Ciban, soweit Gasperetti den Kardinal kannte, noch lange kein Hemmnis im Prozess gegen die Nonne dargestellt. Hatten Catherines mediale Gabe und ihre Exmitgliedschaft im Lux Domini damit zu tun? Immerhin vermochte die junge Ordensfrau unter den richtigen Bedingungen in Menschen zu lesen wie in einem offenen Buch.

Ein Stockwerk tiefer trat Gasperetti aus dem geräumigen Aufzug in den Flur mit den prachtvollen Deckengemälden, während er sich einmal mehr fragte, was zum Himmel vor eineinhalb Jahren geschehen war. Er wusste von der Mordserie an einigen Geistlichen, ebenso hatte er von der unerklärlichen Erkrankung Leos zu jener Zeit erfahren, und er spürte in seinen alten Knochen, dass eine Verbindung zwischen diesen beiden Vorfällen bestand. Darüber hinaus war ihm klar, dass Catherine Bell irgendwie mit der Sache zu tun gehabt hatte. Ebenso wie Marc Ciban als oberster Chef der vatikanischen Sicherheit. Doch weder Gasperettis Agenten noch er selbst hatten etwas über die wahren Hintergründe in Erfahrung bringen können.

Vor viereinhalb Monaten hatte es dann den zweiten außergewöhnlichen Zwischenfall gegeben, einen beinahe tödlichen Anschlag auf Kardinal Ciban, von der vatikanischen Presseabteilung als schwerer Autounfall getarnt. Und wieder schien Catherine maßgebend an der Ermittlung beteiligt. Zu jenem Zeitpunkt hatte Gasperetti versucht, die Ordensfrau für das Lux Domini zurückzugewinnen. Auch um hinter die Geheimnisse der rätselhaften Vorfälle in Zusammenhang mit Leo zu kommen. Doch die Nonne war ein Dickkopf, wie er im Buche stand, und nicht einzuschüchtern.

»Treten Sie Darius' Erbe an«, hatte der alte Kardinal sie schon fast freundschaftlich aufgefordert. »Sie schulden es nicht nur Ihrem Mentor, sondern auch Ihrer Kirche.«

Doch Catherine hatte sein höchst persönliches Interesse an ihren Fähigkeiten und ihrem Wissen durchschaut.

»Meine Verpflichtungen gegenüber der Kirche oder Darius haben nicht das Geringste mit Ihnen zu tun, Eminenz.«

Mit diesen Worten hatte sie Gasperetti einfach stehen lassen. Niemand außer ihr selbst sollte über ihre Gabe verfügen. So hatte er ihre Äußerung damals zumindest interpretiert. Aber nun hatte er den Eindruck, dass Catherine insgeheim sowohl für Leo als auch für Marc Ciban arbeitete. Dies führte unweigerlich zu der Frage, was das für ein seltsamer Deal war, der die Rebellin vor einem endgültigen Urteil der Glaubenskongregation bewahrte und sie gleichzeitig in der ewigen Stadt hielt.

Schließlich hatte Gasperetti Kardinal Ciban in seinem für vatikanische Verhältnisse eher schlicht eingerichteten Büro im Palast der Inquisition aufgesucht, und der erheblich jüngere Mann mit dem kurzen silbergrauen Haar und den markanten Gesichtszügen hatte ihn sogar empfangen. Ciban hatte über zehn Jahre im In- und Ausland für den vatikanischen Geheimdienst gearbeitet. Gerade Letzteres hatte Gasperetti hoffen lassen, dass Ciban ihm gegenüber sein Schweigen brechen würde. Daher war er in ihrem Vieraugengespräch auch gleich zur Sache gekommen.

»Es geht um die beiden ungewöhnlichen Vorfälle, die Schwächeanfälle Seiner Heiligkeit sowie die schweren Verletzungen, wegen denen Sie, Eminenz, eine Weile Gast in der Gemelli-Klinik waren. Ich vermute hinter diesen Ereignissen eine große Gefahr für unsere Mutter Kirche, weshalb es für uns alle von Nutzen wäre, wenn

Sie mich als Leiter des Lux Domini in die Hintergründe einweihen würden.«

Cibans eisgraue Augen ruhten auf ihm, als hätte er nach kaum mehr als dem Wetter gefragt, dann sagte der Glaubenspräfekt: »Es tut mir leid, Stefano, aber wie alle anderen Beteiligten bin ich zum Stillschweigen verpflichtet. Ich kann Ihnen nichts darüber sagen.«

Gasperetti ließ sich seinen Unmut nicht anmerken. All die Jahre in der Kurie hatten ihn gut darin trainiert. Daher klang sein Tonfall umso besorgter. »Nicht einmal, wenn es um die Sicherheit der Kirche geht?«

»Gerade weil es um die Sicherheit der Kirche geht«, beharrte Ciban.

Trotz der Abfuhr beschloss Gasperetti, weiter in der Mauer des Schweigens zu bohren, schließlich hatte sich diese Methode schon bei anderen Kirchenfürsten bewährt. Vielleicht bekam Cibans stoische Fassade ja doch noch Risse.

»Offen gesagt, ist es mir schleierhaft, wieso eine ehemalige Agentin des Lux Domini, die zudem eine Aufrührerin ist, mehr Vertrauen in Fragen der Sicherheit genießt als ich. Weshalb erfährt unsere Schwester in Christo diesen Sonderstatus?«

Für den Bruchteil einer Sekunde glomm ein eigentümliches Feuer in den Augen des jüngeren Kardinals auf. »Ich versichere Ihnen, es hat nichts mit Ihrer Organisation zu tun.«

Eine gewisse Lässigkeit vortäuschend, lehnte Gasperetti sich in dem Renaissancestuhl vor Cibans Schreibtisch zurück. »Dafür wissen wir beide, dass es mit Leo zu tun hat. Unser Pontifex plant, die Kirche komplett umzukrempeln, und er schützt Catherine Bell. Außerdem ist er ein Freund des Lux Domini, das ich – mit

Verlaub – in Schach zu halten versuche. Ganz davon zu schweigen …«

»Es steht weder Ihnen noch mir zu, die Pläne und Entscheidungen Seiner Heiligkeit zu hinterfragen«, unterbrach Ciban ihn mitten im Satz.

Gasperetti stutzte ungläubig. »Blinder Gehorsam von Ihnen, Marc? Das hätte ich so ziemlich als Letztes erwartet.« Im Kern war Ciban aus dem gleichen Holz geschnitzt wie er. Deshalb hatte Papst Innozenz den Jüngeren ja auch zur Eminenz ernannt und schließlich zum Glaubenspräfekten gemacht. »Leos Vorgehensweise muss Ihnen ebenso ein Gräuel sein wie mir.«

Ciban schüttelte nur den Kopf. »Mir ist so manches in unserer Heiligen Mutter Kirche ein Gräuel, Stefano, aber deshalb werde ich meinen Eid gegenüber Leo nicht brechen.«

Als schätzten sie ihre Positionen gegenseitig neu ein, taxierten sie sich ein paar Sekunden lang über den antiken Schreibtisch hinweg, bis Gasperetti sagte: »Ich hoffe, Sie wissen, dass mein Anliegen aufrichtig ist. Zugegeben, meine persönliche Neugierde ist geweckt, dennoch würde ich meine persönlichen Ambitionen nie über das Wohl der Kirche stellen.«

»Auch Seiner Heiligkeit geht es in erster Linie um das Wohl der Kirche und ihrer Menschen. Und jetzt entschuldigen Sie mich bitte, Stefano.«

Nach kurzem Zögern erhob Gasperetti sich von seinem Stuhl und ging zur Tür. Die Klinke schon in der Hand, drehte er sich noch einmal um. »Es tut mir leid, dass wir uns derart missverstehen.«

Mit diesen Worten hatte er Cibans Arbeitszimmer an jenem Tag verlassen, und jetzt fragte er sich auf dem Weg zu seinem Büro noch immer, ob ein konservativer

Kirchenmann wie der Präfekt tatsächlich auf Leos Seite stehen konnte, geschweige denn auf der Seite einer Nonne wie Catherine Bell. Die ganze Angelegenheit wurde immer rätselhafter.

Als er sein weitläufiges Büro mit den hohen Fenstern und dem Blick auf die Vatikanischen Gärten betrat, erwartete ihn bereits sein Sekretär. Monsignore Edoardo Sorti hielt einen dieser modernen Datenträger in der Hand. Gasperetti erinnerte sich noch gut an die Zeit, in der Mikrofilme, Tonkassetten, Disketten und Videokassetten das technische Nonplusultra waren.

»Gibt es Neuigkeiten aus L'Aquila?«, fragte er, um sich einem aktuellen Fall zu widmen, der das Lux Domini betraf und von dem außer ihm nur eine Handvoll Männer wussten.

Monsignore Sorti schüttelte den Kopf. »Leider nein, Eminenz. Dafür hat Doktor Fantoni den Patienten wieder so weit hergestellt, dass Bruder Aquino ihn befragen konnte. Offenbar ist es jedoch unmöglich, auch nur einen halbwegs zusammenhängenden Satz aus dem Mann herauszubekommen. Nun ja, wir können alle froh sein, dass wir nicht in seiner Haut stecken.«

Gasperetti ging auf seinen Sekretär zu. Sorti war größer als der Durchschnitt der Vatikanbürger, dabei schmal und drahtig. Sein Gesicht erinnerte den alten Kardinal an das eines Erdmännchens mit stets wachsamen Augen. Dass Sorti ihn bewunderte, so wie er einst Innozenz bewundert hatte, schmeichelte Gasperetti.

»Dann ist das hier eine Aufzeichnung des ersten Gesprächs?«

Sorti nickte. »Wenn Sie gestatten, schauen wir sie uns gemeinsam an.«

»Einverstanden.«

Sie gingen zum Schreibtisch, auf dem der Computer stand. Die Vorführung dauerte keine drei Minuten. Da weder Gasperetti noch Sorti den Patienten bisher real oder auf Bildern gesehen hatte, genügte die digitale Aufzeichnung vollauf, um beiden Männern Schweißperlen auf die Stirn zu treiben.

II.

Er lauschte in sich hinein. Dieses winzige Etwas tief in seinem Innern hatte sich erneut gerührt. Doch die Pein auf seinem Rücken, deren Ursache er nicht verstand, störte seine Konzentration.

Behutsam tastete er sich zu dem Etwas vor. Dann begriff er: Es war der Funke einer Seele, und sie fürchtete sich vor ihm.

Er lockte sie mit einem Gefühl von Wärme und Geborgenheit. Das vorzutäuschen verstand er auf einer Ebene jenseits bewusster Erinnerung.

7

Dreieinhalb Monate zuvor
Chicago, Re-Source-Laboratorien

Eliza Kirk stand neben Samuel Ashdown – und leider auch neben seinem jungen, ehrgeizigen Assistenten Garry Nuts. Jenseits des Spiegelglases hatten Maximilian Richter und die Transgenetin den Gesprächsraum vor wenigen Minuten betreten. Der Ort erinnerte in nichts an einen Verhörraum oder das Behandlungszimmer eines Psychologen. Genau genommen, saßen Dr. Richter und der weibliche Klon in einem modernen, legeren Wohnzimmer, das ebenso gut Teil eines Hauses in einem Wohnviertel der Chicagoer Oberschicht hätte sein können.

Eliza beobachtete, wie der weibliche Klon selbstbewusst zum Brennholz griff, das Kaminfeuer neu entfachte und sich dann zu Richter auf die bequeme Couchgarnitur gesellte. Richter und Angelus F-XXVII, die soeben von einem kameraüberwachten Spaziergang auf dem Institutsgelände zurückgekehrt waren, schienen sich gut zu verstehen. Die Transgenetin hatte unter Richters Einfluss in den letzten beiden Wochen eine erstaunliche Entwicklung durchgemacht. Sie schien sich psychisch erholt zu haben und den Wissenschaftler sogar ein klein wenig zu mögen. Eliza spürte, wie ein Schatten von Eifersucht in ihr aufstieg.

Sie warf Ashdown einen unauffälligen Seitenblick zu. Ob ihr Vorgesetzter etwas von ihrer Verwirrung bemerkt hatte? Offenbar nicht. Der Wissenschaftler schien nur Augen und Ohren für seine Arbeit zu haben, für nichts anderes. Er verstand sich als Diener eines höheren Ziels, als Hüter des Heiligen Grals der Biologie, der das Wissen der Menschheit erweiterte und den Menschen nicht zuletzt auf eine höhere Stufe der evolutionären Entwicklung führte.

Garry Nuts hingegen wirkte als Wissenschaftler nicht ganz so versessen, dafür befremdete Eliza der intensive Blick, mit dem er die Transgenetin bedachte. Er sah in den Wohnraum hinter der Glasfront, als erwarte er dort jeden Augenblick den Beginn einer pornografischen Darbietung.

Eliza konzentrierte sich wieder auf Dr. Richter und den weiblichen Klon. Sie war keine Gentechnikerin, doch ihr war klar, dass die wissenschaftliche Leistung des Forscherteams einzigartig war, denn sie hatten das wahre Rätsel um das Klonen geknackt. Sie hatten keinen Zwilling erschaffen, sondern wirklich einen erwachsenen Menschen dupliziert. Sie hatten das Wunder vollbracht, eine bereits spezialisierte menschliche Körperzelle in ihren embryonalen Zustand vor der vierten oder fünften Zellteilung zurückzuverwandeln, denn nur bis zu diesem Frühstadium nach der Zeugung barg ein Zellkern das gesamte Entwicklungspotenzial für einen Menschen. Danach fingen die Zellen an, sich zu differenzieren. Aus manchen Zellen wurden dann Leber- oder Nervenzellen, aus anderen Gehirn-, Knochen- oder Haarzellen, weil in dem noch komplett vorhandenen Erbgut der einzelnen Zellkerne plötzlich unterschiedliche Gene abgeschaltet wurden, damit sich daraus ein vollständiges Lebewesen entwickeln konnte.

Das Klonschaf Dolly war in den Neunzigern das erste gelungene Forschungsobjekt in dieser Richtung gewesen. Dolly verdankte sein Erbgut nicht mehr einem Mutter- und einem Vaterschaf, sondern alleine der Euterzelle seines sechs Jahre alten genetischen Originals. Nach diesem Erfolg waren alle möglichen Tierarten geklont worden: Ziegen, Schweine, Mäuse, Katzen und Hunde. Seit Dolly hatte sich an dem technischen Verfahren nichts Wesentliches verändert. Natürlich lief seither die Diskussion um den beliebig kopierbaren Menschen. Horrorszenarien von Armeen genetisch identischer und spezialisierter Dienstleister wurden prophezeit. Kopierte Menschen, die als Organspender ihres Originals an bestialischen Orten dahinvegetierten.

Die Kritik war keineswegs unbegründet. Ein Bio-Labor in Texas hatte alsbald eine ganz ausgeklügelte Geschäftsidee: Man lagerte gegen einen gewissen Geldbetrag abgetriebene Föten in flüssigem Stickstoff ein, damit das Gefriergut später geklont und zum Wunschtermin von den Müttern ausgetragen werden konnte. Aber auch von Toten wie Einstein oder Beethoven war die Rede, die man eines Tages wiederauferstehen lassen könnte.

Eliza starrte auf den weiblichen Klon, der neben Dr. Richter auf der Couch saß und in einem Namenslexikon blätterte, das der Forscher ihr vor drei Tagen mitgebracht hatte. Welchen Originalmenschen hatten die Wissenschaftler da eigentlich geklont? Ebenso rätselte Eliza, wie die Transgenetin als ausgereifte, wissende Persönlichkeit hatte geboren werden können. War es Ashdown und seinen Leuten etwa gelungen, Wissen genetisch weiterzuleiten? Wessen Wissen war das?

Einer der jüngeren Wissenschaftler hatte sich in Elizas Gegenwart dazu hinreißen lassen, von genetischen Modifikationen zu sprechen, die sie in der geklonten Frau untergebracht hatten, wobei es nicht um äußere Attribute gegangen sei.

Angelus F-XXVII stellte ganz sicher alles in den Schatten, was Eliza je über das Klonen von Menschen erfahren hatte. Das hier war in der Tat eine ganz andere Liga der angewandten Gentechnologie. In jedem Fall war diese Klonfrau nicht als Tabula rasa, sozusagen als leeres Blatt, auf die Welt gekommen, obwohl sie genau das hätte sein müssen.

Der Pager von Garry Nuts schlug Alarm und riss Eliza aus ihren Gedanken.

»Entschuldigen Sie«, sagte er an Ashdown gewandt. »Ich muss nach einem der Tanks sehen.«

Im Gehen warf er Eliza ein süffisantes Lächeln zu, als hätte sie nun *die* Gelegenheit, über Ashdown herzufallen.

Eliza fühlte sich erleichtert, als der Widerling verschwunden war. Sie glaubte nicht, dass er die Schuld an den mentalen Zusammenbrüchen der Klone trug, aber ihr Instinkt sagte ihr, dass sie vor Nuts auf der Hut sein musste, weil der jüngere Wissenschaftler dem einen oder anderen Projekt durchaus auch mal zu nahe kam. Sie würde ihn im Auge behalten müssen. Nicht nur in ihrem eigenen Interesse. Sie holte tief Luft, und ihre Aufmerksamkeit kehrte zu ihrem Ausgangspunkt zurück, zu Richter, der Transgenetin und zu Re-Source.

Sobald Dr. Richter den Klon mental stabilisiert hatte, sollte Eliza nach und nach in die Gesprächstherapie eingreifen, um mit der Zeit ein ausgereiftes psychologisches Profil von Angelus zu erstellen. Sie wollten ihre besonderen Talente entdecken und fördern, um diese für Ashdowns Forschung nutzbar zu machen. So hatte Angelus' Gedächtnisleistung Züge eines Savant-Charakters, wenn es um Mathematik oder Faktenwissen ging. Gerade das Erforschen der geheimnisvollen Genialität von Inselbegabten gehörte zu Elizas Interessensgebiet.

Sie hatte mehrfach mit Menschen zusammengearbeitet, die oft nicht in der Lage waren, ein selbständiges Leben zu führen, sich die Schuhe zu binden oder auch nur ein Sandwich zu schmieren, die jedoch auf einem bestimmten Gebiet dermaßen begabt waren, dass sie die Aufmerksamkeit der Wissenschaft auf sich zogen. Manche brauchten ein weit entferntes Gebäude nur anzuschauen und konnten auf den Zentimeter genau sagen, wie hoch es war, andere konnten zigtausende Details oder mehrere tausend Bücher im Gedächtnis speichern und Punkt für Punkt wiedergeben. Unter ihren Forschungssubjekten war auch ein ganz normaler Junge gewesen, ein Nicht-Savant, der beim Spielen von einem Baseball am Kopf getroffen worden war. Am darauffolgenden Tag hatte er sich, nachdem er ein Musikstück im Radio gehört hatte, in der Schule ans Klavier gesetzt, um perfekt Rachmaninow zu spielen, obwohl er zuvor keine einzige Stunde Klavierunterricht genossen hatte.

Offiziell gab es rund um den Globus einhundert Savants von Geburt an. Eine weitere Studie hatte ergeben, dass statistisch gesehen jeder zehnte Autist ein Savant war, wobei sechs von sieben Savants männlich waren. Letzteres legte nahe, dass das männliche Sexualhormon Testosteron während der embryonalen Gehirnentwicklung eine maßgebliche Rolle bei den abweichenden Gehirnfunktionen spielte. Beispielsweise funktionierte der Filtermechanismus bei Savants nicht wie bei normalen Menschen. Oftmals existierte kein Filter, der Relevantes von Nichtrelevantem trennte. Manchmal fehlten auch einfach Teile des Gehirns, oder Gehirnareale waren extrem stark ausgeprägt. In der Regel wies die sonst dominante linke Hirnhälfte bei Savants erhebliche Defizite auf, wodurch sich die rechte Hemisphäre ungehemmt entfalten konnte.

Eliza hatte bereits für ein inoffizielles Forschungsprojekt gearbeitet, das mit nicht registrierten Savants experimentiert hatte. Inselbegabten, deren Familien im Verkauf der vermeintlich Schwachsinnigen oder Verrückten an die Wissenschaft die einzige Chance sahen, ihrem sozialen Elend zu entkommen. Oftmals waren die Forschungssubjekte Opfer von emotionaler Verwahrlosung oder traumatischen Erlebnissen, psychisch krank und hin und wieder sogar extrem aggressiv. Was zu Elizas zweitem Spezialgebiet führte, der experimentellen Untersuchung von antisozialen Persönlichkeiten über Psychopathie-Checklisten bis hin zu ausgefeilten Hirnscans.

Genau diese Fachkombination war der Hauptgrund, weswegen das Unternehmen sie für dieses Projekt angeworben hatte. Savants mit einer erhöhten Bereitschaft zur Aggressivität, mit einer Art Jagdgedächtnis für vermeintlich unterlegene Menschen, gab es so gut wie nie. Wenn sich ein solches Exemplar einmal herauskristallisierte, war es ein ausgesprochener Psychopath, der ein außergewöhnliches Manipulationstalent und keinen Funken Mitgefühl besaß.

Gespannt beobachtete Eliza den weiblichen Klon in dem fast schon idyllisch anmutenden Wohnraum mit dem brennenden Kamin. Ob Angelus ein solcher Savant war? Die Transgenetin machte nicht den Eindruck einer unselbständigen Person, wies auch nicht die geringste kognitive Behinderung auf. Was immer ihre besondere mentale Gabe war, sie gehörte wohl zu jenen seltenen Exemplaren, die nicht unter Autismus litten. Das brachte einmal mehr Dr. Maximilian Richter ins Spiel. Sein Fachgebiet überschnitt sich mit dem von Eliza, trotzdem hatte er zu ihrer Überraschung auch fundierte Kenntnisse auf dem Gebiet der Religionswissenschaft und der Anthropologie. Das hatte sie während einer Unterhaltung mitbekommen, die er mit Ashdown über das Thema Nahtoderfahrung führte.

Beim Thema Religionswissenschaft hatte die junge Wissenschaftlerin leicht gestutzt. Bei der genetischen

Anthropologie ging es hingegen um Fragen der Evolution, um die Vererbung beim Menschen, und zwar auch auf molekularer Ebene. Was wiederum zum Gesamtbild der hiesigen Re-Source-Forschung passte. Auf seine Kenntnisse angesprochen, war Richter ihren Fragen ausgewichen, indem er zwar ausführlich antwortete, aber nichts über den Hintergrund seiner Arbeit verriet. In dem Mann steckte also nicht nur ein guter Forscher und Menschenkenner, sondern auch noch ein ausgebuffter Diplomat.

Eliza mochte eigentlich keine Politiker, und das aus sehr persönlichen Gründen. Ihr Vater hatte sie als Senator schon sehr früh begreifen lassen, dass die Politik in der Regel eine sehr schmutzige, manipulative und menschenverachtende Angelegenheit war. So hatte er zwar nach außen den Ruf eines aufrichtigen, sozial denkenden Mannes gepflegt, tatsächlich aber in seinem politischen Amt für den eigenen Profit mehr Menschen um ihre Existenz gebracht, als so mancher seiner Wähler Haare auf dem Kopf hatte.

Nun denn, Dr. Richter war kein Politiker, und Eliza musste sich nun mal eingestehen, dass seine Persönlichkeit sie außerordentlich faszinierte. Selbst die Transgenetin wirkte von seinem rätselhaften Wesen angetan. In seiner Gegenwart war von ihrer unterschwelligen Unzufriedenheit jedenfalls nichts mehr zu spüren, fast als wäre sie mit sich im Reinen.

»Ich hatte gehofft, der Kollege Richter käme schneller mit ihr voran«, sagte Ashdown, nahm auf einem der gepolsterten Holzstühle Platz und lehnte sich ein klein wenig vor.

Schneller? Eliza traute ihren Ohren nicht. Was redete Ashdown da für einen Blödsinn? »Haben Sie Angelus je entspannter gesehen, Samuel? Sie kennen sie immerhin länger als ich.« Es fiel ihr noch immer schwer, den weiblichen Klon mit dem männlichen Namen zu bezeichnen, aber das Forschungsprojekt hieß nun einmal so, weshalb Ashdown dem Prototyp die Kurzform des Projektnamens zugewiesen hatte.

»Das meine ich nicht. Richter ist in der Hypnosesitzung bisher keinen Schritt vorangekommen.«

Was meinte Ashdown damit? In der Hoffnung, mehr zu erfahren, sagte Eliza: »Wenn ich richtig informiert bin, hat Doktor Richter damit gerade erst begonnen.«

Ihr war nicht ganz klar, weshalb ihr Vorgesetzter so sehr auf die therapeutischen Hypnosesitzungen versessen war. Zu Anfang hatte sie geglaubt, die Therapie diene vor allem dazu, die Transgenetin wieder ihrer inneren Mitte zuzuführen, doch inzwischen argwöhnte sie, dass Ashdown hinter etwas ganz anderem her war. Leider gehörte Eliza nicht zum inneren Kreis der Eingeweihten.

»Was hoffen Sie durch die Hypnosesitzungen herauszufinden?«, fragte sie schließlich geradeheraus, während ihr Blick Dr. Richter zum Kamin folgte, wo dieser noch etwas Holz nachlegte.

Seltsam. Irgendetwas stimmte mit diesem Mann nicht. Irgendwie passte er nicht so recht hierher. Bisweilen legte er ziemlich altmodische Verhaltensweisen an den Tag. Auch gebrauchte er manchmal Redewendungen, die Eliza bestenfalls aus sehr alten Büchern oder historischen Filmdokumentationen kannte. Okay, er war gut fünfzehn Jahre älter als sie, allerdings kam es ihr manchmal so vor, als gehörte er einer weit älteren Generation an. Vielleicht war es ja einfach nur ein Tick? Immerhin war er Europäer. Waren die Europäer nicht alle ein bisschen schräg? Aber auch das schien einem Genie wie Samuel Ashdown in keiner Weise aufzufallen.

Zu ihrer Überraschung beantwortete ihr Vorgesetzter nun doch noch ihre Frage nach den Hypnosesitzungen.

»Ich hatte gehofft zu erfahren, was Angelus während der Stasis erlebt hat. Erst in den letzten beiden Tagen haben ihre Träume ausgesetzt.«

Eliza unterdrückte den Drang, Ashdown anzuschauen. Konnte es sein, dass der Wissenschaftler die Transgenetin gar nicht aufgrund einer erhöhten inneren Unruhe in Stasis hatte versetzen lassen, sondern aus einem ganz anderen Motiv heraus? Wenn sie sich recht erinnerte, hatte Ashdown laut Protokoll als Einziger die erhöhte Aggressionsbereitschaft bei Angelus diagnostiziert und sofort Maßnahmen ergriffen. Fast wäre die Transgenetin dabei gestorben.

Die junge Wissenschaftlerin beherrschte sich und entgegnete nichts. Stattdessen beobachtete sie, wie Richter die transgenetische Frau um das Namenslexikon bat.

Er blätterte einige Seiten darin um und sagte: »Sie haben sich noch immer keinen Namen ausgesucht. Sie werden einen brauchen, wenn Sie sich eines Tages in der Welt da draußen bewegen wollen.«

Die Frau schaute ihn nachdenklich an. Ihr war klar, dass sie beide unter Beobachtung standen, deshalb vermied sie auch den Blick zum Spiegel.

»Definieren Sie bitte ›eines Tages‹, Doktor Richter. Sie glauben doch nicht wirklich an diesen Tag?«

»Oh doch, das tue ich«, erklärte Richter überzeugt und blätterte im letzten Drittel des Buches. »Es werden noch sehr interessante Aufgaben auf Sie zukommen. Bis es so weit ist, brauchen Sie schon mal einen Namen, der zu Ihrer Persönlichkeit passt und Ihr Wesen unterstreicht.«

»Sie haben meinen korrekten Namen gehört. Er lautet Angelus F-XXVII.«

»Das ist kein Name. Das ist bestenfalls ein Etikett.«

»Gut. Wie wäre es dann mit Luzifer?«

Richter deutete ein Schmunzeln an. »Luzifer?«

»Ja. Warum nicht? Im Gedenken an meine sechsundzwanzig Vorgängerinnen der F-Reihe, von denen ich nicht eine einzige kennengelernt habe. Ein wenig auch im Gedenken an das, was ich auf der anderen Seite erlebt habe.«

Ashdown richtete sich auf seinem Stuhl auf, und Eliza glaubte etwas zu begreifen. Die Transgenetin war für den Wissenschaftler gar nicht die Krönung seiner Arbeit, sie diente ihm vielmehr als ein Mittel zum Zweck, war sein Werkzeug, um die andere Seite zu erforschen. Ob das im Sinne von Re-Source war?

»Es muss eine schlimme Erfahrung für Sie gewesen sein«, sagte Richter behutsam.

Bisher hatte der Klon noch nie über seine Nahtoderlebnisse gesprochen.

»Man kann nie sicher sein, was von einem dort bleibt und was mit hierher zurückkehrt.«

Angelus blickte kurz zum Kamin. Das lodernde Feuer hatte eine unglaublich beruhigende Wirkung auf sie, weshalb sie Holz nachlegte, wann immer welches da war. Richter hatte dafür gesorgt, dass es ihr so bald nicht ausgehen würde.

Nach einer Weile sagte sie: »Ich denke, ich kenne meinen Namen.«

Richter wartete gespannt und legte das Buch auf den Tisch.

Enttäuscht lehnte Ashdown sich in seinem Stuhl zurück. Ihn interessierte die Antwort nicht. Er wollte viel lieber etwas über die Albträume von Angelus erfahren.

Die Transgenetin ging mit dem Buch zum Kamin, legte es fast schon andächtig in die Flammen und kehrte zu Richter zurück.

»Sarah. Mein Name ist Sarah«, sagte sie.

Ihr Gegenüber musterte sie mit einem sonderbaren Blick, und Eliza begriff, dass er diesen Namen irgendwo ganz tief in seinem Inneren und entgegen aller Wahrscheinlichkeit sogar erwartet hatte.

8

In der Nähe der Klosterabtei San Leonardo

Im Zwielicht des Tunnelgangs starrte Bella auf die in der Felsnische gefundene Fotografie, deren Farben schon leicht verblasst waren. Darauf waren zwei Männer mit großen Hüten zu sehen, die sie vor der sengenden Sonne schützten, ein Grab mit einem seltsam verdrehten Skelett, augenscheinlich Menschenknochen, und ein verbeulter Geländewagen. Die Landschaft bestand nur aus Staub, Sand und Fels. Im Hintergrund lag ein Berg, und obwohl der Gipfel ein gutes Stück entfernt war, schien er alles um ihn herum zu überschatten. Vor allem das Grab.

Die Ruhestätte zog die beiden erschöpften Männer in ihren staubigen Arbeitskleidern magisch an. Auf den ersten Blick wirkte die Szene zwar friedlich, doch Bella hatte das unbestimmte Gefühl, dass der Schein trog, denn die Männer hielten Hacke und Schaufel, als wären es Waffen, als hätten sie einen unberechenbaren Geist aus seiner ewigen Ruhe geweckt.

Bella erschauerte innerlich. Sie drehte das Foto um. Zwar stand kein Ort, dafür aber eine Jahreszahl auf der Rückseite: 1972. Vermutlich lag der Ausgrabungsort irgendwo im Nahen Osten oder im Norden Afrikas.

Sie wollte das Foto gerade weiter studieren, als der Junge vorschoss und es ihr wegnahm. Es grenzte an ein Wunder, dass das Papier dabei nicht zerriss. Die Aufnahme war dem Kind so wichtig, dass es selbst die schmerzenden Hände ignorierte, um sie wieder in seinen Besitz zu bringen.

Nachsichtig rollte Bella mit den Augen. »Keine Sorge. Ich wollte es mir nur anschauen.«

Der Junge antwortete nicht, sondern zog sich wieder auf die andere Seite des Ganges zurück, steckte das Foto in die Hosentasche und kühlte seine verbrannten Hände erneut an der feuchten Felswand.

Bella musterte ihn genauer. Ob er ein Autist war?

Plötzlich klackte es, als ob weiter hinten ein Tier mit Krallen über den Felsboden lief. Der Junge erstarrte und blickte wie gelähmt in die Finsternis, die Richtung Kloster führte. Dann herrschte wieder Stille. Trotzdem kam unzweifelhaft etwas durch die undurchdringliche Dunkelheit auf sie zu. Bella legte den rechten Zeigefinger an die Lippen und hoffte, dass der Junge die Geste verstand. Pst!

Sie waren eindeutig im Nachteil, denn ihre Augen hatten sich an das Licht in der Nähe des Eingangs gewöhnt, weshalb sie nicht ins Innere der Höhle sehen konnten. Sie mussten hier schleunigst fort!

Sie gab dem Jungen ein Zeichen, sich Richtung Ausgang in Bewegung zu setzen. Ihr Körper schmerzte noch immer von dem Sturz durch den Felsschacht. Sie hatte kaum fünf Meter zurückgelegt, als der Junge ihr langsam folgte, immer in Kontakt mit der Felswand.

Dann hörte Bella es noch einmal, dieses unheimliche Klacken. Ihr Herz klopfte wie ein Dampfhammer im Akkord. Ihr Atem raste. Wenigstens hatte der Junge fast zu ihr aufgeschlossen. Es waren vielleicht noch zehn Meter bis zum Ausgang.

Reiß dich zusammen!, ermahnte sie sich, griff nach dem Kapuzenshirtärmel des Jungen und zog ihn mit sich fort.

Aufgrund des Unwetters konnte Bella das Geräusch nicht mehr hören, doch sie war sich sicher, dass es näher kam. Das böse Etwas aus dem Kloster konnte jeden Moment zuschlagen.

Schließlich sprang Bella ins Freie und zerrte den Jungen dabei wie eine Puppe hinter sich her. Der Regen peitschte wie ein Sturzbach auf ihre Gesichter. Die gleißend hellen Lichtblitze machten sie beinahe blind.

Da sprang etwas Knurrendes, Keuchendes aus der entgegengesetzten Richtung auf sie zu, direkt aus dem Wald. Es griff sie aber wider Erwarten nicht an, sondern jagte wie wild an ihnen vorbei.

Bella hatte das Gefühl, nun endgültig die Nerven zu verlieren. Dem Knurren und Keuchen folgte erst ein Bellen, dann ein Gewirr brutaler, undefinierbarer Kampfgeräusche, die ohrenbetäubend von den Wänden widerhallten.

Orpheus!

Was immer eine Sekunde zuvor an ihnen vorbeigeschossen war und nun mit dem Ungeheuer kämpfte, musste ihr Hund gewesen sein.

Bella setzte den Jungen neben dem Ausgang ab, griff nach ihrer Taschenlampe und kehrte wider jede Vernunft in den Felsgang zurück. Schon nach wenigen Metern offenbarte der Lichtstrahl, dass das Ungeheuer – ein zorniges, großes fleischiges Ding – ihnen tatsächlich sehr nahe gekommen war. Zwei Körper kämpften so verbissen gegeneinander, dass Bella sich bei dem Anblick fast in die Hosen machte. Einer der Kämpfer war tatsächlich Orpheus.

Im Kampfrausch schien er keinerlei Schmerzen und Verletzungen mehr wahrzunehmen. Die Größe seines Gegners war gewaltig. Der steinerne Boden unter ihnen schien bei jeder Bewegung zu vibrieren, und plötzlich gelang es dem Ungeheuer, sich von den Attacken des Hundes zu befreien und sich auf Bella zu stürzen. Doch das Licht der Taschenlampe blendete den Angreifer, sodass er sie knapp verfehlte. Dabei ging alles so schnell, dass Bella gar nicht mitbekam, wie Orpheus sofort nachsetzte, das Ungeheuer am Genick packte und es ihm mit einem einzigen brutalen Ruck brach.

Jähe Stille folgte. Als befände sich der Höhlengang in einer anderen Welt, in einer Welt, in der es nicht donnerte und blitzte.

Leise winselnd humpelte Orpheus auf Bella zu, als wolle er sich dafür entschuldigen, sie erst jetzt gerettet zu haben. Sein Fell war völlig zerzaust und voll Blut. Sie drückte ihn an sich, kraulte, streichelte und untersuchte ihn. Es grenzte an ein Wunder, dass der große Schäferhund keine lebensgefährlichen Wunden davongetragen hatte, auch keine Brüche. Das meiste Blut stammte von dem Ungeheuer.

Dann warf Orpheus einen Blick auf den toten Körper, eine Aufforderung an Bella, sich das Ungeheuer genauer anzusehen. Sie trat näher, beugte sich hinunter und erstarrte, als sie das blutbesudelte Halsband der Bestie erkannte.

Himmel! Das Monster war Rafael. Der Klosterhund.

III.

Die winzige Seele, die den weiblichen Körper mit ihm teilte, hieß Sarah. Sie reagierte auf seine Kommunikation mit den beiden Männern und der Frau. Schließlich hatte er sich nach außen hin selbst Sarah genannt, auch wenn er sich im Innern weiterhin mit dem Namen Angelus identifizierte. Das machte die Beziehung mit den Menschen einfacher, besonders mit dem Mann, der sich Dr. Richter nannte und dessen Aura sich von allen anderen unterschied.

Außerdem verfügte Sarah über eine gewisse Erinnerung, die irgendwie seinen Schmerz linderte.

Sarah fühlte sich in diesem Körper ebenso gefangen wie er.

9

3 Monate zuvor
Chicago, Re-Source-Laboratorien

Normalerweise mied Eliza die Institutskantine wie die Pest, auch wenn das Essen dort ausgezeichnet und sehr ausgewogen war. An diesem Tag hatte sie jedoch herausgefunden, dass Dr. Richter der Kantinenatmosphäre durchaus zugeneigt war, auch wenn er es vorzog, alleine an einem der quadratischen Fenstertische zu essen.

Die Kantine der Wissenschaftler aus Elizas Forschungsbereich befand sich im vierundzwanzigsten Stock des Re-Source-Towers und nicht etwa in den unterirdischen Tiefen, wo die geheimen Labore oder die Organplantagen lagen. Umgeben war der Tower von einem einhundert Hektar großen, bewaldeten Areal, das an den Lake Michigan grenzte, ein Mischwald mit Eichen, Ahornen, Birken und Ulmen. Eliza musste zugeben, dass der Ausblick durch die Panoramafenster atemberaubend war, sozusagen Erholung und Inspiration für die Seele, was die Erbauer wohl genauso geplant hatten, damit die Wissenschaftler im Untergrund keinen Koller bekamen. Vor allem vom Spätsommer bis in den Herbst, wenn der Indian Summer die Laubwälder in eine leuchtend orangerote Landschaft verwandelte, konnte man es hier oben, und vor allem auf der Dachterrasse, stundenlang aushalten.

Der Anblick der Organplantagen war dagegen der reinste Horror. In den Tiefen des Towers pulsierte das Leben in einem anderen Rhythmus. Ohne natürliche Geräusche, Gerüche und Farben, ohne jedes noch so spärliche Gefühl. Dort unten im ewigen Dämmerlicht, umgeben vom Summen unzähliger Maschinen, existierten die Wälder und Unwetter rund um den Tower und Chicago nicht. Dort unten erblickte man nur eins: den lebendigen Tod in zigtausend Variationen.

Eliza schnappte sich eines der Tabletts und überblickte die elektronische Schautafel mit den Mahlzeiten, die heute zur Auswahl standen. Dabei gingen ihr die Organplantagen nicht aus dem Sinn. Sie hatte die Plantagen von einem der Büros aus gesehen, das sich in zehn Metern Höhe hinter einer Galerie befand und über gläserne Wände verfügte, durch die man auf einen der weitläufigen, in ewigem Zwielicht liegenden Plantagenpfade hinunterschauen konnte. Brutkasten hatte sich an Brutkasten gereiht, hintereinander, übereinander, über mehrere Ebenen hinweg, wie in einer überdimensionalen Lagerhalle. Roboter, Techniker und Wissenschaftler waren in den düsteren Schluchten umhergesurrt wie emsige Bienen, die ihre Brut überwachten.

Hier konnte man ein Organ, einen Arm oder ein Bein kaufen wie einen Zobel oder Kleinwagen, sofern man über das nötige Kleingeld verfügte. Alles entwickelt aus menschlichen Zellen, die in einem Nährmedium so weit heranwuchsen, bis man ihnen die gewünschte Differenzierung, kombiniert mit einem Wachstumsbeschleuniger, genetisch einpflanzen konnte. Noch vor wenigen Jahren hatten Biologen und Mediziner so etwas für unmöglich gehalten. Doch in den Laboratorien von Re-Source war das alles seit Jahren nur noch eine Frage des Geldes.

Eliza stellte fest, dass ihr der Appetit gerade gehörig vergangen war.

Einen Augenblick lang überlegte sie, das Tablett zurückzulegen und die Kantine zu verlassen, als sie fast mit Dr. Ashdowns arrogantem Assistenten zusammenstieß.

»Sie wollen schon wieder gehen?«, fragte Nuts.

»Ja. Ich habe noch zu tun«, erwiderte Eliza knapp.

»Ach, nun kommen Sie schon«, sagte er mit einem süffisanten Lächeln. »Ich habe ein paar interessante Details über unsere Transgenetin zu berichten.«

»Danke, kein Bedarf.«

Sie wandte sich zum Gehen, als Dr. Richter unvermittelt vor ihr stand. Er sah Nuts einen Augenblick lang an, und der junge Mann schlug zu Elizas Erstaunen den Blick nieder.

»Ich glaube, ich lasse Sie beide dann mal allein.«

Richter nahm eines der Tabletts. »Ich vermute, Mister Nuts wollte Ihnen eine seiner Phantasien über Angelus und mich auftischen. Bisweilen geht seine Schöpferkraft mit ihm durch, was an einem latenten hormonellen Überdruck liegen mag.«

Eliza konnte sich ein Grinsen nicht verkneifen. Tatsächlich hatte sie mit ihrer Neugierde gekämpft, als Nuts ihr die allerneueste Story über Angelus ankündigte. Dass der Kollege Richter darin ebenfalls eine Rolle spielen sollte, war ihr allerdings neu.

»Kommen Sie, Doktor Kirk«, sagte er mit einem sympathischen Lächeln. »Ich lade Sie auf einen Happen ein.«

Sie schlenderten das Buffet entlang und wählten unter den Vorspeisen, Hauptgerichten und Desserts aus. Dann setzten sie sich an einen der freien Fenstertische, wobei er ihr, ganz Gentleman, den Stuhl zurechtrückte. Eliza war froh, dass er nicht noch auf die Idee kam, ihr aus dem Laborkittel zu helfen.

»Essen Sie gerne italienisch?«, fragte sie mit einem Blick auf die ellenlangen Spaghetti, die er gekonnt mit Hilfe eines Löffels auf eine Gabel drehte.

»Auch. Durch meinen Beruf komme ich viel herum.«

»Soweit ich weiß, isst man in Italien Spaghetti aber nicht mit dem Löffel.« Eliza starrte auf den Nudelhaufen, der immer größer wurde. Ihr Steak schmeckte hervorragend.

Richter lachte. »Wie wahr. Das habe ich mir in Deutschland abgeschaut. Ich finde es sehr bequem.

Auch gibt es weit weniger Flecken.« Er deutete kurz auf sein makelloses helles Hemd.

Eliza schmunzelte. »Sie machen erstaunlich gute Fortschritte mit Angelus. Sie wirkt ausgeglichen, scheint ihre Ängste und Aggressionen im Griff zu haben«, führte sie das Gespräch fort, denn Angelus war im Moment so ziemlich alles, worum Ashdowns und Richters Gedanken kreisten.

Ihr Gegenüber hielt inne und blickte sie an. »Angelus ist eine hervorragende Schauspielerin. Sie weiß sehr genau, *was* wir hören und sehen wollen.«

»Sie macht auf mich einen stabilen Eindruck. Oder irre ich mich da?«

»Wie lange haben Sie mit Angelus zusammengearbeitet, Doktor Kirk?«

»Etwa zwei Monate. Aber das war kaum mehr als ein erstes Kennenlernen. Eine Handvoll Treffen im Beisein von Doktor Ashdown, bis es zu dem Zusammenbruch kam.«

»Waren Sie damals … dabei?«

»Nein. Soweit ich weiß, waren lediglich Doktor Ashdown und sein Assistent anwesend.«

Er blickte sie mit einer unglaublichen Ruhe an.

Eliza zuckte mit den Achseln. »Angelus hat ihre Selbstkontrolle verloren, was Ashdown ein blaues Auge beschert und Nuts zwei Zähne gekostet hat.«

Richter schwieg, während er die nächste Portion Nudeln mit dem Löffel auf die Gabel rollte. Dann fragte er: »Was wissen Sie über das Angelus-Gentechnik-Programm?«

»Da muss ich Sie enttäuschen. Sehr wenig. Was ist Ihr Kenntnisstand? Immerhin hat man Sie als Therapeut um Unterstützung gebeten.«

Er blickte von seinem Besteck auf. Ohne auf ihre Frage einzugehen, sagte er: »Ashdown hat vermutlich keine Ahnung, welchen genetischen Ursprungs Angelus ist.«

Sie räusperte sich. »Meines Wissens hat keiner davon auch nur einen blassen Schimmer. Zumindest hat Ashdown mir das in einem seiner redseligeren Momente gesagt.«

»Das dachte ich mir. Er hat keine Ahnung, womit er hier experimentiert.«

Eliza hielt inne. »Das klingt, als hätten Sie einen tieferen Einblick.«

Richter wog seine Worte ab. »Mir ist bekannt, dass diese Technologie samt Angelus nicht hier in Chicago entwickelt worden ist. Beides ist ein Import aus Europa.«

»Sie scherzen.«

»Ich wünschte, es wäre so. Ashdown experimentiert mit etwas, das er selbst nicht erschaffen hat. So wie ich ihn einschätze, ist ihm das auch völlig egal.«

Eliza öffnete den Mund, schloss ihn aber gleich wieder. Richter sprach nur aus, was sie seit einiger Zeit teilweise selbst vermutete. Außerdem hatte sie noch immer keine Ahnung, was wirklich hinter den Kulissen ihres Forschungsbereichs vorging. Vor allem die Krypta, wo hauptsächlich mit den Transgeneten gearbeitet wurde, war für sie noch immer eine Tabuzone. Man hielt sie außen vor wie ein unreifes Kind. Dafür begriff sie in diesem Augenblick noch etwas. Aus welchen Gründen auch immer schien Dr. Richter sich entschieden zu haben, ihr zu vertrauen.

»Mir ist aufgefallen«, begann sie, »dass Sie Angelus während Ihrer Sitzungen inzwischen Sarah nennen.«

»Das ist nicht nur irgendein Name, Doktor Kirk, sondern der, an den Angelus sich erinnert.«

Sie blickte ihrem Gegenüber in die dunklen Augen und sagte: »Sie meinen, Angelus hat Erinnerungen an ihr … Original?«

Richter bestätigte die Vermutung mit einem Nicken. »Und einiges mehr.«

Bei seinen Worten lief Eliza ein Schauer über den Rücken. Natürlich hatte sie schon von dem Phänomen der Organphantasie gehört, dass manche Empfänger eines Spenderorgans vermeintlich einen Teil der Persönlichkeit ihres Spenders übernahmen. Beispielsweise hatte eine Tänzerin, die Junkfood stets abgelehnt und der man das Herz eines verunglückten Motorradfahrers transplantiert hatte, auf einmal Heißhunger auf Burger und Bier entwickelt und die Gangart eines jugendlichen Mannes angenommen. Im Schlaf hatte die Tänzerin sogar Visionen des Verstorbenen, dessen Herz nun in ihr schlug. Sie wusste seinen Namen, wie er aussah – und all das, obwohl das Transplantationszentrum die Privatsphäre von Spendern und Empfängern schützte und ihr die Spenderdaten nicht zugänglich gemacht hatte.

Eliza wurde klar, dass ein geklonter Körper ebenfalls über solch ein Zellgedächtnis verfügen musste. In gewisser Weise wurde hier zwar nur aus einer einzigen Zelle, deren Spezialisierung noch dazu aufgehoben worden war, ein kompletter Körper neu zum Leben erweckt, während ein transplantiertes Organ aus vielen spezialisierten Zellen mit Erinnerungen bestand, doch wie es aussah, blieb selbst in einer manipulierten Klonzelle die Erinnerung erhalten. Auch wenn das, was Richter da gerade erwähnt und was sie selbst in den letzten Wochen beobachtet hatte, weit über alle bekannten Zellgedächtnis-Theorien hinausging.

Obwohl es völlig unrealistisch war, hoffte sie auf eine alles erklärende Antwort und fragte: »Was, denken Sie, hat man mit Angelus gemacht?«

»Darüber kann ich nur spekulieren. Aber die Saat wurde bereits in Europa gelegt. Womöglich als geheimes Verteidigungsprojekt.«

Eliza stutzte. »Als Verteidigungsprojekt?«

Richter nickte.

Sie fügte hinzu: »Ashdown und Nuts müssen nicht schlecht gestaunt haben, als ihr Angelus-Prototyp sie plötzlich Zähne spucken ließ.« Sie wunderte sich, dass Nuts überhaupt noch an dem Projekt mitarbeiten durfte. Verfügte er über Vitamin B? Oder war er als Assistent tatsächlich unersetzbar?

Ein Lächeln huschte über Richters Gesicht, und Eliza wusste, dass er sich gerade vorstellte, wie Angelus Ashdown und Nuts in die Mangel genommen hatte. Dann wurde der Anthropologe wieder ernst. »Erzählen Sie mir etwas über Ashdowns Jenseitsforschungen, Doktor Kirk.«

»Sie können mich gerne Eliza nennen, wenn wir unter uns sind.«

Richter nickte. »Gerne. Maximilian.«

»Ich muss Sie leider wieder enttäuschen. Bisher hat man mich noch zu keiner Rückführung eingeladen. Und Ihre Hypnosesitzungen mit Angelus werden ja von Ashdown peinlich genau überwacht.«

»Dann haben Sie also nie erlebt, wie der Nahtod bei einem Menschen unter medizinisch kontrollierten Bedingungen künstlich herbeigeführt wird?«

Eliza starrte ihn an. Richters Tonfall klang missbilligend, als verurteile er diese Art von Experiment zutiefst.

»Nein.«

Soweit sie wusste, handelte es sich bei den Versuchspersonen durchweg um Freiwillige, oft sogar um Personal aus dem Wissenschaftsstab. Manche sahen in dem Experiment ein Abenteuer, eine Expedition, so wie andere Menschen den Mount Everest bestiegen oder einen Shuttle-Flug um die Erde buchten. Über die Anzahl und den Inhalt der Nahtoderfahrungen eines Probanden wurde genau Buch geführt. Das Wundersame war, dass kaum ein Mensch, der einmal drüben war, freiwillig zurückkehren wollte. Zumindest stand das so in den Berichten, die Eliza bisher hatte lesen dürfen.

»Das Verfahren, das sich am ehesten bewährt hat«, begann Richter seine Erklärung, »stammt aus der sogenannten Stillstandsoperation der Hirnchirurgie. Die Körpertemperatur wird auf zehn bis fünfzehn Grad Celsius reduziert, Atmung und Herzschlag werden eingestellt und die Hirnwellen reduziert. Schließlich wird das Blut aus dem Kopf entfernt, bis das Gehirn selbst ruht. Allerdings schläft es dabei nicht nur. Es gibt keinerlei Stoffwechselaktivität, keinerlei neuronale Aktivität mehr. Das Gehirn ist klinisch tot. Der Patient steht nicht nur mit einem Fuß, sondern mit beiden Beinen im Jenseits.«

Eliza keuchte, als wäre ihr der letzte Bissen im Hals stecken geblieben. Nun war ihr klar, weshalb Ashdown sie bisher an keinem dieser Experimente hatte teilnehmen lassen. Der Eingriff war außerordentlich brutal. Ihr Vorgesetzter fürchtete ihre Reaktion. Er hatte Angst, sie könnte durchdrehen. Vermutlich hatte er vollkommen recht damit.

»Haben Sie denn einem solchen Experiment schon einmal beigewohnt?«, fragte sie.

Richter schüttelte den Kopf. »Nein. Aber es gibt geheime Videodokumentationen. In Europa wird ebenfalls mit Hilfe dieses Verfahrens experimentiert.«

Eliza schluckte. Eine Weile herrschte Schweigen.

»Ich bin mir noch immer nicht ganz im Klaren darüber, was man sich von dieser Forschung eigentlich verspricht«, sagte sie schließlich.

»Ich denke, Doktor Ashdown, nein, Re-Source ist an jenem Teil des Jenseits interessiert, von dem aus man Einfluss auf das Diesseits nehmen könnte. Ein solches Wissen ließe sich ausgezeichnet als Geheim- oder vielmehr Spionagewaffe einsetzen. Von da drüben lässt sich bisweilen recht klar in die nächstmögliche Zukunft sehen.«

Eliza sah Richter an, als hätte er den Verstand verloren. »Wollen Sie mir damit sagen, dass man Angelus als eine Art übersinnlichen Spion einsetzen will?«

»Bisher wurden noch alle wissenschaftlichen Entwicklungen unter dem Gesichtspunkt der kriegstechnischen Möglichkeiten durchgeführt. Angelus bildet da keine Ausnahme. Auch wenn der gentechnologische Durchbruch in einem der geheimen europäischen Re-Source-Labore gelungen ist, letztlich beherrscht das Unternehmen hinter den Kulissen höchstwahrscheinlich nicht nur einen guten Teil der amerikanischen Regierung.«

Eliza schob ihren zu zwei Dritteln leergegessenen Teller beiseite. Ihr Blick wanderte kurz zum Fenster, über die weiten Wälder bis hinunter zum See. Dass Konzerne Einfluss auf Regierungen nahmen und Re-Source da sicher keine Ausnahme bildete, war ihr rein theoretisch nicht neu. Aus praktischer Sicht jedoch musste sie das

Gehörte erst einmal verdauen. Dann stellte sie die Frage aller Fragen. Zumindest kam es ihr so vor.

»Welche Rolle spielen Sie in diesem ganzen verrückten Wissenschaftsdrama, Maximilian? Weshalb sind Sie wirklich hier?«

Richter hielt kurz inne, legte sein Besteck beiseite und blickte sie sonderbar an. »Ihr Spezialgebiet sind Savants und Psychopathen. Mein Spezialgebiet sind Seelen, die aufgrund von Experimenten oder bizarren Vorkommnissen zu Grenzgängern zwischen Leben und Tod geworden sind. Auch wenn ich den Tod selbst nicht herbeiführe und auch nicht wie Doktor Ashdown damit experimentiere, habe ich dennoch gewisse Erfahrungen mit den Auswirkungen auf den menschlichen Geist gemacht. Ich habe den Tod und die Spuren, die er hinterlässt, in vielerlei Hinsicht studiert. Darüber hinaus verfüge ich über ein gewisses Maß an eigener Erfahrung.«

Eliza schluckte. »Sie meinen das tatsächlich ernst, oder?«

Richter nickte. Dann sagte er: »Sie haben eine gute Aura, Doktor Kirk.«

»Wie bitte?«

»Sie sind ein starker und guter Mensch.«

»Wenn Sie sich da mal nicht täuschen.«

Ein Lächeln huschte über Richters Gesicht. Eine Mischung aus freundschaftlichem Spott und Ich-weiß-es.

Eliza war sich nicht sicher, ob ihr das gefiel. Aber sie spürte, dass hinter Richters kleinem Psychogramm weit mehr steckte. »Es ist kein Zufall, dass Sie hier und heute mit mir reden. Stimmt's?«

»Nein. Nicht mehr.«

Sie runzelte die Stirn. »Dann möchte ich den Grund dafür erfahren.«

»Aber sicher doch. Wenn die Dunkelheit aufzieht, vereine ich die Mächte des Guten hinter mir.«

10

In der Nähe der Klosterabtei San Leonardo

Bella, Orpheus und der Junge hatten die ganze Nacht am Höhlenausgang ausgeharrt, keine zwanzig Meter von dem toten Leib des tollwütigen Klosterhundes Rafael entfernt. Mit seinem mächtigen Körper hatte Orpheus die beiden Menschen gewärmt und sie so vor der sicheren Unterkühlung bewahrt. Der Junge hatte geschlafen wie in Abrahams Schoß, Bella hingegen hatte kein Auge zugemacht, sondern stets darauf gelauscht, dass das Untier nicht wieder von den Toten auferstand.

Das Unwetter hatte sich erst am Morgen verzogen. Draußen vor dem Tunnel strahlte die Sonne, als hätte es den Höllentrip nie gegeben. Lediglich der matschige Boden, die umherliegenden Äste und das Laub erinnerten noch daran.

Bella spähte vorsichtig zu Rafael hinüber. Die körperlichen wie charakterlichen Veränderungen des Rüden waren für sie unfassbar. Der Klosterhund war uralt gewesen, doch die letzte Nacht hatte er sich aufgeführt wie ein Irrer, mit einer Energie, wie man sie bestenfalls von einem erheblich jüngeren Hund erwarten durfte.

Nun wollte Bella Gewissheit. Sie kroch unter Orpheus hervor, nahm die Taschenlampe und näherte sich dem Hundeleichnam so vorsichtig, als handele es sich um eine scharfe Bombe.

Im Lichtkegel fiel ihr Blick auf eine unglaubliche Monstrosität, eine Missgeburt, die nicht mehr viel Ähnlichkeit mit einem Hund aufwies. Das ganze Skelett schien irgendwie verdreht, als hätte jemand das komplette Innere des Hundes in einem Anfall von Irrsinn nach außen gestülpt. Der Kopf war nur noch eine aus gebrochenen Knochen bestehende, blutige Masse, das Gehirn war seitlich ausgetreten wie ein schmieriger Haufen Mist. Die großen, hervorgequollenen Augen wirkten so riesig wie zwei Spiegeleier.

Bella musste sich gleich neben dem toten Tier übergeben. Dabei hatte sie schon lange nichts mehr im Magen. Angeekelt kehrte sie zu dem Jungen und Orpheus zurück. Es war sinnlos, noch länger hierzubleiben. Sie würde zusammen mit den beiden den Waldpfad zu ihrem Haus zurückgehen, Orpheus' Wunden versorgen und die Polizei informieren.

Doch das war leichter gedacht als getan. Der Junge machte keinerlei Anstalten, den Höhlenausgang zu verlassen. Eine Wanderung durch den Wald kam für ihn vermutlich einem Horrortrip gleich. Bella erklärte ihm zwar ihren Plan und hatte auch den Eindruck, dass er ihre Worte begriff, die Höhle wollte er trotzdem nicht verlassen. Er hatte einfach viel zu viel Angst.

Schließlich presste Orpheus seine Schnauze gegen das Kind, wobei er erst unruhig wimmerte und dann leise bellte. Der Junge beugte sich vor und drückte den Schäferhund an sich, streichelte ihn.

Dann geschah etwas, das Bella kaum glauben konnte, obwohl sie es mit ihren eigenen Augen sah. Orpheus stupste den Jungen mit der Schnauze an und trieb ihn so lange vor sich her, bis er sich in Bewegung setzte und ihm und Bella folgte.

11

Rom
Flughafen Leonardo da Vinci

Monsignore Ben Hawlett sah der Landung der Passagiermaschine nicht nur wegen seiner unheilvollen Flugangst mit froher Erwartung entgegen. Fast ein Dreivierteljahr hatte er in São Paulo gelebt und in der dortigen Erzdiöse als verdeckter Ermittler gearbeitet, nachdem sein Vorgesetzter Kardinal Ciban ihm einen geheimen Bericht, zusammengestellt nach Anhaltspunkten aus vertrauenswürdigen Quellen, ausgehändigt und ihn beauftragt hatte, sich des Falls anzunehmen. Das hatte er getan, mit Erfolg.

Bens Fall war kein Geringerer gewesen als der Erzbischof Frederico José Kardinal García, der neben Kontakten zur amerikanischen Mafia noch etliche andere unchristliche Verbindungen unterhalten hatte. Frederico José war Ben in den vergangenen Monaten mit seiner göttlichen Anbetung, seiner zwielichtigen Geschäftstüchtigkeit und seiner unglaublichen Raffinesse gehörig auf die Nerven gegangen.

»Seien Sie vorsichtig, Ben«, hatte Kardinal Ciban gesagt. »García wird wissen, weshalb man Sie aus Rom entsandt hat. Er wird versuchen, Sie auf seine Seite zu ziehen.«

»Keine Sorge, Eminenz.«

Der hochgewachsene Präfekt hatte Ben mit seinen eisgrauen, ruhigen Augen angesehen, die klassischen

Gesichtszüge nahezu reglos. Trotz des förmlichen Kardinalsgewandes erinnerte Ciban Ben weit mehr an einen antiken Herrscher als an einen Mann Gottes.

»Die Angelegenheit ist überaus delikat«, hatte Ciban hinzugefügt, »Sie müssen García nach und nach glauben machen, dass ihm das gelingt.«

»Ich verstehe«, hatte Ben gesagt, ohne zu ahnen, was ihn wirklich erwartete.

Wie dem auch war, die Tage des windigen Kardinals waren gezählt, seine Konten beschlagnahmt, die Gelder im Großen und Ganzen guten Zwecken zugeführt, und das Amt war neu besetzt. Somit war der Fall für Ben ein für alle Mal erledigt. Kardinal Ciban, sein gestrenger Chef, konnte mit dem Ergebnis zufrieden sein. Auch wenn die Aktion mehr Zeit in Anspruch genommen hatte als geplant.

Die Lufthansa-Maschine setzte mit einem sanften Ruck auf dem Rollfeld auf, steuerte auf eine der Fluggastbrücken zu und hielt an. Ben wartete mit seinem Handgepäck, bis sich der Trubel gelegt hatte und die anderen Passagiere hinausgedrängelt hatten. Erst dann machte er sich in Ruhe auf den Weg zur Gepäckausgabe sowie zur Pass- und Sicherheitskontrolle. Nach den jüngsten Terrordrohungen waren die Kontrollen, wie er in den Nachrichten verfolgt hatte, erheblich verschärft worden, was den Ablauf für die Flugpassagiere beträchtlich verlangsamte. Allerdings hatte er den anderen Passagieren gegenüber einen Vorteil, denn sein Vatikanpass würde die Sache ein wenig beschleunigen und ihm eine zeitaufwendige Kontrolle ersparen.

Als er das Gepäckband erreichte, drehte sein Überseekoffer bereits so gut wie alleine seine Runden. Er hievte das beinahe fünfundzwanzig Kilogramm schwere Prachtteil auf den Boden und zog es frohen Mutes Richtung Ausgang hinter sich her.

Der Koffer enthielt ein kleines Geschenk, ein schickes Halstuch für Schwester Catherine Bell. Ben und Catherine standen sich sehr nah, sie kannten sich seit Kindheitstagen, seit sie im Katholischen Institut für Medial Hochbegabte wie Geschwister herangewachsen und zur Schule gegangen waren. Ben war anschließend nach Rom gegangen, hatte dort weiterstudiert und zu arbeiten begonnen, während Catherine hauptsächlich in Chicago und Washington studiert und angefangen hatte, ihre kirchenkritischen Bücher zu schreiben.

Als Catherine sich dafür vor einem Tribunal der modernen Inquisition hatte verantworten müssen, war Ben gerade mit einer undurchsichtigen Priester-Mordserie beschäftigt, die sogar den Papst bedroht hatte. Letzten Endes war auch Catherine aufgrund ihrer medialen Gabe in die Mordermittlungen einbezogen worden, und der Fall hätte die beiden fast das Leben gekostet, wäre da nicht Ciban gewesen. Das Erlebnis hatte ihr Bild von Gut und Böse erheblich gewandelt und ihnen neben erheblichen Blessuren auch ein paar Tage Aufenthalt in der Gemelli-Klinik beschert. Am Ende hatte Catherine dem Papst das Leben gerettet und sich dabei sogar Kardinal Cibans Respekt verdient. Daher war Bens alte Freundin erst einmal nicht in ihren Orden nach Chicago zurückgekehrt, sondern arbeitete seither inoffiziell für Seine Heiligkeit, ebenso wie hin und wieder auch für die vatikanische Sicherheit und damit für Ciban.

Es gab nichts, worauf Ben sich mehr freute, als Catherine nach all den Monaten endlich wiederzusehen. Auch fragte er sich, ob sie sich mittlerweile an ihre Zusammenarbeit mit Ciban gewöhnt hatte. Die Ordensfrau und der Kardinal vertraten ziemlich konträre Ansichten, was die Politik der katholischen Kirche anging. Es war, als wollte man Feuer und Wasser im Kampf für eine gemeinsame Sache vereinen.

Bedauerlicherweise hatte Catherine sich in ihren E-Mails und Telefonaten über dieses Thema weitgehend ausgeschwiegen. Ben hatte also keine Ahnung, welches Arbeitsklima ihn im Palast der Inquisition erwartete. Nichtsdestotrotz hatte er das Gefühl, dass sich während seiner Abwesenheit in Rom etwas zugetragen haben musste, worüber weder Catherine noch Ciban mit ihm zu sprechen bereit war. So war Ciban einige Monate zuvor fast drei Wochen lang für Ben nicht erreichbar gewesen. Angeblich hatte er einen Autounfall gehabt und war anschließend auf einer geheimnisvollen Mission gewesen. Als der Kardinal endlich von diesem mysteriösen Fall zurückgekehrt war, hatte er sich irgendwie verändert. Das hatte Ben selbst bei den wenigen Telefonaten mit ihm gespürt. Catherine musste ebenfalls in den Fall involviert gewesen sein, denn auch sie war nicht mehr dieselbe, selbst wenn er die alte Catherine durchaus noch in der neuen erkannte. Sie war stärker geworden, reifer, ernster. Die Kooperation mit Ciban hinterließ zweifelsohne Spuren.

Er folgte dem mit Werbung gepflasterten, schmalen Weg, der von den Gates wegführte, vorbei an den Hinweisschildern, die er schon lange nicht mehr benötigte, da er den Flughafen in- und auswendig kannte, und betrat die Halle mit den Läden, den Restaurants, den Übersichtsplänen und den An- und Abreisetafeln.

Eine Frau im Nonnenhabit der Dominikanerinnen stand mitten in der Halle und hielt nach jemandem

Ausschau. Wie es Ben schien, war sie die einzige Ordensfrau weit und breit. Hatte Catherine ihn etwa versetzt? Ihm dämmerte, dass er sein Handy noch nicht wieder eingeschaltet hatte. Somit hatte seine Freundin keine Gelegenheit gehabt, ihn zu informieren.

Die Dominikanerin drehte sich in seine Richtung. Eine schmale Gestalt mit einem strengen Gesichtsausdruck. Doch alleine das weiße Habit mit der schwarzen, exakt sitzenden Haube hätte nach dem langen, ermüdenden Flug genügt, um Ben einzuschüchtern. Sie nahm ihn von oben bis unten in Augenschein, wie einen Schuljungen, der das Büro des Direktors das erste Mal betrat, und kam dann auf ihn zu.

»Monsignore Ben Hawlett?«

»Der bin ich.«

»Gelobt sei Jesus Christus.«

»In Ewigkeit. Amen«, antwortete Ben wie beim Klassenrapport.

»Ich bin Schwester Giada. Schwester Catherine hat mich gebeten, Sie abzuholen. Sie wurde leider aufgehalten und sitzt noch in einem der Planungstreffen zu den Vorkonferenzen des Konzils fest.«

Ben nickte. In wenigen Tagen würden die ersten Vorkonferenzen zum Dritten Vatikanischen Konzil in der Nervi-Halle, der Audienzhalle des Papstes, stattfinden. Eine erste Orientierung für die Europäer, bevor die Bischöfe und Kardinäle aus der ganzen Welt nach Rom strömen würden, um sich für eine moderne und demokratischer geführte Kirche einzusetzen. Doch sosehr der Papst selbst mit seinem Denken und Handeln eine Inspiration für die Ziele des Konzils war, so sehr ließ die römische Kurie hinter den Kulissen nichts unversucht, um deren Erreichen zu vereiteln. Die Macht sollte zentralisiert in Rom bleiben. Und zwar ausschließlich in Rom. Ben betete, Papst Leo möge keinem Unfall erliegen oder nachts urplötzlich im Schlaf versterben, so wie einst sein Vorgänger Johannes Paul I. Dieser hatte seinerzeit damit begonnen, sich aufgrund diverser Vorfälle und Ungereimtheiten einen tieferen Einblick in die Finanzpolitik der Vatikanbank zu verschaffen.

»Ich danke Ihnen, dass Sie für Schwester Catherine eingesprungen sind«, erklärte er, obwohl er auf Schwester Giada durchaus hätte verzichten können.

Die Nonne winkte ab. »Keine Ursache. Die Fahrt hierher ist eine willkommene Abwechslung für mich. So sehe ich mal etwas anderes als den Klosteralltag.« Ihr Blick fiel auf Bens Überseekoffer, und ihre Augen wurden zusehends schmaler. »Obwohl, ich sehe da ein kleines Problem.«

»Keine Sorge, Schwester, den Koffer trage ich.«

»Das meinte ich nicht, Monsignore. Aber kommen Sie mit, vermutlich ist alles nur halb so wild.«

Ben schaffte es gerade so, mit ihr samt Rucksack und Koffer Schritt zu halten. Als sie das Gelände mit den Kurzzeitparkplätzen erreichten, dämmerte ihm, worin das angedeutete Problem bestand. Vor Schreck hätte er fast das von Schwester Giada angebotene Vitaminbonbon verschluckt.

»Ich gebe zu, das wird nicht ganz einfach, Schwester.«

Catherine hatte der älteren Nonne ihren Wagen zur Verfügung gestellt. Allerdings handelte es sich dabei nicht etwa um eine der geräumigen Vatikan-Limousinen, sondern um ein Gefährt, das kaum größer als Bens Überseekoffer war: einen eierschalenfarbenen Fiat 500.

»Auf ans Werk«, sagte Schwester Giada so fest entschlossen, als stünden sie am Fuß des über viertausend Meter hohen Matterhorns. »Zumindest werden wir gleich wissen, ob der Dachgepäckträger nur zur Dekoration dient oder nicht.«

12

Rom
Vatikan

Im Palast der Inquisition trat Monsignore Rinaldo aus seinem kleinen, abgelegenen Büro auf den Gang hinaus und näherte sich, einen leeren Wasserkrug in der Hand, unauffällig dem Vorzimmer Kardinal Cibans.

Nicht dass Rinaldo Wasser benötigt hätte, immerhin standen in seinem Arbeitszimmer bereits zwei volle Krüge, oder dass er gar neugierig gewesen wäre – Gott bewahre! Doch im Laufe des Vormittags hatte er dermaßen viele Personen durch den sonst so stillen Flur kommen und gehen gehört, dass es nicht schaden konnte, sich einen groben Überblick zu verschaffen.

Der neu installierte Wasserspender in der Nähe von Kardinal Cibans Vorzimmer erschien Rinaldo dafür wie geschaffen, da jedermann wusste, dass der junge Monsignore über den Tag verteilt Unmengen von Wasser trank. Er drehte den Wasserhahn geringfügig auf und hielt den Krug einmal mehr unter das fließende Wasser, während er beiläufig in Richtung des Vorzimmers spähte.

Zwei der Besucher hatte Rinaldo von seinem Büro

aus bereits anhand ihrer Schritte identifiziert. Zum einen den Kommandanten der Schweizergarde, Oberst Emanuel Hasler, einen hochgewachsenen, stämmigen Mann mit kantigem Gesicht. Ihm unterstanden einhundert in farbenprächtige Renaissance-Uniformen gekleidete Mannen, deren Hauptaufgabe die persönliche Sicherheit des Papstes und seiner Residenz war. Zum anderen den Kommandanten des Gendarmeriekorps, der Vigilanza, Adrian Coelho, der jene einhundertfünfzig Mann befehligte, die im Vatikan als Staats-, Justiz- und Verkehrspolizei arbeiteten. In den letzten Jahren hatte die Vigilanza auch zwei Sondereinheiten ausgebildet. Die sogenannte Schnelle Eingreiftruppe und die Anti-Sabotage-Abteilung, die aufgrund der gestiegenen Terrorgefahr ins Leben gerufen worden war.

Rinaldo wusste sehr wohl um die internen, nicht zu unterschätzenden Machtkämpfe, die noch vor wenigen Jahren zwischen der Schweizergarde und der Vigilanza geherrscht hatten. Unter Kardinal Ciban als oberstem Chef der vatikanischen Sicherheit hatten sich die ungesunden Querelen jedoch in Richtung eines gesunden Konkurrenzdenkens und einer einvernehmlichen Zusammenarbeit entwickelt. Kein Vatikanbürger wusste um den wahren Wortlaut des Sechsaugengesprächs, das zwischen dem Kardinal und den beiden Kommandanten stattgefunden hatte. Danach jedoch war es allen so erschienen, als hätten die drei einen Pakt geschlossen, dank dem sie sich mit gegenseitigem Respekt begegneten und nach bestem Wissen und Gewissen bei ihren Aufgaben unterstützten. Laut einem Gerücht – Rinaldos Kontakt hatte es beim Leben seiner Mutter geschworen – hatte Oberst Hasler sogar eine Träne der Rührung verdrückt.

Nun denn, beide Kommandanten hatten den Flur an diesem Vormittag ganze zweimal passiert und waren in Kardinal Cibans Vorzimmer verschwunden. Rinaldo bezweifelte, dass die Planungsvorbereitungen für das Konzil bereits einen solchen Aufwand erforderten. Also musste etwas anderes im Busch sein, zumal vor wenigen Minuten eine weitere Person das Vorzimmer des Kardinals betreten und sich bei dem Sekretär, Bischof Tardini, angemeldet hatte.

Nicht im Busch und auch nicht wirklich im Verborgenen spielte sich unterdessen vor Rinaldos abgewandtem, wissensdurstigem Blick etwas ganz anderes ab, denn der Krug in seiner Hand war längst mit Wasser voll. Anstatt darauf zu achten, beugte er sich lieber noch etwas weiter in Richtung Vorzimmer vor, um besser um die Ecke spähen und die Person ausmachen zu können, die Tardini da gerade ihre Aufwartung machte. Der Winkel war allerdings so scharf, dass er kaum mehr als die vordere Ecke vom Schreibtisch des Sekretärs sah und auch nur ein dumpfes Stimmengemurmel hörte.

Plötzlich stockte Rinaldo irritiert. Irgendetwas in seinem unmittelbaren Umfeld hatte sich verändert, fehlte auf einmal … Das Geräusch von fließendem Wasser.

Er wandte den Kopf zum Wasserspender. Jemand hatte den Hahn zugedreht. Jemand, der in eine elegante schwarze Soutane gekleidet direkt neben ihm stand.

Der Monsignore schluckte, stand da wie angewurzelt, mitten in einer Pfütze, den übergelaufenen Wasserkrug noch immer in der Hand. Dann setzte er ein unschuldiges, mit einem leichten Achselzucken kombiniertes Grinsen auf. Das hatte er sich bei Don Camillo abgeschaut.

»Plagt Sie die Neugierde, Pater?«, fragte Kardinal Ciban.

Rinaldo räusperte sich. »Ehrlich gesagt…« Jetzt stieg ihm auch noch die Schamesröte ins Gesicht, und Leugnen war ohnehin zwecklos. »Ich dachte, Sie wären in Ihrem Büro.«

Ciban ließ seinen stoischen Blick auf Rinaldo ruhen, was dessen Nervosität nur noch mehr steigerte. Dann gab der Kardinal dem jungen Monsignore ein Zeichen, und so kam es, dass Rinaldo wenige Augenblicke später im Allerheiligsten saß, nämlich in Cibans Arbeitszimmer. Den überschwappenden Wasserkrug auf dem Schoß, wurde er Zeuge einer Unterhaltung mit einem vatikanischen Agenten, auf die er bei näherer Betrachtung gut und gerne hätte verzichten können.

Es ging um tote Menschen. Menschen, die bei lebendigem Leib verbrannt waren. Von denen kaum mehr als ein Haufen Asche übrig geblieben war. Einen davon kannte Rinaldo sogar noch aus seiner Studienzeit.

Bruder Merdadus.

Nachdem der junge Monsignore auch noch die Videoaufzeichnung gesehen hatte, saß er da wie versteinert.

Das Video hatte einen körperlich entstellten und geistig völlig verwirrten Merdadus gezeigt, dem lange Blut- und Speichelfäden aus dem Mund troffen, während er zusammenhanglos von einem Feuerwesen sprach. Sein Gesicht war bis auf die Stirn mit einer weißen Salbe bedeckt, Teile seines Körpers waren bandagiert. Auf die Stirn eingebrannt war das deutliche Symbol eines Schlaufenkreuzes, ein Ankh. Die Verletzung ging bis auf den Gesichtsknochen. Mit Gurten fixiert, hatte der junge Mönch auf dem Bett gelegen und sich wie ein Irrer gewunden. Hätte Merdadus in einem lichten Moment auf eine der Fragen nicht seinen Namen genannt, Rinaldo hätte ihn niemals erkannt.

Erst nachdem Cibans Agent gegangen war, hatte Rinaldo es gewagt, tief durchzuatmen.

»Sie sollten den Wasserkrug absetzen, Monsignore, bevor er Ihnen noch entgleitet.«

»Entschuldigen Sie, Eminenz …«

»Schon gut.«

Ciban nahm ihm den Krug vorsichtig aus der Hand und stellte das Gefäß auf das Fenstersims, wo es aus der Gefahrenzone war. Den Kardinal schien das Video nicht aus der Ruhe zu bringen. Nach allem, was Rinaldo seit seiner Beförderung zum Untersekretär über seinen Vorgesetzten und das Schwarze Archiv – ein aus Stahlschränken bestehendes Geheimarchiv – erfahren hatte, war er sich sicher, dass die stahlgrauen Augen seines Gegenübers auf den zahlreichen Weltreisen schon ganz andere Dinge gesehen hatten.

Der Präfekt füllte etwas Wasser aus dem Krug in ein Glas und reichte es Rinaldo. Dann machte er drei elegante Schritte auf den Player zu und zog den Datenspeicher aus dem Gerät.

Der Pater holte tief Luft. Es war nicht das erste Mal, dass er das Schlaufenkreuz in Verbindung mit Tod und Folter sah. Einige der Ordner aus dem Schwarzen Archiv, die er auf Cibans Anweisung hin studiert hatte, und nicht zuletzt die Recherchen, die er vor nicht allzu langer Zeit gemeinsam mit Schwester Catherine Bell nach dem Mordanschlag auf Ciban durchgeführt hatte, erzählten eine äußerst düstere Kirchengeschichte in Verbindung mit diesem Symbol.

»Woher stammt diese Videoaufzeichnung, Eminenz?«, fragte er, nachdem er ein paar Schlucke getrunken hatte. »Wie … ist sie hierhergekommen?«

Auf den ersten Blick sah es aus, als hätte man Merdadus in einer der katholischen Kliniken in Rom untergebracht und versucht, ihn dort noch während der Behandlung zu verhören.

»Die Originalaufzeichnung ist heute Morgen an das Lux Domini gegangen, genauer an seine Eminenz Kardinal Gasperetti. Ich habe einen anonymen Hinweis erhalten und unseren Agenten im Lux darauf angesetzt. Ihm verdanken wir diese heimliche Kopie. Leider habe ich keine Ahnung, wo dieses irrwitzige Verhör stattgefunden hat, noch was das Gestammel von Bruder Merdadus bedeutet. Geschweige denn, von wem der anonyme Anruf stammt. Es könnte allerdings sein, dass das Lux Domini oder vielmehr unser werter Kollege Kardinal Gasperetti mehr darüber weiß.«

»Wie kommen Sie darauf?«

Wie Rinaldo wusste, gingen dem Lux Domini die Reformen des Zweiten Vatikanischen Konzils nicht weit genug. Demzufolge war das Lux sehr am Erfolg des geplanten Dritten Konzils interessiert. Ganz im Gegensatz zu seinem Antipoden, dem traditionalistischen Orden Opus Dei, dessen Gründer schon das Zweite Konzil in einer seiner harschen Reden als Konzil des Teufels bezeichnet hatte.

Das Verrückteste für Rinaldo war allerdings, dass ausgerechnet der erzkonservative Gasperetti das Lux leitete. Vermutlich war der Orden dem verstorbenen Papst zu mächtig geworden, weshalb er vor seinem Tod noch schnell einen seiner Getreuen an die Spitze gesetzt hatte. Obwohl das Lux sich davon nur wenig beeindrucken ließ, war Gasperetti alles andere als ein Schattenkönig. Der ehrgeizige Kardinal verstand es sehr wohl, den medialen Hintergrund des Lux für seine Zwecke zu nutzen. Eines jedoch begriff Rinaldo nicht, nämlich die Tatsache, dass ein moderner Papst wie Leo einen Mann wie Gasperetti im Amt beließ. Hatte es womöglich etwas mit Kardinal Ciban zu tun? Immerhin unterstand das Lux formal gleichermaßen der vatikanischen Sicherheit wie der Glaubenskongregation.

Ciban griff Rinaldos Frage auf. »Wie ich darauf komme, Monsignore? Ganz einfach. Laut unserem Verbindungsmann hat sich Merdadus schwer verletzt zur Erzdiözese in L'Aquila geschleppt, wo ihn der Generalvikar Andrea Bariello aufgenommen und nach Rom gebracht hat. Bariello hat niemand Geringeren als Kardinal Gasperetti informiert. Höchstwahrscheinlich ist er also ein von Gasperetti eingesetztes Mitglied des Lux.«

»Dann verdanken wir diesen grausamen Versuch eines Verhörs Seiner Eminenz Kardinal Gasperetti?«, entfuhr es Rinaldo schockiert.

Ciban nickte und lehnte sich gegen seinen antiken Schreibtisch, dessen Arbeitsfläche stets so blitzblank war, als hätte der Präfekt noch nie auch nur eine Stunde daran gearbeitet.

»So sieht es aus. Unsere Analysten versuchen gerade einen Sinn aus den konfusen Worten von Merdadus herauszufiltern. Wir haben keine Ahnung, was sich bei L'Aquila wirklich abgespielt hat. Und vor allem, wo. Da fällt mir ein, Sie wissen nicht zufällig, welcher Ordensgemeinschaft Merdadus angehört hat, Monsignore? Es gibt nämlich zwei Männerklöster in dieser Kirchenprovinz.«

Rinaldo schüttelte den Kopf. Der kühle Röntgenblick seines Vorgesetzten machte ihn nervös. »Merdadus und ich waren Bekannte, mehr nicht. Ich habe keine Ahnung, wohin er nach dem Studium und seiner Zeit in Rom gegangen ist.« In Anbetracht des Ankh-Symbols, das auf der Stirn des Verletzten eingebrannt worden war, fügte er hinzu: »Sie denken an den Orden der Triaden, nicht wahr?«

Ciban hatte bei seinen Nachforschungen in einem der abgelegeneren Verliese der Engelsburg ein Deckenfresko in Form eines Lebensbaums entdeckt, eine Art Ahnentafel, in deren Zentrum sich ein Schlaufenkreuz mit gewaltigen Schwingen und einem Skarabäus befand. Ein Beweis dafür, dass die Kirche im Mittelalter Anhänger des uralten Triadenordens gefangen genommen und in der Engelsburg verhört hatte. Soweit Rinaldo wusste, war der Orden ein ganzes Stück älter als die Kirche, hatte die Geburt des Messias vorausgesehen und sich noch während des Frühchristentums unauffällig mit der frühen Kirche vereint. Das war so lange gutgegangen, bis die wissenschaftsinteressierten Triaden der Kirche zu mächtig und undurchsichtig geworden waren. Außerdem existierte die Legende, dass die Gründer des Ordens von jenen Engeln abstammten, die nach einer himmlischen Revolte zusammen mit Luzifer durch den Erzengel Michael auf die Erde verbannt worden waren. Offizielle Aufzeichnungen gab es über den alten Orden oder die Gefangennahme nicht, denn der Kirche war sehr daran gelegen gewesen, die Existenz der Triaden aus der Menschheitsgeschichte zu tilgen. Man hatte es vermeiden wollen, einen Mythos ähnlich dem der Templer oder Katharer zu erschaffen. Das war der Kirche bis auf den heutigen Tag auch bestens gelungen.

Jedenfalls beinahe, denn Ciban war auf der Suche nach dem Mörder seiner Schwester auf einige untrügliche Lebenszeichen des Ordens gestoßen. Die Spur führte direkt in den Vatikan.

Als Rinaldo nun die Triaden erwähnte, wurde der Blick des Kardinals noch intensiver, trotzdem schien es, als blickte er durch den jungen Mann hindurch. Der Pater konnte nur erahnen, welche Bilder und Gedanken dem Präfekten gerade in Sekundenschnelle durch den Kopf gingen. Eines jedenfalls stand für Rinaldo seit dem Studium der vatikanischen X-Akten aus dem Schwarzen Archiv und dem Anschlag auf Ciban vor ein paar Monaten fest: Der Triadenorden mit seinen geheimen Aktionen war alles andere als ein Hirngespinst.

Schließlich erklärte Ciban: »Mit einem solchen Brandmal auf der Stirn haben die Triaden für gewöhnlich Verräter gekennzeichnet, um sie am Ende des Prozesses kopfüber gekreuzigt bei lebendigem Leib an die Krähen zu verfüttern.« Der Blick des Kardinals kehrte zu Rinaldo zurück. »Sagen Sie, Monsignore, haben Sie an Merdadus jemals etwas Ungewöhnliches bemerkt?«

»Sie meinen, ob ich je das Gefühl hatte, dass er meine Gedanken lesen kann oder Dinge sieht, die sich meiner Wahrnehmung entziehen?«

»Etwas in der Art.«

»Nein. In meiner Gegenwart hat er völlig normal gewirkt.« In Gedanken fügte Rinaldo hinzu: Was ich von Ihnen bei allem gebotenen Respekt nicht unbedingt behaupten kann, Eminenz.

Es pochte an die Tür. Ein codiertes Klopfzeichen, das Rinaldo gestattet war zu kennen. Cibans Sekretär, Bischof Tardini, trat ein. Normalerweise kontaktierte der alte Sekretär den Kardinal über die Telefonanlage. Es musste etwas äußerst Wichtiges sein.

»Eminenz, das Gespräch ist auf der *anderen* Leitung.«

Tardini wartete in der offenen Tür, und Ciban wandte

sich Rinaldo zu. »Wenn Sie mich bitte einen Augenblick entschuldigen wollen, Monsignore.«

»Aber ja … gewiss doch.«

Während Rinaldo sich erhob und das Wasserglas absetzte, sah er, wie der Präfekt sein Kryptohandy aus der Innentasche der Soutane hervorholte und das Gespräch annahm. Ein winziges Modul im Innern des abhörsicheren Telefons verschlüsselte die Gesprächsdaten so, dass weder das Opus Dei noch das Lux Domini noch eine außerkirchliche Gruppierung mithören konnte. Vorausgesetzt, dass der Gesprächsteilnehmer am anderen Ende ebenfalls über ein abhörsicheres Mobiltelefon verfügte. Rinaldo besaß selbst so ein Handy. Ciban hatte einige seiner engsten Mitarbeiter mit Kryptohandys ausgestattet.

»Ja?«, meldete sich der Kardinal, als Rinaldo mit Tardini das Vorzimmer betrat und sich die Tür hinter ihm schloss.

Wer mochte der geheimnisvolle Anrufer sein? Der Agent, den Ciban ins Lux eingeschleust hatte? Oder einer der beiden Kommandanten der vatikanischen Sicherheit? Womöglich Schwester Catherine Bell? Seit die junge Ordensfrau für Ciban arbeitete, schien sie in so manche Ermittlung eingeweiht zu sein, doch keiner dieser Fälle betraf das Schwarze Archiv, den verborgensten Bereich des vatikanischen Geheimarchivs. Zumindest hatte Rinaldo Catherine nie mit einem der versiegelten Archivordner gesehen. Da er den Eindruck hatte, dass sie sowohl das Vertrauen als auch den Schutz des Kardinals genoss, lag der Schluss nahe, dass Ciban die junge Frau trotz ihrer Fähigkeiten als Agentin nicht mit dieser extremen Problematik belasten wollte. Der Monsignore konnte das nur zu gut verstehen. Manche der Geheimnisse waren so grauenerregend und düster, dass sie einen in der Nacht nicht mehr schlafen ließen.

»Es kann einen Moment dauern, mein junger Freund«, hörte Rinaldo Tardini wie aus weiter Ferne sagen. Der alte Bischof deutete gelassen auf die gepolsterte Bank im Besucherbereich, während er sich an seinem geräumigen Schreibtisch niederließ. »Am besten Sie nehmen Platz.«

»Danke.« Rinaldo setzte sich und wartete.

Keine zwei Minuten später ging die Tür zu Cibans Arbeitszimmer jedoch schon wieder auf, und der Kardinal bat Rinaldo erneut herein. Absurderweise war der Wasserkrug auf dem Fenstersims das Erste, was Rinaldo ins Auge fiel, verbunden mit dem Gedanken, dass er ihn auf gar keinen Fall vergessen durfte. Es war eine reine Schutzfunktion, eine Übersprungshandlung, wie er intuitiv begriff, denn von Ciban gingen eine Düsternis und Besorgnis aus, wie er sie nur selten bei dem Präfekten erlebt hatte.

Wer immer der Anrufer gewesen war, er hatte offenbar keine gute Nachricht überbracht.

13

Autostrada A 91
Zwischen Flughafen Leonardo da Vinci und Rom

Schwester Giada gab tüchtig Gas, und zwar so beherzt, dass Monsignore Ben Hawlett nicht nur in den Autositz gedrückt wurde, sondern auch noch den blanken Asphalt mit seinen zahlreichen Schlaglöchern unter sich zu spüren bekam. Vom frischen Fahrtwind, der durch die halb geöffneten Wagenfenster in die winzige Fahrerkabine gepresst wurde, ganz zu schweigen. Der Begriff Geschwindigkeitsbegrenzung schien für Schwester Giada ein Fremdwort zu sein. Dass die Kopfbedeckung der Nonne bei ihrem Fahrstil keinen Millimeter verrutschte, war Ben ohnehin ein Rätsel. Er seufzte innerlich. Selbst während des mehrstündigen Interkontinentalflugs hatte er nicht so gelitten wie in diesem Augenblick.

»Ist Ihnen nicht gut?«, fragte die Dominikanerin nach einem flüchtigen Seitenblick. »Soll ich schneller fahren, damit Sie früher in Ihrer Unterkunft sind?«

»Danke, das ist wirklich nicht nötig. Unsere Flug…«, Himmel, wie kam er denn jetzt darauf?, »äh… Fahrtgeschwindigkeit ist absolut ausreichend.«

»Gut. Viel mehr kann ich aus Schwester Catherines Wagen sowieso nicht herausholen. Wie war es in São Paulo? Wie hat Ihnen Ihre Arbeit dort gefallen?«

»Durchwachsen. Verzeihen Sie, Schwester, Sie werden sicher verstehen, dass ich darüber nicht reden kann. Der Job hat mir jedoch einiges an Selbstbeherrschung abverlangt.«

»Das kann ich mir vorstellen, Monsignore. Ich bin Seiner ehemaligen Eminenz Kardinal García dreimal hier in Rom begegnet, und das hat mir für den Rest meines Lebens gereicht. Vordergründig ist er durchaus ein Sympathikus, doch wenn man einmal hinter die Fassade geblickt und von all dem Leid erfahren hat, das von solch einem Menschen ausgehen kann…« Die Ordensfrau brach ab.

»Sie wissen von dem Fall?«

»Menschenhandel und Kindesmisshandlung sind so ziemlich das Widerwärtigste, was es auf der Welt gibt.

Es mag sich für mich als Christin und Nonne nicht ziemen, aber ich bete, dass García dafür eines Tages in der Hölle schmoren wird.«

Das waren deutliche Worte. Worte, wie Ben sie noch nie aus dem Mund einer Nonne gehört hatte. Nicht einmal von Catherine. Nach allem, was er in São Paulo erlebt hatte, nahm er der alten Dominikanerin diese Offenheit auch nicht übel.

»García wird niemandem mehr etwas antun, Schwester. Wenn ich es mir recht überlege, ist das, was er vermutlich gerade durchmacht, gewiss die Hölle für ihn.«

Die alte Nonne bedachte ihn mit einem kurzen Seitenblick. Doch Ben sagte dazu nur: »García ist gestern Nacht aus der Untersuchungshaft entführt worden.«

Mehr brauchte er auch nicht zu berichten. Die Ordensfrau begriff sofort, dass es sich bei den Entführern höchstwahrscheinlich um eine Gruppe von Menschen handelte, deren Angehörige unter den Vorlieben Seiner Eminenz grausam hatten leiden müssen. Nun rächten sie sich dafür. Auge um Auge. Zahn um Zahn. Nicht gerade die Philosophie des Neuen Testaments, aber durchaus Realität in einem Land, wo man sich auf die offizielle Rechtsprechung nicht verlassen konnte.

»Wie haben Sie von dem Fall erfahren?«, griff Ben seine erste Frage noch einmal auf, während die triste Landschaft jenseits der Autobahn Richtung Rom wie ein mottenzerfressener Teppich an ihnen vorüberzog.

»Als ich jünger war«, erklärte die Nonne, »habe ich mal etwas Ähnliches getan wie Sie. So gut es ging und soweit es in meiner Macht stand, habe ich geholfen, die Spreu vom Weizen zu trennen.«

»Und nun leben Sie zurückgezogen in einem Kloster?«

»Gewissermaßen. Man könnte aber auch sagen, ich gebe mein Wissen und meine Erfahrung an die Jugend weiter. Aber hauptsächlich bin ich die Hauswirtschafterin von Kardinal Ciban.«

Ben starrte sie an. Wenn die Ordensfrau für Ciban arbeitete, musste er ihr ein enormes Vertrauen entgegenbringen. »Dann haben Sie Schwester Catherine also über Seine Eminenz kennengelernt?«

Die Nonne überlegte kurz und schürzte die Lippen, ganz so wie Miss Marple, wenn diese über einem ihrer Kriminalfälle brütete. »Das könnte man durchaus so sagen, ja.«

Ben wartete darauf, dass sie noch ein paar aufklärende Worte nachschob, was sie natürlich nicht tat, womit sie seine Neugierde nur umso mehr schürte. Er bezweifelte, dass Giada lediglich Cibans Haushälterin war. Vermutlich wusste sie sogar etwas über die geheime Mission, für die Ciban mehrere Wochen lang untergetaucht war und die auch Bens Arbeit in São Paulo nicht gerade erleichtert hatte.

»Wie geht es Seiner Eminenz überhaupt?«, fragte er, um das Gespräch in Gang zu halten und womöglich über die Schiene eine Antwort auf seine Fragen zu erhalten.

»Gut. Er hat Sie vermisst. Aber das würde er natürlich nie zugeben. Sie kennen ihn ja.«

»Das bevorstehende Konzil ist sicher eine große Bürde.«

»Seine Eminenz sieht das große Ganze dahinter. Er schlägt sich tapfer, auch was seine Zusammenarbeit mit Schwester Catherine betrifft.«

»Ich kann mir vorstellen, dass es für keine Seite leicht ist.«

»Wenn man sich auf das besinnt, was einen verbindet, und weniger auf das, was einen trennt, kann man gemeinsam eine Menge erreichen. Beide sind sehr gewissenhaft – ein jeder auf seine Art.«

Ben erinnerte sich, dass der vor eineinhalb Jahren verstorbene Kardinal Benelli beinahe das Gleiche über Ciban und Catherine gesagt hatte. Auch war es Benellis letzter Wunsch gewesen, dass Ciban die junge Nonne beschützte. Damals hatte Ben geglaubt, das sei den Mordanschlägen geschuldet, an deren Ermittlung er und Catherine beteiligt waren, doch nun dämmerte ihm, dass der alte Benelli wohl weit darüber hinaus gedacht und geplant hatte, als hätte er in die Zukunft gesehen. Benelli hatte die junge Nonne, die kurz davorgestanden hatte, ihren Orden zu verlassen, damals Schritt für Schritt in ihre Bestimmung eingeweiht, um sie dann auf eine äußerst gefährliche Mission zu schicken. Letztlich hatte Benelli Catherine mit Kardinal Ciban konfrontiert, und das zu einem Zeitpunkt, als das Disziplinarverfahren der modernen Inquisition gegen die rebellische Nonne gerade seinem Höhepunkt entgegenstrebte.

»Wir sind gleich da«, sagte Giada und bog vom Autobahnring in jene Richtung ab, in der Bens Wohnung lag.

Leichter Regen setzte ein, als sie die kleine Seitenstraße nahe dem Vatikan erreichten. Die Ordensfrau ließ es sich nicht nehmen, Ben beim Ausladen des großen Koffers zu helfen. Langsam gewann er den Eindruck, dass sie ihn aus irgendeinem Grund mochte. Vielleicht weil er Seine Eminenz Frederico José Kardinal García zur Strecke gebracht hatte oder weil Catherine Giada das ein oder andere über ihn erzählt hatte.

»Willkommen zu Hause, Monsignore«, sagte die

alte Nonne aufrichtig. »Genießen Sie Ihren freien Tag. Schwester Catherine wird sich gewiss bald bei Ihnen melden.« Dann stieg sie überraschend behände in Catherines Gnom von einem Auto und brauste davon, als wäre der Leibhaftige hinter ihr her.

Ben sah ihr nach, bis der kleine Wagen um die Straßenecke gebogen war. Irgendetwas sagte ihm, dass er Schwester Giada nicht zum letzten Mal begegnet war. Dann drehte er sich um und blickte die alte, bröckelige Fassade seines Wohnhauses hoch. Ja, er war froh wieder zu Hause zu sein. Auch wenn er keinen Schimmer hatte, wie er den schweren Überseekoffer bis in seine Wohnung im dritten Stock hieven sollte.

Egal. Er würde es schon schaffen. Überdies würde er schon bald Catherine wiedersehen. Vielleicht erfuhr er ja doch noch etwas über Cibans geheime Mission.

14

Zweieinhalb Monate zuvor
Chicago, Re-Source-Laboratorien

Eliza lehnte an der Wand einer der Kabinen in der Damentoilette, nahm die Kopfhörer ab und starrte auf das kleine digitale Diktiergerät, das Maximilian Richter unauffällig in der Kantine in die Seitentasche ihres Laborkittels hatte gleiten lassen. Dann drückte sie die Löschtaste, um die Aufzeichnung seiner Unterhaltung mit Angelus zu entfernen. Seit ihrem ersten gemeinsamen Essen hatten Richter und sie sich regelmäßig in der Kantine getroffen und sich über ihre Arbeit ausgetauscht. Es war Eliza sogar gelungen, Ashdowns Misstrauen zu zerstreuen, in dem sie vorgab, den Kollegen für ihren Vorgesetzten und seine Forschungsgruppe auszuspionieren.

Richter war in dieses nicht ganz ungefährliche Spiel eingeweiht und erwies sich als ein dermaßen talentierter Schauspieler, dass Eliza hoffte, er werde sie am Ende nicht reinlegen. Die heimliche Aufzeichnung auf dem Diktiergerät verwirrte Eliza, gab ihr jedoch gleichzeitig das Gefühl, dass Richter ihr gegenüber mit offenen Karten spielte, jedenfalls soweit es seine Position zuließ.

»Wer ist diese Sarah, an die Angelus sich erinnert?«, hatte sie den Europäer beim letzten Essen gefragt. Dabei hatte ihr Blick den unauffälligen, mit hauchdünnen Antennen versehenen Kugelschreiber gestreift, der nur geringfügig aus Richters Jackett ragte und angeblich verhindern sollte, dass man sie abhörte.

»Die vor über einem Jahrzehnt verstorbene Schwester eines Kardinals.«

»Sie haben diese Frau gekannt, oder?«

Richter nickte. »Ich war ein Freund der Familie, oder sagen wir besser, ich habe Sarahs Vater gut gekannt.«

»Sie werden mir nicht erzählen, um welche Familie es sich handelt. Stimmt's?«

»Im Augenblick wäre dieses Wissen für Sie und unsere Aufgabe zu gefährlich, Eliza. Wenn es so weit ist, will ich Sie gerne einweihen.«

Eliza hatte den Eindruck, dass ihr Gegenüber aufrichtig war. Es blieb ihr auch nicht viel anderes übrig, als auf ihren Instinkt zu bauen. Entweder waren Richter und sie ein Team, das einander vertraute, oder sie konnten ihre Zusammenarbeit gleich vergessen. Zumindest hatte Eliza einen ausgezeichneten Riecher für Geschichten, hinter denen mehr als nur eine Überraschung steckte.

Sie trank einen Schluck von ihrem Espresso. Dann wagte sie sich einen Schritt weiter vor. »Was war an dieser Sarah so besonders, dass man ihre Gene aufbewahrt hat?«

»Ihre geistige Architektur unterscheidet sich stark von der unseren.«

»Und das heißt?«

»Das macht sie für Ashdowns Jenseitsforschung so interessant.«

Eliza trank den Espresso aus, bevor sie sagte: »Ashdown ist dermaßen davon besessen, hinter den Schleier des Todes zu blicken, dass er alles andere darüber vergisst.«

»Sie denken an Angelus' wundersames Zellgedächtnis.«

»Fasziniert Sie das denn nicht auch?«

Richter zögerte. »Ich fürchte, dass nicht nur Sarahs Gene in Angelus überlebt haben. Es gibt da einen Anteil in ihrer Persönlichkeit, der mir Sorge bereitet.«

»Sie reden gerade von jenem Anteil, der Nuts und Ashdown etliche Blessuren und ein blaues Auge beschert hat?«

Richters Mundwinkel deuteten ein knappes Lächeln an. Wie sie inzwischen wussten, war Ashdown Nuts damals zu Hilfe geeilt. Er war schlicht zur falschen Zeit am falschen Ort gewesen. Nuts hingegen hatte den Fausthieb wirklich verdient.

»Nicht ganz. Ich kann den Finger nicht ganz darauf legen, aber dieser Persönlichkeitsanteil hat seine Ursache nicht nur in der Begegnung mit dem Tod und der Rückholmaßnahme.«

»Könnten Sie vielleicht etwas deutlicher werden, Maximilian?«

»Ich habe etwas in der linken Tasche Ihres Laborkittels deponiert ... Nein, greifen Sie jetzt nicht danach. Am besten hören Sie sich die Aufzeichnung kurz vor der Rushhour in einer der Kabinen in den Waschräumen an. Und bitte löschen Sie die Datei danach sofort.«

Genau das hatte Eliza vor wenigen Augenblicken in einer der Kabinen der Damentoilette getan. Sie hatte die Aufzeichnung insgesamt dreimal angehört, während um sie herum Türen auf- und zugingen, Spülungen betätigt wurden, Wasserhähne und elektrische Händetrockner rauschten. Jetzt stand sie da, starrte auf die verriegelte Tür und fragte sich, was das Gespräch zwischen dem Forscher und Angelus zu bedeuten hatte.

Richter hatte Angelus, die er inzwischen – im Gegensatz zu Ashdown – Sarah nannte, am frühen Morgen auf die große Dachterrasse des Re-Source-Towers geführt, um ihr den seit einigen Tagen versprochenen Sonnenaufgang über dem Lake Michigan, den Wäldern und der etliche Kilometer entfernten Metropole Chicago zu zeigen. Ein überwältigender Anblick, wie Eliza wusste, zumal sie die Lichter der Stadt von dort aus gerne mit einer fernen Galaxie verglich.

Noch überwältigender musste der Anblick für Angelus gewesen sein, die außer dem Park um die Institutsgebäude noch nichts von der Welt gesehen hatte.

Eine gewisse Ehrfurcht hatte daher in der Stimme der Transgenetin mitgeklungen.

»Ich kann mich an einen Sonnenaufgang in Rom erinnern. Ich stand auf der Kuppel des Petersdoms und habe über den Petersplatz und die Via della Conciliazione geblickt. Es war das Abschiedsgeschenk meines Bruders, bevor ich noch am selben Tag nach London abgereist bin, um dort zu studieren.«

Einige Sekunden lang herrschte Stille, ehe Richter sagte: »Sie erinnern sich daran, wer Sie sind.«

»Oh nein. Ich erinnere mich an diesen Sonnenaufgang in Rom, ebenso an die Gefühle und Gedanken, die damit verbunden sind. Eine kurze Sequenz aus einem Leben, das vor vielen Jahren gelebt wurde und das nicht mein eigenes war.«

»Was ist mit Ihrem Bruder? Ihrer Familie?«

Eliza konnte es zwar nicht sehen, aber sie wusste, dass Angelus' Blick in diesem Moment in die Ferne schweifte, als wollte sie hinter dem Sonnenaufgang, hinter dem Horizont, in die Vergangenheit dieses anderen Lebens sehen. Für einige Sekunden schien Richter sich nichts sehnlicher zu wünschen, als dass ihr dies gelang.

Endlich sagte Angelus: »Da ist noch etwas, das ich nicht greifen kann, aber ich spüre, dass ich die Vergangenheit lieber ruhen lassen sollte.«

»Ihr Bruder hat Ihnen wohl sehr viel bedeutet?«, hakte Richter dennoch nach.

Wieder herrschte einige Sekunden lang Schweigen, ehe Angelus erwiderte: »Ich glaube, ich habe ihn zweimal in meinen Träumen gesehen. Im ersten Traum waren wir noch Kinder. Wir hatten Angst, schreckliche Angst, und das hat mir nicht gefallen …« Hörbar bewegt, brach die Transgenetin ab.

»Und in dem anderen Traum?«, hakte Richter nach, nachdem sie sich ein wenig beruhigt hatte.

Sie schien über den zweiten Traum nachzudenken,

denn erneut war es eine Weile still. »Es ist verwirrend, weil ... Dieser Traum war eher wie eine Vision. Der Mann, mein Bruder, war nicht allein. Da war eine Frau ... und ... sie haben sich geküsst.«

Obwohl Eliza die Worte nur hörte, konnte sie vor ihrem geistigen Auge Richters Stirnrunzeln deutlich sehen. Diese Antwort schien er am allerwenigsten erwartet zu haben.

»Aber da war noch ein anderer Traum«, fuhr Angelus fort. »Und der betrifft Sie, Maximilian. Ich lag in einem Erdloch, und Sie ... Sie standen über mir.«

Der Wissenschaftler schien nach den rechten Worten zu suchen, diese aber nicht zu finden. Oder suchte er etwa in seiner eigenen Erinnerung nach dem Traum mit dem Grab? Ein unheimliches Kribbeln lief Eliza durch den Körper.

Schließlich sagte Angelus: »Ich hatte keine Ahnung, dass Eden so schön ist.«

Eden? Wie kam die Transgenetin nur auf Eden? Es war davon auszugehen, dass man Angelus nie eine religiöse Schrift wie die Bibel, den Talmud oder den Koran zu lesen gegeben oder sie überhaupt religiös unterwiesen hatte. Das passte nicht in Ashdowns wissenschaftliches Forschungskonzept. Ihm war es wichtig, dass gerade Angelus von solchen Dingen unbeeinflusst blieb. War diese religiöse Reminiszenz auf ihr Zellgedächtnis zurückzuführen? Hatte der Klon-Körper etwa eine Erinnerung daran?

»Der Eindruck täuscht«, fuhr Richter fort. »Tatsächlich ist der Mensch dabei, seine Umwelt restlos zu zerstören.«

»Ich weiß.« Angelus wirkte nachdenklich. »Der Mensch ist die Ursache des Problems, deshalb wird er die Finsternis auch nicht aufhalten.« Es klang wie ein unwiderrufliches Todesurteil für die Menschheit.

Überraschend erwiderte Richter: »Wir haben die Finsternis schon einmal besiegt.«

»Ja …«, sagte Angelus zögernd und mit einem gewissen Unglauben. »Etwas in mir erinnert sich.«

Dabei schien sich der Unglaube weniger auf Richters Aussage als vielmehr auf die Reminiszenz zu beziehen, die sich in diesem Moment aus dem Dunkel der Vergangenheit des transgenetischen Bewusstseins erhob. Angelus wirkte von ihrem eigenen Wissen überrascht.

»Trotzdem war es der Wille des Herrn, dass Sie mich nach all der Zeit am Fuße des Berges Hermon wieder ausgegraben haben.«

Der Wille des Herrn. »*Wer* bist du?«, fragte Richter. Diesmal meinte er nicht den Sarah-Anteil in der transgenetischen Frau. Zum ersten Mal schwang Unbehagen in seiner Stimme mit. Er schien einen Verdacht zu haben.

»Wer ich bin …?«

Angelus dachte nach, und währenddessen herrschte eine so abgrundtiefe Stille, als hätte man die Dachterrasse des Re-Source-Towers vom Rest der Welt isoliert.

»Ich weiß es nicht. Ich weiß nur eins: Ich bin erwacht, und ein Teil meiner Seele ist tot. Dabei will ich es belassen. Wie steht es mit Ihrer Seele, Doktor? Ich kann die Macht und den Tod, die aus diesem Grab aufsteigen, deutlich spüren. Sie auch?«

Eliza holte tief Luft, steckte das winzige Diktiergerät ein und verharrte noch einen Augenblick wie in Trance, um sich zu sammeln. Dann verließ sie die Kabine, um sich in die inzwischen kleiner gewordene Menschenschlange vor den Waschbecken einzureihen.

Das Händewaschen alleine genügte ihr nicht. Sie spritzte sich Wasser ins Gesicht, als müsste sie sich Schweiß von den Augen, der Stirn und den Wangen abwischen. Was hatte diese Aufzeichnung konkret für ihr berufliches Engagement bei Re-Source zu bedeuten? Ganz zu schweigen von ihrer inoffiziellen Zusammenarbeit mit Richter, über die sie herauszufinden versuchte, was wirklich hinter dem Angelus-Projekt und Ashdowns Forschungsarbeit stand. Was glaubte der Europäer entdeckt zu haben? Und was meinte Angelus, wenn sie von der bevorstehenden Finsternis sprach?

In jedem Fall war Elizas Wissensdrang geschürt, jene Leidenschaft, die sie beruflich schon früher die Grenzen der Legalität hatte übertreten lassen. Einige Male auch, um im Anschluss inkognito gegen den einen oder anderen Missstand vorzugehen. Einmal hatte eine solche Aktion fast ihre Deckung auffliegen lassen, sie sogar beinahe das Leben gekostet. Trotzdem hatte sie damals die nötige Rettungsmaßnahme durchgezogen.

»Ist Ihnen nicht gut?«, fragte eine der Angestellten, die in ihrer Geschäftigkeit kurz innehielt.

Eliza hatte die Frauen um sie herum nur noch als gesichtslose Silhouetten wahrgenommen. Jetzt wurde ihr klar, dass sie sich besser zusammenreißen musste, wenn sie nicht auffallen wollte.

»Danke.« Sie lächelte die Frau in der Arbeitskleidung einer Technikerin freundlich an. »Alles okay. Ich bin nur etwas erschöpft und wollte wach werden.«

»Oh, verstehe.« Die Technikerin lächelte kurz, drehte sich um und trat mit einem halben Dutzend anderer Frauen auf den Gang.

In Wahrheit war gar nichts okay. In Wahrheit hatten Angelus' Andeutungen für Eliza die Qualität eines Albtraums angenommen, den man zwar bis zu einem gewissen Grad steuern konnte, dem man aber dennoch ausgeliefert war. Das Grab, von dem Angelus gesprochen hatte, ging ihr nicht mehr aus dem Kopf. Es musste etwas mit jenem Persönlichkeitsanteil der Transgenetin zu tun haben, der Richter so sorgte.

Der Wille des Herrn …

Eliza war kein besonders religiöser Mensch. Tatsächlich spielte Religion in ihrem Leben gar keine Rolle, sah sie von den wenigen demütig-ehrfürchtigen Bewusstseinszuständen einmal ab, die sie beim Anblick eines kristallklaren Sternenhimmels, eines knorrigen alten Baumes, eines Insekts oder einer mittelalterlichen Kathedrale befielen. Nach Richters Protokoll musste sie nun an einige der Geschichten aus der Bibel denken, an die legendären Mächte von Gut und Böse, an Begriffe wie Himmel und Hölle, an Engel und Dämonen, an Licht und Finsternis. Sie erinnerte sich auch wieder an Richters Worte bei ihrem ersten Treffen in der Kantine: »Wenn die Dunkelheit aufzieht, vereine ich die Mächte des Guten hinter mir.«

Sie blickte auf ihre Armbanduhr, die sie schon als Studentin getragen hatte. Ein nostalgisches Modell ohne Batterie, das man noch per Hand aufzog.

Sie musste mit Maximilian reden.

Bald!

Und zwar außerhalb von Re-Source.

IV.

Angelus begriff, dass die Erinnerung Sarah stärker machte. Zu seiner Verblüffung hatte sie ihn auf dem Dach des Towers für einen Moment übergangen und selbst mit Richter kommuniziert. Wie ein Sturzwall waren ihre Erinnerungen über ihn hereingebrochen, sodass er die Kontrolle verloren hatte. Für einige Sekunden war er sogar völlig in Sarahs Welt eingetaucht. Vor allem in die Vision, in der dieser Mann eine Frau leidenschaftlich küsste, die er sehr liebte.

Die Szene war zu einer Brücke in seine eigene Vergangenheit geworden. Auch er hatte einmal geliebt. Damals waren seine Küsse keine Küsse des Todes gewesen, sondern Küsse der Liebe. Wie er nun erkannte, gehörte der brennende Schmerz auf seinem Rücken untrennbar zu dieser Erinnerung. Das machte ihn zornig. Er würde es nicht noch einmal zulassen, dass Sarah so unverhofft die Oberhand gewann. Doch er begriff auch, dass ihre Erinnerng der Schlüssel zu seiner eigenen Geschichte war. Deshalb behandelte er sie nach wie vor mit Gleichmut und gestattete ihr weitere Blicke hinaus in die Welt.

Schließlich würde er davon profitieren.

15

Nahe der Stadt L'Aquila

Bella, Orpheus und der Junge waren am späten Vormittag in ihrem Haus am äußeren westlichen Rand von L'Aquila angekommen, zu einer Tageszeit, zu der sich die Menschen in ihre Häuser oder die zahlreichen Lokalitäten und Restaurants zum Mittagessen zurückzogen.

Während sie den Tisch deckte, um den Hund, den Jungen und sich selbst erst einmal zur Stärkung mit

Brot, Wurst, Käse, Wasser und Tee zu versorgen, fragte sie sich, was dort draußen im Wald nahe der alten Abtei wirklich geschehen war. Was hatte den alten, friedliebenden Rafael zu einer tollwütigen Bestie gemacht? Bei der ekelhaften Erinnerung hätte Bella sich glatt noch einmal übergeben können. Der Junge beobachtete sie, als ob er spürte, was in ihr vorging. Bella hatte eine Ablenkung von diesem düsteren Erlebnis nötig.

»Wir brauchen alle dringend ein Bad. Wir stinken zum Himmel«, sagte sie zu ihm.

Sie ging in das kleine Bad, drehte den Warmwasserhahn auf, ließ die alte, eingemauerte Badewanne bis zur Hälfte volllaufen, untersuchte die Hände des Jungen und traute ihren Augen nicht. Die Verbrennungen waren zu einem großen Teil abgeheilt. Nach einer einzigen Nacht! Auch schien der Junge keine Schmerzen mehr zu haben. Verdammt, wer war dieses Kind? Superman?

Mit der sanften Unterstützung von Orpheus ließ der Junge das Bad über sich ergehen, auf Bellas Gesprächsversuche reagierte er jedoch nach wie vor nicht. Immerhin wusch er sich selbständig und trocknete sich auch ohne Hilfe ab. Dann zog er eine Hose und einen Wollpullover an, Sachen, die Bella selbst einmal als Jugendliche getragen hatte. Immerhin war die Kleidung halbwegs frisch, auch wenn sie ein paar Nummern zu groß war.

»Du musst dich eine Weile alleine beschäftigen«, erklärte sie dem Kind, nachdem sie in die Küche zurückgekehrt waren. »Ich muss mich um Orpheus kümmern. Verstehst du das?«

Der Junge sah sie wortlos an, doch Bella hatte den Eindruck, dass er sie verstand.

Sie verschwand für einen Moment im Schlafraum und kehrte mit einer alten ledernen Schultasche zurück, deren Inhalt sie auf die narbige Oberfläche des Küchentischs entleerte. Vor dem Jungen breiteten sich etliche Stifte, ein dicker Block sowie ein Lese- und ein Rechenbuch aus.

»Hier. Du kannst schreiben, rechnen oder malen, ganz wie du willst. Hauptsache du bleibst brav an diesem Tisch sitzen. In Ordnung?«

Der Junge starrte auf die Gegenstände, griff nach dem Lesebuch und begann darin zu blättern. Bücher waren ihm also nicht fremd, und wenigstens waren in dem Lesebuch etliche bunte Bilder.

»Gut. Dann bin ich erst im Bad und danach im Wintergarten und versorge Orpheus.«

Der Junge blickte kurz auf, als wollte er nicken.

»Bis gleich.«

Ein letzter prüfender Blick vom Eingang des Badezimmers, und Bella war beruhigt. Der Junge nahm die Stifte in Augenschein.

Sie schnappte sich das Hundeshampoo, ging zu dem angebauten Wintergarten und füllte die alte Zinkwanne. Orpheus gehörte zu den wenigen Hunden, die ein Warmwasserbad hin und wieder genossen.

Nachdem Bella ihn gebadet hatte, befreite sie das feuchte, zerzauste Fell von Gestrüpp und getrocknetem Blut, um die Verletzungen genauer untersuchen zu können. Neben den blutverkrusteten Pfoten entdeckte sie etliche Schnitte, Risse, Schrammen und Bisse. Es grenzte an ein Wunder, dass Orpheus keine schlimmeren Blessuren davongetragen hatte. Sie versorgte die Wunden mit einer milden antiseptischen Jodlösung. Der Rüde ließ die Behandlung geduldig über sich ergehen.

Anschließend ging sie ins Bad und kümmerte sich um sich selbst, während der Hund ein Auge auf den Jungen hatte, der inzwischen malte. Sie duschte abwechselnd heiß und kalt, um ihren Kreislauf in Schwung zu bringen.

Die am Höhleneingang durchwachte Nacht und der lange Fußmarsch forderten ihren Tribut. Sie hätte unter dem Wasserstrahl glatt im Stehen einschlafen können. Doch es war noch einiges zu tun. Unter anderem nahm sie sich vor, die Polizei anzurufen, damit der Junge wieder nach Hause fand, bis ihrem übernächtigten Hirn einfiel, dass ihr Rucksack mit dem Handy noch im Wald lag. Nun denn, auf einen Tag würde es vermutlich nicht ankommen. Sie würde gleich morgen mit dem Jungen zum improvisierten Polizeipräsidium gehen und erzählen, was geschehen war.

Der historische Palazzo, in dem die Polizei vor dem verheerenden Erdbeben im April 2009 ihren Sitz gehabt hatte und in dem auch das Stadtarchiv mit seinen wertvollen Handschriften, Akten, Urkunden und Bescheinigungen untergebracht gewesen war, war noch nicht wieder aufgebaut. Innerhalb einer Nacht hatte das Beben vor allem den historischen Osten der Stadt zerstört. Es gab kaum eine Familie, die kein Todesopfer zu beklagen hatte. L'Aquila hatte danach einem einzigen Trümmerfeld aus eingestürzten Dächern und Fassaden geglichen, die Straßen für die Hilfstrupps unpassierbar. Bellas kleines, von ihrem Großvater selbst erbautes Haus war auf wundersame Weise unversehrt geblieben, weshalb sie es bis vor wenigen Monaten mit drei Obdachlosen geteilt hatte. Dank der Hilfe etlicher, meist ausländischer Sponsoren erholte die Stadt sich langsam wieder.

Als sie zwanzig Minuten später in Pullover und Latzhose die Küche betrat, malte der Junge noch immer. Orpheus beobachtete ihn dabei so fasziniert, als verstünde er, was der Dreikäsehoch da mit den Stiften auf dem Papier produzierte.

Bella nahm sich einen Stuhl und setzte sich dem Knirps gegenüber. Er malte wie in Trance, als müsste er nicht eine Sekunde darüber nachdenken, was er wie zu zeichnen hatte. Neben dem Block lagen schon ein halbes Dutzend abgerissene, aber vollgemalte Blätter.

»Darf ich mal sehen?« Vorsichtig nahm sie das oberste Blatt zwischen Daumen und Zeigefinger und zog es zu sich rüber.

Der Junge wandte nicht das Geringste dagegen ein.

Bella drehte das Papier zu sich herum – und eine Welle der Übelkeit stieg in ihr auf. Unmenschliche, eiskalte Augen starrten sie an. Das böse Etwas aus dem Wald, das sie verfolgt hatte und das sich am Ende als Rafael entpuppt hatte.

Sie holte tief Luft, sammelte ihre Gedanken und unterdrückte die erneut in ihr aufgestiegene Angst. Das von dem Kind gezeichnete schleimig-fleischige Blutbild war ein regelrechter Albtraum. Gleichzeitig war das Bild brillant!

Sie legte es wie zum Austausch zurück und griff nach den nächsten beiden Zeichnungen.

Ein Eisengitter, das glühte. Ein Wesen aus Feuer. Nein, ein Wesen, das unbeschadet aus dem Feuer stieg.

Zur Hölle! Woher nahm der Junge diese Fantasien? Hatte er dieses Feuergeschöpf etwa ebenso wie den grässlich entstellten Rafael im Wald oder gar im Kloster gesehen?

Ihre Hand zitterte leicht, als sie sich das nächste Albtraumbild nahm. Sie erkannte das Refektorium, den Speisesaal des Klosters mit dem Kamin und dem alten Ofen unter dem steinernen Baldachin. Was darauf sonst noch zu sehen war, versetzte ihr einen Schock. Etwa ein Dutzend Gestalten in Mönchskleidung brannten lichterloh. Eine Feuerprozession aus schreienden menschlichen Fackeln.

Bellas Erinnerung an den Geruch nach verbranntem Fleisch kehrte zurück. War der ferne Gestank vielleicht gar keine Einbildung gewesen? Waren am Ende alle Mönche im Kloster tot?

Ganz gleich wie hundemüde sie war, sie musste zur Polizei. Sofort!

Sie gab Orpheus ein Zeichen, auf den Jungen Acht zu geben, zog ihre Stiefel an, griff nach der wind- und wasserdichten Jacke und schritt zur Tür.

»Nein!«, schrie der Junge. »Nein! Wenn du das tust, sind wir alle tot. Dann wird es uns finden.«

Völlig verblüfft hielt sie inne. Der Kleine konnte also doch sprechen. Und wie es aussah, auch noch Gedanken lesen?

Der Junge hob das Bild mit dem Feuerwesen auf und hielt es ihr hin, als wollte er damit andeuten, dass die Polizei ihnen nicht helfen könne, sondern am Ende selbst brennen würde.

Wie elektrisiert kehrte Bella an den Tisch zurück, setzte sich, sah das Kind einen Moment lang ruhig an, falls es noch etwas äußern wollte, und sagte dann: »Was schlägst du vor?«

Der Junge zog die alte Fotografie mit der Ausgrabung – dem Grab mit den beiden Männern – aus seiner Hosentasche hervor und deutete auf den rechten Mann. »Warten.«

Bella konnte es kaum fassen, dass nach dem vollständigen Satz sogar noch ein Wort über die Lippen des Knaben gekommen war. Klar und deutlich: warten. Der Junge wusste also mehr.

Orpheus blickte von dem Kind zu Bella und wieder zurück, als wolle er dessen Meinung unterstützen. Es war, als existierte eine unsichtbare Verbindung zwischen dem Jungen und dem Tier.

»Warten? Worauf?«, hakte Bella nach.

Er deutete noch einmal auf den Mann rechts im Bild, der vor dem Grab stand und nur halbwegs von der Seite zu erkennen war. Vermutlich war er der Chef des Ausgrabungsteams.

»War dieser Mann im Kloster?«, fragte sie.

Der Junge griff nach einem leeren Blatt. Er würde die Antwort zeichnen.

16

Rom
Vatikan

Mit wehendem Ordensgewand eilte Schwester Catherine Bell an den Kolonnaden des Petersplatzes vorbei zur Via di Porta Angelica und bog in das St.-Anna-Tor ein. Sie war unterwegs zum festungsartigen Apostolischen Palast. Der Himmel war stark bewölkt, und es sah nach Regen aus, doch der bevorstehende Schauer war nicht der Grund für ihre Zügigkeit. Catherine hatte sich schlicht und ergreifend dermaßen angeregt mit einem der Professoren der Päpstlichen Universität Gregoriana, dem Fundamentaltheologen Erasmus Vaira, über die Konzilsvorbereitungen unterhalten, dass sie darüber fast den Besprechungstermin mit Seiner Heiligkeit Papst Leo vergessen hatte.

Dabei war es schon schlimm genug, dass sie Ben hatte versetzen müssen. Allein Giadas Entgegenkommen hatte es ihr ermöglicht, Erasmus Vaira endlich einmal persönlich kennenzulernen. E-Mails und Telefonate waren ja gut und schön, doch persönliche Kontakte ersetzten sie nicht.

In den Augen der Inquisition war Vaira seit über zwei Jahrzehnten eine »verdächtige Person«, sympathisierte er doch trotz seiner Gelehrtenposition mit den aufgeklärten Papst-Vorgängern wie Benedikt XIV., der im achtzehnten Jahrhundert einen offenen Briefwechsel mit Voltaire gepflegt hatte, oder Johannes XXIII., dem die Kirche das Zweite Vatikanische Konzil verdankte und der ein ganz eigenes Verständnis des Papstamtes hatte. Ganz zu schweigen davon, dass Vaira sich von der Metaphysik des Jesuiten Pierre Teilhard de Chardin inspiriert fühlte, der als Theologe, Philosoph und Anthropologe versucht hatte, Religion und Wissenschaft in Einklang zu bringen. Dies hatte ihn 1926 seinen Lehrstuhl am Institut Catholique in Paris gekostet.

Seit Vairas Dissertation in den achtziger Jahren existierte auch über ihn eine Akte in der Indexabteilung der verbotenen Bücher, eine Protokollnummer, unter der alles von und über ihn zusammengetragen wurde. Eine Akte, die Vaira nicht einmal im Falle eines Prozesses würde einsehen dürfen, wie Catherine nur zu gut aus eigener Erfahrung wusste. Zum Leidwesen der Traditionalisten in der Kurie sollte nun ausgerechnet Erasmus Vaira einer der einflussreichsten Sekretäre der

Theologischen Kommission des Dritten Vatikanischen Konzils werden. Papst Leo tat alles, damit sich das neue Konzil durch eine wirkliche Dialogbereitschaft auszeichnete und nicht zu einer Art vatikanischem Pentagon verkam, in dem es immer nur Weisungen von oben gab, ohne dass man die Ratschläge von unten auch nur im Ansatz beachtete.

Im Vorbeigehen grüßte Catherine die Schweizergardisten am St.-Anna-Tor, die die junge Ordensfrau längst kannten. Eilig passierte sie die Kaserne der Garde und legte bis zum Institut für die religiösen Werke, das man gemeinhin auch als Vatikanbank kannte und das an den Apostolischen Palast grenzte, einen kurzen, unauffälligen Sprint ein. Dabei dachte sie noch immer an das Gespräch mit Vaira.

Der Professor war ein mittelgroßer Mann Anfang fünfzig mit schütterem Haar, rosiger Gesichtsfarbe und warmen braunen Augen, der gemeinsam mit Kardinal Ciban in Rom und in Tübingen studiert hatte. Wie sie außerdem erfahren hatte, verdankte Vaira es gewissermaßen Ciban als Präfekten der Glaubenskongregation, dass die Inquisition ihm in den letzten Jahren nicht das Leben zur Hölle gemacht oder ihn gar aus seiner Position entlassen hatte.

Noch vor etwas über einem Jahr hätte Catherine dieser Information keinen Glauben geschenkt, doch inzwischen kannte sie Ciban so gut, dass sie seine inoffiziellen Freundschaften sowohl in konservativen als auch in modern gesinnten Klerikerkreisen nicht mehr überraschten, selbst wenn diese für einen Außenstehenden miteinander völlig unvereinbar erschienen. So traditionsbewusst Ciban auch war, ihm war in erster Linie am Überleben der Kirche gelegen, und dazu gehörte nun einmal, dass die Kirche sich vor der modernen Welt des einundzwanzigsten Jahrhunderts nicht wie eine Auster verschloss.

»Gott sei Dank ist Marc Ciban kein zweiter Alfredo Ottaviani oder Sergio Monti«, hatte Vaira in Hinblick auf diese beiden Erztraditionalisten gesagt.

Zuvor hatte er sich einmal mehr versichert, dass sie in seinem Arbeitszimmer nicht abgehört wurden. Er vertraute Catherine, zumal sie in puncto Inquisition Leidensgenossen waren. Nicht zuletzt stand auch Catherine unter Leos und Cibans Schutz.

Was den Vergleich mit Ottaviani anging, wusste Catherine nur zu gut, was Vaira meinte. Ottaviani hatte das Konzil in den Sechzigern als damaliger Großinquisitor überaus erfolgreich sabotiert. Viele der heiklen Themen, die im Vaticanum II zur Erneuerung der Kirche hätten diskutiert werden sollen, lagen aufgrund Ottavianis Wirken und aufgrund des über zwanzigjährigen Pontifikats von Papst Innozenz noch heute unter meterdickem Eis. Nun sollten all diese Fragen noch einmal auf den reich gedeckten Tisch des Konzils kommen, um endlich verhandelt zu werden. Das Kardinalstaatssekretariat hatte auf Leos Anweisung hin an alle Bischöfe und Weihbischöfe eigens eine E-Mail gesandt, in der Rom um Wünsche, Vorschläge und Anregungen für das bevorstehende Konzil bat.

Die Bischöfe hatten mit ihren Antworten nicht lange auf sich warten lassen. Das eingegangene Material, das unter anderem statistische Daten umfasste, wurde noch immer gesichtet, geordnet und katalogisiert und würde gedruckt etliche Bücher füllen. Auch zeugten diverse Internetforen, in denen eifrig und heftig diskutiert wurde, vom regen Interesse der katholischen Basis und Laienwelt. Gerade diese Öffentlichkeit verhinderte in gewisser Weise die Unterdrückung. Noch nie hatte es eine solch große Transparenz in der katholischen Kirche gegeben.

»Sie haben recht«, hatte sie auf Vairas Worte erwidert. »Der Erfolg des Konzils steht und fällt mit Seiner Heiligkeit und Seiner Eminenz. Noch sind wir lange nicht über den Berg. Aber wir dürfen schon mal hoffen, dass das Lux Domini einen eher positiven Einfluss auf das Konzil nehmen wird.«

Vaira war kein Medialer, wie Catherine wusste. Er hatte niemals hinter die Kulissen des Lux Domini geblickt, so wie sie, Ben oder Ciban, die im KIMH ausgebildet worden waren. Letztendlich wurde das modern eingestellte Lux Domini, ebenso wie sein Kontrahent, der erzkonservative Orden des Opus Dei, durch seine ganz eigenen Ziele motiviert. Nicht einmal ein traditionsbewusster Bewahrer wie Gasperetti hatte daran etwas ändern können, geschweige denn, dass er die Beweggründe des Ordens wirklich durchschaute, auch wenn der Kardinal es verstand, sich die Macht des Lux zunutze zu machen.

»Das stimmt allerdings«, hatte Vaira nachdenklich gesagt. »Wie es aussieht, übergeht das Lux zumindest die Wünsche Seiner Heiligkeit nicht.«

In gewisser Weise entsprach dieser Eindruck der Wahrheit. Was dem verstorbenen erzkonservativen Papst Innozenz das Opus Dei gewesen war, war dem modern gesinnten Papst Leo das Lux Domini. Inwieweit das Lux tatsächlich hinter Leo stand, würde sich allerdings erst nach dem Vaticanum III erweisen.

»Beten und hoffen wir, dass das Konzil gut für uns ausgehen möge, Professor.«

»Solange Seine Eminenz Kardinal Gasperetti nicht

für die moraltheologischen Entwürfe zuständig ist, zweifle ich daran nicht.«

Daraufhin hatte Catherine herzlich gelacht. Sie mochte Vairas Humor. Im nächsten Moment hatte ihr Handy-Wecker laut und vernehmlich geklingelt und sie daran erinnert, dass es höchste Zeit war, sich auf den Weg zu ihrem nächsten Treffen zu machen. Im Apostolischen Palast würde sie Papst Leo berichten, wie die Vorbereitungen für das Konzil liefen, und gleichzeitig erfahren, was der Papst selbst noch so alles in die Wege geleitet hatte.

Sie betrat den Papstpalast und grüßte die beiden Schweizergardisten, die den offiziellen Aufzug zu den Räumlichkeiten Seiner Heiligkeit bewachten. Als sie das Stockwerk betrat, in dem Leo residierte und lebte, erwarteten sie dort zwei weitere Wachen. Beide waren über ihren Besuch informiert und ließen sie daher problemlos passieren.

Mit einem ironischen »Lange nicht mehr gesehen, Schwester« nahm der Privatsekretär des Papstes, Monsignore Corrado Massini, sie im Eingangsbereich in Empfang.

Fast hatte sich so etwas wie ein freundschaftliches Verhältnis zwischen ihr und dem Sekretär entwickelt. Massini hatte eine ganze Weile gebraucht, um sich von dem Schrecken der Anschläge zu erholen, die vor über einem Jahr auf den Papst verübt worden waren. Leos unerklärliche Zusammenbrüche und die Morde an den Geistlichen hatten damals schwer an seinen Nerven gezehrt. Dennoch hatte er es sich nicht nehmen lassen, für Seine Heiligkeit weiterzuarbeiten. Aber der Schock saß noch immer tief, und Catherine konnte sich des Eindrucks nicht erwehren, dass der Mann irgendetwas auf dem Herzen hatte und dass er sich damit eines Tages nicht seinem Beichtvater, sondern ihr anvertrauen würde. Sie hätte es jedoch nie gewagt, Massini offen darauf anzusprechen oder gar ungebeten ihre Gabe einzusetzen, um seinen Geist zu erforschen.

Massini öffnete ihr die hohe, schwere Tür, nachdem er höflich beim Papst angeklopft hatte. Leos privates, bis zur Decke mit Regalwänden gefülltes Arbeitszimmer beeindruckte Catherine einmal mehr, und das obwohl keinerlei antike Kostbarkeiten den Raum aufwerteten, sah man von dem Schreibtisch und einem sehr alten Globus ab. Zweckmäßigkeit und Schlichtheit zeichneten das Büro des ruhigen und doch so zielstrebigen Führers der Kirche aus, der immerhin ein Amt mit zweitausendjähriger Geschichte bekleidete.

Leo erhob sich von seinem Arbeitsplatz und kam gut gelaunt auf die junge Nonne zu, während Monsignore Massini sich ohne ein weiteres Wort zurückzog. Förmlichkeiten höfischer Art gab es zwischen Leo und Catherine nicht mehr, seit sie ihm das Leben gerettet hatte. Auch teilten sie seit jenen mörderischen Ereignissen ein Geheimnis, von dem nur wenige Menschen auf der Welt wussten. Einer von ihnen war Marc Kardinal Ciban.

Trotz der Strapazen der letzten Monate sah der Papst ausgeruht aus. Er hatte sogar ein klein wenig an Gewicht zugelegt, wie Catherine anhand der gut sitzenden Soutane bemerkte. Mit gütigem, humorvollem Blick musterte er sie. Leo war für Anfang achtzig noch gut in Form, und seine Augen wirkten geradezu jung. Keck thronte auf seinem Kopf das weiße Käppchen. Irgendeine unsichtbare Macht schien zu verhindern, dass es zu Boden fiel.

»Was halten Sie von einem kleinen Spaziergang,

Schwester? Sie haben sicher einiges zu berichten, und ich muss einfach mal raus hier, bevor mir noch die Palastdecke auf den Kopf fällt.«

Catherine lachte. »Gerne, Heiligkeit. Wie wäre es mit der Dachterrasse?«

»Warum nicht? Für mehr reicht die Zeit ohnehin nicht, und ein wenig frische Luft wird meinen grauen Zellen gewiss nicht schaden.«

»Was macht Ihr Rücken?«, fragte sie.

Leo winkte mit einem wehmütigen Lächeln ab und führte sie durch den Gang auf die überdachte Terrasse, die ein kleines Abbild der unter ihnen liegenden vatikanischen Gärten war.

»Alles braucht seine Zeit, aber die morgendliche Gymnastik schlägt langsam an. Ich habe mich mein Leben lang vor sportlicher Betätigung gedrückt. Ein Luxus, den ich mir nicht länger leisten kann.« Er hielt kurz inne, blickte sie an. »Wie machen Sie das nur? Nahezu jeden Tag, noch vor dem Morgengebet, joggen zu gehen? Hat Pater Darius Ihnen das beigebracht?«

Catherine schmunzelte. »Ich bin eine lebende Tote, Heiligkeit.« Als Leo sie halb belustigt und halb irritiert ansah, fügte sie rasch hinzu: »Null Blutdruck ohne Sport. Es bleibt mir gar nichts anderes übrig, als mich körperlich zu betätigen, um tagsüber halbwegs bei Besinnung zu bleiben.«

Leo nickte schmunzelnd, als wöge er ihre Worte auf einer unsichtbaren Waage ab. Dann erklärte er trocken: »Nach meiner Wahl zum Pontifex habe ich mir immerhin abgewöhnt, Kekse in Milch zu tunken.«

Sie mussten beide lachen. Dann standen sie eine Weile stumm da und blickten über den Balkon, während die Sonne durch die Wolken brach, als fielen die Strahlen durch die Kuppelfenster des Petersdoms. Für einen Augenblick erschien alles um sie herum in einem gespenstisch-sakralen Licht, als wollte der Himmel ihnen signalisieren, dass zwar viel Finsternis und Arbeit vor ihnen lag, dass sie aber nicht vergebens sein würde.

Schließlich wandte Leo sich von dem einzigartigen Schauspiel ab, nahm die Hände von der Balustrade und drehte sich zu seiner jungen Begleiterin um. »Nun, Catherine, wie läuft es? Kommen die Gespräche und Planungen gut voran?«

»Es gibt noch jede Menge Arbeit zu tun, Heiligkeit, aber es geht schneller als gedacht, auch wenn das Katalogisieren der Wünsche für das Konzil uns wie die reinste Sisyphusarbeit vorkommt.«

»Und Erasmus Vaira? Wie ich hörte, sind Sie beide sich heute zum ersten Mal persönlich begegnet.«

»Sie haben eine gute Wahl getroffen, Heiligkeit. Professor Vaira ist als Mitglied der Theologischen Vorbereitungskonferenz von großer Wichtigkeit für uns. Gleiches gilt für die deutschen, französischen und österreichischen Vertreter.«

Catherine erzählte Leo von ihren Gesprächen mit jenen Männern, die dank seiner Anweisung die Reformstruktur des Konzils vorgeben würden. Sie sprach von den Wünschen der beteiligten Männer und Frauen, darunter auch einige Nichtkatholiken, und berichtete, dass sie um mehr Toleranz baten, um Versöhnung mit allen Christen, um eine zeitgemäße Seelsorge, eine stärkere Beteiligung der Laien am Apostolat oder eine Aufhebung des Zölibats. Alles Themen, die den Kern der Kirchenkrise betrafen und die das römische Herrschaftssystem bisher tabuisiert hatte.

Leo hörte ihr in Ruhe zu, und nachdem sie geendet

hatte, sagte er: »Wir haben einen schweren und ungewissen Weg vor uns. Auch ich weiß nicht, wohin er uns am Ende führen wird. Doch ich denke nicht daran zuzulassen, dass sich die Kirche weiterhin einer Reform verweigert.«

»Wenn ich eines während der Sichtung all der Wünsche gelernt habe, Heiligkeit, dann dies: Die Menschen glauben an Sie.«

Catherine meinte, was sie sagte. Unter Johannes XXIII. und Paul VI. hatte es über viele Jahre hinweg Zukunftsgespräche, Debatten und Diskussionen gegeben, wie sie in der Kirche üblich waren, doch die Zeit der Worte war vorbei. Diesmal würden couragierte Entscheidungen getroffen werden, und genau damit hatte Leo seit seiner Wahl zum Papst vor dreieinhalb Jahren begonnen. Diesmal ging es wirklich um die Reform.

Leo sah sie nachdenklich an. »Wissen Sie, was Papst Johannes auf die Frage eines prominenten Besuchers, was er sich von dem Konzil wünsche, geantwortet hat, Schwester?«

»Nein. Was denn?«

»Er ist ans Fenster seines Empfangszimmers getreten, hat es weit geöffnet und gesagt: Das wünsche ich mir. Frische Luft für die Kirche.« Der Papst hielt kurz inne und blickte zum Himmel auf, wo die Wolken wie ein gewaltiges Gebirgsmassiv über Rom ruhten. »Wir werden mehr als nur frische Luft brauchen, Catherine. Wir haben einen Orkan nötig. Und wir wissen derzeit nicht, was am Ende dieses Sturmwinds von unserer Heiligen Mutter Kirche übrig bleiben wird.«

»Sie wird gestärkt aus der Konfrontation hervorgehen«, sagte Catherine überzeugt, obwohl ihr Leos Gedankenspiel alles andere als ein Wohlgefühl bereitete.

Er lachte leise, und seine Augen funkelten. »Ach ja, was uns nicht umbringt, das macht uns stärker. Das legendäre Nietzsche-Zitat, das in Krisensituationen so gerne heraufbeschworen wird. Tatsächlich ist viel Wahres daran. – Haben Sie eine Vorstellung davon, wie viele Bände die Fragen und Wünsche an das Vaticanum II von Papst Johannes gefüllt haben?«

Catherine verneinte und fügte hinzu: »Es müssen sehr viele gewesen sein.«

»Die eingegangenen Antworten aus aller Welt haben fast zehntausend Seiten in sechzehn Bänden gefüllt. Doch nur ein einziger Band davon wurde veröffentlicht, die fünfzehn restlichen sind in unserem vatikanischen Geheimarchiv verschwunden. Ich habe mir die Bände vor einigen Tagen gemeinsam mit Seiner Eminenz Kardinal Ciban angesehen.«

»Ich nehme an, die Themen sind im Großen und Ganzen die gleichen wie heute, Heiligkeit, jedoch dürfte ihre Beantwortung umso dringlicher sein.«

Leo nickte, und es wirkte fast wie ein Schuldeingeständnis. »Manchmal habe ich das Gefühl, wir treten auf der Stelle, Catherine. Außerdem wandeln wir auf einem schmalen Grat, denn in unserem Haus herrscht zurzeit bestenfalls eine Pattsituation.«

»Es ist lange her, seit wir eine Pattsituation hatten. Das Opus wird noch eine ganze Weile an seinen Wunden lecken, und dabei steht es ganz sicher unter der Beobachtung des Lux Domini.«

»Trotzdem trauen auch Sie dem Lux nicht, und das als ehemalige Agentin. Oder soll ich sagen, gerade deshalb?«

Leo hatte recht. Auch sie hatte ihre Ängste und Zweifel. Jede Münze hatte zwei Seiten. Was im Guten begann, konnte durch ein Zuviel an Macht im Nu zum Bösen mutieren. »Wir wissen, wohin sich das Opus über die Jahre entwickelt hat, Heiligkeit. Es ist arrogant, herrisch und gewissenlos geworden.«

»Wollen Sie damit sagen, das Lux habe das höhere Ethos?«

»Noch bemüht es sich darum. In jedem Fall hat das Lux zurzeit den größeren Kampfgeist. Es ist jung und stark, und es will, dass die Kirche das neue Jahrtausend überlebt. Das kann die Kirche allerdings nur, wenn sie sich erneuert. Doch auch Erneuerung braucht ein Maß und ein Ziel.«

Leo nickte und blickte sie an, als hätte sie gerade ausgesprochen, wovon er selbst schon seit Langem überzeugt war. »Nach dem Konzil werden wir ein ganz besonderes Augenmerk darauf haben müssen, dass das Lux sich nicht zu viel herausnimmt.« Er seufzte. »Irgendwie haben diese Teufelsaustreibungen nie ein Ende.«

»Wo viel Licht ist, da ist auch viel Schatten, Heiligkeit.«

»Das stimmt.« Er hielt kurz inne, ließ den Blick noch einmal über die vatikanischen Gärten schweifen. Dann sagte er: »Genau deshalb braucht dieses Konzil ein klares, unmissverständliches Zeichen. Eine Erklärung, die allen betroffenen Menschen die Zielrichtung vorgibt. Wir dürfen nichts riskieren.«

»Woran denken Sie, Heiligkeit?«

»Das werden Sie schon sehr bald sehen, Catherine. Ich hoffe sehr, dass auch Sie und Marc die Chance wahrnehmen werden, die sich Ihnen dadurch bieten wird.«

Catherine sah Leo verblüfft an. Was meinte er damit? Spontan dachte sie an die Rede, die der Papst anlässlich der vorkonziliaren Eröffnungskonferenz am morgigen

Tag über Radio Vatikan halten wollte. Hatte er dafür etwas ganz Besonderes geplant?

Just als sie nachhaken wollte, räusperte sich jemand in einiger Entfernung. Sie drehten sich um, und Monsignore Massini stand mit dem Telefon in der Hand im Zugangsbereich der Terrasse.

»Entschuldigen Sie die Störung, Heiligkeit. Seine Eminenz Kardinal Ciban ist am Apparat. Es ist wohl dringend.«

»Danke, Corrado.« Leo wandte sich Catherine zu. »Bitte entschuldigen Sie mich einen Moment.« Er trat auf Massini zu und nahm das Mobiltelefon.

Eine ganze Weile herrschte Stille, denn er hörte nur zu.

Catherine hatte Marc Kardinal Ciban seit fast zwei Wochen nicht gesehen. Sie steckten bis über beide Ohren in Arbeit, doch sie hatten über die Kryptohandys fast täglich miteinander telefoniert. Vor allem privat, was angesichts ihrer beruflichen Positionen äußerst heikel war.

Schließlich sagte Leo: »Ja, Catherine ist hier.«

Seine Aura hatte während des Gesprächs zunehmend Trauer ausgestrahlt, und dies so stark, dass Catherine es selbst durch ihre mentalen Schilde hatte wahrnehmen können.

»Gut. Ich werde sie gleich informieren.«

Nach einigen weiteren Sekunden des Zuhörens beendete der Papst das Telefonat, reichte Massini das Handy und kehrte mit düsterer Miene zu Catherine zurück.

»Was um Himmels willen ist passiert?«, fragte sie.

Leo gab ihr ein unauffälliges Zeichen und sprach erst, als er sicher war, dass Massini außer Hörweite war.

»Es hat einen Zwischenfall gegeben. David ist verschwunden, und das Kloster, das ihn aufgenommen hat…« Er brach ab, als fände er nicht die richtigen Worte. »Bis auf einen schwerverletzten Mann gibt es praktisch keine Überlebenden.«

Catherine stand da wie versteinert. In ihrem Inneren loderte ein emotionaler Feuersturm auf. David! Sie hatte das Kind seit Monaten nicht gesehen, genauer seit sie, Rinaldo und Coelho diesem geheimen Forschungslabor auf die Schliche gekommen waren, das mit den Genen von Medialen experimentierte. Einer der ahnungslosen Genspender war Marc Kardinal Ciban gewesen, weshalb David das Produkt eines skrupellosen Forschungsprojektes und – rein biogenetisch betrachtet – Marc Cibans Sohn war.

Ferner hatte Catherine während der damaligen Ermittlungen herausgefunden, weshalb sie ausgerechnet Cibans Gene ausgewählt hatten: Es gab eine schicksalhafte Verbindung zwischen dem Clan der Cibans und einem alten, in Vergessenheit geratenen Orden, der einst ein Teil der Kirche gewesen war und nun wieder im Geheimen erstarkte: die Triaden. Die Geschichte des Ordens reichte bis in die Mythologie der Angelologie, der Engelskunde, hinein. Jahrtausendealte, ebenso brutale wie effiziente Zuchtprogramme sowie die fast völlige Auslöschung durch die Kirche hatten die Triaden nicht aussterben lassen, sondern zu einem gefährlichen Gegner gemacht. Ein Gelehrter hatte Catherine anhand von historischen Aufzeichnungen sogar glaubhaft versichert, es fehle den meisten Triaden an jedweder Menschlichkeit. Gnade gewährten sie nicht einmal ihrem eigenen Nachwuchs.

Da David reinstes Triadenblut in sich trug, hatte

Ciban den Jungen nach der Rettung aus den Laboren an einem geheimen Ort untergebracht. Catherine gegenüber hatte er erklärt, dass das genetische Erbe Davids ein unberechenbares Risiko darstellte, dass es gefährlich war, ein Fluch. Doch sie hatte diesem Verdacht keinen Glauben geschenkt. Schließlich hatte der Kardinal sein aggressives Triadennaturell sowie den genetischen Familienfluch im Griff, auch wenn dies für ihn einen immerwährenden Kampf gegen das Dunkel in seinem Inneren bedeutete. Nicht zuletzt hatte Catherine David mit dessen Einwilligung sondiert, ihre Gabe genutzt und nach dem Bösen in seinem Wesen, in seiner Aura gesucht, doch da war keine Dunkelheit in dem Kind. Nur tiefe Traurigkeit. Und dieser leise Schatten, der niemals ganz von einem Menschen mit Triadengenen wich. Wie bei seinem Vater Marc Ciban.

Nichtsdestotrotz zog der Kardinal es vor, David gegenüber auf Distanz zu gehen. Nur ein einziges Mal war er dem Kind in der Ciban-Villa begegnet, als es noch nicht im Kloster untergebracht worden war. Das Treffen wäre fast in einem Fiasko geendet, wäre Catherine nicht eingeschritten. An diesem Tag hatte sie kurz erlebt, was es bedeuten mochte, wenn dieses verfluchte Blut an die Oberfläche trat. Trotzdem vertraute sie sowohl Ciban als auch dem Jungen.

Bei alldem wussten nur einige wenige Vertraute um das Familiengeheimnis des Kardinals. Catherine war nur deshalb eingeweiht, weil sie wenige Monate zuvor, nach einem Anschlag auf Ciban, Nachforschungen angestellt hatte, um dessen Unschuld in einem Mordfall zu beweisen. Der Kardinal mochte zwar genetisch ein Triade sein, doch er war dem Erbe des Vaters nicht gefolgt und daher kein Mitglied des Ordens, kein Eingeweihter, sondern vielmehr ein Abtrünniger, der sich der dunklen Familientradition verweigert hatte.

Nun zeichnete sich ab, dass der alte Orden wieder Oberwasser gewann und dass er nicht nur die Kirche bedrohte. Ob Ciban es wollte oder nicht, er musste sich mit der Vergangenheit seiner Familie und der Historie der Triaden auseinandersetzen. Das war für ihn als Ausgestoßener alles andere als ungefährlich oder leicht. Die geheimen Quellen des Familienclans standen ihm seit Jahrzehnten nicht mehr zur Verfügung, und mutige Informanten rund um die Triaden waren rar. Ganz zu schweigen von wirklich Wissenden.

Wie aus weiter Ferne hörte Catherine den Papst sagen: »Marc möchte Ihnen etwas zeigen, das uns schon seit einer Weile Sorge bereitet. Er will Sie im Archiv treffen. Sofort.«

Leo fügte keinerlei weitere Erklärung hinzu, obwohl sie spürte, dass er wusste, worum es ging. Vermutlich wollte er dem Präfekten der Glaubenskongregation nicht vorgreifen.

»Wenn es so dringend ist, mache ich mich am besten gleich auf den Weg.«

Der Papst nickte. »Tun Sie das. Catherine …« In väterlicher Sorge berührte er ihren Arm.

»Ja?«

»Vergessen Sie nie, wer Sie sind. Vergessen Sie nie, was Darius Sie gelehrt hat. Vertrauen Sie auf Ihre Gabe.«

Ein Schauer durchlief Catherine. Es war ja wie ein Déjà-vu. Fast genau die gleichen Worte hatte Kardinal Benelli vor über einem Jahr an sie gerichtet, als er sie auf ihre Mission geschickt hatte, um Leo vor einem Anschlag zu bewahren.

17

Vatikan
Geheimarchiv

Zuweilen erschienen Catherine die Archive des Vatikans wie der Albtraum eines unterirdischen, mit Regalen und Folianten überfrachteten Bunkers. Zügig schritt sie durch die unendlich anmutenden Korridore, und obwohl sie wusste, dass es nur Einbildung war, hatte sie bei jeder Lichtinsel, die sie passierte, das Gefühl, von unsichtbaren Augen verfolgt zu werden.

Für Catherine waren die Archive der römischen Inquisition immer die finstere Seele der Kirche gewesen. Manchmal dachte sie, dass dieser Bereich eine Kammer des Schreckens sei, der die Schöpfung des Teufels protokollierte, und zwar genau im Zentrum, jenem Teil der katholischen Welt, in dem doch eigentlich die Liebe hätte regieren sollen. Erst wenige Wochen zuvor hatte sie dann bei einem Gespräch mit Papst Leo und Kardinal Ciban erfahren, dass das Schwarze Archiv eine noch viel geheimnisvollere Dokumentensammlung enthielt. Deren Existenz war nur einer kleinen, eingeschworenen Gemeinschaft bekannt, den Hütern. Tatsächlich lag dieser geheimste aller labyrinthischen Orte ganz tief im vatikanischen Untergrund. Das war alles, was Catherine bisher wusste. Noch nie hatte sie diesen Ort betreten, doch irgendetwas tief in ihrem Inneren sagte ihr, dass heute der Tag gekommen war.

Der Durchgang, den sie suchte – inzwischen kannte

sie die Route –, lag am Ende eines weiteren mit Folianten vollgestopften Untergeschosses. Die über ihr aufleuchtenden Lichtinseln schienen kaum gegen das Dunkel der Gänge anzukommen und erloschen, sobald sie diese passiert hatte. Diesen Archivbereich hatte Catherine vor eineinhalb Jahren in aller Eile mit Ben Hawlett durchquert, mit einem verbotenen, dem Turm der Winde entwendeten Buch. Damals war es darum gegangen, eine Serie von Morden aufzuklären. Ben und sie hatten das Buch mit seinem unglaublichen Inhalt Seiner Heiligkeit vorlegen wollen, als Marc Abott Kardinal Ciban beide in dem Lesesaal, auf den Catherine gerade zusteuerte, wie zwei Kriminelle gestellt hatte.

Das damit verbundene Entsetzen hatte sie bis heute nicht völlig verlassen. Zumal in jenen Tagen aufgrund ihrer kirchenkritischen Bücher gerade ein Gerichtsverfahren gegen sie eröffnet worden war, ein Prozess, dem Ciban als Präfekt der Glaubenskongregation vorgestanden hatte. Als der Kardinal sie und Ben dann auch noch mit dem entwendeten Buch in den Archiven dingfest gemacht hatte, war für Catherine beinahe die Welt untergegangen. Sie hatte tatsächlich geglaubt, die Schweizergardisten, die Ciban begleitet hatten, würden sie und ihren Begleiter zum Verhör in eines der finsteren Verliese der Engelsburg werfen, wo sie am Ende elendig verrotten würden.

Dieser Tag schien inzwischen Ewigkeiten zurückzuliegen, so viel hatte sich seither ereignet. Sei der Aufklärung der Mordserie waren Dinge geschehen, die Catherine trotz ihrer Aufgeschlossenheit und ihrem Gespür für Hoffnungen, Chancen und Perspektiven niemals vorausgesehen, geschweige denn für möglich gehalten hätte. Sie schrieb weiter kritische Bücher, daran hatte sich nichts geändert, doch im Verborgenen arbeitete sie nun auch für Papst Leo und den von allen gefürchteten Großinquisitor Marc Ciban. Im Laufe der Zeit war aus der einstigen Feindschaft zwischen ihr und dem Kardinal gegenseitiger Respekt geworden und aus dem gegenseitigen Respekt schließlich Vertrautheit und Freundschaft.

Als Ciban dann nach dem Anschlag fast gestorben war, hatte sich die Welt für Catherine endgültig um einhundertachtzig Grad gedreht. Nicht was ihr Weltbild anging, sondern ihre Einstellung gegenüber dem Kardinal. Bei der Rettungsaktion hatte sie ihrem vermeintlichen, in Agonie liegenden Gegner in die Seele geblickt und war dabei selbst dem Tod nahe gekommen. Ganz nahe. Gefühle, Gedanken und Bilder aus Cibans Kindheit waren wie ein mentales Ungewitter durch sie hindurchgepeitscht. Licht, Schatten, abgrundtiefe Dunkelheit. Doch sowohl aus dem Licht als auch aus der Finsternis der Seele des Kardinals war ihr eine unglaubliche Zuneigung entgegengeströmt.

Bis zu jenem Tag hatten Catherine und Ciban ihre gegenseitige Liebe verleugnet – weil nicht sein konnte, was nicht sein durfte. Aber kein Mensch log, wenn er starb. Und so hatte genau diese Liebe am Ende das Blatt gewendet und Ciban und ihr auf dem Trip durch die Hölle das Leben gerettet.

In der Krypta der cibanschen Familienvilla, fernab von allem Weltlichen, hatte Catherine nach den tragischen Ereignissen des Attentats all ihren Mut zusammengenommen und ihn zärtlich geküsst. Und er hatte ihren Kuss voller Liebe erwidert. Sehr viel mehr war bisher nicht passiert. Beide respektierten den Zölibat. Doch der Verzicht auf Zweisamkeit fiel nicht nur Catherine zunehmend schwer, dabei war sie nicht einmal ein besonders sinnlicher Mensch. Sie wollte den Mann, den sie liebte, in seiner Gänze erfahren, mit ihm sowohl körperlich als auch geistig eins sein. Und wäre nicht die Krönung ihrer Liebe ein Kind?

Abrupt hielt sie unter einer der Lichtinseln inne. Es war das erste Mal, dass sie an diese Unmöglichkeit dachte, an ein gemeinsames Leben, sogar an die Gründung einer Familie. Mann, Frau und Kind. Es war auch das erste Mal, dass ihr klar wurde, ein Marc Ciban würde selbst ohne Zölibat niemals so weit gehen. Sein genetisches Erbe, der Familienfluch! Allein dass die cibansche Blutlinie sich in der Existenz Davids fortsetzte, bereitete dem Kardinal gehöriges Kopfzerbrechen.

Als hätte das Schicksal sie gerade eines zentralen Aspektes ihrer Zukunft beraubt, verspürte Catherine einen fast körperlichen Schmerz. Dabei würde sie Ciban gleich gegenübertreten, und als Allerletztes wollte sie, dass er ein Bedauern in ihrer Seele wahrnahm, für das es bisher keine Grundlage gegeben hatte. Der Kardinal hatte auch so schon genug am Hals. Überdies konnte niemand die Zukunft vorhersagen. Auch sie nicht. Es war also völlig sinnlos, diesen Gedanken weiterzuverfolgen. Schließlich hatte sie in Ciban bis vor einem Jahr auch nicht die Liebe ihres Lebens gesehen. Nun war alles anders. Sie musste ihrem eigenen Schicksal vertrauen, darauf, dass sich die Dinge genau so entwickeln würden, wie sie es sollten.

Sie atmete tief durch, eilte weiter, atmete den Geruch alter Gemäuer und Bücher ein und beruhigte sich. Eigentlich war sie kein besonders emotionaler Mensch, nur wenn es Ciban betraf, lief nichts ohne Emotionen.

Deshalb war sie in seiner Nähe automatisch stets hellwach. Außerdem ging es um seinen Sohn, um David. Sie ahnte schon, was auf sie zukommen würde.

Als sie den Lesesaal betrat und Ciban über eines der alten Lesepulte gebeugt sah, verspürte sie einmal mehr dieses unbeschreibliche Schmetterlingsflattern in ihrem Bauch. Er reagierte augenblicklich auf ihre Anwesenheit, indem er den Kopf hob und sie aus seinen stahlgrauen Augen ansah. Selten zeigten diese Augen ein Gefühl, doch wenn sie wie jetzt in der Sicherheit des Archivs auf Catherine trafen, waren sie voller Wärme.

Was immer Ciban gerade gelesen hatte, er faltete das Dokument zusammen, steckte es in die Innentasche seiner Soutane und trat auf sie zu. Er lächelte sie an, und Catherines Zukunftsängste waren im Nu verschwunden. In solchen Momenten wirkte er auf sie wie ein dunkler Engelsfürst, der Menschengestalt angenommen hatte, um auf der Erde für das Gute zu kämpfen.

»Schön, dich zu sehen.« Seine Augen leuchteten bei ihrem Anblick. Er ergriff ihre Hand.

Trotz ihrer mentalen Schilde spürte Catherine seine überbordende Energie. Als er sie küsste, war es wie ein kurzer, kontrollierter Rausch, aber keine Invasion, kein Inbesitznehmen, kein rücksichtsloses Eindringen in ihre Gefühlswelt. Selbst aus Cibans Dunkelheit strömten ihr Liebe und Uneigennützigkeit entgegen. Er war das krasse Gegenteil seines Vaters, der die Familie bis an den Rand des Wahnsinns tyrannisiert hatte.

Die cibansche Familiengeschichte war alles andere als Licht. Allerdings weniger aufgrund des beeindruckenden Reichtums und der Macht, die der Clan über die Jahrhunderte angesammelt hatte, als vielmehr durch das Blut, das wie ein Elixier des Teufels durch die Adern der männlichen Vertreter der Familie floss.

Als sie sich wieder voneinander lösten, hielt der wohlige Schauer in Catherine noch einen Augenblick an. Dass sie sich seit Tagen nicht gesehen hatten, machte die Begegnung nicht weniger intensiv. Dabei war jedes ihrer privaten Treffen riskant, weswegen sich ihre Zusammenkünfte meist auf offizielle Anlässe beschränkten, was ihnen sicher dabei half, das Gelübde des Zölibats einzuhalten.

»Seine Heiligkeit meinte, du wolltest mir etwas zeigen.«

Er nickte, ließ ihre Hand los und trat zurück an den Lesetisch, auf dem bereits der kleine, antennenbewehrte Störsender stand, den er stets bei sich trug. Niemand sollte mithören, falls es Spione gab.

»Wir haben ein Problem.« Wenn der Präfekt dieses Wort verwendete, konnte man davon ausgehen, dass es ein Riesenproblem war. Dass David verschwunden war und keiner der Mönche des Klosters überlebt haben sollte, war gewiss ein Riesenproblem. »Ich wollte es dir ersparen«, fuhr er fort, »denn es ist kein schöner Anblick, doch ich muss dir diese Aufzeichnung zumuten, damit du erfassen kannst, was ich dir danach zeigen werde.«

Nur wenn sie unter sich waren, duzten sie sich. Alle anderen Begegnungen verliefen völlig formal mit den Anreden »Schwester« und »Eminenz«. Catherine betete, dass ihr bei einem offiziellen Anlass nicht einmal das Du herausrutschte.

Ciban zog einen kleinen Mobilcomputer samt Headset aus seiner Robe, aktivierte ihn und stellte ihn so auf das Pult, dass Catherine das Display sehen und bequem den winzigen Kopfhörer einsetzen konnte, der fast in ihrem Ohr verschwand.

Die Videoaufzeichnung war ein Schock. Ein von Kopf bis Fuß bandagierter Mann mit einem eingebrannten Ankh-Symbol auf der Stirn spuckte im wahrsten Sinne des Wortes Schaum, während er sinnloses Zeug brabbelte.

Catherine holte tief Luft. Ciban griff behutsam nach ihrer Hand und spendete ihr Kraft.

War das die Art von Aufzeichnungen und Dokumentationen, die das Schwarze Archiv beherbergte? Gequälte Menschen, die zusammenhanglos und halb wahnsinnig von Feuerwesen sprachen? Sie schnappte den Namen des elenden Menschen auf. Merdadus. Sollte sie den Mann kennen? Der Name sagte ihr nichts. Weit größeres Unbehagen bereitete ihr allerdings das mit Feuer eingestanzte, weißlich leuchtende Schlaufenkreuz auf seiner Stirn.

Catherine war keine Expertin, doch dieses Ankh erinnerte sie an die Begegnung mit dem Religionswissenschaftler und Angelologen vor ein paar Monaten, als Ciban in der Gemelli-Klinik im Sterben gelegen hatte. Damals hatte sie erfahren, dass das verfluchte Symbol in Verbindung mit zwei weiteren Zeichen für Folter, Qual und Tod stand. Für die Apokalypse. Für jenen geheimen, jahrtausendealten Orden, nach dem Ciban fahndete und der für die Dunkelheit verantwortlich war, die vor allem den männlichen Zweig des Ciban-Clans seit Generationen durchdrang: die Triaden.

Die Schmetterlinge in ihrem Bauch waren längst einem schmerzhaften Druck in ihrem Magen gewichen, trotzdem zwang sie sich, ihre Furcht nicht zu zeigen. Ihre Sorge um David konnte sie nicht so einfach im Zaum halten.

»Hat dieser Merdadus denn gar nichts weiter über David gesagt? Vielleicht hat er überlebt, konnte sich retten, ist verletzt…«

Ciban schüttelte den Kopf, während er noch immer ihre Hand umfasste. »Es tut mir leid. Das ist alles, was wir haben.« Er hielt kurz inne. »Du musstest dir diese Aufzeichnung ansehen, damit du weißt, womit wir es zu tun haben. Ich hätte dir das sonst nicht angetan.«

Sie nickte. Doch der Gedanke, dass David entweder tot oder dort draußen ganz alleine war, ließ ihr keine Ruhe. Sie riss sich zusammen. »Keine Sorge. Ich verkrafte das. Ich habe schon schlimme Dinge in meinem Leben gesehen.«

Der Kardinal drückte sie noch einmal an sich und gab ihr einen Kuss auf die Stirn. Dann erzählte er ihr in gedämpftem Ton, was er bisher über Bruder Merdadus, Andrea Bariello, den Generalvikar der Erzdiözese von L'Aquila, und Kardinal Gasperetti herausgefunden hatte: Vermutlich bestand eine bruderschaftliche Verbindung des Lux Domini zwischen den drei Männern. Dann erklärte er ihr, aus welcher Klosterabtei Merdadus als einziger Überlebender geflohen war. Catherine nahm alles in sich auf, jede Silbe, jedes Wort, in der unbehaglichen Gewissheit, dass ihr die eigentliche Offenbarung noch bevorstand.

Schließlich packte Ciban das technische Kleinod zusammen und steckte es zurück in die Innentasche seines Gewandes. Er wusste, dass Catherine eine ganze Menge einstecken und ertragen konnte. Ebenso konnte die Frau, die er liebte, in der Not austeilen, wie es nur wenige vermochten. Wäre dies nicht der Fall gewesen, wäre er seit einigen Monaten tot.

»Bist du bereit?« Er blickte sie liebevoll an, aber auch

ein wenig wie eine besonders talentierte Schülerin vor einer ihrer schwierigsten Prüfungen.

Catherine atmete tief durch und nickte.

»Gut. Dann lass uns gehen.«

Er nahm ihre Hand und führte sie tiefer in den Untergrund, dorthin, wo es noch mehr historische Dunkelheit gab, in meterlangen Aktenreihen. Hier verschmolzen die langen, gefährlichen Schatten der Vergangenheit mit dem trügerischen Zwielicht der Gegenwart: das Schwarze Archiv.

ASCHE

18

Vatikan
Geheimarchiv

Catherine war schon froh, sich den verzwickten Weg zu dem abgelegenen Lesesaal eingeprägt zu haben, doch die Strecke, die sie nun in Begleitung des Kardinals zurücklegte, entpuppte sich als regelrechte Odyssee geheimer Verbindungspfade und mit Manuskripten überfrachteter Zwischenräume. Nicht einmal mit einem Kompass würde sie hier jemals wieder alleine herausfinden.

Schließlich standen sie vor einer massiven Eichentür, die mit so vielen Riegeln und Schlössern gesichert war, als habe man dahinter die Büchse der Pandora eingekerkert.

Ciban holte einen Schlüsselbund hervor und entriegelte die Tür. Die damit verbundenen hallenden Geräusche erzeugten in Catherine ein Gefühl, als würden sie sogleich die Pforte zur Hölle passieren. Kaum hatten sie den Korridor dahinter betreten, verriegelte der Präfekt die schwere Eichentür von innen. Niemand ohne Berechtigung sollte ihnen hierher folgen können. Zahlreiche Kammern gingen vom Hauptkorridor ab. Trotz des spärlichen Lichts blitzten hier und da Stahlschränke auf. Ciban erklärte ihr, dass an diesem Ort nicht nur brisante historische Dokumente aufbewahrt wurden, sondern auch brandaktuelle Akten über mächtige Persönlichkeiten und ihre politischen Machenschaften in der

Welt, einschließlich Eklats, die bisher nicht an die Öffentlichkeit gelangt waren.

Vor einem der Schränke blieb der hochgewachsene Präfekt stehen, schloss ihn auf und zog eine schwere Stahllade heraus, die er auf einen Tisch in der Mitte des Raums legte. Vermutlich die Büchse der Pandora.

»Es ist nur ein Fragment«, erklärte er. »Ende des neunzehnten Jahrhunderts ist es aus England in einer versiegelten Schatulle in den Vatikan gelangt. Laut den Aufzeichnungen haben seither nur Papst Johannes XXIII. und unser Papst Leo es gewagt, das geheime Dokument zu lesen. Keinem ist eine Deutung gelungen.«

»Was ist mit den Großinquisitoren?«, fragte Catherine. »Wie es scheint, ist dir das Geheimnis auch bekannt.«

Ciban nickte. »Du hast recht. Gut möglich, dass ich nicht der einzige Glaubenspräfekt bin, der dieses zweifelhafte Privileg genießt. Höchstwahrscheinlich bin ich jedoch der einzige, der noch lebt.« Fast lag so etwas wie ein Augenzwinkern in dem letzten Satz.

Respektvoll öffnete er die verschlossene Lade, nahm ein kleines, dickes und sehr abgenutztes Heft heraus und legte es vor Catherine auf den Tisch mit den zwei Stühlen.

»Bitte sehr. Sieh es dir in Ruhe an, dieses Fragment darf das Archiv nicht verlassen.«

Catherine setzte sich und fing an zu lesen, während Ciban den anderen Stuhl nahm und sich still in eine Ecke zurückzog. Sie blätterte von Seite zu Seite und hatte dabei mehr als einmal das Gefühl eines Déjà-vus. Mehrmals musste sie tief durchatmen. Auch wenn der Name der alten Bruderschaft, von der hier die Rede war, nicht explizit fiel, war ihr der Orden schon seit Monaten nicht mehr unbekannt.

Sie las von der Wiedergeburt Christi, der Parusie, von der die Triaden felsenfest überzeugt waren. Darüber hinaus kündigte das Fragment den Untergang der Kirche an, in einer Prophezeiung, die Catherine in dieser Form völlig neu war. Die Kirche würde das einundzwanzigste Jahrhundert nicht überleben. Für die junge Nonne eine unglaubliche, geradezu beängstigende Vorstellung, denn sie liebte ihre Kirche sehr und verdankte ihr so viel, auch wenn es in ihren weltlichen wie geistigen Räumen viele Schattenseiten gab.

Sie blätterte die letzte Seite um, gespannt auf den Schluss, doch was sie sah, traf sie mitten ins Herz. Vor ihr lag das verblassende Bleistiftporträt eines Jungen. Jenes Jungen, dessen Porträt erst vor wenigen Monaten Gegenstand ihrer eigenen lebensgefährlichen Ermittlungen gewesen war: David!

Von einer auf die andere Sekunde fühlte sie sich mehrere Monate in die Vergangenheit zurückversetzt, durchlebte im Geiste erneut den Anschlag auf Ciban, der damals im Mordfall seiner Schwester ermittelt hatte, und das geheime Treffen mit Dr. Robert Martini, einem der letzten Experten der Angelologie. Und nun lag hier vor ihr auf dem Tisch – im Schwarzen Archiv des Vatikans! – das gleiche Porträt, der gleiche Textauszug, den der Engelskundler ihr vor Monaten in seiner Privatbibliothek gezeigt hatte. Hatte Robert Martini dies nicht sogar in gewisser Weise vorausgesehen, bevor er – getroffen von einer tödlichen Kugel – gestorben und seine Bibliothek in Flammen aufgegangen war?

Catherine zitterte am ganzen Leib.

Ciban trat hinter sie, legte ihr die schlanken Hände

auf die Schultern und berührte mit seinen Lippen ihr Haar. Es war unglaublich, wie beruhigend diese Geste auf sie wirkte. Der Kardinal wusste genau, was in ihr vorging. In allen Einzelheiten hatte sie ihm von ihrem Gespräch mit Martini berichtet. Darüber, was der alte Gelehrte ihr über die Triaden berichtet hatte, dass der Orden älter sei als das Alte Ägypten, dass es in der geheimnisvollen Bibel um den Schlüssel des Todes und um die Geheimnisse der Zukunft der Menschheit ging. Ganz zu schweigen von den verwerflichen Zuchtprogrammen des Ordens, denen sich jede eheliche Bindung unterzuordnen hatte. Religion und Wissenschaft schlossen sich für die Triaden nicht gegenseitig aus, sondern waren vielmehr die zwei Seiten ein und derselben Medaille.

Martini hatte Catherine schließlich den Ring eines längst verstorbenen Kardinals gezeigt, eines Mannes, der sowohl ein Fürst der Kirche als auch ein Mitglied des Triadenordens gewesen war. Der Ring wies im Innern die feine Gravur des Ankh-Symbols mit dem Skarabäus auf, anstelle des Wappens jenes Papstes, der die Ernennung des Kardinals vorgenommen hatte. Äußerlich unterschied sich der Ring in nichts von einem anderen Kardinalsring, sah man von den unterschiedlichen Siegeln der Kreuzigungsszene Jesu ab. Der Träger dieses Ringes war kein Geringerer gewesen als Kardinal Richelieu, der über viele Jahre hinweg mit Maria de Medici politisch zusammengearbeitet hatte.

In jener Stunde war Catherine klar geworden, dass Dr. Martini Cibans Ehrenhaftigkeit gegenüber der Kirche anzweifelte. Dass der alte Gelehrte den Kardinal verdächtige, ein Triade zu sein. Da war zum einen die Macht der Familie Ciban und zum anderen der Einfluss, den der Kardinal im Vatikan und in der Welt erworben hatte. Catherine hatte bis dahin geglaubt, herausgefunden zu haben, dass Ciban davon überzeugt war, die Triaden hätten etwas mit der Ermordung seiner Schwester zu tun. Doch dann hatte sie nach und nach begriffen, wie sehr das Schicksal des Ciban-Geschlechts auf verhängnisvolle Weise mit der Existenz des Triadenordens verflochten war.

Dr. Martini jedenfalls wirkte von dem alten Orden, der Triadensymbolik und der ganzen Angelologie regelrecht besessen. Er hatte vom Schlüssel zum Paradies gesprochen und von der Endzeit. Von den Nachfahren der Wächter des Herrn, der Engel, die vom Himmel herabgestiegen waren, um die Menschheit Gerechtigkeit und Aufrichtigkeit zu lehren. Aber dann habe sich der Geist der Wächter in der Materie des Fleisches mit all seinen erdgebundenen Begierden verfangen. Der greise Gelehrte hatte das Schlaufensymbol in Verbindung mit dem Skarabäus und den DNA-Strängen sogar »Engelssymbol« genannt.

Engel … Nahezu überall waren bei Catherines Ermittlungen damals Engelhinweise aufgetaucht. Doch diese Wesen waren keineswegs sanftmütig. Dr. Martini hatte ihr über die Triadenschrift furchtbare Dinge enthüllt. Bei lebendigem Leib Gemarterte. Zerrissene, gehängte oder brennende Körper. Grauenerregende Abbildungen von Folter und Tod. Selbst ihren eigenen Kindern taten die Triaden Unsägliches an.

»Die Triaden sind nicht zimperlich«, hatte der Gelehrte gesagt. »Ihre Triebe sind ebenso wie ihr Intellekt weit ausgeprägter als beim Menschen. Ihre Seele spannt sich zwischen zwei extremen Polen. Sie behandeln ihren Nachwuchs kaum freundlicher als ihre Feinde.«

Catherine hatte erfahren, was mit einem Triaden, egal ob männlich oder weiblich, geschah, der es wagte, mit einem Nichttriaden eine Verbindung einzugehen. Die Kreuzigung bei lebendigem Leib war am Ende aller Folterqualen noch der gnädigste Moment.

Schließlich hatte Martini Catherine die Prophezeiung gezeigt, die Ankündigung der Parusie, der Wiederkunft Christi, die leider auch die Ankunft des Antichristen bedeutete. Darunter das Zitat: »Wenn du Frieden willst, rüste zum Krieg!« Darüber ein gezeichnetes Porträt eines Jungen, der in verblüffender Weise David glich.

Hatte Ciban etwa recht? War sein eigener Sohn der Antichrist? Hatte der Kardinal etwas in Davids Seele gesehen, das ihr verborgen geblieben war? Immerhin war Cibans gnadenloser Vater genetisch gesehen Davids Großvater.

Dann dämmerte Catherine, dass auch dieses Heft, das hier im Schwarzen Archiv vor ihr lag, unvollständig war und an der entscheidenden Stelle abbrach. Sie erinnerte sich, dass in Dr. Martinis Bibelfragment gleichfalls die letzte Seite gefehlt hatte. Irgendjemand hatte sie fein säuberlich herausgetrennt, um etwas zu verschleiern. Denn sie enthielt ein zweites Porträt. Nun stellte sich natürlich die Frage, welches der beiden Abbilder für das Gute und welches für das Urböse stand. Welches Bildnis zeigte den wiedergeborenen Messias und welches den Antichrist?

Sie drehte sich zu Ciban um und blickte ihm in die Augen. »Von wem stammen diese Aufzeichnungen, Marc?«

»Von Schwester Francesca«, antwortete der Präfekt. »Einer im frühen neunzehnten Jahrhundert anerkannten Seherin, die ohne jeden Kontakt zur Außenwelt in einem irischen Kloster gelebt hat, bevor man sie nach Frankreich brachte. Die drei Geheimnisse von Fatima waren ihr schon Jahre vor der Marienerscheinung in Fatima bekannt.« Ciban hielt kurz inne. »Nach allem, was ich im Archiv über Francescas seherische Fähigkeiten herausgefunden habe, war sie vermutlich nicht nur eine katholische Ordensfrau, sondern auch eine Triadin. Sie hat insgeheim Gregor den Sechzehnten beraten, als es nach den Stürmen der Französischen Revolution für die Kirche darum ging, ihre spirituelle Mitte wiederzufinden. Ebenso gibt es die eine oder andere Verbindung Francescas zum damaligen österreichischen Staatskanzler Metternich.«

Catherine saß einen Moment lang reglos da, dann wandte sie sich erneut dem Fragment zu und betrachtete das Porträt.

»Wir wissen nicht, welche Rolle David wirklich in dieser Prophezeiung spielt. Francescas Aufzeichnung geht nicht über den Inhalt des Triadenfragments hinaus, das Doktor Martini mir gezeigt hat. Was, wenn Francescas Vision, wenn ihre Niederschrift am Ende auch nur die Kopie einer älteren Kopie ist? Wir haben keine Ahnung, was auf der fehlenden Seite wirklich offenbart wird.«

»Du denkst, David könnte der wiedergeborene Messias sein?«

»Ich kann und will mir nicht vorstellen, dass er für das Massaker im Kloster San Leonardo verantwortlich ist.«

Ciban holte seinen Stuhl und nahm neben ihr Platz. »Es gibt eine alte Triadenlegende, Catherine. Den Mythos vom Todbringer ... durch Feuer und Schwert. Der Tag, an dem der Todbringer aktiv wird, leitet die Vorläufer der Apokalypse ein.«

Sie schüttelte den Kopf. »Wer immer dieser Todbringer sein mag, David ist es nicht.« Ciban runzelte nachdenklich die Stirn, und sie fuhr fort: »Deshalb musst du mir eines versprechen …« Der Präfekt wartete. »… du musst David eine Chance geben! Bevor du irgendetwas unternimmst, sprich mit ihm.«

Ciban starrte sie eine kleine Ewigkeit lang an. Zumindest erschien es ihr so.

»Das liegt nicht bei mir, Catherine. Hier sind höhere Mächte am Werk. Ich kann dir nur versprechen, dass ich tun werde, was ich kann. Doch zuvor muss ich den Jungen erst einmal finden. Falls Gasperetti ihn nicht schon in seinen Fängen hat.«

Catherine verspürte einen unangenehmen Druck in ihrem Magen. Wenn das Lux Domini den medial hochbegabten Jungen tatsächlich in der Gewalt hatte und seine besondere Gabe künftig für den Orden nutzte, sah es übel aus. Ein zu großes Ungleichgewicht der Kräfte innerhalb der Kirche war immer fatal, wie einige äußerst dunkle Kapitel in der Kirchengeschichte schmerzlich belegten. Zu viel Macht korrumpierte.

Ciban schloss das alte Heft, legte es behutsam in die Lade zurück und verwahrte diese in dem schweren Stahlschrank, der außer Schwester Francescas Prophezeiung nichts weiter zu enthalten schien.

Als er zu Catherine zurückkehrte und ihre Hand nahm, sagte er: »Ich weiß, dass du deine Gabe wieder trainierst. Doch deine Unterweisung durch Darius ist lange her, und du bist seit Jahren kein Mitglied des Lux mehr. Davon abgesehen weißt du für Kardinal Gasperettis Geschmack viel zu viel.«

»Keine Sorge, ich werde vorsichtig sein.« Sie zog ihn zu sich herunter, küsste ihn, spürte seine Liebe, aber auch seine Sorge, sie im Kampf Gut gegen Böse ebenso zu verlieren wie seine Schwester.

Am liebsten hätte er sie ganz weit fortgeschickt, um sie aus allem herauszuhalten, doch Catherine steckte viel zu tief in der Sache drin, seit Darius sie unterrichtet und Kardinal Benelli sie in das Geheimnis um den Papst eingeweiht hatte. Im Übrigen konnte sie sich nur dann gegen einen Feind verteidigen, wenn sie auch von ihm wusste. Die Würfel waren längst gefallen, die Karten verteilt. Für niemanden an diesem Spieltisch gab es ein Zurück. Nicht für sie, nicht für Papst Leo, nicht für Ciban und schon gar nicht für den Jungen.

Schweigend verließen sie das Schwarze Archiv, ein jeder in seine Gedanken vertieft. Francescas Vision schwebte wie ein Damoklesschwert über ihnen.

Plötzlich, sie hatten die geheimen Archive in Richtung Apostolischer Palast fast zur Hälfte durchquert, gab Ciban Catherine ein Zeichen. Sofort begriff sie die Situation und ging unauffällig weiter unter den Lichtinseln hindurch, während er zwischen den alten, hohen Regalwänden verschwand. Jemand hatte sich an ihre Fersen geheftet, um sie auszuspionieren. Jemand, der zwar keinen Zugang zum Schwarzen, sehr wohl aber zum restlichen Archiv hatte.

Catherine lief stur weiter, um keinen Verdacht zu erregen. Zügig ließ sie die nächste Lichtinsel hinter sich, wobei sie nun selbst glaubte, leise Schritte zu hören. Was hatte Ciban vor? Wollte er etwa ihren Verfolger zwischen den modrigen Folianten stellen?

Sie hatte den Gedanken kaum zu Ende gedacht, als sie einen gedämpften Schlag und einen erstickten Schrei hörte. Sie fuhr auf dem Absatz herum, rannte den Weg zurück, bog in den schmalen Seitengang zwischen den Regalen ein und stand vor Ciban.

Der Präfekt nickte unmerklich und gab ihr mit einem Blick zu verstehen, dass alles in Ordnung war. Dabei hielt er den Hals eines mittelgroßen, übergewichtigen Mönchs umklammert, der röchelnd gegen die Regalwand gepresst gut zwanzig Zentimeter über dem Boden hing. Der Mann war viel zu schockiert, um die übermenschliche Kraft seines Peinigers zu begreifen. Catherine hingegen registrierte sie.

»Darf ich vorstellen«, sagte Ciban mit unheildrohender Höflichkeit, »Schwester Catherine Bell von der Ordensgemeinschaft der Erneuerung. Bruder Matthäus vom progressiven Orden des Lux Domini.«

Mit strampelnden Beinen und hochrotem Kopf versuchte Bruder Matthäus einen Blick auf Catherine zu erhaschen und irgendetwas zu äußern. Vielleicht, dass er keine Luft mehr bekam?

Ciban verstärkte den Griff, sodass der rote Kopf des Mannes noch roter wurde. »Was verschafft uns die Ehre Eures Besuchs, Bruder?«

»Eminenz!«, bat Catherine.

Der Kardinal öffnete die Hand. So abrupt, dass der junge Ordensmann zu Boden polterte und dort wie ein heftig nach Luft schnappender Fisch an Land liegen blieb.

»Sind Sie im Auftrag Seiner Eminenz Kardinal Gasperetti unterwegs?«, fragte er.

Es dauerte einen Moment, ehe Matthäus sich halbwegs gefangen hatte und zu sprechen fähig war. Benommen griff er sich an den Hals, wo die Abdrücke von Cibans Hand deutlich zu sehen waren.

»Himmel! Sie hätten mich beinahe umgebracht!«,

krächzte er in einer Tonlage, die an einen Eunuchen erinnerte.

Unbeeindruckt fragte Ciban: »Weshalb hat Kardinal Gasperetti Sie hergeschickt?«

»Niemand hat mich hergeschickt. Ich bin aus eigenem Interesse hier. Ich recherchiere für meine Ar…«

Ciban packte den jungen Mönch erneut und ließ ihn gegen die Folianten gedrückt in der Luft zappeln. Schlagartig wechselte der Gesichtsausdruck seines Gegenübers von gespielter Unschuld zu einer entsetzten feuerroten Grimasse.

Catherine bedachte den Kardinal mit einem mahnenden Blick. »Bruder Matthäus hatte noch gar keine Gelegenheit, zu Ende zu reden, Eminenz!«

Diesmal stellte Ciban den jungen Mann ein klein wenig sanfter zurück auf die Füße. Matthäus starrte sie an, als hätte er anstelle einer Nonne und eines Kardinals zwei Dämonen vor sich stehen.

Ciban gab ihm ein Zeichen. »Fahren Sie fort. Aber ich warne Sie. Halten Sie uns nicht zum Narren.«

Etwas Bezwingendes lag in der Stimme des Präfekten, so bezwingend, dass selbst Catherine den hypnotischen Sog spürte. Nicht einmal während ihres Prozesses vor der Glaubenskongregation oder als Ciban sie und Ben Hawlett in den Archiven festgehalten hatte, hatte sie dieses Gefühl gehabt. In diesem Moment kam eindeutig das dunkle Erbe des Kardinals zum Vorschein. Das Triadenblut.

»Ich … ich sollte Schwester Catherine nur … ein wenig … im Auge behalten. Weiter nichts«, stammelte der Mönch kreidebleich.

Einmal mehr griff Ciban nach dem jungen Mann, doch Catherines Blick hielt ihn im letzten Augenblick zurück, daher sagte er lediglich: »Richten Sie Ihrem Chef aus, dass er und seine Lakaien sich in Zukunft von Schwester Catherine fernhalten sollen.«

Bruder Matthäus stierte den Kardinal an und schnappte mit einigen hektischen Atemzügen nach Luft, als würde er jeden Moment vor Angst sterben.

»Da… das … werde … sobald … Kardinal … Gasperetti … »

»Ja?«

»… zurück … ist.«

»Zurück? Von *wo* zurück?«

Tränen traten in die Augen des Bruders. »Von … L'A… quila. Er ist … auf dem Weg nach … L'Aquila.«

Ciban wechselte einen kurzen Blick mit Catherine. Dort war Bruder Merdadus aufgegriffen worden. Gasperetti war ganz sicher auf dem Weg zu dem Kloster, in dem sich das Massaker abgespielt hatte. Dort angekommen, würde er ganz sicher dafür sorgen, dass jegliche Beweismittel restlos verschwanden. Ganz davon zu schweigen, dass er auf Davids Spur stoßen konnte.

Ciban berührte Bruder Matthäus an der Stirn und ließ den jungen Mann erschlafft zu Boden sinken.

Catherine starrte den Kardinal an. »Himmel! Was hast du da gerade getan?«

»Nichts, wovor du dich fürchten müsstest.«

»Könntest du mir das gefälligst genauer erklären?« Sie beugte sich zu dem jungen Mönch hinunter. Er lag da wie tot.

»Ganz einfach: Wenn Matthäus schläft, kann er Gasperetti nicht warnen. Wir müssen nach L'Aquila. Sofort!«

Ihr Blick kehrte zu Ciban zurück. Herrje! Das beantwortete nicht ihre Frage. Andererseits hatte er mit seiner Argumentation grundsätzlich recht.

Dann beobachtete sie eine erstaunliche Veränderung bei dem Mann, den sie liebte. Die Finsternis wich aus seiner Seele, als verwandelte sich die Nacht in den Tag. Gleichzeitig spürte sie, dass er nach ihrer Hand greifen wollte, es aber nicht wagte. Schließlich nahm sie einfach seine Hand, denn sie wusste um all das Gute, das er bereits unbemerkt von der Welt bewirkt hatte. Trotz der unglaublichen Dunkelheit, die nun mal Teil seines Wesens war. Das dunkle Erbe beherrschte ihn nicht. Und es lag an ihr, ihm dabei zu helfen, dass dies auch so blieb. *Das* war es letztendlich, was zählte.

»Komm«, sagte sie. »Die Zeit läuft uns davon.«

Sie ließen Bruder Matthäus in sanftem Schlummer neben dem alten Regal im Archiv liegen und eilten Richtung Inquisitionspalast. Dort war etwas abseits Cibans schwarze Limousine geparkt.

19

Zweieinhalb Monate zuvor
Chicago, Holy Name Cathedral

Es war Ewigkeiten her, seit Dr. Eliza Kirk zuletzt eine Kirche betreten hatte. Maximilian Richter hatte mit ihr mitten in der Nacht ein Treffen vereinbart, über einen verschlüsselten Vierzeiler, der ihr riet, Stillschweigen zu bewahren, und sie zur Holy Name Cathedral zitiert. Also hatte Eliza ihr Appartementhaus kurz vor Mitternacht über das Parkhaus verlassen und ihren Wagen eine Seitenstraße von der Kirche entfernt geparkt.

Die Holy Name Cathedral war ein beeindruckender, kraftvoller Bau in gotischem Stil, dessen Dachstuhl vor einigen Jahren nahezu völlig abgebrannt war. Die massiven bronzenen Eingangstüren konnten nur durch eine elektronisch-hydraulische Mechanik bewegt werden. Jeder der beiden Türflügel wog mehr als eine halbe Tonne, als hätten die Erbauer damit erzwingen wollen, dass die Pforte das Dunkel der Menschheit und überhaupt alle teuflischen Kräfte draußen hielt. Eliza fragte sich, ob das der Grund dafür war, dass Maximilian Richter die Holy Name Cathedral als Treffpunkt gewählt hatte. Sie musste sich eingestehen, sie fühlte sich nicht besonders wohl dabei.

Erstaunt stellte sie fest, dass sich die von der Hydraulik unterstützte Pforte allein durch den Druck ihrer Fingerkuppen öffnen ließ und selbständig wieder schloss. Als sie die Kirche betrat, war es, als folgte das Dunkel des Tages dem Dunkel der Nacht. Der Altar vor ihr schien an einem weit entfernten Ufer zu liegen. In einer der vordersten Bankreihen erspähte sie eine einsame Gestalt.

Maximilian Richter schien dort zu knien, in ein Gebet vertieft.

Leise ging Eliza durch den Mittelgang auf den Wissenschaftler zu, nahm neben ihm Platz und wartete, während sie sich daran erinnerte, dass der Anthropologe in den Medien die neuesten Nachrichten über die Vorbereitungsarbeiten zu einem Vatikanischen Konzil verfolgt hatte. Dass Richter womöglich katholisch war, hatte Eliza nicht weiter interessiert, doch angesichts des gewaltigen Kruzifixes, das den mächtigen Altar dominierte und über allem wie eine unweigerliche Prophezeiung hing, fühlte sie sich nun seltsam berührt.

Dieses Kruzifix war anders als alle Kruzifixe, die Eliza bisher gesehen hatte. Daran hing nicht wie in vielen anderen katholischen Kirchen ein gequälter Jesus im Todeskampf, das Lamm Gottes geschlachtet für die Sünden der Welt, sondern vielmehr der triumphale König der Christenheit, der für die Erlösung der Menschen sein Leben gegeben hatte.

Richter bekreuzigte sich, setzte sich auf die Bank und wandte sich ihr zu. Langsam verschwand die seltsame Entrücktheit aus seinen Augen. Er schien aus einer völlig anderen Welt zurückgekehrt zu sein.

»Danke, dass Sie gekommen sind.«

Auf seiner Stirn und den Augen lag ein Schatten, der ihm etwas Übermenschliches verlieh. Es war, als säße Eliza einem völlig anderen Mann gegenüber als sonst. Egal. Sie wollte endlich wissen, worum es ging. Wenn Ashdown sie schon im Dunkeln tappen ließ, würde zumindest Richter ihr nun die Wahrheit offenbaren. Sie hoffte, dass es die Wahrheit war. Daher ließ sie gleich alle Fragen, die in ihr brannten, auf einmal los.

»Was glauben Sie, außer dieser Sarah, noch in der Seele von Angelus entdeckt zu haben? Was bedeutet der Traum von dem Grab? Und was soll das heißen, wir haben die Finsternis schon einmal besiegt?«

Richter sah sie gelassen an, umhüllt von diesem Charisma, das ihm etwas Zeitloses, ja Ewiges verlieh.

»Es gibt eine Prophezeiung vom Untergang der Kirche, auf die der Untergang der Welt folgt. Diese Vorhersage ist in keiner offiziellen heiligen Schrift verzeichnet. Ich fürchte, Angelus ist einer der Schlüssel dazu.«

Eliza sah ihr Gegenüber an, darum bemüht, sich von der neuen Seite, die dieser Mann ihr gerade offenbarte, weder verwirren noch beeindrucken zu lassen. »Verzeihen Sie, Maximilian, aber kann es sein, dass Sie etwas zu viel Weihrauch eingeatmet haben?«

Richter lachte kurz auf, ohne dass es seiner Stärke auch nur den geringsten Abbruch tat. »Ich wünschte, es wäre so.« Schlagartig wurde er wieder ernst. »Was wissen Sie über die Legende der Wächterengel, Eliza?«

Sprachlos saß sie da. Musste sie um Richters Geisteszustand fürchten?

»Ich scherze nicht, Doktor Kirk«, sagte er. »Die Sache ist verdammt ernst.«

»Keine … Ahnung«, stammelte sie. »Alles, was mir dazu einfällt, sind ein paar Geschichten aus der Bibel. Laut der Genesis hat Gott die Engel vor den Menschen erschaffen. Einige dieser Engel wurden auf die Menschen eifersüchtig und weigerten sich schließlich, ihnen auf Gottes Anweisung hin zu dienen.«

»Haben Sie schon einmal vom Buch Henoch gehört?«

Eliza schüttelte den Kopf. »Nein. Vielleicht habe ich den Namen irgendwo mal aufgeschnappt. Worum geht es darin?«

»Um die Evolution von Engeln und Menschen, um Licht und Finsternis, Gut und Böse. Das Buch Henoch basiert auf einer weit älteren Schrift, die man auch die Engels- oder Triadenbibel nennt. In manchen Kreisen wird sie sogar als Teufelsbibel bezeichnet.«

Engelsbibel? Teufelsbibel? Was war das denn nun wieder für ein Unsinn?

Richter fuhr fort: »Laut Henoch sind einst zweihundert Engel aus Fleisch und Blut vom Himmel zur Erde hinabgestiegen, um sich mit den Frauen der Menschen zu paaren und Kinder mit ihnen zu zeugen.«

»Engel … aus Fleisch und Blut?«

»Oh ja. Als die Menschen sich vermehrten und einige der Engel sahen, wie schön die menschlichen Frauen waren, weckte das in ihnen gewisse Begehrlichkeiten.

Aus der Verbindung von Engel und Mensch gingen schließlich die Nephilim hervor, ein teuflischer Ableger der Triaden.«

»Welche Triaden?« Von den Nephilim hatte Eliza hingegen schon mal in irgendeinem Genrefilm gehört.

»In Anlehnung an die neun Chöre der Engel, die in drei Triaden unterteilt sind: die Engelhierarchie.«

»Wer sind diese … Triaden?«

»Genau genommen jene zweihundert gefallene Engel, von denen in dieser Legende die Rede ist. Sozusagen irdische Engel.«

»Menschliche Frauen, die mit Engeln Kinder gezeugt haben? Das ist doch hanebüchener Unsinn.«

Richter zögerte. »Unsinn? Nein. Das ist Mythologie aus einer Zeit, in der Realität und Mythologie noch eins waren, Eliza. Die Engel haben ihre geliebten Menschenfrauen in allerlei himmlische Geheimnisse eingeweiht, zum Beispiel in die Heilkunst. Die Männer unterrichteten sie in den Waffen- und Kampfkünsten, in dem Wissen, dass sie sich eines Tages für ihren Verrat am Himmel würden rechtfertigen müssen. Doch dann drohten ihre Nachfahren, die Nephilim, alles zu zerstören. Die Engel hatten die Menschen mit himmlischen Genen kontaminiert, und was daraus entstand, war übler als alles, was Engel und Menschen bisher je erblickt hatten.«

Eliza stieß ein skeptisches Seufzen aus. »Scheint Ihr Lieblingsthema zu sein, die Legende von der Unzucht der Engel.«

Richter zuckte mit den Achseln. »Die Liebe geht seltsame Wege, und manchmal macht sie zwischen Engeln und Menschen keinen Unterschied.« Er zog eine Fotografie aus seiner Jacke und drückte sie Eliza in die Hand. »Hier, sehen Sie selbst.«

Auf dem Foto war das Szenario einer Ausgrabung zu sehen. Zwei Männer, vermutlich Archäologen in Arbeitskleidung, standen vor einem geöffneten Grab mit einem auf die Seite gedrehten Skelett darin, dessen Rücken schreckliche Deformationen aufwies. Eliza konnte die Gesichter der Männer nicht erkennen, doch im Hintergrund stand ein alter Militärjeep, der ihr half, das Foto zeitlich halbwegs einzuordnen. Die Aufnahme musste irgendwann in den Siebzigern gemacht worden sein.

»Dieses Wesen in dem jahrtausendealten Grab«, erklärte Richter, »war einst ein Engel.«

Eliza blickte ungläubig von der Fotografie auf. »Es tut mir leid, Maximilian, aber dazu fällt mir offen gestanden nur eins ein: Photoshop. Das Internet ist voll von solchen Fälschungen.«

»Das mag sein. Doch glauben Sie mir, *dieses* Foto ist echt.«

Ungläubig sah Eliza sich das Szenario genauer an. Es gab keine falschen Schatten, auch keine merkwürdigen Ränder oder Verschnitte wie bei digitalen Fotomontagen üblich. Wenn es eine Fälschung war, dann war sie verdammt gut gemacht, wobei sie sich erinnerte, dass die Computertechnologie im Bereich der Grafik mittlerweile so fortschrittlich war, dass selbst Profis Fälschungen kaum noch von Originalen unterscheiden konnten. Was, wenn Richter auf eine Täuschung hereingefallen war? Das Skelett konnte ebenso gut eine Art Hollywood-Alien-Kreation sein.

»Wo haben Sie dieses Foto her? Wo wurde es gemacht?«

»Das Bild stammt aus dem Nachlass eines verstorbenen Kollegen. Es zeigt eine sensationelle Entdeckung am Fuße des Berges Hermon an der Grenze zwischen Syrien und dem Libanon.«

Der Berg Hermon. Davon hatte Eliza schon mal gehört, und dabei dachte sie nicht an die Golanhöhen, die Israel seit dem Sechstagekrieg besetzte. Die Besiedlung dieses Gebietes reichte bis in die Urzeit zurück. Es gab etliche biblische Bezüge. So viel war selbst ihr als Agnostikerin klar.

»Wie alt ist das Foto? Dreißig, vierzig Jahre? Der Jeep im Hintergrund wird heute wohl kaum noch durch die Gegend tuckern …«

»Es ist schon eine Weile her.«

Sie stutzte unmerklich. Das klang, als hätte Richter selbst an der Expedition teilgenommen, was unmöglich sein konnte. Damals musste er noch ein kleiner Junge gewesen sein.

Eliza hielt das Blatt näher an ihre Augen. »Wer sind die beiden Männer vor dem Grab?«

»Zwei Archäologen des DAI, des Deutschen Archäologischen Instituts in Berlin. Alles Weitere spielt keine Rolle. Worum es hier geht, ist das Skelett.«

»Das mag sein«, sagte Eliza mit einer gewissen Schärfe im Ton. »Dennoch wirken die beiden auf mich ziemlich nervös. Was ist passiert?«

Nach kurzem Zögern erklärte Richter: »Ursprünglich waren drei Männer an der Grabung beteiligt. Als sie die Stätte von jahrtausendealtem Schutt und Sand befreit hatten, berührte einer der Männer das Skelett mit bloßen Händen. Er ist auf der Stelle gestorben, als ob das Leben regelrecht aus ihm herausgesaugt worden wäre.«

Eliza starrte Richter völlig perplex an. So fantastisch die Geschichte auch klang, in seinen Worten lag so viel Aufrichtigkeit, dass sie gewillt war, ihnen Glauben zu schenken. »Der ganze Vorfall wurde natürlich vertuscht. Einschließlich dieser Fotografie.«

»Ja. Man wollte die entsprechenden Regierungen sowie das DAI über den Fund und die Geschehnisse informieren, doch es passierte nichts, außer dass der Sicherheitsdienst des Geldgebers anschließend auf dem Gelände herumschnüffelte. Man zwang die Archäologen und ihr Team, sich von dem Basislager zurückzuziehen, und brachte sie zum Schweigen, indem man ihnen schlimme Konsequenzen androhte. Einige der Zeugen gelten bis heute als vermisst, andere sind tot. Genau genommen gibt es nur einen einzigen Überlebenden, und der weiß nicht, was mit dem Skelett geschehen ist.«

»Und wer war der Geldgeber?«

»Henrik Vandenberg.«

Eliza bekam große Augen. »Der Gründer von Re-Source?«

Vandenberg war sozusagen der Bill Gates der Bio- und Pharmatechnologie. Auch hatte er als einer der wenigen die Theorie der morphogenetischen Felder von Rupert Sheldrake als Basis für die Existenz eines Gedächtnisses der Natur ernst genommen, statt sie als esoterischen Blödsinn zu verleumden. Re-Source hat vermutlich längst auch in dieser Richtung geforscht. Mindestens ebenso faszinierend war es, dass niemand Vandenberg in den letzten beiden Jahrzehnten seit seiner schweren Krebserkrankung je wieder ohne Sonnenbrille, Rollkragenpullover, Mantel und Baseballkappe gesehen hatte. Zumindest existierte kein Foto, auf dem man den alten Mann hätte eindeutig wiedererkennen können.

Richter sah sie an. »Schließt sich nun für Sie der Kreis?«

Eliza atmete tief durch, den Blick erneut auf das Foto geheftet. Ein Grab, in dem angeblich ein bereits vor Jahrtausenden verstorbener Engel gelegen hatte. Ein Konzern, der sich vor allem den Grenzbereichen der Bio- und Gentechnologie verschrieben hatte. Ein greiser Konzernboss, der sich seit gut zwanzig Jahren geschickt von der Öffentlichkeit fernhielt und geheime Projekte finanzierte. Nicht zuletzt eine transgenetische Frau, die in eigentümlichen Rätseln sprach und sich an Dinge erinnerte, die weit in der Vergangenheit lagen und an die sie sich eigentlich gar nicht erinnern sollte.

Sie begegnete Richters Blick. »Sie glauben, daher rührt der Name des Angelus-Projekts? Sie haben die Gene eines Menschen mit den jahrtausendealten Genen eines Engels gekreuzt?«

Richter nickte. »Ich bin mir sogar sicher.«

20

Nahe der Stadt L'Aquila

Orpheus schlief. Jedenfalls sah es so aus. Bella wusste jedoch, dass der große, weiße Rüde stets mit einem Ohr Wache hielt. Der Junge hatte sich an den Maremmano geschmiegt, mit einem Kissen unter dem Kopf und einer Decke über dem Körper, die Bella über ihm ausgebreitet hatte. In der Nähe des majestätischen Schäferhundes schien der Knabe sich sicher zu fühlen.

Bella fühlte sich alles andere als sicher, weshalb sie die alte, doppelläufige Jagdflinte ihres Großvaters aus dem Schrank geholt, gereinigt und geladen hatte, um sie griff- und schussbereit neben die Tür zu stellen. Anstatt danach ein paar Stunden zu schlafen, saß sie am Küchentisch, die Zeichnungen des Jungen wie eine Galerie vor sich ausgebreitet, und starrte wie hypnotisiert darauf. Da waren das schreckliche Bild mit dem Klosterhund Rafael und die Darstellung der brennenden Mönche im Refektorium des Klosters. Außerdem die Zeichnung eines Albtraumwesens, das aus dem Feuer kam, und nicht zuletzt die Darstellung eines Mannes, der entfernt Indiana Jones ähnlich sah und einer der beiden Männer auf der alten Fotografie zu sein schien. Hätte Bella nicht den Brandgeruch in Erinnerung, den der Wind über die Mauern der Klosteranlage getragen hatte, und wäre da nicht das Erlebnis im Felsentunnel gewesen, sie hätte den Bildern keinerlei Glauben geschenkt.

Auf diesen Indiana Jones hatte der Junge besonders verwiesen, bevor er sich schlafen gelegt hatte. Er war sich ganz sicher, dass dieser Mann kommen würde, um sie alle vor dem bösen Etwas zu retten. Eines der Bilder zeigte den Mann auch im Kloster, vermutlich mit dem Abt. Auf einem Bild war sogar der Junge dabei. Der Kleine hatte wohl seit einer Weile im Kloster gelebt, ohne dass Bella etwas davon mitbekommen hatte.

Die Frage war nun: War der Junge verrückt, oder würde dieser Indiana-Jones-Verschnitt tatsächlich irgendwann hier aufkreuzen und es mit dem Bösen aufnehmen, das die Mönche auf dem Gewissen hatte? Selbst wenn er tatsächlich kam, musste er mittlerweile ein Greis sein, der wohl kaum die Macht haben würde, sie vor so viel Boshaftigkeit zu beschützen. Seltsamerweise hatte der Junge Indiana Jones auf dem Bild im Kloster nicht als alten Mann dargestellt, sondern eher als einen Besucher in den Vierzigern.

Sie betrachtete noch einmal die alte Fotografie, die dem Jungen die wichtigste von allen war. Das Skelett in dem Grab lag auf der Seite und war am Rücken furchtbar verstümmelt.

Bella legte das gezeichnete Abbild des Fotos direkt daneben und betrachtete die Deformierung genauer. Was sie erblickte, erinnerte sie an Knochenreste, die wie abgehackte Äste aus dem Rücken ragten. Alleine die Vorstellung abgehackter Gliedmaßen ließ ihr einen Schauer durch den Körper laufen. Was war das für ein Mensch gewesen, der mit einem dermaßen verkrüppelten Rücken hatte durchs Leben gehen müssen?

Vermutlich war der Mann oder die Frau als eine Kreatur des Teufels angesehen worden, als ein Wesen, das niemals ein Geschöpf Gottes sein konnte. Bella dachte an die Hexenverfolgungen im Mittelalter und wollte sich lieber nicht genauer vorstellen, wie dieser arme, verkrüppelte Mensch zu Tode gekommen war. Er musste ein elendes Leben geführt haben. In der ständigen Angst, entdeckt und getötet zu werden. Am Ende verscharrt in einem Erdloch, das die Bezeichnung Grab nicht wirklich verdiente.

Bella spürte, wie ihre Gedanken vor lauter Müdigkeit zu einem einzigen klebrigen Brei verschwammen. Es war sinnlos, weiter über den Jungen, den armen Krüppel oder Indiana Jones nachzudenken. Sie brauchte dringend Schlaf. Morgen würde die Welt hoffentlich besser aussehen. Sie nahm die Flinte mit in das kleine Schlafzimmer, stellte das gesicherte Gewehr bereit, ließ sich auf das Bett fallen und schlief binnen weniger Sekunden ein. Draußen fegte der Wind ums Haus, während der Regen sämtliche Spuren verwischte, die sie auf ihrem langen Weg zurückgelassen hatten.

Orpheus schlummerte, und in seinen Träumen hörte er dieses eindringliche Flüstern ganz tief in seiner Hundeseele. Irgendetwas veränderte sich in ihm, aber es störte ihn nicht.

21

Autostrada A 24
Zwischen Rom und L'Aquila

Steffano Kardinal Gasperetti saß in Zivilkleidung im Fond seiner Privatlimousine und fühlte sich, als wäre er gerade von einer schweren Schlacht heimgekehrt, nur um unmittelbar darauf zu einer weit verheerenderen aufzubrechen. Er hatte nicht nur die Videoaufzeichnungen des Verhörs von Merdadus gesehen, das zwei seiner Mitarbeiter durchgeführt hatten, sondern auch die ersten Aufzeichnungen vom Tatort und den Folgen des Massakers, das sich in San Leonardo ereignet hatte.

Inzwischen hatte sich nach dem schrecklichen Unwetter eine Zwei-Mann-Expedition auf den Weg zum Kloster gemacht und den Generalvikar der Erzdiözese von L'Aquila, Andrea Bariello, mit weiteren Informationen versorgt, die dieser sogleich an Gasperetti weitergeleitet hatte. Der Anblick des zusätzlichen Materials hatte den alten Lux-Domini-Chef schließlich dazu veranlasst, selbst an den Ort des Geschehens aufzubrechen, um die Lage zu sondieren.

Aus dem obersten Fach seiner Arbeitsmappe zog er ein Foto. Es zeigte einen Mann, dessen Hintergrund er bereits seit geraumer Zeit erforschte und der angeblich bei einem Brand in Rom vor mehreren Monaten ums Leben gekommen war. Dieser Mann war ein echtes Chamäleon. Er hatte viele Leben – und ebenso viele Namen. Sein letzter Name lautete Dr. Robert Martini, und der letzte Mensch, der den vermeintlichen Martini lebend gesehen hatte, war Schwester Catherine Bell.

Martini hatte unter anderem in engem Kontakt mit der Familie Ciban gestanden, wie ein anderes Foto aus Gasperettis Akte belegte. Es gab weitere Aufnahmen aus verschiedenen Zeiten des letzten Jahrhunderts, die Martini in unterschiedlichen Altersstufen zeigten, gealtert zwar, jedoch nicht in der natürlichen Chronologie. Auf einem der Fotos war Martini sogar gemeinsam mit Catherines Mentor Pater Darius in der Abtei Rottach zu sehen, wo Darius ums Leben gekommen war. Für diesen Mann schienen Raum und Zeit keine Rolle zu spielen. Und nun, einige Wochen vor dem Massaker, war er in L'Aquila aufgetaucht, nachdem er in Rom nach seinem Feuertod einen leeren Sarg in der Pathologie hinterlassen hatte.

Gasperetti würde alles tun, um diesem Rätsel auf die Spur zu kommen. Irgendetwas hatte dieser Robert Martini mit dem schrecklichen Vorfall im Kloster zu tun, und auch diesmal war Feuer im Spiel.

Dem Zwei-Mann-Team war jedoch noch etwas Außergewöhnliches buchstäblich ins Auge gesprungen: ein mit Blut an die Decke des Refektoriums gemaltes Ankh. Gasperetti hatte das Symbol schon einmal vor vielen Jahren in Verbindung mit einer Ermittlung gesehen. Damals war Papst Innozenz noch Pontifex gewesen, und es war ebenfalls um ein extremes Gewaltverbrechen gegangen.

Natürlich hatte er seinerzeit die italienische Polizei

nicht informiert. Strengste Geheimhaltung war angeraten, wenn es um kircheninterne Angelegenheiten ging, sonst geisterte der ganze Wahnwitz womöglich schon am nächsten Tag durch die Medienwelt. Diesmal war Gasperetti sogar so weit gegangen, die vatikanische Sicherheit unter Kardinal Ciban außen vor zu lassen. Erst musste geklärt werden, ob es sich bei dem Fall um eine reine Problematik des Lux Domini handelte, schließlich wurde in San Leonardo im Auftrag des Lux mit dem einen oder anderen paranormalen Phänomen experimentiert. Es galt, die Einrichtung mit all ihren geheimen Untersuchungsergebnissen für die Kirche zu schützen. Möglicherweise war eines der Experimente außer Kontrolle geraten. Wahrscheinlich war hier weniger die Polizei gefragt als vielmehr ein Lux-Domini-Exorzist.

Gasperetti legte die Fotos zurück in die Mappe und massierte sich die Schläfen. Als der Wagen den Autobahnring um Rom verlassen hatte, um der A 24 Richtung L'Aquila zu folgen, hatte er sich ein Aspirin genehmigt, um den lästigen Spannungsschmerz loszuwerden, der ihn quälte, seit diese Sache ihren Anfang genommen hatte. Die Fahrt über die Schnellstraße würde etwas über eine Stunde dauern, vermutlich sogar länger, wenn man die gefährlichen Gefällstrecken berücksichtigte. Monsignore Edoardo Sorti war zwar ein routinierter Fahrer, doch in die Berge verschlug es Gasperettis Sekretär recht selten.

»Wir haben Glück mit dem Wetter«, bemerkte Sorti auf seine einschmeichelnde Art. »Der Regen hat nachgelassen. Da ist die Sicht besser.«

Der jüngere Geistliche stand schon seit Jahren in Gasperettis Diensten und war zu einem engen Mitarbeiter geworden. Auch wenn Sortis hündische Loyalität dem alten Kardinal manchmal gehörig auf den Geist ging, so konnte er sich doch auf den Monsignore verlassen. Der Mann tat, was man ihm sagte. Obendrein verabscheute er alles, was seinem erzkonservativen Denken in die Quere kam.

Der Kardinal warf einen kurzen Blick durch die getönten Wagenfenster. Tatsächlich, der Regen war kaum mehr als ein Nieseln.

»Gut. Dann werden wir also pünktlich in L'Aquila sein, um Bariello und sein Team zu treffen. Ich bin schon sehr gespannt, was er uns Neues zu berichten hat.«

»Die Tagebuchaufzeichnungen von Abt Umberto haben leider nichts Wesentliches ergeben, Eminenz. Ebenso wenig das Protokollbuch von San Leonardo.«

»Es würde mich wundern, wenn Bariellos Leute Umbertos inoffizielle Aufzeichnungen in die Finger bekommen hätten. Umberto war ein alter Fuchs und hat sich von keinem so einfach in die Karten schauen lassen.«

»Weshalb haben Sie ihn in seiner Position als Abt belassen, wenn er so wenig kooperationsbereit war?« Sorti klang wie ein strebsamer Schüler, der sich bei seinem Lehrer noch beliebter machen wollte.

»Weil es Mächte hinter Umberto gegeben hat, mit denen ich mich nicht unnötig anlegen wollte. Manche Dinge sind nun mal unantastbar, wissen Sie.«

»So wie Schwester Catherine Bell?«

Gasperetti setzte ein gequältes Lächeln auf. Genau das schätzte er an Sorti. Der Monsignore erinnerte ihn regelmäßig an seine nicht verheilten Wunden, weshalb der Kardinal stets auf der Hut blieb. Ja, er liebte es regelrecht, in alten Wunden zu bohren. Natürlich ging er bei Gasperetti nie zu weit.

»Unter anderem. Ja.«

Sorti erwiderte nichts. Er wusste um etliche der Konfrontationen zwischen Schwester Catherine und seinem Vorgesetzten, ebenso zwischen seinem Vorgesetzten und Kardinal Ciban, ganz zu schweigen von Papst Leo, der die rebellische Nonne protegierte. Sollte der Kleriker je in eine Position gelangen, die es ihm ermöglichte, Catherine das Leben zur Hölle zu machen, er würde keine Sekunde zögern, die ketzerische Ordensfrau in ebendiese zu schicken. Dessen war Gasperetti sich sicher.

Hinter ihnen blinkte etwas auf. Ein Scheinwerferlicht. Ein Signal. Der Wagen hinter ihnen war ungewöhnlich dicht aufgefahren und gab ihnen Zeichen.

»Wir werden verfolgt, Eminenz.«

Gasperetti seufzte aus tiefstem Herzen. »Das habe ich soeben auch bemerkt.« Als er den Wagen zu erkennen glaubte, wünschte er sich, zwei Aspirin genommen zu haben.

22

Autostrada A 24
Zwischen Rom und L'Aquila

Catherine fühlte sich auf dem Beifahrersitz wie auf einem Raketenstuhl. So rasant und kurvenreich hatte sie Rom über den Autobahnring um die Metropole noch nie verlassen. Sie starrte auf die Anzeigen, als hätte sie in ihrem ganzen Leben noch nie ein Armaturenbrett gesehen. Im Grunde fühlte sie sich mit Ciban als Chauffeur durchaus sicher, andererseits erschien ihr die Fahrt in seiner schweren Limousine wie ein pfeilschneller Gleitflug durch die Serpentinen.

»Wenn du weiter so aufs Gaspedal drückst, werden wir Stunden vor Kardinal Gasperetti in L'Aquila sein. Wir werden ihn überholen, ohne dass wir es merken.«

Ciban reagierte mit einem Schmunzeln auf ihre Bemerkung, sagte jedoch kein Wort und ließ auch die Fahrbahn nicht aus den Augen.

»Wieso hat uns die Polizeistreife vorhin nicht angehalten?«, fügte Catherine hinzu. »Wir waren eindeutig zu schnell.«

»Waren wir das?«

Sie deutete auf die Geschwindigkeitsanzeige. »Wir sind es noch immer.«

Der Kardinal schenkte ihr einen kurzen, schalkhaften Blick, um unmittelbar darauf ernst zu werden. »Gasperetti darf L'Aquila auf gar keinen Fall vor uns erreichen.«

Er setzte zu einem weiteren Überholmanöver an, was angesichts der Kraft unter der Motorhaube seines Wagens ein Kinderspiel war. Catherines Fiat hätte diese Geschwindigkeit nicht einmal mit stürmischem Rückenwind und bergab erreicht, ganz davon zu schweigen, dass es die Karosserie des Kleinwagens wohl schon bei dem Bemühen auseinandergerissen hätte.

Mit einem Mal wurde ihr bewusst, wie sehr Ciban und sie sich allein in der Wahl ihrer Fahrzeuge unterschieden. Dennoch trieb vor allem die Vernunft ihr Denken und Handeln an, auch wenn sie die Kirche und ihre jeweilige Aufgabe in der Welt aus unterschiedlichen Perspektiven betrachteten. Für Ciban war die Kirche die Hüterin der Wahrheit, die Bewahrerin der menschlichen Seele, vor allem seit den Ereignissen rund um das *Buch der Taten*, das Catherine und Ben heimlich aus dem Archiv entwendet hatten, um die Priestermorde aufzuklären, die auf Papst Leo abzielten. Nichts gab der Kirche in den Augen des Kardinals eine größere Existenzberechtigung als das Aufrechterhalten der Ordnung der letzten Dinge – der göttlichen Dinge! Damit das alles funktionierte, bedurfte es nun mal einer strengen Hierarchie.

Eine demokratisch gesinnte Humanistin wie Catherine hatte es da nicht leicht. Sie war weit mehr an den irdischen Lebensumständen der Menschen interessiert als an irgendwelchen dogmatischen Lehrgebäuden und Seelenheilversprechungen. Trotzdem saß sie nun in diesem Wagen neben Ciban, um einmal mehr zu erkennen, dass die Liebe imstande war, alle Schranken zu überwinden. Und sie begriff noch etwas: In der Kirche war für viele Menschen Platz. Selbst für eine idealistische Menschenfreundin wie sie, die mit ihren rebellischen Büchern an den Grundfesten der Kirche rüttelte.

Diesmal hatte etwas viel Stärkeres, ja wesentlich Brutaleres an diesen Grundfesten gerüttelt. Ein ganzes Kloster war ausgerottet worden. Als hätte jemand in der Abtei und ihren Bewohnern nichts weiter gesehen als ein ansteckendes Geschwür, das es auszubrennen galt. Kriege und Konfrontationen innerhalb der Kirche hatte es schon immer gegeben, doch dieses Massaker, dieses verfluchte Triadensymbol auf Bruder Merdadus Stirn …

Catherine holte tief Luft und spürte, wie ihr ein Schauer über den Rücken lief. Das war etwas völlig anderes. Dennoch weigerte sie sich zu glauben, dass David die Ursache für dieses Grauen war. Der Junge war durch und durch gut. Davon war sie überzeugt.

Vor ihnen tauchte im diesigen Regen eine helle, schwere Limousine auf, die ebenso über die Straße zu gleiten schien wie ihr Wagen. Ciban nahm den Fuß ein wenig vom Gas, schloss aber noch immer zu dem anderen Fahrzeug auf.

»Ich muss Gasperetti unbedingt unter vier Augen sprechen«, sagte er. Seine wohlklingende Stimme beruhigte die junge Ordensfrau angesichts der bevorstehenden Konfrontation etwas. »Deshalb bitte ich dich, Monsignore Sorti im Auge zu behalten. Aber ich warne dich, Catherine, er ist kein einfacher Fall.«

»Ist Monsignore Sorti ein Medialer?«

Ciban gab dem vorderen Wagen per Lichthupe ein Zeichen. »Nein. Gasperetti würde niemals einen Medialen als Sekretär an seiner Seite dulden, dafür ist er zu paranoid. Sorti ist seinem Chef sehr ergeben, und er lebt für den Vatikan. Du wirst also keinen leichten Stand haben.«

»Mit anderen Worten, er kann mich nicht leiden.«

Ein mildes Lächeln huschte über das Gesicht des Präfekten. »Nun ja, du gehörst nicht gerade zu seinen Lieblingsnonnen. Aber wenn es dich tröstet, das tun die Schwestern Giada und Rebekah auch nicht. Vor allem unser Computergenie Rebekah ist ihm ein Dorn im Auge.«

Catherine hatte seit Wochen nichts mehr von der jungen Ordensfrau gesehen oder gehört, die ihr bei ihrem letzten Fall von großer Hilfe gewesen war. Sicher arbeitete Rebekah längst an einem neuen Projekt. Ihr verdankte Ciban sehr wahrscheinlich auch etliche Anhaltspunkte im Fall des brasilianischen Kardinals García. In puncto García schien auch ihr alter Freund Ben Hawlett in geheimer Mission unterwegs gewesen zu sein.

Ciban und Ben hatten zwar nie offen über den Fall gesprochen, denn je weniger Menschen davon wussten, desto besser für den Erfolg, dennoch hatte Catherine sich dazu den einen oder anderen Gedanken gemacht.

Nun denn, Monsignore Sorti würde sie wohl kaum vor eine größere Herausforderung stellen als Seine Eminenz Kardinal Gasperetti. Von Ciban ganz zu schweigen. Sie durfte vor allem einen Fehler nicht begehen, nämlich ihr Gegenüber zu unterschätzen.

Der vordere Wagen reagierte auf Cibans Signal, demnach hatten die Insassen die Nachricht verstanden. Sie würden in der nächsten Haltebucht warten, sofern diese unauffällig genug war. Dort würde es dann ganz schön zur Sache gehen, da war Catherine sich sicher. Was immer sich in San Leonardo an Grauenhaftem ereignet hatte, Kardinal Gasperetti hatte Ciban nicht darüber informiert.

23

Etwa eineinhalb Monate zuvor
Chicago, Re-Source

Um kurz nach zehn betrat Eliza Kirk einen der beiden weit auseinanderliegenden Aufzüge, die zu den Laboren und Beobachtungsräumen in den Tiefen des Towers führten. Sie blickte auf zwölf der leuchtenden Knöpfe, die allesamt für die geheimen Ebenen der Re-Source-Unterwelt standen. Die Chipkarte gewährte ihr Zutritt zu dreien dieser Stockwerke, einschließlich U 12, wo Samuel Ashdowns heiligstes Refugium mit den legendären Isolationskammern lag. Dort fanden nicht nur die Rückführungsprozesse statt, von dort aus schlug Ashdown auch seine Brücken vom Diesseits zum Jenseits, weshalb seine Mitarbeiter den Forschungsbereich mit den Kammern auch scherzhaft Krypta nannten. Ashdown hatte Eliza allerdings noch immer nicht gestattet, einem dieser Experimente beizuwohnen.

Sie drückte auf den Knopf für das elfte Untergeschoss, worauf sich die Türen schlossen und der Lift sanft in die Tiefe glitt. In einer Viertelstunde würde sie Maximilian Richter dort unten treffen und vorab kurz nachsehen, ob für die Sitzung mit Angelus alles vorbereitet war.

Wie sie in den letzten Tagen bemerkt hatte, behagte Ashdown ihre Zusammenarbeit mit Richter immer weniger. Ebenso war es ihrem Vorgesetzten ein Dorn im Auge, dass Angelus den Europäer als Ansprechpartner bevorzugte. Bis zu einem gewissen Grad konnte Eliza diese wissenschaftliche Eifersüchtelei nachvollziehen, andererseits war es Richter gewesen, der dem weiblichen Klon zu seinem seelischen Gleichgewicht verholfen hatte. In jedem Fall mussten sie und Richter, was ihre geheimen Zusammenkünfte anging, noch vorsichtiger sein und die Anzahl ihrer Treffen womöglich verringern. Das schmeckte Eliza ganz und gar nicht, denn der charismatische Wissenschaftler interessierte sie inzwischen mehr als nur in beruflicher Hinsicht. Genau genommen hatte sie sich schon lange nicht mehr zu einem Mann so hingezogen gefühlt.

Als Eliza das Labor erreichte, stellte sie zu ihrer Überraschung fest, dass Ashdowns Assistenten bisher nichts für die Angelus-Sitzung vorbereitet hatten. Nicht einmal das gedämpfte Licht des Beobachtungszimmers war aktiviert, ganz zu schweigen von der Beleuchtung des Sitzungszimmers, das Richter in wenigen Minuten mit Angelus zur Gesprächstherapie betreten würde. Außerdem fehlte von ihrem Chef und Nuts jede Spur.

Sie ging schnurstracks ins nächstgelegene Büro und stellte einen der jungen Mitarbeiter zur Rede, um von ihm zu erfahren, dass die Sitzung bereits am frühen Morgen abgesagt worden war.

»Aber das kann nicht sein. Man hätte mich darüber informiert.« Mit ›man‹ meinte sie Dr. Richter.

»Doch, Doktor Kirk. Schauen Sie selbst.«

Eliza warf einen Blick auf das Protokoll und stellte fest, dass Ashdown persönlich den Termin gestrichen hatte. War der Kahlkopf mit seiner Eifersüchtelei jetzt völlig durchgedreht? Oder, Eliza schluckte, konnte es sein, dass Richter Re-Source von heute auf morgen hatte verlassen müssen?

Sie zog ihr Handy aus der Jackentasche, eine Spezialanfertigung für die Kommunikation im Tower.

Gerade als sie Richters Nummer über die Kurzwahltaste eingeben wollte, sagte der junge Mann: »Übrigens war Doktor Richter nur wenige Minuten vor Ihnen hier. Er dürfte also noch in U 12 sein.«

Eliza starrte den Assistenten an, während sie begriff, dass es nur einen Grund geben konnte, weshalb Richter sich sofort in die Krypta begeben hatte. Ashdown plante mit Angelus eines seiner bizarren Rückführungsexperimente, und der Europäer gedachte dies zu verhindern.

Sie machte kehrt, um zu den Aufzügen zu gehen und ihrem Kollegen zu folgen, als sie ein dumpfes Geräusch hörte, das klang, als hätte eine riesige Faust von unten gegen das Gebäude geschlagen. Der Boden unter ihren

Füßen hob sich leicht. Ein paar Sekunden darauf wiederholte sich das dumpfe Dröhnen mitsamt dem Heben und Senken des Bodens. Das Glas der Bürotür splitterte, und das Alarmsystem samt Rotlicht schlug an.

Eine unterirdische Detonation!

»Raus hier!«, brüllte der junge Wissenschaftler, mit dem sie eben noch gesprochen hatte.

Er und seine Kollegen stürmten an ihr vorbei zum Aufzug, doch als die Doppeltür aufging, wehte lediglich staubiger Nebel durch den Gang. Von der Aufzugkabine selbst fehlte jede Spur.

»Zum Treppenhaus!«, rief eine ältere Wissenschaftlerin, und alle folgten ihr, einschließlich Eliza.

Doch dort angekommen, setzte sie sich von den anderen ab und nahm die Stufen nach unten zum zwölften UG. Was immer in der Krypta geschehen war, sie wollte wissen *was* und *warum*! Vor allem aber wollte sie wissen, ob Maximilian Richter noch am Leben war. Unten angekommen, stellte sie fest, dass sich die schwere Metalltür durch die Druckwelle total verkantet hatte, weshalb es kein Weiterkommen gab.

Frustriert kehrte sie zur Treppe zurück. Kaum hatte sie die ersten Stufen nach oben genommen, dröhnte es erneut, und die schwere Metalltür barst. Von der kinetischen Energie und Hitzewelle getroffen, prallte Eliza gegen die Wand und verlor das Bewusstsein.

Es sollten acht Stunden vergehen, ehe Eliza in einem Bett der firmeneigenen Krankenstation erwachte, und schon nach wenigen Sekunden war die Erinnerung an das schreckliche Ereignis im Untergrund wieder da. Der Boden von U 11 hatte gebebt, weil sich in U 12 irgendeine Katastrophe ereignet hatte. Es musste etliche

Verletzte, ja sogar Tote gegeben haben, da war sie sich sicher, dennoch war kein einziges der anderen Betten in ihrem Zimmer belegt.

Dann kam der nächste furchtbare Gedanke. Richter hatte das U 12 kurz vor ihr betreten. Er musste also mitten in die Detonationen hineingelaufen sein. Das konnte nur eines bedeuten: Er war tot!

Noch immer leicht benommen, schlug sie die Decke zurück, stieg aus dem Bett und wankte auf den Schrank zu, in dem sie ihre Kleider vermutete. Obwohl ihr jeder Knochen im Leib wehtat und ihr Schädel brummte, als hätte sie die ganze Nacht durchgefeiert, war sie nach fünf Minuten fix und fertig angezogen.

Als sie in den Gang trat, erblickte sie in etwa zehn Metern Entfernung eine Krankenschwester, die mit einem Mann in einem Einsatzoverall mit Kapuze redete. Als die Frau Eliza bemerkte, hielt sie mitten in der Unterhaltung inne, eilte auf die Patientin zu und führte sie in das Zimmer zurück.

»Sie sollten sich wieder hinlegen, Doktor Kirk. Sie hatten eine Gehirnerschütterung!«

»Danke, aber es geht mir gut«, lehnte Eliza ab. »Was ist passiert? In U 12, meine ich?«

Der Mann vom Gang betrat den Raum. Sein Gesicht und seine Hände waren mit Asche verschmiert. Dann erst erkannte Eliza in ihm Dr. Maximilian Richter.

»Mein Gott, Sie sind es wirklich! Ich dachte, Sie seien tot!« Sie war nahe daran, seine Hand zu ergreifen, doch in Gegenwart der Schwester hielt sie sich zurück.

Richters Augen leuchteten bei ihrem Anblick auf. »Das dachte ich auch von Ihnen, als ich hörte, Sie seien den anderen aus U 11 nicht nach oben ge…« Er brach ab, sichtlich bewegt. Dann wandte er sich der Krankenschwester zu. »Würden Sie uns bitte für ein paar Minuten entschuldigen?«

Die Frau zögerte einen Moment, dann nickte sie und verließ den Raum.

Das war der Moment, da Eliza Richters Hand ergriff und kurz drückte. »Ich bin so froh, Sie zu sehen.« Sie deutete auf den Schmutz in seinem Gesicht und auf dem Overall.

Er sah aus, als hätte er in einer Kohlenmine gearbeitet, doch ihr war sofort klar, dass er bereits U 12 aufgesucht haben musste.

»Was um Himmels willen ist da unten geschehen?«

»Das versuche ich gerade herauszufinden. Es hat ein paar Stunden gedauert, bis wir den Weg zur Krypta freigeräumt hatten.«

Elizas Blick ging zu den leeren Behandlungsbetten. »Was ist mit den anderen?« Sie konnte unmöglich die einzige Patientin im Re-Source-Tower sein.

Richter zögerte. »Sie sind alle tot. Auch Ashdown und sein Assistent.«

Elizas Augen ruhten noch einen Moment lang auf ihm. Dann blinzelte sie verwirrt, als könne sie das Gehörte nicht fassen. Alles in allem hatten gut vierzig Menschen in U 12 gearbeitet. Und nicht ein Einziger sollte überlebt haben?

Wie durch Nebel hörte sie, wie Richter erklärte: »Ashdown, dieser Wahnsinnige, hat während des Rückführungsversuchs eine Pforte geöffnet, da ist Angelus durchgedreht.«

»Eine … Pforte?«

»Ein mediales Fenster zur Hölle. Angelus *ist* die Pforte.«

Eliza starrte ihn sekundenlang an. Jeder einzelne Gedanke in ihrem Kopf schien wie eingefroren. Als sie wieder halbwegs klar denken konnte, fragte sie: »Wo ist Angelus jetzt?«

»Verschwunden. Wir haben keine Ahnung, wo sie ist. Nicht einmal der bewaffnete Sicherheitsdienst konnte sie aufhalten.«

Wieder sagte sie eine Weile nichts. Dann: »Verstehen Sie mich bitte nicht falsch, aber … *wie* konnten Sie das überleben?«

Richter atmete tief durch. »Aus einem einfachen Grund: weil Angelus mich verschont hat.« Er hielt kurz inne. »Sie sollten sich jetzt wirklich ausruhen, Eliza. Ich komme morgen früh wieder. Dann weiß ich mehr.«

Er schickte sich an, Eliza zu ihrem Krankenbett zu führen, doch sie ignorierte die Geste und sagte: »Dann hatten Sie mit Ihrer Vermutung also recht. Vandenberg hat das Skelett aus dem alten Grab verschwinden lassen und mit dem daraus gewonnenen genetischen Material experimentiert. Aber ist das nach so vielen Jahrtausenden nicht unmöglich?« Sie war Psychologin, keine Anthropologin oder Genetikerin, doch soweit sie wusste, war genetisches Material nicht ewig haltbar.

Richter zuckte müde mit den Achseln. Es war das erste Mal, dass er sich überhaupt anmerken ließ, was er fühlte. Die Ereignisse waren auch an ihm nicht spurlos vorübergegangen. »Erinnern Sie sich noch an die Fotografie mit dem Grab?«

Sie nickte. Natürlich! Wie hätte sie dieses seltsame Bild je wieder vergessen können?

Richter fuhr fort: »Dann erinnern Sie sich auch noch an den bizarren Tod, den einer der Archäologen bei der Ausgrabung ereilt hat, als er das Skelett berührte?«

»Ich erinnere mich sogar noch an Ihren genauen

Wortlaut«, sagte Eliza und zitierte: »Er ist auf der Stelle gestorben, als ob das Leben regelrecht aus ihm herausgesaugt worden wäre.« Während sie den Satz aussprach, wurden ihre Augen größer. »Wollen Sie mir damit etwa sagen, dass der sterbende menschliche Körper das Skelett dieses Wesens ... genährt hat?«

Richter nickte. »Davon gehe ich aus. Deshalb hat der menschliche Klon Vandenbergs Experimenten nur noch als Basisgattung gedient. Aus dem Engelsskelett mussten lediglich noch Teile des Engelgenoms extrahiert werden. Beides zusammen, nach der künstlichen Befruchtung in einer synthetischen Gebärmutter herangereift, hat Angelus erschaffen.«

»Dann ist Angelus ein Nephilim.«

Eliza erinnerte sich, was Richter ihr vor einigen Wochen über die bösartigen Mischwesen aus Mensch und Engel erzählt hatte. Zu biblischen Zeiten hatten die Nephilim dermaßen viel Elend über die Menschen gebracht, dass Gott versucht hatte, ihnen mit Hilfe der Sintflut ein für alle Mal den Garaus zu machen. Nun hatte Vandenberg den Teufel wieder aus dem Grab geholt.

Richter sagte dazu nur: »Da der Klon bereits Triadengene in sich trägt, ist die Mischung noch fataler.«

Eliza musterte ihn. Natürlich. Die Triaden! Die Nachkommen der gefallenen Engel, die überlebenden Nephilim der Sintflut.

»Sie haben mir noch immer nicht verraten, woher Sie das alles wissen, Maximilian.«

Nach kurzem Zögern erklärte er: »Ich habe vor vielen Jahren an einem wissenschaftlichen Institut gearbeitet, das seiner Zeit in einigen Forschungsbereichen weit voraus war. Damals war Re-Source unter einem anderen Namen nur ein kleiner Ableger dieses Unternehmens, und ich habe dort hin und wieder ausgeholfen. Irgendwann fingen die Wissenschaftler an, eine Grenze zu überschreiten, die ich nicht gewillt war zu übertreten. Der Mensch ist *nicht* Gott. Mehr kann ich Ihnen dazu nicht sagen.« Nach einer kurzen Pause fügte er hinzu: »Ich muss jetzt gehen. Vandenberg will, dass ich an dem Fall dranbleibe.«

Wieder ignorierte Eliza sein Ausweichen. »Sie haben mit Vandenberg gesprochen?« Soweit sie gehört hatte, empfing der Re-Source-Gründer, abgesehen von seinem engsten Mitarbeiterstab, seit Jahren keine Besucher mehr.

»Nicht direkt. Wir hatten eine Videokonferenz. Wenn man das so nennen will. Er macht sich große Sorgen. Die Welt dort draußen ist auf ein Wesen wie Angelus nicht vorbereitet.«

Erneut schickte er sich an, Eliza zu ihrem Bett zu bringen, doch sie sagte: »Was immer Sie in Ihrem Einsatzoverall vorhaben, Maximilian, ich komme mit.«

Er schüttelte den Kopf. »Tun Sie das nicht. Sie haben ja keine Ahnung, was Sie dort unten erwartet.«

Eliza nahm seine Worte zur Kenntnis und sagte: »Gehen wir.«

Wenige Minuten später betraten sie den von einem Hightechkokon umgebenen Aufzug am östlichen Ende des Gebäudes. Angeblich würde dieser Lift so ziemlich jeder Katastrophe standhalten, und wie es aussah, hatte er genau das getan. In U 9 hielt der Aufzug kurz an, da sie dort ihre Sicherheitsausrüstung bekamen.

»Hier«, sagte der Sicherheitsmann und reichte Eliza einen Overall. »Ziehen Sie den an.« Nachdem sie den

Anzug übergestreift hatte, legte er zwei Atemmasken mit einer Sichtbrille und einem Gürtel mit Sauerstoffpatronen auf den Tisch. Auf Elizas fragenden Blick hin erklärte er: »Nehmen Sie die Maske auf keinen Fall ab, sonst bleibt Ihnen dort unten die Luft weg.« An Richter gewandt, fügte er hinzu: »Wir haben seit einer halben Stunde wieder etwas Licht. Nicht in allen Sektionen, aber wenigstens in einem Teil der Gänge und Laboratorien.«

»Danke, Greg«, sagte der Wissenschaftler. »Dann wollen wir uns mal auf den Weg machen.«

»Sie haben Ihren Kommunikator bei sich?«, fragte der Mann.

»Ja.« Richter deutete auf ein kleines handyähnliches Gerät an seinem Gürtel. »Sollten wir Ihre Hilfe brauchen, werde ich Sie sofort informieren.«

»Gut.«

Sie zogen die Masken auf, kehrten zu dem Sicherheitsaufzug zurück und legten die letzten Stockwerke zum U 12 zurück. Als die Aufzugstür aufglitt, glaubte Eliza in ein finsteres Vakuum einzutreten. Sie blinzelte, um etwas erkennen zu können, doch da war nichts als Schwärze. Der gesamte vor ihnen liegende Gang war ein einziges dunkles Loch, aus dem scharfer Brandgeruch durch die Schutzmaske drang. Selbst jetzt war Eliza das Ausmaß des Unheils noch lange nicht klar.

Nach kurzem Zögern ließen sie den Gang hinter sich und betraten das erste Labor. Eliza wollte anfangen Richter zu löchern, doch als sie den Forschungsraum passierten, blieb ihr jedwede Frage im Halse stecken. So gut wie nichts in diesem Raum war noch intakt, geschweige denn in seiner ursprünglichen Form. Selbst das Spezialsicherheitsglas der künstlichen Gebärmutter, in dem noch gestern das transgenetische Kind geschwebt war, war geschmolzen wie Butter in der heißen Sonne. Am widerlichsten war der Gestank nach verbranntem und geschmolzenem Kunststoff, Metall oder Glas. Die Schreibtischsessel vor den Arbeitskonsolen wirkten wie abgefackelte seelenlose Gerippe, denen man allesamt die Köpfe abgeschlagen hatte.

Dann sah Eliza die erste Leiche, oder vielmehr das, was von dem toten Wissenschaftler – ob Frau oder Mann war nicht zu erkennen – übrig geblieben war. Wegen des beißenden Geruchs hätte sie sich fast in ihre Atemmaske übergeben. Verrückterweise erinnerte sie der grausige Anblick an einen Vortrag, den sie einmal über Krematorien gehört hatte. Die Temperaturen erreichten am Ende über tausend Grad, und die Geräusche innerhalb der Brennkammer ähnelten angeblich dem Feuergefecht auf einem Schlachtfeld. Drei Stunden mussten vergehen, bis von einem Toten kaum mehr als Asche übrig blieb. Wie es schien, hatte das Höllenfeuer hier unten weniger als drei Stunden gewütet. Vielleicht war den Flammen der Brennstoff ausgegangen, oder die Feuerschutzmaßnahmen hatten dem Brand den Sauerstoff genommen. Dann dämmerte ihr, dass die automatische Sprinkleranlage gar nicht angesprungen war. Hatte das Sicherheitssystem etwa versagt?

Sieben weitere Leichen tauchten auf ihrem Weg durch die Räume auf. Entfernt erinnerte sie der Anblick an ein Schlachthaus, das nach dem Schlachten abgefackelt worden war. Richter schien das alles kaum zu berühren, als hätte er schon etliche solche Orte gesehen. Ohne die verkrümmt am Boden liegenden Leichen auch nur eines Blickes zu würdigen, marschierte er zur hinteren Ausgangstür, die zu einem schmaleren

Flur führte. Die sonst grauen Wände waren allesamt schwarz.

Eliza spürte einen dicken Kloß im Hals und einen dumpfen Druck im Magen. Am Ende des Flurs befanden sich die Beobachtungsräume, die an die Isolationskammern angeschlossen waren. Eine dieser Iso-Kammern hatte Ashdown zu seinem speziellen Forschungslabor umfunktioniert. Hier schickte er seine freiwilligen Versuchsobjekte auf ihre Reisen ins Jenseits, während er sie vom Beobachtungsraum aus im Auge behielt.

Dann hatten sie den Eingangsbereich zur Krypta erreicht. Richter blieb stehen und erklärte ihr, dass sie nun das Epizentrum der Katastrophe betraten. Daraufhin stellte Eliza sich auf den schlimmsten Anblick von allen ein.

Weiter sagte er: »Ich werde Ihre Hand halten, um Sie mental zu stabilisieren, denn Sie werden noch immer ein Echo der Ereignisse empfangen. Es wird noch eine Weile dauern, bis die Resonanzen aus Ashdowns Experimentierkammer verschwunden sind.«

Mental stabilisieren? Ein Echo der Ereignisse? »Wovon reden Sie?«, fragte Eliza.

»Vom Gedächtnis der Welt. Vom Nachhall der kosmischen Erinnerung. Nichts geht verloren, Eliza. Iso-Kammern sind exzellente Empfänger und Bewahrer. Ein medialer Mensch könnte darin die Stimmen der gesamten Welt wahrnehmen, sofern er dabei nicht wahnsinnig werden würde.«

Sie zögerte.

Vorsichtig nahm Richter ihre Hand. »Vertrauen Sie mir.«

Hintereinander passierten sie einen weiteren, noch

engeren Gang, ebenso furchterregend ausgebrannt wie alle übrigen Gänge. Und dann betrat Eliza zum ersten Mal in ihrem Leben eine jener Schleusen, die zu den Iso-Kammern führten. Es war die Schleuse zu Dr. Samuel Ashdowns Kammer.

Sie funktionierte noch so tadellos, als hätte es das Feuer niemals gegeben. Eliza und Richter ließen die automatische Reinigung und Desinfektion über sich ergehen, ehe sie Kittel und Wechselschuhe überzogen. Spezielle Filter, kombiniert mit einem unabhängigen Belüftungssystem, verhinderten, dass Luft von draußen in die Iso-Kammern drang und umgekehrt.

Richter erklärte ihr, dass diese Kammern die Fähigkeit eines medialen Menschen erhöhten, das *Buch des Lebens*, das immaterielle Weltgedächtnis, zu betreten, den sogenannten Bilderlimbus. Damit erlaubten sie ebenso einen Einblick in die Welt hinter der Welt. Es war, als hätte man von einem hohen Berg aus, weit weg von der Zivilisation mit ihrem nächtlichen Lichtschmutz, einen kristallklaren Blick ins Weltall. In diesen Kammern erhielt selbst ein nicht medialer Mensch eine Vorstellung von der Wahrnehmung eines medialen Menschen. Den wenigsten gefiel das. Andere wurden danach süchtig. Es war wie ein Tanz auf dem Vulkan.

Langsam wurde das selbsttönende Sicherheitsglas der Schleusenkammer durchsichtig, bevor sich die Tür endgültig entriegelte. Sobald der Zugang zur Iso-Kammer geöffnet war, verriegelte sich automatisch die Tür zum Rest des Laborbereichs. Damit gab es auf die Schnelle kein Entkommen mehr.

Wie hypnotisiert starrte Eliza durch das Glas.

Sie war sich nicht sicher, was sie erwartet hatte, aber zumindest einen weiteren Blick in die Hölle. Ein weiteres *Apocalypse now*! Zu ihrer Enttäuschung sah sie nichts weiter als einen makellosen weißen Raum mit allem Komfort, den eine Miniatur-Forschungsklinik zu bieten hatte. In der Mitte des Labors stand eine Liege, die nur darauf zu warten schien, in die große weiße Röhre dahinter geschoben zu werden. Rundherum standen Apparaturen, die dazu dienten, den künstlich eingeleiteten Tod für den Jenseitstrip zu überwachen.

Ashdowns Geheimlabor … und alles war völlig unversehrt.

»Hier drinnen habe ich überlebt«, sagte Richter mit rauer Stimme. Das Epizentrum des Infernos war von dem Desaster verschont geblieben. Aus welchen Gründen auch immer. »Aber lassen Sie sich von dem friedlichen Anblick nicht täuschen«, erklärte er und nahm ihre Hand. »Halten Sie sich bereit, sofern man sich für das, was gleich auf uns zukommt, bereithalten kann.«

Die Schleusentür fuhr mit einer funktionalen Leichtigkeit auf, die in einem krassen Widerspruch zu dem Schreckensszenario stand, das sie und Richter gerade hinter sich gelassen hatten. Mit jedem Zentimeter, den die Tür beiseitewich, spürte Eliza, dass etwas hinter ihre Augen, in ihre Seele trat. Eine Art Licht, das jedwede Farbe und Hoffnung aus ihr herauszusaugen schien.

Es war wie eine Öffnung in Raum und Zeit, wie ein Sprung an einen Ort, wo sich jedweder Raum und jedwede Zeit vereinten, dominiert von dem losgelösten Schrecken, der sich erst vor wenigen Stunden in diesem Stockwerk ereignet hatte. Mit einem Mal begriff Eliza, dass die Iso-Kammer sowohl der Speicher als auch der Sender der zurückliegenden Ereignisse war, und ihr Gehirn das Organ, das alles empfing. Wie in einer Vision wurde sie nun Zeugin des Geschehens. Plötzlich war das Labor wieder belebt!

Eliza sah den lebenden Nuts und zwei ebenso lebendige Assistenten, die die bewusstlose Angelus auf die Liege verfrachteten und in die weiße Röhre schoben. Ashdown war nicht zu sehen. Sicher befand er sich hinter dem Glas des Beobachtungsraums und beaufsichtigte das ganze Prozedere rund um das Experiment. Eine Stillstandsoperation beim Menschen, um einen klinischen Hirntod herbeizuführen, schien bei Angelus nicht notwendig zu sein. Stattdessen wirkte sie, als stünde sie unter einer starken Droge. Nein. Eliza korrigierte sich. Sie war bei vollem Bewusstsein und wirkte wie in ihrem eigenen Körper gefangen, als hätte man ihr ein Curare-Derivat in den Blutkreislauf gespritzt, dem Experiment völlig wehrlos ausgesetzt. Ein grauenerregender Zustand. Trotzdem zeigten Angelus' Augen keinerlei Panik.

Eliza verfolgte, wie Nuts an die weiße Röhre herantrat und diese aktivierte, nachdem Angelus darin verschwunden war. Mit einem Schlag war der ganze Iso-Raum in ein zartes weißblaues Licht getaucht.

Sie spürte die Anspannung in jeder Zelle ihres Körpers, das Zittern, als ihre Angst und Verzweiflung anwuchsen, da sie wusste, wie das Ganze enden würde. Am liebsten hätte sie laut »Halt!« geschrien, um das Desaster zu verhindern, doch dann wurde ihr schlagartig klar, dass das, was sie da sah, längst Vergangenheit war.

Hilflos nahm Eliza wahr, wie das Licht in der und um die Röhre herum pulsierte. Zuerst langsam, bald immer schneller, bis sich der Raum scheinbar auflöste. Plötzlich wurde es schlagartig dunkel, und der Boden erzitterte unter Elizas Füßen. Eine unheimliche Brise strich ihr übers Gesicht. Die Temperatur stieg stark an. Ein Geräusch ertönte, als würde eine schwere Maschine wie ein gewaltiger Pyramidenstein über einen sperrigen Steinboden geschoben. Irgendetwas drängte sich in die Realität der Iso-Kammer hinein und erzeugte dabei eine Hitze, die Eliza fast den Atem raubte. Dann gingen Nuts und seine beiden Assistenten von der einen zur anderen Sekunde schreiend in Flammen auf. Der Gestank von verbrennendem Fleisch erfüllte jeden Zentimeter des Raums.

Eliza erschauerte und spürte, wie ihr unter dem Schock die Tränen die Wangen herunterliefen, und obwohl der Beobachtungsraum eigentlich schallisoliert war, glaubte sie von dort ein angstvolles Wimmern zu hören. Eliza hoffte, damit wäre das Schlimmste vorbei, doch dann trat Angelus wie eine überirdische Erscheinung aus dem flammenden Schleier. Unverletzt, scheinbar ohne jede Emotion, als trüge sie auf ihrem Rücken gewaltige feurige Schwingen. Die Brise des Infernos, die sich zu einem heftigen Wind gesteigert hatte, wehte ihr das lange, dunkle Haar ins Gesicht.

Just in diesem Moment ging in dem Albtraum hinter Eliza und Richter die Schleusentür auf, und ein Maximilian Richter aus der Vergangenheit betrat mit entsetzter Miene das Labor. Wie es aussah, hatte er von Samuel Ashdowns Absicht erfahren und dessen Vorhaben zu verhindern versucht. Zu spät. Nuts und die beiden jüngeren Wissenschaftler hatten sich bereits unter Schmerzensschreien in Asche verwandelt. Der ganze Raum schien in subatomaren Flammen zu stehen. Richters Blick glitt von den Aschehaufen zum Schutzglas, das die Iso-Kammer vom Beobachtungsraum trennte, während Angelus durch die brennende Luft auf ihn zutrat. Wut zeigte sich auf Richters Gesicht. Vermutlich auf Ashdown.

Inzwischen war der Raum in glutrotes Dämmerlicht getaucht. Eliza glaubte, von einem starken Fieber befallen zu sein. Sie versuchte ihren eigenen Zorn auf Ashdown zu bezähmen.

Angelus blieb vor dem Richter aus der Vergangenheit stehen und schirmte ihn auf rätselhafte Weise von dem Höllenfeuer ab. Irgendetwas war mit der Transgenetin in der Röhre geschehen. Etwas war in ihr aktiviert worden, als hätte man einen Kippschalter in ihrem Geist umgelegt.

Elizas frühere neurowissenschaftliche Forschungsprojekte hatten ihr gezeigt, wie leicht bereits die Gehirne Normalsterblicher durch schwache, elektromagnetische Felder wie die Lähmung von Teilen der linken Hirnhälfte stimuliert werden konnten. Von jetzt auf gleich waren aus künstlerisch kaum talentierten Menschen wahre Wunderkinder geworden. Leider fand das Gehirn nach einer Weile jedoch zu seinem Normalzustand zurück, und das erworbene Talent ging wieder verloren.

Manche Teilnehmer hatten während der bis zu einer halben Stunde dauernden Stimulation sogar spirituelle Erfahrungen gemacht und geäußert, dass sie einem Engel oder gar Gott begegnet seien.

Nur zu gern hätte Eliza gewusst, was mit Angelus in der aktivierten Röhre geschehen war. Würde der Zustand des Wahnsinns anhalten, oder würde er nach einer Weile wieder vergehen? Maximilian Richter, der noch immer beruhigend ihre Hand hielt, schienen ähnliche Überlegungen durch den Kopf zu gehen, während er seinen Doppelgänger aus der Vergangenheit mit Angelus konfrontiert sah.

»Das Leben ist vergänglich«, sagte Angelus mit einem kurzen Blick auf die Asche der Toten. Dabei klang ihre Stimme unglaublich bezaubernd, fast zum Verlieben.

»Hör zu, Sarah, was immer geschehen ist…« Der Richter aus der Vergangenheit versuchte an den Menschen in Angelus zu appellieren, doch die Frau schnitt ihm mit einer sanften Geste das Wort ab, auch wenn es ihr zu gefallen schien, dass er sie Sarah nannte.

»Es spielt keine Rolle mehr, was geschehen ist, Maximilian. Ich war tot, und nun lebe ich.« Sie wandte sich dem verdunkelten, angeschmolzenen Fenster des Beobachtungsraums zu.

»Nein! Tu das nicht, Sarah!«, bat Richter, als könnte er ihr jede ihrer Absichten von den Augen ablesen.

»Warum so aufgebracht, Maximilian? Er hat es herausgefordert. Und nicht zum ersten Mal. Ich werde ihn von seinen schlechten Träumen befreien.«

Richter sprang nach vorne und stellte sich ihr in den Weg. »Nein!«

»Nein?«

»Nein!«

Der Klon lachte, während der Raum um sie herum wie eine finstere Schlucht loderte. »Hast du das gehört, Samuel?«, rief der Klon über Richters Schulter dem Fenster zu. »Maximilian möchte dir den Anblick des Jenseits ersparen.«

Eliza erhaschte einen Blick in die durch und durch schwarzen Augen von Angelus. Die Kälte darin erfüllte sie mit einem tiefen Schrecken.

Der Klon wandte sich erneut Richter zu: »Was ist *dein*

Ziel? Worin liegt deine Bestimmung? Wie viele Tode bist du schon gestorben?«

»Ach, kaum der Rede wert.«

Wieder lachte der Klon. Es war ein kaltes, humorloses Keckern, das Eliza bis ins Mark erschauern ließ. Dann verschwand das Lächeln aus dem Gesicht von Angelus. Sie packte Richter, als wäre er ein wehrloser Knabe, zog ihn zu sich heran und küsste ihn, während sie ihn mit ihren unheimlichen Feuerschwingen lustvoll umfing.

Eine finstere Drohung lag in diesem Kuss, als wäre nur ein einziger brennender Gedanke, ein einziger Funke nötig, und Richter würde in pulsierenden Flammen aufgehen. Hassliebe!

Ja, das war es, was plötzlich von außen auf Eliza einströmte. Es war Richters Hassliebe, denn gegen seinen Willen war er durch die Berührung geistig wie körperlich fast bis zum Wahnsinn erregt. Der Hass in dieser Liebe war so groß, dass er selbst Eliza über die Raumzeit als Echo erreichte. Ebenso den Maximilian Richter, der in der Gegenwart neben ihr stand und das ganze Geschehen noch einmal durchlebte. Die überbordende Hassliebe war gegen jede Vernunft. Sie war stärker als der tiefste menschliche Instinkt, der Selbsterhaltungstrieb. Richter war in diesem Augenblick bereit, alles über sich ergehen zu lassen, nur für diesen einen Kuss, in dem so viel leidenschaftliche Sehnsucht und so viel Tod lagen.

Kurz bevor der tödliche Funke auf Richter übersprang und ihn verzehrte, stieß Angelus den Wissenschaftler brutal von sich weg, und Eliza erkannte, dass diese Verweigerung selbst für dieses nicht menschliche Wesen alles andere als ein leichter Willensakt war.

Der Richter aus der Vergangenheit stand vor dem Klon, gelähmt durch den psychisch-physischen Schock.

»Ich will dich«, sagte Angelus kalt triumphierend. »Allerdings nicht um den Preis dieses Lebens. Das würde mir unser Herr niemals verzeihen.«

Die Transegenetin drehte sich um, sodass es Eliza für einen Sekundenbruchteil erschien, als könnte Angelus sie über die Vergangenheit hinweg wahrnehmen und zu ihr sprechen. Doch der Klon ging ohne ein Wort, ohne einen weiteren Blick an ihr vorbei durch das Schleusentor und trat hinaus auf den Gang.

Eliza kannte das Ziel. Es war der Beobachtungsraum, in dem Samuel Ashdown wahnsinnig vor Angst kauerte und noch immer vor sich hin wimmerte. Schüsse waren zu hören. Von ihrem Vorgesetzten oder einem der inzwischen eingetroffenen Sicherheitsbeamten abgefeuert. Doch die Kugeln vermochten dem Klon nichts anzuhaben. Da flammte es durch die Dunkelheit des Sicherheitsglases mit einer Kraft auf, die Eliza so niemals erwartet hatte. Das Glas wölbte sich wie der Leib einer Schwangeren nach außen und schmolz dann einfach in sich zusammen. Einmal mehr verströmte der brutale Akt den Geruch von verbrennendem Fleisch. Doch damit war der alles verzehrende Rachefeldzug des Klons noch lange nicht beendet, wie Eliza wusste. Die Katastrophe außerhalb der Krypta fing in U 12 gerade erst an.

Elizas Knie wurden weich. Richter half ihr, die Iso-Kammer wieder durch die Schleuse zu verlassen. Völlig erschöpft, ließen sie sich auf dem Boden gegenüber der Schleusentür nieder. Minutenlang saßen sie da, ohne zu reden, völlig ausgepumpt, und starrten durch das Fenster auf das geschmolzene Glas des Beobachtungsraums.

So viele Stunden war das alles jetzt her. Und niemand wusste, wo Angelus hingegangen war.

»Was wird sie als Nächstes tun?«, fragte Eliza fast schon resigniert.

Richter machte ein Gesicht, als wollte er die Frage lieber nicht beantworten. »Das, worauf sie genetisch programmiert ist. Rache nehmen … Rache nehmen an den Menschen. Ich wünschte, wir hätten dieses Grab niemals entdeckt.«

Eliza fragte sich, wie sie den letzten Satz verstehen sollte, denn Richter konnte damals unmöglich dabei gewesen sein. Vermutlich meinte er Vandenbergs Archäologieprojekt im Allgemeinen. »Wir werden Angelus aufhalten müssen«, sagte sie so kraftlos, dass es wie eine völlige Fehleinschätzung der Realität, wie ein Witz klang.

Richter nickte nur. »Ja. Genau das ist unser Problem. Wie tötet man einen Engel?«

24

Autostrada A 24
Zwischen Rom und L'Aquila

Kaum hatten Catherine und Ciban die Parkbucht auf der Autobahn erreicht, setzte der Regen wieder ein, wenn auch nicht so stark wie zuvor. Die Lichtkegel der Scheinwerfer schienen sich regelrecht in das Heck von Gasperettis Wagen zu bohren.

Catherine löste den Sicherheitsgurt und bereitete sich innerlich auf die Begegnung mit Monsignore Edoardo

Sorti vor. Traditionalisten und Fanatiker wie er waren ihr ein Gräuel. Sie fragte sich, wie die beiden Kleriker überhaupt reagieren würden, wenn sie feststellten, dass ausgerechnet sie Ciban begleitete.

Ciban schien sich keinen Deut darum zu scheren. Er schaltete den Motor aus und löste seinerseits den Sicherheitsgurt, während er Gasperettis Wagen nicht aus dem Auge ließ.

Zwischen der Straße und der Parkbucht war eine Reihe von Büschen und Bäumen, weshalb das Gelände von der Fahrbahn her nicht einsehbar war. Die Lichter der vorbeifahrenden Fahrzeuge zogen, von den Büschen verzerrt, wie Irrlichter an ihnen vorbei.

Die Wagentür auf der Fahrerseite von Gasperettis Limousine ging auf. Monsignore Sorti stieg mit zwei Schirmen in der Hand aus, ging zum Fond des Wagens und öffnete dem Kardinal die Tür.

Ciban griff hinter seinen Sitz und reichte Catherine seinen stabilen Stockschirm. »Es geht los.«

Sie stiegen aus und gingen auf Gasperetti und Sorti zu, die ihrerseits auf sie zukamen. Zwischen den beiden massiven Limousinen blieben sie im Scheinwerferlicht stehen. Wie bei einem Duell.

Catherine erinnerte sich an ihre erste persönliche Begegnung mit Gasperetti vor über einem Jahr in der Benelli-Villa, als die ersten Geistlichen ermordet worden waren. Damals hatte Gasperetti sie vor einem unsichtbaren Feind gewarnt. Diesmal stand er erneut als Gegner vor ihr, fing ihren Blick auf, während seine Augen in Anbetracht von Cibans Gegenwart zu sagen schienen: *Das* ist also Ihre Wahl? Sind Sie sich wirklich sicher? Monsignore Sorti hingegen schien sich in allen Farben auszumalen, wie Catherine sich auf einem riesengroßen Scheiterhaufen machen würde, kurz bevor er diesen in Brand setzte.

»Guten Abend, meine Herren.« Cibans kraftvolle Stimme klang wie aus weiter Ferne, obwohl er direkt neben Catherine stand. Im Scheinwerferlicht sah der Regen aus, als würden Millionen von winzigen Edelsteinen vom Himmel fallen. Der Wind rauschte gespenstisch in den Ästen. »So spät noch unterwegs?«

»Ach zum Teufel, Marc!« Gasperetti wirkte unerbittlich und frustriert zugleich. »Tun Sie nicht so, als wüssten Sie nicht längst, was vorgefallen ist.«

»Warum haben Sie mich nicht informiert? Und nein, ich will jetzt nicht hören, dass dies eine reine Lux-Domini-Angelegenheit ist.«

Gasperetti machte eine versöhnliche Geste, denn in Cibans Stimme lag eine Härte, die selbst Catherine aufhorchen ließ.

»In Ordnung«, sagte der ältere Kardinal. »Kommen Sie. Lassen Sie uns ein Stück gehen.« Sorti reichte ihm seinen Schirm und spannte den zweiten auf.

Ciban setzte sich in Bewegung, gab die Richtung vor, und der alte Kleriker begleitete ihn im Gleichschritt. Schon nach wenigen Metern wurden ihre Worte vom Rauschen des Windes übertönt.

Sorti starrte Catherine an, als wäre sie Jeanne d'Arc und er der führende Richter in ihrem Rückfälligkeitsprozess. Schließlich konnte er es sich nicht verkneifen zu sagen: »Wie es aussieht, sind Sie zu Kardinal Cibans persönlicher Assistentin aufgestiegen. Glückwunsch!«

Sie ignorierte seine Worte.

»Ihr Chef scheint eine Schwäche für weibliches Personal zu haben.«

Catherine musterte ihn mit einem kühlen Blick, der

besagte: Den Eindruck habe ich bei Seiner Eminenz Kardinal Gasperetti allerdings auch, wenn ich Sie so betrachte.

Sortis Blick durchbohrte sie, während er darauf achtete, dass der Wind ihm den Schirm nicht aus der Hand blies.

»Sie sind nicht sehr gesprächig, Schwester. Dabei hält Kardinal Gasperetti große Stücke auf Sie. Er scheint in Ihnen so etwas wie eine Wunderwaffe zu sehen. Ich weiß nur noch nicht, gegen welchen Feind.«

»Wenn es so weit ist, wird Seine Eminenz Sie ganz gewiss einweihen«, entgegnete sie so neutral wie möglich. Sorti hatte etwas Undefinierbares an sich, etwas Schleimiges, das ihr alles andere als behagte.

Gasperetti und Ciban hatten inzwischen unter einem Baum Schutz vor dem Regen gesucht. Sie redeten sehr intensiv miteinander, vermutlich ging es dabei nicht nur um das Massaker.

Sorti trat einen Schritt näher. »Auch Kardinal Benelli war von Ihnen sehr angetan. Worin liegt Ihr Geheimnis?«

Catherine stieß einen hörbaren Seufzer aus. »Was wollen Sie?«

»Ich will Sie verstehen.«

»Das glauben Sie doch selbst nicht. Sie haben sich längst ein Bild von mir gemacht, ohne mich wirklich zu kennen. Und dieses Bild wird sich auch in zehntausend Jahren nicht ändern.«

»Ich habe Ihre Bücher gelesen. Jedes einzelne. Sie sind brillant und unglaublich produktiv.«

»Aber es gefällt Ihnen nicht, was ich schreibe.«

Sorti lachte leise. »Wen kümmert das schon. Sie haben mächtige Freunde und sind somit selbst für die Inquisition tabu.« Sein vielsagender Blick fiel auf Ciban. »Es ist gewiss ein sehr spezielles Vergnügen, einem Mann wie Seiner Eminenz in der einen oder anderen Hinsicht zu dienen.«

Catherine starrte ihn an. »Was haben Sie da gerade gesagt?«

Sorti konnte sich ein Grinsen nicht verkneifen. »Nun ja, er scheint nach dem Unfall wieder bei bester Gesundheit zu sein, wenn Sie verstehen, was ich meine.«

Würdevoll trat Catherine auf den größeren Mann zu und verpasste ihm eine schallende Ohrfeige, wobei sie den stechenden Schmerz in ihrer Hand ignorierte. Sortis Schirm fiel zu Boden und kullerte vom Wind erfasst davon. Er war dermaßen perplex, dass er sich nicht einen Millimeter rührte, sondern mit geöffnetem Mund dastand.

»Ich weiß nicht, worin Ihr Problem besteht, Monsignore, und ehrlich gesagt, ich will es auch gar nicht wissen. Wenn die Kirche dem Untergang geweiht ist, dann verdankt sie das zu einem guten Teil Menschen wie Ihnen. Menschen, die es einfach nicht lassen können zu intrigieren und die Atmosphäre mit ihrer schmutzigen Fantasie und ihren dreckigen Unwahrheiten zu vergiften. Hier draußen läuft ein Monster frei herum, das ein ganzes Kloster mitsamt seinen Bewohnern niedergemacht hat, und Ihnen fällt nichts Besseres ein, als zwei Menschen, die sich aufrichtig respektieren, durch den Abschaum Ihrer Gedanken zu ziehen. Gehen Sie, bevor ich noch der Annahme verfalle, Sie könnten aus einer gewissen Neigung heraus eifersüchtig auf mich sein. Machen Sie sich gefälligst Gedanken um diesen verfluchten Fall!«

Catherine respektierte das Amt, das Sorti bekleidete, doch niemals würde sie den widerlichen Mann dahinter respektieren. Es war ihr ein Rätsel, wie Gasperetti eine solche Person als Assistent in seiner Nähe dulden konnte. Sage mir, mit wem du umgehst, und ich sage dir, wer du bist. Der Kardinal hatte ganz offensichtlich keinen guten Geschmack.

Sorti holte tief Luft und starrte sie an, zu schockiert, um so etwas wie Wut oder Hass in seiner Miene zu offenbaren. Dann sagte er: »Treiben Sie es nicht zu weit, Schwester …«, brach aber ab, als Ciban und Gasperetti zu den Limousinen zurückkehrten.

Gasperetti gab dem Monsignore ein Zeichen, woraufhin dieser Catherine ohne ein weiteres Wort stehen ließ. Als er jedoch Ciban passierte, veränderte sich etwas in seiner Haltung. Er wirkte auf einmal nicht mehr so unfehlbar arrogant.

Als Catherine und Ciban wieder im Wagen saßen, herrschte für einen kurzen Moment Stille. Catherine unterbrach diese als Erste.

»Wie ist es gelaufen?«

Ciban seufzte. »Es wird ein langer Tag werden. Wir können Gasperetti nicht trauen.«

»Dann begleiten wir ihn also nach L'Aquila?«

Der Präfekt nickte. »Ich muss mir das Kloster ansehen, bevor noch mehr Spuren verwischt werden oder verlorengehen.«

»Dann lass uns losfahren.«

Gasperettis Limousine hatte sich bereits in Bewegung gesetzt und fuhr auffallend gemächlich Richtung Straße.

Ciban zögerte noch. »Du hattest eine ziemlich heftige Konversation mit dem Monsignore.«

»Kann schon sein. Aber jetzt sind die Fronten geklärt, und wir wissen beide, woran wir sind.«

Er machte noch immer keine Anstalten, den Wagen zu starten.

Catherine sah ihm ins Gesicht. »Was ist?«

Er zog sie zu sich heran und küsste sie liebevoll.

Dann erst drehte er den Schlüssel um.

V.

Sarah hatte Angelus angeschrien. Dann war sie in Tränen ausgebrochen. Sie verstand das Feuer und das notwendige Sterben der Menschen nicht. Ihn hatte das nicht weiter interessiert. Er hatte nach seiner Initiation einen essenziellen Teil seiner Erinnerung wiedererlangt.

Endlich erfüllte er seine Bestimmung.

25

L'Aquila

Bella hatte so tief und fest geschlafen, dass es ihr beim Aufwachen vorkam, als wäre sie von den Toten auferstanden. Auch war es in dem kleinen Haus totenstill. Weder von Orpheus noch von dem Jungen war auch nur der geringste Laut zu hören. Sie schlüpfte in ihre Schuhe und ging mit der Jagdflinte in der Hand in den Wohnraum, wo der Schäferhund und das Kind friedlich zusammen eingeschlafen waren.

Der Junge schlummerte noch immer tief und fest an den Rüden angeschmiegt, die Decke bis zum Kinn hochgezogen. Bella warf einen Blick auf die Finger des

Kleinen. Sie sahen nahezu völlig verheilt aus. Was für ein ungewöhnliches Kind hatte sie sich da nur ins Haus geholt?

Der Hund war inzwischen wach, rührte sich aber nicht. Bella gab ihm mit leisen Worten zu verstehen, dass sie in der Küche nach etwas Essbarem für das Frühstück Ausschau halten wolle, und als sie feststellte, dass nicht mehr viel in der Vorratskammer war, schnappte sie sich die Satteltasche von ihrem alten Geländemotorrad, um einkaufen zu gehen. Die Flinte verstaute sie sicherheitshalber im Schrank, damit der Junge nicht auf die Idee kam, damit zu spielen. Orpheus würde während ihrer Abwesenheit auf das Kind aufpassen.

»Ich bin in einer halben Stunde zurück, Orph«, flüsterte sie. Der Hund schaute zur ihr herüber, als würde er ihre Worte verstehen. »Pass mir gut auf den Jungen auf.«

Er gähnte zur Antwort, als sei die Erfüllung ihrer Bitte ohnehin eine Selbstverständlichkeit.

Bella holte das alte, gepflegte Motorrad, das einst ihrem Großvater gehört hatte, aus dem Schuppen. Die Straßen in L'Aquila waren nur zum Teil freigeräumt, doch wegen der vielen Schuttberge und der zerstörten Anwesen an vielen Stellen sah es noch immer wie nach einem Bombenangriff aus. Etliche der einsturzgefährdeten Häuser wurden durch bizarre Holz- und Metallkonstruktionen abgestützt, die sich wie Alleen durch die Straßen zogen.

Da Bella inzwischen die Schleichwege zu ihren üblichen Einkaufszielen kannte, fand sie mühelos ihren Weg durch das Chaos. Vorsichtig passierte sie die von Metallgerüsten gestützte Kathedrale, in deren unmittelbarer Nähe zu ihrer Überraschung zwei große Limousinen mit römischen Kennzeichen parkten. Der Erzbischof hatte offensichtlich hohen Besuch.

Sie kaufte Brot, Käse, Eier, Tomaten, Pasta und Futter für den Hund und verfolgte die aufgebrachten Gespräche wütender Bewohner wegen der korrupten, nichtsnutzigen Politik, die L'Aquila inzwischen sich selbst überließ. Selbst Rom habe die historische Stadt längst aufgegeben. Bella vermutete, dass die beiden Limousinen vor der Kathedrale die überaus hitzigen Gespräche erneut entfacht hatten. Vielleicht bedeutete deren Gegenwart aber auch Hoffnung, wurden gerade jetzt wichtige Entscheidungen getroffen. Das war es jedenfalls, was Bella glauben wollte.

Auf der Rückfahrt spielte sie kurz mit dem Gedanken anzuhalten und bei der Erzdiözese wegen des Vorfalls im Kloster vorzusprechen. Doch wer würde ihr, einer unbedeutenden Pilzsammlerin, schon Glauben schenken? Was, wenn im Kloster dann auch noch alles in schönster Ordnung war? Schließlich hatte sie keine Ahnung, was wirklich mit dem Klosterhund geschehen war. Die Zeichnungen des Jungen waren ja nun nicht gerade hieb- und stichfeste Beweise. Lediglich für Bella waren sie kein Produkt der Fantasie. Der Hauptgrund jedoch war, dass sie dem Generalvikar nicht traute. Andrea Bariello war ein unangenehmer Mensch, ständig mischte er sich in Angelegenheiten ein, die ihn nichts angingen. Es gab sogar das eine oder andere pikante Gerücht. Nicht dass er sich auch noch in Bellas Leben einmischte, ihr am Ende sogar Vorschriften machte oder gedachte, sie in ihrem kleinen Häuschen aufzusuchen. Darauf hatte sie nun wahrlich keine Lust. Bisher hatte Orpheus ihn gut auf Distanz gehalten.

Nein, sie würde erst einmal abwarten und dem Jungen vertrauen. Da war immer noch dieser Archäologe, dieser Indiana-Jones-Typ, auch wenn sie keine Ahnung hatte, wie das alles miteinander in Verbindung stand. Jedenfalls behauptete der Junge steif und fest, nicht die Polizei, sondern dieser Mann sei die einzige Rettung. Wenn die Polizei schon nicht helfen kann, dachte Bella, dann erst recht kein Priester. Irgendetwas in ihrem Inneren sagte ihr, dass es klüger war, auf den Jungen zu hören. Er wusste etwas, auch wenn er offensichtlich nicht darüber sprechen wollte.

Routiniert lenkte sie das Motorrad durch die Straßen nach Hause. Sie hatte einen Riesenhunger. Dem Jungen und Orpheus ging es sicher kein bisschen anders. Sie brauchten alle Kraft, daher hatte Bella auch gleich auf Vorrat eingekauft.

Sie stellte das alte Motorrad wieder im Schuppen ab, legte sich die gefüllte Satteltasche über die Schulter und ging zur Haustür. In der Ferne sah sie Antonio, der mit irgendeinem Gartengerät herumhantierte.

Sie wollte die alte, schwere Tür öffnen, doch irgendetwas lag auf der anderen Seite auf dem Boden und versperrte ihr den Weg. Sanft drückte sie gegen das Holz, und Orpheus erhob sich träge. Sie schlüpfte ins Haus und streichelte dem großen Rüden über den Kopf. Der Junge saß am Tisch, ganz ruhig, ein Blatt Papier vor sich. Offenbar hatte Orpheus darauf geachtet, dass das Kind das Haus nicht verließ. Sie verstaute die Lebensmittel und nahm die Töpfe aus dem Schrank.

»Willst du mir beim Kochen helfen?«, rief sie dem Jungen durch die offene Tür zu.

Als er sich nicht rührte, spähte sie um die Ecke. Er war voll und ganz mit Malen beschäftigt, während Orpheus sich wieder vor die Haustür gelegt hatte. Bella rieb den Parmesan, hackte Zwiebeln und Knoblauch fein und briet beides in einem kleinen Topf mit Olivenöl an, während sich in dem großen Topf bereits das Wasser für die Pasta erhitzte. Schließlich füllte sie den Hundenapf und servierte dem Jungen und sich zwei große Teller mit Pasta und Tomatensoße. Der Kleine schaufelte die Mahlzeit in sich hinein, als würde das Essen jede Sekunde verboten.

»He, nicht so schnell. Du verdirbst dir noch den Magen.«

Der Junge schlang weiter und bat um eine zweite Portion.

»Diesmal lässt du dir aber Zeit, ja?«

Der Kleine nickte.

Bella ging in die Küche und füllte seinen Teller auf. Als sie zurückkam, fiel ihr Blick auf Orpheus. Der Maremmano hatte sein Futter nicht angerührt.

»Was ist los, Orph?« Sie kniete sich nieder, streichelte dem mächtigen Rüden über den Kopf, kraulte ihn. »Du musst doch hungrig sein.«

Ein leises, kaum hörbares Knurren kam aus der Kehle des Hundes. Für einen Moment glaubte Bella etwas Kaltes, Seelenloses in seinen Augen zu sehen. Sie zog die Hand zurück.

»Was ist los mit dir?«

Orpheus wedelte mit dem Schwanz, als zeigte er Reue.

»Na, geht doch.«

Sie lächelte, tätschelte den großen Hundekopf und schob den Futternapf näher an den Rüden heran. Artig schlang Orpheus ein paar Bissen hinunter. Doch obwohl die Seelenlosigkeit aus den dunklen, tiefen Augen verschwunden war, konnte Bella es kaum glauben, dass er sie auf diese Art angeknurrt hatte. Zurück blieb ein eigenartiges Gefühl.

Sie setzte sich wieder zu dem Jungen an den Tisch, der sie und den Hund mucksmäuschenstill beobachtet hatte. Während sie ihren Teller leer aß, betrachtete sie die neuen Zeichnungen des Kindes. Die erste zeigte sie, den Jungen und den Maremmano vor dem bösen Rafael auf der Flucht. Die zweite zeigte nur noch sie und den Jungen auf der Flucht. Im Hintergrund ein bedrohlicher Schatten mit blutigen Augen. Rafael. Auf der dritten Zeichnung war nur noch das böse Wesen mit rotglühenden Augen zu sehen. Angriffslustig, arglistig, berechnend. Trotz des mulmigen Gefühls schob Bella sich eine weitere Portion Pasta in den Mund und studierte das Bild genauer.

Dann dämmerte ihr, was sie lieber ignoriert hätte. Sie erstarrte, war nicht mal mehr imstande, die Pasta hinunterzuschlucken.

Die letzte Zeichnung …

… und auch die davor …

… zeigten gar nicht Rafael.

Sie zeigten Orpheus!

26

Ein Monat und zehn Tage zuvor
Chicago, Re-Source

Als Maximilian Richter Henrik Vandenbergs Büroetage betrat, hatte er das Gefühl, den Fuß in ein altes Pharaonengrab zu setzen. Lediglich die kunstvollen zweidimensionalen Wandmalereien an den Wänden und ein mächtiger Sarkophag fehlten. Das hätte das Domizil des alten Re-Source-Gründers abgerundet, denn es gab in dieser Etage, vermutlich das oberste Stockwerk des Towers, nicht einen Funken natürliches Tageslicht.

Schon die Fahrt mit dem Aufzug war aufgrund der diversen Sicherheitsvorkehrungen ein Kuriosum, denn eigentlich existierte Vandenbergs Privatliftsystem gar nicht. Zumindest war es auf keinem offiziellen Grundrissplan verzeichnet. Der Wissenschaftler war sich sicher, dass der gewaltige Tower auch das eine oder andere geheime Stockwerk in sich barg, ähnlich einem Pyramiden-Labyrinth, in dem es viele verborgene Wege und Räume gab. Wege und Räume, in denen ein Mensch auf Nimmerwiedersehen verschwinden konnte.

»Bitte hier entlang, Herr Doktor«, sagte Vandenbergs persönlicher Assistent und Sekretär. Der Mann um die dreißig sah mit seiner modernen Hornbrille und dem athletischen Körperbau aus, als hätte er wenigstens zwei Nobelpreise und eine Weltumseglung gewonnen. Im Gegensatz zu dem humorlosen Sicherheitsmann von der Statur eines Arnold Schwarzenegger zuvor am Aufzug.

»Danke.«

Mit Unbehagen stellte Richter fest, dass sein Begleiter ihn diesmal einen völlig anderen Weg entlangführte als bei der Videokonferenz nach dem Massaker, dabei waren sie aus dem gleichen Aufzug ausgestiegen wie beim letzten Mal. Ließen sich die Wände auf diesem Stockwerk etwa verschieben? Er hatte so etwas schon einmal erlebt, in der Villa der Familie Ciban, tief unter der Erde, dort, wo sich die alten Kerker und Experimentierräume befanden, nicht unweit der Familiengruft. Unwillkürlich fragte er sich, ob dort inzwischen auch biometrische Scanner installiert worden waren.

Wie Richter wusste, führte Vandenberg ein äußerst zurückgezogenes Leben – selbst die Medien bissen sich an seinem extremen Hang zur Privatsphäre die Zähne aus –, deshalb bezweifelte er, den Konzernchef jemals leibhaftig zu Gesicht zu bekommen. Der einsiedlerische Mann schien ein menschenscheuer Eigenbrötler zu sein. Die Fotojournalisten waren verrückt nach einem Schnappschuss von ihm.

Der Assistent führte den Wissenschaftler zu einer Stahltür, hinter der sich womöglich ein weiterer Lift verbarg. Doch die Tür führte geradewegs in ein dunkles Nichts, dessen Ausmaße gänzlich im Verborgenen lagen. Richters Unbehagen wuchs. War das etwa eine spezielle Iso-Kammer? Brachte man ihn zum Verhör? Wenn er etwas nicht mochte, dann waren es Iso-Kammern. Zu viele schreckliche Erinnerungen verband er damit. Zuletzt die mit dem Angelus-Projekt.

»Bitte warten Sie hier einen Moment«, sagte der Mann. »Es wird nicht lange dauern.« Mit diesen Worten schloss er die schwere Tür geräuschlos und verschwand.

Richter atmete tief durch und harrte der Dinge. Ein Hauch von Licht ging an. Gerade so viel, dass er nicht länger das Gefühl haben musste, in absoluter Leere zu stehen. Die Ausdehnung des Raumes blieb jedoch rätselhaft. Er drehte sich kurz um, in der Hoffnung, wenigstens in der Stahltüre einen Orientierungspunkt zu haben, doch die Tür in der Wand war inzwischen unsichtbar.

Nach einer beklemmend langen Minute wurde auf

der gegenüberliegenden Seite ein Lichtbalken sichtbar und darin eine Silhouette. Es war Richter unmöglich, die Entfernung, geschweige denn die Größe des Besuchers abzuschätzen. Der geheimnisvolle Vandenberg, vermutete er.

Der Lichtbalken verschwand, und die Gestalt kam auf Richter zu. Sie hinkte. Sie hinkte beträchtlich. Und sie schien eine unendlich lange Wegstrecke zurückzulegen. Oder war der Raum tatsächlich dermaßen groß?

Etwa fünf Meter vor Richter blieb die Person stehen. Zumindest schätzte der Wissenschaftler, dass es fünf Meter waren. Zu seinem Leidwesen trug der Fremde ein schwarzes Kapuzengewand, das wie eine glitzernde Wasserspiegelung im Zwielicht schimmerte. Das machte es ihm noch schwerer, etwas zu erkennen.

Richter wollte vortreten, um seinem Gegenüber die Hand zu reichen und dabei einen Blick auf dessen Gesicht zu erhaschen, doch die Gestalt wies ihn mit einer Geste zurück.

»Bleiben Sie einfach dort, wo Sie sind. Wir werden ohnehin durch ein Sicherheitsglas getrennt.«

Sicherheitsglas? Richter konnte beim besten Willen keine Glaswand erkennen.

»Mister Vandenberg?«, fragte er.

Die Kapuzengestalt nickte und machte zwei Schritte auf das unsichtbare Glas zu. »Diesmal wollte ich Sie sehen, Doktor Richter. Ich wollte den Mann persönlich kennenlernen, der Hitler die Stirn geboten hat.«

Richter brauchte ein paar Sekunden, um Vandenbergs Offenbarung zu verarbeiten. Wie war der Konzernchef an diese Information gelangt? Kaum jemand wusste von seiner Begegnung mit Hitler, und die wenigen, die davon erfahren hatten, waren längst tot. Ganz offensichtlich hatte der alte Mann eine gewisse Einsicht in Richters Fluch und wusste, dass er nicht endgültig sterben konnte, weil sich sein Körper seit zweitausend Jahren nach jedem Tod auf wundersame Weise regenerierte. Seit dem Ereignis auf Golgatha war das so, seit er die Brust des Nazareners mit dem Speer durchbohrt hatte. Doch erst viele Jahrhunderte später sollte Richter seinen Decknamen erhalten: Lazarus.

»Das ist lange her und war im Endeffekt ergebnislos. Ich habe die Aktion verbockt und nicht überlebt.«

»Dennoch. Als einer von wenigen haben Sie getan, was getan werden musste.« Vandenberg hielt einen Moment inne und musterte den Gelehrten. »Nennen Sie sich in Ihren geheimen Kreisen noch immer Lazarus?«

Richter bemerkte, dass die Stimme seines Gegenübers leicht verfremdet war. Vermutlich hatte er schon während der letzten Videokonferenz nicht Vandenbergs Originalstimme gehört.

»Ich nehme an, dass Ihre Informanten mich unter diesem Namen aufgespürt haben.«

Auch wenn Richter es nicht sehen konnte, war er sich sicher, dass sein Gegenüber schmunzelte. Dann geschah etwas, womit er niemals gerechnet hätte. Der alte Mann hob die Hand und schob die tiefhängende Kapuze seines Gewandes zurück. Richter stockte der Atem. Der Anblick von Vandenbergs vernarbtem Gesicht war entsetzlich, selbst auf die Distanz in dem zwielichtigen Raum. Der Re-Source-Gründer schien einem Schlachtfeld entkommen zu sein, dessen Fluchtweg mitten durch eine Feuersbrunst geführt haben musste. Die dabei entstandenen Wunden waren offenbar nie wirklich verheilt. In Vandenbergs Hals war eine Art elektronische Sprechhilfe einoperiert. Das kleine Gerät wirkte wie ein kybernetisches Implantat aus einem Zukunftsfilm. Auch ein Auge des alten Mannes sah künstlich aus.

»Man sollte sich niemals mit einem Triaden anlegen«, sagte Vandenberg mit rauer Stimme. »Bitte verzeihen Sie mir den Anblick, Lazarus.«

Richter senkte für einen Moment den Kopf. Er hatte schon vieles in seinen diversen Leben gesehen, doch das hier war selbst ihm zu viel. »Wie ist das … passiert?«

»Die Details sind uninteressant, ich wollte nur, dass Sie sehen, was Ihnen und Doktor Kirk blühen kann, sollten Sie versagen. Manchmal ist der Tod die größere Gnade.«

»Ist das der Grund, weshalb Sie das Angelus-Projekt ins Leben gerufen haben? Rache?« Unmut schwang in Richters Stimme mit.

Vandenberg lachte. Doch so unheimlich dieses Lachen auch klang, es war frei von Wahnsinn. »Denken Sie, ich hätte all das hier aufgebaut, wenn ich mich von solch primitiven Motiven leiten ließe? Nach all Ihren Leben hätte ich Sie wahrlich für anspruchsvoller gehalten.«

Richter blickte dem Alten ins Gesicht. Es sah aus, als könnte aus den Poren seiner Haut jeden Moment Eiter, Schleim oder Blut hervorquellen. Was hatte Vandenberg gerade gesagt? Anspruchsvoller? Was für eine Farce!

»Sie haben meinen Rat missachtet, Mister Vandenberg«, sagte er ruhig, »und jetzt sind zweiundvierzig Menschen tot. Zweiundvierzig! Samuel Ashdown war von Anfang an der falsche Mann für dieses Projekt.«

»Das sehe ich anders. Doktor Ashdown hatte eine großartige Vision, und großartige Visionen gilt es zu unterstützen.«

Richter kochte innerlich. »Sie halten seine wahnwitzigen Jenseits-Trips mithilfe von Medialen für eine großartige Vision?«

»Die Portugiesen und Spanier haben Amerika entdeckt, die Amerikaner waren auf dem Mond. Meine Leute werden eine permanente Brücke zum Jenseits schlagen und dort die ersten wahren Forscher sein.«

Richter starrte Vandenberg an. Für ihn klang das alles weniger nach Forschung als vielmehr nach Eroberung. »Sie haben das Erbgut eines gefallenen Engels in einen geklonten menschlichen Körper eingepflanzt, und Ashdown, dieser Trottel von einem Wissenschaftler, hat diese tickende Zeitbombe nicht nur ins Jenseits, sondern geradewegs in die Hölle geschickt. Damit hat er die ursprüngliche genetische Programmierung des Engels aktiviert. Dieser Engel ist ein biblischer Menschenverschlinger. Er bringt nichts als den Tod.«

»Oh bitte, bemühen Sie nicht wieder die Legende von den gefallenen Engeln.«

»Das brauche ich gar nicht. Was tief unten in den Laboratorien Ihres glorreichen Towers geschehen ist, haben Sie dank der Aufzeichnungen selbst mitverfolgt. Kein Mensch, außer mir, hat das Massaker überlebt.« Richter hielt kurz inne und musterte den Konzernboss. »Schauen Sie sich doch nur mal selbst an. Sie sind ein lebender Beweis für die Gräuel, von denen in den Triadenschriften geschrieben steht, dass sie die gesamte Menschheit beinahe ausgerottet hätten.«

Vandenberg hüllte sich in Schweigen. Widerspruch war er nicht gewohnt. Natürlich kannte er den Inhalt des Triadenbibelfragments, das Richter vor vielen Jahren entdeckt hatte. Ebenso wusste er, dass die Legende von den gefallenen Engeln, den Triaden, kein Märchen war, schließlich experimentierte sein Forschungsunternehmen mit den Genen einiger ihrer Nachkommen. Soweit über die alten Schriften bekannt, hatten sich die fleischgewordenen Engel nach und nach mit den Menschen vermischt und sich schließlich in vier Stämme aufgeteilt, von denen bis heute nur zwei überlebt hatten. Aus der Verbindung zwischen Engel und Mensch waren zunächst die Nephilim hervorgegangen, deren bösartiges Naturell selbst das der zehn Todesengel übertraf, die den zweihundert gefallenen Engeln angehörten. Die Nephilim dezimierten die Menschheit gefährlich und wurden schließlich von einer göttlichen Sintflut ausgerottet.

Daraufhin entwickelten die Triaden ein geheimes Zuchtprogramm, das über die Blutlinien gerade so viel Vermischung mit den Menschen zuließ, dass der Bestand der Menschheit sich erholte und die Art der Engel fortbestehen konnte. Engel und Mensch blieben von nun an gesellschaftlich getrennt und die neugeborenen Nephilim nur so lange am Leben, wie sie dem Zuchtprogramm von Nutzen waren. Ziel dabei war, sich mit der Zeit wieder von der Abhängigkeit des menschlichen Erbgutes zu lösen.

Daraus entwickelten sich über die Jahrhunderte und Jahrtausende etliche Triadenfamilien, die den Menschen entweder wohlgesonnen waren oder diese nicht länger auf der Erde dulden wollten. Die meisten Clans der Todesengel – in menschlichen Überlieferungen auch Todesboten oder Todbringer genannt – hätten die Menschheit vor zigtausend Jahren fast ein zweites Mal ausgerottet. Die moderne Wissenschaft hatte diesen extremen historischen Einschnitt in der Menschheitsgeschichte sogar vor wenigen Jahren in den Genen von Menschen entdeckt, ohne jedoch um den wahren Hintergrund zu wissen. Just dieses teuflische Erbe war es, das Angelus so unglaublich gefährlich machte.

»Was gedenken Sie nun zu tun?«, fragte Vandenberg schließlich. »Sie und Doktor Kirk sind ein gutes Team, doch soweit ich weiß, gibt es noch immer keine Spur von dem Geschöpf.«

»Das ist richtig«, sagte Richter kühl. »Eine Spur haben wir nicht. Dafür aber eine zwingende Theorie. Doch um diese zu überprüfen, brauche ich Ihre uneingeschränkte Unterstützung.«

Tatsächlich war es Eliza gewesen, die Richter am Vortag dazu gedrängt hatte, noch einmal mit Vandenberg zu reden, nachdem der Gelehrte ihr von seiner Theorie erzählt hatte. Sie waren im wahrsten Sinne des Wortes mit ihrem Ermittlerlatein am Ende. Trotz landesweiter Medienüberwachung und diverser anderer Kontrollen und Agenten fehlte von Angelus-Sarah seit drei Wochen jede Spur. Die einzige gute Nachricht war, dass es seit dem Re-Source-Massaker keinen weiteren Zwischenfall gegeben hatte.

Eliza war noch einmal auf ihr Gespräch in der Holy Name Cathedral zurückgekommen. »Was haben Sie gemeint, als Sie damals sagten, es gebe eine Prophezeiung vom Untergang der Kirche, auf die der Untergang der Welt folgen würde, und dass Sie befürchteten, Angelus sei ein Schlüssel zu dieser Vorhersage? Und was haben Sie zu Vandenberg bei der Videokonferenz nach der Katastrophe gesagt?«

Sie blickte Richter dabei an, als wollte sie verhindern, dass er sich aus dem Staub machte, was angesichts der Tatsache, dass sie auf dem Weg zum Re-Source-Tower in Richters Leihwagen saßen, ziemlich unwahrscheinlich war.

»Ich habe ihm gesagt, dass *alles* auf dem Spiel steht. Dass sein Forschungsteam unter Samuel Ashdown die Pforte zur Hölle geöffnet hat.«

Unruhig zupfte sie an ihrer Lederjacke herum, als müsste sie ein paar Falten zurechtrücken. Tatsächlich aber lauschte sie gespannt. »Und weiter?«

»Wissen Sie noch, was ich Ihnen über das Buch Henoch und die Triadenbibel erzählt habe?«

»Die Story von der Unzucht der Engel und dass das Buch Henoch auf dieser sogenannten Triadenbibel basiert? Ja, ich erinnere mich. Ich erinnere mich fast an jedes Wort.«

»Vandenberg hatte vor einigen Jahren Kontakt zu einer alten Frau, einer Halbtriadin. Vielleicht lebt die Greisin noch. Sie könnte uns auf der Suche nach Angel …«, er stockte, »nach Sarah weiterhelfen.«

»Warum Sarah? Warum nennen Sie die Transgenetin nicht mehr Angelus?«

»Weil wir uns an den Namen gewöhnen müssen, wenn wir ihr begegnen. Weil ich nicht will, dass sie sich in erster Linie mit Angelus identifiziert. Weil ich will, dass sie zweifelt.«

»Zweifelt?«

»An ihrer Angelus-Mission. Auf was immer ihre biblischen Engelgene programmiert worden sind zu tun.«

»Sie sind der Meinung, das hilft?« Eliza dachte daran, wie spielerisch Sarah sie und Richter alleine als Iso-Kammer-Vision beherrscht hatte. Die Engelgene waren so stark gewesen, dass von den Sarah-Anlagen rein gar nichts übrig geblieben schien. Sarahs genetische Biografie war wie ausgelöscht.

»Eine einzige Sekunde des Zweifels könnte uns schon

retten«, erklärte Richter ihr. »Es werden ganz sicher genügend weitere Sarah-Erinnerungen aus dem Unterbewusstsein nach oben gespült, jetzt, da Sarah nicht mehr dem Einfluss der Labore ausgesetzt ist.«

»Ich bin zwar keine Expertin, Maximilian, aber da diese Engelsgene überhaupt so lange überlebt haben, gehe ich davon aus, dass sie absolut dominant sind. Was für ein Typ Engel Angelus«, sie korrigierte sich, »Sarah ist, haben wir ja erleben dürfen. Wir haben nicht den Hauch einer Ahnung, wie wir sie ausschalten können, sofern wir sie überhaupt finden.«

»Vergessen Sie die Fotografie nicht, Eliza.« Richter zog das Foto mit dem abgebildeten Grab aus seiner Jackentasche und deutete auf die groteske Rückenverstümmelung des Skeletts. »Dieser Engel ist eines gewaltsamen Todes gestorben, und das heißt, irgendjemand muss ihn getötet haben. Ich will wissen, *wie*.«

»Vielleicht war der Mörder eine Art ... Dämon?«, scherzte Eliza, doch der Witz blieb ihr sogleich im Halse stecken, als sie Richters ernstes Gesicht sah.

»Dämonen sind nichts anderes als gefallene Engel. Soweit ich weiß, würde kein Engel einem anderen die Flügel abschlagen, Eliza. Doch genau das ist hier geschehen.«

Sie runzelte die Stirn. »Was sollte einen Engel daran hindern, einem anderen Engel so etwas anzutun?« Sie erinnerte sich an eine lateinische Redensart, die ihr Vater ihr einmal beigebracht hatte. *Homo homini lupus,* der Mensch ist dem Menschen ein Wolf. Warum sollte es unter Engeln und Dämonen anders sein?

»Wegen ihrer genetischen Programmierung«, antwortete Richter. »Dieser Engel wurde entweder von einem Menschen eliminiert oder von einem Nephilim.«

»Das ist nicht Ihr Ernst?«

»Oh doch. Genau aus diesem Grund könnte die Halbtriadin überaus wertvoll für uns sein, denn es heißt, die Triaden hätten an ihr ein außerordentliches Exempel statuiert. Sie haben ihre gesamte Familie ausgelöscht. Eltern, Geschwister, die Kinder … alle, bis auf sie. Wenn sie etwas auf der Welt hasst, dann sind es gefallene Engel.« Richter hatte gehofft, auf den Kontakt mit der Halbtriadin verzichten zu können, doch jetzt stellte ausgerechnet sie die letzte Hoffnung dar.

Einen Augenblick lang herrschte absolute Stille. Eliza war fassungslos und sagte dann: »Aber haben Sie mir nicht selbst erzählt, dass die Triaden lediglich Abtrünnige grausam hinrichten? Von Familien war nie die Rede.«

Richter nickte. »Wie es aussieht, haben sie zur größeren Abschreckung ihre Strategie geändert.«

Eliza starrte ihn an. »Ich erinnere mich, dass Sie mir in Verbindung mit dem Buch Henoch und dieser Triadenbibel von der gefährlichen Boshaftigkeit der Nephilim berichtet haben. Von der Evolution der gefallenen Engel, der Menschen und ihrer gemeinsamen Nachkommen. Ist Ang…«, erneut verbesserte sie sich, »Sarah im Grunde nicht auch ein Mischwesen wie diese Halbtriadin?«

»Die gleiche Frage habe ich mir auch schon gestellt. Möglicherweise kann uns die Halbtriadin gerade deshalb eine Antwort darauf geben. Wenn jemand weiß, wie man einen Todbringer aufhält, dann sie.«

»Einen Versuch wäre es wert«, meinte Eliza nach kurzem Nachdenken. »Wir haben ohnehin nichts zu verlieren.«

»Die Sache hat nur einen Haken.«

»Und der wäre?«

»Ich müsste erneut ein Gespräch mit Vandenberg über mich ergehen lassen.«

Verblüfft lachte Eliza auf. Es war ein herzliches, wunderbares Lachen. In diesem Moment wurde Richter klar, dass er mehr als nur Freundschaft für seine Kollegin empfand. Selbst jetzt, in dieser nahezu aussichtslosen Stunde, bewahrte Eliza noch immer ihren Sinn für Humor.

Dann sagte sie: »Ich fürchte, die Sache hat noch einen weiteren Haken. Wir wissen nach wie vor nicht, wo Sarah steckt. Sie kann praktisch überall sein.«

»So begabt Sarah auch ist, am Ende wird es sie zu ihrem Ursprung zurückziehen. Die Frage ist nur, wann.«

Dann hatte er Eliza von seiner Theorie erzählt, sie an den Bruder des Klon-Originals erinnert, einen Kardinal. Und jetzt stand er hier, in Vandenbergs Refugium, nur durch eine Glaswand von dem alten, verkrüppelten Re-Source-Gründer getrennt, und ersuchte um dessen Hilfe.

»Eine Theorie?« Vandenberg wirkte skeptisch, aber da war auch ein Funke Neugierde in dem gesunden, strahlenden Auge, das so gar nicht zu dem zerstörten Gesicht passen wollte. »Also gut. Lassen Sie hören.«

»Es geht um Sarahs Biografie.«

Vandenberg musterte Richter, als wartete er nur darauf, was der Forscher noch vom Stapel lassen würde.

»Ihr genetisches Erbe«, setzte Richter hinzu. »Ihr genetischer Trieb, ihre innere Führung. Sie wissen schon.«

Vandenbergs Gesichtsausdruck erhellte sich. Er fasste Hoffnung. Doch eine Sekunde darauf schien er wieder zu resignieren. »Wie sollte uns das helfen, sie zu finden? An ihre Grabstätte am Fuße des Berges Hermon wird sie gewiss nicht zurückkehren. Egal wie stark dieser Trieb sein mag, so dumm wird sie ganz sicher nicht sein.«

»Es gibt noch das zweite Erbe. Ich bin davon überzeugt, dass sie nach Rom gehen wird. Dorthin, wo Sarahs Wurzeln liegen, die Wurzeln ihrer Familie. In Rom dürfte sie sich auch sicher fühlen. Der Sarah-Anteil in ihr kennt die Stadt. Außerdem lebt ihr Bruder dort.«

»Sie denken, der Sarah-Anteil in ihr wird Kontakt mit dem Bruder aufnehmen wollen?«

Richter nickte. »Wäre das nicht die natürlichste Sache der Welt? Der Sarah-Anteil wird mehr über seine Vergangenheit erfahren, und der Angelus-Anteil wird sich diese zunutze machen wollen. Deshalb wird ihr Weg sie unweigerlich zu Marc Abott Kardinal Ciban führen.«

Vandenberg stand reglos da und dachte über Richters Worte nach. »Selbst wenn Sie mit Ihrer Theorie richtig lägen, wissen Sie noch immer nicht, wie man Angelus eliminiert. Sie dürfen nicht einmal auf die Unterstützung dieses Kardinals hoffen, zumal er, wie Sie selbst angemerkt haben, der Bruder des Klons ist.«

»Es gäbe da jemanden, der uns weiterhelfen könnte«, erklärte Richter vorsichtig.

Vandenberg blinzelte ihn aus dem gesunden Auge an. Eine kleine Ewigkeit schien zu vergehen, ehe er sagte: »Ich verstehe. Sie wollen mit ... *ihr* reden.«

»Jede Information, jede Stunde zählt.«

»Ich rate Ihnen davon ab. Das ist Wahnsinn, weil *sie* wahnsinnig ist. Die Triaden haben ihre Familie nicht nur getötet. Sie musste miterleben, wie jeder Einzelne starb. Außerdem werden Sie damit die Aufmerksamkeit der Triaden auf sich ziehen.«

Richter ließ sich nicht beeindrucken. »Das habe ich doch schon längst. Seit dem Tag, als ich im vatikanischen Untergrund auf eine Spur der Triaden gestoßen bin. Wie ist der Name der Halbtriadin? Ich muss ihn kennen, wenn ich sie ansprechen will.«

»Sie glauben nach all der Zeit tatsächlich noch an die magische Kraft der Namen?«, stellte Vandenberg fasziniert fest.

Nomen est omen. Doch Richter sagte nichts. Es genügte ihm zu wissen, dass die Namen, welche die Triaden ihren Kindern bei der Einweihung gaben, stets auch einen spirituellen Hintergrund hatten. Er wartete einfach nur auf Vandenbergs Antwort.

»Also gut. Der Name der Halbtriadin lautet Batya.«

Batya, hallte es in Richters Geist wider. Ein hebräischer Name ... *Tochter Gottes.*

»Sehr treffend, nicht wahr?« Vandenberg trat einen Schritt von der Glaswand zurück. »Nach allem, was die Triaden ihr und ihrer Familie angetan haben, müsste Batyas Hass unendlich sein. Wenn da nicht der Wahnsinn wäre.«

Die unsichtbare Glasfront zwischen ihnen war plötzlich mit Leben erfüllt und entpuppte sich als ein riesiges Display. Ein Bild der Halbtriadin in jungen Jahren erschien mitten im Raum. Daneben ihre biografischen Daten, einschließlich eines Stammbaums seitens des Vaters, dem menschlichen Zweig der Familie. Von der Mutter, dem Triadenzweig, fehlten die Angaben. Die Halbtriadin sah auf dem Porträt aus wie ein völlig vergeistigtes Wesen, wie eine Fürstin, der alles Weltliche, alles Menschliche fernlag.

Kurz darauf tauchte auf dem Display ein anderes Porträt auf. Richter sah auf das neue Abbild der Halbtriadin, das Foto einer alten, gebrochenen Frau, in deren Augen nichts als die Leere des Wahnsinns stand.

Vandenberg blickte darauf, als hätte er diese Frau einst geliebt. »Sie wird Ihnen nicht helfen können, glauben Sie mir. Selbst wenn es den Anschein hat, dass sie Ihnen hilft, wird sie Sie im gleichen Atemzug an die Triaden verraten.«

»Wir werden sehen«, sagte Richter. »Ich muss es in jedem Fall versuchen.«

Vandenberg schien tief Luft zu holen. »Also gut. Fahren wir fort.«

Das Porträt der alten Halbtriadin verschwand und machte einer gigantischen dreidimensionalen Landkarte Platz. Richters Blick passierte Dörfer und Städte, folgte Flüssen, Wiesen, Feldern, Bergen und Tälern, bis die virtuelle 3D-Reise an einer Gebirgsfront endete, auf deren Gipfel ein einsames Kloster stand. Ein wenig erinnerte die Anlage an das nahezu unerreichbare Kloster Agios Stéphanos im Pindo-Gebirge, wären die Dimensionen dieses Bauwerkes nicht um einiges kolossaler gewesen. Richter glaubte, die Spiritualität, die diesen abgeschiedenen Ort umgab, selbst über die digitale Wiedergabe zu spüren. So einsam und verlassen dieser Gebirgsort auch schien, hier gab es eine geistige Verbindung zur Unendlichkeit. Auch Vandenberg schien diese Brücke zwischen den Welten wahrzunehmen.

»Dies ist Batyas Exil«, sagte der alte, verkrüppelte Mann. »Schon lange hat kein Außenstehender diesen Ort mehr betreten. Es heißt, dort gingen Geister ein und aus.« Einige Sekunden herrschte Stille. »Ich werde dafür sorgen, dass Sie unverzüglich dorthin gelangen.«

Richter starrte noch immer auf die gewaltige Rundumaufnahme, die wohl von einem Hubschrauber aus gemacht worden war. Hinter einem der Bogenfenster schien eine einsame Gestalt zu stehen und in den Himmel zu blicken, direkt auf ihn. »Danke. Ich werde Doktor Kirk informieren.«

»Das ist soeben geschehen«, erklärte Vandenberg ruhig, während er einen Sensor auf dem Display berührte. »Hüten Sie sich vor Batyas Stimme. Sie ist zwar nur eine Halbtriadin, doch sie besitzt trotz ihrer geistigen Erkrankung noch immer beachtliche Macht. Drei ihrer Wächter haben sich aus nicht geklärten Gründen aus diesem Fenster hier in die Tiefe gestürzt.«

Mit Mühe löste Richter den Blick von dem Bogenfenster mit der Schattengestalt. »Ich werde es mir merken.«

»Viel Glück, Lazarus.«

Das Bilderleben in der gewaltigen Glaswand erlosch. Vandenberg drehte sich um und humpelte in die zwielichtige Dunkelheit. In der Ferne erschien erneut der Lichtbalken, durch den er verschwand.

Richter wartete einen Augenblick, dann trat er vor, um das außergewöhnliche Display zu berühren. Doch da war nichts. Weder eine Glaswand noch ein Energiefeld, noch sonst irgendetwas. Da war einfach nur Leere.

27

Rom
Vatikan

Monsignore Ben Hawlett eilte die abgetretenen Stufen des Inquisitionspalastes hinauf. Der Palast lag nur wenige Meter von der päpstlichen Audienzhalle entfernt, wo schon bald die Vorkonferenzen zum Dritten Vatikanischen Konzil stattfinden würden.

Die ganze Entwicklung entbehrte für Ben nicht einer gewissen Verrücktheit, wachte doch ausgerechnet die Glaubenskongregation, sozusagen die moderne Inquisition, auf Papst Leos Anweisung hin nun auch über die Umsetzung der Reformen des bevorstehenden Konzils. War es überhaupt möglich, die Kirche nach dem Vorbild des Evangeliums zu reformieren, solange die moderne Inquisition existierte? In etlichen, vor allem römischen Klerikeraugen war die bevorstehende Reform nichts weiter als eine aberwitzige Häresie, daher grenzte es für Ben schon fast an ein Wunder, dass sein Vorgesetzter Kardinal Ciban unter diesen Umständen überhaupt die Kontrolle über das Ganze behielt. Vielleicht lag aber auch gerade darin Papst Leos Trick, die Traditionalisten in dem Gedanken oder vielmehr der Hoffnung zu wiegen, dass Ciban das Steuer am Ende schon noch rechtzeitig herumreißen würde. Schließlich war der Kardinal alles andere als ein reformfreudiger Modernist.

Von dieser ganzen Verrücktheit abgesehen, war Ben gespannt, was Catherine ihm alles berichten würde. Innerhalb der Kurie mussten unglaubliche Spannungen herrschen. Und dann war da noch der zunehmende Zwist zwischen den Orden Lux Domini und Opus Dei.

Als er den Gang erreichte, in dem Cibans Arbeitszimmer lag, wurde ihm klar, wie sehr er es nach all den Monaten in São Paulo genoss, wieder zu Hause in Rom zu sein. Auch wenn er als gebürtiger Ire in den USA aufgewachsen und erst als junger Student nach Italien gekommen war, war die italienische Hauptstadt doch seine Heimat, sein Ruhepol in der Welt geworden. Auf

Dauer woanders zu leben erschien ihm unvorstellbar, auch wenn er die eine oder andere Auslandsreise im Rahmen seines Aufgabenbereichs durchaus schätzte.

Er betrat das Vorzimmer zu Cibans Büro und warf einen Blick auf die tickende Uhr über dem Schreibtisch von Bischof Tardini. Der alte weißhaarige Sekretär hatte sich in den letzten Jahren kein bisschen verändert. Jede Krise, selbst die jüngste, über die Ben bald mehr zu erfahren hoffte, schien spurlos an ihm vorübergegangen zu sein.

Tardini führte gerade ein Telefonat und war dabei so konzentriert, als hätte er Papst Leo höchstselbst am Apparat. Auf ein Zeichen hin nahm Ben im Wartebereich Platz, stellte seine Tasche auf den Boden und lauschte beiläufig. Vielleicht sprach der alte, findige Sekretär ja gerade mit Ciban.

»Glauben Sie mir, Schwester, Ihre Sorge ist vollkommen unbegründet. Er ist unterwegs und wohlauf … Wie bitte? … Vermutlich heute Abend … Nein, ich habe keinen konkreten Termin. Aber sobald ich mehr weiß, werde ich Sie informieren … Apropos, Monsignore Hawlett ist gerade eingetroffen. Ja, ich richte ihm Ihre Grüße gerne aus. Dann bis morgen Abend, Schwester. Machen Sie sich auf eine harte Revanche gefasst.«

Aus der Art, wie der alte Sekretär sich während des Gesprächs verhalten hatte, schloss Ben, dass er wohl kaum mit Catherine telefoniert hatte. Tardini legte den Hörer auf und wandte sich ihm zu. Das weiße Haar des alten Mannes wirkte durch die indirekte Beleuchtung wie ein Heiligenschein, doch Ben wusste, dass die alte Exzellenz es faustdick hinter den Ohren hatte.

»Grüße von Schwester Giada«, erklärte Tardini amüsiert. »Wissen Sie, es ist gar nicht so einfach, einen guten

Schachpartner zu finden. Ich bin es gewohnt zu gewinnen. Doch in Schwester Giada scheine ich meinen Meister gefunden zu haben. Sie entscheidet jede zweite Partie für sich.« Tardini erhob sich von seinem Schreibtisch und trat mit einem schwer einzuschätzenden Lächeln auf Ben zu. »Aber was rede ich. Wie war die Reise? Plagt Sie noch immer die Flugangst?«

»Es geht, Exzellenz. Ich lenke mich durch Lesen und Musikhören ab.«

Ben wusste, dass auch Tardini unter Flugangst litt, weswegen er seinen bodenständigen Job als Sekretär umso mehr schätzte. Darüber hinaus liebte der Bischof seine Arbeit so sehr, dass er seinen Ruhestand noch ein paar Jahre nach hinten verschoben hatte. Gerade jetzt, da die Kirche im Begriff war sich zu wandeln, wollte er ein Teil davon sein. Überdies war Tardini die beste Rückendeckung, die Ciban sich wünschen konnte.

»Es tut mir leid, Ben, aber es gibt eine Planänderung.« Tardini ging zur Tür, die zum Gang führte, und schloss diese. »Weder seine Eminenz Kardinal Ciban noch Schwester Catherine Bell ist heute hier. Beide sind in einer sehr dringlichen Mission unterwegs. Ich verbringe den Vormittag damit, sämtliche Termine umzulegen und die Leute auf einen späteren Zeitpunkt zu vertrösten. Kein leichtes Unterfangen, zumal ich mich heute Abend, stellvertretend für Seine Eminenz, noch mit Professor Vaira und etlichen Kollegen in der Nervi-Halle treffen werde. Sie wissen schon, das Konzil.«

Professor Vaira? Tardini musste Ben nichts weiter über Erasmus Vaira berichten. Der Theologe galt als ein progressiver Geist und war damit für den ultrakonservativen Flügel der Kirche eine ebenso gefährliche Person wie Catherine Bell. Dass Vaira und Bell zusammen mit einigen anderen modernen Theologen und Theologinnen die Vorarbeit für das Dritte Konzil aktiv mitgestalteten, erzeugte bei vielen konservativen Mitgliedern sicher erheblich mehr als nur ein ungutes Gefühl.

Auch wusste Ben, dass seit Jahren sowohl über Vaira als auch über Catherine eine Akte in der Indexabteilung der verbotenen Bücher geführt wurde. Eine Akte, die Catherine nicht einmal während des gegen sie laufenden Disziplinarverfahrens hatte einsehen dürfen. Nun gehörten Vaira und Bell plötzlich zu den einflussreichsten Konzilsberatern Papst Leos. Ben fragte sich, wie lange diese angespannte Situation zwischen Catherine und Kardinal Ciban wohl gutgehen mochte. Letztendlich konnte er nur beten und hoffen, dass das Ganze für Catherine nicht doch noch in eine verhängnisvolle Ausnahmesituation mündete. Seit den mörderischen Geschehnissen vor eineinhalb Jahren, denen Leo ohne das Eingreifen der Nonne fast zum Opfer gefallen wäre, hegte Ciban zwar eine gewisse Sympathie für die Rebellin, doch das hatte nichts mit seinen grundsätzlichen Ansichten über die Kirche zu tun. Ciban schätzte alleine den Menschen in Catherine.

Neutral sagte Ben: »Das klingt nach sehr viel Arbeit, Exzellenz, und nach einem überaus geheimnisvollen Fall.« Eigentlich war er davon ausgegangen, dass Catherine von einem Vorkonzilstreffen zum nächsten hastete und deshalb nicht erreichbar war. Zu seinem Erstaunen war sie jedoch gar nicht im Vatikan, sondern unterwegs. Und das ausgerechnet mit Ciban. »Wie sehen Ihre Pläne für mich aus?«

»Ich kann Ihre Unterlagen zu Frederico José García gerne für Kardinal Ciban aufbewahren. Er ist übrigens schwer beeindruckt von Ihrer Leistung. Die Sache mit dem vermeintlichen Drogendeal, die Sie da durchgezogen haben, um die Kinder zu befreien … Hut ab!«

Ben, der weder aus Cibans noch aus Tardinis Mund je ein solches Lob gehört hatte, schluckte seine Überraschung herunter. »Danke. Es war eher ein Akt der Verzweiflung.«

»Der seine Wirkung nicht verfehlt hat. Endlich läuft dieser Mistkerl nicht mehr frei herum.«

Ben überreichte Tardini die Akte, die dieser sofort in einem Wandsafe mit zusätzlichem Fingerscanmodul verschloss, und verzichtete auf den Hinweis, dass García höchstwahrscheinlich gar nicht mehr lebte. »Ich nehme an, ich werde nicht erfahren, wo Kardinal Ciban und Schwester Catherine sich zurzeit aufhalten?«

Tardini drehte sich zu ihm um und sah ihn mit beinahe mitleidigen Augen an. »Oh doch, das werden Sie, mein junger Freund. Monsignore Rinaldo erwartet Sie bereits. Er wird Sie über die weiteren Schritte instruieren. Es tut mir leid. Ich hätte Ihnen gerne ein paar Tage Ruhe gegönnt.«

Ben nahm seine Aktentasche. »Das macht nichts, Exzellenz. Ich hätte mich ohnehin nur gelangweilt. Also, worum geht's?«

Die Miene des alten Bischofs verdüsterte sich. »Der Teufel war in einem unserer Klöster zu Besuch.«

VI.

Angelus horchte in sich hinein.

Sarah hatte aufgehört zu schreien. Auch die Tränen, die sie um die in Flammen aufgegangenen Menschen vergossen hatte, waren versiegt. Jetzt war sie nur noch nachdenklich und still – und beobachtete ihn.

Natürlich wusste Sarah von dem Gespräch in dem geheimen Bereich des Towers. Sie wusste, dass weitere Menschen brennen und sterben würden und dass die weitere Reise mit Angelus sie zur Heimatstadt ihrer Ahnen führen würde. Ebenso war ihr klar, dass sie nichts von alldem würde verhindern können.

Angelus genoss diese Gewissheit.

28

Ein Monat und neun Tage zuvor
Geheimes Kloster in den Alpen

Die Sonne stand bereits im Westen, als der Helikopter sich dem Südhang des zerklüfteten Bergmassivs näherte. Tief im Tal erblickten Maximilian Richter und Eliza Kirk einige Seen und einen mächtigen Gletscher, der vor ein paar Jahren noch weitaus beeindruckender gewesen war, wie der Pilot ihnen versicherte. Kurz darauf kam das höchstgelegene Kloster der Alpen in Sicht.

Das Areal mit dem mächtigen Mauerwerk war so gut an die Umgebung angepasst, dass man die Gebäude glatt übersehen konnte, wenn man nicht wusste, wonach man Ausschau hielt. Ein einsamer, kilometerlanger in den Stein geschlagener Stufenweg wand sich wie eine geknickte Schlange den Felsen hinauf, ohne jedoch zum Kloster zu führen.

Der Helikopter hielt in seinem unruhigen Schwebeflug hartnäckig auf die Klosteranlage zu, obwohl Richter außer einem großen Windsack, der dem Piloten die Windrichtung anzeigte, weit und breit keine geeignete

Landemöglichkeit erkennen konnte. Einen Moment später, unmittelbar vor der Landung, fuhr wie aus dem Nichts eine beleuchtete rechteckige Plattform aus dem grobschlächtigen Berg, die in der Mitte mit einem großen H gekennzeichnet war.

»Eine Stahlkonstruktion mit Aluminumdeck«, erklärte der Pilot. »War einfacher zu transportieren und leichter zu montieren. Der Chicagoer Re-Source-Tower verfügt über eine ähnliche automatisch beleuchtete Konstruktion.«

Trotz der unruhigen Windverhältnisse setzte der Hubschrauber elegant auf der Plattform auf, woraufhin Richter klar wurde, dass der Pilot das Kloster nicht nur in Ausnahmefällen anflog.

»Ich hole Sie morgen früh wieder ab!«, brüllte der Mann gegen den Maschinenlärm an. »Seien Sie pünktlich!«

Richter und Eliza nickten ihm zu, schnappten ihr Gepäck und rannten mit eingezogenen Köpfen unter den lärmenden Rotorblättern hindurch. Aufgewirbelte Schnee- und Eiskristalle peitschten ihnen ins Gesicht. Noch während sie auf eine schmale Tür in der Außenmauer des Klosters zuliefen, fuhr die Landeplattform langsam in den Fels zurück. Der Helikopter hob ab und knatterte davon wie ein quirliges Insekt.

Eine dickliche Mönchsgestalt in einem braunen Kapuzengewand wartete an der hölzernen Pforte, die, sobald die Plattform wieder in dem Felsen verschwunden war, ins Nichts führen würde. Was immer der Mönch über den seltsamen Besuch dachte, er ließ es sich nicht von den wässrigen Augen ablesen. Ruhig, als gäbe es nichts Wichtigeres in diesem Augenblick, instruierte er Richter und Eliza über die Klosterregeln und wies ihnen ihre Zellen für die Nacht zu. Erst danach führte er sie durch einen langen, in den Fels gehauenen Gang, denn das Terrain des Klosters reichte tief in das Bergmassiv hinein.

Drei Wachen schlossen sich der kleinen Gruppe an, bis ihnen eine schwere Holztür mit Eisenscharnieren den Weg versperrte. Dieser abgeschiedene Ort, dieser gesamte Klosterkomplex, war kein Platz für Suchende und Pilger. Vermutlich war er das auch nie gewesen. Umhüllt vom wachsenden Zwielicht und der eisigen Kühle des alten Gemäuers, fröstelte Richter. Plötzlich fühlte er sich mutterseelenallein, obwohl Eliza direkt neben ihm stand. Er atmete tief durch und sammelte sich für die bevorstehende Begegnung. Dieser Ort war alles andere als eine kontemplative Zuflucht. Dieser Ort war ein Hochsicherheitstrakt.

Der Mönch, der sie an der Landeplattform empfangen hatte, deutete auf die Tür. »Schwester Batya.«

Seine Stimme klang so ehrfurchtsvoll, als stünde eine fleischgewordene Heilige auf der anderen Seite. Doch es lag auch noch etwas anderes darin. Beklemmung? Furcht? Es verblüffte Richter jedenfalls, dass die Wächter den Namen der Halbtriadin kannten. Womöglich zu ihrem eigenen Schutz?

»Kommen Sie ihr nicht zu nahe«, fuhr der Ordensmann fort. »Auch wenn sie eine alte, halb blinde Frau ist, die in einem Rollstuhl sitzt. Sie sieht mehr, als wir alle denken. Und vor allem berühren Sie sie nicht.«

Der Mönch gab den Wachen ein Zeichen, drehte sich um und verschwand in jene Richtung, aus der sie gekommen waren. Einer der Männer trat vor und öffnete die Tür. Dahinter lag ein Raum, der alles in den Schatten stellte, was Richter erwartet hatte.

Das Zimmer war ein Wunder. Ungleich größer, heller und freundlicher als das kalte, zwielichtige Labyrinth, aus dem Eliza und er gerade gekommen waren. Ein betäubend leichter, weihrauchartiger Duft lag in der Luft. Die verhüllte Gestalt, die hinter dem mit Büchern vollgepackten Tisch in einem hochmodernen Rollstuhl saß, hatte nichts von all dem, was den Raum auszeichnete. Sie war weder groß noch hell noch freundlich. Sie war klein und hager und hatte in ihrer Aura etwas von einem Raben oder einer Krähe, etwas von einem Todesboten und einem Propheten zugleich. Richter hielt es für unmöglich, dass dieses finstere Wesen mit den unsichtbaren Augen und den unhörbaren Atemzügen aus Fleisch und Blut war. Er glaubte zu spüren, dass dieses Phantom seine ganze Wirklichkeit, seine ganze Weisheit und Gelassenheit aus den Wurzeln des Bösen, aus den dunkelsten Untiefen des Kosmos zog.

Doch dann schlug die alte Frau die Kapuze ihres Gewandes zurück und offenbarte ein anderes, ebenso beeindruckendes Bild. Sie war alt – alt wie Stein. Sie wirkte sogar älter als die dicken Klostermauern, hinter denen sie ihre letzten Tage verbrachte. Das Erste, was Maximilian Richter nun an ihr auffiel, waren ihre hellen, glasigen Augen, dieser unheimliche Blick, mit dem sie in die Welt sah, als wäre sie blind. Über die feinen, zerbrechlichen Knochen ihres Gesichts spannte sich die Haut so straff wie jahrtausendealtes Pergament, das bei der geringsten Belastung zu zerreißen drohte. Schütteres weißes Haar fiel ihr in dünnen Strähnen über die hohe, von tiefen Furchen gezeichnete Stirn. Sie war unglaublich mager.

Unmittelbar vor seiner Abreise aus dem Re-Source-Tower hatte Richter in Vandenbergs Holografieraum zwei Fotos von Batya gesehen, eines aus der Zeit, als sie fast noch ein Kind war, klein und zart, nicht geschaffen für harte körperliche Arbeit, mit Augen so klar wie Kristall, und ein anderes, das eine gebrochene, von einer schweren Tragödie heimgesuchte Frau gezeigt hatte, mit tief in den Höhlen liegenden Augen, die in absolute Leere starrten.

Nun standen Richter und Eliza dieser Frau gegenüber, und der unheimliche, auf sie gerichtete Blick der Halbtriadin bohrte sich in ihre Augen. Eliza schien, seit sie den Raum betreten hatten, nicht mehr zu atmen. Der totenschädelähnliche Anblick der Greisin musste eine Qual für sie sein.

»Nehmen Sie doch bitte Platz«, sagte die alte Ordensfrau mit einer überraschend kräftigen und sympathischen Stimme.

Die beiden ließen sich auf den Sesseln vor dem Tisch nieder. Die ganze Einrichtung war dazu angelegt, sich wohlzufühlen. Die Illusion einer gewissen Freiheit hätte sogar gewirkt, wären da nicht die Anwesenheit der Halbtriadin gewesen und ein Fenster, das von außen und innen vergittert war. Henrik Vandenberg ließ sich den Freiheitsentzug der unberechenbaren Greisin und die Fürsorge für sie einiges kosten.

Als könnte sie sehen, blickte Schwester Batya in Elizas Richtung. »Was ist mit Ihnen, meine Liebe? Ich spüre, dass Sie sich nicht wohlfühlen.«

»Der Hubschrauberflug war ein wenig turbulent«, antwortete sie bemerkenswert ruhig. »Es geht schon wieder.«

»Nun denn …« Die Alte wandte sich Richter zu. »Was ist dort draußen geschehen, dass Henrik Ihnen gestattet, meine einsame Festung zu betreten? Hat er sich auf der Suche nach der Unsterblichkeit etwa wieder mit den Triaden angelegt?«

Da er die Biografie der Halbtriadin dank Henrik Vandenberg kannte, wusste er, dass die Alte mehr als ein ganzes Jahrhundert gesehen hatte. Insgesamt hatte sie zehn Pontifikate überlebt, zehn Päpste, die den Stuhl Petri innegehabt und wieder verlassen hatten. Mit zweien dieser Päpste – Johannes XXIII. und Johannes Paul I. – hatte sie angeblich eine enge Freundschaft verbunden. Unfassbar, angesichts der Dunkelheit, die die Nonne ausstrahlte.

»Es hat einen Zwischenfall gegeben.« Richter kam gleich zur Sache. »Die Wissenschaftler in den Re-Source-Laboren haben einen Todesengel animiert.« Er musste der alten Frau nicht erst erklären, dass Todesengel in der Triadenmythologie aufgrund ihrer Gnadenlosigkeit auch Todbringer genannt worden waren.

Batya ging nicht auf die Äußerung ein. Stattdessen fragte sie: »Experimentiert Henrik noch immer mit den Iso-Tanks herum? Nutzt er die mörderischen Möglichkeiten des vollkommenen sensorischen Reizentzugs nach wie vor aus, um gegen die Triaden vorzugehen? Er hat Ihnen sicher erzählt, was diese Teufel im Engelsgewand meiner Familie angetan haben.«

»Er hat davon gesprochen«, entgegnete Richter vorsichtig.

So wie die Triaden Vandenberg zugerichtet hatten, bezweifelte er jedoch, dass der alte Konzernchef sich je wieder an einem Mitglied des Ordens vergreifen würde. Allerdings hatte er von der Methode des vollkommenen Reizentzugs, der völligen sensorischen Deprivation in einem Iso-Tank gehört. Egal ob Mensch oder Triade, ohne äußere Stimuli tauchte das Bewusstsein eines Gehirns sehr rasch in die Welt der inneren Stimuli ein, weshalb der eigene Herzschlag oder das Rauschen des eigenen Blutes schon sehr bald zu einer sensorischen Waffe gegen einen selbst wurde. Am Ende einer solchen Folter stand unweigerlich der Wahnsinn bis hin zum Tod.

Die alte Nonne wandte sich Eliza zu und erklärte ihr: »Die Iso-Tanks bereiten den Triaden noch mehr Freude als die Unterdruckkammern, in denen sie ihre Feinde früher gemartert haben. Der Todeskampf zieht sich über viele Stunden hin und hinterlässt …« Die Alte brach ab, von Ekel erfüllt.

Dennoch glaubte Richter zu spüren, dass ihr die Vorstellung zugleich einen wohligen Schauer über den Rücken laufen ließ. Auch schien sie es zu genießen, dass Eliza sich alles andere als wohl in ihrer Haut fühlte.

Schließlich fuhr die Greisin fort: »Wissen Sie, wie die Triaden die Menschen nennen?«

Eliza schüttelte den Kopf. Sie hielt sich tapfer. »Nein.«

»Asoziale. Abschaum. Ungeziefer. Teufelsbrut. Und das sind noch die harmloseren Umschreibungen für die menschliche Rasse. Am allerwenigsten gefällt den Triaden, dass ihre ach so überlegenen Gene mit den menschlichen kompatibel sind. Deshalb hatten ihre Todbringer ihre Blütezeit vor siebzigtausend Jahren. Nur wenige Menschen haben damals überlebt.«

Richter wusste, auf welche Entdeckung der evolutionären Anthropologie Batya anspielte. Seinerzeit war die Menschheit durch eine epische Katastrophe gegangen, ein Desaster, das fast zu ihrem Aussterben geführt hatte. Ein Drama, so verheerend, dass es noch heute im genetischen Erbgut der Nachkommen nachzulesen war. Infolge eines Supervulkanausbruchs war die menschliche

Weltbevölkerung auf gerade mal zweitausend fortpflanzungsfähige Menschen zusammengeschrumpft. Doch die historische Überlieferung der Triaden offenbarte, dass für das damalige Massensterben des Homo sapiens nicht nur jene Naturkatastrophe verantwortlich gewesen war, sondern vor allem das mörderische Wirken der Todbringer. Richter blickte die Greisin an und schwieg.

Dann reichte er Batya einen Ausschnitt der Fotografie von der Ausgrabung am Berg Hermon. Darauf war lediglich das Grab mit dem verkrüppelten Skelett zu sehen.

Es folgte absolute Stille. Mit ihren glasigen Augen starrte die Alte auf die historische Fotografie, dann verlor sich ihr Blick in einer Ferne, die weder Richter noch Eliza mit ihren gesunden Augen jemals auch nur berühren würde. Es hatte den Anschein, als suchte die alte Frau nach einer Wahrheit, die sie schon seit einer Ewigkeit verloren hatte. Verächtlich schürzte sie die Lippen.

»Also doch. Ich habe Henrik gewarnt, aber er konnte es nicht lassen und hat ihn wiederbelebt. Wie kann man nur so ignorant … so besessen sein!« Sie wandte sich Richter zu, wollte etwas sagen, realisierte dann aber, dass Eliza zugegen war. »Es tut mir leid, meine junge Dame, aber ich muss Sie bitten, den Raum zu verlassen. Was ich jetzt sagen werde, ist nicht für Ihre Ohren bestimmt. Alles andere werden Sie noch früh genug erfahren.«

Richter wollte etwas entgegnen, doch Eliza berührte seinen Arm: »Schon gut. Ich warte draußen.«

Sie erhob sich und klopfte an die Tür, die nur vom Gang aus zu öffnen war. Ein schwerer Riegel wurde auf der anderen Seite beiseitegeschoben.

Als Richter und Batya unter sich waren, sagte die Halbtriadin: »Wollten Sie Ihrer Begleiterin wirklich offenbaren, wer Sie sind? Sie steht schon jetzt unter großer Anspannung. Ihnen scheint nicht klar zu sein, was hier wirklich gespielt wird.«

Richter begriff, dass diese Alte nicht halb so verrückt war, wie sie Vandenberg glauben gemacht hatte.

»Ich habe nicht immer in diesem Rollstuhl gesessen«, fuhr Batya fort. »Wir sind uns sogar schon einmal begegnet, in Jerusalem, doch offensichtlich erinnern Sie sich nicht daran. Nun denn, es ist ja auch schon über ein halbes Jahrhundert her.«

Richter betrachtete sie genauer, doch er erkannte die alte Ordensfrau noch immer nicht. Vielleicht hatte sie ihn zu jener Zeit gesehen, er aber nicht sie. »Ich bedauere.«

Die Alte lächelte geheimnisvoll, dann wandte sie sich wieder dem Foto mit dem Grab zu, als könnte sie es sehen. Mit ihren alten, knorrigen Händen berührte sie das Papier, während sie noch einmal in diese unheimliche Ferne sah. Richter beobachtete die alte Frau dabei ebenso skeptisch wie neugierig.

»Nein«, sagte Batya schließlich und zog ihre spindeldürren Finger, mit denen sie das Foto betastet hatte, zurück. »Ich bin zu alt, zu schwach. Dieses Bild liefert mir keine Vision.«

Richter konnte nicht sagen, ob die alte Nonne ihm etwas vormachte oder tatsächlich keinerlei medialen Eindruck über das Foto gewann. Nun denn, vielleicht konnte sie ihm aus alten Überlieferungen etwas über die Natur der Todbringer berichten. Vor allem darüber, wie man sie am einfachsten eliminierte. Jedes Lebewesen hatte seinen Schwachpunkt. Selbst ein Todesengel.

»Zweiundvierzig Menschen sind bereits auf bestialische Weise gestorben«, sagte er.

»Zweiundvierzig …«, wiederholte die Halbtriadin leise, aber es klang, als wollte sie sagen, was sind schon ein paar Menschenleben angesichts der Millionen, die jedes Jahr auf dieser Welt gewaltsam sterben. Einen Moment später schien sie sich darauf zu besinnen, dass aus diesen paar Toten durch die Hand des Todbringers sehr schnell Millionen werden konnten.

»Wir müssen sie aufhalten«, sagte Richter.

»Sie?«

»Ein weiblicher Klon ist der Wirt.«

»Der Todbringer ist ein … menschliches Halbblut?« Die Alte stieß ein unheimliches Lachen aus. Dass das Erbgut eines Todesengels in einen menschlichen Bastard eingepflanzt worden war, schien sie zu entzücken.

»Ja. Aber der Klon hat sehr starke triadische Wurzeln«, ergänzte Richter. Was im Klartext bedeutete, dass der Klon über mehr triadische Erbanlagen verfügte als menschliche. Der Klon war also nicht halb Mensch, halb Engel und damit kein Nephilim.

»Das spielt keine Rolle. Der Klon hat menschliche Gene«, beharrte die Alte, »und das ändert *alles*!«

Richter blickte Batya in die glasigen Augen. »Inwiefern?«

»Für einen Menschen können triadische Wurzeln erhebend sein. Dagegen machen menschliche Wurzeln einen Triaden beinahe so verletzlich wie einen Menschen. Hat das Original des Klons die Gabe der Sondierung besessen? War es imstande in Bildern zu lesen?«

»Soweit mir bekannt ist, nein.«

»Gut. Dann ist Angelus trotz seiner Fähigkeiten medial blind. Das ist eine Schwäche.«

Richter sagte zweifelnd: »Ich habe Angelus selbst erlebt. Nichts kann ihn aufhalten.« Er deutete auf die Fotografie. »Dieser Todbringer hier wurde vor mehreren tausend Jahren ermordet. Die Frage ist, *wie* und von *wem*?«

»Liebe«, sagte Batya.

»Wie bitte?«

»Liebe ... ist das Einzige, was einem Triaden oder Todbringer gefährlich werden kann. Wer immer diesen Körper getötet und begraben hat«, sie richtete ihre trüben Augen auf das Bild, »hat es aus Liebe getan.«

Sprachlos starrte Richter auf die Fotografie. Dann sagte er: »Angelus ist der Liebe nicht fähig.«

Die Greisin ließ sich nicht beirren. »Das Wesen in dem Grab hat geliebt. Also wird auch Angelus tief in seinem Innern der Liebe fähig sein. Jedoch ...«

»Ja?«

»Angelus wird sich irgendwann auch daran erinnern, dass diese Liebe tödlich war.«

»Wie kann Liebe tödlich sein?«

»In diesem Fall? Ich weiß es nicht. Wer ist der weibliche Klon? Wen hat Henrik dafür ausgewählt?«

»Die Schwester eines Kardinals.«

Die alte Ordensfrau rührte sich nicht, atmete lediglich tief durch, dachte nach. Sie schien etwas zu wissen. Zumindest ahnte sie etwas. Vielleicht war das der Grund, weshalb Henrik Vandenberg sie hier unter Verschluss hielt. Sie war alles andere als einverstanden mit seiner Forschung. Und sie hatte diese einmalige Gabe.

»Sarah Ciban«, sagte die Greisin schließlich. »Sie reden von Sarah Ciban!«

Richter fiel es plötzlich wie Schuppen von den Augen. Die alte Frau, deren Familie man ausgelöscht hatte ... er erkannte sie. Er war ihr tatsächlich schon einmal begegnet. Das war Schwester Serilla. Die Seherin.

Er wusste nicht viel über Visionen und Wahrträume, außer dass sie sich jeder rationalen Erklärung entzogen. Er brauchte sich dabei nur an den Attentatsversuch auf Papst Innozenz, Leos Vorgänger, in Mexiko vor fünf Jahren zu erinnern, als ein als Priester verkleideter Irrer versucht hatte, den Heiligen Vater zu erstechen. Kardinal Ciban hatte sich dazwischengeworfen, dem Attentäter die Waffe entwunden und sich dabei beide Hände an der scharfen Klinge verletzt. Die alte Nonne, die in dieser Stunde mit Richter in dem steinernen Klosterzimmer saß, hatte das damals alles in groben Zügen vorausgesehen.

»Sie erinnern sich«, stellte die Greisin fest.

Richter nickte. Er hatte diese Frau in Jerusalem gesehen, und er hatte durch einen vertrauten Freund von ihrer Prophezeiung in Mexiko gehört. Damals hatte er sich gefragt, welchen Sinn die Gabe der Hellsicht machte, wenn am Ende doch alles so kam, wie vom Schicksal vorherbestimmt. Doch dann erinnerte er sich an ein Gespräch mit Kardinal Ciban, in dem es um die Symbiose, um das Wechselspiel zwischen innerem und äußerem Schicksal gegangen war, darum, dass es Dinge gab, die man verändern konnte, und Dinge, die man eben nicht verändern konnte, und dass es zu lernen galt, zwischen beiden zu unterscheiden. Darin lag die Macht – zum Guten wie zum Bösen. Wie hatte er diese Begegnung nur vergessen können? Hatte sein letzter Tod ihn dermaßen mitgenommen? Wenn ja, wollte er sich gar nicht erst ausmalen, was ihm sonst noch alles entfallen sein mochte.

»Was wissen Sie über Sarah Ciban?«, fragte er, der

selbst einmal in einem lockeren Kontakt zur Familie gestanden hatte, als Sarah und Marc Ciban noch Kinder gewesen waren. Wenn Richter in seinen vielen Leben jemals einen Mann abgrundtief verabscheut hatte, dann war es Marc Cibans Vater.

Die Greisin blickte ihn mit ihren glasigen Augen an, als könnte sie in ihn hineinsehen. »Ich weiß, dass du, mein werter Lazarus, den Verdacht gehegt hast, die Cibans könnten Triaden sein. Oder ist es sogar Gewissheit wie bei Pater Darius?«

Als die Alte vom Sie zum Du wechselte, spürte Richter, wie sich ihm die Nackenhaare aufstellten. Triaden zeigten dadurch oft ihre Macht und Verachtung gegenüber anderen. Der Gelehrte hatte nie verstanden, wie Darius die Nähe von Orlando Ciban hatte ertragen können. Fast war der Pater so etwas wie ein Freund der Familie gewesen. Falls Darius jedoch gewusst hatte, dass die Cibans Triaden waren, würde dies so einiges erklären. Vielleicht spielte die alte Halbtriadin ihm aber auch nur etwas vor. Triaden waren meisterhafte Intriganten. Richter seufzte innerlich, denn er tat sich schwer mit dem Gedanken an den Tod von Darius. Das letzte Mal hatte er den befreundeten Pater in der Abtei Rottach in Deutschland gesehen. Es war nur ein kurzer Besuch gewesen, an einem eigentümlichen Tag. Darius hatte Richter gebeten, auf Catherine zu achten, und ihn in das ein oder andere Geheimnis im Hinblick auf das Lux Domini eingeweiht. Doch das eigentliche Geheimnis um das Lux – da war Richter sich sicher – hatte Darius am Ende für sich behalten.

»Was ist schon Gewissheit?«, entgegnete Richter, ohne darauf zu reagieren, dass ihn die alte Frau mit Lazarus angesprochen hatte. Diesen Triumph wollte er ihr nicht gönnen. »Es ist jedoch gut möglich, dass der Todbringer aufgrund seines Sarah-Erbes in Rom auftaucht. Wenn das der Fall sein sollte, muss er aufgehalten werden, bevor er ein weiteres Massaker anrichtet.«

Die greise Seherin musterte ihn. »Noble Worte. Du könntest sogar recht haben. Im Herzen des Feindeslandes haben sich die Triaden schon immer am wohlsten gefühlt.«

Richter verstand die Anspielung. Die Existenz der Triaden war von der Kirche aus sämtlichen Chroniken getilgt worden. Zuerst hatten die Triaden dagegen gekämpft, doch dann hatten sie sich die Unsichtbarkeit zunutze gemacht und waren aus eigenen Stücken noch tiefer in die Vergessenheit getaucht. So tief, dass die Kirche den alten Feind am Ende ebenfalls vergessen hatte und diesen selbst im Vatikan nicht mehr als solchen wahrnahm.

Sein Blick fiel erneut auf die Fotografie mit dem Grab, auf den verstümmelten Rücken des Skeletts, auf die beiden Stümpfe, die einst mächtige Schwingen gewesen waren. »Was bedeuten die abgeschlagenen Flügel? Was hat dieser brutale Akt der Gewalt mit Liebe zu tun?«

Anstelle einer Antwort tastete die Greisin mit der Rechten nach einer kleinen Schiefertafel am Rand des Tisches. »Reich mir bitte die Tafel mit dem Kreidestift.«

Richter erhob sich, nahm die Tafel und gab sie ihr. Plötzlich schnellte die Alte vor wie ein Reptil, packte seine Hand. Binnen einer Sekunde blitzten vor seinem geistigen Auge entsetzliche Erinnerungen, blutige Bilder und Folterqualen auf. Doch hinter der Reminiszenz an die Pein, die dieser alten Frau und ihrer Familie widerfahren war, lagen ein weit größerer Schmerz und Schatten. Für den Bruchteil einer Sekunde hatte sich die

Qual der Greisin potenziert, stand Richter inmitten der Vision einer brennenden, verlorenen Welt, als wollten die Flammen das gesamte Universum auslöschen.

Auf einmal war da dieses Kind. Dieser Junge. Inmitten von Blut, Feuer und Tod. Trotz der Asche, die das Antlitz des Knaben bedeckte, konnte Richter das Gesicht erkennen. Er hatte dieses Kindergesicht schon einmal gesehen. Die klugen Augen, die hohe Stirn, die markanten Wangenknochen ... und zwar in einer alten Schrift, einer nicht mehr ganz vollständigen Prophezeiung der Triadenbibel. Das letzte Mal hatte er den Auszug vor vielen Monaten in seinem inzwischen zerstörten Haus in Rom gesehen, unmittelbar bevor er gestorben war. In Gegenwart von Schwester Catherine Bell. Er hatte Catherine einiges gesagt, aber weit mehr hatte er ihr verschweigen müssen. Nun sah er dieses Kindergesicht erneut, in diesem abgeschiedenen Gemäuer – noch dazu über den Geist der alten Frau.

Richter schnappte nach Luft, doch noch ehe ihm ein Schrei entfuhr, ließ die Halbtriadin ihn los und sank erschöpft in ihren Rollstuhl zurück. Erst jetzt registrierte er, dass die Greisin mit der linken Hand an den Rollstuhl gefesselt war. Sein Puls raste. Sein Herz überschlug sich. Er fühlte sich regelrecht ausgelaugt. Was für einen irrwitzigen Albtraum hatte er da gerade betreten?

Die Alte blickte ihn an. Ihre Augen schienen klarer geworden zu sein. Natürlich! Sie hatte ihn nicht nur an ihrer schmerzlichen Vergangenheit und ihrer irrwitzigen Vision teilhaben lassen, sondern auch von seiner Lebensenergie gekostet, ihm binnen einer Sekunde etliche Stunden Vitalität geraubt. Nicht auszudenken, was von ihm übriggeblieben wäre, hätte der Rollstuhl dieses halbtriadische Wesen im Nonnenhabit nicht gebremst. Der Energieraub war ein exponentieller Prozess.

Dabei hatte der Mönch ihn gewarnt. Er hätte sich ohrfeigen können, hatte er doch einst selbst am Grab des Todbringers gestanden und erlebt, was mit jenem Kollegen geschehen war, der das verstümmelte Skelett berührt hatte. Fast war Richter über seine eigene Dummheit mehr erschüttert als von der Attacke.

Einen Moment lang blickten er und die Halbtriadin sich über den großen Tisch mit den Büchern hinweg an. Die Tafel war auf den Tisch gefallen, dabei aber nicht zerbrochen. Jetzt tastete die Greisin vorsichtig danach, zog sie zu sich her und machte mit der knorrigen Rechten, die Richter eben noch gepackt hatte, eine Notiz. Dann drehte sie die Tafel zu dem Wissenschaftler um.

»Präge dir diese Adresse gut ein, aber sprich sie nicht laut aus, bis du den Ort erreicht hast. Auch nicht bei einem Telefonat. Notfalls schreibe sie auf und vernichte die Notiz danach, so wie ich jetzt.«

Richter, noch immer völlig konfus, rückte ein Stück näher, aber nicht zu nahe. Vorsichtig las er: *Abt Umberto, San Leonardo, L'Aquila.* Er blickte von der Tafel auf. Eine Abtei?

Die Greisin wischte die erste Notiz weg und ersetzte sie durch eine neue: *Wenn dir jemand bei der Sondierung dieser alten Fotografie weiterhelfen kann, dann die Brüder von San Leonardo. Sie haben zurzeit einen ganz besonderen Gast.*

Kaum hatte er die Worte gelesen, wischte die Seherin auch diese von der Tafel.

»Wer ist der Junge in Ihrer Vision? Was hat er mit alldem zu tun?«, fragte Richter. »Wird er die Hölle entzünden?«

Er versuchte die Bilder an die schrecklichen Feuer- und Schlachtszenen zu verdrängen, doch es gelang ihm nicht. Noch immer hatte er das Gefühl, bis zu den Knöcheln durch die glitschigen und dampfenden Eingeweide Tausender zu waten.

»Ich weiß es nicht«, sagte sie. »Aber der Junge wird durch eine schmerzhafte Metamorphose gehen. Du kennst die Prophezeiung genauso gut wie ich. Eines der Porträts fehlt.« Sie hielt kurz inne, dann fügte sie hinzu: »Ich habe eine Verbindung zwischen diesem Knaben in der Asche und … Marc Kardinal Ciban gesehen.«

Richter zuckte zusammen. Eine Verbindung? Wenn Triaden von einer Verbindung redeten, sprachen sie von der Eltern-Kind-Linie, also von direkten Blutsbanden. Vater. Mutter. Kind. Was für eine Verbindung konnte es schon zwischen dem Jungen und dem inquisitorischen, streng zölibatär lebenden Kardinal geben?

Die Seherin fuhr fort: »Der Junge mag der Schlüssel sein. Aber von Seiner Eminenz Kardinal Ciban geht eine weit größere Gefahr aus, jetzt wo die Frauen des Ciban-Clans tot sind. Ohne Eleonora und Sarah gibt es kein Gegengewicht mehr.«

Eleonora Ciban, Marc Cibans Mutter! Richter hatte Eleonora ebenso bewundert, wie er ihren Mann verachtet hatte, und er vermisste sie. Sie war die gute Seele der Familie gewesen, ganz im Gegensatz zu Marc Cibans Vater. Richter hatte insgeheim immer vermutet, dass Darius heimlich in Eleonora verliebt gewesen war. Für Marc Ciban war Darius jedenfalls zu einer Ersatz-Vaterfigur geworden – und schließlich auch für Schwester Catherine Bell. Konnte es sein, dass Darius selbst ein Triade gewesen war? Nicht alle männlichen Triaden waren Teufel in Menschengestalt, wenn auch die meisten.

Richter war hin- und hergerissen. Er vertraute Batya nicht, spürte aber, dass sie in diesem Punkt aufrichtig war, und da sie erheblich mehr wusste als er, stellte er ihr eine Frage, die ihn schon lange beschäftigte. Eine Frage, die bestenfalls sie ihm als Halbtriadin beantworten konnte, jetzt, da Darius tot war.

»Das Lux Domini … was hat es damit wirklich auf sich?«

Die Greisin lächelte, schrieb etwas auf die Kreidetafel und drehte sie zu dem Gelehrten um.

Richter las. Und was er las, verschlug ihm für eine Weile die Sprache. Vieles ergab auf einmal einen Sinn. Vor allem in Hinblick auf Darius, Ciban und Catherine. Eleonora Ciban war nicht nur das moralische Gegengewicht zu Orlando Ciban gewesen, sondern auch die Gründerin des Lux Domini!

»Marc Ciban weiß nichts davon«, fügte Batya hinzu. »Nicht einmal sein Vater war darüber im Bilde.«

»Danke«, sagte Richter schlicht. Er wusste nicht, was er sonst hätte sagen sollen. Dieses Geheimnis …

»Noch ist es zu früh für einen Dank«, erwiderte die Seherin. »Du hast noch einen weiten, gefahrvollen Weg vor dir. Geh nun! Und achte auf deine Partnerin.«

Der Blick der Greisin hatte plötzlich etwas Seltsames, fast als wollte sie ihn loswerden. Richter fragte sich, ob sie während der kurzen Berührung wahrgenommen hatte, dass er ihren triadischen Namen kannte. Wenn ja, war dieser Vorteil bei der nächsten Begegnung dahin.

Er erhob sich. »Danke«, sagte er noch einmal. Immerhin hatte er nun ein konkretes Ziel. Außerdem wusste er etwas über das Lux, von dem nicht einmal Marc Kardinal Ciban eine Ahnung hatte. Das war sein Trumpf!

Draußen auf dem Gang, an der gegenüberliegenden

Wand, wartete Eliza mit vor der Brust verschränkten Armen, als hätte sie die ganze Zeit nichts anderes getan, als auf die Tür gestarrt. Richter nickte ihr kurz zu. Die Wachen begleiteten sie zu ihren Zimmern, wo man sie schließlich alleine ließ.

»Und?«, fragte Eliza, kaum dass sie den fensterlosen, höchstens zehn Quadratmeter großen Raum betreten hatten. »Sind wir ein Stück weitergekommen?«

»Ein Etappensieg, immerhin. Ich habe eine Adresse. Dort wird man uns hoffentlich weiterhelfen.«

Er schrieb den Zielort in sein Notizbuch und bedeutete Eliza, diesen nicht laut auszusprechen, nicht während sie las und auch nicht danach.

Eliza nickte und reichte ihm das Büchlein zurück. »Und nun?«

»Nun werden wir bis morgen früh warten. Mehr können wir nicht tun.« Er wandte sich zum Gehen, doch Eliza nahm seine Hand.

»Bitte geh nicht. Dieser Ort … Ich kann ihn nicht allein ertragen. Und ich will es auch nicht.«

Richter drehte sich zu ihr um. Da begriff er, dass diese kluge, wunderschöne Frau nicht nur das Zimmer mit ihm zu teilen gedachte, sondern auch das Bett. Es war eine Ewigkeit her, dass er mit einer Frau oder einem Mann zusammen gewesen war, und er empfand eindeutig mehr für Eliza, als in der gegenwärtigen Situation gut für sie beide war. Er hatte sich in sie verliebt.

Eliza schien den unsicheren Ausdruck in seinen Augen wahrzunehmen und zu begreifen, dass ihm diese Liebe mehr Furcht bereitete als der bevorstehende Kampf mit dem Todbringer. Doch wenn sie diesen Moment nicht nutzten, bekam ihre Liebe vielleicht nie mehr eine Chance.

Sie ließ seine Hand nicht los.

Er erwiderte den sanften Druck ihrer schlanken Finger, trat näher und küsste sie. Schließlich lockerte er den Griff so weit, dass Eliza und er es zum Bett schafften. Während er ihr Gesicht mit Küssen übersäte, glitt ihre Hand sachte seinen Leib entlang und berührte ihn so zärtlich, dass er unwillkürlich stöhnte. Seine Hand wanderte unter ihr Shirt, und er spürte die seidig weiche Haut ihrer Brüste, ihren straffen Bauch, roch ihr Parfüm. Wie eine Tigerin spannte sie sich unter ihm. Überraschend stark und athletisch.

Küssend vergrub er sein Gesicht in ihrem Haar, drückte sich an sie.

In dieser Nacht würde er den Tod auf eine andere Art vertreiben.

29

L'Aquila

Da es spät geworden war, hatten Catherine, Ciban, Gasperetti und sein Sekretär Sorti die Nacht in L'Aquila in den schlichten Gästequartieren des Erzbistums verbracht, die noch vor Kurzem einigen Bürgern als Notunterkunft gedient hatten. Nun standen sie im Arbeitszimmer des Generalvikars, und Catherine durfte erleben, wie schnell es einem Mann, der es gewohnt war, den Ton anzugeben, innerhalb von Sekunden die gute Laune und die Sprache verschlagen konnte. Dabei nickte Ciban Andrea Bariello, einem gertenschlanken Schönling, der mit seiner Art gut an den Hof des

Sonnenkönigs Ludwigs XIV. gepasst hätte, noch freundlich zu.

»Es tut mir sehr leid, Eminenz«, stammelte Bariello. »Aber ich wollte Sie nicht mit den Vorkommnissen in San Leonardo behelligen, bevor ich mir sicher war, dass der Fall von mehr als nur lokaler Tragweite ist.«

»Das verstehe ich, Herr Generalvikar.« Cibans Stimme triefte geradezu vor Barmherzigkeit. »Doch ob ein Vorfall diesen Ausmaßes für die Glaubenskongregation oder die kirchliche Sicherheit von Relevanz ist, entscheide nach wie vor ich. Immerhin haben Sie sich an Rom gewandt.« Ein bedeutsamer Blick streifte Kardinal Gasperetti, der im Interesse des Vatikans ebenfalls darauf verzichtet hatte, die offiziellen italienischen Polizeistellen über den Vorfall zu informieren. Dann fragte Ciban: »Ist das Ermittlerteam noch in der Abtei?«

»Nein.« Bariello schüttelte eilfertig den Kopf und holte einen orangefarbenen Stick unter einem kleinen Aktenberg hervor. »Das heißt, die Arbeiten sind fürs Erste abgeschlossen. Hier sind das aktuelle fotografische Protokoll und das Textmaterial.«

»Ist dem Team irgendetwas Ungewöhnliches aufgefallen?«, hakte Ciban nach.

»Nun ja …« Bariello schluckte, denn eine Begegnung wie die mit dem Präfekten der Glaubenskongregation schien er noch nie erlebt zu haben. Tatsächlich war er so perplex, dass er einen erneuten Anlauf für seine Antwort nahm. »Wir sind gerade … mit der Auswertung der Daten beschäftigt. Der Vorfall an sich ist ja schon sehr ungewöhnlich. Das heißt, Seine Eminenz«, er deutete auf Kardinal Gasperetti, »wollte sich die aktuellen Aufzeichnungen heute ansehen.«

Ciban lächelte. »Das trifft sich gut. Schauen wir uns

die Aufzeichnungen doch gleich gemeinsam an, bevor wir die weitere Planung besprechen.«

Weitere Planung? Gasperetti wechselte einen kurzen Blick mit seinem Assistenten, wirkte jedoch auf Catherine gelassen, während sie an Sortis funkelnden Augen erkennen konnte, dass der Monsignore alles andere als erfreut war.

Der eingeschüchterte Bariello zögerte einen Moment, als müsse er sich trotzdem noch einmal vergewissern, dass Gasperetti hier nicht den Ton angab. Als von Seiten des älteren Kardinals keine Unterstützung kam, räusperte er sich und drehte sich zu seinem Computer um. »Selbstverständlich. Ich lade die Datei gleich herunter. Einen Augenblick ...«

»Den brauchen wir nicht, Herr Generalvikar.« Elegant zückte Ciban den Taschencomputer aus der Innentasche seiner Robe, auf dem Catherine die schockierende Videoaufzeichnung mit dem gequälten Merdadus gesehen hatte. Noch während er das handliche Gerät mit der Linken aufklappte und auf den Schreibtisch stellte, bat er Bariello mit der ausgestreckten Rechten um den Stick, schob diesen in den dafür vorgesehenen Schlitz und übertrug die Daten.

Andrea Bariello wurde zusehends blasser, wirkte geradezu beunruhigt. Sein Blick ging erneut zu Gasperetti, der schließlich sagte: »Einen Augenblick bitte.«

Der Präfekt hielt inne. »Ja?«

»Ein Teil der Daten«, Gasperetti räusperte sich, »ist nicht für Außenstehende bestimmt.«

Ciban blickte von dem Kardinal zu Bariello und musterte den jüngeren Generalvikar mit einem dermaßen durchdringenden Blick, dass dieser unwillkürlich zusammenfuhr. »Pater, auf dem Speichermedium befindet sich nur ein einziger Ordner, der den Titel San-Leonardo-Zwischenfall trägt.«

»Das stimmt.« Bariello war inzwischen kalkweiß. »In diesem Ordner befindet sich jedoch noch ein anderer Fall …«

»Und den«, übernahm Gasperetti das Wort, »bitte ich Sie, bei allem gebotenen Respekt, zu löschen.«

»Ein anderer Fall?«, hakte Ciban nach.

Bariello nickte stumm. Zu mehr schien er nicht fähig.

Catherine beobachtete, wie Ciban den elektronischen Ordner öffnete. »Um welche Datei handelt es sich?«

Gasperetti kam Bariello zuvor. »Auf ein Wort unter vier Augen, Marc«, sagte er eindringlich zu dem jüngeren Kardinal.

Ciban musterte sein Gegenüber. Niemand gab auch nur einen Mucks von sich.

Schließlich entspannte Catherine die Situation, indem sie sich zur Tür wandte und vorschlug: »Wir werden draußen warten.«

»Danke«, sagte Gasperetti, worauf Bariello und Sorti ihr folgten. Als sich die schwere, alte Tür hinter ihr und den beiden Klerikern schloss und sie in dem Vorzimmer mit den antiken Möbeln standen, wandte Sorti sich an den Generalvikar.

»Ihre Kopflosigkeit wird Folgen haben, Pater. Sie haben Seine Eminenz in eine unmögliche Situation gebracht.«

»Wie hätte ich ahnen können, dass neben dem Persönlichkeitsprofil von Merdadus …« Bariello stockte und biss sich mit einem Seitenblick auf die Nonne, die für die vatikanische Sicherheit arbeitete, auf die Zunge.

Das aberwitzige Taktgefühl der beiden Herren reizte Catherine fast zu einem Lachen, doch das Wort Persönlichkeitsprofil hatte sie hellhörig werden lassen. Es erinnerte sie an ein Gespräch mit Ben Hawlett und Ciban, wenige Tage nachdem Kardinal Benelli sich das Leben genommen hatte. Damals war es um die LUKAS-Datenbank des Lux Domini gegangen. Catherine hatte in dem Zusammenhang erfahren, dass die Kirche ihre medial hochbegabten Mitglieder genau beobachtete. In LUKAS wurden die Profile und geheimen Forschungsresultate medialer Menschen gesammelt. Ihr eigenes Profil gehörte ebenso dazu wie das von Benelli und vermutlich auch das von Ciban. Wie es nun aussah, gab es auch Profile der Bruderschaft von San Leonardo.

Wie Ciban vermutete, gingen die in LUKAS gespeicherten Daten sogar über die medialen und spirituellen Befunde hinaus. Was also wusste Gasperetti über Merdadus? Was für Catherine noch wichtiger war: *Was* wusste er über Ciban und sie? Es kostete sie einiges an Mühe, sich ihre Gedanken nicht anmerken zu lassen. Dabei konnte sie sich des Gefühls nicht erwehren, dass Sorti sehr wohl ahnte, was in ihr vorging.

Die nächsten Minuten herrschte Schweigen. Dann endlich wurde die Tür geöffnet, und Ciban bat die drei Wartenden wieder herein.

Gasperetti wirkte angespannt, davon abgesehen schien sein Mienenspiel für Bariello und Sorti undeutbar. Auf Catherine machte der alte Kardinal hingegen den Eindruck, als hätte er soeben die Hölle auf Erden durchlebt. Obwohl sie ihre mentalen Schilde schon seit Jahren automatisch aktiviert hielt, um die Privatsphäre der sie umgebenden Menschen zu respektieren, drang die Strahlung der Aura des alten Kardinals zu ihr durch. Hinter blauweißer Erleichterung, dass das Vieraugengespräch beendet war, und rotglühender Wut wogte ein beunruhigender schwarzer Schrecken. Gasperetti fühlte sich bedroht.

Catherines Blick fiel auf den Schreibtisch. Der orangefarbene Stick, den der Generalvikar Ciban überreicht hatte, lag wie ein untergegangener Goldfisch auf dem Boden des gläsernen Wasserkrugs. Daneben stand Cibans mobiler Rechner, angeschlossen an den großen Flachbildschirm auf dem Schreibtisch. Davor vier Stühle, auf denen der Präfekt die Anwesenden nun Platz zu nehmen bat, während er den Bildschirm zu ihnen drehte, neben den Schreibtisch trat und eine winzige weiße Fernbedienung zückte.

Catherine hatte den Eindruck, dass Gasperetti kurz davor stand, das Büro zu verlassen. Dann setzte er sich ausgerechnet neben sie. Bariello und Sorti schienen nichts von alldem zu registrieren. Beide waren nicht medial. Sie sahen kaum mehr als die Fassade, die Gasperetti ihnen darbot. Anders Ciban. Er nahm das Unbehagen des alten Kardinals sehr wohl wahr. Catherine spürte es über die mediale Verbindung, die zwischen ihnen bestand, seit sie dem Präfekten das Leben gerettet hatte. Sie begriff, dass es weniger Cibans Ablehnung und Kritik war, die den älteren Mann frustrierte und erboste, sondern vielmehr sein eigenes schlechtes Gewissen.

»Spielen wir die Aufzeichnung ab«, sagte Ciban und drückte eine der Tasten auf der Fernbedienung.

Für einen Außenstehenden war es unmöglich, in seiner Stimme eine Dissonanz wahrzunehmen, doch Catherine registrierte sie. Was immer sich vor wenigen Minuten zwischen ihm und Gasperetti abgespielt haben mochte, es war nicht spurlos an dem Mann, den sie liebte, vorübergegangen. Catherines Blick glitt noch einmal zu dem Computerstick in dem Wasserkrug. Was mochte Ciban herausgefunden haben?

Dann vernahm sie die Tonkulisse des Videofilms. Schritte von festem Schuhwerk, Schritte, die durch dichtes Laub raschelten. Der Film war sofort gestartet, ohne eine Erklärung der beiden Priesteragenten. Dabei entpuppte sich das fototechnische Material von San Leonardo als ein wackeliges, schlecht ausgeleuchtetes Video, das den Eindruck vermittelte, als hätte der Kameramann mit einer Helmkamera gearbeitet. Der Blickwinkel deutete jedenfalls darauf hin.

Über einen schmalen Fußpfad passierte die Kamera eine hohe Steinmauer und blickte noch einmal auf den mit Laub bedeckten Pfad zurück. Obwohl es Tag war, wirkte das Areal vor der Mauer stockfinster. Catherine registrierte, dass die gewaltigen Bäume rund um das Kloster die Dunkelheit verursachten. Als der Kameraführende den kleinen Gang hinter der Mauer betrat, wurde es geringfügig heller. Nach und nach passierte er die Kirche: das Nordquerschiff, den Chor, das Südquerschiff, das Langhaus mit einem Abstecher zum Kapellenhaus, die Vorhalle. Es folgte der Rest des Klosters über schlecht beleuchtete Gänge und Treppenpassagen. Das Auditorium, der Kreuzgang mit dem Brunnen, der Kapitelsaal, die Vorratsräume ... Alles war menschenleer. Nicht ein einziger Mönch begegnete dem unsichtbaren Besucher auf seinem Weg. Schließlich betrat der Kameramann die Küche und ...

... das Refektorium.

Catherine brauchte einen Augenblick, um zu realisieren, was für ein Anblick sich ihr da bot. Ungläubig und entsetzt starrte sie auf etliche erkaltete Aschehaufen, Knochen und Kuttenbündel. Die Überreste menschlicher Körper und ihrer Kleidung. Das ließ sie begreifen, dass es sich bei den schleimigen Haufen dazwischen um Inseln geschmolzenen Körperfetts handeln musste. Der Kameramann zeichnete jeden Brand- und Schleimhaufen einzeln auf. Eine Prozedur, die ewig zu dauern schien. Die Hand eines Brandopfers war nahezu unversehrt, trug einen Ring – Catherine hielt den Atem an – aus Weißgold mit einem Amethyst. Der Abt!

Die Kamera zoomte weiter durch das Refektorium bis hin zum Kaminplatz. An der Decke prangte, mit Blut und Asche gezeichnet, das Triadensymbol mit dem durch zwei Schlangen flankierten Skarabäus. Catherine wusste von ihrer Begegnung mit Dr. Robert Martini, dass die Schlangen eigentlich DNA-Stränge darstellten.

Von einer Sekunde zur nächsten fühlte sie sich in der Zeit zurückversetzt, befand sie sich wieder in Martinis Haus, um etwas über den Anschlag auf Ciban in Erfahrung zu bringen. Genauer in der Privatbibliothek des alten Gelehrten, kurz bevor das Feuer ausbrach und sie von der Existenz des Triadenordens erfuhr. Es kam ihr vor wie gestern, dabei war es schon mehrere Monate her. Robert Martini, dem sie im Laufe ihrer Ermittlungen begegnet war und der ihr helfen wollte, Licht in all das Dunkel zu bringen. Sie erinnerte sich an seine unglaubliche Aura, diese Vielschichtigkeit, die sie an die feine Textur eines alten, oftmals übermalten Ölgemäldes erinnert hatte. Werden und Vergehen. Schichten aus Leben und Tod. Und dann hatte dieser kaltblütige Killer Martini einfach umgebracht.

»Das ist auch schon alles«, hörte sie Ciban wie aus weiter Ferne erklären.

Bariello saß erst auf seinem Stuhl wie festgenagelt,

doch dann fragte er: »Weiß jemand von Ihnen, was dieses Hexenwerk über dem Kamin bedeutet?«

Catherine hüllte sich in Schweigen. Auch Ciban hielt sich bedeckt und wartete ab.

Schließlich erklärte Gasperetti überraschend: »Es gibt da einen alten Mythos, der so gut wie unbekannt ist. Ein vor Jahrhunderten existierender Orden soll dieses Symbol verwendet haben. Es ist jedoch, wie gesagt, nur ein Gerücht.«

»Dann gibt es also keinerlei Aufzeichnungen über diesen Orden in den Datenbanken des Lux Domini?«, hakte Catherine nach. Sie war verblüfft, dass Gasperetti seinen Schock so rasch überwunden hatte und dass er offenbar von den Triaden wusste.

Ciban verhielt sich bemerkenswert neutral. »Hat dieser Orden einen Namen?«

»Nach menschengeschichtlichem Maßstab ist das Lux Domini noch sehr jung, Schwester, das Gerücht hingegen ist alt, uralt. Nein, es gibt keinerlei Aufzeichnungen. Doch wenn ich mich recht erinnere, haben sich die Mitglieder des Ordens Triaden genannt.«

Ciban begegnete Gasperettis Blick, klappte den mobilen Rechner zu und wandte sich an Bariello. »Wie dem auch sei. Sagen Sie Ihrem Kameramann Bescheid, dass er mich zur Abtei bringen soll. Ich will mir den Tatort persönlich anschauen.«

Der Generalvikar stand da wie vom Donner gerührt. Vermutlich hatte sich noch nie ein Kardinal zu dem Kloster hinausbemüht. Erst recht nicht als Ermittler.

»Sofort?«, fragte er.

»Je eher, desto besser.«

»Wir werden Sie natürlich begleiten«, sagte Gasperetti leicht gereizt. Dann fügte er hinzu: »Sagen

Sie, hatte dieser ermordete Angelologe, mit dem Sie zu tun hatten ... Wie hieß er doch noch mal? Sinclair, Sinchor ...«

»Alan Scrimgeour«, korrigierte Ciban den älteren Kardinal.

»Genau. Hatte dieser Scrimgeour nicht entfernt mit diesen ominösen Triaden zu tun?«

Catherines Herz wäre ihr fast in die Kniekehlen gerutscht. Die Frage war bestimmt kein Zufall. Was hatte dieser alte Fuchs von einem Kardinal inzwischen über Professor Alan Scrimgeour und seine Verbindung zu Marc Kardinal Ciban herausgefunden?

Ciban hingegen ließ sich nicht im Mindesten aus der Ruhe bringen. Während er den kleinen Computer in der Innentasche seiner Robe verschwinden ließ, erklärte er gleichmütig: »Sie haben recht, Stefano. Der Professor ist vielen Mythen und Legenden hinterhergejagt. Wir sollten uns seine Forschungsarbeit noch einmal genauer ansehen. Doch jetzt kümmern wir uns erst einmal um den Tatort. Vielleicht finden wir dort noch die eine oder andere Spur.« Dann wandte er sich an Bariello: »Wie lange werden wir zur Abtei brauchen?«

»Mit dem Jeep etwa eine Stunde. Der direkte Weg ist seit dem Unwetter unpassierbar.«

»Gut. Dann sagen Sie Ihrem Kameramann, er soll seine Ausrüstung mitbringen. Wir fahren in einer halben Stunde los.« Damit drehte er sich zur Tür um und gab Catherine ein unauffälliges Zeichen. Sie würden später reden. »Nach Ihnen, Schwester.«

Auf dem breiten Gang erwartete sie Bariellos Haushälterin. Zwei massive Reisetaschen standen neben ihr, die Ciban für sich und Catherine angefordert hatte, sollten sie noch eine oder zwei weitere Nächte in der Stadt verbringen müssen. »Die wurden gerade für Sie, Eminenz, und für Schwester Catherine abgegeben.«

»Danke, Filippa. Nein, nicht nötig«, erklärte Ciban, als sich die kleine, knorrige Frau anschickte, eine der schweren Taschen anzuheben. »Ich werde sie selbst die Treppe hinauftragen.«

Die Haushälterin sah den Kardinal verunsichert an, offensichtlich nicht gewohnt, dass man ihr solch eine Arbeit abnahm. »Wie Sie wünschen, Eminenz.«

Ciban packte die beiden Taschen, und Catherine folgte ihm. Im obersten Stock waren zwei der Räume, besser gesagt Kammern, nach dem Erdbeben wieder bewohnbar gemacht worden. Catherine hatte dort letzte Nacht ein kleines Zimmer mit einem winzigen Bad bezogen. Die männlichen Besucher hatte Filippa unter dem wachsamen Blick von Monsignore Sorti im ersten Stock untergebracht.

Ciban stellte Catherines Tasche vor ihrer Kammer ab. Nachdem er sich vergewissert hatte, dass ihnen niemand gefolgt war, erklärte er: »Vor einigen Tagen habe ich den anonymen Anruf eines Agenten des Lux Domini erhalten. Angeblich verfügt er über Informationen, die der Kirche äußerst gefährlich werden könnten. Informationen, die mich vor allem auch persönlich betreffen. Der Mann hat mich um ein Treffen in Rom gebeten, ist dann aber nicht am vereinbarten Treffpunkt aufgetaucht. Wenn du mich fragst, war das kein Zufall.«

»Du denkst, der Anruf kam aus San Leonardo, kurz vor dem Massaker?«

Ciban nickte und überreichte ihr den mobilen Laptop mit der San-Leonardo-Datei: »Das hier solltest du dir noch anschauen, bevor wir zum Kloster aufbrechen.«

»LUKAS?« Catherine erinnerte sich, dass Bariello vorhin auf dem Gang in Verbindung mit dem orangefarbenen Computerstick von den geheimen Persönlichkeitsprofilen des Lux Domini gesprochen hatte.

»Ja. Doch es hat auch mit unserem *verstorbenen* Dr. Robert Martini zu tun. Und zwar vor Kurzem hier in L'Aquila! Bis gleich.«

30

Nahe der Stadt L'Aquila

Bella Medici sah sich die letzten Zeichnungen des Jungen noch einmal an, während das Kind mucksmäuschenstill am Tisch saß. Die Bilder zeigten Orpheus als bedrohlichen, blutigen Schatten mit glühenden Augen voller Angriffslust. Sollte der Maremmano etwa Rafaels Schicksal teilen? Das konnte und durfte einfach nicht sein!

Sie blickte zu dem mächtigen Schäferhund hinüber, der ihr schon so viele Jahre ein treuer Freund war, und stellte beruhigt fest, dass er die Schüssel fast leer gefressen und außerdem Wasser getrunken hatte. Nach all der Angst und dem Stress, die sie erlebt hatten, reagierte selbst Orpheus etwas über.

Erneut widmete sie sich den Zeichnungen.

Hätte sie etwa doch mit dem Generalvikar sprechen sollen, auch wenn sie den Mann auf den Tod nicht ausstehen konnte? Durch seine affektierte Art war er fast noch unerträglicher als Antonio. Außerdem gab es Gerüchte über Liebschaften, und darauf konnte Bella gut verzichten. Sie hatte absolut kein Interesse, die Aufmerksamkeit des Priesters auf sich zu ziehen.

Wer sagte denn überhaupt, dass die Zeichnungen prophetisch waren? Der Junge hatte Schreckliches erlebt, und jetzt verarbeitete er die Ereignisse in seinen Bildern. Orpheus war kein Feind. Er war ihr Beschützer. Das hatte er draußen im Wald bewiesen.

Der Junge saß still da, starrte sie an, als lese er in ihren Gedanken. Er zitterte.

»Ist dir kalt?« Bella stand auf, hüllte das Kind in eine Decke und schaltete die Heizung wieder an.

Orpheus gähnte gelassen und legte seinen gewaltigen Kopf auf die riesigen Pfoten. Nach der guten Mahlzeit und Bellas Streicheleinheiten schien er mit sich und der Welt wieder im Reinen zu sein. Jetzt wollte er nur noch schlafen. Er hatte es sich mehr als verdient.

Der Junge zog die Decke enger um sich. Bella wollte mehr über ihn erfahren, auch über die Fotografie und die Zeichnungen. Wenn Bilder nun mal die Worte des Knaben waren, so würde sie es eben damit versuchen. Wie es aussah, konnte er sogar ein wenig lesen. Sie nahm die Zeichnungen, breitete sie auf dem Tisch aus und deutete auf jene Figur, die sie selbst darstellte. Dann schrieb sie unter die Figuren in Druckbuchstaben ihren Namen und drehte die Zeichnungen zu dem Jungen um.

»B-E-L-L-A. Bella. Das bin ich.«

Das Kind sah sie an und deutete dann auf die Bella-Figuren, unter denen jetzt der Name stand.

»Genau.« Sie machte das Gleiche mit einer Zeichnung von Orpheus, und der Junge deutete artig auf den Hund. Dann deutete sie auf die Figuren, die den Jungen darstellten. Sie malte ein deutliches Fragezeichen darunter. »Wie heißt du? Wie ist dein Name?« Sie schob Blatt und Bleistift näher zu dem Kleinen hin.

Es dauerte eine halbe Ewigkeit, und sie wollte schon alle Hoffnung fahren lassen, als der Junge nach dem Bleistift griff. Als müsste er gegen einen inneren Dämon ankämpfen, malte er mühsam fünf winzige Buchstaben unter eine der Figuren.

Bella zog das Blatt vorsichtig zu sich, drehte es behutsam um und blickte den Jungen an. »David«, sagte sie, und eine alte Legende aus der Bibel fiel ihr wieder ein, von der sie seit Kindheitstagen nicht mehr gehört hatte: David gegen Goliath.

Vorsichtig griff sie nach der alten Fotografie, die mit den Zeichnungen auf dem Tisch lag. »Wer ist das hier?« Sie deutete auf den Mann mit dem Indiana-Jones-Hut.

Der Junge starrte auf das Foto, nahm eines der Blätter und kritzelte eine Reihe von Buchstaben darauf.

Bella las: Maximilian.

Doch der Junge hatte schon ein weiteres Wort geschrieben. Er deutete auf das Grab in der Fotografie und schob Bella das Blatt mit dem Wort zu.

»Tod«, stand da.

31

Ein Monat und acht Tage zuvor
Geheime Klosteranlage in den Alpen
Abreise nach San Leonardo

»Ich werde nicht ohne Doktor Kirk abfliegen«, erklärte Richter dem dicklichen Mönch in dem braunen Kapuzengewand, der ihn und Eliza bei ihrer Landung in Empfang genommen hatte.

Durch das Fenster im Hintergrund nahm er wahr, wie der Pilot aus dem Helikopter stieg, sich die Beine vertrat und eine Zigarette anzündete, während er auf die unter ihm liegende zerklüftete Berglandschaft blickte. Wie es aussah, hatte der Mann sich wieder beruhigt, nachdem sein Zeitplan nun ohnehin nicht mehr zu retten war. Richter hingegen trug noch jede Menge Zorn in sich.

»*Wo* ist Doktor Kirk? Ich will auf der Stelle mit ihr sprechen!«

Nach der vergangenen Nacht fiel es ihm schwer, von Eliza als Dr. Kirk zu sprechen. Ewigkeiten war es her, seit ein Mensch in ihm solche Empfindungen wachgerufen hatte. Noch immer waren seine Sinne vom Duft ihres Körpers und ihres Haars erfüllt, spürte er ihre sanften Lippen, die Berührung ihrer schlanken Finger, das erwartungsvolle Zittern, während er jeden Zentimeter ihrer zarten Haut erkundete. Alles um sie herum war völlig unwichtig gewesen. Vandenberg, Re-Source, Angelus, der Sarah-Klon, selbst die zerstörten Labore. Die letzte Nacht hatte alles verändert, alles übertönt … hatte alleine ihnen gehört. Und nun war Eliza verschwunden. Samt ihrem Gepäck.

»Es geht Doktor Kirk gut«, erklärte der Mönch. »Die Reise ist hier jedoch für Ihre Kollegin zu Ende. Sie wird zum Re-Source-Center zurückkehren.«

»Wer sagt das?« Richters Geduldsfaden war kurz davor zu reißen.

Der Mönch blieb ruhig und betätigte einen in den alten Holztisch integrierten Sensor. Fast rechnete Richter damit, durch eine unsichtbare Falltür unter seinem Stuhl in ein Verlies zu stürzen. Stattdessen öffnete sich links von ihm eine Schrankwand, und ein bereits aktivierter Bildschirm kam zum Vorschein.

»Mister Vandenberg wird Ihnen alles selbst erklären.«

Der Mönch erhob sich und zog sich zurück. Unmittelbar darauf erschien Vandenbergs zerstörtes, vernarbtes Gesicht auf dem Schirm. Der alte Konzernchef holte tief Luft und kam gleich zur Sache.

»Ich hätte Sie für klüger gehalten, Doktor. Sie bringen die Kollegin Kirk durch Ihr unprofessionelles Verhalten in große Gefahr.«

Richter runzelte die Stirn. Wovon sprach sein Gegenüber da?

Vandenberg fuhr fort: »Oder haben Sie bereits vergessen, was ich Ihnen über Schwester Batya und all die Menschen erzählt habe, die ihr etwas bedeutet haben? Es ist uns nicht entgangen, dass Sie und Doktor Kirk die letzte Nacht zusammen verbracht haben.«

»Was erlauben Sie …« Richter brach ab, blickte Vandenberg offenen Mundes an und wurde bleich.

Jedoch nicht aus Scham, sondern weil ihm die Bedeutung von Vandenbergs Worten plötzlich aufging. Wie hatte er nur so blind, so unglaublich dumm sein können! Bisher war er seines Wissens nicht in den Fokus der Triaden geraten, doch das konnte sich mit dieser Mission sehr schnell ändern. Dann wäre auch Eliza für den Orden bald keine Unbekannte mehr. Außerdem war er durch seine Liebe zu ihr angreifbarer und verletzbarer geworden.

Vandenberg fuhr ungerührt fort: »Wir haben herausgefunden, dass Triadenmediale in der Lage sind, emotionale Signaturen von Menschen zu verfolgen, die auf ihrer roten Liste stehen. Sie haben in der letzten Nacht eine sehr starke emotionale Spur zu Doktor Kirk gelegt. Alleine die mediale Abschirmung des Klosters hat Sie beide geschützt. Ich habe Ihre Kollegin unverzüglich zurückbeordert, um die Mission nicht zu gefährden. Im Tower wird sie sicher sein.« Er wechselte abrupt das Thema. »Ich nehme an, Sie sind mit Ihren Ermittlungen weitergekommen?«

Richter reagierte nicht sofort, zu viel ging ihm durch den Kopf. Doch dann nickte er schweren Herzens. Er musste sich damit abfinden, dass Eliza vorerst aus seinem Leben verschwinden würde. Auf gar keinen Fall sollte ihr ein Schicksal wie Batya oder Vandenberg widerfahren.

»Das hoffe ich«, sagte er knapp. »Ich breche gleich auf und werde bald mehr erfahren.«

»Gut«, sagte Vandenberg. »Wir bleiben in Kontakt. Viel Erfolg.«

Als Richter schließlich mit seinem Gepäck den Hubschrauber erreichte, fragte der Pilot erstaunt: »Kommt Ihre Partnerin nicht mit?«

»Nein«, antwortete Richter schlicht und stieg ein.

Während des gesamten Fluges musste er an Eliza denken. Daran, wie blind ihn seine Liebe und seine Leidenschaft trotz all seiner Lebenserfahrung für die Gefahr gemacht hatten. Ebenso war ihm klar, dass er Eliza nicht aufgeben würde und dass er es Vandenberg verdankte, wenn seine unmittelbare Wachsamkeit gegenüber den Triaden wieder erwacht war.

Als der Hubschrauber auf dem Flughafen Malpensa bei Mailand landete, wechselte Richter in einen der luxuriösen Privatjets von Vandenberg, um wenig später auf dem Flughafen Leonardo da Vinci in Rom zu landen.

Seit sein Haus nahe dem Forum Romanum vor wenigen Monaten einem Brand zum Opfer gefallen und er vermeintlich ums Leben gekommen war, hatte er etwa eine halbe Stunde Autofahrt von der Ewigen Stadt entfernt ein abgelegenes Basislager bezogen. Ein kleines Gut, bestehend aus einem massiven Haus mit Schindeldach, umgeben von einer hohen, alten Steinmauer und einem dichten Wäldchen. Anstatt als der angesehene verstorbene Wissenschaftler Dr. Robert Martini in einem Sarg mehrere Meter unter der Erde zu liegen, hatte Richter trotz Sterbeurkunde an einem abgelegenen Ruheort durchlitten, was er seit zweitausend Jahren nach jedem Tod durchlitt: den Fluch der Unsterblichkeit.

Das Rad der Zeit, seine ganz persönliche biologische Todesuhr, hatte sich für ihn um fünfunddreißig Jahre zurückgedreht. Als ein gebrechlicher Greis in den späten Siebzigern hatte ihn das Sterben erneut ereilt, erwacht war er jedoch als ein Mann Anfang vierzig. Dieser Fluch begleitete ihn seit jener Begegnung auf Golgatha, als er dem Gekreuzigten, dem König der Juden, den die Geschichte später Jesus Christus nennen sollte, seine Lanzenspitze in die Seite gestochen hatte und ihn ein Tropfen von dessen Blut über die Lanze berührte.

»Ich mache dir ein Geschenk«, hatte der Erlöser mit schwacher, sanfter Stimme gesagt. »Auf dass du erfährst, was das wahre Wesen des Menschen ist. Von diesem Tage an sollst du tausend Leben leben und tausend Tode sterben. Du wirst herrschen, und du wirst dienen, du wirst hassen und lieben, aber du wirst keine Nachkommen haben, und es wird nur wenige Menschen geben, denen du dein Geheimnis anvertrauen kannst.«

Seit dieser Zeit waren Richters Körperzellen nicht mehr auf den endgültigen Tod programmiert, sondern regenerierten sich, hatten das ewige Leben irgendwo ganz tief in ihrer DNA gespeichert. Vermutlich experimentierten die Wissenschaftler in Vandenbergs Laboren längst damit.

Das Geschenk – oder auch der Fluch – der Unsterblichkeit hatte Richter im dreizehnten Jahrhundert schließlich seinen ungewöhnlichen Beinamen eingebracht. Er hatte dem Baubeginn des Kölner Doms beigewohnt und mit eigenen Augen gesehen, wie Erzbischof Konrad von Hochstaben den Grundstein gelegt hatte. Zweieinhalb Jahre später hatte Richter als Steinmetz einen tödlichen Unfall erlitten und von dem einzigen in sein Geheimnis eingeweihten Menschen, einer weisen, in den Heilkünsten bewanderten und sehr gelehrten Frau, den Namen Lazarus erhalten.

Als er nun das kleine Haus am Rande von Rom betrat – in der Garage parkte der alte Jeep, den Eliza auf dem Ausgrabungsfoto gesehen hatte und den er immer noch fuhr –, griff er sogleich im Bücherregal nach dem Autoatlas und dem Packen topografischer Wanderkarten, um seine weitere Reise zu planen. Noch immer zog er das gute, alte Papierformat digitalen Datenträgern und -empfängern vor. Die Klosteranlage von San Leonardo lag von L'Aquila ein ganzes Stück entfernt inmitten uralter Buchen- und Pinienwälder, in denen Braunbären, Wölfe und Luchse hausten, mit tiefen Schluchten, Grotten und Wasserfällen, die man nicht auf den ersten Blick sah. Richter suchte nach einer Route, die L'Aquila mied. Sollte er mit dem Jeep nicht bis zum Kloster gelangen, würde er einige der einsameren Wanderwege nehmen, die in keinem modernen Navigationsgerät verzeichnet waren. Seinen Besuch bei Abt Umberto anzukündigen wagte er nicht. Schon gar nicht per Telefon. Er würde auf gut Glück anreisen und hoffte, dass die Brüder von San Leonardo ihm auch unangekündigt Einlass gewährten. Immerhin wusste er durch Batya um das Geheimnis der klösterlichen Gemeinschaft.

Eine halbe Stunde später machte er sich mit der eilig zusammengestellten Notausrüstung auf den Weg, und kurz vor der Abenddämmerung hatte er die beeindruckende Klosteranlage in den Wäldern erreicht. Den Jeep parkte er ein Stück weit unterhalb des Anfahrtsweges im Gebüsch, behelfsmäßig getarnt.

Er betätigte den massiven Türklopfer an der mächtigen Eingangspforte. »Klopfe, Bruder, und dir wird aufgetan.« Ruhig stand er da, wartete und starrte auf die Tür. Er zählte bis zehn, ehe das kleine, vergitterte Sichtfenster in der Pforte geöffnet wurde. Ein überraschend junger Mönch blickte ihn an, begrüßte ihn und stellte gleich klar, dass San Leonardo kein Pilgerkloster sei.

»Ich muss zu Abt Umberto«, erklärte Richter. »In einer dringenden Angelegenheit. Bitte geben Sie ihm dies hier. Ich werde auf seine Nachricht warten.«

Schräg durch das Fenstergitter reichte er dem jungen Mann einen versiegelten Umschlag. Der Brief enthielt nichts weiter als das Ausgrabungsfoto mit dem verkrüppelten Skelett. Wenn es stimmte, was Schwester Batya ihm anvertraut hatte, würde der Abt die Botschaft dahinter verstehen.

»Einen Augenblick bitte.«

Der Mönch verschloss das Guckloch und verschwand mit dem Kuvert. Richter inhalierte die frische Luft des Waldes und der Berge. Die Sonne war im Begriff unterzugehen. Es dauerte keine fünf Minuten, da hörte er, wie jemand auf der anderen Seite der Tür zwei schwere Riegel zurückzog.

Die Pforte ging auf, und ein mittelgroßer, kahlköpfiger Mann, dessen Aura sowohl autoritär als auch menschenfreundlich wirkte, begrüßte ihn.

»Ich bin Abt Umberto. Nein, nennen Sie Ihren Namen nicht außerhalb dieser Mauern. Das könnte in dieser Situation von Nachteil sein. Bitte kommen Sie herein.«

Der Abt sprach ein ausgezeichnetes Italienisch, doch Richter registrierte, dass der Mann kein Einheimischer war. Er hatte unverkennbar einen leichten deutschen Akzent.

»Ich verstehe.«

Richter folgte dem Abt in das Innere der Klosteranlage, während der junge Mönch die Pforte wieder sorgsam verschloss. Sie sprachen kein Wort. Das Licht der Abenddämmerung schien die Bedeutung dieses abgelegenen Refugiums noch zu verstärken. Richter spürte innerhalb der Mauern eine seltsame Energie, fast als befänden sich Himmel und Hölle gleichfalls an diesem Ort.

Sie betraten das Arbeitszimmer des Klostervorstehers. Im Schein des Kerzenlichts sah Richter Sorge in dessen Antlitz.

»Was ist geschehen?« Abt Umberto bedeutete seinem Besucher, Platz zu nehmen, und legte die Fotografie mit dem Skelett auf den antiken, schweren Tisch.

Richter setzte sich. Der harte Stuhl unter ihm knarrte, als wolle er jeden Moment auseinanderfallen. Er nannte seinen aktuellen Namen, Maximilian Richter, und berichtete Umberto in groben Zügen, was ihn zu seinem überraschenden Besuch in San Leonardo bewogen hatte.

Nachdem er geendet hatte, stieß der Abt einen tiefen Seufzer aus. »Warum können die Menschen die Vergangenheit nicht einfach ruhen lassen?«

Der Wissenschaftler entgegnete nichts. Schließlich war er selbst an der Expedition beteiligt gewesen, die das Engelsskelett freigelegt hatte, hatte sogar erlebt, wie ein Mann dabei auf grausame Weise ums Leben gekommen war. Dann deutete er auf die Fotografie, von der er hoffte, dass sie eine Art Schlüssel zur Lösung des Problems darstellte. »Man hat mir gesagt, Sie könnten mir weiterhelfen. Meines Wissens beherbergen Sie in diesen Mauern einen ganz besonderen Gast.«

»Von wem haben Sie diese Information?«

»Von«, Richter zögerte, »Schwester Batya.«

Die Augen des Abtes ließen nicht erkennen, was er über die Halbtriadin und ihren Geisteszustand dachte. Schwerfällig erhob er sich von seinem Schreibtischstuhl, reichte Richter das Bild und sagte: »Kommen Sie. Ich stelle Ihnen unseren ewig hungrigen Gast vor.«

Richter folgte dem Mönch durch das Halbdunkel des Klosterlabyrinths zum Refektorium, wo an einem großen Tisch einsam und allein ein Kind aus einem tiefen Teller artig seine Suppe aß. Neben dem Teller stand ein großer Korb mit Brot.

»David?« fragte der Abt höflich und blieb mit seinem Gast vor der gedeckten Tafel stehen. »Wenn du so weit bist, möchte ich dir jemanden vorstellen.«

Der Junge legte den Löffel beiseite und blickte von seiner reichlichen Mahlzeit auf.

»David, das ist Maximilian. Er ist von sehr weit hergekommen, um mit dir zu sprechen.«

Der Junge blickte von dem Abt zu dem Mann, der für ihn ein völlig Fremder war.

Richter erschauerte innerlich, als er die feinen kindlichen Gesichtszüge wiedererkannte und in die ausdrucksstarken Augen des Jungen sah. Das war der

Junge aus der Prophezeiung! Jener Junge, den er in Batyas Vision gesehen hatte. Das war das leibhaftig gewordene Porträt aus dem Fragment der alten Triadenbibel, die er erst wenige Monate zuvor Schwester Catherine Bell im Rahmen ihrer Ermittlungsarbeit gezeigt hatte.

Bei Catherines Recherchen war es um den auf Kardinal Ciban verübten Anschlag gegangen. Zum einen darum, dass der Kardinal selbst als Mörder unter Tatverdacht geraten war, zum anderen um die ungeheuere Boshaftigkeit der Triaden, den ewigen Kampf zwischen Gut und Böse und die tiefsten Ebenen der Offenbarung von Licht und Dunkelheit, die einem gefallenen Engel oder einem Menschen jemals zuteilwerden konnten. Dabei hatte sich Richter und Catherine auch die alles entscheidende Frage gestellt, wer dieser Junge in der Prophezeiung sein mochte. Der wiederkehrende Messias oder der alles zerstörende Antichrist?

Richter nahm sich zusammen. »Guten Abend, David. Verzeih mir. Es war nicht meine Absicht, dich anzustarren.« Verlegen fügte er hinzu: »Ich hoffe tatsächlich, dass du mir helfen kannst.«

Ohne jeden Argwohn, als hätte er mit einem Blick Richters Seele erfasst, sagte der Junge: »Möchten Sie einen Teller Suppe, Maximilian? Sie müssen nach der langen Reise sehr hungrig sein.«

TEIL II

Kein Mensch, auch wenn er noch so gottlos wäre,
kann sich dem Machtbereich eines Engels entziehen.

P. G. Stegmüller, Kapuziner

DIE MACHT
DER DUNKELHEIT

32

Klosterabtei San Leonardo in der Nähe von L'Aquila
Vier Tage nach dem Massaker in San Leonardo

Als Dr. Maximilian Richter den umgeworfenen Pilzkorb beiseiteschob und darunter den graugrünen Rucksack entdeckte, kniff er die Augen zusammen, um sicher zu sein, dass er sich den Fund in dem schmalen Seitenpfad zum Kloster nicht bloß einbildete.

Nach mehrtägiger Abwesenheit, um in seinem geheimen Refugium einige Dinge zu erledigen, war er in den frühen Morgenstunden nach San Leonardo zurückgekehrt. Als ihm niemand öffnete, hatte er sich vorsichtig umgeschaut, die unverschlossene kleine Seitenpforte im hinteren Bereich bemerkt und kurz darauf vor den verbrannten und geschmolzenen Körperüberresten der Mönche gestanden. Er war froh, dass Eliza sowohl der Anblick als auch der magenstrapazierende Gestank erspart blieben. Dann hatte er an der Decke über dem Kamin das Triadensymbol aus Blut und Asche mit dem Skarabäus in der Mitte und den beiden Schlangen bemerkt. Er hatte zu begreifen versucht, was in dem abgelegenen Kloster, dessen Gast er seit einigen Wochen war, während seiner Abwesenheit passiert war.

Am meisten machte ihm seither das untrügliche Gefühl von Schuld zu schaffen.

Vor etwas über einem Monat hatte er an die Pforte von San Leonardo geklopft und um Hilfe gebeten – und nun waren sämtliche Bewohner tot. Erst jetzt begriff er, in welch großer Gefahr Eliza tatsächlich geschwebt hätte, wäre sie noch immer an der Mission beteiligt. Plötzlich war er Vandenberg sehr dankbar.

Richter hob den auf dem Boden liegenden Rucksack auf und untersuchte den Inhalt. Darin fand er die üblichen Utensilien eines Menschen, der durch die Wälder streifte, um nach Pilzen zu suchen. Eine halb leere Flasche Wasser, belegte Brote, ein Taschen- und ein Pilzmesser, ein Schal, eine mittelgroße Regenjacke ... Trockenfleisch für einen Hund?

In der Seiteninnentasche der Regenjacke steckte etwas Festes. Der Wissenschaftler zog ein altes Handy heraus. Im Speicher war nur eine einzige Nummer, die zugleich zu dem zuletzt eingegangenen Anruf gehörte. Sie stammte von einem gewissen Frederico, der wohl kaum der Besitzer des Handys war. Wie erwartet, hatte das Mobiltelefon hier draußen keinen Empfang. Mit geübtem Auge suchte er die Umgebung rund um die Fundstelle ab, hielt Ausschau nach einer Fährte oder sonst einem Überbleibsel, das ungewöhnlich war. Nachdem er den ersten Schock am Morgen verwunden hatte, war ihm klar geworden, dass er zwar einige der Toten hatte identifizieren können, es jedoch keinerlei Spuren von David gab. Daher hatte er den größten Teil des Vormittags und Mittags damit zugebracht, die wichtigsten Räumlichkeiten der Klosteranlage auf der Suche nach einem Hinweis auf das Schicksal des Jungen zu erkunden. Er musste sich sputen und vorsichtig sein, denn er hatte im Refektorium die Fußabdrücke zweier Männer entdeckt, die ein oder zwei Tage zuvor die Klosteranlage untersucht haben mussten. Nicht auszuschließen, dass es sich dabei um Agenten des Lux Domini gehandelt hatte.

Richter stopfte die Utensilien einschließlich der Regenjacke in den Rucksack zurück. Dabei stellte er fest, dass die Einstellung des Schulterriemens eher auf einen kleinen Menschen als Eigentümer hinwies, womöglich eine Frau. Er streifte den Riemen über die Schulter und blickte sich weiter um.

Ein paar Meter hangabwärts entdeckte er eine Schleifspur und entlang der Fährte mehrere abgerissene und umgeknickte Zweige. Es dauerte eine Weile, bis ihm die Erkenntnis kam, dass hier niemand entlanggeschleift worden, sondern vielmehr den Hang hinuntergestürzt war. Die Fährte führte zu einem Vorsprung, wo sie in einer Felsspalte verschwand. Er legte sich auf den Boden, riskierte einen Blick in die Tiefe und rief mehrmals laut »Hallo« in die Höhle, erhielt jedoch keine Antwort. Wer immer in die Spalte hineingefallen war, lag dort unten vielleicht ohne Bewusstsein oder war sogar tot.

Richter seufzte. Es half nichts. Er musste sich Gewissheit verschaffen. Vielleicht brauchte dort unten jemand seine Hilfe. Also kehrte er rasch zu seinem in der Nähe des Klosters versteckten Jeep zurück, packte das Erste-Hilfe-Set samt dem gefundenen Rucksack in seinen handlichen Expeditionsrucksack und wählte einen Teil der bewährten Kletterausrüstung. Er benutzte sie gelegentlich bei seinen archäologischen Ausflügen, speziell wenn es um Höhlenforschung ging. Mit dem Klettergurt, dem Kletterseil, den Karabinerhaken und dem Schutzhelm mit der Lampe bereitete er alles für den Abstieg vor und glitt schließlich vorsichtig die Felsspalte hinunter.

Schon nach wenigen Metern hatte er wieder Boden unter den Füßen. Festen, geraden Boden wie in einem künstlich angelegten Gang. Ziemlich sicher gehörte der Tunnel zum unterirdischen Areal des Klosters.

Er blickte sich um, ließ das Licht des Helmstrahlers über Boden und Wände gleiten. Doch nirgends war ein lebender oder toter Körper zu sehen. Dafür gab es neben den Absturzspuren, die der Pilzsammler hinterlassen hatte, jede Menge weitere Abdrücke im Bodenstaub, von denen zwei Spurenpaare vom Kloster hierherführten und weitergingen. Die eine Fährte stammte von einem Tier, viel zu groß für einen Hund, die andere von einem Menschen. Einem kleinen Menschen. Hatte David dem Massaker entkommen können und den Tunnel zur Flucht genutzt? Nur was hatte die Tierspur zu bedeuten? Beide schienen in etwa gleich alt, allerdings überlagerte die Fährte des Tieres die des Jungen teilweise, was bedeutete, das Tier war dem Kind gefolgt. An die schlimmste Möglichkeit wollte Richter gar nicht erst denken.

In jedem Fall gesellte sich den beiden vom Kloster wegführenden Spuren eine dritte hinzu, vermutlich die des Pilzsammlers.

Er folgte den Fährten, bog um eine sanfte Kurve und erblickte zwischen dem einfallenden Licht des fernen Ausgangs und seinem Standort etwas Massiges, das bewegungslos auf der Seite lag.

Richter holte tief Luft und ging auf das leblose Etwas zu. Hinter ihm Dunkelheit, vor ihm die unheimliche, übermäßig voluminöse Silhouette. Auf einmal nahm er den nicht mehr ganz frischen Blutgeruch war und hielt für einen Moment inne. Für einen Menschen war der Leib zu groß, erst recht für einen Hund. War dort vorne etwa ein Bär verendet?

Nachdem er ein paar Sekunden lang reglos stehen geblieben war, ging er vorsichtig weiter. Der Geruch des Todes wurde intensiver, war jedoch nicht so extrem wie im Refektorium, was sicher an der Luftzirkulation in dem Tunnelgang lag. Etwa einen Meter von dem Körper entfernt, ließ er den Lichtstrahl der Helmlampe über den Boden wandern. Hier hatte ohne Zweifel ein Kampf stattgefunden. Dann dirigierte er das Licht auf die unförmige Masse – und schluckte.

Der Kadaver sah aus, als hätte man diesem Wesen bei lebendigem Leib das Innerste nach außen gestülpt. Richter hatte schon einiges während seiner zahlreichen Leben auf dem einen oder anderen Schlachtfeld gesehen. Aufgebrochene Leiber, hervorquellende Organe, Menschen, die ihre Eingeweide in der hohlen Hand vor sich her trugen, während sie im Gehen starben. Manche Erinnerungen waren nach Jahrtausenden noch immer gestochen scharf, andere längst zu Schatten verblasst, dank der Gnade des Vergessens, die selbst einem Unsterblichen wie ihm nach jeder Wiedererweckung zuteilwurde. Das hier hingegen … Einige Sekunden lang rang er um seine Fassung. Das hier würde zu einer dauerhaften Erinnerung werden. Wer oder was hatte dieses Tier so zugerichtet?

Richter nahm allen Mut zusammen, trat näher, beugte sich über den stinkenden Kadaver, der aussah wie ein Monstrum aus der Unterwelt, und berührte ihn. Fast drehte sich ihm der Magen um, dann sah er es. Das Halsband. Inmitten all der blutigen, schleimigen Muskelmasse, die einmal ein altersschwacher Klosterhund gewesen war: Rafael!

Er untersuchte den wie zerfleischt erscheinenden Körper und stellte fest, dass die Geschwüre und Wunden nicht durch den Kampf verursacht worden waren. Es schien eher, als wäre der Hundeleib durch ein extremes Muskelwachstum regelrecht geborsten. Getötet hatte den Klosterhund im Kampf allerdings ein kräftiger Biss ins Genick. Was immer Rafael getötet hatte, musste von enormer Größe und Stärke sowie von einem unglaublichen Kampfgeist beseelt gewesen sein.

Richters Blick fiel auf die restlichen Spuren auf dem Boden, die vom Kampfplatz aus zum Ausgang führten. Es waren die Spuren von zwei Menschen, von einem nicht sehr großen Erwachsenen mit Wanderschuhen – möglicherweise doch eine Frau? – und von einem Kind. Daneben waren eindeutig die blutigen Pfotenabdrücke eines Hundes zu erkennen. Eines großen Hundes. Er war also bei dem Kampf verletzt worden.

Als Richter den Ausgang fast erreicht hatte, sah er etwas Glitzerndes neben der Felswand liegen. Er bückte sich und hob es auf. Eine zerrissene Halskette, an der ein silbernes Kreuz und ein Goldring hingen. Auf der Innenseite des Rings war eine Jahreszahl eingraviert und – Richter schnappte unwillkürlich nach Luft – das Triadensymbol! David hatte unter seinem Pullover eine Halskette getragen. Zumindest hatte Richter einmal kurz eine Kette am Hals des Kindes gesehen.

Er steckte den Fund in seine Jackentasche und beschloss, den menschlichen Fußabdrücken sowie der Fährte des Hundes zu folgen. Wenn er mit seiner Einschätzung richtig lag, waren die beiden Menschen in großer Gefahr.

33

Monsignore Rinaldos Arbeitszimmer im Palast der Inquisition war an Schlichtheit kaum zu überbieten. Bens Blick fiel auf zwei Regale, in denen sich eine Akte an die andere drängte. Ein alter Holzschreibtisch, wie man ihn wohl in den fünfziger Jahren in jedem römischen Lehrerzimmer vorgefunden hätte, stand vor einem spärlich mit Leder gepolsterten Schreibtischstuhl. Ein schlichter Besucherstuhl rundete die karge Arbeitsecke ab. Dem Fenster gegenüber ragte ein dunkelbrauner Hochschrank aus dem Boden, ein erheblich niedrigerer Eckschrank stand an der Wand zum Gang. Die auf dem Kopf stehenden Gläser mit den Wasserkrügen offenbarten, dass Letzterer auch als Anrichte diente. Das schien die persönliche Note des Büros zu sein.

»Nett«, sagte Ben, während er beobachtete, wie Rinaldo zwei der Gläser umdrehte, mit Wasser füllte und anschließend zum Fenster ging, um die Vorhänge zuzuziehen.

Das Zimmer lag nun in einem diffusen Halbdunkel.

»Bitte setzen Sie sich doch.«

Die Stimme des jungen Monsignores klang ein wenig müde. War es wirklich erst etwas über ein Jahr her, seit Rinaldo und Kardinal Ciban Ben während der Mordermittlungen um Pater Darius aus einem der Folterkeller der Benelli-Villa befreit hatten? Rinaldo wirkte um mehr als nur ein Jahr gealtert. Ben fragte sich, ob es eine Verbindung zu der mysteriösen Mission gab, über die Catherine am Telefon nicht hatte sprechen wollen.

Rinaldo stellte eines der beiden Gläser vor Ben auf den Schreibtisch. »Hat Seine Exzellenz Bischof Tardini Ihnen bereits erklärt, worum es geht?«

Ben schüttelte den Kopf. »Er hat nur ein, zwei Andeutungen gemacht. Für mehr war keine Zeit.«

»Das habe ich befürchtet. Was hat er denn angedeutet?«

»Er sagte, der Teufel sei in einem unserer Klöster zugange gewesen und dass Seine Eminenz Kardinal Ciban und Schwester Catherine in der Sache unterwegs sind. Sie würden mir alles Weitere erklären.«

Rinaldo räusperte sich, fühlte sich ganz offensichtlich nicht wohl in seiner Haut. Er öffnete den hohen Schrank und holte einen Laptop hervor.

Ben fasste sich ein Herz. Was hatte er schon zu verlieren? »Ich nehme an, auch Sie werden mir nicht sagen, was sich in den letzten Monaten hier zugetragen hat. Egal an wen ich mich wende, ich treffe auf Schweigen.«

Auf dem Weg zu seinem Schreibtisch hielt der Monsignore kurz inne. Behutsam stellte er den Computer auf der Tischplatte ab und öffnete den Deckel des Laptops, bevor er Bens Blick begegnete. »Es hat einen Anschlag auf Seine Eminenz gegeben, der daraufhin für längere Zeit in der Gemelli-Klinik bleiben musste. Er wäre fast gestorben.«

Für einige Sekunden saß Ben da wie gelähmt und schaute zu, wie Rinaldo den Laptop verkabelte und diverse Programme öffnete. Dann fragte er: »Wie geht es ihm jetzt? Ich hatte während unserer wenigen Telefonate das Gefühl, er hat sich verändert.«

Rinaldo drehte den Laptop zu ihm um und holte tief Luft. »Ich habe keine Ahnung, wie es in seinem Inneren aussieht. Nach außen hin verkörpert er wie eh und je den unerschütterlichen Inquisitor und arbeitet mit drakonischer Härte, doch er lässt niemanden hinter die Fassade blicken.« Der Pater zögerte einen Moment. »Das heißt, außer vielleicht Seine Heiligkeit und … Schwester Catherine Bell.«

Catherine?

Ben traute seinen Ohren nicht. Hieß das, die junge Ordensfrau war inzwischen zu einer engen Vertrauten des Präfekten der Glaubenskongregation geworden? Rinaldos Blick machte ihm jedoch unmissverständlich klar, dass der jüngere Pater dazu nicht mehr sagen würde, da er sich mit diesem Hinweis bereits viel zu weit aus dem Fenster gelehnt hatte. Also wagte Ben sich in anderer Richtung vor. »Wer hat hinter dem Anschlag auf Seine Eminenz gesteckt?«

Rinaldo wägte seine Worte sorgfältig ab. »Hören Sie, Ben, das Ganze ist eine sehr komplizierte und noch dazu sehr private Angelegenheit. Deshalb ist es besser, wenn Sie sich mit Ihren Fragen direkt an Kardinal Ciban wenden.« Oder an Schwester Catherine, schien seine Antwort zu heißen. »Alles, was ich Ihnen dazu noch sagen könnte, würde bestenfalls zu verwirrenden Spekulationen und Schussfolgerungen führen.«

»Ich verstehe«, sagte Ben, auch wenn er etwas enttäuscht war. Wenigstens tappte er nun nicht mehr völlig im Dunkeln.

Sein Gegenüber nickte erleichtert. Dann drehte er den Laptop so um, dass nur Ben auf den Flachbildschirm sehen konnte. »Was Sie gleich sehen werden, ist nicht leicht zu verdauen. Es ist ein Albtraum. Ein Albtraum, der Wirklichkeit geworden ist.« Der jüngere Mann startete den Videoplayer.

Ben starrte auf den Film, verfolgte ihn Bild für Bild. Er hatte schon vieles in seinem Leben gesehen, war als Kind selbst Opfer eines Gewaltaktes geworden. Doch wie er nun feststellte, gab es zu allem und jedem eine Steigerung.

34

Gemeinsam mit Ciban und Sorti saß Catherine im Fond einer komfortablen, geländefähigen Limousine, deren kraftvoller Dieselmotor die unwirtliche Waldstrecke nahm, als gäbe es kein Hindernis. Sie war heilfroh, dass Ciban sich trotz seiner Größe zwischen sie und Sorti gesetzt hatte. Gasperetti hatte aufgrund seines Alters auf dem bequemeren Beifahrersitz Platz genommen. Der Kameramann, ein cooler Diakon in den Dreißigern namens Claudio, chauffierte den Wagen so geschickt, als wäre er die Strecke zur Abtei schon Dutzende Male gefahren. Je näher die kleine Gemeinschaft San Leonardo kam, desto deutlicher spürte Catherine ein zunehmendes Unbehagen bei dem Mann.

Ciban schien völlig in Gedanken versunken. Äußerlich wirkte er ruhig, geduldig und gelassen wie immer, doch in seiner Aura registrierte sie eine seltsame Unruhe, als fiele ein ungestümer Lichtstrahl durch einen schmalen Türspalt in einen dunklen Korridor. Es war wie die Ruhe vor dem Sturm, jene innere Erregung, die eine Warnung in sich barg, aus deren Funke jederzeit eine Explosion hervorbrechen konnte. Das war jener Anteil, den Catherine an Ciban fürchtete, jene Seite seines Wesens, die ihren Instinkt hellhörig werden ließ und ihre Seele in zwei Teile spaltete. In einen Part, der Ciban vertraute und sich bei ihm sicher fühlte, und in einen anderen Teil, der sie in solchen Momenten alarmierte. Wären sie unter sich gewesen, hätte sie ihre Hand beruhigend auf seine gelegt oder ihn einfach geküsst. Meistens mäßigte das die Dämonen in seiner Seele, diesen eigentümlich quälenden Schmerz, in dem so viel Traurigkeit, Widerstand und Wut, aber auch so viel Kampfgeist lagen. Catherine war klar, dass Gasperettis Geheimdatei keinen geringen Anteil an der Erweckung von Cibans Jagdinstinkt hatte.

Kaum war sie in ihrem kleinen Zimmer in L'Aquila alleine gewesen, hatte sie sich die mysteriöse Datei auf Cibans Mini-Laptop angeschaut. Der Inhalt hatte sie fast umgehauen. Die Fotos zeigten eindeutig eine jüngere Version von Dr. Robert Martini, und zwar vor einem der Lebensmittelgeschäfte in L'Aquila, aufgenommen in den letzten Wochen. Da Martini tot war, stellte sich die Frage, *wer* der Mann auf den Bildern war. Etwa ein Sohn Martinis? Oder handelte es sich gar um einen Klon? Eine Art transgenetisches Laborgegenstück, ähnlich wie David eines war? Was hatte dieser Mann überhaupt in L'Aquila gesucht?

Catherine erinnerte sich sehr wohl an die Fotos, die Gasperetti ihr vor einigen Monaten gezeigt hatte, um sie für das Lux Domini zurückzugewinnen. Jene Aufnahmen hatten Robert Martini unterschiedlich alt gezeigt – in unterschiedlichen Epochen! Ein alter Martini in den vierziger Jahren, dann ein Martini in mittleren Jahren auf einem Foto, das drei Jahrzehnte später gemacht worden war. Danach ein Bild, das einen deutlich älteren, aber noch nicht greisen Martini zeigte. Nicht zuletzt hatte Catherine eine über siebzig Jahre alte Version Martinis vor wenigen Monaten in Rom kennengelernt, unmittelbar bevor Gasperetti sie mit dem Material konfrontiert hatte. Dabei war ihr die Aura dieses Mannes unvergesslich geblieben, die faszinierende Vielschichtigkeit, als wäre sie aus vielen Leben entstanden. Eines über das andere gelebt.

Kein Wunder, dass Ciban über die Bedeutung der ominösen Datei nachdachte und versuchte, eine Verbindung zu San Leonardo und dem Massaker herzustellen. Zumal auch Gasperetti keinen Schimmer hatte, was die Fotos wirklich bedeuteten. Ciban hatte ihr den Computer mit den Worten gegeben, Gasperetti habe gestanden, dass die Abtei San Leonardo die Basis des Lux Domini gewesen sei. Die begabtesten Medialen des Ordens hatten hier gearbeitet und eine Zuflucht vor der Außenwelt gefunden.

Catherine fragte sich nun, welcher Gegner von solch einem vernichtenden Angriff am meisten profitierte. Auf den ersten Blick sah es durch das Triadensymbol über der Kaminecke natürlich so aus, als ob der geheimnisvolle Orden dahintersteckte. Doch das konnte ebenso gut ein Ablenkungsmanöver sein. Wer kam sonst noch in Frage? Das Opus Dei? Immerhin hatte das Lux Domini in den letzten Jahren etliche hochrangige Opus-Dei-Kleriker und deren Netzwerke zu Fall gebracht. Nur mit welch einer Waffe richtete man solch ein Massaker wie das in San Leonardo an? Wäre der Orden überhaupt so gewalttätig?

»Ich habe mit Seiner Heiligkeit telefoniert«, hatte Ciban ihr kurz vor der Abfahrt anvertraut. »Er ist nun auf dem Laufenden, was unsere bisherigen Erkenntnisse angeht.«

»Was sagt er zu diesem unglaublichen Zwischenfall? Weiß seine Kongregation einen Rat?« Der päpstlichen Geheimkongregation ging es vor allem um den Erhalt der Kirche sowie darum, den Papst kraft ihres Geistes zu unterstützen, damit er seine Aufgabe bestmöglich erfüllen konnte.

»Er wird Kontakt mit dem Zwölferbund aufnehmen. Soweit er weiß, hat sich die Kongregation niemals in die Politik des Lux Domini eingemischt.«

»Was ist mit den Triaden, Marc? Wie wir beide wissen, ist es der Kirche zwar gelungen, den Triadenorden aus den Geschichtsbüchern zu tilgen, aber nicht, ihn zu zerstören. Die Triaden haben im Herzen der Kirche überlebt, und wie es aussieht, treten sie mehr und mehr aus ihren Schatten und werden zu einer ernsthaften Gefahr.«

Ciban starrte sie ein paar Sekunden lang an. »Wie du schon gesagt hast, sie sind ein Teil der Kirche, deshalb werden sie sich hüten, die Kirche zu zerstören.«

»Dann frage ich mich, ob die Kongregation in der Lage wäre, einen Triaden zu leiten.« In letzter Sekunde ersetzte sie das Wort »beherrschen« durch »leiten«. Doch Ciban verstand sehr wohl, worauf sie hinauswollte. Was, wenn er nicht der einzige Triade unter den in der Welt agierenden Kardinälen war? Was, wenn ein Triade die nächste Papstwahl gewann? Was, wenn Ciban selbst zum Papst gewählt wurde?

Er hatte gerade antworten wollen, als Claudio auf sie zugekommen war, um ihnen mitzuteilen, dass das Team abreisebereit sei.

Der Geländewagen bog zu schnell um eine enge Kurve, was Catherine ins Hier und Jetzt zurückholte. Die hinter Bäumen verborgene Abtei tauchte wie aus dem Nichts vor ihnen auf. Obwohl es taghell war, lag das uralte Mauerwerk mit dem mächtigen, unübersehbaren Turmbau in einem unheimlichen Schatten. San Leonardo schien jedes einzelne Lichtpartikel in sich aufzusaugen.

Während der Wagen sich der Pforte näherte, griff

Catherine instinktiv nach dem Kreuz an dem Lederband um ihren Hals. Ein Reflex, der Ciban nicht entging. Er, der noch immer unter unheilvollem Strom stand, bedachte sie mit einem beruhigenden Blick.

»Da wären wir«, sagte Claudio.

Als er den Wagen abstellen wollte, bat Ciban ihn, zu wenden und das Fahrzeug so mit dem Heck zum Portal zu parken, dass sie den Kofferraum zügig beladen und notfalls schleunigst wieder von hier verschwinden konnten. Gasperetti nickte zustimmend, während Sortis Blick eher zu sagen schien: Ist das nicht ein klein wenig übertrieben, Eminenz?

Sie stiegen aus, und Catherine musterte die schwere, vom Wetter gezeichnete Holzpforte, die so hoch war wie ein Scheunentor. Das alte Schloss der darin integrierten Eingangstür machte samt dem Türklopfer und dem verriegelten Fenstergitter den Eindruck, als wäre sie schon ewig nicht mehr benutzt worden. Überhaupt wirkte das Portal auf Catherine alles andere als vertrauenserweckend, erst recht als sie Claudios unsicheren Blick dorthin bemerkte. Der Diakon öffnete die elektronische Heckklappe des Geländewagens per Fernbedienung, damit Ciban den Pilotenkoffer herausnehmen konnte, den er noch rasch aus seiner Limousine umgeladen hatte.

Der Kardinal warf Catherine einen ermutigenden Blick zu. Dann drehte er sich zu Claudio um und sagte: »Also gut. Lassen Sie uns sehen, was Sie und Ihr Kollege vorgefunden haben.«

Der Diakon kramte die Schlüssel aus seiner Jacke, sperrte die kleinere Tür auf und öffnete sie vorsichtig. Die alten Scharniere ächzten, als wollten sie die Besucher warnen.

»Bitte folgen Sie mir.«

Tapfer trat er vor allen anderen hindurch, um ihnen den Weg zu weisen. Sorti inspizierte den Durchgang zum Vorhof, als handele es sich um eine archäologische Rarität. Gasperetti überholte Ciban und Catherine und schloss zu Sorti und Claudio auf, als wolle er verhindern, dass sein jüngerer Kardinalskollege den Tatort vor ihm betrat. Als Catherine die Schwelle überschritt, spürte sie sofort, dass dieser Ort, an dem man die Abtei mit ihren Grenzmauern errichtet hatte, kein gewöhnlicher war. Für eine Sekunde riss es sie in einer albtraumhaften Erinnerung in die Vergangenheit zurück, stand sie wieder in dem Kellerlabor, in dem Deprivationstank. Dort war Ciban als Kind von seinem Vater stundenlang gefangen gehalten und durch den Entzug aller sensorischen Reize gequält worden, um seine Sinne, sein Denkvermögen und sein Bewusstsein für das Leben nach dem Tod zu schärfen. Catherine konnte sich kaum einen schrecklicheren Höllentrip für einen Menschen vorstellen, geschweige denn für einen kleinen Jungen. Folterexperten der Geheimdienste und des Militärs sprachen von der Weißen Tortur. Triadenmitglieder von der selektiven Stählung des Leibes und des Charakters. Nicht jedes Kind überlebte diese Marter.

In derselben Sekunde nahm Catherine aber auch eine andere Energieform innerhalb der Klostermauern wahr. Diese andere Kraft war der ersten geradezu entgegengesetzt, als vereinten sich an diesem Ort – ja, Catherine konnte es selbst als katholische Ordensfrau kaum besser beschreiben – Yin und Yang. Wie auch der Petersdom stand die Abtei auf einem sogenannten Kraftort, berührte ihre Gegenwart den Urgrund des Seins. Eine erhebende und zugleich gefährliche Kombination, die einen schwachen Geist zum Fanatismus, einen starken hingegen zur wahren Offenbarung, zum Licht führen konnte.

All dies atmete Catherine in diesem einen Augenblick ein und sie beschloss, trotz ihres Unbehagens, ihre mentalen Schilde leicht zu senken, um gegen mögliche Gefahrenquellen besser gewappnet zu sein. Selbst wenn das bedeutete, dass sie dadurch Sortis und Gasperettis Auren stärker zu spüren bekam.

»Hältst du das für eine gute Idee?«, hörte sie die leise Stimme Cibans an ihrer Seite.

»Nein, aber wir sollten hier nicht völlig blind herumstolpern. Du spürst es doch auch …« Sie sah ihn an. »Oder etwa nicht?«

Er nickte kaum merklich, fast ein wenig zerstreut. Catherine dämmerte, dass beim Betreten des Geländes auch in Ciban schreckliche Erinnerungen aufgeflackert sein mussten, allerdings hatte er diese komplett gegen sie abgeschirmt, was ihr wiederum klarmachte, dass sie nur wahrnahm, was er sie wahrnehmen ließ.

»Kann es sein, dass das Kraftfeld hier stärker ist als im Petersdom?«, fragte sie, um sich von dem unguten Gefühl abzulenken.

»Dieses Kloster war die Geheimzentrale des Lux. Man hat hier sicher mit medialen Kraftfeldern sowie Isolations- und Meditationskammern experimentiert.« Während Ciban ihr antwortete, ließ er weder Sorti noch Gasperetti oder Claudio aus den Augen. »Das könnte den höheren Energiewert erklären. Oder aber …« Er brach ab, als Sorti sich kurz zu ihnen umdrehte, »wir spüren noch immer den Nachhall der Kraft, die beim Ermorden der Mönche freigesetzt wurde. Wenn Spirituale getötet werden, setzt das eine große Menge mentale Kraft frei. Es gibt Spirituale, die genau deshalb morden. In Fachkreisen bezeichnet man sie als Todesengel. Ich nenne sie Serienkiller, die morden, um sich an der im Todeskampf freigesetzten Energie der anderen zu berauschen.«

Um ihre Verblüffung zu verbergen, senkte Catherine den Kopf. Pater Darius, ihr Ziehvater im Katholischen Institut für Medial Hochbegabte, hatte ihr nie von solchen Verbrechen erzählt. Vielleicht kamen sie einfach zu selten vor.

»Bist du schon mal einem Todesengel begegnet?«, fragte sie.

Ciban atmete tief durch. »Leider ja. Monsignore John Neirynck hat diese Begegnung mit dem Leben bezahlt.«

Catherine spürte, wie ihr Herz einen Schlag lang aussetzte. Schwester Giada, die nicht nur Cibans Haushälterin, sondern auch eine ehemalige vatikanische Agentin war, hatte ihr gegenüber einmal einen Anschlag auf Ciban erwähnt, der dreizehn Jahre zurücklag. Dabei war der brillante Metaphysiker John Neirynck, dessen spektakuläre Arbeit über die Strukturen des Guten und des Bösen in Fachkreisen für Aufruhr gesorgt hatte, ums Leben gekommen. Nun wusste sie in etwa, warum. Auch Pater Neirynck war ein Medialer gewesen.

Sie wollte noch etwas erwidern, doch da Sorti sich erneut umwandte, verzichtete sie darauf. Auf jeden Fall würde sie sich Neiryncks Werk noch einmal vornehmen und intensiver studieren, denn zuvor wollte sie mehr über die näheren Umstände seines Todes und den damaligen Anschlag auf Ciban erfahren.

Die Gruppe überquerte den weitläufigen Hof, vorbei an einigen schummrigen Gebäuden, die früher vermutlich einmal Stallungen gewesen waren. In einer Ecke stand ein großer Holzblock, in dem der stählerne Keil einer großen Spaltaxt steckte. Dahinter ragte unter einem Vordach eine fein säuberlich aufgebaute Wand mit Brennholz empor. Jedes Holzscheit wirkte wie maßangefertigt. Wer immer das Holz gespalten hatte, hatte sein Handwerk verstanden. Schließlich schritten sie an einem Teil der beeindruckenden Klosterkirche vorbei und passierten den Kreuzgarten, um endlich die Küche zu betreten, deren hinterer Durchgang direkt zum Refektorium führte. Hier blieb Claudio stehen. Brandgeruch schlug ihnen entgegen.

»Wenn es Ihnen recht ist, warte ich hier«, sagte er höflich. Jedem, selbst Sorti, war sofort klar, dass keine zehn Pferde den jungen Diakon dazu bewegen könnten, den Saal noch einmal zu betreten.

Ciban nickte. »Einverstanden.«

Gasperetti brummelte etwas und trat an dem Diakon vorbei durch die breite, oben abgerundete Tür. Energisch eilte Sorti hinter ihm her, während Catherine vorsichtig einen Fuß über die Schwelle setzte. Ihre Augen hatten sich noch nicht ganz an das dunklere Licht in der Küche gewöhnt. Ihr folgte Ciban, der den Lichtschalter entdeckte und betätigte.

Vor ihnen erstreckte sich eine weiß getünchte Halle mit einem gemauerten Kamin. Sorti zückte ein Taschentuch, hielt es sich vor Nase und Mund und starrte auf das Triadensymbol über dem großen Abzugsschacht. Der Anblick des Speisesaals war ein einziges Chaos. Stühle und Tische standen wild durcheinander oder waren umgekippt. Essen und Geschirr lagen verstreut auf dem Boden.

Gasperetti, der nach wenigen Metern aufgrund eines schmatzenden Geräuschs innegehalten hatte, starrte schockiert auf seine Schuhe. Er stand inmitten einer Leiche, genauer in einem Haufen graubraunem Menschenbrei.

35

Fünf Minuten.

Lediglich fünf Minuten hatte Bella Medici die Augen schließen und sich ein klein wenig ausruhen wollen. Und jetzt waren ganze zwei Stunden vorbei. Zwei Stunden Erschöpfungsschlaf, während denen David sich nicht vom Tisch gerührt, sondern weiter gezeichnet und den großen Schäferhund im Auge behalten hatte.

Ein eigentümlicher Geruch hatte Bella aufgeweckt, und jetzt starrte sie auf Orpheus und hielt den Atem an. Auch der Maremmano hatte geschlafen, er döste sogar noch immer vor sich hin, aber er hatte sich im Schlaf verwandelt.

Sein Gesicht und sein Fell sahen aus wie mit Blut und Fleisch- oder Muskelmasse bespritzt. Der Raum roch förmlich nach Blut – und nach Fäulnis. Bella liebte ihren Hund über alles, doch das Fellbündel, das da an der Eingangstür lag und den Weg nach draußen versperrte, hatte nicht mehr viel mit Orpheus zu tun. Das Böse, von dem sie gefürchtet hatte, dass es ihnen vom Kloster folgen könnte, war bereits hier.

Was, wenn diese furchtbar anzusehende Kreatur erwachte?

Sie griff nach der doppelläufigen Jagdflinte ihres Großvaters, die sie aus dem Schrank geholt und neben sich gestellt hatte. Sie wusste, wie man damit umging.

Mit diesem Gewehr konnte man selbst einen Elefanten erlegen.

Der einzige andere Weg aus dem Haus führte über den Hinterausgang zum Schuppen, wo das vollgetankte Motorrad stand. Sie und der Junge mussten schleunigst von hier verschwinden.

Bella gab David ein Zeichen, steckte seine Zeichnungen unter ihre Jacke und dirigierte das Kind so leise wie möglich zur Küche. Das Haus war klein, daher waren es nur ein paar Meter bis zur Hintertür, doch die Strecke kam ihr mit einem Mal unendlich weit vor. Mit dem Rücken zur Küche, die Flinte im Anschlag, schlich sie sich mit dem Kind durch die Enge.

Da öffnete Orpheus die Augen. Er wirkte orientierungslos, als erwachte er aus einem verwirrenden Traum. Ein dünnes Rinnsal Blut lief von jedem Auge die aufgedunsenen, fleischigen Wangen hinab.

Unwillkürlich zuckte Bella zusammen und schob den Jungen hinter sich. Vielleicht kamen sie nicht mehr lebendig hier raus.

Doch der Maremmano legte nur den Kopf leicht schief, als wartete er ab, als horchte er, als spürte er etwas.

Für einen Augenblick hegte Bella Hoffnung. Vielleicht teilte Orph gar nicht das Schicksal von Rafael?

Dann fiel der blutunterlaufene Blick des mächtigen Hundes auf Bella und David, und alle Hoffnung löste sich in Nichts auf. Da war kein Erkennen. Da war nur Eiseskälte ohne jede Seele. Ein kaum zu bändigendes Zittern überkam Bella. David blieb wie angewurzelt hinter ihr stehen. Langsam schob sie den Jungen von sich fort und durch die Küche Richtung Tür, während sie gegen die Panik ankämpfte und die doppelläufige Flinte kaum ruhig zu halten vermochte. Auf die kurze

Distanz konnte sie den gewaltigen Schäferhund unmöglich verfehlen.

Doch der Hund drehte nur wie in Zeitlupe seinen mächtigen, aufgedunsenen Kopf, lauschte hinaus, knurrte gefährlich leise und erhob sich. Seine Aufmerksamkeit galt voll und ganz der Tür und dem Fenster, die beide zur Straße hinausgingen. War dort draußen etwas? Oder wollte er fliehen? Der Orpheus, den Bella gekannt hatte, hätte gewusst, wie man die Klinke herunterdrückt.

Reiß dich zusammen, ermahnte sie sich stumm. *Das* ist nicht Orph.

Hinter ihr schepperte etwas. Der Junge war mit dem Arm an eine der Blechtassen geraten und hatte sie vom Küchenschrank gefegt. Im Bruchteil einer Sekunde wandte das Ungeheuer den Kopf, spannte die schleimigen Muskelberge an und fixierte die Tasse.

»Ruhig, Orph. Ganz ruhig«, sagte Bella, als ob ihre Worte noch irgendetwas nützen würden.

Hinter ihrem Rücken rührte sich etwas. Es war nicht das Kind.

Es war die knarrende Hintertür.

36

Catherine trat auf den sichtbar unter Schock stehenden, alten Kardinal zu, packte ihn am Arm und hievte ihn mit einem schmatzenden Geräusch aus der undefinierbaren Masse. Die Schleimfäden an Gasperettis Schuhen zogen sich wie Kaugummi. Angewidert verzog Monsignore Sorti das Gesicht, rührte jedoch keinen Finger, um seinem Vorgesetzten zu helfen. Im Hintergrund hörte Catherine, wie Claudio, der alles von der Küche aus beobachtet hatte, in entgegengesetzter Richtung davoneilte und sich im Flur davor geräuschvoll übergab. Bis zum Kreuzgang hatte er es nicht mehr geschafft. All das lenkte sie für einen Moment von ihrem eigenen Ekel ab. Selbst den scharfen Rauchgeruch nahm sie kaum noch wahr.

»Alles in Ordnung, Schwester?«, fragte Ciban. Er hatte den großen Pilotenkoffer auf dem vorderen Tisch abgestellt und klang besorgt. Sein Mitgefühl für Gasperetti hielt sich hingegen in Grenzen.

Sie nickte, während sie den alten Kardinal stützte. »Danke, Eminenz. Ich komme klar.«

Ciban ergriff zwei der herumliegenden Stühle und stellte sie vor Catherine und Gasperetti hin. Ein gekeuchtes »Danke« war alles, was der alte Chef des Lux Domini hervorbrachte. Es war eine Sache, den Tatort eines Massenmordes in einem Video zu betrachten, und eine ganz andere, real dort zu stehen. Und dieser Tatort war nun wirklich mit keinem anderen zu vergleichen.

»Was zum Teufel ist hier geschehen?«, fragte Sorti, als könnte ihm einer der Anwesenden postwendend mit einem fundierten Bericht dienen.

»Um das herauszufinden, sind wir hier, Pater«, entgegnete Ciban ruhig.

Catherine nahm die Gefährlichkeit hinter seiner Gelassenheit deutlich wahr. Ohne es auch nur zu ahnen, bewegte Sorti sich auf schmalem Grat.

Der Kardinal öffnete den Pilotenkoffer, streifte sich Latexhandschuhe über, nahm diverse Materialien wie Beweismitteltüten, Etiketten, Tupfer, Pinzetten sowie

Reagenzgläser oder Reagenzien heraus und wandte sich dem Tatort zu.

Von einem der Menschenhaufen und Kuttenbündel führte eine durchgängige Schleim- und Blutspur zum großen Kamin, über dem das unheimliche, aus Blut und Asche gefertigte Triadensymbol prangte. Das gleiche Ankh-Zeichen, das dem wahnsinnig gewordenen Merdadus bis auf den Stirnknochen eingebrannt worden war.

Gasperetti, noch immer von seinem Erlebnis erschüttert, musterte Ciban irritiert. »Denken Sie, das bringt noch etwas?«

»Ein Versuch kann nicht schaden. Vielleicht gelingt es uns, anhand der noch vorhandenen Spuren einen brauchbaren Hinweis auf den Ablauf des Verbrechens zu finden. Merdadus hat uns mit seinem kryptischen Gestammel jedenfalls kaum weiterhelfen können. Irgendetwas haben die oder der Täter ganz gewiss hinterlassen.«

Ciban bat die anderen, sich nicht zu bewegen, während er die Leichenpfützen aus geschmolzenem Fettgewebe, Blut, Asche, Knochen und Stofffetzen vorsichtig abging, teils auf Händen und Knien etliche Proben entnahm und diese etikettierte. Jedes Detail des Raums schien er sich dabei einzuprägen, als fertigte er in seinem Kopf eine dreidimensionale Karte an.

Fasziniert stellte Catherine fest, dass er darin eine erstaunliche Routine besaß. Kenntnisse, die vermutlich auf seine frühere Mitarbeit beim Vatikanischen Geheimdienst zurückgingen. Da Gasperetti keineswegs überrascht wirkte, war er offensichtlich über die kriminalistischen Fähigkeiten seines jüngeren Kollegen im Bilde.

Bei den spärlichen Überresten des Abtes, von dem aus sich die blutige Schleimspur zum Kamin fortsetzte, verweilte Ciban am längsten. Über einen Radius von gut zwei Metern verteilten sich die geschmolzenen Überreste. Ganz zu schweigen von dem fast intakten Arm mit der Hand und dem Ring. Der Kardinal kramte ein Vergrößerungsglas aus dem Koffer und nahm den unversehrten Arm genauer in Augenschein. Dabei gelang es ihm sogar, Catherine während eines unbemerkten Augenblicks zu signalisieren, dass keine der Leichenpfützen zu David gehörte.

Gasperetti räusperte sich. Sein Gesicht war blass vor Übelkeit, doch er schien nicht gewillt, den Raum auch nur für einen Moment zu verlassen. »Irgendwelche Erkenntnisse, die Sie bereits mit uns teilen können?«

»Ich muss an den Fall Mary Reeser denken.«

»Mary Reeser?« Der alte Kardinal runzelte die Stirn.

»Einer der bekanntesten Fälle spontaner menschlicher Selbstentzündung. Florida neunzehnhunderteinundfünfzig.« Nachdenklich glitt Cibans Blick über die menschlichen Schleim- und Aschetümpel im Refektorium. »Mir ist kein Fall dieser Größenordnung bekannt.«

Catherine fragte: »Ist Mary Reeser damals nicht vollständig verbrannt?«

Der Präfekt schüttelte den Kopf. »Nicht ganz. Von ihrem über achtzig Kilogramm schweren Körper blieben etwa fünf Kilogramm übrig. Unter der Hitze gesplitterte Knochenreste, der Schädel, Asche, einige innere Organe sowie der linke Fuß. Unerklärlicherweise hat das Feuer nicht auf die Wohnung übergegriffen, sondern sich allein auf ihren Körper und den Ohrensessel beschränkt, in dem sie saß. Das FBI hat keinerlei Anzeichen von Fremdeinwirkung gefunden, also kein

Ethanol, kein Benzin, keine sonstigen Brandbeschleuniger.«

Sorti starrte von dem Triadensymbol an der Decke auf die Hand des Abtes. »Um einen menschlichen Körper so zuzurichten, sind enorme Temperaturen erforderlich.«

»Zwölfhundert bis vierzehnhundert Grad über gut zwei Stunden«, erklärte Ciban.

Catherine schluckte. »Wie in einem Krematorium.« Ihr Blick folgte dem von Sorti zur offenen Feuerstelle, in der nichts als Asche und ein paar halb verkohlte Holzscheite lagen. »Also stammt das Feuer wohl kaum aus dem Kamin, oder?«

»Unwahrscheinlich«, sagte Ciban. »Außerdem ist Abt Umberto nicht nur verbrannt. Er ist buchstäblich ... auseinandergeplatzt. Und noch etwas irritiert mich: Nicht ein einziges Insekt tummelt sich in diesen menschlichen Überresten. Es scheint, als wären diese amorphen Massen allesamt steril.«

Catherine konnte sehen, wie Gasperetti bei den Worten »amorphe Massen« das Gesicht verzog. Aus dem Augenwinkel bemerkte sie, wie Claudio, der sich gerade erst wieder der Tür des Speiseraums genähert hatte, postwendend umdrehte und erneut in entgegengesetzter Richtung verschwand.

»Spontane Selbstentzündung ...«, Gasperetti schüttelte ungläubig den Kopf. »Wie kann sich ein Mensch ohne erkennbare Ursache selbst entzünden? Bestehen wir nicht zu gut siebzig Prozent aus Wasser?«

Ciban drehte sich zu dem alten Kardinal um. »Etwas überspitzt ausgedrückt, entzündet sich selbst Wasser, wenn man es mit den passenden chemischen Elementen zusammenbringt.«

Sorti erklärte: »Ich habe eine solche Verbrennung schon einmal miterlebt. Bei einem Exorzismus. Die Austreibung stand kurz vor dem Erfolg, als der Mann plötzlich von weißen Flammen umgeben war. Wir versuchten das Feuer mit einer Decke zu ersticken, doch wir konnten ihn nicht mehr retten. Der Mann war einen Pakt mit dem Teufel eingegangen, und diese Gottesstrafe war der Preis.«

»Gottesstrafe?«, sagte Catherine. »Das glauben Sie doch nicht wirklich, Pater?«

»Haben Sie eine andere Erklärung? Es ist doch offensichtlich. Er hatte seine Seele verkauft!«

Ciban, der seine Spurenausbeute in einen besonderen Kühlbehälter gepackt hatte, ließ den Verschluss laut zuschnappen, was jede weitere Diskussion um eine göttliche oder teuflische Heimsuchung im Keim erstickte. Dann wies er die Umstehenden darauf hin, dass es auch etliche physikalische und chemische Erklärungsversuche gab. Elektrizität und Mikrowellen, bislang unbekannte subatomare Teilchen, die einen verheerenden Effekt auf den menschlichen Körper haben konnten. Wechselwirkungen mit Kugelblitzen. Eine sehr populäre wissenschaftliche Erklärung sei der Dochteffekt, bei dem das menschliche Körperfett gleich dem Wachs einer Kerze langsam verbrannte, ohne die Umgebung zu schädigen.

»Mein persönlicher Favorit ist jedoch die Theorie einer atomaren Kettenreaktion in den Molekülen des menschlichen Körpers. Eine Art kalter Kernspaltung, die auch die dabei auftretende extreme Temperatur erklären könnte«, schloss er seinen Vortrag.

Sorti starrte den Kardinal mit offenem Mund an. Moleküle? Kernspaltung? Hatte das wirklich gerade der Präfekt der Glaubenskongregation gesagt?

Gasperetti bemerkte trocken: »Was für eine Waffe könnte solch eine … Kernspaltung in den Körpern dieser Männer ausgelöst haben?«

»Was hat den brennenden Dornbusch zum Brennen gebracht, Eminenz?, fragte Ciban seinen älteren Kollegen. »Nichts anderes als die Kraft der Gedanken.«

Gasperetti wurde hellhörig. »Eine Art molekulare Psychokinese?«

»Genauer Pyrokinese. Der Gedanke, der Feuer erzeugt und beherrscht.«

Mit blassem Gesicht tauchte Claudio im Türrahmen auf, woraufhin Ciban sich umdrehte und völlig losgelöst vom Kontext fragte: »Sagen Sie, Claudio, haben Sie oder Ihr Kollege nach dem Massaker irgendjemand anderen hier oder in der Nähe des Klosters bemerkt?«

»Nein. Wieso?«, fragte der Diakon überrascht.

»Weil einige Ihrer Fußabdrücke in der Blutspur zum Kamin von einer frischeren Fußspur überlagert werden.«

37

Der Fußmarsch durch die Wälder hatte Richter über eine Stunde gekostet. Dann hatte er das abgelegene Haus von der Anhöhe aus durch die Äste der Bäume gesehen und sofort einen Weg ausgemacht, der ihn an Büschen und Bäumen vorbei durch eine kleine Talebene unbemerkt zu dem Anwesen führen würde. Das trübe, warme Licht hinter den Fenstern hatte nach der beschwerlichen Strecke über Steine, Wurzelwerk und peitschendes Geäst fast etwas Einladendes gehabt. Wie er schließlich feststellte, führten die Spuren, denen er vom Kloster gefolgt war, tatsächlich genau dorthin.

Als er den verwitterten Zaun überwand, wäre er beim Landen fast mit dem linken Fußgelenk auf einem Stein umgeknickt. Er hob den Stein auf, wog ihn in der Hand und steckte ihn als Notwaffe zu seinem Jagdmesser. Der Rest der Strecke war im Vergleich zu dem bisherigen Marsch das reinste Kinderspiel. Die eigentliche Herausforderung stand ihm jedoch noch bevor. Sofern die Menschen, deren Spur er gefolgt war, noch lebten und die Verwandlung des Tieres nicht abgeschlossen war.

Das Haus befand sich etwa achtzig Meter vor ihm. Durch die kleinen, teils verhüllten Fenster konnte er weder einen Schatten noch eine Bewegung ausmachen. Er umrundete das Gebäude vorsichtig. Es war still. Verdächtig still. Die Vorder- und die Hintertüre waren verschlossen, das Fensterglas intakt. Das mochte ein gutes Zeichen sein. Oder auch nicht.

In dem kleinen Schuppen entdeckte Richter alles Mögliche an Werkzeug. Lautlos griff er nach einer handlichen Axt, nachdem er das Geländemotorrad inspiziert und festgestellt hatte, dass es erst vor Kurzem benutzt worden war. Die Hoffnung stieg, dass die beiden Menschen noch lebten.

Vom Schuppen aus schweifte sein Blick noch einmal über den Garten und die vordere Eingangstür. Nein, es war viel zu riskant, da durchzugehen.

Richter schlich zum Hintereingang, griff behutsam nach dem Türknauf und lauschte, als plötzlich etwas lautstark schepperte und er unmittelbar darauf die Stimme einer jungen Frau hörte.

»Ruhig, Orph. Ganz ruhig …«

Verdammt! Er warf sich gegen die Tür, die er gerade noch zaghaft hatte öffnen wollen, und brach sie auf. Sofort schlug ihm ein vertrauter, stechender Geruch entgegen. Wie auf einem Schlachtfeld nach dem Gemetzel. Er hörte das kehlige, boshafte Knurren der Kreatur, noch bevor er sie sah.

Auf dem Boden lag eine Frau mit dem Rücken zu Richter. Hinter ihr stand ein Junge mit einer Jagdflinte im Arm. David! Über der Frau dieses mächtige Etwas, das aussah wie ein Höllenhund, bereit, seine Fänge in ihren Körper zu schlagen und sie bei lebendigem Leib auszuweiden. Richter hatte die bildhafte Darstellung eines solchen Beutereißens und Zerfleischens in einem der Kapitel der Triadenbibel gesehen. In ferner Vergangenheit hatten die Nachfahren der Wächter des Herrn auch schon mal Jagd auf Menschen gemacht. Und dieses schleimig-blutige Vieh, das sich da gerade über die Frau hermachte, kochte geradezu vor Gier und Wut.

Dann sah Richter, wie David, der vor ihm stand und das Biest anstarrte, den Abzug der Flinte durchzog. Ein Schuss löste sich und traf das Monster wie ein explodierender Peitschenhieb. Der Rückschlag katapultierte das Kind gegen den Wissenschaftler. Die Flinte fiel polternd zu Boden. Der gewaltige Treffer schleuderte das Biest weg von der Frau.

Richter stürzte vor, packte die Flinte, setzte zu einem weiteren Schuss an und pustete der in den Wohnraum fliehenden Bestie eine zweite Ladung in den Rücken. Eines der Fenster neben der Vordertür zerbarst, als das Biest mit voller Wucht hindurchsprang. Rahmenteile und Glasscherben stoben in den Garten, als das Höllentier nach draußen verschwand. Eine Blutspur zog sich von der Küche durchs Wohnzimmer bis zum geborstenen Fenster und ganz sicher darüber hinaus.

Vorsichtig folgte Richter der Spur, falls das Biest es sich noch einmal anders überlegte und zurückkehrte, um sie zu töten. Doch die Bestie, die einmal ein stolzer, mächtiger Hund gewesen war, hatte das Weite gesucht. Angeschossen und schwer verletzt. Richter konnte nur hoffen, dass sie sich nicht zu den Nachbarn oder in eines der Dörfer schleppte, sondern hinaus in die Wälder, um dort zu verenden.

Die Frau hinter ihm rappelte sich auf und kam keuchend auf ihn zu. Wie es aussah, stand sie nicht einmal unter Schock, obwohl sie blass wie ein Leintuch war.

»Hallo«, sagte sie. »Mein Name ist Bella. Bella Medici.« Sie reichte ihm die Hand. »Sie müssen Indiana Jones sein.«

In der nächsten Sekunde klappte sie mit weichen Knien zusammen.

38

In der Arbeitsuniform einer der angestellten Krankenschwestern betraten Sarah und Angelus die Fantoni-Klinik, in die man Bruder Merdadus von L'Aquila aus gebracht hatte.

Die letzten Wochen waren die Hölle für Sarah gewesen, ein Albtraum, der seit dem Massaker in den unterirdischen Laboren des Re-Source-Towers kein Ende zu nehmen schien. Ebenso war es ein Albtraum, im eigenen Körper gefangen zu sein, ihn mit einer so viel stärkeren, so unglaublich boshaften Persönlichkeit wie

Angelus teilen zu müssen. Sarah fühlte sich wie eine Gefangene in einem düsteren Verlies, deren Kerkermeister sie von der Außenwelt abschirmte und nur das wahrnehmen ließ, was für ihn selbst von Vorteil war. Ebenso nutzte Angelus ihre wenigen rudimentären Erinnerungen an das Leben, das die Original-Sarah einmal in Rom geführt haben musste. Auch wenn diese aus dem Zellbewusstsein hochgespülten Reminiszenzen so verschwommen erschienen wie eine Vision, boten sie doch eine gewisse Orientierung. Im Gegensatz zu Sarah besaß Angelus nämlich keinerlei Erinnerung an seine Vergangenheit vor Re-Source, sah man von dem permanenten Phantomschmerz zwischen seinen Schulterblättern, an dessen Ursache er sich zu erinnern versuchte, einmal ab. Darüber hinaus setzte Angelus Sarahs attraktives Äußeres, das insbesondere die Männer sofort für sie einnahm, skrupellos für seine Zwecke ein, was meist tödlich endete.

Am Unerträglichsten für Sarah waren deshalb seine Phasen des Rauschs, in denen er sämtliche Schranken fallen ließ und sie miterleben musste, mit welcher Hingabe, ja schieren Lust, er Menschen verführte, ihre Seelen in Besitz nahm und verzehrte. Der sogenannte zweite Tod – das nicht nur körperliche, sondern endgültige Sterben der Seele – war für Sarah kein Mythos mehr.

Drei Tage zuvor hatte Angelus die große Abtei betreten, irgendwo in den Wäldern im weiteren Umkreis von Rom. Da er ihre Wahrnehmung einschränkte, hatte Sarah zunächst lediglich die feuchte Erde, die Rinde und Blätter der Bäume sowie das alte Mauerwerk gerochen, das Öffnen und Schließen alter, schwerer Türen gehört und die Gegenwart etlicher Menschen sowie die unglaublich sakrale Atmosphäre gespürt.

Sie kannte die Hintergründe nicht, wusste lediglich, dass Angelus die Gemeinschaft der Mönche dieser Klosteranlage im Auftrag einer noch unmenschlicheren Macht heimgesucht hatte. Nur einer der Ordensbrüder hatte überlebt, weil Angelus ihn hatte überleben lassen. An Körper und Seele missbraucht, verstümmelt und halb wahnsinnig. Einer musste schließlich die Botschaft des Grauens nach Rom überbringen.

»Was hast du vor?«, hatte sie ihn aus dem Zwielicht ihres mentalen Kerkers heraus gefragt. »Diese Männer führen ein friedliches Leben und haben weder dir noch irgendjemand sonst etwas getan.«

Sie rechnete nicht wirklich mit einer Antwort, doch dann sagte Angelus: »Diese Männer sind eine Gefahr. Sie führen einen Krieg, von dem du nichts verstehst.«

Dann nahm das Morden in dem großen Speisesaal seinen Lauf, und Sarahs Angst verwandelte sich unter all diesem Irrsinn in Wut. In ein zunehmendes Verlangen nach Gewalt. Gewalt gegen Angelus.

Während und nach dem Massaker im Kloster blitzte und bebte ihre Seele regelrecht vor Zorn und Erregung. Verrückterweise gefiel Angelus genau das und ließ ihn sogar für einen Moment den jungen Mönch vergessen, der sich in die Kirche geflüchtet hatte. Nach all der Brutalität noch immer des Schändens nicht müde, wandte er sich ihr zu, betrat den mentalen Kerker, in dem er sie gefangen hielt, und tat ihr Gewalt an. Dabei erfuhr sie, dass es bei der Inbesitznahme ihres Körpers und der Unterdrückung ihrer Persönlichkeit, bei all dem Brennen und Morden, nicht nur um triebhafte Körperlichkeit und um die Ausübung von Macht ging, sondern vor allem um einen unstillbaren Hunger nach Liebe.

Das machte sie noch wütender und pumpte entgegen

aller Vernunft zusätzliche Energie in ihren seelischen Widerstand. Auch das machte sie zu ihrem Verdruss für Angelus nur noch anziehender. In einem Zweikampf, der weit mehr einem Katz-und-Maus-Spiel glich und den sie unmöglich gewinnen konnte, überwältigte er sie. Ihr gemeinsames Herz schlug wie wild und beruhigte sich danach nur langsam.

»Ich nehme an, du bist stolz auf dein Werk«, spie sie ihm, dem Todesengel, entgegen. »Hoffentlich begegnest du nie deinesgleichen!«

Angelus wandte sich von ihr ab, gereizt und unruhig, als wäre etwas geschehen, das niemals hätte geschehen dürfen, als wäre eine ferne, schmerzvolle Erinnerung in seinem Bewusstsein aufgetaucht. Gleichzeitig löste sich der heftige Phantomschmerz zwischen den Schulterblättern wie durch ein Wunder auf, und Angelus verließ Sarahs Kerker, um sich auf die Jagd nach Merdadus zu machen und den jungen Mann in der Abteikirche zu stellen.

Den darauffolgenden Tag verbrachte er mit irgendwelchen Planungen, die die Mission betrafen, auf die ihn sein Meister geschickt hatte. Tatsächlich war das bestialische Morden in den Laboren kein Zufall, sondern erfüllte den Zweck, Zeugen zu beseitigen.

Vor einer Woche hatte Angelus dann als Re-Source-Mitarbeiterin getarnt an Bord eines Privatjets Chicago verlassen und Rom erreicht. Die Zeit zwischen dem Massaker in den Tiefen des Towers und der Ankunft in der ewigen Stadt hatte einzig seiner Einweihung und Schulung für diese verfluchte Mission gedient.

Und nun waren sie in der Fantoni-Klinik, sie passierten den Empfang und gingen zu den Aufzügen, um zu dem Stockwerk zu gelangen, in dem Dr. Fantonis Büro lag. Der Arzt hatte in wenigen Minuten Feierabend und würde die Klinik wie gewöhnlich durch den Hinterausgang zur Tiefgarage verlassen. Angelus gedachte, Fantoni abzufangen, damit der Arzt ihn zu Merdadus führte, der in einem geheimen Teil der Klinik untergebracht worden war, wie der Meister ihm vor einem Tag mitgeteilt hatte.

Der Meister …

Sarahs Gedanken kehrten für einen Moment zu dem seltsamen Raum im Re-Source-Tower zurück, wo das erste Treffen zwischen Angelus und diesem Urbösen stattgefunden hatte. Auf dem Weg dorthin waren sie an einer Spiegelwand vorübergegangen, und Sarah hatte über etliche Meter hinweg ihr Abbild gesehen, was eine verwirrende Flut an Erinnerungsfragmenten in ihr Bewusstsein gespült hatte. Intensive Gefühle. Plastische Bilder. Retrospektiven von Menschen und Orten. Für einen Augenblick war es ihr erschienen, als trennten sie nur Millisekunden vom Wiederverschmelzen mit ihrer wahren Identität, vom Gewahrwerden der Vergangenheit ihres Originals. Doch Angelus, obwohl selbst neugierig, hatte dies in letzter Sekunde zu verhindern gewusst, in dem er die visuelle Wahrnehmung der Spiegelung rechtzeitig kappte. Seither achtete er darauf, dass Sarah ihr Spiegelbild – die junge hübsche Frau mit dem dunklen, langen Haar und den strahlend blauen Augen – nicht so bald wieder sah.

Dann hatten sie diesen geheimnisvollen Raum betreten, der im Grunde nichts anderes als eine Kombination aus einem Tempel und einer Isolationskammer war. Sarah spürte über Angelus' Bewusstsein die Gegenwart dieser finsteren Persönlichkeit, die ihre Gegenwart ebenfalls registrierte, sie jedoch für nicht weiter relevant erachtete. Während des Gesprächs zwischen Angelus und diesem Bösen glaubte Sarah zunächst, sie rieche so etwas wie Metall. Dann begriff sie über Angelus' Bewusstsein, dass es der Geruch von frischem Blut war, das über schmale, transparente Schläuche und Kanäle in den Wänden zu einem aufrecht stehenden, thronähnlichen Sarkophag floss, als ergieße sich Leben in ein Grab. Aus diesem blutigen Thron erhob sich das Urböse und trat vor Angelus hin. So dominant und verdorben Angelus auch war, diesem Mann, den er »Gebieter« und »Meister« nannte, der in den Höhen des Towers lebte und ihn über die Iso-Kammer auf telepathischem Wege zu sich befohlen hatte, hatte der Todesengel nichts entgegenzusetzen.

»Eines muss man den Menschen lassen: Sie sind einfallsreich«, begann der Meister das Gespräch, nachdem er aus dem Dunkel, in dem der Sarkophag stand, hervorgetreten war und Angelus von allen Seiten betrachtet hatte. »Anhand einer jahrtausendealten Schrift haben sie dein Grab gefunden und dich durch eine Technologie zum Leben erweckt, die an Magie grenzt. Was ist es für ein Gefühl, nach all dieser Zeit wieder aus Fleisch und Blut zu sein?«

Der Meister war von hagerer, aber eindrucksvoller Statur mit hoher Stirn, schlohweißem Haar und Augen so schwarz wie eine sternenlose Nacht. Seine Seele war von einer Dunkelheit und Entschlusskraft, die Sarah an irgendjemanden erinnerte. Sie wusste nur nicht, an wen. Neben dem Meister stand ein mittelgroßer, gebeugter Mann, dessen Gesicht völlig entstellt war. Eine Geisel, eine Marionette, die dem Bösen hörig war und früher vermutlich selbst über viel Macht verfügt hatte.

Angelus antwortete respektvoll: »Ich lebe, ohne zu wissen, *wer* ich bin, mein Gebieter.«

Ohne Angelus aus den Augen zu lassen, trat der Meister an einen Brunnen mit Blut, tauchte die Fingerspitzen hinein und ließ die purpurroten Tropfen in das Becken zurückfallen.

»*Wer* du bist, wird sich dir offenbaren, indem du tust, *was* du bist. Unsere Feinde sind zahlreich, sowohl unter den Menschen als auch unter unseresgleichen. Es gibt viel zu tun, um die Zukunft wieder auf den rechten Kurs zu führen. Wie fühlst du dich?«

»Bereit!«, sagte Angelus ohne ein Zögern. »Wie kann ich euch dienen?«

Der Meister lächelte zufrieden. Ab da sprach er wie mit Engelszungen. Auch wenn Sarah lediglich Stichworte aufschnappen konnte, offenbarte der Gebieter Angelus einen Plan, der so teuflisch, so unmenschlich war, dass sie endgültig davon überzeugt war, es nicht mit Menschen zu tun zu haben. All das erinnerte sie vielmehr an die Unmenschlichkeit von …

Einmal mehr hatte sich die Erinnerung ihrem Zugriff entzogen, wie ein Gedanke, der einem im Halbschlaf kam und nach dem ersten Erwachen in den Tiefen des Unterbewusstseins verschwand.

Der sanfte Klingelton der sich öffnenden Aufzugstür holte Sarah in die Gegenwart der Klinik zurück. Niemand sprach Angelus an oder hielt ihn auf. Die Krankenschwesteruniform war als Tarnung einfach perfekt. Kurz darauf erschien auch schon Dr. Fantoni auf der Bildfläche, im weißen Arztkittel mit einer Patientenakte in der Hand und in Begleitung einer jüngeren Kollegin.

»Doktor Fantoni?«, sprach Angelus den Mediziner

an. »Ich bin Schwester Anna. Seine Eminenz schickt mich, damit ich mich um Bruder Merdadus kümmere.«

Fantoni starrte Angelus an. Dann wandte er sich der Ärztin zu, reichte ihr die Akte, bedankte sich für das Gespräch und entschuldigte sich, um die Besucherin in sein Büro zu führen.

»Hat Seine Eminenz Sie nicht darüber informiert, dass der Aufenthalt von Bruder Merdadus vertraulich zu behandeln ist?«, fragte er verärgert, als sie unter sich waren.

»Doch, natürlich«, log Angelus, um dann hinzufügen: »Aber unter uns ... es interessiert mich nicht.«

»Was erlauben Sie sich!« Fantoni griff nach dem Telefonhörer, doch er kam nicht mehr dazu, die Nummer des Vorzimmers oder des Kardinals zu wählen. Angelus packte ihn am Handgelenk und zog ihn mit einem einzigen harten Ruck zu sich heran.

»Wenn Sie nicht tun, was ich Ihnen sage, werden Sie dieses Büro nicht mehr lebend verlassen. Wenn wir jetzt gleich gemeinsam auf den Gang hinaustreten und Sie mich zu Merdadus führen, dann lächeln Sie gefälligst! Verstanden?«

Die außergewöhnliche Kraft und Entschlossenheit der Krankenschwester schüchterte Fantoni ein. Dennoch fragte er: »Was haben Sie vor?«

»Mit einem alten Freund reden.«

»Aber ...«

Sarah nahm wahr, wie sich Angelus' Augen vor Erregung verdunkelten, wie sie pechschwarz wurden. Fantoni, der die Veränderung in den Augen seines Gegenübers ebenfalls bemerkte, schnappte nach Luft.

Wenige Sekunden darauf verließen sie das Arbeitszimmer, durchquerten den Flur, passierten mehrere Seitentüren, die zu einem stillgelegten Bereich der Klinik führten, und betraten schließlich einen alten Aufzug, mit dem sie in den Keller fuhren. In der geheimen Krankenstation, in der es noch intensiver nach Desinfektionsmitteln roch als im Rest der Klinik, tat nur eine einzige Krankenschwester Dienst. Fantoni schickte sie mit der Erklärung in den Feierabend, dass Schwester Anna sie nun ablösen werde. Die Frau, die bereits eine Doppelschicht hinter sich hatte, ließ sich das nicht zweimal sagen. Dass Angelus die Krankenschwester unbehelligt ziehen ließ, entzündete in Sarah einen irrwitzigen Funken von Hoffnung.

Schließlich blieb Fantoni vor einer Tür mit Sichtfenster stehen. »Hier liegt er, Ihr … Freund. Ich bezweifle jedoch, dass er Ihnen in seinem momentanen Zustand von Nutzen sein wird.«

Sarah erhaschte einen Blick auf Merdadus. Von oben bis unten bandagiert und an diverse medizinische Geräte angeschlossen, wirkte er mehr tot als lebendig.

»Keine Sorge«, verkündete Angelus und schenkte Fantoni ein wohlgesinntes Lächeln. »Merdadus wird schon sehr bald wieder bei Kräften sein.«

In dem Moment wusste Sarah, dass der Arzt dem Tode geweiht war. Tatsächlich packte Angelus den Mann und küsste ihn leidenschaftlich, kompromisslos und ebenso voller Hassliebe wie die vielen anderen Männer und Frauen davor. In den ersten Sekunden leistete Fantoni noch Widerstand, doch der geheimnisvolle Prozess der Verführung war eingeleitet, strömte wie eine Droge in seinen Geist, sodass ihm keine Zeit mehr blieb, das Geschehen zu verstehen. Sarah fühlte den Schrei, der ihm in der Kehle stecken blieb, den Schmerz und die Lust, die seinen Körper bis zum Höhepunkt durchfluteten. Einen Moment später setzte das Glühen ein, das zu einem verzehrenden Feuer wurde, das Fantonis Leib und seine Seele von innen nach außen auffraß.

Angelus trat von den Überresten des Toten zurück und drückte die Klinke zum Behandlungszimmer herunter. Die Geräusche der medizinischen Überwachungsapparate drangen in Sarahs Bewusstsein. Was hatte Angelus vor? Wollte er etwa auch den Mönch ermorden? Weshalb? Merdadus war viel zu unbedeutend, er hatte nichts mit dem bevorstehenden Konzil zu tun, das der Meister um jeden Preis verhindern wollte.

Angelus näherte sich dem Bett, in dem der Schwerverletzte lag, und berührte ihn. Als der Mönch Angelus' Gegenwart gewahr wurde, zauberte das trotz all der Schmerzen, die er ganz sicher litt, ein verzücktes Lächeln auf sein Gesicht. Was immer der gepeinigte Mann in Angelus sah, es vertrieb die Qualen.

»Wie geht es dir, Liebster?«, hörte Sarah die Stimme von Angelus, als spräche er direkt in Merdadus' Kopf. Die Stimme klang großartig, herrlich, himmlisch. Sarah vergaß darüber fast ihre eigene Wut und Angst. Bis auf die Stimme war auf einmal alles egal. Völlig egal.

»Du bist unglaublich tapfer. Ich wusste, du bist die richtige Wahl.«

»Für dich würde ich alles tun«, hörte sie Merdadus voll Entzücken und ungeduldigem Verlangen antworten. Sein Atem beschleunigte sich. »Ich liebe dich. Ich liebte dich vom ersten Moment an. Ich habe dich immer geliebt!«

»Ich weiß. Wirst du mir noch einmal helfen?«

Merdadus nickte eifrig, völlig erregt. Diese Liebe war wundervoll. So rein! »Was kann ich für dich tun?«

»Du könntest mir helfen, gegen das Böse vorzugehen …«

»Gegen das Böse? Jederzeit. Sag mir nur, wann und wo!«

Ab da verschlüsselte Angelus das Hin und Her an Botschaften zwischen ihm und Merdadus, dennoch drangen Begriffe wie »Papst«, »Audienzhalle« und »Konzil« zu Sarah durch. Außerdem zwei Namen: Catherine Bell und Erasmus Vaira.

»Ich bin bereit«, antwortete Merdadus, nachdem Angelus seine Ausführungen beendet hatte. Vor lauter Verlangen stand er kurz davor, auch noch das letzte bisschen Verstand zu verlieren, das ihm geblieben war.

»Das freut mich sehr«, antwortete die himmlische Stimme, öffnete eine Tasche und legte eine frische, unversehrte Kutte auf das Bett. »Die ist für dich, Liebster. Nun will ich dir all die Energie geben, die du zur Erfüllung deiner Aufgabe brauchst. Bist du bereit?«

Merdadus nickte wie von Sinnen.

Angelus streckte die Hand aus, Sarahs Hand, und Merdadus begann vor Begierde nach Luft zu schnappen. Sehr viel länger schien er kaum noch durchzuhalten.

Angelus erlöste den jungen Mann von seinen Qualen, liebte ihn auf seine abartige Weise – Liebe, Hass, Liebe, Hass –, erlöste ihn von seinem körperlichen Schmerz, von seinem Glauben an das Gute, von jeglichem Gewissen, aber nur für kurze Zeit von seinem unbezähmbaren Verlangen, mit dem Todesengel eins zu sein.

Dann schickte Angelus seinen gefälligen Diener auf eine Mission, auf einen Kreuzzug, der vor vielen Jahrtausenden zwischen Mensch und Engel begonnen hatte. Merdadus hatte keine Angst mehr vor dem Leben. Und auch keine Angst mehr vor dem Tod.

39

Richter hatte Bella Medici in den kleinen Schlafraum getragen und dort aufs Bett gelegt, wobei ein Bündel Zeichnungen aus ihrer Jacke auf den Boden gefallen war. Sofort hatte er den Stil des Jungen erkannt. David hatte die Schrecken der letzten Stunden und Tage in diesen Bildern festgehalten. Selbst das Brennen und Sterben der Mönche im Refektorium von San Leonardo war in einer der Zeichnungen erschreckend realistisch dargestellt.

Er rüttelte die kleine Frau mit dem dunklen, schulterlangen Haar vorsichtig an der Schulter und sprach sie an, damit sie wieder zu sich kam. David saß auf einem Stuhl daneben und beobachtete ihn, wobei er weder Unruhe noch Angst oder Nervosität zeigte. Der Junge stand nicht unter Schock, hatte ihn sogar wiedererkannt, doch irgendetwas gestattete ihm nicht, ganz Teil dieser Welt zu sein. Allerdings musste Richter sich jetzt erst einmal um Bella kümmern. Es war wichtig, dass die junge Frau für ihr eigenes Überleben die Kontrolle über ihr Bewusstsein wiedererlangte.

Endlich öffnete Bella benommen die dunkelbraunen Augen. Richter bettete ihre Beine höher, damit das Blut besser zu den Organen und zum Gehirn zirkulieren konnte. Kalter Schweiß bedeckte die Haut der jungen Frau, aber sie zitterte nicht. Er deckte sie zu, redete beruhigend auf sie ein und sah zu, wie das Leben in sie zurückkehrte.

Anschließend kümmerte er sich um David, den er

ebenfalls in eine Decke gehüllt hatte. Irgendetwas hielt den klugen Geist des Kindes nach wie vor in seinem Griff. Dann entdeckte der Wissenschaftler jene Bleistiftskizze, die eine vergrößerte Abbildung der archäologischen Fotografie war. Sie zeigte vor allem das Skelett mit den verkrüppelten Knochenstummeln auf dem Rücken. Plötzlich ahnte Richter, was mit dem Kind geschehen war.

Er selbst hatte die Fotografie Abt Umberto für die Sondierungssitzungen in den unterirdisch angelegten Isolationskammern der Abtei überlassen, in der Hoffnung, dass David über das mediale Betreten des Bildes eine Lösung für das Angelus-Problem finden würde. Wie es aussah, hatte der Junge die Fotografie während des Anschlags auf das Kloster sondiert und seither nicht mehr verlassen können. Seine Seele hing nun zwischen den Welten, zwischen Raum und Zeit fest. Richter hatte keine Ahnung, wie er David aus diesem Bilderlimbus befreien sollte. Zumal Abt Umberto, der die Sondierung vermutlich als Schutzpatron überwacht hatte, tot war.

Richter erinnerte sich daran, was der Abt ihm über die faszinierendste aller Gaben gesagt hatte. Es sei wie das Anzapfen des kollektiven Gedächtnisses der Menschheit, das alles, was sich jemals unter Gottes Sonne abgespielt hatte, minutiös aufzeichnete und auf quantenmechanischer Ebene an nachkommende Generationen tief im Unterbewusstsein weitergab. Dahinter liege die unterste Schicht des kosmischen Bewusstseins, jenseits von Zeit und Raum, jene Erkenntnisebene, die Seher und Visionäre zu berühren in der Lage waren. Im Grunde war alle Schöpfung reine Energie, von zigfachen Erinnerungen in Form von Gefühlen und Bildern durchdrungen. Deshalb war alles eine Frage der Schwingung, der richtigen Frequenz.

»Aber *wie* genau macht er das?«, hatte Richter den Abt in der beeindruckenden Bibliothek, einem turmähnlichen Anbau der Abtei voller alter und moderner Texte, nach einer der Sitzungen gefragt. »Wie knackt David diesen … Zugangscode?« Unwillkürlich musste er an Eliza denken und daran, wie sehr sie diese Gabe, diese Forschung interessiert hätte. Doch er musste absolute Funkstille wahren, damit Angelus oder die Triaden ihm nicht doch noch auf die Spur kamen.

»Sie meinen, wie er sich ins Deep Web des kollektiven Gedächtnisses einhackt?«

»Ganz gleich, wie Sie es nennen … Wie funktioniert es? Was haben Ihre Forscher herausgefunden?«

»Wir vermuten, Davids Gehirn besitzt Billionen von Mikrorezeptoren, die über beide Hemisphären verteilt sind. Damit stellt er Kontakt zu den einst mit den Fotos verbundenen Gefühlen und Gedanken her. Jedes Bild erzählt ihm seine Geschichte oder vielmehr die Geschichte jener Menschen, die der Junge darüber sondiert und deren Erinnerung in der kollektiven Erinnerung gespeichert sind. David selbst spricht von einer Art episodischer Filmsequenz, in der ihm der entsprechende Lebensabschnitt eines sondierten Menschen präsentiert wird. Das funktioniert sowohl für die Vergangenheit als auch für die Gegenwart. In unserem Fall konzentriert er sich jedoch nicht auf die an der Ausgrabung beteiligten Menschen, sondern einzig auf das Skelett.«

Richter dachte einen Moment über die Tragweite der Worte des Abtes nach und fragte dann: »Was ist mit der Zukunft?«

Nach langem Zögern fügte der Abt hinzu: »Unsere

Kirche gerät in der nahen Zukunft in starke Bedrängnis. Vexilla regis prodeunt inferni. Die Standarten des Höllenkönigs schreiten voran.«

Mehr hatte Umberto dazu nicht gesagt. Nur dass ein großer Wendepunkt der Geschichte bevorstehe, und wie Richter aus eigener Erfahrung wisse, würden solche Marksteine, Wechsel und Krisen in der Welt vor allem durch das Wirken zweier mächtiger Persönlichkeiten und deren Verbündeter initiiert. Waren diese beiden Persönlichkeiten Freunde und gehörten sie der Seite des Lichts an, war der Einfluss auf die Weltgeschichte weniger problematisch. Stießen bei solch einem historischen Kräftemessen hingegen zwei Feinde aufeinander, war die Folge unweigerlich Krieg. Der nächste Krieg konnte damit sehr wohl eine Auseinandersetzung zwischen den Menschen und den Triaden sein, und wenn dem so wäre, würde er verheerender sein als alle Kriege der Menschheit zuvor.

Richter atmete tief durch. Sein Blick fiel erneut auf Davids Zeichnung mit den brennenden Mönchen im Refektorium. Über allem das gewaltige Triadensymbol!

War das Massaker von San Leonardo eine erste Schlacht in diesem Krieg? Konnte es sein, dass ein Medialer der Triaden den Jungen im Bilderlimbus entdeckt hatte und dem Sondierungspfad zurück nach San Leonardo gefolgt war? Normalerweise schützten die Kammern den Sondierenden vor äußeren Einflüssen, ähnlich der geschlossenen Hülle eines faradayschen Käfigs, der sowohl die Insassen vor einer äußeren elektrischen Ladung abschirmte als auch Außenstehende im Falle einer elektrischen Ladung im Inneren des Käfigs. Die Iso-Kammertechnik barg jedoch einen Schwachpunkt: den Sondierenden selbst. Das menschliche Medium bildete gewissermaßen eine winzige Öffnung im Sondierungsfeld, weshalb die Dimension eines Fremdeindringens stark vom Grad der medialen Kraft des Sondierenden abhing. Nur ein erfahrener und unnachgiebiger Medialer konnte sich gegen einen starken Angreifer von außen wirksam verteidigen. Das hatte Richter zumindest gehört.

Er seufzte innerlich. Ob der Orden den barbarischen Anschlag würde verkraften können? Unwillkürlich dachte er über das nach, was Batya ihm über San Leonardo, das Lux Domini, die Cibans und die Macht eines gefallenen Engels anvertraut hatte. Liebe sei das Einzige, was einem Todbringer oder Triaden gefährlich werden konnte. Hatte sie nicht auch diese unfassbare Verbindung zwischen David und Marc Kardinal Ciban bemerkt? Wenn Triaden von einer Verbindung sprachen, dann immer in Bezug auf eine direkte Blutlinie. War der Junge etwa ein Triade? War er Kardinal Cibans Sohn?

Einige Männer und Frauen in Rom sprachen hinter vorgehaltener Hand von einem Fluch, der angeblich auf dem Clan der Cibans lag. Der mysteriöse Unfalltod der Schwester des Präfekten. Der überraschende Tod der Mutter. Das spurlose Verschwinden des Vaters, der inzwischen tot sein musste …

Richter stutzte, als ihm ein weiterer Gedanke kam. In seiner Jackentasche befand sich noch immer der Fund, den er am Ausgang des Tunnels gemacht hatte. Die Halskette mit dem Silberkreuz und dem Goldring, in den das Triadensymbol eingraviert war. Vor den Augen des Jungen holte er die Kette hervor und ließ sie sanft in der Luft schwingen. Prompt griff David sich an den Hals, als ob er den Verlust des Schmuckstücks in all dem Aufruhr noch gar nicht bemerkt hätte.

»Du erkennst sie wieder?«, fragte Richter leise.

Der Junge starrte darauf, als sei sie sein Ein und Alles.

»Ist es deine Kette, David?«

Das Kind nickte, ohne das in der Luft pendelnde Schmuckstück aus dem Blick zu lassen.

»*Wer* hat sie dir gegeben?« Es bestand eine reelle Chance, dass der Schenkende den Jungen aus dem Bilderlimbus befreien konnte.

David schwieg. Die pendelnde Kette schien in diesem Augenblick seine ganze Welt.

Der Wissenschaftler deutete darauf. »Wer hat dir den Ring gegeben? Erinnerst du dich?«

Statt zu antworten, starrte David nur weiter sehnsüchtig auf das Schmuckstück.

»Warten Sie«, sagte eine Stimme hinter Richter.

Er drehte sich um.

Bella Medici blickte ihn an. Noch immer blass, doch überraschend fokusiert. Wie stark diese junge Frau war. Nun, das musste sie wohl sein, wenn sie sich und den Jungen nach der Konfrontation mit der furchtbaren Bestie von der unterirdischen Tunnelanlage der Abtei unversehrt bis hierher gebracht hatte. Das schaffte nur ein willensstarker Mensch.

»David wird die Antwort für Sie zeichnen«, erklärte sie schlicht.

40

Der Jeep stand unweit der Abtei auf einem schmalen Seitenpfad mit Ästen und Blättern getarnt hinter einem dichten Busch. Catherine hätte den Wagen niemals entdeckt, geschweige denn die Fährte, die zu ihm führte. Doch Ciban mit seinem geschulten Blick hatte das Verfolgen der Spur des unbekannten Besuchers der Abtei zur obersten Priorität gemacht.

Monsignore Sorti hatte sich ihnen natürlich sogleich an die Fersen geheftet, nachdem Gasperetti die Arbeits- und Wohnräume des Abtes sowie die einzelnen Zellen der Mönche in Augenschein genommen hatte. Die Inspektion hatte jedoch zu keiner neuen Erkenntnis geführt, außer dass keines der Mitglieder der klösterlichen Gemeinschaft in den Vorfall verwickelt zu sein schien. Schließlich hatte sich der immer blasser dreinschauende Gasperetti von Claudio zurück nach L'Aquila und von dort weiter nach Rom fahren lassen, nicht ohne Catherine und Ciban Sorti als Beistand dazulassen. Eine Unterstützung, auf die sie gerne verzichtet hätten.

Wie Ciban Catherine in einem unbeobachteten Moment und nach einem kurzen Telefonat mit dem Chef der Vatikanpolizei Adrian Coelho erklärte, hatten Gasperettis Leute die offiziellen Protokolle von San Leonardo ohnehin schon bei ihrem ersten Besuch sichergestellt: Umbertos Tagebuch sowie das formelle Protokollbuch. Eben jene Akten, die den Schein der Normalität dieser außerordentlichen Klostergemeinschaft wahrten. Adrian Coelho wollte sich nun in Rom um die Sicherstellung der Unterlagen kümmern.

»Dann hat Kardinal Gasperetti in Wahrheit nach etwas ganz anderem gesucht?«, fragte Catherine nach dieser Offenbarung.

Ciban nickte. »Er sucht nach einem Vorsprung in seiner Position als nichtmedialer Leiter des Lux Domini. Er sucht nach dem geheimen Grundrissplan, den Iso-Kammern, nach dem Safety Room, in dem zweifelsohne die inoffiziellen Protokollbücher der Abtei aufbewahrt werden. Lange wird er den Zwischenfall in San Leonardo nicht mehr vor dem Orden geheim halten können, und dann wird es hier nur so von Lux-Agenten wimmeln.«

Catherine musste sofort an David denken. Ohne Zweifel würden die Lux-Agenten früher oder später auf die Spur des hochbegabten Jungen stoßen, jenen abgelegenen Gebäudetrakt, in dem Abt Umberto ihn mitsamt seiner Studienliteratur vor allzu neugierigen Blicken bewahrt hatte. Nicht dass Catherine über die genaue Lage des verborgenen Bereichs informiert war, aber dort befand sich ganz sicher auch das außergewöhnliche Tablet, das Ciban dem Jungen – der nun mal rein genetisch gesehen sein Sohn war – geschenkt hatte. Das Hightechgerät würde früher oder später zu dem Kardinal führen. Ob der unbekannte Besucher etwas über David herausgefunden hatte?

Die erste Spur des Unbekannten hatte sie jedenfalls hinter das Abteigelände geführt, genauer zu einem kleinen Steilweg, der an einen extrem abschüssigen Hang angrenzte. Ohne ein einziges Wort hatte Ciban den schmalen Pfad und einen Teil des abfallenden Geländes untersucht, bevor sie zum Refektorium zurückgekehrt waren, um einer weiteren Spur zu folgen, die sie durch die Küche, den Kreuzgarten, den Hof und die Pforte nach draußen auf den Hauptweg geführt hatte. So waren sie zu diesem noch engeren, fast schon zugewachsenen Seitenweg gelangt, in dem der alte, mit Grünzeug getarnte Geländewagen geparkt war, vor dem sie jetzt standen.

Kaum hatten Catherine und Ciban den Jeep mit vereinter Kraft vom Blätterwerk befreit, da rüttelte Sorti auch schon mit seinen zarten, blassen Händen an der Fahrertür.

»Abgeschlossen«, stellte er neunmalklug fest.

Catherine seufzte innerlich und schickte in Gedanken ein kurzes, aber kräftiges Stoßgebet gen Himmel, als Ciban zu ihrer und Sortis Verblüffung einen feinen, stabilen Draht aus der Jackentasche zog. Keine zwanzig Sekunden später waren die Fahrertür geknackt und die Beifahrertür sowie die Heckklappe geöffnet. Sorti starrte den Kardinal an, als falle er jeden Moment vom Glauben ab. Das Bild, das er sich bisher vom Präfekten der Glaubenskongregation gemacht hatte, schien mehr und mehr zu bröckeln.

Ohne den Monsignore zu beachten, warf Ciban einen Blick hinein und fing mit Catherines Unterstützung an, den Wagen, dessen hintere Sitzbank fehlte, zu durchsuchen. Eine Kletterausrüstung, ein Einmannzelt, Campinggeschirr, Wasserkocher, Notnahrung … Sorti stand daneben, als beaufsichtigte er das aufwendige Arrangieren der vatikanischen Kronjuwelen.

»Unser Fremder ist wohl ein Naturfreund«, bemerkte er.

Catherine schluckte die Bemerkung herunter, die ihr auf der Zunge lag. Nichtsdestotrotz hatte der Pater recht. Wem auch immer der Jeep gehörte, schien für eine größere Expedition gerüstet. Leider gab das Wageninnere nichts über die Identität des Fremden preis. Kein Ausweis, keine Fahrzeugpapiere, kein Führerschein. Nicht einmal eine Tankquittung lag auf oder unter einer der Fußmatten.

»Die Kletterausrüstung ist nicht vollständig«, flüsterte Ciban Catherine gerade so laut zu, dass Sorti es nicht hören konnte.

»Die erste Spur am Steilhang?«

Der Präfekt nickte.

Catherine kam der Gedanke, das Nummernschild überprüfen zu lassen. Sie tastete nach dem Kryptohandy, das der Kardinal ihr vor einigen Monaten hatte zukommen lassen. Umgehend wählte sie die Nummer von Rebekah König, der jungen Novizin und Hackerin, die für Ciban und die vatikanische Sicherheit arbeitete. Rebekahs Computertalent hatte sich schon im letzten Fall, in dem es um den Mord an Cibans Schwester gegangen war, als sehr hilfreich erwiesen. Just in dem Augenblick, als Catherine das Handy ans Ohr hielt, hatte Ciban sich auch schon mit einem Taschenmesser an der Innenverkleidung des Jeeps zu schaffen gemacht und drei weitere Autokennzeichen zum Vorschein gebracht.

»Ein Profi«, bemerkte er. Diesmal so laut, dass auch Sorti es hören konnte.

Der Monsignore, der nach wie vor eine respektvolle Distanz zu Ciban wahrte, trat einen Schritt näher heran und begutachtete den Fund. »Unser Naturfreund wird immer interessanter. Denken Sie, er könnte … bewaffnet sein, Eminenz?«

»Im Wagen finden sich weder Spuren einer Schusswaffe noch Ersatzmunition. Aber das muss nichts heißen«, sagte Ciban. »Bestimmt besitzt er ein Jagdmesser.«

Catherine drückte auf die Wahlwiederholungstaste. »Ich werde die Nummernschilder überprüfen lassen. Eines könnte ja echt sein.«

Ciban nickte. »Gute Idee.«

Ein paar Sekunden darauf hatte sie Rebekah König auch schon am Apparat, gab der jungen Novizin die

Daten durch und steckte das Handy wieder ein. Die junge Frau würde sich in einigen Minuten bei ihr melden.

Keiner sprach es aus, doch Catherine war klar, dass sowohl Ciban als auch Sorti, den Gasperetti eingeweiht hatte, in Verbindung mit dem alten Jeep und den Nummernschildern an die Fotografie dachten, die zufällig von Dr. Robert Martinis Doppelgänger in L'Aquila aufgenommen worden war. Ein Tourist hatte das Bild im Internet veröffentlicht, wo einer von Gasperettis Leuten es bei einer seiner routinemäßigen Doppelgängerrecherchen mit Hilfe der Gesichtserkennungs-Software einer Websuchmaschine entdeckt hatte. Gasperetti war geradezu besessen von diesem Doppelgängerfall. Catherine musste inzwischen zugeben, dass auch sie infiziert war und wissen wollte, wer sich hinter diesem Mann verbarg. Martini schien etliche Identitäten zu haben.

»Wir nehmen den Wagen mit zum Kloster«, entschied Ciban. »Wir wollen doch nicht, dass unser Gast klammheimlich von hier verschwindet.«

Sorti klappte der Mund auf, als befürchtete er, sie müssten den Wagen die ganze Strecke zurück zum Kloster schieben.

Doch Ciban nahm schon eine Zange aus dem Werkzeugkasten, den Catherine im Laderaum entdeckt hatte, setzte sich hinters Steuer, legte das Anlasserkabel frei, schloss den Motor kurz und startete den alten Jeep. Einmal mehr stand Sorti starr vor Staunen da, als fragte er sich, ob man das beim Vatikanischen Geheimdienst lernte.

»Meine Damen und Herren, bitte einsteigen.«

Sorti zögerte, doch dann quetschte er mit einem Lächeln seinen untersetzten Leib neben Catherine auf den Beifahrersitz, da die Rückbank fehlte. Sie seufzte innerlich, denn sie konnte sich des Eindrucks nicht erwehren, dass er die unerwartete körperliche Nähe zu ihr genoss. Am liebsten wäre sie wieder ausgestiegen, doch dafür war es nun zu spät. Gott sei Dank dauerte die Fahrt nicht lange.

Über Catherines Kopf hinweg fragte Sorti: »Und Sie denken, dass das mit dem Wagen und dem Fremden funktioniert?«

Ciban trat vorsichtig aufs Gas. »Es ist ein langer Weg nach L'Aquila. Deshalb wird unser Gast höchstwahrscheinlich erst der Spur seines Wagens zur Abtei folgen.«

Die ruckelnde Fahrt durch das Unterholz und über den Hauptweg war nach fünf Minuten beendet. Catherine kam es trotzdem vor wie eine Ewigkeit. Sortis Selbstbewusstsein strahlte in Cibans Gegenwart zwar nicht ganz so unverschämt, doch sie spürte sein deutliches Interesse, und seine Unterstellung auf dem Autobahnparkplatz schoss ihr wieder in den Sinn. Wenn sie also schon ein Verhältnis mit dem Präfekten der Glaubenskongregation hatte, wie er glaubte, warum dann nicht auch mit ihm? Die Ohrfeige, die sie ihm verpasst hatte, stachelte seinen unverfrorenen Ehrgeiz offenbar an. Einzig Cibans Anwesenheit war es zu verdanken, dass er ihr nicht längst die Hand aufs Knie gelegt hatte.

Vor dem Zugangstor stoppte Ciban den Jeep mit laufendem Motor.

»Ich will nicht hier draußen parken. Würden Sie bitte das Tor öffnen und hinter mir wieder verschließen, Pater.« Es war keine Bitte. Ciban reichte Sorti den Schlüssel, den Claudio ihm vor der Abfahrt überlassen hatte.

Der Monsignore zögerte einen Moment, als hätte er kein gutes Gefühl bei der Sache. Dann nickte er, stieg aus und ging auf das gewaltige zweiflügelige Portal zu.

»Du wirst ihm doch nicht über die Füße fahren?«, sagte Catherine halb im Scherz.

»Ich hätte durchaus Lust dazu, aber ich weiß, dass er für seinen momentanen Zustand nicht verantwortlich ist. Dummerweise wird es mit jeder weiteren Minute schlimmer, die er hier verbringt.«

Catherine sah ihn überrascht an. »Was meinst du?«

»Erinnerst du dich an das, was ich dir über die Todesengel erzählt habe? Das mit dem höheren Energiewert?«

»Ja.« Catherine nickte. Spirituale, die andere Spirituale ermordeten, um an deren Energie zu gelangen.

»Dieser energetische Nachhall kann sehr trügerisch sein. Offen gesagt, in unserem Fall ist er es.« Ciban unterbrach sich, wich kurz ihrem neugierigen Blick aus. »Ich spüre es selbst schon.«

»Was, zum Henker, meinst du?«

»Merkst du denn nichts?«

»Ich habe nicht den Hauch einer Ahnung, wovon du sprichst.«

Ciban atmete tief durch. »Pheromone. Oder vielmehr die transzendente Version davon. Sexuallockstoffe, die nicht nur auf biochemischem, sondern auch auf spirituellem Weg kommunizieren. Sorti reagiert darauf. Und zwar sehr heftig.«

»Wieso spüre ich nichts davon?«

»Starke Emotionen wie Trauer, Zorn, Wut oder Schuldbewusstsein können einen dagegen immun machen. Zumindest manchmal.«

»Ich bin weder zornig noch fühle ich mich schuldbewusst.« Catherines Blick glitt kurz zu dem Monsignore, der gerade durch die kleinere Pforte verschwand, um das schwere Portal mit dem alten Metallschloss und den Querbalken von innen zu öffnen. »Okay, vielleicht ein wenig wütend auf diesen Narren da draußen. Mehr aber nicht…« Sie stockte. Ciban wirkte seltsam abwesend. »Was… ist mit dir?«

Der Kardinal rang sich ein mattes Lächeln ab. Seine Körperhaltung verriet eine gewisse Anspannung. »Ich versuche zu denken.«

Catherine hörte, wie Sorti die schweren Querbalken des Portals über die Antriebsmechanik in Bewegung setzte. Normalerweise hätte sie den unbeobachteten Moment genutzt, um Ciban zu berühren, einen Kuss auszutauschen, doch sie spürte, dass er dies unbedingt vermeiden wollte. Um sich und ihn abzulenken, stellte sie ihm eine Frage, die sie schon seit einer Weile beschäftigte.

»Weshalb hast du David ausgerechnet in San Leonardo untergebracht?«

»Weil ich dachte, dass er hier sicher ist. Meine Mutter hat nicht nur Darius, sondern auch Umberto sehr gut gekannt. Sie waren Freunde.«

»Freunde?«

»Seelenverwandte ohne eine körperliche Beziehung. Meine Mutter hat Umberto dabei unterstützt, mit seiner medialen Veranlagung Frieden zu schließen. Sie hat einigen Medialen geholfen, mit ihrer Gabe besser klarzukommen.«

Erst vor ein paar Monaten hatte Catherine überraschend erfahren, dass Darius während Cibans Kindheit oftmals Gast in der Ciban-Villa gewesen war. Wie es schien, hatte Cibans Mutter Eleonora in jenen Jahren eine beeindruckende Gruppe von Medialen um sich versammelt, einen Kreis, der ganz sicher nicht nur über spirituelle, sondern auch über politische Themen diskutiert hatte. Seltsamerweise hatte Cibans Vater diese Zusammenkünfte und das freundschaftliche Verhältnis zu Darius geduldet. Auch wurde ihr plötzlich klar, dass Ciban David zur Ausbildung ganz sicher zu Darius nach Deutschland gebracht hätte, wenn der Pater noch leben würde. Er wäre dem Jungen ohne jeden Zweifel ein ausgezeichneter Lehrer gewesen.

»Und da hast du gedacht, Umberto könnte David helfen«, stellte sie fest.

»Ich hatte es gehofft, denn ich kann ihm wohl kaum der Vater sein, den er braucht.«

Obwohl der Gedanke unrealistisch erschien, hoffte Catherine, dass Ciban seine Grundhaltung und Strategie gegenüber David noch einmal überdachte. Er könnte die Rolle eines entfernten Verwandten oder väterlichen Freundes einnehmen. Ganz gleich ob von einem skrupellosen Wissenschaftler in einem Reagenzglas gezeugt oder nicht, der Junge war sein Fleisch und Blut.

Sie seufzte. »Wir haben noch immer keine Spur von David.«

Ciban nickte zögernd. Auch wenn er es nicht zeigte, sorgte er sich um das Kind. »Ich glaube, ich weiß, wo sein Zimmer ist. Doch solange wir Sorti am Hals haben …«

»Ich könnte ihn beschäfti …«

»Nein!«

Das Nein war so entschieden, so endgültig wie ein Pistolenschuss aus seinem Mund gekommen, dass darauf absolute Stille folgte. Stille, in der Ciban tief durchatmete und sich sammelte.

Er lächelte verlegen. »Entschuldige. Aber die Situation ist heikler, als du denkst. Sortis Verstand hängt an einem seidenen Faden. Er wird bald jede Bewegung, jede Geste, jede Äußerung von dir als eine Einladung auffassen, mit ihm ins nächste Bett zu steigen und …«

Er brach ab, schockiert über seine eigene Offenheit, und starrte auf das Portal, dessen zweiflügeliges Tor langsam aufging und den Blick auf einen Teil des Hofs freigab. Sorti stand hinter der linken Torhälfte, wo er die Mechanik bediente, so gut er es als Kanzleimensch vermochte.

»In meinem Koffer ist ein Taser, Catherine. Ich möchte, dass du ihn an dich nimmst und ihn im Notfall auch einsetzt. Gegen wen auch immer!«

Sie begriff, dass er mit dem Hinweis auf den Elektroschocker auch sich selbst einbezog. Widerrede war zwecklos, als er ihr den Zahlencode des Kofferschlosses nannte. Als Nächstes erklärte er ihr, dass er Sorti in eine der Mönchszellen einschließen und das Refektorium, die Hauptquelle der Pheromonenergie, versiegeln würde.

»Du denkst, das hilft?«

»Ein wenig. Zumindest wird es jenen helfen, die das Refektorium noch nicht betreten haben. Wie du weißt, steht die Abtei auf einem Kraftort, was die Restenergie der transzendenten Pheromone dummerweise verstärkt. Ich hoffe, Sorti kann seinen Rausch ausschlafen und kommt wieder zur Besinnung.«

Da das Tor inzwischen weit genug geöffnet war, trat Ciban sanft auf das Gaspedal. Der alte Jeep setzte sich langsam in Bewegung.

Catherine nickte. Was konnte sie sonst auch tun. »Wer ist unsere Verstärkung, wenn ich fragen darf?«

Ciban lächelte knapp, während er den linken Portalflügel im Auge behielt. Sorti musste jeden Moment in ihrem Blickfeld auftauchen.

»Monsignore Ben Hawlett und unsere Auszubildende Rebekah König. Freust du dich?«

Ben und Rebekah! Und ob sie sich freute. Nur der Umstand, dass Ben sie nach all der Zeit mit einer Menge Fragen löchern würde, bereitete ihr ein wenig Bauchschmerzen. Nicht nur wegen des Konzils, sondern vor allem in Bezug auf Cibans vermeintlichen Autounfall vor ein paar Monaten. Via Telefon und E-Mail-Kontakt hatte sie seiner Neugierde mehr oder weniger geschickt ausweichen können, doch nun, Auge in Auge, würde es damit vorbei sein.

Natürlich war Ben für sie ein alter Freund, und das seit den ersten Schultagen im KIMH, dem Katholischen Institut für Medial Hochbegabte, doch zugleich war er ein Mitarbeiter Cibans. Hinter dem Anschlag auf den Kardinal und der Ermordung seiner Schwester verbarg sich immerhin eine private Familiengeschichte. Ganz zu schweigen davon, dass Catherine und Ciban mittlerweile eine sehr persönliche Beziehung verband.

Das klingelnde Handy riss sie aus ihren grüblerischen Überlegungen.

»Schwester Catherine«, meldete sie sich.

Rebekahs Stimme am anderen Ende klang freudig erregt, fast wie aus einer fernen, heilen Welt. Die junge Frau gab ihr das Resultat ihrer Computerrecherche durch und verkündete dann stolz, dass Monsignore Hawlett und sie sich bald auf den Weg nach San Leonardo machen würden. Und zwar in einem nagelneuen, fast lautlosen Hightech-Fluggerät.

Catherine freute sich aufrichtig. Auch über Rebekahs

Begeisterung in Sachen Hightech. Wie es aussah, hatte Ciban mal wieder seine Beziehungen spielen lassen.

Die zweite Nachricht war jedoch die eigentliche Sensation. Eines der Nummernschilder war tatsächlich in Rom registriert. Und zwar auf den Namen Dr. Robert Martini.

41

Catherine hörte, wie Sorti auf der anderen Seite der massiven Eichentür Gift und Galle spuckte.

»Verdammt, Eminenz! Das können Sie nicht machen. Ich habe nichts getan, was diese Inhaftierung auch nur im Ansatz rechtfertigen würde ...«

Ciban zog den Schlüssel von der Tür zu Abt Umbertos Wohnbereich ab. Es war einer der wenigen Räume, zu denen es überhaupt einen Schlüssel gab. Außerdem bot der Privatbereich des ermordeten Ordensvorstehers die Annehmlichkeit eines Badezimmers. So viel Rücksicht sollte schon sein. Die beiden Zugänge zum Refektorium hatte er zu ihrer aller Sicherheit noch schnell mit ein paar Brettern vernagelt.

»Ich werde mich an oberster Stelle über Ihr willkürliches Vorgehen beschweren.«

Glaubte Sorti wirklich, dass eine Beschwerde beim Papst ihm etwas brachte?

»Das steht Ihnen selbstverständlich frei, Monsignore.« Ciban verwahrte den Schlüssel sorgfältig in der Jacke seines Priesteranzugs und schob als weitere Vorsichtsmaßnahme einen der Stühle im Gang unter die Türklinke.

Catherine hörte, wie hinter der Tür etwas gegen eine der Zimmerwände krachte, vermutlich ein Stuhl.

»Denken Sie nicht, ich wüsste, *was* Sie mit unserer Schwester in Christo vorhaben, Ciban?«

Jetzt trat Sorti auch noch gegen die Tür, woraufhin er vor Schmerz aufschrie und fluchte, was seine angestaute Wut nur noch mehr entfachte.

»Hat Ihnen John Neirynck nicht gereicht? Ich weiß, wie Sie ticken, *Eminenz*!«

»Ich hätte ihm den Mund stopfen sollen«, seufzte Ciban.

Catherine entging nicht, wie der Blick des Kardinals über jenen Teil ihrer schwarzen, sportlichen Damenjacke huschte, wo der Taser verborgen war. Fast als wolle er sich versichern, dass sie den Elektroschocker im Notfall auch tatsächlich griffbereit hatte.

»Dann lass uns mal sehen, ob ich mit meiner Vermutung richtigliege, was Davids Zimmer angeht.« Er wandte sich ab und schritt den Flur hinunter.

Catherine folgte ihm, während sie hörte, wie Sorti weiterhin hinter der Eichentür tobte und schrie.

Schwester Giada hatte vor einigen Monaten Andeutungen hinsichtlich des über dreizehn Jahre zurückliegenden Anschlags auf Ciban und John Neirynck gemacht. Die alte Dominikanerin hatte angenommen, dass Catherine als eine der engeren Mitarbeiter Cibans ohnehin über den Vorfall informiert war, denn in Cibans offizieller Biografie wurde die Angelegenheit mit keiner Silbe erwähnt. Damals war der Präfekt noch ein aktives Mitglied des Vatikanischen Geheimdienstes gewesen und Roms Verbindungsmann zur International Security Agency, ISA, einer Organisation, der zahlreiche Weltregierungen angehörten. Wie es aussah, hatte auch Neirynck für den Geheimdienst gearbeitet oder war zumindest in den damaligen Fall involviert.

Im Treppenhaus des Dormitoriums fragte sie schließlich: »Was ist mit Monsignore Neirynck damals passiert?«

Ciban schritt weiter ohne ein Wort die Stufen hinab, als hoffte er, das Gespräch damit von vorneherein zu beenden.

»Du hast vorhin gesagt, dass du schon einmal einem Todesengel begegnet bist und Neirynck diese Begegnung nicht überlebt hat …« Als er erneut nicht reagierte, ergriff sie seinen Arm. »Marc.«

Sein Blick glitt zu ihrer Hand. »Nicht jetzt.«

»Wenn nicht jetzt, wann dann?«

»Hör zu«, sagte er sanft, ohne stehen zu bleiben. »Ich werde dir diese Geschichte erzählen. Aber nicht unter den gegenwärtigen Umständen. Ich könnte es nicht ertragen. Es würde uns beide in den Abgrund ziehen. Verstehst du?«

Nein. Catherine verstand nicht. Nicht wirklich. Aber seine Worte klangen aufrichtig, und es lag ein großer Schmerz darin. Was immer damals zwischen Neirynck, ihm und diesem Todesboten vorgefallen war, es brachte diesen sonst so stoischen Mann noch immer aus der Fassung. Sie gab seinen Arm frei. Er reagierte mit einem erleichterten Nicken, fast als hätte ihre Berührung ihn verletzt.

Sie verließen den Bereich mit den Zellen der Mönche, eilten durch den Klausurhof und den Kreuzgang an der Abteikirche vorbei zur Bibliothek. Davids Zufluchtsort, wie Ciban ihr erklärte. Letzteres schien von tieferer Bedeutung für ihn zu sein. Vielleicht hatte er seit dem Treffen mit David in der Familienvilla mehr Kontakt zu dem Jungen, als Catherine bewusst war. Auch wenn man die Konfrontation, der die beiden damals völlig unvorbereitet in der Villa ausgesetzt waren, wohl kaum eine kleine Reiberei nennen konnte. Ciban hatte irgendetwas in David gesehen, das Catherine trotz ihrer Gabe entgangen war. Oder hatte der Junge gar etwas in seinem Vater entdeckt? Womöglich die dunkle Erblast? Am Ende hatte David dem Kardinal jedenfalls vorgeworfen, er sei wie der Teufel, der aus der Bibel zitiert.

Sie blickte kurz zum Himmel hinauf, der sich verdunkelte, als braute sich ein Unwetter zusammen. Doch das Donnergrollen, das sie vernahmen, schien noch Welten von ihnen entfernt zu sein.

»Wie kommst du darauf, dass Davids Zimmer ausgerechnet dort liegt?«, fragte sie.

»Bei einem meiner Telefonate mit Umberto habe ich mitbekommen, dass David von seiner Zelle aus nur eine Minute bis zum Lesesaal braucht. Es gibt nahe der Bibliothek einen exklusiven Wohnbereich für besondere Gäste. Meine Mutter war dort manchmal untergebracht, wenn es für eine Rückreise zu spät war.«

»Du hast mit keiner Silbe erwähnt, dass du dieses Kloster kennst.«

»Ich habe während meiner Kindheit einige Klöster kennengelernt. Dieses hier habe ich seither jedoch nur noch fünfmal betreten. Viermal, um in der Bibliothek zu recherchieren, einmal, um mit Umberto über David zu reden.«

Wie Catherine feststellte, war die Bibliothek ein gutes Stück von den Ruhe- und Gemeinschaftsräumen der Mönche entfernt. David hatte demnach wirklich sehr abgeschieden gelebt. Ob so viel Isolation bei aller Geheimhaltung gut für den Jungen war?

»Bruder Bertram, der Botaniker, hat sich seiner angenommen«, erklärte Ciban, als hätte er ihren Gedanken erraten. »David und er haben sich auf Anhieb gut verstanden, zumal Bertram die Bibliothek über alles geliebt und dort in den Wintermonaten assistiert hat. Er war Autodidakt, was das Bibliothekswesen anging, und in meinen Augen ein wahrer Philosoph.«

Er hielt an, öffnete eine große, schwere Pforte, trat galant beiseite und ließ Catherine den Vortritt in einen Raum, dessen Anblick sie in Ehrfurcht erstarren ließ.

Das musste die Basis des hohen, massiven Turms sein, dessen obere drei Fensterreihen sie samt dem Spitzdach vom Hauptportal der Abtei aus gesehen hatte. Der hohe sechseckige Vorraum, der den eigentlichen Turm ausmachte und von oben bis unten mit Bücherregalen bestückt war, ging in eine zweigeschossige Halle mit Folianten und einem Lesesaal über. Schon ein einziger Blick verriet Catherine, dass hier theologische und philosophische Schätze aus mehreren Jahrhunderten aufbewahrt wurden. Alles war in einem dunklen Holz gehalten. Das Ende des Hallenganges lief auf eine prachtvoll gestaltete sakrale Glasmalerei zu.

Während sie den Turm passierten und durch die Halle eilten, berichtete Ciban ihr in groben Zügen, was er über die Historie und Chronologie der im Mittelalter gegründeten Bibliothek wusste. Auf halbem Weg durch die Halle bogen sie nach rechts in einen schmalen, leicht ansteigenden Gang, um einer etwas breiteren, steinernen Treppe nach unten zu folgen. Cibans Begeisterung für die alte Abtei und ihre Bibliothek entfachte in Catherine eine eigentümliche Euphorie, fast schon ein erotisches Glücksgefühl.

»Als Kind habe ich mich am liebsten in der alten

Bibliothek und im Turm aufgehalten. Von der obersten Galerie hast du einen grandiosen Blick über die Wälder bis hinunter ins östliche Tal ...«

Catherine vermutete, dass David die Liebe seines Vaters zu dieser außergewöhnlichen Bibliothek teilte. Hier sprach vermutlich das gemeinsame Blut, vor dem der Präfekt so sehr auf der Hut war, dem er mehr misstraute als allem anderen auf der Welt.

»Damals war Umberto noch ein einfacher Geistlicher und hat sich vor allem um die verwaltungstechnischen Angelegenheiten gekümmert«, fuhr der Kardinal nachdenklich fort.

Während sie seinen Worten lauschte, nahm das wunderbare Hochgefühl in ihr zu, wobei der Inhalt seiner Erläuterungen mit jedem Schritt mehr zur Nebensache wurde. Dafür zog sie seine wohlklingende männliche Stimme geradezu magisch an. Vor allem das heimliche, intensive Verlangen darin, das ihr so noch nie bewusst geworden war.

»... könnte mir vorstellen, dass auch Robert Martini hier zu Gast war. Wie du weißt, wurde seine Privatbibliothek bei dem Brandanschlag nahezu völlig zerstört, und er hatte keinerlei Zutritt zu den vatikanischen Archiven ...«

Robert Martini und die Bibliothek. Ja, das ergab nach dem jüngsten Anschlag Sinn ... oder auch nicht. Catherine nickte nur, eilte neben Ciban her und lauschte dem fordernden Unterton seiner Worte, diesem subtilen, unglaublich verheißungsvollen Drängen. Jede Silbe aus seinem Mund brachte eine empfindlichere Note in ihrer Seele zum Klingen, wurde zu einer unwiderstehlichen Melodie.

»... ich weiß, du hast Martini sterben sehen, doch es

gibt keinen Leichnam, was Adrian Coelho die Arbeit nicht gerade erleichtert …«

Martinis Leichnam war verschwunden? Interessant. Wieso erfuhr sie erst jetzt davon? Andererseits, spielte das überhaupt noch eine Rolle? Ob mit oder ohne sterbliche Hülle, der Kommandant der Vigilanza hatte schon ganz andere Fälle vertuscht oder geknackt.

Ciban redete noch immer in diesem unglaublichen Tonfall und entwarf einen detaillierten Aktionsplan für ihr weiteres Vorgehen, sobald Ben und Rebekah eingetroffen wären. Vielleicht erhoffte er sich von Catherine ein paar nützliche Anmerkungen, doch sie war zu nichts anderem fähig, als zu nicken. Auf gar keinen Fall wollte sie diese Stimme unterbrechen, schon gar nicht auf dem Weg zu diesem besonderen Gästequartier, denn inzwischen war Catherine klar, dass der eigentliche Beweggrund für ihren dynamischen Streifzug ein ganz anderer war. Da war dieser getriebene Ausdruck in Cibans Augen. Er sprach so unglaublich vernünftig, und doch war er mit seinen Gedanken bei einer ganz anderen Szenerie. Alleine bei dem Gedanken rieselte ihr ein wohliger Schauer über den Rücken. Es konnte nicht mehr weit sein, und dann würde sie mit dem Mann, den sie liebte …

Sie stolperte.

Inmitten dieses alles beherrschenden, brennenden sehnsüchtigsten Wunsches stolperte Catherine über ihre eigenen Füße, über eine dieser verflixten, alten abgetretenen Stufen. Schmerzvoll prallte sie mit der Schulter gegen die Wand und kippte vornüber.

Ciban reagierte sofort, fing sie mit einem Arm auf, bevor sie brutal auf die Stufen knallte. Sein fester Griff traf sie wie ein Stromschlag. Im Bruchteil einer Sekunde war sie ernüchtert, hellwach und schnappte wie eine Ertrinkende nach Luft, während ihr schlagartig alles klar wurde.

Die Pheromone!

Nun begriff sie, wogegen Ciban die ganze Zeit ankämpfte und was Sorti als Normalsterblicher nicht imstande war abzuwehren.

Benommen richtete sie sich auf, lehnte sich gegen den hochgewachsenen Mann. »Himmel, ich hatte ja keine Ahnung …« Mitten im Satz brach sie ab.

Sie hörte, wie Cibans Herz hämmerte, wie der Präfekt sich zwang, während des fast schon intimen Körperkontakts ruhig zu atmen. Noch immer stützte seine rechte Hand ihren schlanken Körper, berührte ihr Haar sein Gesicht. Wenn er sie wollte – und er wollte sie –, brauchte er sie bei all seiner Kraft nur gegen die Wand oder die Stufen zu pressen. Nichts und niemand würde ihn aufhalten.

Doch er ließ Catherine los, kaum dass sie sich gefangen hatte. Schwer atmend blieben sie stehen. Er auf seiner Seite der Treppe, sie auf der ihren. Jeder bemüht, im Blick des anderen zu lesen. War der irrwitzige Spuk endlich vorbei?

»Du solltest Ben und Rebekah nicht herkommen lassen«, war alles, was Catherine schließlich heiser hervorbrachte.

»Das Refektorium ist verriegelt.« Cibans Stimme klang dunkel und rau, doch er schien sich langsam zu entspannen. »Keiner von beiden wird es betreten. Damit sollte die Gefahr weitgehend gebannt sein. Wie es scheint, bist du ohnehin immun.«

»Was ist dann gerade mit mir geschehen?«

Die Frage tat ihr leid, doch angesichts des Wahnsinns,

der sie gerade befallen hatte, musste sie gestellt werden. Wie es aussah, waren selbst Mediale kaum gegen den Einfluss dieser Engel-Pheromone gefeit. Und schon in wenigen Tagen würde es hier nur so von Medialen des Lux Domini wimmeln.

Ciban holte tief Luft. »Das … es lag nicht am Refektorium. Es lag an … mir.«

Ein tiefes Bedauern lag in der Stimme, die Catherine eben noch mit ihrem verführerischen Unterton fast um den Verstand gebracht hatte.

Sie starrte den Kardinal an. »An dir? Was soll das heißen?«

»Unsere geistige Verbindung.« Er trat auf sie zu, ohne ihr jedoch zu nahe zu kommen. »Du musst deine mentalen Schilde ganz hochfahren. Sonst bekommen wir ein ernsthaftes Problem.«

Sie musterte ihn für einen langen Moment. In den sonst so unergründlichen Augen lag ein ruheloser, schmerzvoller Glanz. Dann ging ihr ein Licht auf. Sie selbst war nach wie vor immun. Es war vielmehr die Wucht *seines* Verlangens, das sich unter dem Einfluss der Pheromone über die mentale Brücke wie ein Flächenbrand in ihrem Bewusstsein ausgebreitet hatte. Sie musste diese Leitung zwischen ihnen so schnell wie möglich kappen. Plötzlich wurde ihr sehr heiß.

»Gib mir bitte einen Moment.«

Er nickte, ging die Treppe ein paar Stufen hinunter und wartete.

Catherine blickte auf die ihr gegenüberliegende, weiß getünchte Wand und suchte nach einem Ruhepunkt, um sich auf ihre innere Kraft zu besinnen. Warum kostete es nur so viel mehr Energie, um die einmal gesenkte mentale Abwehr wieder Schicht für Schicht aufzubauen? Lag es daran, dass sie es eigentlich gar nicht wollte? Tatsächlich hatte sie eher das Gefühl, dass all ihre Kraftreserven in einem schwarzen Loch verschwanden, angesogen von einer Gravitation, der sie es bisher weitgehend untersagt hatte, auf sie einzuwirken.

Nach einer gefühlten Ewigkeit – tatsächlich waren es nur wenige Minuten – trat das Verlangen allmählich in den Hintergrund. Wie die feine, hohe Frequenz einer fernen Verlockung, die hinter dem Grundrauschen ihres Bewusstseins weiterhin auf der Lauer lag. Catherine hatte das Gefühl, eine tickende Zeitbombe in sich zu tragen, und ihr war klar, dass Ciban ganz genauso empfand. Keinen Augenblick würden sie in ihrer Wachsamkeit nachlassen dürfen. Gerade weil diese ferne Musik so unglaublich verführerisch war.

»Ist es das, was John Neirynck widerfahren ist?«, fragte sie, nachdem es vollbracht war.

Der Kardinal nahm sie am unteren Ende der Treppe in Empfang. Seine Miene verfinsterte sich. »Schlimmer.«

Die Bedeutung dieses einen Wortes beunruhigte Catherine mehr, als sie es für möglich gehalten hätte. Sie erinnerte sich an das, was Ciban ihr eben noch in dem Jeep vor der Pforte der Abtei gesagt hatte. Dass es Spirituale gab, die andere Spirituale ermordeten, um sich an der während des Todeskampfes freigesetzten Kraft zu laben. Wie es aussah, ging es dabei auch um eine sehr starke sexuelle Energie.

»Was ist John Neirynck widerfahren?«, wiederholte sie.

Die Antwort darauf schien Ciban schwerer zu fallen als jede andere Antwort, die er bisher in seinem Leben gegeben hatte. Am Ende rang er sich dazu durch.

»Solange es einem Todesengel Genuss verschafft, nimmt er sich, *was* er will, *wann* er will und *wie* er will. Der Tod kann eine wahre Gnade sein, Catherine. John ist diese Gnade nach dem Missbrauch seines Körpers und seiner Seele lange nicht zuteilgeworden.« Nach einer kurzen Pause fügte er hinzu: »Was hier mit uns geschieht, hat nichts mit natürlicher Liebe und auch nichts mit unserer Liebe füreinander zu tun.«

Es war das erste Mal, dass er das Wort Liebe in Zusammenhang mit ihr überhaupt in den Mund nahm. Angesichts des gerade erst zurückliegenden Zwischenfalls auf der Treppe fragte sich Catherine, ob sie im umgekehrten Fall ebenfalls die Kraft der Liebe aufgebracht hätte, dieser kolossalen Versuchung zu widerstehen. Allein bei dem Gedanken zuckte sie innerlich zusammen.

»Wie ist John Neirynck gestorben?«

Einen Moment lang stand Ciban schweigend da, als hätte er das gesamte damalige Erleben noch einmal vor seinem geistigen Auge. Schließlich sagte er: »Behutsam.«

Es war nicht die Antwort, die Catherine erwartet hatte, doch sie glaubte zu verstehen, was er damit meinte. John Neirynck war in seinen Armen gestorben.

Es blieb kurz still. Nichts war zu hören. Nicht einmal ihre Atemzüge.

»Schilde oben?«, fragte er schließlich.

»Ja.« Sie nickte. Nun war ihr klar, wie sehr ihr beider Leben davon abhing, dass sie die mentale Abschirmung hielt.

Er trat auf sie zu, nahm ihre Hand und atmete tief durch. Ein feines unterschwelliges Knistern pflanzte sich von Catherines Fingerkuppen bis in ihre Gehirnwindungen fort. Der letzte noch zwischen ihnen bestehende mentale Kontakt. Kraft seines Willens erlosch nun auch dieser. Plötzlich fühlte sie sich unendlich allein.

»Glaub mir, es ist besser so.«

Es fühlte sich zwar nicht so an, aber vermutlich hatte Ciban recht.

Sie gingen durch eine im wahrsten Sinne des Wortes unsichtbare Tür durch eine getünchte Wand. Wie Ciban ihr erklärte, verlief der schmale Gang dahinter entlang der Bibliothek und parallel zur Sakristei der Abteikirche. Eine Treppe führte sie hinauf zu einem Anbau, der von außen nicht einsehbar war.

Hier lag das verborgene Gästequartier.

Die Tür war verschlossen, doch der Kardinal hatte sie in null Komma nichts mit dem Draht geöffnet, der ihm schon beim Knacken des Jeeps nützlich gewesen war. Dann standen sie in dem Hauptraum des äußerst komfortablen Quartiers. Wenn der Turmbereich der alten Bibliothek Catherine schon in Ehrfurcht hatte erstarren lassen, so verschlug ihr der Anblick von Davids Refugium vollends die Sprache.

Überall standen Bilder und Zeichnungen aufgereiht. Kunstwerke, die sowohl inhaltlich als auch von ihrer unglaublichen Ausdruckskraft her kaum von einem zwölfjährigen Jungen stammen konnten. Es war einfach überwältigend.

Doch das eigentlich Aufsehenerregende waren die Wände. Der Raum erinnerte Catherine an die Sixtinische Kapelle mit ihren berühmten Renaissancegemälden, die Szenen aus dem Leben Jesu und Mose darstellten, von der Genesis über die Sintflut bis hin zum Jüngsten Gericht. Auch Davids Bilder erzählten vom

Anfang und vom Ende der Welt, allerdings in einer weitaus Furcht erregenderen, von Menschen, Engeln und Dämonen bevölkerten Version. Liebe, Hass, Macht und Gier beschrieben hier eine unvergleichliche Düsternis. Selbst Catherines aberwitziges, visionäres Erlebnis vor einigen Monaten in der Old Church war in einer der Szenen dargestellt. Es ging dabei um ein schreckliches Kindheitserlebnis Cibans. Ein Feind der Familie hatte ihn und seine Schwester in der alten Kirche ermorden wollen.

Die schockierendsten Darstellungen jedoch befanden sich an der Decke. Unbarmherzige Szenen, die Catherine sofort an etliche Motive erinnerten, die sie in Dr. Robert Martinis Fragment der Triadenbibel gesehen hatte. Eines der Deckenbilder stellte ein blutrünstiges, muskelbepacktes Höllentier dar, das seine Opfer bei lebendigem Leib verschlang.

Dann war da noch eine Reihe von Bildern, die wie ein Storyboard wirkten, wie die skizzenhafte Szenendarstellung eines Drehbuchs. Die Sequenz erinnerte Catherine an jenen Textauszug in der Offenbarung, in dem ein Kampf im Himmel entbrennt, in dem der Erzengel Michael und seine Engel gegen den Drachen kämpfen, und der Drache mit seinen Dämonenengeln unterliegt und daraufhin aus dem Himmel vertrieben wird. »Die alte Schlange, die da heißt: Teufel und Satan, der die ganze Welt verführt, wurde auf die Erde geworfen, und seine Engel wurden mit ihm dahin geworfen …«

Die Bildersequenz erschien Catherine wie eine regelrechte Explosion dieser himmlischen Schlacht. Allerdings zeigte die Schlacht auch eine Besonderheit: Der mit einem Schwert – oder war es ein magischer Kristall? – gegen den Satan kämpfende Erzengel schien selbst auf einem Riss zu stehen, der sich mehr und mehr zu einem bodenlosen Abgrund auftat. Er schien die große Gefahr, die sich zu seinen Füßen auftat, nicht zu sehen. Doch einer seiner Engel schrie etwas in den Raum, das auch Satan anging, um ihn zu warnen.

Unterhalb des Risses, auf dem der Erzengel stand, war ein Bild in einem Bild, keine Szene, sondern vielmehr eine Aneinanderreihung geometrischer Figuren. Zwei mit der Längsseite dicht beieinanderliegende Rechtecke sowie ein größeres Trapez mit unterschiedlichen Breiten. Catherine runzelte die Stirn. Wie kam David nur auf so etwas?

Die nächsten Abbildungen waren der reinste Horror. Zeichnungen, in denen Menschen brannten. Nein, nicht nur Menschen gingen da in Flammen auf, sondern auch Engel. Es wütete ein regelrechtes Höllenfeuer, in dessen Mitte der Vatikan loderte.

Catherine holte tief Luft, als ihr klar wurde, dass sie vor lauter Aufregung den Atem angehalten hatte. Sie begann Cibans Ressentiments gegenüber dem Jungen zu verstehen.

42

Sorti schrie und hieb einmal mehr mit Umbertos altem Briefbeschwerer auf die Klinke der schweren Eichenholztür ein. Was bildete sich dieser größenwahnsinnig gewordene, sexbesessene Irre von einem Kardinal eigentlich ein, ihn hier wie einen Schwerverbrecher einzusperren, während er sich selbst mit dieser liebestollen Nonne in einem der Betten der Mönche vergnügte!

»Da hast du die Rechnung aber ohne den Wirt gemacht!«

Erneut hob er den steinernen Briefbeschwerer über den Kopf und ließ ihn mit Schwung niedersausen.

Zack!

Und noch einmal.

Zack!

Unter Mühen hatte er das alte Schloss geknackt. Zumindest hatte er das angenommen. Doch sosehr er auch an der Klinke rüttelte, sie ließ sich nicht nach unten drücken.

Sorti kochte innerlich vor Wut. Doch dann musste er einsehen, dass seine malträtierten Hände dringend eine Pause brauchten. Resigniert ließ er sich auf den Boden vor der Tür sinken, während vor seinem geistigen Auge immer und immer wieder derselbe Film ablief. Eine Catherine Bell, die sich nach ihm verzehrte und sich nur ihm alleine hingab.

Dann dachte der Monsignore wieder an Ciban, der sich mit der Nonne aus dem Staub gemacht hatte und sich in diesem Moment nahm, was ihm ganz und gar nicht zustand. Sorti hatte den hungrigen Blick in den Augen des Präfekten gesehen. Ciban war alles andere als der Mann, der er vorgab zu sein. Sein Persönlichkeitsprofil, ja seine gesamte Akte war voller Ungereimtheiten und Widersprüche, weshalb es Sorti völlig schleierhaft war, wie zunächst Papst Innozenz und nun auch noch Papst Leo diesem Mann vertrauen konnten. Selbst Catherine Bell, entschiedene Gegnerin der Politik des Kardinals, schien diesem Mann ergeben zu sein.

Glühende Eifersucht wogte in Sorti empor. Er holte tief Luft. Für eine Sekunde sah er in seinem Geist, wie sich Catherine Bell unter genussvollem Seufzen leidenschaftlich unter Cibans Bemühungen wand.

Der Monsignore griff nach dem Briefbeschwerer und schmetterte ihn voller Zorn gegen die Wand. Den Tränen nahe, saß er einige Sekunden lang still da, bevor er stockte und langsam aufstand. Täuschte er sich, oder hatte er draußen auf dem Gang etwas gehört?

Er näherte sich der Tür. Jemand machte sich am Holz zu schaffen, strich und kratzte darüber. Vorsichtig und langsam. Anschließend hörte Sorti ein Schieben oder Quietschen auf der anderen Seite, als ob jemand ein sperriges Hindernis entfernte.

Waren Catherine und Ciban etwa zu ihm zurückgekehrt? Umbertos breiteres Bett bot ganz sicher einen erheblich angenehmeren Komfort als die dünnen Pritschen der Mönche. Und, nun ja, konnte man nicht auch zu dritt ein wenig Vergnügen haben?

Er wartete einen Moment. Lauschte. Aber es herrschte wieder nur diese bedrückende Stille, die kaum zu ertragen war.

Beherzt trat er zur Tür, griff nach der Klinke und drückte diese schwungvoll nach unten. Endlich, sie gab nach!

»Das wurde aber auch Zeit«, sagte er so laut, als müsste er sich selbst Mut machen.

Als er die Tür öffnete, stieg ihm augenblicklich der Kupfergeruch von Blut in die Nase. Hatte der irre Kardinal die Nonne etwa im Rausch getötet?

Doch die scharlachroten Augen direkt vor ihm gehörten keinem Menschen, sondern einem gewaltigen, missgestalteten, mit Blut beschmierten Etwas, das aussah wie ein Monster, das direkt aus der Hölle kam. An dem mächtigen Kopf und dem unsäglichen Maul klebten Fleischfetzen wie die Reste einer abscheulichen Mahlzeit.

Er wollte die Tür zuschlagen, doch dafür war es zu spät. Das Höllenvieh fletschte die Zähne zu einem Grinsen und drängte ihn in das Zimmer zurück. Sorti stürzte rücklings über die Bruchstücke des von ihm selbst zertrümmerten Stuhls. Auf Händen und Füßen kroch er von dem teuflischen, stinkenden Wesen fort, unfähig sich zu wehren oder auch nur zu schreien.

Einen Augenblick schien es, als ließe das Monstrum von ihm ab, doch just als er schon Hoffnung schöpfen und aufatmen wollte, schnappten die gewaltigen Kiefer zu und rissen ihm Kehle und Brustkorb auf.

Das Letzte, was Sorti in seinem Leben spürte, sollte nicht das Ersticken im eigenen Blut oder das Reißen, Brechen und Knacken seiner Rippen sein, sondern eine unglaubliche Erektion.

43

Es war schon eine Weile her, seit Richter das letzte Mal mit Hammer, Nägeln und Holz hantiert hatte, doch nach einer Weile war das zerbrochene Fenster mit Hilfe der Sperrholzplatte, die er im Schuppen hinter dem Geländemotorrad entdeckt hatte, notdürftig repariert. Ein Provisorium, gewiss, aber es würde zumindest so lange halten, bis er veranlassen konnte, dass Bellas Zuhause wieder hergerichtet wurde.

Die junge Frau hatte ihm bei den Reparaturarbeiten assistiert und erzählt, was in dem Tunnelgang von San Leonardo vorgefallen war, wie ihr geliebter Schäferhund Orpheus gekämpft und sich dann über Nacht in ein Monstrum verwandelt hatte. Mehrmals hatte Bella innegehalten, ihre Tränen und ihre Trauer hinuntergeschluckt. Jedes Mal hatte der Junge dann aufgehört zu zeichnen und zu ihr hinübergeblickt, als könnte er ihren Schmerz auf geheimnisvolle Weise in sich aufnehmen.

Kaum hatte Richter den letzten Nagel in das Sperrholz geschlagen, tauchte ein junger Mann mit dunklem, ungekämmtem Haar, schiefen Zähnen und einem sensationslüsternen Blick auf. Antonio, der Nachbarssohn wie sich herausstellte, hatte einen Schuss gehört.

Geistesgegenwärtig stellte Bella ihm Richter und David als entfernte Verwandte vor und berichtete ihm von dem Einbruchsversuch eines Bären. Da unweit von L'Aquila tatsächlich ein Bär in den letzten Wochen elf Schafe gerissen hatte, schluckte Antonio ihre Erklärung mit immer größer werdenden Augen und eilte prompt nach Hause, um Sicherheitsvorkehrungen zu treffen.

»Sie sollten ebenfalls von hier verschwinden, Bella«, sagte Richter, kaum dass Antonio außer Hörweite war. »Ich weiß, Sie trauern um Orpheus, aber die Bestie, zu der er geworden ist, könnte zurückkehren, um zu vollenden, was ihr bisher misslungen ist.«

Bella atmete tief durch und stellte die geladene Jagdflinte neben die Tür. Nicht zuletzt hatte die Waffe Antonio vom Schreckensszenario mit dem wildgewordenen Bären überzeugt.

»Tut mir leid, Signor Indiana Jones. Aber das werde ich nicht tun. Das hier ist mein Zuhause. Sollte das, was Orph inzwischen ist, tatsächlich zurückkommen, werde ich es von seinem Wahnsinn erlösen.«

»Es hätte Sie vorhin fast getötet«, stellte Richter nüchtern fest. Dass Bella ihn weiterhin Indiana Jones nannte, war ihm nur recht. Er hatte nicht vor, seine Identität preiszugeben.

Als die junge Frau nichts entgegnete, ging er zu seinem Expeditionsrucksack, holte Bellas kleinen Rucksack heraus und warf ihn ihr schwungvoll zu. Ihre Reflexe funktionierten einwandfrei.

»Was ist mit diesem Frederico auf Ihrem Handy?«, hakte Richter nach. »Könnten Sie nicht für ein paar Tage bei ihm unterkommen? Wenigstens so lange, bis das hier alles vorbei ist?«

Bella schüttelte den Kopf. »Frederico ist zurzeit in Neapel bei einem Freund. Und selbst wenn … Ich bleibe hier.«

Richter seufzte. Die junge Frau war so unzugänglich und stur wie ein Esel. »Na schön. Dann lassen Sie uns nach David schauen. Inzwischen dürfte er fertig sein.«

Sie traten in den Wohnbereich, wo der Junge sich noch immer die Angst von der Seele zeichnete. In irrwitzigen Variationen tauchte überall Orpheus, das Monster, in seinen Bildern auf.

Vorsichtig trat Bella an den Tisch und fragte: »Darf ich?«

David nickte, ohne innezuhalten.

Sie nahm die Zeichnungen vom Tisch und reichte sie dem Wissenschaftler. Die obersten zeigten ausschließlich die hässliche, blutrünstige Kreatur, die einmal Bellas treuer Schäferhund gewesen war. Richter konnte im Gesicht der jungen Frau lesen, wie schwer ihr bei dem Anblick ums Herz wurde. Nicht nur, dass sie den Hund geliebt hatte, Orpheus hatte sich immerhin für sie und David geopfert, indem er den tollwütigen Klosterhund Rafael zur Strecke gebracht und sich dabei infiziert hatte.

Schließlich blickte Richter auf zwei Porträts. Zuoberst ein halbwüchsiges Mädchen mit strahlenden Augen, das ihm unbekannt war. Der Junge hatte den Kreuzanhänger danebengemalt und den Namen Aaren in Druckbuchstaben daruntergeschrieben. Diese Aaren hatte in Davids Leben also einmal eine bedeutende Rolle gespielt und ihm irgendwann das kleine Kreuz geschenkt.

Das zweite Porträt war jenes, in das Richter angesichts der psychischen Verfassung des Jungen all seine Hoffnung setzte – und es hätte unerfreulicher nicht sein können.

Um jedwedes Missverständnis auszuschließen, wandte Richter sich an David und fragte: »Dieser Mann hat dir also den Ring gegeben?«

Der Junge deutete auf das Blatt und nickte.

Die Zeichnung zeigte einen schlanken, stattlichen Mann im Gewand eines Kardinals, so detailreich skizziert, dass der Wissenschaftler sogar die Gesichtszüge erkennen konnte: Marc Abott Ciban. Jener Mann, der Richter, als er noch unter dem Namen Robert Martini gelebt hatte, den Zugang zu den Vatikanischen Archiven verwehrt hatte. Die Halbtriadin Batya hatte Richter also nichts vorgemacht, als sie von einer Verbindung zwischen Ciban und dem Jungen gesprochen hatte.

Neben das Porträt des Kardinals hatte David den goldenen Ring gemalt, und zwar so, dass deutlich der innere Reif mit dem teuflischen Triadensymbol zu sehen war. Im Bruchteil einer Sekunde stieg alles an Gräuel in Richters Bewusstsein auf, was er je in Zusammenhang mit dem Triadenorden und seiner Unmenschlichkeit erfahren hatte. Einschließlich des Anblicks des verstümmelten Antlitzes von Henrik Vandenberg und des mörderischen Triadensymbols im Refektorium von San Leonardo. Von Kardinal Ciban hatte der Junge also den Ring erhalten. Das sollte für Richter nicht die einzige Überraschung bleiben: Unter Cibans Abbild stand in feinen Druckbuchstaben nicht wie von ihm erwartet das Wort Eminenz oder Kardinal. Auch nicht der Name des Kirchenfürsten, Marc Ciban, sondern lediglich Pater meus, das lateinische Wort für »mein Vater«.

Sollte der Junge tatsächlich Cibans Sohn sein? Hatte der oberste Glaubenswächter der katholischen Kirche etwa den Eid des Zölibats gebrochen? Dann fiel Richter ein, dass der Ring mit dem Symbol viel zu klein für die Hand eines Mannes und zu groß für die Hand des Knaben war. Wem also hatte der Ring gehört? Der Mutter? War es ihr Ehering?

Die Frage lenkte Richters Gedanken einmal mehr auf Catherine Bell, die während ihrer Ermittlungen vor einigen Monaten buchstäblich für ihren Erzfeind Marc Ciban durchs Feuer gegangen war. Auch wenn nichts im offiziellen Leben des Präfekten und der Ordensfrau auf eine intimere Beziehung hinwies, war dem Wissenschaftler nicht entgangen, dass eine starke Verbindung zwischen den beiden bestand. Wenn Richter eines in seinen vielen Leben in Bezug auf die Kirche gelernt hatte, dann dass es nichts gab, was es nicht gab. Daran hatte sich bis zum heutigen Tag nichts geändert.

Ebenso wusste der Wissenschaftler nur zu genau, wie es um die Realität des Zölibats stand. Viele Priester brachen diesen insgeheim. Aus dem Stegreif hätte er sogar mehrere Kirchenfürsten nennen können, die inoffiziell eine Familie unterhielten. Doch eine Ordensfrau und ein Kardinal? Das klang selbst für Richter erstaunlich und äußerst gewagt, nicht zuletzt weil es kirchenideologisch einen tiefen Graben zwischen Bell und Ciban gab. Immerhin verkörperte der Präfekt, seit er im Amt war, geradezu mustergültig die römische Inquisition. Papst Leos anvisiertes Konzil musste für den Traditionalisten Ciban ein schier unerträglicher Vorgang sein. Es war höchst unwahrscheinlich, dass der Kardinal am Ende wirklich für Leos Anordnungen und Pläne geradestand, auch wenn es im Augenblick danach aussah.

Aber ergab die Sache mit Catherine Bell als Davids Mutter wirklich Sinn? Der Triadenring, den David von Ciban erhalten hatte, war auch ein Ehering. Ein Ehering war das Symbol für die eheliche Bindung und die lebenslange Liebe eines Ehepaars. Demnach war es wahrscheinlicher, dass Davids Mutter eine verheiratete Triadin und Marc Ciban für den Jungen eine Art Schirmherr war. Das lateinische Wort für Vater bedeutete immerhin auch Beschützer.

»Ist etwas?«, fragte Bella, der Richters Reaktion auf das zweite Porträt nicht entgangen war.

Das war eine gute Frage. Er wusste es selbst nicht. Trotzdem musste er aufgrund von Davids Zeichnung eine Entscheidung fällen, denn der Junge hatte ganz eindeutig den Präfekten der Glaubenskongregation als Überbringer des Triadenrings gemalt. Und das führte zu einer Konsequenz, die Richter absolut nicht behagte – zumal der geklonte, mit Engelsgenen gekreuzte Körper, in dem Angelus durch die Lande streifte und seine Morde verübte, auch noch das Abbild von Cibans Schwester Sarah war.

Frustriert zermarterte Richter sich das Hirn. Er hatte noch immer nicht den blassesten Schimmer, wie er Angelus dingfest machen und vernichten konnte. Ebenso wenig konnte er sich mit Eliza beratschlagen. Der

Junge, von dem er gehofft hatte, dass er der Schlüssel zur Lösung sei, hing nun ausgerechnet im Bilderlimbus, in einer Art geistigen Zwischenwelt fest und drohte den Verstand zu verlieren. Darüber hinaus konnte der Ring an der Kette sehr wohl auch bedeuten, dass Davids Mutter nicht mehr lebte. Sollte sie so wagemutig gewesen sein, eine Ehe mit einem Nichttriaden einzugehen, war das sogar höchst wahrscheinlich. Nichtsdestotrotz, falls die Frau noch lebte, würde Richter lieber mit ihr in Kontakt treten als mit Ciban.

Er wandte sich gerade dem Jungen zu, um ihn zu bitten, ein Porträt von seiner Mutter zu zeichnen, als er ein dumpfes Poltern vernahm. Wie eine leblose Puppe war das Kind vom Stuhl auf den Boden gesackt. Sein Atem ging unregelmäßig. Seine Augen starrten ins Leere. Bei Gott, das hatte gerade noch gefehlt.

Bella kniete sofort an Davids Seite. »Himmel, was ist mit ihm?«

»Ich bin mir nicht sicher.«

Richter hob das Kind auf und legte es auf das Bett. Auf dem Weg dorthin segelte etwas zu Boden. Ein Stück Papier. Es war das Originalfoto von dem Grab. Der Wissenschaftler hatte die Fotografie längst abgeschrieben, da er sie in der Abtei nicht hatte finden können. Dass das Foto nun wieder aufgetaucht war, erhöhte Davids Überlebenschance ungemein. Gleichzeitig nahm es Richter tiefer in die Pflicht.

Einen Augenblick verharrte er bewegungslos mit der Aufnahme in der Hand. Dann bat er Bella, auf den Jungen aufzupassen, während er das Satellitentelefon aus seinem Rucksack zog und damit zum Geräteschuppen eilte, wo er ungestört war. Er wählte eine vertrauliche Nummer, die ihn direkt mit dem Sekretariat von Kardinal Ciban verband. Bischof Tardini hatte vor vier Monaten das Treffen zwischen ihm und Schwester Catherine arrangiert, als Ciban nach dem Anschlag halbtot in der Gemelli-Klinik gelegen hatte. Momentan war der Bischof die mit Abstand schnellste und direkteste Verbindung zu dem Kardinal.

Eine Ewigkeit schien zu vergehen, ehe jemand am anderen Ende der Leitung abhob. Einen Augenblick lang spielte Richter sogar mit dem Gedanken, wieder aufzulegen. Er würde Tardini überzeugen und dafür seine Identität preisgeben müssen. Ein anonymer Hinweis reichte in diesem Fall sicher nicht aus. Diesen würde man im Vatikan kaum ernst nehmen und bestenfalls erst beratschlagen, bevor man handelte. Doch bis dahin war es womöglich längst zu spät. Endlich hörte Richter die Stimme von Bischof Tardini, der die formelle Grußformel des Sekretariats herunterleierte.

Ohne Umschweife meldete Richter sich unter jener Identität, die dem Sekretär seit vielen Jahren vertraut war. Er hoffte, der alte Mann bekam keinen Herzinfarkt.

»Exzellenz, ich bin es, Robert Martini. Ich muss Seine Eminenz sprechen. Sofort! Es geht um Leben und Tod!«

Wie erwartet herrschte am anderen Ende erst einmal Stille, doch wie es sich anhörte, war Tardini zumindest nicht in Ohnmacht gefallen, und er hatte auch nicht gleich aufgelegt.

»Ich weiß nicht, wer Sie sind, mein Herr, aber der Robert Martini, den ich kannte, ist seit fast vier Monaten tot.«

»Exzellenz. Ich flehe Sie an, wir dürfen keine Zeit verlieren. Fragen Sie mich irgendetwas, das nur Sie und ich wissen können. Und dann verbinden Sie mich bitte sofort mit Kardinal Ciban. Jemand, der Seiner Eminenz sehr wichtig ist, liegt im Sterben.«

Wieder Stille. Verständlich. Das war nach dem ersten ein ziemlich schwerer zweiter Brocken, den der alte Bischof da zu verdauen hatte. Doch dann stellte er Richter drei Fragen, die nur Robert Martini hätte beantworten können, und der Wissenschaftler war heilfroh, dass ihn sein Gedächtnis bei diesen kniffligen Rätseln nicht im Stich ließ.

Was Richter dann jedoch im Anschluss erfuhr, wollte er am allerwenigsten hören.

»Es tut mir leid, Doktor Martini, aber Kardinal Ciban ist zurzeit nicht in Rom.«

Richter seufzte, er war mit seiner Weisheit am Ende. Ciban hatte David den Ring übergeben, also kannte er die Hintergründe von Davids Familie und Biografie. Die Mutter, den Vater, womöglich sogar einen Rückholexperten, der den Jungen würde retten können. Dass der Kardinal dabei von Richters Mission und natürlich auch von Angelus erfahren würde, stand auf einem anderen Blatt. Vielleicht war das aber auch gut so. Wenn Richter nach dem Tod von Abt Umberto etwas brauchte, dann war es ein starker Verbündeter.

»Können Sie mir wenigstens seine Nummer geben?«

»So weit werde ich selbst nach unserer kleinen, erfolgreichen Fragerunde wohl kaum gehen«, antwortete der Bischof ruhig. »Geben Sie mir Ihre, ich rufe Sie in Kürze zurück.«

Nachdem Richter die Zahlen diktiert hatte, fügte er zur Sicherheit hinzu: »Sagen Sie Seiner Eminenz, es geht um den Jungen. Das ist ganz wichtig. Verstehen Sie?«

Tardini seufzte. »Ich verstehe es zwar nicht, aber ich

werde es genau so übermitteln. Sie haben mein Wort. Nur eins noch, wo befinden Sie sich gerade? Ich denke, Kardinal Ciban sollte das wissen.«

Richter zögerte einen Moment. »In L'Aquila.« Ihm war klar, dass er um diese Frage so oder so nicht herumgekommen wäre, dennoch fühlte er sich wie auf dem Präsentierteller.

»In L'Aquila?«, wiederholte Tardini mehr als erstaunt.

Richter seufzte. »Eine komplizierte Geschichte.«

»Das scheint mir auch so. Bis gleich, werter Doktor«, beendete der Bischof das Gespräch.

Der Wissenschaftler holte tief Luft und steckte das Telefon in seine Jacke. Damit war die Sache heraus. Jetzt konnte er nur noch hoffen, dass der Einfluss von Pater Darius auf den jungen Ciban wirklich Früchte getragen hatte und der Kardinal sich am Ende nicht als das wahre Abbild seines Vaters entpuppte. Auch Orlando Ciban war einmal ein gestrenger und ehrenhafter Mann gewesen, bevor er auf den Geschmack der Macht gekommen war. Hoffentlich stellte sich Batyas Offenbarung – jenes Geheimnis über den Ursprung des Lux Domini – als ein echter Trumpf heraus.

44

Catherine studierte noch immer die apokalyptischen Wandmalereien mit der kleinen Spezialkamera, die Ciban ihr gegeben hatte. Gerade als sie Michaels Kampf mit dem Drachen abfotografierte, vernahm sie ein dumpfes Klacken, das aus der Richtung von Davids antikem Schreibtisch kam. Der Kardinal hatte bisher vier Geheimfächer entdeckt. Eines im vorderen Bereich des alten Sekretärs, das nächste in der Innenwand zum Gang, schließlich ein Fach im geräumigen Wandschrank, der eher einer geräumigen Kammer glich, und nun – nachdem er sich den Schreibtisch ein zweites Mal vorgenommen hatte – eines in dessen hinterster Ecke.

Die ersten beiden Fächer waren leer gewesen. Der Wandschrank hatte immerhin einen alten Grundrissplan des Klosters beherbergt, doch erst die zweite geheime Schublade im Sekretär hatte enthalten, wonach Ciban eigentlich gesucht hatte. Davids Tablet, das der Kardinal zunächst unter der Matratze des Bettes vermutet hatte. Nun lehnte die Matratze an der Wand.

Er aktivierte den Computer, der nur etwa halb so groß war wie die Standardausführung, und gab eine lange PIN ein. Er hatte mit David bei der Übergabe vereinbart, dass er im Notfall Zugriff auf die gespeicherten Informationen haben würde. Falls das Gerät in falsche Hände geriete, schützte ein Selbstzerstörungsmodus die Daten, indem er nach mehrmaliger falscher Passworteingabe den internen Zugangsschlüssel ausradierte. Bisher hatten Catherine und Ciban keinerlei Hinweis auf den Verbleib des Kindes in dem Wohnbereich entdeckt, doch vielleicht barg das Tablet eine Art Tagebuch oder irgendetwas, womöglich eine Beobachtung, die mit dem Schrecken von San Leonardo in Verbindung stand. Davon abgesehen konnte man mit dem Rechner auch fotografieren.

Um Ciban ein wenig Privatsphäre zu ermöglichen, setzte Catherine ihre Arbeit mit der Kamera an der gegenüberliegenden Wand fort. Überhaupt konnte eine gewisse räumliche Distanz zurzeit nur gut sein.

Während Ciban nach dem Computer gesucht hatte,

hatte er Catherine einen kleinen Vortrag über Geheimverstecke in Häusern und Räumen gehalten. Von Umschlägen, die unter Stühlen, Tischen oder Sofas klebten, bis hin zu Verstecken hinter Postern und gerahmten Bildern. Selbst in Socken und Plüschtieren wurden nicht selten Geheimnisse oder Schätze verborgen. Oft nutzten die Leute auch Leerräume in technischen Geräten wie Computern oder Druckern. Ausgehöhlte Bücher in privaten Bibliotheken waren ebenfalls ein ausgezeichnetes Versteck, ganz zu schweigen von unauffälligen Zwischenböden in Koffern, Dekoboxen oder alltäglichen Möbelstücken.

»Ich nehme an, dass du selbst keines dieser *sicheren* Verstecke benutzt«, hatte sie in einem Anflug von Humor angemerkt, woraufhin sich seine Lippen zu einem kaum wahrnehmbaren Schmunzeln verzogen hatten.

Doch der Eindruck, dass sich seine innere Anspannung dadurch legte, täuschte. Tatsächlich war Catherine in diesem Moment klar geworden, dass die Lehrstunde über potenzielle Geheimverstecke weniger ihrer persönlichen Weiterbildung diente als vielmehr der Ablenkung von seinem pheromongetriebenen Stimulus.

Es fiel Ciban zunehmend schwerer, sich auf den Kern ihrer Mission zu konzentrieren. Selbst jetzt, während er die Daten in Davids Tablet studierte, um einen Anhaltspunkt für ihr weiteres Vorgehen zu finden, kam er nicht umhin, zweimal verstohlen zu ihr herüberzusehen und ihre Attraktivität auf mehr als nur platonische Weise zu bewundern. Sie spürte, wie er sich regelrecht zwang, sie nicht zu oft anzusehen. Ihre schlanke Statur in dem dunklen Hosenanzug, ihr blondes Haar, das wie ein dichter, glänzender Schleier auf ihre Schultern fiel, das fein geschnittene Gesicht mit den hohen Wangenknochen und den strahlend blauen Augen.

Als er das vierte Mal von dem Rechner zu ihr aufblickte, glaubte Catherine zu spüren, dass sein Blut kochte und sein Verstand sowie seine Willenskraft nur mehr an einem seidenen Faden hingen. Konnte es sein, dass ihr mentaler Schild durchlässig war, dass nach wie vor eine gewisse Korrelation zwischen ihnen bestand? Obwohl – hatte Ciban in dem Treppengang nicht den letzten Funken Verbindung zwischen ihnen gelöscht?

Sie hatte sich gerade einen inneren Ruck gegeben, um das mögliche Problem anzusprechen, als Cibans Kryptohandy klingelte. Er legte Davids Rechner auf dem Sekretär ab und zog das Telefon mit einem hastigen, beinahe ungelenken Griff aus der Anzugsjacke.

»Ja?«

Die unterschwellige Gereiztheit in seiner Stimme entging Catherine nicht. Während er zuhörte, veränderte sich jedoch sein Gesichtsausdruck. Was immer der Anrufer ihm mitteilte, schien für einen Moment alles andere in den Hintergrund zu drängen. Selbst das verflixte Pheromonproblem.

»Einen Moment, Exzellenz.« Ciban winkte Catherine herbei, erklärte ihr, dass Bischof Tardini am anderen Ende sei, und aktivierte den Lautsprecher. »Würden Sie die Nachricht bitte noch einmal für Schwester Catherine wiederholen.«

»Aber natürlich.« Tardini fasste das Gesagte noch einmal zusammen und horchte dann auf Catherines Reaktion.

»Das ist unmöglich«, stellte sie fest. »Ich selbst habe Doktor Martini sterben sehen.«

»Wie gesagt, er hat alle drei Fragen ohne Zögern korrekt beantwortet«, bemerkte der Bischof. »Auch sollte ich Seine Eminenz ausdrücklich darauf hinweisen, dass es um den Jungen geht.«

Catherine warf Ciban einen Blick zu. Der Kardinal verstand.

Der Robert Martini, den sie vor wenigen Monaten kennengelernt hatte, war tot. Das war so sicher wie das Amen in der Kirche. Nur wer war dann dieser seltsame Mann, der nicht nur über Martinis Wissen verfügte, sondern noch dazu behauptete, er habe David, und es ginge bei dem Jungen um Leben und Tod? Nach allem, was bisher geschehen war, konnte diese Behauptung auch ein Köder sein. Andererseits war der Jeep auf Robert Martini zugelassen. Was, wenn David tatsächlich ihre Hilfe brauchte?

Sie übernahm das Kryptohandy und sagte: »Wir benötigen eine weitere Sicherheit, Exzellenz.«

»Wie soll die bitte aussehen, Schwester?«, fragte Tardini höflich.

»Folgendes …«

45

Richter war kurz ins Haus zurückgekehrt, um nach David zu sehen und Bella zu erklären, dass er versuchte, Hilfe herbeizuholen. Der Junge lag noch immer auf dem Bett und rührte sich nicht, starrte mit offenen Augen vor sich hin. Bella saß neben ihm, streichelte ihm über das Gesicht und hielt seine Hand. Die Gefasstheit, mit der die junge Frau die gesamte Situation bewältigte, imponierte Richter mehr und mehr. Hoffentlich kam die Hilfe für das Kind nicht zu spät.

Momentan konnte der Wissenschaftler nur noch hoffen, dass Bischof Tardini seinen Chef überzeugen konnte. Aber selbst dann stand nicht fest, ob der Präfekt rechtzeitig hier sein würde, geschweige denn ob er einen geschulten Rückholexperten bereitstellen konnte. Einerseits wollte Richter Italien nach der Preisgabe seiner Identität so schnell wie möglich verlassen, andererseits wusste er, dass es hier um mehr als nur seine Freiheit ging. Es ging um den uralten Krieg zwischen dem Licht und der Dunkelheit. Und um das Überleben des Lux Domini.

Für einen Moment kehrten die Gedanken des Wissenschaftlers zu seinem letzten Treffen mit Pater Darius zurück. Damals war Richter noch unter dem Namen Martini aufgetreten. Offiziell hatte sich Darius bereits aus dem Berufsleben in ein Kloster nach Oberbayern zurückgezogen, doch hinter den Kulissen hatte er noch in vielerlei Hinsicht beraten und für Ordnung gesorgt. Das Gespräch hatte vor eineinhalb Jahren stattgefunden.

»Es geht los, Robert. Ich spüre es. Ein gewaltiger Kampf steht bevor. Aber ich werde ihn nicht mehr erleben.«

»Was meinst du?«

»Schwester Isabella und Pater Sylvester sind tot.«

Richter hatte von den beiden Todesfällen gehört. Schwester Isabella Rodik war mit ihrem Beetle bei einem Autounfall ums Leben gekommen und Pater Sylvester André beim Schwimmen ertrunken. Beide waren Mediale und damit in der Lage, unter gewissen Voraussetzungen hinter die Fassade der Welt zu sehen.

»Willst du damit andeuten, dass es gar keine Unfälle waren?«

»Ich kann es nicht beweisen, aber das eigentliche Ziel des Bösen ist Seine Heiligkeit Papst Leo.«

»Bist du dir sicher?«

»Marc Ciban ermittelt selbst in den Mordfällen. Und er hält dabei die Vatikanpolizei heraus.«

»Von wem hast du das?«

»Von Alberto Kardinal Benelli.«

»Benelli?«

Darius nickte, als wäre seine Offenbarung nicht weiter spektakulär, doch wenn Benelli sich in einen Fall einschaltete, war höchste Alarmbereitschaft geboten.

»Benelli hat einen Plan«, fuhr Darius fort. »Er hat noch nicht in allen Einzelheiten mit mir darüber gesprochen, aber ich ahne, dass er auch Catherine einbeziehen wird. Deshalb muss ich nach Rom und mit Ciban sprechen.«

Richter atmete hörbar aus. Wieso ausgerechnet mit dem Glaubenspräfekten? Was konnte ein Gespräch mit diesem von sich selbst überzeugten Mann schon bringen? Ciban war in die Fußstapfen von Sergio Monti getreten, ebenso konsequent wie sein Vorgänger verfolgte er die erzkonservative Politik des Papstvorgängers Innozenz. Gerade in diesen Wochen war er dabei, Schwester Catherine Bell vor dem Gerichtshof der Glaubenskongregation den Garaus zu machen. Marc Ciban würde wohl kaum etwas auf die Worte seines ehemaligen Mentors geben, sofern er Darius überhaupt empfing.

Also sagte Richter: »Ich fürchte, damit erweist du deiner Catherine einen gewaltigen Bärendienst.«

»Das glaube ich nicht.«

Der Wissenschaftler musste an sich halten. »Catherine steht im übertragenen Sinne bereits auf dem Scheiterhaufen! *Was* um Himmels willen macht dich so sicher?«

»Benelli vertraut Marc Ciban. Die beiden haben im letzten Konklave zusammengearbeitet, und Ciban hat sein Wort gehalten.«

»Was heißt das – zusammengearbeitet?«, fragte Richter skeptisch.

»Beide haben dafür gesorgt, dass Leo jetzt auf dem Thron sitzt.«

Richter starrte sein Gegenüber fassungslos an. Der erzkonservative Ciban sollte einem Liberalen wie Benelli dabei geholfen haben, einen Modernisten wie Leo auf den Thron zu setzen? Das ergab absolut keinen Sinn. »Du scherzt.«

»Nein, mein Freund. Mir ist ganz und gar nicht danach zumute. Deshalb werde ich dir jetzt auch etwas über das Lux Domini erzählen, denn sollte mir in der nahen Zukunft etwas zustoßen, wirst du ein Auge auf Catherine haben.«

Pater Darius hatte den Wissenschaftler damals mit ein paar wichtigen Namen, Telefonnummern und Hintergrundinformationen versorgt. Genug, damit er über die wenigen Männer und Frauen informiert war, denen er im Notfall würde vertrauen können. Marc Ciban hatte nicht auf dieser Liste gestanden. Doch Darius hatte noch einmal ausdrücklich betont, dass Ciban sich bei Benelli bewährt und der Papst den Kardinal seinem engeren Vertrautenkreis hinzugefügt habe.

Die geplante Romreise hatte Darius leider nicht mehr antreten können. Er war beim Wandern in den bayerischen Bergen zu Tode gekommen. In gewisser Weise hatte der alte Pater seine eigene Ermordung vorhergesehen. Am Ende hatte Ciban die Mordserie aufgeklärt. Seither hatte ein anderer Wind im Vatikan geweht, und dieser Wind hatte Richter noch schärfer ins Gesicht geblasen.

Der Wissenschaftler seufzte, als seine Gedanken in die Gegenwart zurückkehrten und er hilflos mit ansehen musste, wie es dem Jungen zusehends schlechter ging. Er konnte nicht einmal darüber spekulieren, wie viel Zeit ihnen für die Rettungsmaßnahme noch blieb. Diesmal führte auch kein Weg an einer direkten Begegnung mit dem Kardinal vorbei. Richter konnte nur hoffen, dass Cibans Waffenstillstand mit Catherine Bell ein gutes Omen war.

Dann endlich klingelte das Satellitentelefon. Er entschuldigte sich bei Bella und eilte in den Schuppen zurück, um dort in Ruhe reden zu können.

»Tardini hier«, meldete sich der Bischof. »Wie sieht es aus?«

»Nicht gut. Der Junge fällt ins Koma.«

»Das tut mir leid.«

»Haben Sie Seine Eminenz erreicht?«

»Ja. Bevor jedoch weitere Maßnahmen unternommen werden, hat er mich beauftragt, Ihnen eine letzte Frage zu stellen.«

Richter hätte gleichzeitig lachen und fluchen können, verstand jedoch die Situation. »Legen Sie los.«

»Welchen Kuchen haben Sie Schwester Catherine bei ihrem zweiten Treffen serviert?«

Angesichts der Situation klang die Frage völlig absurd, doch es war klar, dass nur eine solch scheinbare Nebensächlichkeit Richters Identitätsfrage endgültig würde klären können. Außerdem war in diesem Rätsel eine Falle versteckt.

»Es war ein italienischer Apfelkuchen mit Mandelblättchen, den meine damalige Haushälterin für uns gebacken hat. Außerdem hatten Schwester Catherine und ich nur ein Treffen.«

»Danke, Doktor. Das deckt sich mit meiner Information. Sie werden gleich einen Rückruf erhalten.«

»Warten Sie ...«

Aber der Bischof hatte schon aufgelegt.

Erst jetzt dämmerte Richter, dass die letzte Frage von Schwester Catherine Bell persönlich stammen musste.

Keine drei Minuten später klingelte das Satellitentelefon erneut.

»Doktor Robert Martini?«, meldete sich tatsächlich eine weibliche Stimme voll Skepsis und Unbehagen.

Dennoch atmete Richter erleichtert auf. »Ich weiß, es klingt verrückt, Schwester. Aber ich bin es tatsächlich. Ich nehme an, dass Sie mich über das Telefon orten?«

»Das ist bereits geschehen«, schaltete sich eine männliche Stimme ein. Ohne Zweifel Ciban. »Ein Rettungsflieger ist unterwegs und wird den Jungen in die nächste Klinik bringen. Wie schwer ist er verletzt?«

Richter sammelte sich, denn an diesem Punkt musste er mit einer weiteren Wahrheit herausrücken. »Eine Klinik wird David nicht helfen können, Eminenz. Bei einer Bildsondierung ist etwas schiefgegangen.«

Die Stille in der Leitung war fast körperlich spürbar.

»Verstehe«, sagte Ciban schließlich. Es klang nicht gerade hoffnungsvoll. »Seit wann hängt David im Bilderlimbus fest?«

»Ich nehme an, seit seiner Flucht. Vor zwanzig Minuten hat er das Bewusstsein verloren.«

Ciban atmete scharf ein. »Einen Moment bitte, Doktor.«

Richter hörte, wie der Kardinal sich mit Schwester Catherine beriet, doch er konnte nicht verstehen, worüber die beiden redeten.

Dann sagte Ciban: »Ein zweites Team ist unterwegs. Es wird Sie und David an Bord nehmen und direkt zu uns bringen. Bleiben Sie bitte, wo Sie sind.«

»Ich werde dem Jungen nicht von der Seite weichen.«

»Danke.«

Die Verbindung wurde unterbrochen. Richter war klar, dass dies nur das Vorspiel zur eigentlichen Begegnung war. Sobald das Kind versorgt war, würde sich Ciban ganz und gar ihm widmen.

46

Die weiße Limousine, die auf den Hangar des Flughafens Leonardo da Vinci zuraste, schien Monsignore Ben Hawlett über den Haufen fahren zu wollen. Wenige Meter vor ihm entfernt kam sie mit einem rasanten Bremsmanöver zum Stehen. Eine ältere Dominikanerin stieß die Fahrertür auf und stieg mit einem seligen Rennfahrerlächeln aus. Ben seufzte. Schwester Giada! Auf der Beifahrerseite kämpfte sich eine etwas zerzaust wirkende junge Frau im Novizengewand mit einem Laptop-Koffer und einem Reiserucksack aus dem Wagen. Er hatte aufrichtiges Mitleid mit ihr.

»Darf ich vorstellen«, sagte Giada, »Rebekah König, eine unserer fähigsten Computerspezialistinnen im Vatikan. Monsignore Ben Hawlett, einer unserer fähigsten Mitarbeiter im … Archiv.«

Ben setzte ob des Wortes »Archiv« ein schiefes Lächeln auf, bedankte sich bei Giada und reichte Rebekah König die Hand.

»Freut mich, Sie kennenzulernen. Ihr Ruf als Computerexpertin eilt Ihnen voraus.« Damit ließ er die kaum einen Meter sechzig große Frau mit der kecken Hornbrille und den nussbraunen Augen wissen, dass er ihre Unterstützung im Fall um den brasilianischen Erzbischof Frederico José Kardinal García zu schätzen gewusst hatte und dass er ihrer Zusammenarbeit frohen Mutes entgegensah. Er deutete auf das Gepäck, doch da die junge Dame nicht gewillt war, sich beim Tragen helfen zu lassen, überspielte er den kurzen Moment der Verlegenheit mit den Worten: »Wie es aussieht, haben Sie an alles gedacht.«

»Hoffentlich. Sonst reißt mir Seine Eminenz bei aller christlichen Nächstenliebe den Kopf ab. Das hier ist mein erster Außeneinsatz…«

»Es wird vielleicht der letzte sein, wenn wir uns jetzt nicht sputen«, unterbrach Giada den Redefluss der jungen Frau. »Ich möchte nicht unhöflich erscheinen, aber die Maschine wartet, und Sie haben noch einen Zwischenstop vor San Leonardo. Sie können sich während des Fluges unterhalten. Jetzt zählt jede Minute.«

Hinter ihnen fuhr das riesige Hangartor auf und gab den Blick auf drei geparkte Jets frei. Ben, ohnehin von Flugangst geplagt, kannte sich mit Jets nicht aus, ganz gleich ob vom Militär oder privat. Doch die kleine schwarzblaue Maschine, die sich nahezu geräuschlos Richtung Ausgang auf das Rollfeld in Bewegung setzte, ließ seine Augen größer werden. Was war das? Ein Tarnkappenflugzeug im Miniaturformat?

»Wow!« Rebekah stand mit offenem Mund da. »Das

sieht ja fast aus wie die Kreuzung aus einer Northrop B-2 Spirit und einem Romulanischen Warbird.«

Ben, der nicht den Hauch einer Ahnung hatte, was ein Northrop-Dingsbums oder ein romulanisches Sonstwas war, betrachtete Rebekah, als habe er eine Madonnenerscheinung vor sich. Für Giada hingegen schien weder der Hightech-Flieger noch Rebekahs Technikgebrabbel eine Überraschung zu sein. Der Jet stoppte auf ihrer Höhe, und eine Tür samt Treppe fuhr aus der ihnen zugewandten Rumpfseite heraus.

Ben glaubte bei dem Anblick seine Eingeweide zu spüren. »Ladies first«, sagte er mit einem gequälten Lächeln.

»Nicht für mich«, erklärte Giada mit einem Augenzwinkern. »Ich fahre gleich wieder in mein beschauliches Kloster. Dort erwartet mich nämlich noch eine Schachpartie. Aber Ihnen beiden wünsche ich einen guten Flug.«

Ben beobachtete, wie Rebekah ohne jeden Argwohn die erste Stufe nahm. Ihr Gottvertrauen in die moderne Technologie schien grenzenlos zu sein. Er packte seine Tasche und stolperte wenig überzeugt hinter ihr her, während Schwester Giada in die weiße Limousine stieg, den Wagen wendete und vom Rollfeld raste.

Der Pilot nahm sie persönlich in Empfang. Nachdem Ben und Rebekah ihr Reisegepäck in den dafür vorgesehenen Haltenischen gesichert hatten, nahmen sie auf den angenehm gepolsterten Ledersitzen am Fenster Platz. Jede Sekunde würde die Maschine auf die Start- und Landebahn zurollen, um sich von dort mit der entsprechenden Geschwindigkeit in die Lüfte zu erheben.

Die Maschine stoppte jedoch schon nach wenigen Metern, richtete ihre Düsen nach unten und erhob sich dann senkrecht wie ein Hubschrauber in die Luft. Proportional zur Größe seines Magens sah Ben, wie die Welt unter ihm in Sekundenschnelle kleiner wurde. Erst recht als die Düsen ihre waagerechte Position wieder einnahmen und der Jet, leicht nach hinten geneigt, rapide an Höhe und Geschwindigkeit gewann. All das ohne den üblichen Lärm.

Rebekah klatschte vor Begeisterung in die Hände. »Ist das nicht herrlich?«

Ben brachte so etwas wie ein Lächeln zustande, während er es vermied, nach draußen zu schauen. Sie waren kaum fünf Minuten in der Luft, als sein Handy klingelte.

Ciban war am Apparat und erklärte ihm in groben Zügen, was ihn und Rebekah am Zielort erwartete.

47

Ciban steckte das Kryptohandy wieder in die Innentasche seiner Anzugsjacke und deutete auf den berührungsempfindlichen Bildschirm des Tablets.

»Wir haben etwa eine Stunde. David hat die Grundrisspläne, die wir gefunden haben, bereits abfotografiert. Es gibt eine geheime Ebene unter der Abteikirche, genauer unter der Krypta. Die sollten wir uns mal ansehen.«

»Du denkst, dort unten ist der Safety Room?«

»Wenn sich die inoffiziellen Protokollbücher oder die Iso-Kammer der Abtei irgendwo befinden, dann dort. Die Kammer könnte uns Aufschluss darüber geben, was hier wirklich passiert ist. Ich wüsste gerne mehr, bevor uns Doktor Martini seine Version der Geschehnisse auftischt.«

Zügig verließen sie Davids Refugium, verschlossen die Tür samt dem verborgenen Zugang und betraten die Abteikirche über das Südquerschiff. Beim Passieren des Altars hielt Ciban unvermittelt inne.

»Was ist?«, fragte Catherine.

Der Kardinal starrte sie an, als lauschte er auf eine Stimme, die nichts Gutes verhieß.

»Er war hier. Der Mörder … war *hier*.«

Vorsichtig umrundeten sie den Altar und blieben vor einem mit Blut- und Geweberesten besudelten Stoffbündel stehen. Eine Mönchskutte. Jedoch ohne sonstige menschliche Leichenreste.

Catherine wollte schon fragen, wie Ciban das hatte wissen können, als ihr dämmerte, dass um den Altarbereich herum noch immer einige Pheromone schweben mussten. Der Präfekt sah sich das Kuttenbündel genauer an, ohne es zu berühren. »Hierher hat Merdadus sich vom Refektorium geflüchtet. *Hier* hat er überlebt.«

»Nackt?«, entfuhr es Catherine beim Anblick der auf dem Boden liegenden Kutte. Eine Sekunde darauf hätte sie sich auf die Zunge beißen können, doch jetzt war es ausgesprochen. Ihr Blick glitt über den Rand der Altarplatte, über mehrere blutverschmierte Flecken. Wie es aussah, war Merdadus genau dort von dem Mörder gestellt und angegriffen worden. Dann dämmerte ihr plötzlich die sexuelle Komponente des Ganzen. Bei der getrockneten Körperflüssigkeit handelte es sich vermutlich nicht nur um Blut.

Ciban holte sein Kryptohandy hervor und wählte eine Nummer. Catherine vermutete, dass er sich mit dem Kommandanten der Vigilanza in Verbindung setzte. Und sie sollte recht behalten.

»Coelho? Ciban hier. Wir haben ein Problem. Bruder Merdadus! Stellen Sie sicher, dass er rund um die Uhr überwacht wird … Nein, ich rechne nicht mit einem Anschlag auf ihn, aber ich fürchte, er ist ein Schläfer. Er darf die Klinik unter keinen Umständen verlassen. Und noch etwas: Verdoppeln Sie das Wachpersonal um Seine Heiligkeit.«

Als der Kardinal das Gespräch beendete, bemerkte Catherine ein Fieber in seinen Augen, ähnlich einer finsteren Glut hinter zentimeterdickem Eis. Vielleicht bildete sie es sich aber auch nur ein. Ihre Nerven waren ziemlich überreizt.

Ciban studierte noch einmal die Karten im Tablet. Kleine Schweißperlen bildeten sich auf seiner hohen Stirn. Dann deutete er über ihren Kopf hinweg zu einem verborgenen Treppenabgang. »Dort entlang.« Es klang jedoch mehr wie »Lass uns schleunigst von hier verschwinden.«

Als sie die erste Stufe erreichten, schaltete sich die automatische Beleuchtung ein. Der kühle Windhauch, der ihnen beim Abstieg entgegenwehte, war eine Wohltat.

Durch einen Rundbogen betraten sie den Vorraum. Die Krypta dahinter entpuppte sich als Unterkirche, deren Gewölbe auf etlichen Pfeilern und Freisäulen ruhte. Selbst Ciban, der die Pläne studiert hatte, war von der architektonischen Realität sichtlich überwältigt. Die Statuen zweier allgewaltiger Engel schienen das Hauptschiff Rücken an Rücken zu bewachen. Sie standen dort, wo sich ein Stockwerk über ihnen der Altar der Abteikirche befinden musste. An den Engeln vorbei liefen sie bis zu einem kapellenartigen Nebenraum, der einem kunstvollen Spiegellabyrinth glich, an dessen Ende ein weiterer Treppenabgang in die Tiefe führte. Dort lag der geheimste Bereich der Abtei San Leonardo.

Als sie sich weit genug vom Hauptaltar entfernt hatten und Catherine spürte, wie Ciban sich beruhigte, fragte sie: »Wie konnte Merdadus diesen Angriff überleben?«

Der Präfekt zögerte. »Alles, was ich dir als Antwort bieten kann, ist eine Theorie auf der Basis einer Geschichte, die ich von einem Medialen erfahren habe.«

Während Catherine auf die Erläuterung wartete, konzentrierte sie sich auf die unzureichend erhellten Steinstufen. Auf gar keinen Fall wollte sie noch einmal stürzen.

Ciban fuhr fort: »Das KIMH hat bisher sieben spirituale Serienmörder hervorgebracht. Das heißt sieben, die aktiv wurden. Sieben, von denen wir wissen. Alle männlich. Zwei befinden sich derzeit auf freiem Fuß. Einer ist inhaftiert. Vier sind tot. Darunter John Neiryncks Mörder. Es gibt viele einsame Menschen in der Kirche. John war einer von ihnen und deshalb für ein wenig Zuneigung und Liebe sehr empfänglich.«

Es dauerte ein paar Sekunden, ehe Catherine realisierte, dass Ciban von einer gleichgeschlechtlichen Beziehung sprach. Sie sagte nichts, hörte einfach nur weiter zu.

»Johns Mörder hat es geliebt, mit den Bedürfnissen seiner Opfer zu spielen, sie glauben zu machen, dass er ihnen gab, was sie tief in ihrem Herzen ersehnten: Frieden. Doch in Wahrheit hat er seine Opfer verführt und manipuliert, sie geprägt, zu Süchtigen gemacht, um sie für seine eigenen Bedürfnisse und Ziele einzusetzen.«

»Du glaubst, unser Mörder hat aus Merdadus einen Süchtigen gemacht?«

Ciban nickte. »Er wird sich an den Qualen des Mönchs weiden. Und ihn als Waffe benutzen. Die Frage ist nur, als Waffe gegen wen.«

Catherine hielt kurz inne, als ihr eine Erkenntnis kam. »So wie damals John Neirynck gegen dich eingesetzt wurde.«

Der Präfekt begegnete ihrem Blick. Das Ja stand nur zu deutlich in seinen Augen. Es brauchte keine weitere Antwort. Wohl aber eine weitere Frage. Die äußerte Catherine nun.

»Warum ausgerechnet Merdadus? Wäre es nicht sinnvoller gewesen, jemand Einflussreicheren zu wählen. Zum Beispiel Umberto?«

»Nicht unbedingt. Diese Medialen wählen ihre Opfer sehr gezielt aus. Merdadus war vermutlich der Beeinflussbarste von allen, derjenige, der dem Stimulus körperlich wie seelisch am leichtesten verfallen ist, weil sein Bedürfnis am dringlichsten war.« Ciban holte tief Luft. »Für einen Moment des Friedens wird Merdadus alles tun. Darin liegt letztlich der Fluch dieser Prägung. Der sofortige Verlust jeglicher Selbstkontrolle, denn der Hunger steigt mit jeder Befriedigung, weshalb jede Befriedigung von immer kürzerer Dauer sein wird. Es ist ein Teufelskreis.«

»Als würde man einem Verdurstenden Essig anstelle von Wasser reichen«, sagte Catherine leise.

»So ist es. Im Fall von Merdadus ist Geschlechtlichkeit nicht die Lösung des Problems, sondern vielmehr das Gegenteil.«

Catherine rang mit sich, doch auch die nächste Frage wollte gestellt werden. »Was ist mit Sorti und ... dir?«

Der Präfekt lächelte knapp, als hätte er diese Frage als logische Konsequenz vorausgesehen, als könne er sie nur zu leicht verstehen und verzeihen.

»Sorti und ich sind nicht geprägt. Wir sind lediglich durch die freigesetzten Pheromone ein bisschen durch den Wind.«

Catherine lachte unwillkürlich, was Ciban sichtlich gefiel. Für ein paar Sekunden vergaßen sie das Verderben und den Wahnsinn um sich herum. Dann wurde der Präfekt wieder ernst.

»Was San Leonardo angeht, haben wir es mit einer völlig anderen Größenordnung zu tun. Unser Mörder hat das mediale Abwehrsystem des Lux Domini durchbrochen und danach neunzehn Mediale getötet, einschließlich des erfahrensten und stärksten, des Abts. Ich bezweifle, dass unser Todesengel eine Schöpfung des KIMH ist. Deshalb frage ich mich, wie unser Doktor Robert Martini in diesen ganzen Fall hineinpasst.«

Catherine sortierte ihre Gedanken. »Also gut, was wissen wir über den Martini, den ich kennengelernt habe? Er nennt sich in eingeweihten Kreisen Lazarus. Er ist ein Experte der Angelologie. Außerdem gehört er zu den wenigen Menschen auf der Welt, die von dem geheimen Orden der Triaden wissen, von ihrer Bibel und ihrer unbarmherzigen Lebensphilosophie. Außerdem kennt Martini das Fragment der alten Prophezeiung, dessen Gegenstück im Schwarzen Archiv des Vatikans aufbewahrt wird. Ich habe damals eine Kopie in seiner Privatbibliothek gesehen. Dieses Duplikat enthielt unter anderem Davids Porträt. Der Junge könnte das Bindeglied sein. Allerdings stellt sich uns dann die Frage: Wie hat Robert Martini von der realen Existenz Davids erfahren? Bis zu seinem Tod hat er nichts davon gewusst, da bin ich mir ziemlich sicher. Könnte es eine Sicherheitslücke in San Leonardo gegeben haben? Einen Verräter?«

»Unwahrscheinlich. Eine solch negative Schwingung wäre an diesem Ort nicht verborgen geblieben. Der Überfall auf die Abtei musste überraschend und unmittelbar passieren, um erfolgreich zu sein. Alles andere wäre zu riskant gewesen.«

»Hm«, überlegte Catherine. »Für diese These spricht zumindest das äußerst brutale Vorgehen des Mörders. Wobei ich eines noch loswerden muss. Die Aura *meines* Robert Martini war weder die eines Medialen noch die eines Killers. Auch nicht die eines Lügners oder Verräters. Außerdem wurde er getötet, als er mir völlig selbstlos das Leben gerettet hat. Damit hat er auch dir das Leben gerettet, und das, obwohl ich euch nicht gerade als gute Freunde bezeichnen würde.«

Ciban dachte über ihre Worte nach. »Du hast aber auch gesagt, Martinis Aura war nicht die eines Normalsterblichen.«

»Das stimmt. So eine Aura hatte ich noch nie zuvor gesehen. Sie schien aus vielen Lebensschichten zu bestehen. Nein, nicht Lebensschichten, sondern Leben. Was uns zu unserem Doppelgängerrätsel führt. Denkst du, es könnte eine mediale Verbindung zwischen all diesen Robert Martinis geben, weshalb ihre Auren sich gegenseitig beeinflussen oder überlagern? Sozusagen ein kollektives Gedächtnis, entwickelt in einem geheimen Forschungsprojekt?«

»Sein Name taucht nicht in der LUKAS-Datenbank des Lux Domini auf. Das habe ich überprüfen lassen. Falls Martini Teil eines medialen Programms ist, ist es keines, das ich kenne. Eins steht jedenfalls fest: Der aktuelle Martini weiß von Davids Gabe. Er weiß um die Risiken der Sondierung, und er weiß, was es bedeutet, im Bilderlimbus gefangen zu sein. Das bedeutet, dieser Mann ist ein Eingeweihter.«

Sie erreichten den Fuß der Treppe, bogen um eine Ecke und traten in einen langen, weiß getünchten Korridor, an dessen fernem Ende sie eine massive Ziegelwand erwartete. Nur zwei Türen gingen rechts und links von dem Gang ab.

Catherine fragte: »Welches Problem hattest du eigentlich mit dem ermordeten Martini? Gut, er wusste eine Menge über die Triaden. Jedenfalls mehr als die wenigen, die überhaupt etwas mit dem Begriff anfangen können. Aber *du* hast ihm damals den Zugang zu den Vatikanischen Archiven verwehrt, was seine Forschungsarbeit nicht nur in puncto Triaden lahmgelegt hat. War er der Wahrheit so nah?«

Genauso gut hätte sie fragen können, ob Martini der Familie Ciban so dicht auf der Spur gewesen war, dass der Präfekt jeder weiteren Nachforschung des Historikers im Archiv einen Riegel hatte vorschieben müssen. Ciban verstand den Wink.

»Wie du durch Gasperettis Fotosammlung weißt, war Martini einige Male im Haus meiner Eltern zu Gast. Vor vielen Jahren. Darius hat ihn damals als Freund und Arbeitskollegen eingeführt. Mir war nie ganz klar, wie ich diesen Mann einzuordnen hatte. Er war so verwandlungsfähig wie ein Chamäleon. In der Nähe meines Vaters wirkte er distanziert, berechnend und kalt, in der Nähe meiner Mutter voller Güte und Weisheit. Darius schätzte ihn sehr. Allerdings habe ich nie recht begriffen, weshalb.«

Catherine runzelte die Stirn. »Vielleicht war er ein

Empath und wusste deshalb instinktiv, wie er sich wem gegenüber zu verhalten hatte. Wie hat deine Schwester über ihn gedacht?«

»Ich glaube, sie mochte ihn. Aber sie mochte auch meinen Vater und einige seiner Spießgesellen.«

»Hatte dein Vater denn gar keine gute Seite? Irgendetwas muss deine Mutter doch an ihm geliebt haben?«

Ciban antwortete nicht sofort. Auf einmal fiel Catherine wieder das Zuchtprogramm ein, mit dem die Triaden das Geschick ihrer Blutlinien steuerten. Martini hatte ihr davon erzählt.

»Letztendlich hat alles zwei Seiten«, erklärte der Kardinal nach einer Pause. »Auch unser Todesengel hat eine empathische Seite, sonst könnte er seine Opfer nicht hinters Licht führen.« Cibans Antwort blieb zwar beim Thema, lenkte gleichzeitig aber von seinem Vater ab.

Catherine ließ sich nicht beirren. »War es eine Vernunftehe?«, wagte sie sich weiter vor.

»Nein.« Er schüttelte den Kopf. »Es war eine Liebesheirat. Eine Liebe zwischen dem Licht und der Dunkelheit. Darin lag die Tragik dieser Ehe. Wer möchte schon zerstören, was er liebt?«

Bei den letzten Worten lief Catherine ein eiskalter Schauer durch den Körper. Sie sah Ciban kurz an. Seine Augen schimmerten traurig. Plötzlich begriff sie, weshalb er so selten vom Schicksal seiner Eltern sprach. Auch wenn er nicht wie sein Vater war, so fürchtete er doch den Fluch einer sich wiederholenden Familientragödie. Aus seiner Sicht verkörperte Catherine das Licht und er die Dunkelheit. Das Gute im Dienste des Bösen. Etliche Bände hätte man mit diesem Thema füllen können. Wie oft schon hatte das Böse in der Kirche das Gute benutzt, wie oft schon hatte sich die Kirche des Bösen bedient, um das vermeintlich Gute in ihren Reihen zu schützen.

Catherine wusste um die Dunkelheit in Cibans Seele. Jene Kraft, die ihn zu seinem hohen Amt im Vatikan befähigte, die ihm half, all jene in Schach zu halten, die nichts lieber wollten als seinen Untergang, um ihre persönlichen Ziele zu verfolgen. Catherines Mentor Pater Darius hatte über die gleiche Stärke verfügt, jedoch mit anderen Vorzeichen. Auf die Art des Lichts. Dennoch war es gerade Cibans dunkler Anteil, das tiefe Zwielicht, das Catherine magisch anzog. Manchmal erschien es ihr, als wäre da etwas tief in ihrer eigenen Seele, das aus Cibans dunklem Wesenszug Stärke bezog. Die Stärke, den Tod zu vertreiben. Sie wusste, dass er den Tod als Kind schon mehrmals besiegt hatte.

Ciban passierte die zweite Tür ohne anzuhalten und blieb erst vor der dicken Ziegelwand stehen. Erneut studierte er die Karten in Davids Tablet. Der Junge hatte jede Fotografie mit einem Infotext versehen. Offenbar war er ebenso gründlich und gut organisiert wie sein Vater. Catherine musste unwillkürlich schmunzeln, was den Kardinal irritiert aufblicken ließ.

»Was denkst du?« Er reichte ihr den Rechner.

»Oh, nichts. Mir fällt nur gerade wieder auf, wie ähnlich ihr beide euch seid. Du und David.«

Er seufzte. »Du stellst meine Objektivität auf eine harte Probe. David könnte der Antichrist sein. Was, wenn der Junge mit den unschuldigen Augen hinter dem Massaker steckt?«

»Das glaube ich nicht. Seine Bilder sind prophetisch, Marc, kein apokalyptischer Angriffsplan.«

»Dein Wort in Gottes Ohr.«

Er drehte sich zur Wand und berührte in einer bestimmten Reihenfolge sieben Ziegel. Eine bislang unsichtbare Pforte ging auf. Gerade groß genug, um einem Menschen Durchgang zu gewähren. Der wesentlich breitere Gang dahinter lag in einem derart eigentümlichen Licht, als blickte man durch ein Nachtsichtgerät.

»Ein Sicherheitsfeld.« Ciban war offenbar überrascht, ja verwirrt. »Damit hätte ich eigentlich rechnen müssen.«

Es war viele Jahre her, seit Catherine ein künstlich angelegtes psionisches Sicherheitsfeld gesehen hatte. Zuletzt im KIMH. Darius hatte ihr erläutert, wie solch ein Schirm – eigentlich war es eher ein dickerer Schild – funktionierte, welchen Sinn er hatte und wie er verhinderte, dass ein Unbefugter ihn durchdrang, indem er dafür sorgte, dass der Eindringling das Bewusstsein verlor. Solch ein Feld schützte jedoch nicht nur vor Unbefugten, es sorgte auch dafür, dass eine Sicherheitszone nicht so einfach durch einen Spiritualen zu erspüren war. Das konnte erklären, weshalb David den Anschlag als Einziger überlebt hatte.

»Und nun?«

Ciban runzelte die Stirn. »Wie es aussieht, habe ich etwas Wichtiges in Davids Aufzeichnungen übersehen.«

Er bat um den Computer, und obwohl sich ihre Finger nicht berührten, spürte Catherine, wie seine Haut glühte. Es grenzte an ein Wunder, dass er sich überhaupt noch auf irgendetwas konzentrieren konnte. Wie hoch seine Temperatur wohl war? Falls das Fieber weiter stieg, wurde es lebensbedrohlich. Bei Temperaturen über zweiundvierzig Grad brach das Nervensystem zusammen, verfestigte sich das Eiweiß im Blut. Konnten diese verfluchten Pheromone etwa noch im Nachhinein einen Menschen töten? Sie dachte dabei auch an Sorti, der in Umbertos Privatgemächern vermutlich noch immer herumtobte.

»Du glühst ja« sagte sie. »Bitte erzähl mir nicht, dass das so normal ist.«

»Unter den gegebenen Umständen ist es normal. Aber keine Sorge, Sorti und ich werden es überleben.« Er scrollte durch die Daten im Pad. »Ah … da ist es!« Dann drehte er sich zur Wand und drückte noch einmal auf drei der Ziegel, die er bereits berührt hatte.

Der bizarre Schild in dem unheimlichen Gang erlosch, würde sich jedoch wieder aktivieren, sobald sie ihn passiert hatten. Zurück blieb eine Beleuchtung, die Catherine an eine immerwährende Abenddämmerung erinnerte.

»Nein, warte.« Prüfend streckte Ciban die Hand durch die Pforte. »Es ist besser, wenn ich vorangehe.«

Es war, als stünden sie an der Grenze zu einer anderen Welt. Doch nichts Unerwartetes geschah. Sie betraten den Gang unbeschadet, auch wenn Catherine das Gefühl hatte, auf einmal schwerer zu atmen. Sie dachte an die beklemmende Atmosphäre des geheimen unterirdischen Aufzugssystems im Vatikan, das sie hin und wieder zu nutzen gezwungen war, doch gegen das hier war das Ambiente dort geradezu eitel Sonnenschein.

Ihr Begleiter drehte sich zu ihr um. »Geht es?«

Sie nickte. Es half nichts. Klaustrophobie hin oder her. Sie musste da durch.

Sechs Türen gingen von dem Gang ab. Alle nach rechts. Fünf waren aus massivem Holz, die sechste und breitere aus Glas und Stahl. Das musste der Zugang zur Isolationskammer sein. Die Schleuse zum Niemandsland, von dem aus man in die Welt sowie durch Raum und Zeit schauen konnte. Sofern man die Gabe der Sondierung besaß.

Ciban inspizierte zuerst die Räume hinter den Holztüren. Einen Büro- oder vielmehr Computerraum, den Rebekah König sich noch näher ansehen würde. Ein Labor mit integrierter Krankenstation, zu dem ein Badezimmer samt einer gut bestückten Wäschekammer sowie eine kleine Küche gehörten. Catherine nutzte die Gelegenheit, um etwas zu trinken und sich zu erfrischen. Der letzte Raum, den sie hinter der Glas- und Stahltür in Augenschein nahmen, beherbergte den Überwachungsraum mit der Isolationskammer, beide durch eine Schleuse und eine einseitige Spiegelwand voneinander getrennt. Auch hier gab es einen Nebenbereich mit einem kleinen Bad und einem Wäscheschrank.

Ciban deutete auf eine Armatur, in der ein grüner Leuchtsensor blinkte. »Der Überwachungsraum ist nach wie vor aktiviert. David war während des Massakers vermutlich im Isolationsraum, und Umberto war hier.«

Catherine spähte durch das Wandfenster, um zu sehen, was auf der anderen Seite des Spiegelglases war. Bis auf einen runden Tisch, einen Stuhl und eine Liege mit Anschnallgurten war der Raum leer.

»Was hast du vor?«, fragte sie, nachdem Ciban ihr die Funktionsweise der Konsole erläutert hatte und sich anschickte, den Überwachungsraum zu verlassen.

»Ich werde überprüfen, ob es ein Echo der Ereignisse in dieser Kammer gibt.«

Catherine wurde bei dem Gedanken regelrecht übel, denn das war alles andere als ein leichtes Unterfangen. Iso-Kammern verstärkten zwar die Gabe der Medialen und ließen sie Eindrücke aus dem Gedächtnis der Welt empfangen, doch manchmal griffen die psionisch-mentalen Auswirkungen auch den Körper und die Psyche an. Und Ciban war zurzeit äußerst labil.

»Gibt es denn keinen anderen Weg?«

»Ich fürchte, nein. Sollte es zum Äußersten kommen, dann drückst du den Notfallknopf. Er wird die Schleusentür öffnen und die Kammer dreißig Sekunden danach wieder versiegeln.«

Er zog die Jacke aus, hängte sie über den Stuhl am Pult, öffnete den Priesterkragen seines Hemdes und legte das Kollar auf den Tisch.

»Was, wenn du das Bewusstsein verlierst?«

»Das wollen wir nicht hoffen.«

Sie beobachtete, wie er durch die Schleuse den Isolationsraum betrat – und plötzlich taumelte, als hätte ihm jemand einen Schlag gegen den Brustkorb versetzt. Sofort gab er ihr ein Zeichen, nicht einzugreifen. Wie in Trance ließ er sich vorsichtig auf dem Boden vor der Schleuse nieder und lehnte sich gegen das Schott.

Schweiß trat ihm auf die Stirn. Schweiß und – Blut.

Catherines Hand schwebte über dem Notfallknopf.

Dreißig Sekunden. Was für ein Witz!

48

Das Erste, was Ciban beim Betreten der Iso-Kammer entgegenschlug, war die Hitze eines medialen Sturms wie von einer Explosion. Es raubte ihm fast die Besinnung, doch irgendwie überstand er die Attacke, gab Catherine ein Zeichen und ließ sich vor der Schleuse nieder, die sowohl Rückendeckung als auch Fluchtweg war. Die psionische Strahlung loderte wie die Hölle in seinen Körperzellen, durchdrang sein Gehirn, wie ein Sonnensturm in die Atmosphäre der Erde eindringt.

Während sich vor seinem geistigen Auge die ersten unglaublichen Szenen formten, ignorierte er die aufkommende Übelkeit und den zunehmenden Schmerz. Er hatte keine Ahnung, welch entsetzlichen Anblick er mit seinem Blut schwitzenden Gesicht der Frau bot, die er liebte. Dafür war seine Wahrnehmung längst zu weit von ihrer Welt entfernt.

Seine Realität mutierte zu einer wahnwitzigen Bilderfolge, in einen unaussprechlichen Schrecken, als betrachte er die Geschehnisse in einem chaotischen, barbarischen Kaleidoskop. Stöhnen. Schreien. Bluten. Brennen. Ungeheurer Schmerz in Verbindung mit ungeheurer Lust. Männer, die wie hypnotisiert einem Wesen verfallen waren, das sie voll und ganz in seinen unbarmherzigen Bann zog, das ihren Seelen wie ihren Körpern Gewalt antat, in einer alles verzehrenden, irrsinnigen Hassliebe.

Parallel zu dieser teuflischen Ebene tauchten in Cibans Bewusstsein Bilder vom unterirdischen Labor auf. Flashs mit David in der Iso-Kammer und Umberto im Beobachtungsraum. Die Sondierung! Es ging um eine alte Fotografie, die der Kardinal nicht genau erkennen konnte, aus deren Vergangenheit jedoch eine Dunkelheit strahlte, wie er sie noch niemals aus der Tiefe eines menschlichen Unterbewusstseins hatte emporsteigen sehen.

Cibans ohnehin schon rasender Herzschlag beschleunigte sich. Die Flashs konzentrierten sich nun auf den Abt.

Umbertos sechster Sinn registrierte selbst hier unten in der Überwachungskammer das orgastische Brennen und Sterben seiner Mitbrüder im oberen Bereich der Abtei. Auch David nahm das Sterben wahr, jedoch wie ein Träumer aus einer unendlich weiten Ferne. Rasch holte der Abt den Jungen aus der Iso-Kammer und brachte ihn zu einem geheimen unterirdischen Ausgang, der vom Kloster wegführte. Hier sollte David, der noch immer völlig weggetreten die Fotografie in Händen hielt, auf Umberto warten.

Am Rande von Cibans Bewusstsein tauchte die blitzartige Erkenntnis auf, dass es eine Verbindung zwischen der Fotografie und dem Sterben im Refektorium gab, doch er konnte dem Ursache-Wirkungs-Pfad unmöglich folgen, und so verlor sich die Erkenntnis in dem Entsetzen, das der nächste Flash hervorrief.

In dieser Bilderfolge betrat Umberto nun das Refektorium, in dem die Mönche starben, und erblickte den ungebetenen mörderischen Gast. Eine Frau, ein menschlicher Engel mit wunderschönen Feuerschwingen, mit denen sie die Männer einen nach dem anderen umfing und verzehrte, als überreiche sie jedem einzelnen ein göttliches Geschenk. Sie stand mit dem Rücken zu Ciban, dennoch konnte er sehen, dass Merdadus als Nächstem der Flammentod drohte. Die Lippen des jungen Mönchs zitterten, er hatte sie vor unbändiger Angst und Erregung blutig gebissen.

»Halt! Aufhören!«, brüllte Umberto und eilte auf die Frau zu.

Doch das Wesen ignorierte den Ordensoberen, als wäre er ein unwichtiges, nörgelndes Kind.

»Ich sagte AUFHÖREN!« Umberto stellte sich zwischen Merdadus und die Frau mit den Feuerschwingen.

Nun hatte er ihre Aufmerksamkeit.

Sie wandte sich ihm zu, und ihre wunderschönen Feuerschwingen umfingen ihn wie einen Liebenden. Im Gegensatz zu den anderen Mönchen ließ Umbertos Widerstand nicht sofort nach. Wie von Sinnen wehrte er sich in der lustvollen Umklammerung, während die Flammen der Hölle ihn wie eine brennende Flüssigkeit durchdrangen. Unter Wimmern und Stöhnen zuckte er zusammen, und noch bevor er auch nur einen einzigen Schrei ausstoßen konnte, ließ das Wesen ihn explodieren wie ein unter Druck stehendes Ei in einer Mikrowelle.

Ein Schwall Fleischgewebe und Blut peitschte wie ein Fehdehandschuh über Merdadus' Gesicht, blieb auf seiner Kutte, auf seiner Haut und in seinen Haaren hängen und riss ihn im Bruchteil einer Sekunde aus dem grausigen Albtraum. Wild schossen seine Augen hin und her. Im nächsten Moment erwachte er aus der Schockstarre, erblickte das Gemetzel und Gedärm um sich herum – und floh.

Die Frau drehte sich nur kurz zu dem Flüchtenden um. Schaute ihm nach wie eine Katze einer Maus, für die es kein Entkommen gab. Dann wandte sie sich gelassen einem der anderen noch lebenden Opfer zu. Dabei erkannte Ciban ihr Gesicht.

Er schnappte nach Luft. Presste sich reflexhaft gegen das dicke Glas der Schleuse. Doch da war kein Glas mehr, weshalb er hinten überkippte.

Seit einer Ewigkeit hatte er dieses Antlitz nicht mehr gesehen. Seit einer Ewigkeit war der Mensch mit diesen edlen, schönen Gesichtszügen tot.

Was er gesehen hatte, war einfach unmöglich: seine Schwester Sarah!

49

Catherine starrte auf Ciban, der mit schmerzverzerrtem Gesicht wie hypnotisiert an der Schleusentür lehnte. Schweiß- und Blutstropfen liefen ihm Stirn und Wangen hinab, während seine Augen auf eine Realität gerichtet waren, die sich ihren Sinnen entzog. Was immer der Präfekt sah, es musste entsetzlich sein.

Cibans Atmung beschleunigte sich. Gerade als er anfing zu hyperventilieren, drückte Catherine den Notfallknopf. Die Schleusentür wurde unter einem zischenden Geräusch regelrecht aufgesprengt, ohne jedoch aus der Halterung zu springen. Der sitzende Ciban fiel rücklings in die Schleusenkabine, geistig noch immer in dieser anderen, dieser furchtbaren Welt.

Fast im gleichen Moment rannte Catherine los und wurde – trotz ihrer starken mentalen Schilde – von der Wucht der Emotionen, die aus der Kammer strahlten, völlig überrascht. Sie spürte, wie ihr Blut durch die Adern schoss, schaffte es jedoch, den Wahnsinn abzuschütteln, bevor er überhandnahm. Ciban, der von dieser Strahlung ungefiltert die volle Ladung abgekommen hatte, lag da wie tot.

Sie wendete ihr spärliches Erste-Hilfe-Wissen an, nutzte den Rettungsgriff, mit dem man erheblich schwerere Personen bewegen kann, indem sie unter Cibans Achseln hindurchgriff, einen der Unterarme packte und diesen quer vor die Brust des Präfekten legte. Dann zog sie Ciban auf einem Oberschenkel aus der Schleuse heraus. Keine fünf Sekunden darauf wurde die Iso-Kammer mit dem gleichen zischenden Geräusch auch schon wieder versiegelt. Die darauf folgende Stille – der psionische Lärm war wie abgeschnitten – war die reinste Erholung.

Cibans Körper wurde von heftigen Krämpfen geschüttelt. Catherine rechnete damit, dass er sich jeden Moment übergab und dass sie ihn vorsichtig – oder mit Gewalt – aus dem Trauma würde zurückholen müssen. Doch nichts dergleichen geschah. Innerhalb von zwei Minuten beruhigte er sich. Als er die Augen öffnete, wirkte er orientierungslos, schien sie gar für eine andere Person zu halten. Catherine wartete, bis er begriff, dass er die Iso-Kammer verlassen hatte und dass die Frau, die seinen Kopf mit den Händen stützte und seinen Namen rief, seine Vertraute war.

»Das wird sehr, sehr übel«, keuchte er.

Ohne ein Wort eilte Catherine in das kleine Bad mit der Wäschekammer und hielt ein Handtuch unters Wasser. Damit wischte sie ihm vorsichtig das Blut aus dem Gesicht. Was gerade geschehen war, hatte ihr bereits genug offenbart.

Ciban erhob sich, wankte leicht und stützte sich am Tisch ab. Er atmete schwer. Eine Weile verweilte sein Blick auf dem Kollar, das er dort vor wenigen Minuten abgelegt hatte, dann blickte er Catherine an. In seinen Augen glomm noch immer ein Funke von Verwirrung, ja sogar ein Hauch von Schrecken und Wahn.

»Danke«, sagte er.

Sie blickte ihn an und erkannte, dass er jetzt nicht etwa Ruhe brauchte, sondern Aktion. Warum diese Aktion nicht mit etwas Praktischem beginnen? Sie führte ihn ins Bad, brachte ihm ein zweites Handtuch und ein frisches Hemd aus dem angrenzenden Wäscheraum.

Als sie die Tür schließen und sich in den Nebenraum zurückziehen wollte, bat er sie zu bleiben.

Als er seinen schlanken, muskulösen Oberkörper wusch und das Hemd wechselte, bemerkte sie die verheilte Operationsnarbe, die von der vor vier Monaten in Rom erlittenen Schusswunde herrührte. Dr. Asensi, der behandelnde Chirurg in der römischen Gemelli-Klinik, hatte ausgezeichnete Arbeit geleistet. Da waren aber auch ältere Narben. Auf Brust und Rücken. Verheilte Schnitte und Striemen, die an Peitschenwunden erinnerten. Folternarben! Da war sich Catherine ganz sicher. Ciban erklärte etwas von schlechten Kindheitserinnerungen und ein paar hässlichen Überbleibseln aus seiner Zeit beim Vatikanischen Geheimdienst, machte aber ansonsten nicht viel Aufhebens darum.

Als er das Kollar anlegte und die Jacke überzog, sagte er unvermittelt: »Ich habe Sarah in dem Echo gesehen. Hier, in San Leonardo.«

Catherine zuckte zusammen. Cibans Schwester war seit über zehn Jahren tot. Er konnte glatt einer Täuschung, einer Wahnvorstellung erlegen sein. Doch als sie seinem Blick begegnete, begriff sie, es war sein voller Ernst.

Schweren Herzens erzählte Ciban ihr, was er in der Iso-Kammer erlebt hatte. Dann fügte er hinzu: »Zumindest hat diese Frau ... dieses Wesen ... ausgesehen wie Sarah. *Sie* ist für das Massaker verantwortlich. Definitiv nicht David.« Was den Jungen anging, schwang Erleichterung in seiner Stimme mit. Zumindest in dieser Angelegenheit.

Catherine hatte so einiges von Adrian Coelho über das teuflische Gentechniklabor gehört, dem David entstammte. Wer wusste schon, was diese Leute mit Sarahs oder Cibans Genen sonst noch alles angestellt hatten. Oder – ihr stockte bei dem Gedanken fast der Atem – womöglich mit den Genen eines gewissen Robert Martini, der zig Leben zu haben schien.

Ciban gingen vermutlich ganz ähnliche Gedanken durch den Kopf. Schließlich sagte er: »Dieses Wesen beherrscht das Feuer kraft seines Geistes. Soweit ich weiß, hat nie ein Mensch oder Triade jemals über diese Gabe verfügt. Es gibt allerdings eine alte Legende in der Triadenbibel, aus der Zeit, in der die gefallenen Engel den Menschen mit Feuer und Schwert nachstellten.«

»Ein feuerspeiender Engel, der aussieht wie Sarah?«, fragte Catherine skeptisch.

Er nickte. »Ich fürchte, das Triadensymbol im Refektorium ist keine Fälschung. Es ist eine Kriegserklärung, eine Kampfansage an das Lux Domini. Noch etwas ... es gibt eine Verbindung zwischen der Fotografie, die David sondiert hat, und dem Massaker.«

Ein paar Sekunden lang herrschte Stille.

»Konntest du die Fotografie erkennen?«

Ciban schüttelte den Kopf.

»Was ist mit Robert Martini?«

»Er hat in meiner Vision nicht die geringste Rolle gespielt.« Ciban blickte kurz ins Leere, als wollte er noch einmal seine Erinnerung an das schreckliche Iso-Kammer-Erlebnis überprüfen. Erneut traten Schweißperlen auf seine hohe Stirn, ehe er resigniert den Kopf schüttelte. »Nein. Ich sehe ihn nicht. Dieses Echo beschränkt sich alleine auf das Wesen und die Mönche. Es hat alles andere übertönt.«

Sie tupfte ihm den Schweiß ab, war sich nur zu bewusst, welche Anstrengung und Überwindung ihn dieser kurze Rückblick gekostet hatte. Fast hätte sie ihn für seine Tapferkeit geküsst, hielt es unter den gegenwärtigen Umständen aber für klüger, auf Distanz zu bleiben. Ciban beobachtete sie. Als sie es bemerkte, rang er sich ein verlegenes Lächeln ab.

Ach, was sollte es. Spontan schlang sie ihm das Handtuch um den Hals und zog ihn zu sich hinunter. Als seine Lippen die ihren berührten, traf es Catherine jedoch wie ein elektrischer Schlag. Sofort zog er sich von ihr zurück. Anstatt schockiert zu sein, mussten sie beide lachen.

»Das nennt man in der Psychologie dann wohl eine klassische Übersprungshandlung«, brachte sie endlich heraus.

Er nickte bloß, vom Lachen viel zu atemlos. Ein bisschen fühlten sie sich wie die zwei Königskinder aus der griechischen Volksballade, die einfach nicht zusammenkommen konnten. So deprimierend ihre Situation war, so komisch war sie auch.

Ciban legte das Handtuch beiseite und strich Catherine einige verrutschte Haarsträhnen aus dem Gesicht. Diesmal durchströmte sie eine wohlige Wärme. Fast als wäre die mediale Verbindung zwischen ihnen wieder hergestellt. Seine Augen schimmerten wie Quecksilber mit einem unbeschreiblichen Feuer darin. Sie begann sich in dem schillernden Glanz, in der bodenlosen Tiefe zu verlieren.

Dann piepte etwas energisch. Fassungslos starrten beide auf Cibans Armbanduhr. Er hatte vorsorglich den Alarm programmiert, damit sie rechtzeitig in die oberen Bereiche des Klosters zurückkehren würden, um Rebekah, Ben, Martini und den Jungen in Empfang zu nehmen.

Er schaltete das Tonsignal ab. »Die Stunde ist um.« Bedauern lag in seiner Stimme.

Catherine nickte, darum bemüht, wieder einen klaren Kopf zu bekommen. Fast hätten sie soeben die letzte Grenze überschritten.

Erschöpft verließen sie den geheimen Bereich der Abtei, redeten kein Wort, bis sie den Kreuzgang mit dem Brunnenhaus erreichten. Es nieselte noch immer, und dem feinen Regen hatte sich ein dumpfes Donnergrollen hinzugesellt. Der Himmel war mit düsteren Wolken bedeckt, jedoch nicht so finster wie am Tage zuvor.

Als sie den großen Vorhof erreichten, wo Robert Martinis alter Geländewagen parkte und der große Holzpflock mit der großen Spaltaxt stand, klingelte Cibans Handy. Er nahm das Gespräch an und gab Catherine kurz zu verstehen, dass der Kommandant der Vigilanza am anderen Ende war. Während des Telefonats mit Coelho verdüsterten sich seine Gesichtszüge zusehends.

»Suchen Sie weiter, Adrian. Informieren Sie Kardinal Gasperetti und Oberst Hasler. Und noch etwas: Lassen Sie Seine Heiligkeit nicht aus den Augen. Wir werden noch heute Abend nach Rom zurückkehren.«

Catherines mulmiges Gefühl verstärkt sich, als sie hörte, dass Ciban auch Emanuel Hasler, den Kommandanten der Schweizergarde, in die Sicherheitsmaßnahme einbezog.

Er beendete das Telefonat und wandte sich an sie. »Merdadus ist aus der römischen Klinik verschwunden. Der abgestellte Wachmann ist tot. Was immer unser Todesengel dem jungen Mönch auch eingeflüstert hat, er wird es ohne Rücksicht auf sein eigenes Leben ausführen.«

Sie durchschritten die Pforte des Haupttors und traten auf den großen Vorplatz, der an die meterdicke Außenmauer des Klosters grenzte. Dort warteten sie etwa eine

Minute, bis plötzlich ein heftiger Windstoß über den Platz fegte und selbst die entfernteren Bäume durchschüttelte.

Über den hohen Wipfeln tauchten die Landelichter einer pechschwarzen Maschine auf. Einen Moment lang hielt Catherine das im Donnergrollen lautlos herannahende Fluggefährt glatt für ein UFO. Ciban zog sie zurück zur Wand nahe dem Eingang. Berge von Blättern wirbelten um sie herum auf, als würden sie von dem Laub eingeschneit.

»Was ist das?«, schrie Catherine gegen das Unwetter an.

Ciban beugte sich an ihr Ohr. »Ein Prototyp aus der Werkstatt eines Freundes.«

Das Fluggerät näherte sich ihrer Position, glitt wie an unsichtbaren Schnüren gehalten senkrecht vom Himmel herab und setzte nahezu lautlos auf dem Boden auf.

50

Ben Hawlett hatte nicht schlecht gestaunt, als er in einem der beiden Überraschungspassagiere, die der Pilot bei L'Aquila an Bord nahm, eine jüngere Version von Dr. Robert Martini erkannte. War dieser Mann etwa dessen Sohn? Soweit Ben wusste, war der alte Martini Zeit seines Lebens Junggeselle gewesen. Also lag die Wahrscheinlichkeit höher, dass es sich bei dem Mann und dem bewusstlosen Kind um nahe Verwandte von Martini handelte. Nur warum brachten sie das Kind nicht in eine Klinik, sondern nach San Leonardo? Und wieso erinnerte der Mann ihn in seinem Aufzug so sehr an Indiana Jones?

Rebekah ließ sich von der Gegenwart der beiden seltsamen Passagiere nicht aus der Ruhe bringen. Ihr Gottvertrauen in Schwester Giadas oder Kardinal Cibans Anordnungen war wohl unerschütterlich.

Da Ben das Rätsel um die beiden Neulinge bis zur Ankunft in der Abtei kaum lösen würde, riskierte er trotz seiner Flugangst einen Blick durch das kleine, ovale Seitenfenster, an dem er saß. Nichts als Himmel, nichts als Wolken. Noch immer war er von dem bemerkenswerten Landemanöver des Piloten hinter dem kleinen Steinhaus schwer beeindruckt. Insgesamt hatte die ganze Zwischenlandung nur wenige Minuten gebraucht. Einschließlich der Abschiedsszene zwischen Martini und der jungen Frau, die sich mit dem unglaublichen Namen Bella Medici vorgestellt hatte. Martini hatte sie am Ende doch noch überreden können, ihr kleines Haus zu verlassen und nach Rom aufzubrechen. Sie würde vorläufig in einem Kloster unterkommen, das Ciban noch rasch per Handy über ihre Ankunft informiert hatte.

»Wir sind gleich da!«, rief der Pilot durch die offene Cockpit-Tür seinen Fluggästen zu. »Schauen Sie. Da vorne am Horizont können Sie schon die Silhouette der Abtei sehen.«

Ben und Rebekah drehten die Köpfe und erblickten einen Riss in der Wolkendecke. Ein geradliniger, burgenähnlicher Schatten mit einem hohen, breiten Schlot ragte aus der Tiefe empor. Vermutlich ein Turm. Der Pilot aktivierte die elektronische Landehilfe, die ihm schon in der Talsenke hinter dem Haus geholfen hatte. Plötzlich sah die Außenwelt durch die Cockpitscheibe wie eine kristallklare Negativaufnahme auf einem Computerdisplay aus. Symbole, Linien und Zahlenkolonnen versorgten den Piloten mit jenen Informationen, die er für die Landung in diesem unwirtlichen Gelände brauchte. Ben war noch immer heilfroh, unmittelbar vor dem Flug nichts gegessen zu haben.

Als die Maschine vor der Abtei endlich wieder auf festem Untergrund stand und die Seitentür mit der Treppe auffuhr, schlug Ben in Gedanken drei Kreuze. Der Fremde in der Abenteurerkluft befreite den Jungen von den Sicherheitsgurten und trug ihn die Stufen zum Vorplatz der Abtei hinunter, wo Catherine und Ciban sie bereits erwarteten.

Ben und Rebekah folgten mit ihrer Ausrüstung.

Ciban nickte dem Monsignore und der Novizin grüßend zu, während Catherine beide mit einer knappen, aber herzlichen Umarmung empfing und einen besorgten Blick auf den Jungen warf.

Der Kardinal wandte sich, nach einem kurzen Gespräch mit dem Piloten, dem Mann mit dem Jungen zu. »Doktor.«

Ben registrierte, dass kein Name fiel und dass hinter dem »Doktor« weit mehr steckte, als es den Anschein hatte. Fast klang es für ihn wie eine Mahnung.

»Er atmet kaum noch«, erklärte der Fremde und deutete mit dem Kopf auf das Kind.

Ciban berührte die Stirn des Jungen. »Kein Fieber. Das ist schon mal ein gutes Zeichen. Kommen Sie.«

Zügig passierten sie den Klausurhof mit dem Kreuzgang, betraten die Abteikirche, gingen am vorderen Bereich des Altars vorbei, folgten einer alten Steintreppe in die Krypta und von dort aus einer schmaleren Treppe in eine noch tiefer gelegene Ebene hinab.

Bens Blick haftete die ganze Zeit über auf Catherine. Nachdem sie sich nach dem Studium fast ein Jahrzehnt nicht mehr gesehen hatten, hatte die Ermittlungsarbeit an den Priestermorden sie vor etwas über einem Jahr in Rom wieder zusammengeführt, ehe er nach São Paulo gegangen war. Er wusste, dass es wahrscheinlich völlig idiotisch war, doch irgendwie erschien Catherine ihm nach den paar Monaten wesentlich größer, gereifter, ja geradezu klassisch schön. Ob es an der sportlich eleganten Kleidung lag, die sie anstelle einer Ordenstracht trug? An ihrem etwas längeren Haar? Er drängte den Gedanken zurück, schließlich verband Catherine und ihn seit ihrer Schulzeit eine geschwisterliche Freundschaft.

Um sich auf andere Gedanken zu bringen, wandte Ben sich Ciban zu, der trotz seines schlichten Priesteranzugs neben Martini wie ein Feldherr vorneweg schritt. Der Kardinal schien nichts als seine Arbeit zu kennen. Nur wieso sah Ben in seinem Vorgesetzten plötzlich einen Rivalen? Der hochgewachsene, leidenschaftslose Kirchenfürst mit dem eiskalten Blick und den konservativen Ansichten war nicht einmal Catherines Typ. Ganz davon zu schweigen, dass Ciban viel zu professionell war, um eine Affäre mit einer seiner Mitarbeiterinnen einzugehen.

Ben hielt erneut gedanklich inne. Irgendetwas stimmte hier nicht, stimmte nicht mit ihm, machte ihn völlig konfus. Am Ende des Treppenwegs gewann er dann aber den Eindruck, dass Cibans Augen, als er sich kurz zu ihnen umwandte, eine Sekunde zu lang auf Catherines Antlitz verweilten. War das noch der Blick, mit dem ein Vorgesetzter eine seiner Angestellten bedachte?

Im nächsten Augenblick öffnete Ciban überraschend einen Zugang, der weder Ben noch den anderen als solcher aufgefallen war. Der Bereich dahinter lag in einem seltsamen Zwielicht. Es ärgerte Ben, dass seine irrationalen Gedanken ihn dermaßen abgelenkt hatten, dass ihm die verborgene Tür entgangen war. Dann stutzte er. Täuschte er sich, oder hatte der Kardinal ihn gerade gemustert?

Sie betraten einen Gang, von dessen rechter Seite mehrere Türen abgingen, fünf aus Holz, eine aus Glas und Stahl.

Catherine öffnete die erste Holztür, und Ben und Rebekah blickten in den Computerraum. Ciban und der Doktor liefen indessen weiter. Zur Krankenstation, wie Catherine ihnen erklärte. Dorthin würde auch sie gleich gehen. Ben vermutete, dass der Junge auf Catherines Gabe angewiesen war.

Auf seinen fragenden Blick drückte sie kurz seinen Arm und sagte: »Später.« Dann erläuterte sie kurz, worum es bei der Suche in diesem Raum ging: um das inoffizielle Protokollbuch der Abtei, die Forschungsdaten, das Tagesprotokoll. Kurz darauf verschwand sie auch schon wieder durch die Tür.

Rebekah nahm am Rechner Platz und leerte ihre Tasche, aus der sie auch eine Flasche Cola hervorholte. »Falls mein Gehirn einen kleinen Schubs braucht.«

Ben, der im Augenblick nicht viel tun konnte, schnappte sich einen der Stühle und nahm neben ihr Platz. Während die Novizin den Rechner der Abtei einschaltete, fragte er sich, wie Ciban wohl auf die junge Hackerin aufmerksam geworden war. Er erinnerte sich an einen jungen Priester, der aus Sportsgeist einmal das IT-System der CIA geknackt und dabei ertappt worden war. Ciban hatte dafür gesorgt, dass der junge Mann heil aus der Sache herausgekommen war. Ob Rebekah in ähnlicher Weise in der Schuld des Kardinals stand?

Nach eigenen Angaben hatte sie ihr Handwerk an der Universität erlernt und damit vor ihrem Noviziat nicht schlecht Geld verdient. Das Ausspionieren von IT-Schwachstellen in Unternehmen gehörte neben der Informationsbeschaffung zu ihrer Spezialität, weswegen sie nun auch für die vatikanische Sicherheit arbeitete, um das vatikanische Computersystem gegen Angriffe von innen und außen zu schützen. Für Kardinal Ciban war sie vermutlich so etwas wie eine menschliche Schnittstelle zwischen der Welt des Lichts und der Welt der Finsternis.

Erneut sprangen Bens Gedanken zu dem Kardinal. Hatte Ciban ihn da vorhin im Gang tatsächlich wie einen Rivalen taxiert? Das war doch völlig absurd! Hör auf, du spinnst!, ermahnte er sich selbst. Dann atmete er tief durch und versuchte sich auf das Hier und Jetzt zu konzentrieren. Er hörte, wie Rebekah ihren knarrenden Schreibtischstuhl zurechtrückte und dann mehrmals die Entertaste drückte.

»Es ist unglaublich«, sagte sie. »Wir haben so ein unverschämtes Glück! Abt Umberto hatte keine Zeit mehr, den Zugang zu sperren.«

»Das heißt, wir kommen einfach so an die geheimen Dateien von San Leonardo?«, fragte Ben überrascht.

»Es sieht ganz danach aus.«

Er beobachtete, wie Rebecca ihren Stuhl noch näher an den Bildschirm schob, ihre Brille zurechtrückte und dann ihre langen, schlanken Finger virtuos über die Tastatur gleiten ließ.

Es hatte fast schon etwas Erotisches.

51

Seine Heiligkeit Papst Leo XIV. war zutiefst in Gedanken versunken, als es an die Tür seines Privatbüros klopfte und sein Privatsekretär eintrat. Er hatte gerade über den Vorfall in San Leonardo und das kurze Telefonat mit Ciban nachgedacht, und er hatte kein gutes Gefühl dabei.

»Der Wagen ist da, Heiligkeit. Der Termin bei Radio Vatikan«, erklärte Corrado Massini.

»Noch einen Moment bitte, Corrado. Ich gebe Ihnen gleich Bescheid.«

»Wie Sie wünschen, Heiligkeit.« Massini trat aus dem Zimmer und verschloss den Raum.

Einige Monate nach seiner Amtseinführung hatte Leo gegen den Rat des Kardinalstaatssekretärs damit begonnen, regelmäßig über Radio Vatikan zu den Gläubigen zu sprechen. Der internationale Sender berichtete in siebenundvierzig Sprachen über den Papst, den Vatikan, die katholische Kirche sowie andere Kirchen und Religionen, weshalb Leo dessen enorme Reichweite von Anfang an als Mittel der Kommunikation während seines Pontifikats eingeplant hatte.

Die heutige Rede würde sich jedoch drastisch von den bisherigen unterscheiden. Nicht einmal Massini wusste davon. Ebenso wenig hatte er Kardinal Ciban und Schwester Catherine eingeweiht. Ja, nicht einmal seinem persönlichen Tagebuch hatte der oberste Hirte der katholischen Kirche seinen Entschluss anvertraut.

Leo griff nach den drei Umschlägen, die vor ihm auf

dem mit Unterlagen voll gepackten Schreibtisch lagen, breitete diese vor sich aus, nahm seinen Papstring und versiegelte jeden einzelnen mit rotem Siegelwachs. Dabei erinnerte er sich an ein Gespräch, das er vor etlichen Wochen mit Ciban bei einem gemeinsamen Essen geführt hatte. Der Glaubenspräfekt hatte in einer von Leos internationalen Tageszeitungen ein Interview mit Schwester Catherine entdeckt, in dem es um ihr aktuelles Buch *Irrtum und Wahrheit* in Verbindung mit der Inquisition gegangen war.

Natürlich hatte die Tageszeitung auch den Stellvertreter der modernen Inquisition um eine Stellungnahme gebeten, doch wie nicht anders zu erwarten und von der Presse längst gewohnt, hatte Ciban die Anfrage einfach ignoriert.

Das Interview, das an einen Artikel über die Geschichte der Inquisition gekoppelt war, endete mit der Schlussfolgerung des Journalisten, dass die Autorin, obwohl selbst ein Opfer, in ihrem Buch erstaunlich geradlinig und fair geblieben sei. Ebenso wurde Catherines Rolle bei der Planung des bevorstehenden Konzils hervorgehoben, in dem viele »heiße Eisen«, wie es hieß, angefasst werden sollten. Dabei wurde die Frage gestellt, inwieweit sich all das auf den im Grunde immer noch gegen sie laufenden Prozess auswirkte. Oder hatte man die moderne Inquisition inzwischen ihrer Potenz beraubt?

Ciban hatte die provokante Schlussfrage mit einem knappen Lächeln quittiert. Er hatte schon Schlimmeres über sich und seine Arbeit in der Presse gelesen, und so war er wohl voll und ganz damit zufrieden, dass seine Sympathie für den Menschen Catherine Bell nach wie vor für die Weltpresse kein Thema war.

Leo, der den Artikel bereits gelesen hatte, nippte an seinem Weinglas und sagte vorsichtig: »Ich habe mich neben dem Ersten und dem Zweiten Vaticanum auch mit dem Konzil von Trient beschäftigt, Marc. Wir werden dieses Mal nichts außen vor lassen.«

Der Kardinal legte die Zeitung zu den anderen auf den Stapel und schaute ihn besorgt an. Auf dem Konzil von Trient war im sechzehnten Jahrhundert noch einmal der Zölibat als unabdingbares Muss für den Empfang der Priesterweihe bestätigt worden. Das Erste und das Zweite Vatikanische Konzil hatten diesen Punkt deshalb bewusst ignoriert.

»Ich weiß, dass Ihnen dieses Thema sehr am Herzen liegt, Heiligkeit. Aber ich hoffe, Sie überstürzen nichts.«

»Es ist ein von Menschen gemachtes Gesetz und kein göttliches. Wir müssen den Zölibat freistellen. Er macht zu viele – nicht selten die Besten von uns – krank.«

Ciban seufzte. »Wir haben im letzten Jahr einige äußerst brisante personalpolitische Entscheidungen in der Kurie getroffen, Heiligkeit. Bringen Sie den Zölibat voreilig ins Spiel, könnte dies dem Konzil weit mehr schaden als nutzen.«

Leo sah sein Gegenüber nachdenklich an. »Was ist mit Ihnen, Marc? Ist dieses unmenschliche Gesetz inzwischen nicht auch ein Dorn in Ihrem Fleisch?«

Ein paar Sekunden lang saß Ciban schweigend da. Auch wenn seine Körpersprache nicht viel verriet, so war er doch auf der Hut. »Worauf wollen Sie hinaus?«

»Sie denken in letzter Zeit sehr oft an sie. Hab ich recht?«

»Schwester Catherine hat mir das Leben gerettet, Heiligkeit«, wich Ciban aus.

Der Papst nickte. »Ich weiß. Doch bisher war die Liebe für Sie eher ein abstraktes Konstrukt. Die Liebe als göttliche Kraft. Oder die Liebe als ein Trick der Natur, ein verführerischer Wahn, um die Art zu erhalten. Nun sind Sie einem Menschen begegnet, der all Ihr bisheriges Verständnis von der Liebe über den Haufen zu werfen droht. Oder irre ich mich?«

Ciban lehnte sich in seinem Stuhl zurück. »Meine private Situation darf keinen Einfluss auf den Verlauf des Konzils haben. Hier geht es um weit mehr als persönliche Befindlichkeiten. Deshalb werde ich darüber kein weiteres Wort verlieren.«

»Gleichwohl lässt Sie diese persönliche Erfahrung nun begreifen, wie es um das Zölibatsgesetz steht. Verstehen Sie mich bitte nicht falsch, Marc. Ich will gewiss nicht die Fundamente unserer Kirche sprengen, doch bevor die Mauern um uns herum restlos wegbröckeln, möchte ich mir sicher sein, dass die Reformen und Ziele, die wir mit diesem Konzil anstreben, auch nach meinem Pontifikat in sicheren Händen sind.«

Ciban zögerte einen Moment, bis ihm die gesamte Tragweite dieser Sätze bewusst wurde. »Vergessen Sie es, Heiligkeit. Ich bin dafür nicht der richtige Mann.«

»Sie haben sich schon im letzten Konklave sehr geschickt aus der Affäre gezogen.«

Ohne eine Miene zu verziehen, erklärte der Kardinal: »Wer sagt Ihnen, dass ich, falls ich gewählt würde, unsere gemeinsamen Ziele nicht hinterginge?«

Leo lächelte. »Das würden Sie nicht. Allerdings würden die Gegner des Konzils genau das von Ihnen erwarten. Deshalb stehen Ihre Chancen dieses Mal wirklich gut.«

Ciban starrte ihn ein paar Sekunden lang an. »Sie vergessen unsere Säuberungsaktion in der Kurie. Mein Ruf ist, gelinde gesagt, etwas angekratzt.«

»Die Säuberungsaktion geht in erster Linie auf meine Kappe. Ich habe die Profile der Kardinäle angefordert und sie, wenn nötig, aus ihren Positionen entfernt.«

»Dummerweise haben Sie dabei jedes einzelne Profil von mir erhalten.«

Leo winkte ab. »*Sie* sind zurzeit für alle der Mann in der Mitte. Der Einzige, der es fertigbringt, die Mannschaft zusammenzuhalten, und zwar trotz des reformwütigen Kapitäns. Sie sind nach wie vor ein populärer Kandidat. Ich denke, das wissen Sie.« Als Ciban stumm blieb, fuhr der Papst fort: »Im Grunde bleibt Ihnen auch gar nichts anderes übrig, als sich dem nächsten Konklave zu stellen. Oder wollen Sie riskieren, dass ein Mann wie Gasperetti Ihnen am Ende erklärt, was Sie zu tun und zu lassen haben?«

Noch immer hielt Ciban den Blick fest auf Leo gerichtet. Dann schüttelte er langsam den Kopf. Doch es war kein Zeichen der Resignation. Ihm schien vielmehr ein Licht aufzugehen.

»Die päpstliche Kongregation, der Zwölferrat … allmählich verstehe ich seine Macht und seinen Einfluss auf den amtierenden Pontifex.«

Der Zwölferrat, eine geheime geistliche Gruppierung, die die Päpste und damit die Kirche seit vielen Jahrhunderten bei ihrer Arbeit unterstützte, hatte noch bei keinem Großinquisitor Sympathien geweckt.

Leo zuckte mit den Schultern. »Ich weiß, Sie misstrauen diesem Einfluss. Ich erinnere mich noch sehr genau, dass Sie nahe daran waren, Ihr Amt als Glaubenspräfekt niederzulegen, als Sie von dem Geheimnis des Rates erfahren haben.«

»Ich habe mich damals für Sie entschieden, Heiligkeit. Nicht für den Rat.«

»Damit haben Sie sich auch nicht gegen den Rat entschieden, Marc. Das Konzil braucht Sie über mein Pontifikat hinaus. Sie sind ein Spitzenkandidat.«

Ciban atmete tief durch. »Bei allem Respekt, Heiligkeit. Ich *kann* nicht als Kandidat für die Papstwahl zur Verfügung stehen. Weder dieses Mal noch überhaupt.« In einem versöhnlicheren Tonfall fügte er hinzu: »Aber ich werde einen anderen Weg finden, um die begonnene Arbeit fortzuführen. Sie haben mein Wort.«

An diesem Punkt wurde Leo schlagartig klar, dass es hier um mehr als nur Politik ging, dass für Ciban weit mehr auf dem Spiel stand. Amors Pfeil war tiefer in das Herz dieses Mannes eingedrungen, als der Papst es jemals für möglich gehalten hätte.

»Ich ... verstehe. Verzeihen Sie. Wie konnte ich nur so blind sein. Ich dachte immer, Catherine und Sie ...« Er brach ab.

»Es gibt nichts zu verzeihen, Heiligkeit. Es ist, wie es ist.« Halb im Scherz fügte Ciban hinzu: »Falls es Sie beruhigt, wir halten uns an die Regeln.«

Leo seufzte. »Danke, dass Sie mich eingeweiht haben. Doch im Ernst, was gedenken Sie beide nun zu tun?«

Er hatte den Schmerz vor Augen, der unweigerlich auf die beiden Menschen, die ihm inzwischen sehr nahestanden, zukommen würde. Mit der Zeit würde der Zölibatseid sie bis aufs Blut quälen. Ganz gleich, ob sie ihn weiter einhielten oder sich eines Tages darüber hinwegsetzten. Sie hatten praktisch keine Chance. So wie die Dinge jetzt standen, konnten sie nur verlieren. Dabei war dieser verfluchte Erlass letztendlich vor allem dazu eingeführt worden, um die Macht und den wirtschaftlichen Reichtum der Kirche zu vermehren, denn ein wohlhabender alleinstehender Priester hinterließ sein Erbe nicht seiner Familie, sondern der Kirche. Darüber hinaus spaltete dieser unsägliche Eid die Welt des Katholizismus in zwei Gruppen: die der vergeistigten Kleriker und die der vermeintlich minderwertigen, fleischlichen Laien. Auch diese Trennung war falsch und musste ein für alle Mal ein Ende haben.

Ciban atmete tief durch. »Wir werden sehen, Heiligkeit. Wir stehen gerade erst am Anfang unserer Beziehung, und ich möchte ihr in nichts vorgreifen …«

Während Leo den letzten der drei Briefe mit Wachs versiegelte, kehrten seine Gedanken allmählich in die Gegenwart und damit zu seiner bevorstehenden Rede bei Radio Vatikan zurück. Heute war der Tag, an dem er gedachte, einiges als Papst in der Kirche zurechtzurücken. Gelassen betätigte er den Klingelsensor auf seinem Schreibtisch, und kurz darauf kehrte Monsignore Massini in sein Büro zurück.

»Kommen Sie doch bitte herein, Corrado, und schließen Sie die Tür.« Er erhob sich und griff nach den drei Briefen, die er für diesen Augenblick vorbereitet hatte. »Ich weiß, das Thema ist etwas heikel, doch es macht auch keinen Sinn, es weiter hinauszuschieben.«

Massini blieb mit besorgter Miene vor dem Papst stehen.

»Diese Briefe hier …« Leo hielt kurz inne und setzte dann zu einem neuen Anfang an. »Wir arbeiten nun ja schon eine ganze Weile zusammen, und ich hätte eine Bitte an Sie.«

»Selbstverständlich, Heiligkeit. Worum geht es?«

Leo redete nicht länger um den heißen Brei herum.

»Sollte mir im Verlauf der nächsten Wochen oder Monate etwas zustoßen, geben Sie diese Briefe bitte Seiner Eminenz Kardinal Ciban und Schwester Catherine Bell.«

Massini starrte von den Briefen auf den Papst. »Was hat das zu bedeuten, Heiligkeit? Gibt es etwa eine neue Drohung gegen Ihre Person?«

Im Grunde gingen tagtäglich irgendwelche Mordandrohungen im Vatikan gegen den Papst ein, oftmals schon durch die vielen Geheimdienste kanalisiert, mit denen die Kirche zusammenarbeitete. Eine Drohung mehr oder weniger fiel dabei gar nicht mehr ins Gewicht. Doch Leo war klar, dass Massini noch immer jene Mordserie in den Knochen steckte, die den Vatikan vor über einem Jahr heimgesucht hatte.

»Nein, Corrado. Aber wer wie ich eine gefährliche Reise antritt, sollte Vorkehrungen treffen, sonst ist er schlecht beraten. Eines dieser Schreiben ist übrigens an Sie adressiert. Ich bitte Sie jedoch, es nicht zu öffnen, solange ich in Amt und Würden bin. Ebenso bitte ich Sie darum, die anderen beiden Briefe erst nach meinem Tod an Kardinal Ciban und Schwester Bell weiterzuleiten. Würden Sie das für mich tun?«

Zu dem Ausdruck von Sorge in Massinis Gesicht gesellte sich Entschlossenheit. »Sie haben mein Wort, Heiligkeit. Aber wie Sie wissen, wünsche ich Ihnen noch ein sehr langes Leben.«

Leo lächelte und übergab dem Monsignore die Briefe, die dieser sorgfältig in der Innentasche seiner Soutane verstaute.

»Ich danke Ihnen, mein junger Freund. Und jetzt lassen Sie uns zum Wagen gehen und unseren nächsten Termin wahrnehmen.«

Die weiße Limousine fuhr durch die Pracht der vatikanischen Gärten. Nach wenigen Minuten Fahrt ragte unweit des Hubschrauberlandeplatzes der mächtige Sendemast von Radio Vatikan in den Himmel. Seltsam, es war das erste Mal, dass Leo die Stahlfachwerkkonstruktion wie ein mächtiges Schwert wahrnahm.

Als er das zweckmäßig eingerichtete Studio mit all seiner Technik betrat und nach der kurzen Begrüßungszeremonie auf dem Sessel vor dem Mikrofon Platz nahm, fühlte er, dass er ein Feuer entfachen würde, dem kein Gegenfeuer gewachsen war.

»Sind Sie so weit, Heiligkeit?«, fragte der Moderator ehrfürchtig.

Leo nickte. »Von mir aus kann es losgehen.«

52

Maximilian Richter beobachtete, wie sich Schwester Catherine mit den beiden anderen Fluggästen von der Gruppe entfernte und eines der vorderen Zimmer betrat. Mit noch größerem Unbehagen folgte er Ciban weiter durch den Korridor in die Krankenstation. Unter den wachsamen Augen des Kardinals legte er Davids schlaffen, noch immer bewusstlosen Körper vorsichtig auf der Behandlungsliege ab. Es war das erste Mal, dass er dem Chef der Glaubenskongregation leibhaftig gegenüberstand.

Cibans Vater Orlando war mit seinem Adlerprofil und den stechenden Augen schon eine beeindruckende Erscheinung gewesen, doch der Kardinal – groß, schlank, aristokratisch und mit einem Blick, der neben beeindruckender Selbstsicherheit von einer enormen

Selbstkontrolle zeugte – wirkte auf Richter noch distinguierter und bedrohlicher. Da schimmerte ein Funke in den Augen, den man – sofern man ihn wahrzunehmen verstand – leicht als eine Spur von Wahnsinn interpretieren konnte. In seinen vielen Leben war Richter schon so manchem klugen Kopf mit dieser unterschwelligen Glut in der Seele begegnet, und in etlichen Fällen hatte sich dieser Funke irgendwann in eine Lunte verwandelt, die in einem mörderischen Inferno explodiert war. Richter fragte sich, ob Cibans Selbstbeherrschung ausreichte, um diesen Funken auch in Zukunft zu kontrollieren.

Als sein Gegenüber eine zusätzliche Lampe einschaltete, registrierte der Wissenschaftler die Schatten unter den Augen des Kardinals. Der Kirchenfürst hatte in den letzten Tagen wohl nicht viel geschlafen.

»Einen Moment bitte, Doktor.«

Ciban bat ihn beiseitezutreten, setzte sich zu David auf den Rand der Liege und öffnete behutsam dessen Augen. Der Blick des Jungen war meilenweit von dieser Welt entfernt. Der Kardinal berührte Davids Stirn.

Richter, der wusste, dass die Stirn des Jungen eiskalt war, sagte: »Wir sollten ihn so schnell wie möglich zur Isolationskammer bringen. Auf dem Flug hat sich sein Zustand rapide verschlechtert.«

Ciban bat mit einer knappen Geste um Ruhe. Seine rechte Hand zitterte leicht. Während er mit der Untersuchung des Jungen fortfuhr, erklärte er: »Wir mussten das Refektorium und die Isolationskammer versiegeln. Wenn wir nicht den Verstand verlieren wollen, ist ein Betreten praktisch unmöglich. Dieser Raum hier«, er deutete auf die sie umgebende Krankenstation, »kommt derzeit einer Isolationskammer am nächsten.«

Das war alles andere als eine gute Nachricht. Das Refektorium war also noch immer voll negativer Resonanz. Richter selbst hatte den Widerhall am Rande seines Bewusstseins wahrgenommen, doch seine Trauer und seine Wut hatten ihn vor den Auswirkungen bewahrt. Was die Iso-Kammer anging, war diese wohl ähnlich wie das Labor im Re-Source-Tower zu einem Empfänger des Schreckens von San Leonardo geworden.

»Was ist mit der Abteikirche?«, fragte er. »Könnte sie uns nicht als psionischer Schutzraum dienen?«

Ciban schüttelte den Kopf. »Die Kirche ist zwar auf einem transzendenten Kraftfeld gebaut, aber sie ist ebenfalls kontaminiert.«

Er hob Davids Oberkörper vorsichtig an, damit der Junge leichter atmen konnte. Es schien dem Kind augenblicklich etwas besser zu gehen.

Richter ließ den Blick skeptisch durch den Behandlungsraum gehen. »Hier? Aber das ist doch glatter Wahnsinn, Eminenz!«

Ciban musterte Richter mit diesen unergründlichen Augen. »Haben Sie eine bessere Idee, Doktor?«

Nein, die hatte Richter nicht. Da die Zeit drängte, holte er die archäologische Fotografie aus seiner Jackentasche und reichte sie dem Kardinal.

»An diesem Ort müsste David sich jetzt befinden.«

Beim Blick auf das Foto stutzte Ciban. »Woher … haben Sie diese Fotografie?«

»Sie stammt von einer archäologischen Expedition, an der ich vor vielen Jahren teilgenommen habe.«

Der Kardinal blickte von dem Foto auf. Erneut nahm Richter diesen unheilvollen Funken in seinen Augen wahr. »Das ist das verstümmelte Skelett eines Wächterengels. Jede Sondierung dieses Fotos kommt einem Himmelfahrtskommando gleich.«

Richter spürte, wie ihm das Blut aus dem Gesicht wich. »Eine Sondierung schien mir die einzige Möglichkeit, um den Irrsinn zu stoppen.«

»Wovon, zum Henker, reden Sie?«

Der Wissenschaftler suchte nach den richtigen Worten. Vor allem aber suchte er nach dem Mut, diesen Worten in Gegenwart des Präfekten Ausdruck zu verleihen. Ciban wusste natürlich nichts von dem Massaker im Chicagoer Re-Source-Labor, das sozusagen die Ouvertüre zum Massenmord in San Leonardo darstellte. Ebenso wenig wusste er von dem Klon. Ganz zu schweigen von Sarahs gentechnischer Verschmelzung mit dem Erbgut von Angelus. Auch hatte der Kardinal keinen Schimmer, dass Angelus Richter vermutlich deshalb nach San Leonardo gefolgt war, um zu verhindern, dass der Wissenschaftler herausfand, wie man einen Todesengel eliminierte.

Doch noch ehe Richter auf Cibans Frage antworten konnte, vernahm er ein schmerzerfülltes, langgezogenes Wimmern. Davids Körper streckte und wand sich, als versuchte der Junge sich aus der Umarmung des Kardinals zu befreien. Ciban verstärkte seinen Griff sanft, aber bestimmt, strich dem Kind über die Stirn und sprach beruhigend auf es ein. David entspannte sich.

»Was genau ist passiert?«, hakte der Kardinal erneut nach. Diesmal jedoch vorsichtiger.

Richters Magen zog sich zusammen. Schließlich erklärte er: »Ich nehme an, der Re-Source-Konzern ist Ihnen ein Begriff.«

Ciban nickte. »Medizinische Hightech-Forschung. Vandenberg hat in den letzten Jahren etliche konkurrierende Medo- und Pharmafirmen aufgekauft, deren Forschungs- und Entwicklungsabteilungen zusammengestrichen und die führenden Arbeitskräfte auf das Kernunternehmen konzentriert. Und«, Ciban machte eine bedeutungsvolle Pause, »Vandenberg ist katholisch.«

»Sie sind wirklich gut informiert, Eminenz. Dennoch wird Sie die folgende Information überraschen: Re-Source hat das Skelett unserer Ausgrabung als genetisches Archiv genutzt und es mit den Genen einer Triadin gekreuzt.«

Einen Moment lang geschah gar nichts. Dann wurde Richter Zeuge, wie der Kardinal die Fotografie in seiner Hand zerknüllte und zu Boden fallen ließ.

»Was … *Was* tun Sie da? Dieses Foto ist Davids einzige Chance!«

53

Catherine passierte den Gang zwischen dem Computerraum und der Krankenstation. Sie konnte noch immer nicht fassen, dass der Mann, der David hergebracht hatte, tatsächlich Robert Martini war. Die jüngere Version des Gelehrten war zwar größer und kräftiger, etwa von Bens Statur, mit breiten Schultern und schmalen Hüften, doch sie hatte ihn sofort an den Augen wiedererkannt.

Es gab keinen Zweifel, *das* war der Mann, den sie vor wenigen Monaten in seinem römischen Haus nahe dem Forum Romanum aufgesucht hatte, mit dem sie über Darius, Ciban und die Triaden gesprochen, mit dem sie gegen den Auftragskiller gekämpft hatte. *Das* war auch der Mann, den sie damals hatte sterben sehen. Davon abgesehen hatte Robert Martini sie ebenfalls wiedererkannt. Wie es aussah, steckte hinter seinem Internet-Pseudonym »Lazarus« weit mehr, als sie oder irgendjemand anderer jemals vermutet hätte.

Als sie nun die Krankenstation betrat, sah sie einen völlig perplexen Robert Martini auf Ciban starren.

Ein zerknülltes Stück Papier lag ein paar Zentimeter unter der Krankenbahre.

»*Was* ist hier los?« Catherines Ton ließ beide Männer unwillkürlich zur Tür herumfahren.

»Erklären Sie es Schwester Catherine, Doktor«, sagte Ciban.

Martini angelte das Papier unter der Liege hervor, faltete es auseinander, reichte es Catherine und wiederholte, was er dem Kardinal bereits gesagt hatte.

Catherine blickte die Fotografie mit dem vermeintlichen Engelsskelett an. Dann schloss sie für einen Moment die Augen und atmete tief durch. Nahm dieser ganze Irrsinn, dieser verfluchte Durst nach übermenschlicher Macht, Gewalt und Kontrolle denn niemals ein Ende?

Sie wandte sich an Ciban, wobei sie sich zwingen musste, ihn nicht in Martinis Gegenwart zu duzen. »Ihre Vision in der Iso-Kammer … Sie hatten recht, Eminenz.«

An Martini gewandt, fragte Ciban kühl: »Hat es irgendwelche Zwischenfälle bei der Expedition gegeben. Tote?«

Martini zögerte. Ganz offensichtlich hatte er nicht damit gerechnet, dass Ciban so schnell zur Sache kommen würde. »Einer der Assistenten ist gestorben, als er das Skelett berührte.«

»Wer hat diese teuflische Ausgrabung finanziert?«, fragte Catherine.

»Offiziell das Deutsche Archäologische Institut in Berlin. Inoffiziell ... Henrik Vandenberg.«

Catherine wechselte einen kurzen Blick mit Ciban.

Vandenberg. Der zurückgezogen lebende Gründer des Re-Source-Weltkonzerns. Der Mann war schon zu Lebzeiten eine Legende, wirkte jedoch nur noch hinter den Kulissen, vornehmlich in sogenannten, gemeinnützigen Institutionen. Er war schon ewig nicht mehr öffentlich aufgetreten. Vandenbergs Sicherheitspersonal schirmte den alten Forscher hermetisch von der Außenwelt ab.

Ciban stellte die nächste Frage. »Hat Vandenberg Sie auf David aufmerksam gemacht?« So sanft seine Stimme mit dem Kind im Arm auch klang, so wenig war der gefährliche Unterton darin zu überhören.

Als Catherine schon dachte, Martini würde gar nicht mehr antworten, erklärte dieser: »Nein, es war Schwester Serilla.«

Ciban zog die Augenbrauen hoch. »Wie bitte?«

»Sie haben richtig gehört: Schwester Serilla.«

»Die Schwester ... lebt?«

Wer immer diese Frau war, Ciban kannte sie und schien äußerst gemischte Gefühle mit ihr zu verbinden.

Martini nickte. »Ja. Aber sie ist nicht mehr die Serilla, die Sie einmal gekannt haben. Die Triaden haben sie durch die Hölle geschickt.«

Ciban hielt für einen Moment die Luft an. Auf Catherines fragenden Blick erklärte er schließlich: »Schwester Serilla war die Mutter Oberin von Kloster Rochefort. Ihre seherische Gabe hat Papst Innozenz damals in Mexiko das Leben gerettet.«

Catherine entgegnete nichts, hatte die Meldungen, die damals durch die Weltpresse gegangen waren, aber noch in guter Erinnerung. Vor allem die tollkühne Rolle, die Ciban bei der Vereitlung der Mordattacke gespielt hatte. Die feinen Narben in den Handflächen des Präfekten zeugten noch heute von dieser waghalsigen Aktion, bei der ein als Priester verkleideter Mann versucht hatte, Papst Innozenz zu erstechen. Ciban war zwischen den Angreifer und den Papst gesprungen und hatte die Klinge mit bloßen Händen abgewehrt.

Martini wandte sich Catherine zu. »Sie erinnern sich doch sicher noch an das, was ich Ihnen in der Bibliothek über die Triaden berichtet habe, Schwester?«

Catherine nickte. »Ja. Wie könnte ich das vergessen?«

Martini hatte ihr etliche Auszüge, Texte wie Bilder, aus dem Fragment einer alten Triadenbibel gezeigt, das er damals besessen hatte. Wie unglaublich skrupellos und brutal die Machtausübung selbst innerhalb der Triadenfamilien vonstattenging, hatte sich Catherine tief ins Gedächtnis eingebrannt. Wie Martini ihr erklärt hatte, schilderte die Triadenbibel, von Eingeweihten auch Engelsbibel genannt, die Schöpfungsgeschichte aus der Sicht der Engel, und das schloss in etlichen Kapiteln auch Geschichte sowie Evolution von Engeln und Menschen ein.

Martinis Tonfall wurde eindringlich. »Seien Sie bloß auf der Hut.«

Die Äußerung des Historikers ließ sie innerlich frösteln. Dennoch fragte sie: »Schwester Serilla ist also eine Halbtriadin. Welcher Zweig der Familie hat den Triaden angehört?«

»Der mütterliche Zweig«, erklärte Martini ruhig. »Der Vater war ein Mensch. Von ihm hat Serilla ihre seherische Gabe geerbt.«

Erstaunt hob Ciban eine Braue. »Sie hat die Gabe von ihrem … menschlichen Vater?«

»Ja. Und zwar nicht zu knapp, wie Sie selbst erleben durften.« Zu Catherine sagte er: »Es gibt zum einen Triadenhäuser, die menschliche Mediale respektieren, die sogar familiäre Verbindungen mit medialen Menschen eingehen. Zum anderen gibt es Häuser, denen das ein Gräuel ist, die jede Vermischung mit den Menschen als Hochverrat ansehen.«

Catherine fiel wieder ein, was Ciban ihr vor einigen Monaten in der Krypta der Familienvilla am Grab seiner Schwester gesagt hatte, als das Triadensymbol in Sarahs Ring zur Sprache gekommen war: »Nicht alle Triaden sind Unterdrücker und Diener der Finsternis, so wie nicht alle Menschen grundsätzlich böse sind … Ich mag dieses verfluchte Blut in mir tragen, aber ich werde mich dieser Forderung niemals unterordnen. Ich bin vielmehr ihr erklärter Feind.«

Nach allem, was Catherine inzwischen über Cibans Familie wusste, hatte seine Mutter Eleonora wohl einem gemäßigten Clan angehört.

Plötzlich vernahm sie ein schmerzvolles Wimmern. David wurde zunehmend reizbarer, reckte und stemmte sich gegen die Umarmung seines Vaters. Ciban wandte sich sofort wieder dem Jungen zu, redete sanft auf ihn ein, streichelte ihn, erreichte sein Unterbewusstsein. Sofort klang die Unruhe in dem Kind ab.

»Wir dürfen keine Zeit mehr verlieren«, sagte sie und reichte Ciban die Fotografie mit dem Engelsskelett. »Die werden Sie vermutlich brauchen.«

Der Kardinal schüttelte den Kopf. »Viel zu gefährlich. Ich muss direkt über Davids Bewusstsein in den Limbus gehen.«

»Ist das nicht noch riskanter?« Ihre Augen sagten: in *deinem* Zustand?

Martini stimmte ihr zu. »Schwester Catherine hat recht. Der Junge hat längst die Orientierung verloren. Er wird in Panik sein, in einem unberechenbaren geistigen Labyrinth umherirren. Wie wollen Sie da jemals wieder herausfinden?«

Ciban erhob sich mit dem Jungen auf dem Arm. »Es gibt einen Tank, den ich als Anker nutzen kann. Er ist zwar nicht perfekt, aber es sollte funktionieren.«

»Einen … Tank?«, fragten Catherine und Martini wie aus einem Mund. Keiner von beiden hatte hier unten etwas dergleichen gesehen.

»Die Schleuse zwischen Iso-Kammer und Kontrollraum«, erklärte Ciban. »Die Innenluke zur Kammer ist zwar versiegelt, aber die äußere Luke lässt sich immer noch öffnen und schließen.«

»Soll das ein Scherz sein?«, entfuhr es Catherine.

Martini warf ihr einen erstaunten Seitenblick zu.

Der Kardinal blickte auf David, dessen Seele für immer verloren zu gehen drohte. »Es ist seine einzige Chance.«

In wenigen Sätzen erklärte Ciban Catherine und Martini seinen Plan. Es war und blieb Wahnwitz. Dann gingen sie hinüber zum Iso-Kammer-Bereich und betraten die Überwachungszone mit dem gläsernen Schleusensystem. Catherine trat an die Konsole und entriegelte die äußere Schleusentür. Mit David auf dem Arm ging Ciban auf die Schleuse zu, drehte sich unmittelbar davor aber noch einmal zu Martini um.

»Schwester Serilla hat Sie zu dem Jungen geführt. Doch wie sind Sie auf … mich gekommen?«

Der Historiker deutete auf die notdürftig reparierte Kette an Davids Hals. »Als ich ihn nach dem Ring mit dem Triadensymbol gefragt habe, hat er Sie als Antwort gemalt.«

Ciban verharrte einen Moment lang. Die Miene des Kardinals blieb unbewegt, doch tief in seinen Augen funkelte es. Jetzt war es raus. Martini hatte eine Verbindung zwischen ihm, den Triaden und dem Jungen hergestellt.

»Ich wünsche Ihnen viel Glück, Eminenz«, sagte der Wissenschaftler versöhnlich. »Bringen Sie sich und Ihren Jungen heil zurück.«

Catherine begegnete Cibans Blick. Es fiel ihr unendlich schwer, ihre offizielle Rolle als Ordensfrau aufrechtzuerhalten und ihre persönliche Sorge um den Kardinal und David zu unterdrücken, doch in Martinis Gegenwart blieb ihr nichts anderes übrig. Der Historiker würde sich ohnehin fragen, wieso ausgerechnet sie, der die moderne Inquisition in den letzten Jahren so übel mitgespielt hatte, den Kardinal unterstützte. Zumindest schien er davon auszugehen, dass Catherine dies aus freien Stücken tat und der Präfekt mit dem Triadenblut sie weder manipulierte noch erpresste.

Ciban hingegen verhielt sich ihr gegenüber trotz Martinis Anwesenheit derart geneigt, dass es über den Status einer kollegialen Arbeitsbeziehung hinausging. Sie wusste, er wollte ihr damit Kraft geben, doch in Wahrheit brachte er sie damit fast an den Rand der Verzweiflung. Täuschte sie sich, oder lag da so etwas wie Abschied in seinem Blick?

Im nächsten Moment betrat Ciban mit David die Schleuse. Mit einem leisen Zischen ging das Schott hinter den beiden zu. Catherine wollte sich am liebsten von dem Tank abwenden, doch sie vermochte es nicht. Tiefe Sorge vibrierte in ihr. Und Angst.

Diesmal hatte sie keinen Notfallknopf.

54

Obwohl durch das Glas noch immer Sichtkontakt zu Catherine und Martini bestand, fühlte Ciban sich schlagartig in die Zeit seiner Kindheit zurückversetzt, als die Schleusentür zufuhr und die deprimierende Atmosphäre des Tanks auf ihn einzuwirken begann. Nichtsdestotrotz jagten ihm die sterile Ausstrahlung und Leere des Behälters keine Furcht mehr ein. Dafür hatte er als Kind in den finsteren Gewölben und Verliesen des Familienanwesens unter der Herrschaft seines Vaters zu viel durchlitten.

David im Arm, nahm er mit dem Rücken zur Luke auf dem Boden Platz. Die Stirn des Jungen war eiskalt, doch wenigstens atmete er regelmäßig.

Ciban konzentrierte sich, um im Wirkungsbereich des zylindrischen Raums seine mentalen Schwingungen mit denen von David in Einklang zu bringen, fast wie in einer Trance. Dabei flackerten einige der wahnwitzigen Wandbilder aus Davids Zimmer vor seinem geistigen Auge auf. Bilder, die der Seele des Jungen entsprungen waren und eine erschreckend düstere Zukunft der Welt prophezeiten.

Catherine, die jede einzelne Darstellung fotografisch dokumentiert hatte, hielt trotz ihrer Betroffenheit nach wie vor an der Unschuld des Jungen fest, glaubte fest an das Gute in ihm. Ciban hingegen hatte bei dem Treffen in der Familienvilla in das Herz des Jungen geschaut, in dessen abgrundtiefe Dunkelheit. So viel Finsternis hatte selbst ihn schockiert. Oder spiegelte Davids Inneres am

Ende nur die Finsternis seiner eigenen Persönlichkeit wider? Laut Catherine hatte der Junge ebenso entsetzt auf ihn reagiert. Davids Worte: Er – Ciban – zitiere wie der Teufel aus der Bibel.

Als der Kardinal seine mentalen Schilde während des Synchronisationsprozesses weiter senkte, spürte er, wie sich die Atmung des Kindes beschleunigte und ihm ein starker Wind aus der fremden Seelensphäre entgegenwehte. Noch vermochte er nicht durch die zahlreichen Schleier der kindlichen Seele zu sehen, aber er durchdrang dessen Sicherheitszone Schicht für Schicht. Es war wie ein Gleiten durch die Nebel von Zeit und Raum.

Nachdem er endlich die letzte Schicht hinter sich gelassen hatte, vernahm er ein fernes, vom Wind herangetragenes Grollen. Er stand auf einem hohen Hügel in der Dämmerung und sog tief die Luft ein. Über ihm zogen bizarre Wolkenfetzen über den Himmel, der keine Sterne und auch keinen Funken Sonnenlicht zu kennen schien. Eigentlich hatte er erwartet, in der Nähe der archäologischen Ausgrabung zu sein, doch nun war er in einem der grotesken Bilder von David erwacht.

Unter ihm lagen die verkohlten Stümpfe einer niedergebombten Stadt, deren bizarre Trümmerkonturen er erst zu deuten vermochte, als er auf dem gegenüberliegenden Hügel das Ruinenskelett des Vatikans erblickte, allem voran den Torso des Petersdoms.

Das Rom dieser Welt schien seit vielen Jahren unbewohnt, dennoch schimmerte auf dem Hügel des Vatikans ein Licht, das zwischen den Gebäuderesten glühte wie das Feuer aus einem aktiven Vulkan. Dorthin würde er also gehen müssen.

Der Abstieg erwies sich als steil und gefährlich,

führte über Trümmer, Scherben und Knochenberge, die der Wind zu unheimlichen Haufen zusammengeweht hatte. Mehrmals rutschte Ciban aus und konnte den Sturz gerade noch mit den Handflächen abfangen. Es war, als schlüge er auf Glasscherben auf. Am meisten zu schaffen machten ihm jedoch die Gebeinhaufen, die Schädel, Wirbel- und Rumpfknochen von Männern, Frauen und Kindern. Sah so die Zukunft der Menschheit aus? Ein Bomben- und Flammeninferno, in dem einfach alles verging?

Unten im Tal konnte er den Feuerschein auf dem Vatikanhügel noch immer durch die Risse und Lücken in den Ruinen sehen. Kein Gebäude war verschont geblieben. Die Stadt sah aus wie ein in Millionen Teile zersplittertes Wrack, ohne jedes Zeichen von Leben, von den eigentümlichen Flammen aus der zerbrochenen Domkuppel abgesehen.

Als er nach einer gefühlten Ewigkeit den Vatikanhügel erreichte, nahmen die Knochenhaufen zu. Offenbar waren die Menschen hierhergeströmt, um innerhalb der Mauern des Stadtstaates Schutz zu suchen. Doch weder ihre Gebete noch die meterdicke Steineingrenzung hatte sie vor dem Untergang bewahrt.

Ciban ließ den Blick über den Heiligen Hügel schweifen. Hatte das Feuer im Dom zunächst noch in einem warmen Orangerot geleuchtet – ein beeindruckender Kontrast zu all dem Schwarz und Grau –, so flackerte es nun in einem kalten, bläulichen Ton. Er fragte sich, was der Farbwechsel wohl zu bedeuten hatte.

Martinis Fotografie kam ihm wieder in den Sinn, genauer die Tatsache, dass einer der Männer bei den Ausgrabungen ums Leben gekommen war, als er die jahrtausendealten Knochen berührt hatte. Dass ihm das

Skelett des Engels buchstäblich die gesamte Lebensenergie ausgesogen hatte. Die Farben der Engel waren Weiß und Blau, sofern sie zu den Guten gehörten. Schwarz und Purpur hingegen flammten die Auren der gefallenen Engel, der Schinder und Mörder, der Dämonen. Schwarz und Rot waren zugleich die Farben der Kardinäle der katholischen Kirche. Rot wie das Blut Jesu Christi, Rot wie das Blut der Märtyrer, die für den Glauben ihr Leben gegeben hatten. Ciban war die Ironie, die in dieser Farbenwahl lag, noch nie so abwegig erschienen wie in diesem Moment.

Er passierte die Reste der brandgeschwärzten, zerschmetterten Gebäude, die dem Vatikan vorgelagert waren, und erreichte den Petersplatz. Einen Moment hielt er inne. Der fünfundzwanzig Meter hohe, antike Obelisk, der dort im sechzehnten Jahrhundert aufgestellt worden war, lag wie eine Schwelle zerbrochen am Boden. Die Überbleibsel von Berninis Kolonnaden, die den Domvorplatz in einem weitläufigen Säulenoval einrahmten, muteten wie ein überdimensionales archaisches Stonehenge an.

Er blickte zum Dom hinüber, auf das, was in Davids abstruser Wirklichkeit von der Basilika übrig geblieben war. Die säulenbewährte Ostansicht mit den Statuen von Christus, Johannes dem Täufer und den Aposteln war weitgehend von der zerstörerischen Gewalt verschont geblieben. Ein Stück weiter hinten ragte die gigantische, von Michelangelo entworfene Kuppel empor, als hätte eine mächtige Faust ein riesiges Stück herausgeschlagen. Aus der Öffnung strahlte das kalte, unheimliche Licht.

Ciban eilte die breite Travertintreppe hinauf und betrat vorsichtig die Säulenvorhalle. Die heilige Pforte, eine Bronzetür, die die Erlösung der Menschheit vom Sündenfall bis zur Auferstehung zeigte und normalerweise verschlossen war, stand weit offen. Er betrat das dahinter gelegene Hauptschiff der Basilika und erblickte in der Ferne den Papstaltar. Überall lagen Trümmer herum. Auf dem Boden zerschellte Statuen, dazwischen Bruchstücke aus dem Tonnengewölbe der prachtvollen Kassettendecke. Berninis Baldachin über dem Papstaltar war zum Teil in den ewigen Schrein – die Doppeltreppe hinunter zum Petrusgrab – gestürzt. Von dem Felsenwort »Du bist Petrus, und auf diesen Felsen werde ich meine Kirche bauen…«, das in zwei Meter hohen Lettern ringsum in die doppelschalige Domkuppel geschrieben stand, waren nur noch die Worte »die Schlüssel zum Himmelreich« zu lesen.

Ciban atmete tief durch. Die Macht des Bösen hatte an diesem Ort gewütet wie die aus der Hölle entwichenen Truppen des Todesengels der Apokalypse. Bei Gott, woher hatte David nur diese abgründige Fantasie?

Mitten auf der Altarplatte lag ein prächtiges aufgeschlagenes Buch, dessen Seiten vom Wind hin und her geblättert wurden. Als er nähertrat, hörte das Blättern abrupt auf, und die dargebotene Doppelseite zeigte ihm die Welt, in der er stand. Er zog das Buch näher zu sich heran und begann darin zu blättern. Auch die nächsten Abbildungen zeigten Motive, die er an den Wänden von Davids Unterkunft bereits gesehen hatte. Als hätte der Junge sämtliche Bildnisse aus diesem einen Werk kopiert.

Ein Verdacht regte sich in ihm. Sollte David während seiner zahlreichen Iso-Kammer-Erfahrungen etwa eine Triadenbibel zu Gesicht bekommen haben? Oder war dieses Buch einfach so etwas wie ein Gedächtnis, sozusagen das Archiv seiner Visionen? Ciban betrachtete den Buchdeckel, starrte auf sieben gebrochene Siegel sowie das Triadensymbol, das Schlaufenkreuzemblem mit dem Skarabäus darin, von zwei wütenden Schlangen flankiert.

Sei vorsichtig!, ermahnte er sich. Das hier ist nicht die Realität. Du befindest dich im Geist des Jungen.

Dennoch schlug er das Inhaltsverzeichnis auf und blätterte zu jenem Kapitel vor, welches die Prophezeiung enthielt, die er vor einigen Monaten im Schwarzen Archiv mit Papst Leo studiert und in die er Catherine eingeweiht hatte. Vielleicht kam er so dem Geheimnis von Davids Porträt auf die Spur, ganz zu schweigen vom Geheimnis des zweiten Konterfeis, das in dem Fragment des Vatikans fehlte. Immerhin berichtete die Triadenschrift über die wichtigsten fixen Punkte der vergangenen und künftigen Weltenordnung, was einem ambitionierten Medialen enorme Vorteile verschaffen konnte. Alexander der Große war laut einer Überlieferung im Besitz einer der letzten Triadenbibeln gewesen. Sein Nachfolger hatte die Schrift nichtsahnend der Bibliothek von Alexandria vermacht, wo sie seit Caesars Invasion als verschollen galt. Welches der beiden Porträts zeigte also nun den wiedergeborenen Messias? Und welches den Antichrist?

Während Ciban das Kapitel mit der Prophezeiung durchforstete, stieß er auf eine Abbildung der Fotografie mit dem Engelsgrab. Gleißende Finsternis stieg aus der letzten Ruhestätte des Wächterengels auf und sog menschliche Seelen, die dem Grab zu nahe gekommen waren, in den Limbus. Als er den Text darunter studierte, spürte er, wie es ihm angesichts der geschilderten Folterqualen vor Übelkeit die Eingeweide zusammenzog. Die abgebildete Stätte war nicht nur ein Engelsgrab, sondern zugleich eine Pforte zur Hölle.

Mit zitternder Hand schlug er die nächste Seite auf, las Zeile für Zeile, Blatt für Blatt. Bei Gott, in dieser Triadenprophezeiung ging es nicht nur um Harmageddon und eine neue Ära der Menschheit. Das war gar nicht die Endzeitvision des Apostels Johannes in Form des Buches der Offenbarung, das von dem Endkampf zwischen Gut und Böse handelte und an dessen Ende ein neues Zeitalter begann. Hier ging es um das Ende *aller* Zeitalter. Die totale Vernichtung der Menschheit, ja die totale Vernichtung *allen* Seins! Das stand in totalem Widerspruch zu Jesu Ölberg-Prophezeiung in Matthäus 24, Vers 22, in der die Auserwählten am Ende durch die Verkürzung der Zeit der Not doch noch gerettet werden würden.

Nach dem unheilverkündenden Text stieß Ciban endlich auf die ihm bekannte Seite aus dem alten Bibelfragment, die Davids Porträt zeigte und … Er schnappte nach Luft, starrte ungläubig auf das zweite Porträt, las den dazugehörigen Text und trat schockiert von dem Buch und dem Altar zurück.

Das war undenkbar! Das war einfach *ausgeschlossen*! Er vertraute diesem Mann!

Nachdem er sich von dem ersten Schrecken erholt hatte, las er den Text unter dem zweiten Konterfei noch einmal. Dabei gab er sich alle Mühe, ruhig zu bleiben. Wieder sagte er sich, dass das schlichtweg unmöglich war. Eher handelte es sich um eine fehlgeleitete Interpretation von Davids beklemmender, aberwitziger Wahrnehmung im Bilderlimbus. Ja, *das* musste es sein. Er verlor sich mehr und mehr im Unterbewusstsein des Jungen. Begann die Dinge aus der unheilvollen Perspektive des Jungen zu sehen. Er musste zwischen David und seinem Selbst eine Grenze ziehen. Und zwar schnell! Bevor es zu spät war!

Kaum hatte er diesen Gedanken gefasst, hörte er zwischen den Trümmern Stimmen und Schritte. Kurz überlegte er, ob er das Buch an sich nehmen sollte, doch was konnte er mit einer solchen Trugschrift schon anfangen. Sie hätte ihn geistig und emotional nur noch mehr verwirrt. Außerdem konnte er sie nicht mitnehmen in die reale Welt. Rasch blätterte er zu jener Bibelstelle, die er vorgefunden hatte, und zog sich hinter eine der Säulen des zusammengestürzten Altarbaldachins zurück. Von dort konnte er sowohl das Hauptschiff als auch die beiden Querschiffe halbwegs überblicken.

Drei schwarz gewandete Gestalten näherten sich dem Tisch des Herrn. In dieser Welt waren sie mit ihren Roben nahezu unsichtbar. Vor dem Altar knieten sie kurz nieder, bevor sie an das Buch herantraten und vermutlich genau jenes Kapitel aufschlugen, das Ciban einen solchen Schock versetzt hatte.

»Wir können nichts mehr tun«, erklärte der Kleinste mit Bedauern in der Stimme. »Es ist zu Ende.«

»Es ist zu Ende, wenn *sie* es uns sagt«, entgegnete der große Mann in der Mitte, derjenige, der die Bibelseiten umschlug. Seine Stimme wurde von den Wänden als Echo zurückgeworfen und verzerrt, dennoch kam sie Ciban seltsam vertraut vor.

Der Erste deutete auf das gewaltige Trümmerchaos, das sie umgab. »Was könnten wir noch tun? Es gibt keine Menschen mehr. Rom ist restlos zerstört ...«

»Rom ist nicht die ganze Welt«, unterbrach der Große ihn. Seine Stimme war fest und schneidend. »Die Antwort liegt hier. Vor unseren Augen. In diesem Text!« Erneut wandte er sich dem Buch zu und schlug die Kapuze seines Umhangs zurück.

Es kostete Ciban große Selbstbeherrschung, nicht vor Überraschung zu ächzen. Der im Gesicht vernarbte Mann in der Mitte war er selbst.

Eine weitere Gestalt, augenscheinlich wesentlich jünger als die drei Männer am Altar, eilte von einem der noch intakten Seiteneingänge der Basilika herbei und wirkte äußerst erregt. »Eminenz!«

Cibans Ebenbild aus der Zukunft löste sich widerwillig von dem Buch und drehte sich zu dem Neuankömmling um.

»Was ist, Merdadus?«

»Man hat die Lux-Medialen von Rochefort abgeschlachtet. Ohne ihre Gabe sind wir im Bilderlimbus und somit auf dem gesamten europäischen Kontinent blind.«

Die darauf folgende Stille war so abgrundtief, dass Ciban glaubte, die Männer an dem Altar könnten seinen Herzschlag, ja seinen Atem hören.

Schließlich sagte der Mann aus der Dreiergruppe, der bisher geschwiegen hatte: »Wir sollten uns in die Archive zurückziehen. Dort können sie uns nicht so schnell aufspüren.«

War das etwa die Stimme von Ben Hawlett?

Cibans Ebenbild schüttelte den Kopf. »Nein. Dort werden sie zuerst nach uns suchen. Wir müssen zurück nach Avignon. Die Schlacht ist verloren.«

»Aber wie sollen wir nun erfahren, was im restlichen Europa passiert?« Wieder der kleine Zweifler.

»David wird für uns sehen.«

»Sie wollen unser Leben diesem Jungen anvertrauen?«

»Hat er uns bisher auch nur ein einziges Mal verraten?«, kam die kalte Gegenfrage.

»Nein.«

»Dann wird er es auch diesmal nicht tun.«

Cibans Doppelgänger schlug die Bibel zu und klemmte sie sich unter den Arm. »Am besten wir brechen auf, bevor der Morgen graut.«

Sie verschwanden durch eine Tür, von der Ciban wusste, dass sie einmal zur Sixtinischen Kapelle und zum Apostolischen Palast geführt hatte. Er selbst jedoch musste zur Quelle des Lichts. Hinauf zur Kuppel. Oder etwa nicht?

Er verwarf den ursprünglichen Plan und beschloss, den Männern mit einem gewissen Sicherheitsabstand zu folgen. Sie würden ihn zu David führen. Doch als er die Tür vorsichtig öffnete und hindurchging, befand er sich plötzlich an einem völlig anderen Ort. In einem Verlies, genauer an der Eingangstür zu einer Folterkammer, in der sich ein Mann, auf eine schräge metallene Platte gespannt, unter heftigsten Schmerzen wand. Unterdessen machte sich ein Folterknecht sichtlich vergnügt mit einem Instrument an einer offenen Wunde in der Bauchdecke zu schaffen.

Als der Peiniger Ciban bemerkte, ließ er für einen Moment von seinem Opfer ab. Er hatte die wettergegerbten Gesichtszüge eines Reptils. Blut tropfte langsam von dem Instrument in seiner Hand auf die Metallplatte.

»Wir machen Fortschritte, Heiligkeit. Nicht mehr lange, und wir werden wissen, wo die Ketzerin ist.«

Heiligkeit? Ketzerin? Was zum Teufel war hier los? Und weshalb klang die Stimme des Mannes so unglaublich verlockend?

Ciban starrte von dem Henkersknecht auf den zuckenden, blutüberströmten Körper auf der Bahre, während er sich fragte, wieso der Folterer ihn sehen konnte.

Unwillkürlich dachte er an das, was er gerade in der Prophezeiung der Triadenbibel gelesen hatte. An diese schiere Unmöglichkeit. Erneut wurde ihm speiübel. Dann machte er sich klar, dass er sich nicht direkt im Bilderlimbus befand, sondern nach wie vor in Davids Geist, der im Limbus gefangen war. Alles, was er hier sah, spiegelte einzig Davids Erleben und seinen geistigen Zustand wider. Der Junge lag in einer Art apokalyptischem Fiebertraum. Sein Unterbewusstsein tat nichts weiter, als auf Cibans Anwesenheit zu reagieren.

Nichtsdestotrotz wirkte alles ungemein real. Selbst der Geruch des frisch vergossenen Blutes war so intensiv, dass es Ciban fast den Atem verschlug. Ohne sich seinen Abscheu anmerken zu lassen, trat er näher an die Folterliege und erlitt den nächsten Schock.

Verdammt! Der gequälte Mann auf der Folterbank war Monsignore Ben Hawlett. Ben! Das alles hier *musste* ein verfluchter, geistesgestörter Albtraum sein. Niemals würde er Ben so etwas Schreckliches antun.

Der Mann mit dem Reptiliengesicht reichte ihm das Skalpell. »Vielleicht möchten Sie mit der Befragung fortfahren, Heiligkeit?«

Wie automatisch nahm Ciban die Klinge und trat neben den Folterknecht, der sichtlich stolz auf sein Werk war.

»Ich fürchte, die Sache ist nicht ganz so einfach«, erklärte er, drehte sich um und streckte den Mann mit einem wuchtigen Fausthieb gegen die Schläfe nieder.

Dann trat er an die Bahre. Ganze Lachen von Blut unter seinen Schuhen. Er konnte es gerade noch verhindern, sich nicht zu übergeben.

»Ben…?«

Der Mann auf dem Folterbett wand sich vor Schmerz, hatte offenbar gar nicht mitbekommen, was gerade geschehen war. Ein Knebel im Mund verhinderte, dass er schrie oder sich die Zunge abbiss. Tränen schimmerten in seinen Augen. Als er den Kopf leicht zur Seite drehte und Ciban erkannte, erfüllte Panik seinen Blick. Aber da lag auch noch etwas anderes in den Augen: abgrundtiefer Hass.

Ciban brachte die Liege in die Horizontale und begutachtete die Wunden. Es waren keine lebenswichtigen Organe verletzt, doch der stetige Blutverlust würde Ben in wenigen Stunden das Leben kosten, wenn die Blutung nicht gestillt wurde. Er wollte schon Bens Stirn berühren und ihn in Schlaf versetzen, um die Wunde zu behandeln, als er sich noch einmal klarmachte, dass dies nicht die Wirklichkeit war.

Entschlossen trat er von der Folterbank zurück. Keine Sekunde länger würde er in diesem morbiden Stück mitspielen.

Kaum hatte er den Entschluss gefasst, wechselte auch schon die gesamte Szenerie. Erneut stand er im Petersdom, diesmal vor dem Papstaltar, wo noch immer das kalte blaue Licht in der Höhe der zertrümmerten Kuppel wie ein Malstrom umherwirbelte und flammte.

Mit großen Schritten eilte er zu jener Tür, die zum Fuß des Tambours führte, der den rechteckigen Baukörper der Basilika mit der Kuppel verband. Als er den Tambour über einen engen Treppengang und eine Wendeltreppe mit Gitterboden erreichte, ließ er den Blick in das Kirchenschiff gleiten. Unter ihm nichts als Zerstörung, über ihm der kalte Flammenwirbel.

Nachdem er den Tambour über eine weitere Wendeltreppe hinter sich gelassen und die Basis der eigentlichen Kuppel erreicht hatte, passierte er das für ihn unangenehmste Wegstück. Es führte zwischen den beiden extrem schrägen Wänden der doppelschaligen Kuppel hindurch. Für Catherine wäre diese Passage kaum ein Problem gewesen, für einen Mann von Cibans Größe stellte sie hingegen eine Herausforderung dar. Er war bisher nur ein paarmal hier oben gewesen, um den Blick über Rom und die Vatikanstadt mit ihren Gärten zu genießen. Jetzt hatte er den Eindruck, dass die Kuppelschalen in der Traumwelt des Jungen noch enger und geneigter verliefen.

Dann hörte er erneut diese Stimme. Irgendwo über sich in der Krümmung. In dem Licht. Es war die Stimme des Folterers, die diesmal sogar noch verführerischer klang.

»Du gehst ein viel zu großes Risiko ein, Eminenz. Du gefährdest die Mission, und das alles für ein Kind, das längst verloren ist…«

Verdammt! Das waren wohl kaum Davids Worte. Demnach war also noch jemand in Davids Geist. Die Stimme ertönte wieder, redete mit Engelszungen auf ihn ein, doch Ciban ignorierte sie und stieg weiter den steilen, gekrümmten Gang empor.

»Warum machst du dir das Leben so schwer? Warum nimmst du dir nicht einfach, was dein Geburtsrecht ist? Das vorhin auf der Treppe war doch lächerlich. Und dann deine Zurückhaltung in dem Gästezimmer. Was sollte das? Die Matratze neben das Bett stellen. Du weißt doch ganz genau, dass sie dir gehört.«

So gut es ging, verschloss er seinen Geist vor der toxischen Wirkung dieser Worte, ging mit keiner Regung darauf ein. Je weiter er die Schräge hochstieg, desto dunkler wurde es.

»Der Junge wird dich verraten. Er wird euch alle verraten. Warum lässt du ihn nicht einfach gehen?«

Er beschleunigte sein Tempo, so gut es in der Enge möglich war. Am liebsten hätte er mit der Faust auf den Stein geschlagen, damit der Schmerz ihn wachsam hielt. Die Stimme war inzwischen nicht mehr nur in Davids Geist, sondern auch in seinem und flüsterte ihm zu, was der dunkle Anteil seiner Seele nur zu gerne hören wollte.

In der nächsten Sekunde hielt Ciban abrupt inne und drückte die Hände rechts und links gegen die beiden Kuppelschalen, denn der Weg hörte inmitten des bläulichen Zwielichts, inmitten der ansteigenden Rundung auf. Fast wäre er in die Tiefe gestürzt, auf die Trümmer des Altarbaldachins.

»Tja, hier ist dein Weg wohl zu Ende«, vernahm er die Stimme. »Sieh es sportlich. Dabei sein ist alles.«

Er schloss die Augen, lehnte sich gegen die innere Kuppeldachkrümmung und atmete tief durch, um wieder einen klaren Kopf zu bekommen. Gleichzeitig versuchte er die Person hinter der Stimme zu orten.

»Am besten, du kehrst um, solange du noch die Zeit und die Energie dazu hast. Schnapp dir die Kleine, und lass dem Schicksal seinen Lauf. Was du hier siehst, ist ohnehin längst Geschichte.«

Sosehr Ciban sich auch bemühte, den Medialen zu finden, er blieb unsichtbar.

Als er erneut Richtung Abgrund blickte, erkannte er durch das diffuse Nebellicht, dass ihn lediglich ein etwas über drei Meter breiter Spalt von der anderen

Seite des Kuppelbruchstücks trennte. Aufgrund der gekrümmten Wände musste er zwar aus dem Stand springen, doch er war sportlich und verfügte über deutlich mehr Kraft als ein normaler Mensch. Er konnte es schaffen. Er musste es schaffen! Die Stimme würde es ganz sicher nicht zulassen, dass er die Scheinrealität ausblendete, wie er gerade noch die Folterkammerszene mit Ben ausgeblendet hatte. Außerdem war der Junge ganz in der Nähe. Das spürte er.

Ciban nahm die Hände von den Wänden, drehte sich zur Seite, atmete tief ein und sprang.

Er war schon in der Luft, als eine kindliche Stimme schrie: »Nein, tu es nicht! Das ist eine Falle!«

55

Catherine sah, wie Cibans linker Arm zu Boden glitt, während der noch immer an die Schulter des Kardinals gelehnte David wie unter Schock nach Luft schnappte. Sie wollte schon losrennen, um die äußere Schleusentür zu öffnen und die beiden aus dem improvisierten Tank herauszuholen, als Martini sie am Handgelenk packte und aufhielt.

»Nein, warten Sie! Wenn Sie jetzt eingreifen, werden wir den Kardinal und den Jungen verlieren.«

Sie wollte sich von dem Wissenschaftler losreißen, doch die Entschiedenheit in seinem Blick hielt sie zurück, ließ sie spüren, dass er wusste, wovon er sprach.

»Ciban ist tief im Geist des Jungen«, fuhr Martini fort. »Was immer dort gerade geschieht, die beiden werden es unter sich ausmachen müssen.«

Es fiel ihr schwer, dennoch blieb sie stehen, und der Wissenschaftler gab ihr Handgelenk wieder frei.

»Dann können wir nichts weiter tun als warten?«

Martini starrte auf das Schleusentor. Auf den Mann und das Kind darin, als wöge er die nächsten Optionen ab.

»Sobald einer von beiden erwacht, können wir eingreifen. Vorher nicht.«

»Und wenn keiner erwacht?«

Statt zu antworten, starrte Martini nur weiter auf den Tank.

56

»Nein, tu es nicht! Das ist eine Falle!«

Davids Stimme. Das war *Davids* Stimme.

Noch im Sprung durch das neblige Licht nahm Ciban wahr, wie sich die andere Seite des Kuppelbruchstücks gleich dem Trugbild einer Fata Morgana vor seinen Augen auflöste. Sein Körper fiel und würde jeden Moment auf dem harten Marmorboden des Petersdoms zerschmettern. Gleichzeitig nahm er den Sturz wie in Zeitlupe wahr, glitt durch ein bizarres Meer aus Bildern, Tönen und Emotionen. Allesamt Erinnerungen, von denen nicht eine einzige von ihm stammte.

Er sah eine Welt mit verriegelten Stahltüren, mit grauen Wänden, Treppen und Fluren. Er erblickte Labore, in denen Kinder künstlich in Reagenzgläsern gezeugt wurden, um ihre genetischen Stärken zu beflügeln und sie anschließend in einer künstlichen Gebärmutter heranreifen zu lassen. In wenigen Sekunden durchlebte er all die Ängste, die David an jenem kalten, unwirtlichen Ort durchlitten hatte, außerdem Davids tiefe, selbstlose Liebe und Sorge für eine Freundin, deren Leben in den Laboren begonnen und geendet hatte.

Ebenso durchfluteten Ciban die Eindrücke etlicher Bildersondierungen, die David im Auftrag jenes geheimen Instituts durchgeführt hatte. Catherine, Papst Leo und sogar er selbst waren Objekte jener Observierungen über den Bilderlimbus gewesen. Der Kardinal wusste zwar längst, dass man Davids Gabe zu Spionagezwecken missbraucht hatte, doch es war eine ganz andere Sache, sich selbst in einem dieser unheimlichen Flashs zu sehen.

Schließlich erhaschte er einen Blick auf eine überraschende Szene in der Vergangenheit. Bisher hatte er geglaubt, das Treffen in der römischen Familienvilla sei das erste zwischen David und ihm gewesen. Weit gefehlt! Er war dem Jungen schon einmal begegnet, und zwar als er nach dem Mordanschlag in der Gemelli-Klinik im Koma gelegen hatte. Auch David hatte in jener Stunde, wenn auch etliche Kilometer von ihm entfernt, in dem Geheiminstitut mit dem Tode gerungen. Möglich gemacht hatte diese erste Begegnung in der Zwischenwelt der telepathische Alphawellenzustand, in dem sich ihre Gehirne damals befunden hatten und der eine Brücke zwischen Bewusstsein und Unterbewusstsein, zwischen materieller und inmaterieller Welt geschlagen hatte. So hatten sie bereits eine erste Allianz geschmiedet.

Auf einmal erinnerte sich Ciban wieder an ihr ungewöhnliches Gespräch, an die Schlussworte, die er an den Jungen gerichtet hatte.

»Hör mir zu, David. Du musst über eine ganz besondere Gabe verfügen, wenn du es geschafft hast, mich hierherzuholen. Sobald wir uns in der materiellen Welt wiedersehen, musst du mich an diese Begegnung erinnern.«

»Erinnern? Wieso?«

»Sobald ich aus diesem Zustand erwache, werde ich mich an nichts mehr erinnern. Ich werde nur noch spüren, dass du von zwei gleich starken gegensätzlichen Kräften beherrscht wirst. Ich werde nicht mehr wissen, ob das Gute oder das Böse am Ende in dir triumphiert.«

»Was meinen Sie?«, hatte David vorsichtig gefragt.

»Ich will dir nichts antun, mein Junge.«

Dann war Ciban auf David zugetreten, hatte dessen Stirn berührt und einen winzigen Tropfen seiner Seele in ihn fließen lassen.

Der Junge hatte eine Veränderung in sich gespürt, eine Erweiterung seines Bewusstseins, ohne jedoch zu ahnen, was dies für ihn bedeutete. Nicht einmal Ciban war sich völlig darüber im Klaren gewesen, was dieser Austausch alles nach sich zog. Dennoch hatte ihn die Begegnung mit dem Kind dermaßen berührt, dass er das Risiko einer mentalen Verbindung eingegangen war, um den Kontakt zu halten und David gleichzeitig die Möglichkeit zu geben, sich besser zu schützen. Damals hatte er noch nicht um die familiäre Verbindung zu dem Jungen gewusst.

Als Ciban nun aus dem zerbrochenen Gewölbe des Doms in die Tiefe des Altarbereichs stürzte, gingen ihm diese Szenen wie eine Lebensrückschau durch den Kopf. Dann landete er. Brutal. Auf festem Grund. Aber ohne auf dem harten Marmorboden zu zerschmettern, denn da war gar kein Steinboden mehr.

Er befand sich zwar noch immer in der Basilika, allerdings hatte sich ein Teil des Raums vor dem Altarbereich verwandelt. Der Boden war an mehreren Stellen regelrecht aufgerissen, dazwischen weich und sandig, wie von Narben übersät. Etwa fünf Meter entfernt befand sich das Grab mit dem Skelett. Es war, als hätten sich zwei von Davids Bildern einfach überlagert. Das des archäologischen Ausgrabungsortes mit dem apokalyptischen Gemälde des Petersdoms. Ein tiefes Grollen erschütterte den Boden, als rumorte im Erdinneren ein bösartiger Vulkan. Über Cibans Kopf thronte noch immer die zum Himmel hin aufgebrochene Kuppel. Düstere Wolkenberge zogen darüber hinweg, als wollte diese Welt jeden Augenblick untergehen.

Ciban erhob sich und wankte näher an das Grab heran. Was er aus der Entfernung und in dem schlechten Licht für eine Steinverwerfung hinter der Totenstätte gehalten hatte, entpuppte sich nun als ein menschlicher Körper. Er lag da, als wäre er gerade aus dem Grab gekrochen, viel zu erschöpft, um zu fliehen.

David!

»Es ist zu spät«, verkündete die verlockende Stimme. »Der Junge wird nicht mehr zurückkehren.«

Ciban ignorierte die Worte, sprang über die gesamte Länge des Grabs und hob den Jungen auf. Es konnte, es durfte nicht zu spät sein. Noch existierte Davids Gedankenpalast, auch wenn um den Kardinal herum alles zusammenbrach.

»Lass ihn gehen«, fuhr die Stimme fort. »Er gehört nicht mehr in deine Welt. Er hat nie dorthin gehört.«

Vorsichtig öffnete Ciban Davids Lider, suchte nach einem Seelenfunken, den er an sich ziehen konnte. Als er diesen fand und den Lebensstrom des Kindes zurückzuleiten begann, prasselten noch mehr von Davids konfusen Erinnerungen auf ihn ein. Doch diesmal vermischten sich die Reminiszenzen des Kindes mit seinen eigenen, als verschränkten sich ihre beiden Welten Stück für Stück ineinander. In einigen der blitzartigen Flashs erblickte der Junge sogar seine leibhaftige Mutter, Sarah Ciban, die einige Monate nach seiner Geburt unter mysteriösen Umständen ums Leben gekommen war. Schlagartig riss im nächsten Moment alle Erinnerung noch einmal auseinander und stürzte in einem irrsinnigen Tempo zurück an ihren ursprünglichen Platz.

David riss die Augen auf und schnappte nach Luft. Ciban und der Junge starrten einander an, überwältigt von den vielfältigen Eindrücken und dem gefühlsbeladenen Nachhall.

»Wirklich rührend«, vernahm Ciban erneut die eindringliche Stimme.

Er schnellte herum, konnte den Redner aber weiterhin nicht ausmachen. Dafür wurde sein Bewusstsein plötzlich von einem Schwall ausschweifender Bilder erfüllt. Für einen Moment stand er inmitten eines Schlachtfelds, in Strömen von Blut. In dieser Schlacht gab es weder Tabus noch irgendeine Form von Gnade. Sie lag viele Jahrtausende zurück, doch wer immer sich hinter der Stimme verbarg, hatte jedes noch so widerwärtige Detail bis ins Kleinste im Gedächtnis bewahrt.

Wo zur Hölle bist du? Du Mistkerl!, dachte Ciban.

Er überlegte, wie er den Eindringling am besten ausfindig machen und von Davids Geist trennen konnte. Im Grunde war die Antwort so simpel, wie die Ausführung schwierig war. Er würde den Jungen für Sekunden in einen todesähnlichen Zustand versetzen müssen, damit Davids Welt um sie herum aufhörte zu existieren. Nur das teuflische Wesen hinter der unsäglichen Stimme und er würden dann übrig bleiben. Er würde sich diese teuflische Kreatur schnappen und sie auf seine Seite ziehen, in seine Gedankensphäre. Dort galten nämlich allein seine Spielregeln. Wenn es gut lief, konnte er David dadurch gleichzeitig aus dem verflixten Bilderlimbus der archäologischen Fotografie befreien.

Er hatte den Gedanken kaum gefasst, als er David auch schon an der Stirn berührte und in die Leere des Vergessens schickte. Augenblicklich löste sich die ruinenhafte Basilika samt dem Grab vor seinem geistigen Auge in Nichts auf. Übrig blieb ein verschwommen anmutender, fast leerer Raum, ähnlich einer bodenlosen Unterwasserwelt. Jetzt zeigte sich die Stimme in ihrer finsteren Gestalt. Schwarz in Schwarz, nur wenige Schritte jenseits der Stelle, wo sich eben noch das Grab befunden hatte.

Beherzt packte Ciban zu und riss den Fremden mit sich fort.

Während Davids Seele erneut den Atem des Todes streifte, fiel er selbst durch mehrere Schichten aus Dunkelheit. Aberwitzige Bilder loderten währenddessen auf. Eine Wand aus Fleisch und fließendem Blut, das grotesk entstellte Gesicht eines alten Mannes, das vor lauter Zerstörung kaum mehr menschlich war. Das Knistern und Rauschen von Flammen, die nichts als Kälte und Finsternis ausstrahlten.

Plötzlich spürte Ciban einen Stich in der Brust, den Stich eines Dolches, dessen Klinge eine pechschwarze Flamme war. Wie an einer inneren Lunte entlang bahnte sich die finstere Glut ihren Weg in seine Seele. Da wurde ihm klar, dass diese Begegnung, diese Konfrontation kein Zufall war.

»Ein kleines Geschenk von deinen Ahnen«, frohlockte die Stimme und zog den Dolch mit einem Ruck aus seinem Geistkörper heraus. »Genieße es. Es wird dich von all deinen Skrupeln befreien.«

57

Catherine zuckte zusammen, als im Inneren der Schleuse ein Blitz aus Davids Stirn auf Ciban übersprang. Sie hatte in den Instituten des Lux Domini zwar schon von solchen Entladungsblitzen aufgrund fragwürdiger Experimente an Medialen gehört, doch nie selbst dergleichen erlebt. Eines wusste sie jedoch genau: Die Auswirkungen auf die Nervenzellen des menschlichen Gehirns konnten verheerend sein und reichten von permanenten Lähmungen des Körpers bis hin zum Tod. Manchmal griffen die Entladungswellen auch auf andere Gehirne über, vor allem dann, wenn diese über die nichtmaterialle Welt miteinander verbunden waren. Wie in Cibans und Davids Fall.

Sie sprang erneut vor, um die äußere Schleusentür zu öffnen, als Martini sie zum zweiten Mal zurückhielt.

»Nein! Warten Sie noch einen Moment. Falls es zu einer weiteren Entladung kommt, stünden wir mittendrin.«

Überraschend öffnete David die Augen, begegnete Catherines Blick, als wolle er ihr tausend Dinge gleichzeitig sagen. Eine Sekunde darauf lag er da wie tot.

Catherine ignorierte Martinis neuerlichen Einwand, rannte los und öffnete die Tür. Der Junge war völlig leblos, doch als sie ihn hinaustrug und vor der Schleuse ablegte, fing er wieder an zu atmen. Auch Ciban legte sie mit Martinis Hilfe vor der Iso-Kammer auf den Boden. Sofort untersuchte der Historiker die Augen der beiden. Die Fenster zur Seele. Die außergewöhnlich hellen Augen des Jungen blickten zwar im ersten Moment völlig verwirrt, wurden aber schnell klar und fokussiert. Als Martini hingegen Cibans Lider behutsam anhob, sah Catherine ihn beim Anblick der Iris erschauern. Die sonst eisgrauen Augen des Kardinals schimmerten schwarz wie Rauchquarz.

Catherine glaubte mehr als jähe Beklommenheit und Besorgnis in Martinis Gesichtsausdruck zu sehen. Da war eindeutig noch etwas anderes in seinem Blick. Erkenntnis. Bittere Erkenntnis! Verbunden mit einem Gefühl von Schuld. Eine Sekunde lang dachte sie daran, ihre Schilde fallen zu lassen, um mehr herauszufinden, doch das wäre angesichts der Situation der helle Wahnsinn gewesen.

»Was … was ist denn los?«, fragte sie.

»Nehmen Sie den Jungen, und warten Sie draußen.«

»Nicht bevor ich weiß, was los ist, Doktor.«

»Wir dürfen keine Zeit verlieren. Sie können Seiner Eminenz nicht helfen. Ich aber schon.«

Catherine verfluchte ihre Hilflosigkeit, starrte den Wissenschaftler an. Was um Himmels willen hatte Martini vor?

»Bitte!«, wiederholte er eindringlich. »Jede Sekunde zählt. Vertrauen Sie mir.«

Sie blinzelte, holte tief Luft, fühlte sich hin- und hergerissen. Gleichzeitig spürte sie, dass alles von Martinis Hilfe abhing. »Also gut.«

Sie hob David auf und trug ihn hinaus auf den Gang, wobei sie hörte, wie der Wissenschaftler die Tür vorsichtig hinter ihnen schloss. An der gegenüberliegenden Wand ließ sie sich mit dem Jungen nieder, drückte ihn an sich und streichelte ihm über den Kopf.

Etwa eine Minute später hörte sie, wie die Tür zum Computerraum aufging. Ben trat auf den Gang hinaus, zwei leere Tassen in der Hand. Als er Catherine und David erblickte, kam er mit verdutztem Gesicht auf sie zu.

»Alles in Ordnung?«, fragte er, doch es klang eher wie: »Was ist passiert?«

»Das werden wir gleich sehen.«

Was sollte sie ihrem alten Freund auch antworten? Ben war weder in das Geheimnis der Familie Ciban eingeweiht noch in die Geschehnisse rund um David, ganz zu schweigen von den Hintergründen, die vor wenigen Monaten zu dem Anschlag auf den Kardinal und zu Catherines erster Begegnung mit Robert Martini geführt hatten.

Sie wollte Ben gerade bitten, sich einen Moment zu ihnen zu gesellen, als David aufschreckte, auf die Tür des Überwachungsraums deutete und keuchte: »Er bringt ihn um!«

Catherine starrte den Jungen an. Zwei Sekunden später riss sie die Tür zum Überwachungsraum auf.

Martini kniete über Ciban, die eine Hand auf den Mund des Kardinals gedrückt, die Finger der anderen auf die Nasenflügel gepresst, damit der Bewusstlose nicht mehr atmen konnte. Catherine stürmte auf die beiden zu und versetzte dem Wissenschaftler einen dermaßen heftigen Tritt, dass er mit einem Schmerzensschrei in hohem Bogen zur Seite flog. Als Martini trotz der Attacke zurückkriechen wollte, um sein Werk zu vollenden, stellte Ben sich ihm in den Weg und packte ihn am Arm.

»Sie begehen einen schrecklichen Fehler«, keuchte Martini, eine Hand auf die verletzte Hüfte gepresst.

Catherine ignorierte ihn, schüttelte Ciban vorsichtig an der Schulter. Als der Kardinal nicht reagierte, bog sie seinen Kopf leicht zurück, hob sein Kinn und sorgte dafür, dass die Zunge ihm nicht den Atemweg verschloss. Einen Moment hielt sie Ciban in dieser Position, den Blick hoffnungsvoll auf seinen Brustkorb gerichtet, der sich tatsächlich wieder hob. Dann legte sie ihre Wange direkt vor seinen Mund und spürte, dass er zum Glück noch atmete, wenn auch nur schwach. Schließlich öffnete sie sein Hemd, presste ihr Ohr auf seinen Brustkorb und lauschte. Das Herz! Es schlug!

Sie zog ihre Jacke aus und schob sie unter Cibans Kopf. Der Kardinal rührte sich, stöhnte nur leise, ohne zu erwachen. Wütend erhob sie sich und knöpfte sich Martini vor. »Sie Wahnsinniger! Was sollte das?«

Das Gesicht des Historikers war aschfahl. Resigniert blickte er sie an. »Seine Augen, Schwester ... Sie haben doch auch seine Augen gesehen. Nur der unmittelbare Sekundentod hätte ihn von dieser Dunkelheit befreien können. Nun ist es zu spät.«

Sekundentod? Dunkelheit? Wovon sprach der Mann da bloß?

Martini berichtete ihr in Kürze von seiner Vermutung, dass David beim Sondieren der archäologischen Fotografie von einem feindlichen Medialen in der Zwischenwelt entdeckt und angegriffen worden war. Er schloss mit den Worten: »Wer auch immer im Bilderlimbus Einfluss auf David genommen hat, hat Kardinal Ciban mit Dunkelheit infiziert.«

Aus dem Augenwinkel nahm Catherine wahr, wie David besorgt an der Seite seines Vaters niederkniete.

Er streckte die Hand aus, zog sie aber sofort wieder zurück, als hätte er sich verbrannt.

Ben, der Martini noch immer in Schach hielt, fragte: »Bei allen guten Geistern. *Was* hat das alles zu bedeuten?«

»Bei allen guten Geistern nichts Gutes«, erwiderte Martini. »Geben Sie gefälligst meinen Arm frei, damit ich nach ihm sehen kann.«

Ben wechselte einen kurzen Blick mit Catherine.

»Damit Sie ihn töten können?«, sagte sie. »Kommt nicht in Frage!

»Herrje, Catherine, haben Sie denn alles vergessen, was Darius Sie am KIMH über den Einfluss der feinstofflichen Welt auf die materielle Welt gelehrt hat? Sie wissen doch um das gefährliche Potenzial, das sich durch diese Verschränkung für Mediale ergeben kann. Schließlich kennen Sie Stevensons Geschichte von Doktor Jekyll und Mister Hyde.«

Catherine brauchte ein paar Sekunden, ehe sie realisierte, dass er von der Wirkung feinstofflicher Energien, Viren und Drogen auf die Persönlichkeit des Menschen sprach. Die Einnahme bewusstseinsverändernder Substanzen kam in medialen Kreisen zwar selten vor, weil es einfach zu zerstörerisch für den Astralleib sein konnte, doch es gab auch schwarze Schafe, die nicht davor zurückschreckten, andere mit Hilfe dieser Mittel zu schwächen und zu manipulieren. Wie es aussah, hatte Ciban genau solch ein verfluchter, auf quantenenergetischer Ebene existierender Virus erwischt. Sie nickte Ben zu, und der Pater ließ Martini nach kurzem Zögern los.

Der Wissenschaftler kniete sich neben den Jungen, untersuchte kurz Cibans Augen und seufzte. »Was für ein verdammter Narr ich doch bin.« Er erhob sich und ging zur Tür.

»Wohin wollen Sie?«

»Zur Krankenstation. Ich will einen Blick in den Giftschrank der Klosterapotheke werfen, bevor Seine Eminenz erwacht.«

»Einen Moment. Sie gehen dort nicht alleine hin.« Catherine gab Ben ein Zeichen, bei dem Jungen und Ciban zu bleiben, ehe sie Martini folgte.

»Wie kommen Sie darauf, dass Sie dort finden werden, was Sie suchen?«, fragte sie ihn. »Was suchen Sie überhaupt?«

»Das werden Sie gleich sehen, Schwester.«

Wie zu erwarten, war der Giftschrank in der Krankenstation verschlossen, doch das stellte für den Religionswissenschaftler kein Hindernis dar. Catherine dachte an all die Dinge, die Ciban, Sorti und sie in Martinis Jeep entdeckt hatten, und fragte sich, wie vielen Professionen dieser Mann wohl noch nachging, außer nach Altertümern zu forschen und Schlösser zu knacken.

Nachdem Martini den Schrank nahezu komplett durchforstet hatte, schien er endlich fündig geworden zu sein. Ein Fläschchen mit einer glasklaren Flüssigkeit, beschriftet mit einem für Catherine unverständlichen Code und einem Totenkopf auf dem Etikett. Aus einem anderen Schrank nahm er eine der dort gelagerten Spritzen samt Zubehör aus der sterilen Verpackung und füllte diese auf.

»Was ist das für ein Teufelszeug?«, fragte sie.

»Ein Impfstoff gegen das Böse.«

Catherine blickte Martini mahnend an. Für solche Scherze war nun wirklich nicht der rechte Zeitpunkt.

»Ein Antiserum, gewonnen aus dem Blut eines infizierten Medialen. Es enthält Antikörper, die das Immunsystem von Kardinal Ciban als Feindkörper erkennen wird«, erklärte er ihr.

»Und wie funktioniert dieses ... Antiserum?«

»Hören Sie, Catherine, ich bin nicht Pater Darius, auch kein Medialer oder Heiler. Aber ich weiß, dass die Krankenhausapotheke einer Abtei, die mit Iso-Kammern experimentiert, normalerweise über feinstoffliche, virale Heilmittel verfügt, die der klassischen Medizin unbekannt sind. Ebenso weiß ich, dass dieses Serum die Verbreitung dieses Virus hemmen und die Symptome der Infektion lindern wird. Den Rest wird die körpereigene Abwehr Seiner Eminenz auf der Astralebene alleine bewältigen müssen.« Als Catherine skeptisch den Mund verzog, fügte er seufzend hinzu: »Wie diese Mittel im Einzelnen funktionieren, weiß ich nicht, aber ich habe diese Stoffe schon einige Male im Einsatz erlebt. Glauben Sie mir, sie funktionieren. Und das ist im Augenblick alles, was zählt!«

»Um Himmels willen, wenn es so ein Mittel gibt, weshalb haben Sie es dann nicht gleich eingesetzt?«

»Weil diese Behandlung in vier von fünf Fällen fehlschlägt. Der Erfolg hängt zu einem Großteil von der mentalen Verfassung des Infizierten ab. Außerdem gibt es Nebenwirkungen, gegen die jene des Sekundentodes eine harmlose Rosskur sind. Trotzdem müssen wir es wagen. Kommen Sie.«

Gemeinsam verließen sie die Krankenstation und eilten durch den Flur. Auf dem Weg zurück zum Kontrollraum griff Catherine Martinis selbstkritische Bemerkung noch einmal auf. »Was haben Sie gemeint, als Sie sagten, Sie seien ein verdammter Narr?«

Martini seufzte. »Später, Schwester. Für umfangreichere Erklärungen fehlt uns im Augenblick die Zeit. Das Serum entfaltet seine volle Wirkung nur, solange das Bewusstsein des Empfängers schläft.«

Sie passierten die Tür und starrten mit aufgerissenen Augen in den Überwachungsraum.

Zu spät!

58

Papst Leo spürte den zutiefst beunruhigten Seitenblick von Monsignore Massini auf sich. Sie saßen in der Limousine, die sie von Radio Vatikan zurück zum Papstpalast brachte. Der Privatsekretär sagte den ganzen Weg über kein Wort. Erst als sie die päpstlichen Privatgemächer betraten und die Tür zu Leos privatem Arbeitszimmer hinter ihnen zufiel, wo sie endlich unter sich waren, konnte er nicht länger an sich halten.

»Das ist Wahnsinn! Warum haben Sie mich nicht eingeweiht, Heiligkeit?«

Leo war klar, dass sich Massinis Bemerkung nicht nur auf den zu erwartenden Presserummel oder all die sonstigen Meldungen, Debatten, Proteste und Fürsprachen bezog, die auf seine gerade durch den Äther gegangene Rede folgen würden, sondern vor allem die Reaktionen innerhalb der katholischen Kirche. Auf jene innerhalb des Vatikans und dort besonders seitens der Kurie. Was in den nächsten Tagen auf Leo und die Kirche zukommen würde, erfüllte den jungen Kleriker mit blankem Entsetzen.

Tatsächlich waren wie befürchtet bereits die ersten Anrufe diverser Medienvertreter in der Sala Stampa eingegangen, woraufhin der Chef der vatikanischen Presseabteilung bereits mit dem Kardinalstaatssekretär in Verbindung getreten war und dieser nun Leo kontaktierte. Einige andere Kardinäle standen ebenfalls längst in der Warteschleife. Und das war erst der Anfang.

»Das wird ein stürmischer Nachmittag, Corrado«, sagte Leo ruhig. »Am besten Sie überlassen die nächsten Telefonate und Gespräche mir. Einverstanden?«

»Ich …« Massini stockte. »Ehrlich gesagt, wüsste ich auch gar nicht, was ich sagen soll, Heiligkeit.«

Leo trat an den Schreibtisch mit dem klingelnden Telefon. »Entspannen Sie sich. Die Welt wird schon nicht untergehen.«

59

Kardinal Gasperetti stand mit offenem Mund in seinem prachtvollen Büro im Apostolischen Palast und starrte durch eines der hohen Fenster auf die vatikanischen Gärten hinaus. Dabei lauschte er zum zweiten Mal der Radioaufzeichnung, die ihm einer seiner eilfertigen Mitarbeiter vor wenigen Augenblicken zugetragen hatte.

Der Tag hatte es im wahrsten Sinne des Wortes in sich. Erst die Konfrontation mit Kardinal Ciban in L'Aquila. Dann die fruchtlose Suche in San Leonardo nach dem geheimen Bereich der Abtei und schließlich – kaum dass er in Rom angekommen war – die Beschlagnahmung der von seinem Agenten sichergestellten San-Leonardo-Dateien durch den Kommandanten der Vatikan-Polizei.

Unmittelbar darauf hatte Gasperetti dann auch noch

erfahren, dass Merdadus spurlos aus der Klinik verschwunden war, in der man ihn behandelt hatte. Und nun Papst Leos wahnwitzige Rede vor dem römisch-katholischen Kirchenvolk. Ach was, vor der ganzen Welt! War denn der gesamte Erdkreis verrückt geworden?

»Kein Durchkommen«, sagte einer seiner Assistenten. »Die interne Telefonverbindung zu seiner Heiligkeit ist völlig überlastet.«

Der Kleriker schaltete den Fernseher ein, auf dessen Display gleich mehrere Sender erschienen, die alle vor dem hollywoodreifen Hintergrund des Petersdoms eifrig von der bahnbrechenden Rede des Jahrtausend-Papstes berichteten. Gasperetti schnappte sich die Fernbedienung und schaltete die Mattscheibe wieder aus. Verrückt machen konnte er sich auch selbst. Dafür brauchte er die Fernsehjournalisten mit ihren reißerischen Spekulationen nicht.

Welcher Teufel hatte Leo nur geritten? Wie es aussah, hatte der Heilige Vater nicht einmal Kardinal Ciban über dieses irrationale Vorhaben informiert. Er hatte die Pforten für »mehr Demokratie in der Kirche« geöffnet und bei dieser Gelegenheit auch noch gleich den Zölibat freigestellt. Den Zölibat!

Diesmal war Leo wirklich zu weit gegangen.

Das abhörsichere Telefon auf Gasperettis Schreibtisch klingelte im Stakkato. Er nahm den Hörer ab.

»Henrik Vandenberg ist am Apparat«, erklärte ihm Sortis Stellvertreter über das vorgeschaltete Sekretariat. »Es geht um die Papstrede.«

Auch das noch!

Vandenberg war ein Freund und Gönner des Vatikans. In finanzieller wie auch in politischer Hinsicht. Es war ein Bündnis, das noch unter Leos Vorgänger Papst Innozenz in den späten Achtzigern geschlossen worden war. Gasperetti hätte weiß Gott auf diese Partnerschaft verzichten können. Doch Vandenbergs Einfluss war inzwischen einfach zu groß.

»Danke. Stellen Sie durch.« Er hörte das Umschaltsignal in der Leitung. »Gasperetti hier.«

»Eminenz. Ich habe gerade die Rede Seiner Heiligkeit gehört. Wir müssen uns dringend unterhalten.« Seine Stimme hatte etwas eigentümlich Lebloses.

»Ich fürchte, dafür ist es noch ein wenig zu früh, Mister Vandenberg«, entgegnete Gasperetti kühl. »Ich habe die Rede selbst erst in diesem Moment gehört.«

»Dann wissen Sie ja, wie prekär die Lage ist. Seine Worte sind absolut inakzeptabel. Damit hat er den Weg für eine Revolte frei gemacht.«

»Er ist der Papst. Und er hat eine Entscheidung getroffen. Wir werden darauf reagieren, aber wir werden gewiss nichts überstürzen.«

»Sie wissen, dass er inzwischen einen nicht unerheblichen Teil der Kurie hinter sich versammelt hat, Eminenz. Die Sache fängt an, ungemütlich zu werden.«

Gasperetti spürte, wie ihm Schweißperlen auf die Stirn traten. Gleichzeitig ließ Vandenbergs anmaßendes Verhalten Wut in ihm aufsteigen. Er würde den Teufel tun, diesem Kerl nachzugeben. Auch wenn sie im Kern einer Meinung waren, zweifelte er doch erheblich an der Lauterkeit der Motive des Konzernchefs. Hier ging es um das Wohl der Kirche, nicht um persönliche Einflussnahme und strategische Machtspielchen. Darüber hinaus verstand Gasperetti sich trotz seines fortgeschrittenen Alters als ein Soldat der Kirche.

»Das brauchen Sie mir nicht zu erklären«, erwiderte

er distanziert. »Ich werde tun, was ich für richtig halte. Und nun entschuldigen Sie mich, Mister Vandenberg.«

Kaum hatte er aufgelegt, fing der Apparat sogleich wieder an zu klingeln. Heute war wirklich nicht sein Tag.

60

Erasmus Vaira saß in seinem Büro in der päpstlichen Universität Gregoriana und legte den Telefonhörer auf. Mehrmals hatte er versucht, Schwester Catherine Bell anzurufen, doch jedes Mal hatte er lediglich die Meldung erhalten, dass der Teilnehmer zurzeit nicht erreichbar sei.

Da Vaira als einer von wenigen Eingeweihten wusste, dass die Ordensfrau einen besonderen Draht zum Papst hatte, wollte er von ihr noch vor dem abendlichen Vorkonzilstreffen in der Nervi-Halle eine Bestätigung dafür haben, dass Leos Rede nicht etwa ein übler Scherz irgendeines verrückt gewordenen Narren oder Computerhackers war.

Nach knapp fünf Minuten – es gelang ihm kaum sich auf seine Arbeit zu konzentrieren – griff er noch einmal zum Hörer und wählte erneut Schwester Catherines Nummer.

Immer noch nichts.

Seufzend legte er wieder auf. Vermutlich hatte die Ordensschwester die Rede selbst gerade erst gehört und versuchte sich nun ihrerseits zu versichern, dass das Ganze kein bösartiges Schelmenstück war.

Vaira erhob sich von seinem Schreibtisch, um sich

noch eine Tasse Kaffee zu gönnen, als es an seine Bürotür klopfte.

»Herein.«

Die Tür ging auf, und ein Mann in einem schwarzen Ordensgewand trat ein, die Kapuze tief ins Gesicht gezogen. Vermutlich ein Abgesandter des Lux Domini, der mit ihm noch einmal über das bevorstehende Meeting am Abend sprechen wollte.

»Was kann ich für Sie tun, Bruder?«, fragte Vaira und stellte die Kaffeekanne ab.

»Ich bitte um Vergebung, Pater.«

»Um Vergebung? Wofür?«

Der Mönch schlug die Kapuze zurück.

Vaira starrte auf das entstellte Gesicht. Auf die Stirn. Auf das tief eingebrannte Symbol darin. Darunter ein breites, unmenschliches Grinsen.

»Für das, was ich Ihnen jetzt antun werde.«

61

Martini hatte so abrupt innegehalten, dass Catherine gegen ihn geprallt war, daher flog die Spritze, die er eben noch in der Hand gehalten hatte, in hohem Bogen durch die Luft.

Die Szenerie, die sich ihnen im Beobachtungsraum bot, hatte etwas Surreales. Ciban stand mit beiden Händen an die Konsole gelehnt da, als kämpfte er darum, sich zu konzentrieren, als versuchte er einen schrecklichen inneren Dämon auszutreiben. Ben lag benommen zu seinen Füßen und wischte sich mit dem Handrücken das Blut aus dem Gesicht, während David auf der anderen Seite des Kontrolltisches vor der Verwirrung und Wut des Kardinals Schutz gesucht hatte.

Als die Spritze auf dem Boden aufschlug und über die Steinplatten schlitterte, neigte Ciban leicht den Kopf, als folgte sein Blick der Gleitspur des empfindlichen medizinischen Instruments. Schweiß stand auf seiner Stirn. Das Geräusch bereitete ihm offenbar zusätzliche Schmerzen. Über das kühle Stahlgrau seiner Augen huschte ein tiefes, unheilvolles Schwarz, als versuchte die Iris in sie hineingegossenes Öl abzustoßen. Der Kampf Gut gegen Böse.

Als das Geräusch verklang, lehnte Ciban, noch immer in seinem teuflischen inneren Machtkampf gefangen, schwer atmend am Kontrolltisch. Sie wollte schon vorpreschen, um einzugreifen, als Bens blutbesudelter Blick ihr signalisierte: Bleib um Himmels willen, wo du bist!

Regungslos stand sie ein paar weitere Sekunden da, genau wie Dr. Martini neben ihr, der auf Ciban starrte, als würde er gerade Zeuge einer kafkaesken Metamorphose.

Am Ende zerriss David die Bewegungslosigkeit in dem Raum. Noch ehe Catherine richtig erfasste, was da vor sich ging, war er um den Kontrolltisch herumgelaufen und hatte entschlossen die Hand des Kardinals ergriffen. Im selben Moment fuhr Ciban zusammen und stürzte zu Boden, als habe er einen elektrischen Schlag erhalten. Der Junge fiel mit ihm hin, ließ jedoch die Hand nicht los.

Catherine stürzte zu den beiden hin und beobachtete, wie nun auch Davids helle Augen in einem irrwitzigen Wechsel zwischen leuchtendem Blau und abgrundtiefem Pechschwarz fluktuierten. Aus dem Augenwinkel nahm sie wahr, wie Martini einen Meter hinter ihr nach der Spritze griff, um diese zu begutachten. Wie durch ein Wunder schien das Instrument den Sturz unbeschadet überstanden zu haben. Er zog die Schutzkappe ab und drückte den Kolben nach unten, um die Luft aus der Nadel zu pressen. Als er Ciban endlich die Injektion verabreichen wollte, drehte sich David blitzartig um und schlug ihm die Spritze aus der Hand. Das Instrument knallte gegen die Konsole, und diesmal brach die Nadelspitze ab.

Tief in ihrem Inneren wusste Catherine, dass der Junge das Richtige getan hatte, und tatsächlich hörte das Fluktuieren sowohl in Davids als auch in Cibans Augen allmählich auf. Es war, als wären die beiden miteinander verbunden, als hätte der Junge dem Kardinal einen Teil seiner Energie übertragen. Die düsteren Schatten zogen sich zurück.

Einen Moment später sackte das Kind neben Ciban zusammen.

»Ist er t…?«, brach Martini atemlos ab.

Ciban wirkte ein paar Sekunden lang völlig verwirrt, dann stand er auf. Er hob den Jungen auf, legte ihn auf die Liege und untersuchte ihn. Dabei betrachtete er David, als könne er gar nicht fassen, was da gerade geschehen war. Langsam kehrte Leben in den Jungen zurück, und als er endlich die Augen öffnete, drückte Ciban ihn an sich wie ein erleichterter Vater sein von einer schweren Krankheit genesenes Kind. Keiner im Raum rührte sich oder gab auch nur einen Mucks von sich.

»Nicht so fest«, hörte Catherine den Jungen flüstern, doch er meinte es nicht ernst. Ciban ließ sich ohnehin nicht beeindrucken, er gab den Jungen erst wieder frei, als er in seine Jackentasche griff, das Tablet hervorzog und es dem Kind überreichte.

»Pass gut darauf auf«, sagte er eindringlich. Dann wandte er sich Ben zu und atmete tief durch. »Es tut mir leid, Pater. Ich …«

»Schon gut«, sagte der Monsignore und hielt sich ein Taschentuch unter die blutige Nase. »Aber vielleicht schlagen Sie beim nächsten Mal nicht ganz so hart zu.«

Ciban nickte. »Ich werde es versuchen.«

Als sein durchdringender Blick Catherine traf, kam es ihr so vor, als versuchte er sich jede Einzelheit ihrer Erscheinung, ja ihrer ganzen Persönlichkeit einzuprägen.

»Danke«, sagte er, und es lag so viel mehr in diesem einen Wort. Schließlich schloss Ciban die Tür und wandte sich zu Martini um, wobei seine Augen auf einmal gar nicht mehr freundlich wirkten. »Jetzt, mein lieber Doktor, reden Sie. Und gnade Ihnen Gott, wenn Sie auch nur ein Komma vergessen.«

62

Nachdem er die Engelsbrücke überquert und die Via della Conciliazione passiert hatte, erreichte Angelus den Petersplatz. Sarah nahm über sein Bewusstsein die Klänge und das Trommeln militärischer Musik sowie das Geräusch von zackig marschierenden Soldaten auf Kopfsteinpflaster wahr. Die päpstliche Schweizergarde!

Seit einer Stunde trug Angelus das Gewand einer Ordensfrau und gab vor, eine der Mitarbeiterinnen des bevorstehenden Vatikanischen Konzils zu sein, von dem

Sarah im Re-Source-Tower während seiner Schulung erfahren hatte. Von der gelehrten Nonne namens Dorothea, deren Habit er zur Tarnung trug, war nur noch ein Haufen Knochen und Asche übrig.

Angelus passierte das Sicherheitspersonal bei den Kolonnaden nahe dem Papstpalast und stieg die breite Treppe zur Basilika hinauf. Was die Menschen, von Gott inspiriert, in mehreren Jahrhunderten architektonischer Geschichte erschaffen hatten, beeindruckte ihn.

»Lass mich mehr sehen«, bat Sarah.

Ihr mentales Verlies war inzwischen zu ihrem Refugium geworden, von dem aus sie hin und wieder – wenn Angelus nicht gerade mordete – einen Blick auf die Welt werfen durfte. Diesmal tat sich vor ihr die kolossale Pracht der Fassade des Petersdoms auf, mit einer der zwei Petrus-Statuen mit dem Himmelsschlüssel.

»Zufrieden?«, fragte Angelus mit leichtem Spott.

Sie antwortete nicht, sog vielmehr jedes Detail des Platzes und der Domfassade in sich ein, das sie erhaschen konnte. Das majestätische Oval der Kolonnaden. Der wie ein Schwert in den Himmel ragende Obelisk. Die sprudelnden Brunnen. Die mächtigen Säulen der Basilika. Die hohen Fenster dazwischen. Die Heiligenfiguren sowie der in lateinischen Lettern gehaltene Schriftzug quer über der steinernen Vorderansicht. Unzählige Erinnerungen stiegen in ihr auf.

Mit ihrem Vater war sie ein paarmal hier gewesen, außerdem mit ihrer Mutter, ihrem Bruder … Dieser Ort hatte einst eine zentrale Rolle im Leben ihrer Familie gespielt und daher auch eine große Bedeutung für sie gehabt.

»Warte, Sarah! Nicht so schnell«, hatte ihr Vater sie

getadelt. »Dies ist ein heiliger Ort. Hier rennt man nicht.«

Artig war sie an seine Hand zurückgekehrt und ihm gefolgt. Manchmal in die Archive, manchmal zur Kuppel des Doms oder zu den unterirdischen Bereichen in der Nähe des Petrusgrabes. Ihr Vater hatte an diesen Orten stets sehr wichtige Männer getroffen und sich mit ihnen über Dinge unterhalten, die Sarah als Kind nicht verstanden hatte. Manchmal waren die Männer auch zu ihnen in die Villa gekommen. Stets verliefen die Treffen sehr geheimnisvoll.

Angelus schien ihre rudimentären, blitzartigen Reminiszensen zu genießen. Ein Grund, weswegen er ihr in letzter Zeit öfter einen Ausblick in die Welt gewährte. Sarah hatte einst in dieser Stadt gelebt, und woran auch immer sie sich erinnerte, es konnte dem Todbringer durchaus nützlich sein. Außerdem hungerte er genauso nach Erinnerungen wie sie.

Angelus durchquerte die Vorhalle des Doms und gelangte so in das Hauptschiff. Auch wenn er die gigantische Kirche in den letzten beiden Wochen schon einige Male betreten hatte, spürte Sarah in seinem Wesen nach wie vor aufrichtige Ergriffenheit. Konnte es sein, dass er eine Schwäche für die Menschen entwickelte? Für ihre überraschend himmlische Genialität?

An etlichen Besuchern und Touristen vorbei ging Angelus zum Papstaltar und kniete sich kurz hin. Dass der Altar direkt über dem Petrusgrab stand, war für ihn ohne jede Bedeutung.

Als er sich erhob, kam ein Priester auf ihn zu. Kein gewöhnlicher Priester, sondern ein alter Bischof mit schlohweißem Haar und einem sympathischen Gesicht. Angelus hatte über Dorothea genug in Erfahrung bringen können, um zu wissen, dass die tote Nonne und der Kleriker die sicherste Eintrittskarte in den Vatikan waren. Dorothea und der Bischof hatten nur einmal vor vielen Wochen miteinander telefoniert und danach ein paar E-Mails hin- und hergeschickt. Sie waren sich also nie persönlich begegnet. Die Sache mit Professor Erasmus Vaira, der sowohl die Nonne als auch den Bischof hatte treffen wollen, hatte Angelus bereits geklärt.

Der alte Kirchenfürst verneigte sich ebenfalls kurz vor dem Altar und wandte sich dann der vermeintlichen Nonne zu.

»Schwester Dorothea? Ich bin Bischof Tardini. Ich werde Kardinal Ciban heute Abend während der Vorkonferenz vertreten. Verzeihen Sie meine Verspätung. Die Rede unseres Pontifex über Radio Vatikan hat meinen Terminkalender ein wenig durcheinandergebracht. Ich freue mich, Sie kennenzulernen. Gut, dass wir uns vorab noch über einige Punkte unterhalten können.«

»Es ist mir eine Ehre, Exzellenz …«

Kardinal Ciban? Ihr Bruder? Sarah spürte, wie sich alleine bei der Nennung seines Namens tief in ihrem Inneren eine essenzielle Erinnerung rührte. Sie spülte ein ganzes Wirrwarr an Bildern und Gefühlen an die Oberfläche ihres Bewusstseins. Auch Angelus nahm die emotionale Spitze in ihrem Bewusstsein wahr.

»Am besten, wir sprechen in meinem Büro«, hörte sie Tardini sagen. »Es liegt unweit der Nervi-Halle. Von dort haben wir es nicht mehr weit zu dem Treffen.«

»Wie viele Teilnehmer werden insgesamt erwartet?«, fragte Angelus voller Unschuld und folgte Tartini zu einem der südlichen Ausgänge.

»Wenn das Konzil erst einmal in vollem Gang ist,

werden es um die dreitausend Konzilsväter sein. Pardon, natürlich auch Mütter. Heute Abend erwarten wir nur etwa zehn Prozent, die allerdings die Leitung des Konzils übernehmen werden.«

Die Audienzhalle des Papstes bot bis zu sechseinhalbtausend Menschen einen Sitzplatz. Entfernte man die Sitze, konnten theoretisch fünfundzwanzigtausend Stehplätze geschaffen werden.

Angelus setzte einen anerkennenden Gesichtsausdruck auf. »Dann ist die Führungsspitze heute Abend also unter sich.«

»Es gibt noch einiges zu planen und zu organisieren, bevor die restlichen Teilnehmer zu uns stoßen.«

»Wird Seine Heiligkeit heute Abend ebenfalls anwesend sein?«

Tardini lächelte, während er mit der Ordensfrau, die er für Schwester Dorothea hielt, eine bewachte Seitentür passierte. »Davon gehe ich aus, Schwester. Papst Leo wird die Eröffnungsrede halten. Da fällt mir ein, dass ich aufgrund einer Absage für den Nachmittag ein zusätzliches Zeitfenster habe. Was halten Sie von einer kleinen historischen Führung durch den Inquisitionspalast?«

»Sofern ich nicht in einem der Verliese ende, wäre es mir eine große Freude.«

Sarah hörte, wie Tardini von ganzem Herzen lachte.

63

Robert Martini alias Lazarus begegnete dem unnachgiebigen Blick Cibans. Wie viel Dunkelheit, wie viel Zerstörungstrieb mochte noch hinter den eisgrauen Augen verborgen liegen? Catherine, Ben und der Junge waren davon überzeugt, dass sie die Infektion erfolgreich bekämpft hatten, er hingegen wusste, dass der Eindringling sich lediglich aus dem Rampenlicht zurückgezogen hatte. Ihnen blieb nur zu hoffen, dass der Kardinal über ein ebenso starkes Immunsystem wie seine Mutter Eleonora verfügte.

»Reden Sie«, forderte Ciban den Wissenschaftler erneut auf.

Martinis Blick glitt kurz zu Ben Hawlett und wieder zu Ciban zurück.

Der junge Monsignore seufzte und erhob sich. »Ich verstehe schon. Streng geheim, wie alles, was in den vergangenen Monaten geschehen ist.«

Er war fast bei der Tür, als Catherine Ciban ein Zeichen gab, woraufhin der Kardinal den Pater zu Martinis Überraschung zurückrief.

»Warten Sie, Ben. Es ist sinnvoll, wenn auch Sie hören, was der Doktor uns zu sagen hat.« Er wandte sich an den Historiker. »Bitte, die *ganze* Geschichte.«

Martini zögerte, denn die *ganze* Geschichte enthielt neben dem Wunder seiner Unsterblichkeit auch die Story um die Triaden und die Familie Ciban. Von beidem hatte Ben Hawlett bisher sicher noch nicht einmal ansatzweise gehört.

Tun Sie es, forderten Cibans kühle Augen ihn auf.

Martini sah jeden der Reihe nach an. Soweit er wusste, war jeder der Anwesenden – bis auf den Jungen – einst ein Schüler von Darius gewesen. Ob darin die Verbindung, das gegenseitige Vertrauen zwischen ihnen lag? »Am besten, Sie suchen sich alle einen Platz, es wird ein klein wenig dauern.«

»Einverstanden«, sagte Ciban. »Bitte beantworten Sie

uns zunächst folgende Frage: *Wer* sind Sie? Und ich will jetzt nicht hören, dass Sie Doktor Robert Martini sind, Ihres Zeichens Historiker, ehemaliger Priester und Angelologe.«

Martini holte tief Luft. Seit Ewigkeiten hatte er sich mit dem Gedanken angefreundet, diese Frage niemals beantworten zu müssen, und jetzt, da es so weit war, wurde ihm bewusst, dass es keinen falscheren Zeitpunkt für eine Antwort hätte geben können.

»Sie haben recht, Eminenz. Ich habe viele Namen. Aber ich werde Ihnen die Geschichte meines Lebens erst am Ende dieser Mission erzählen, denn alles, was ich Ihnen jetzt zu erklären hätte, würde uns von unserer ohnehin schon gefährlichen Aufgabe ablenken. Und das wäre fatal. Sie alle müssen mir bis dahin vertrauen.«

Bevor Ciban etwas entgegnen konnte, sagte Catherine: »Also gut, Doktor, wir nehmen Sie beim Wort. Und jetzt lassen Sie uns wissen, was Sie herausgefunden haben.«

Martini wechselte einen kurzen Blick mit Ciban. Catherines Eingreifen gefiel dem Kardinal nicht, doch er schien immerhin davon auszugehen, dass sie gute Gründe dafür hatte.

»Fangen Sie an, Doktor«, sagte der Kardinal ungeduldig.

Martini nickte und begann zu reden. Es dauerte über eine Stunde. Er erzählte ihnen jedes wichtige Detail, beantwortete jede ihrer Fragen, angefangen bei der archäologischen Ausgrabung des Skeletts vor fast vierzig Jahren über die Nahtodexperimente am KIMH, die Pater Darius nach einem tödlichen Zwischenfall abgeschafft hatte, bis hin zu jenem Tag, an dem er den Notruf aus einem der Forschungslabore von Re-Source erhalten hatte. So hatte er von den Nahtod- und Jenseitsexperimenten Samuel Ashdowns erfahren. Es folgte ein Bericht über diverse Zwischenfälle im Re-Source-Tower, alle verbunden mit wissenschaftlichen Versuchen an sogenannten Transgeneten, sowie über jene Geheimnisse, denen er gemeinsam mit Eliza Kirk auf den Grund zu gehen versucht hatte. Den entdeckten Missbrauch der außergewöhnlichen Gene von Sarah Ciban als Klonwirt für das Erbgut der Gene von Angelus ließ er ebenso wenig aus wie seine eigentümlichen Gespräche mit Henrik Vandenberg und Schwester Serilla. Nur das Geheimnis, das Serilla ihm über das Lux Domini anvertraut hatte, behielt er vorerst für sich.

Sie hörten ihm gebannt zu. Catherine hatte auf der Liege bei David Platz genommen, wo der Junge vor Erschöpfung tief und fest in ihren Armen eingeschlafen war. Mit einem Kühlbeutel vor dem Gesicht saß Ben betroffen auf einem der beiden Rollsessel hinter der Konsole und kam aus dem Staunen gar nicht mehr heraus. Da war das Buch Henoch, das auf einer weit älteren Schrift als die Bibel basierte und das man auch Engelsbibel oder Triadenbibel nannte. Dann die Geschichte der zweihundert Engel, die angeblich leibhaftig zur Erde hinabgestiegen waren und am Ende sogar mit den Menschen Kinder gezeugt hatten. Die Nephilim. Schließlich der Versuch, die Nephilim zu vernichten, und nicht zuletzt der Orden der Triaden, der aus dem Ganzen hervorgegangen war … Regungslos wie eine Statue des römischen Kaisers Augustus lehnte Ciban an der verspiegelten Wand zur Isolationskammer und nahm jede Silbe, jeden Ton aus dem Mund des Historikers in sich auf.

Nachdem Martini geendet hatte, saßen sie eine Weile

still da, ein jeder in seine Gedanken vertieft und darum bestrebt, dem Ganzen eine Ordnung, einen Rahmen, ein tieferes menschlicheres Trachten und Begreifen zu geben. Angesichts der Realität, mit der sie so ihre Erfahrungen gemacht hatten, lautete der gemeinsame Nenner für all das einfach nur: menschlicher Größenwahn.

Ben Hawlett, für den alles bis hin zum Triadenmythos neu war, hatte am meisten zu verdauen. Fast schien er hinter dem Kühlbeutel, den er sich abwechselnd auf das blaue Auge und die geschwollene Oberlippe hielt, in Deckung zu gehen. »Engel … Offen gesagt, kann ich das alles beim besten Willen nicht glauben. Das ist ja fast wie in *Jurassic Park* … Ein biblisches Geschöpf, auferweckt aus dem DNA-Material eines jahrtausendealten Skeletts …« Er stockte, vermutlich bei dem Gedanken an den menschlichen Klonwirt des biblischen Erbgutes: Kardinal Cibans Schwester.

Martini atmete tief durch. »Sie können mir ruhig glauben, Pater. Das ist keine Fiktion. Ich habe wochenlang mit diesem Wesen in meiner Funktion als Therapeut gearbeitet.« Er wandte sich Catherine zu. »Dürfte ich noch einmal um die Fotografie von der Ausgrabung bitten, Schwester?«

Vorsichtig kramte Catherine das zerknitterte Stück Papier aus ihrer Jackentasche hervor, darum bemüht, David nicht zu wecken. »Hier, bitte.«

Der Historiker reichte die Aufnahme Ben. »Dieses Foto zeigt die verstümmelten Überreste des Wächterengels. Eine Gattung, für die es weder in der offiziellen Menschheitsgeschichte noch in Darwins Evolutionstheorie eine Erwähnung gibt. Auch wenn Ihnen der Glaube daran nach wie vor schwerfällt, es hat diese Verbindung zwischen Engel und Mensch definitiv gegeben. Zahlreiche Kinder sind daraus hervorgegangen, ganze Familienstämme. Heutzutage lässt sich diese Vermischung sogar im Erbgut des einen oder anderen Menschen nachweisen. Auch der Orden der Triaden ist daraus entstanden. Die Geschichte unserer Spezies hat viele geheimnisvolle Kapitel, um nicht zu sagen, dunkle Punkte. Das Massaker im Re-Source-Tower, von dem ich Ihnen eben berichtet habe, ist eine Episode davon.«

»Ebenso der Massenmord in San Leonardo.«

Die Bemerkung kam von Ciban, der nun zur Liege ging und neben Catherine und David Platz nahm. Martini hatte keine Ahnung, wie der Präfekt der Glaubenskongregation es anstellte, aber er saß gerade so weit von der jungen Ordensfrau entfernt, dass es einerseits eine gewisse Vertrautheit und Nähe schuf, andererseits aber keinen Raum ließ, ihm eine persönliche oder gar intimere Beziehung zu Catherine zu unterstellen.

Der Wissenschaftler nickte schweren Herzens, denn er fühlte sich nach wie vor für das Sterben in San Leonardo verantwortlich. Müde zog er den zweiten Rollsessel hinter dem Kontrolltisch hervor und setzte sich ebenfalls.

»Ich hatte keine andere Wahl«, erklärte er dann. »Ich musste San Leonardo aufsuchen, in der Hoffnung, etwas über den Schwachpunkt von Angelus zu erfahren. Das alles nur, weil ein verrückter Wissenschaftler dieses verfluchte Geschöpf mit seiner teuflischen DNA auf die Erde zurückgeholt hat. Nun mordet es wieder. Ich muss herausfinden, wie man Angelus ausschaltet. Und zwar endgültig.«

Catherine merkte leise an: »Sie erklärten, Schwester Serilla hätte gesagt, dass die Liebe diesen Todbringer einst getötet hat. Was heißt das?«

Martini zuckte mit den Achseln. »Ich habe angesichts des verstümmelten Skeletts oft darüber nachgedacht. Serilla hat angedeutet, dass die Liebe die einzige Schwachstelle sei, weshalb die vor Jahrtausenden vollzogene Tötung auch aus Liebe geschehen sein müsse.«

Ben kam nicht umhin, noch einmal das Bild zu betrachten. »Ein ziemlich brutaler Liebesbeweis, wenn Sie mich fragen. Die Flügel sehen aus wie mit einer Axt abgehackt.«

»Wie gesagt, Pater, ich bin Angelus begegnet. Am Tag des Massakers in den Laboren, und das auf eine äußerst widerwillige und intime Weise. Er giert förmlich nach Liebe. Daher verschlingt er alles, was Liebe empfindet oder sich danach sehnt. Zugleich ist er voller Hohn und Hass und daher nicht imstande, selbst wahre Liebe zu geben.«

»Was ist mit dem menschlichen Klon, in den man die DNA des Wächters eingepflanzt hat? Wäre der Klon womöglich zur reinen Liebe fähig?«, fragte Ben behutsam. Immerhin redete er in gewisser Weise von Cibans Schwester.

»Ich habe mehrmals an das Bewusstsein und das Gewissen des Wirtes appelliert, mit mäßigem Erfolg«, erklärte Martini. »Gewissermaßen schlagen zwei Herzen in dieser Brust, doch das düstere Herz, das von Angelus, ist absolut dominant.«

Ciban erhob sich und trat auf Ben zu. »Darf ich?«

Der Pater reichte ihm die Fotografie, woraufhin der Kardinal die Abbildung in Ruhe studierte. Dabei schien ihn die Position oder Lage des Skeletts besonders zu interessieren.

Schließlich verengten sich seine Augen, und er sagte:

»Ich glaube, ich verstehe, worauf Schwester Serilla hinauswollte.«

Alle blickten ihn an.

»Würden Sie uns das bitte erklären, Eminenz?«, fragte Catherine.

Einen Moment stand der Kardinal unschlüssig da, wirkte auf Martini sogar etwas verlegen, doch dann sagte er: »Die reine Liebe, gekrönt durch den Liebesakt. Der Höhepunkt. Zu keinem anderen Zeitpunkt ist das Quantum an Vertrauen und Offenheit größer, ein Wesen verletzlicher. Die Franzosen nennen die Klimax auch ›La petite mort‹, ›der kleine Tod‹.«

Ben runzelte die Stirn. »Wollen Sie damit sagen, der Wächter wurde getötet, während er gerade …« Er brach ab, als er bemerkte, dass Catherine errötete.

Ciban nickte. »Es gäbe da jedoch noch eine andere Möglichkeit«, ergänzte er, »und zwar jene: Angelus könnte einst von einem Wesen getötet worden sein, das zur reinen, bedingungslosen Liebe fähig war. Vermutlich nicht in einem Bett, sondern auf einem Schlachtfeld.«

Martini starrte auf die Fotografie in Cibans Händen. So verrückt und brutal die These auch klang, sie ergab durchaus Sinn. Tatsächlich machte einen Menschen nichts angreifbarer als die Phase des Sinnenrauschs, jener Moment, in dem sich die seelisch-körperlich angestaute Spannung entlud, egal ob in den Armen einer Geliebten oder in Ekstase auf einem Schlachtfeld.

»Wenn Ihre Theorie stimmt, haben wir nicht die geringste Chance. *Dieser* Angelus wird die Kontrolle nicht aufgeben. Nicht für eine Sekunde«, sagte er leise.

»Angesichts seines letzten Todes ist das auch kein Wunder«, meinte Ben.

Ciban gab Martini die Fotografie zurück. Nach kurzem Zögern setzte er sich wieder neben Catherine und den schlafenden Jungen. Wie eine Familie, ging es dem Historiker beim Anblick der drei durch den Kopf.

»Wie wir es auch drehen und wenden«, sagte der Kardinal ruhig, »Monsignore Hawlett hat recht. Es führt nur ein Weg zu Angelus, und zwar der über den Wirt. Das heißt, über den Klon meiner Schwester.«

Martini beobachtete, wie Catherine in einer tröstenden Geste beinahe eine Hand auf den Arm des Kardinals gelegt hätte. Auch Ben Hawlett schien die Regung registriert zu haben. Blitzte da etwa ein Hauch von Eifersucht in den Augen des Paters auf? Der Historiker erinnerte sich, dass sie auf dem Weg hierher den Altarbereich der Abteikirche passiert hatten. Laut Ciban war dieser Ort noch immer auf gewisse Weise spirituell-sexuell kontaminiert. Ein junger Mann wie Hawlett musste fast schon zwingend darauf reagieren.

Catherine jedoch schien sich ihrer Wirkung auf den Pater nicht im Geringsten bewusst, sondern völlig in Gedanken zu sein. Sie runzelte die Stirn und fragte schließlich: »Wann haben Sie eigentlich mit Vandenberg gesprochen, Doktor?«

Gute Frage. Martini überlegte kurz. »Die erste und bisher letzte persönliche Begegnung mit ihm hat vor knapp sechs Wochen stattgefunden, als es darum ging herauszufinden, wie sich Angelus dingfest machen ließe.«

Ciban hob eine Braue. »Dann stammt die Idee, Schwester Serilla zu konsultieren, also von Henrik Vandenberg?«

»Nein. Allerdings wusste ich, dass Vandenberg seit Jahren mit einer Halbtriadin in Kontakt steht, deshalb habe ich ihn gebeten, den Kontakt zu Serilla herzustellen. Ich habe mir von ihr Informationen erhofft, die mir helfen würden, Angelus auszuschalten.« Er atmete tief durch. »Stattdessen hat Angelus alle Medialen von San Leonardo ausgeschaltet. Er muss mir hierher gefolgt sein, um mein Vorhaben zu unterbinden.«

Ciban wechselte einen kurzen, intensiven Blick mit Catherine, bevor er sich Martini erneut zuwandte. »Das mag ein gutes Motiv gewesen sein, Doktor. Dennoch haben wir Grund zu der Annahme, dass es nicht das einzige war.«

»Was wollen Sie damit sagen, Eminenz?«

»San Leonardo ist nicht nur ein beliebiger Zufluchtsort für medial Hochbegabte der Kirche, und es ist auch nicht eine von vielen klösterlichen Niederlassungen des Lux Domini. Hier war die Basis des Ordens.«

64

Catherine sah, wie Dr. Martini im Augenblick der Erkenntnis bleich wie ein Leintuch wurde. Der Mann hatte in den letzten Monaten einiges erlebt und weggesteckt, doch dieser Moment schien von allen der heftigste zu sein. Er hatte geglaubt, Angelus zu jagen, dabei hatte das Wesen ihn die ganze Zeit über beobachtet und verfolgt. Vermutlich nicht nur aus eigenem Antrieb.

»Die archäologische Fotografie, die Sie am Ausgrabungsort gemacht haben…«, begann Catherine behutsam. »Wer außer Ihnen hat davon gewusst? Vandenberg, oder? Er hat die Ausgrabung immerhin finanziert.«

»Wie bitte?« Der scheinbare Kontextwechsel verwirrte ihn offensichtlich. Er schien nicht zu verstehen, worauf die junge Nonne hinauswollte. »Nein … nein. Die Fotografie stammt gar nicht von mir.«

Jetzt schien auch Ciban ein Licht aufzugehen. Jedenfalls machte er ein Gesicht, als hätte Catherine ihm einen Schlag in die Magengrube verpasst. Dann fragte er: »Woher haben Sie diese Fotografie, Doktor?«

Martini schluckte. »Doktor Zondorf war der Fotograf. Aus seinem Nachlass stammt dieses Bild. Er hat es mir vermacht, zusammen mit ein paar anderen Fotografien. Man hat es mir über einen privaten Botendienst zugestellt.«

Catherine atmete tief durch. »Ich fürchte, man hat Sie hereingelegt, Doktor. Und nicht nur Sie.«

David schmiegte sich im Schlaf noch enger in ihren Arm, als spürte er ihre Unruhe und wollte sie beruhigen. In dem viel zu großen Kapuzenshirt wirkte er unglaublich zerbrechlich. Aus dem Augenwinkel bemerkte Catherine, wie Ben sie und den Jungen beobachtete. Der Pater wusste zwar nun, dass Sarah Ciban Davids Mutter war, doch er hatte – ebenso wie Martini – keine Ahnung, dass der Junge gentechnisch auch Marc Cibans Sohn war.

»Warum sollte Vandenberg so etwas tun?« Der Wissenschaftler blickte langsam von der Fotografie in seinen Händen auf. »Gut, er sympathisierte schon immer mit dem Programm von Papst Innozenz, und er ist alles andere als ein Freund des Lux Domini. Doch soweit ich weiß, hat Vandenberg sich nie in die Politik der Kirche eingemischt oder an irgendwelchen fundamentalistischen Stammtischtreffen teilgenommen. Auch hat er nie einer kirchlichen Gruppe oder Bewegung angehört …«

»Da irren Sie sich«, unterbrach Ciban. »Er stand sehr wohl mit unserem verstorbenen Pontifex Papst Innozenz in Kontakt. Außerdem war er ein geheimes Mitglied des Laienzweigs der Legionäre Christi, einer extrem konservativen geistlichen Miliz.«

Das kann man wohl behaupten, ging es Catherine durch den Kopf. Bei den Legionären Christi handelte es sich in der Tat um eine äußerst kampflustige Organisation, die wie das Opus Dei aus Mexiko stammte. Die Universität Regina Apostolorum sowie die Europäische Universität von Rom zählten zu den Hochschulen der Legionäre. Catherine konnte sich das dort herrschende religiöse Milieu lebhaft vorstellen. Doch dass ausgerechnet ein Wissenschaftsfreak und Idealist wie Henrik Vandenberg Mitglied des Ordens gewesen sein sollte, überraschte sie nun doch. Moment … Wieso eigentlich *gewesen sein sollte*?

Sie wandte sich zu Ciban um und registrierte dabei, dass der Kardinal fast beiläufig Ben im Auge hatte. Waren da etwa wieder diese verfluchten Pheromone im Spiel? Egal, sie musste jetzt erst einmal beim Thema bleiben. »Sie sagten, er *war* ein Mitglied der Legionäre?«

Ciban nickte. »Seit dem Tod von Innozenz ist Vandenberg dort nicht mehr aktiv. Es hat Meinungsverschiedenheiten gegeben. Nicht alle waren der Ansicht, dass der Zweck die Mittel heiligt. Einschließlich Vandenberg. Er ist Traditionalist, jedoch nie radikal. Deshalb hat er den Legionären den Rücken gekehrt.«

Es klopfte zaghaft an die Tür. Dann etwas fester.

Ciban war mit wenigen Schritten beim Eingang und riss die Tür auf. Rebekah König fuhr bei seinem Anblick zusammen.

»Entschuldigen Sie, Eminenz. Ich … wollte nicht stören, aber da ist etwas, das Sie sich unbedingt anschauen sollten.«

»Schon gut. Danke, Rebekah.« Er drehte sich zu Catherine um, die noch immer den schlafenden Jungen im Arm hielt, und sagte zu Ben: »Würden Sie bitte kurz auf David aufpassen, Pater? Wir sind bald wieder zurück.«

Catherine und Ciban folgten der Novizin, und Martini schloss sich ihnen an. Im Computerraum angekommen, trat Rebekah an ihren Rechner und deutete auf eine Reihe sichergestellter Dateien. Eine davon war besonders hervorgehoben.

San Leonardos geheimes Protokollbuch!

»Ich werde dann mal Pater Hawlett und dem Jungen Gesellschaft leisten«, sagte Rebekah.

Nachdem sie die Tür hinter sich zugezogen hatte, wandte Ciban sich an Martini, doch der Gelehrte kam ihm zuvor.

»Sie könnten Ihrer dunklen Seite jetzt nachgeben, Eminenz, mich dieses Raums verweisen und Abt Umbertos Aufzeichnungen unter Verschluss halten«, sagte der Historiker. »Oder aber Sie sehen mich endlich als das an, was ich bin, nämlich einer Ihrer wenigen Verbündeten im Kampf gegen die Triaden.«

Einen Moment lang schwieg Ciban. »Tut mir leid, Doktor. Ich weiß nicht, weshalb Darius Sie in meine Familie eingeführt hat, aber Sie haben daraufhin mehrere Jahre mit meinem Vater zusammengearbeitet. Das kann ich nun mal nicht ignorieren.«

Martini machte keine Anstalten, den Raum zu verlassen. »Mit Ihrem Vater? Für wie gewissenlos halten Sie mich? Ich habe mit Pater Darius zusammengearbeitet, *nicht* mit Ihrem Vater.«

Ciban blieb hart. »Dort ist die Tür.« Als Martini sich noch immer nicht rührte, ging der Kardinal auf ihn zu. »Wenn Sie es wünschen, kann ich Sie auch gerne hinauseskor…«

Catherine trat vor und legte ihm eine Hand auf den Arm. »Ich vertraue ihm«, sagte sie ruhig. »Ohne Doktor Martinis Mut und seine Hilfe stünden wir jetzt nicht hier. Wir beide wären längst tot und begraben. Ganz zu schweigen von David.« Dann sagte sie zu Martini. »*Wer* oder *was* auch immer Sie sind, Doktor, Sie sympathisieren definitiv nicht mit dem Bösen. Das habe ich schon vor ein paar Monaten gespürt.« Als sie Cibans skeptische Miene bemerkte, fügte sie schnell hinzu: »Darius hat seine Freunde stets mit Bedacht gewählt.«

Ein paar Sekunden lang herrschte Schweigen. Schließlich atmete Ciban tief durch. »Also gut. Schauen wir uns Abt Umbertos Aufzeichnungen zum Wohle des Volkes Gottes gemeinsam an.« Er setzte sich an den Rechner und öffnete die Datei.

Catherine spürte, dass Martini sich fragte, was da gerade zwischen ihr und dem Kardinal zu seinen Gunsten wirklich abgelaufen war. »Doktor…« Sie schob ihm einen der vor dem Computerbereich stehenden Bürostühle zu.

»Danke, Schwester. Ich bleibe lieber stehen.«

Sie traten hinter Ciban und schauten ihm über die Schulter, während er rasend schnell und konzentriert durch das täglich geführte Protokollbuch scrollte.

»Wann, sagten Sie, haben Sie San Leonardo zum ersten Mal betreten, Doktor?«

Nachdem Martini ihm Monat und Tag genannt hatte, scrollte Ciban zügig weiter, wobei er stets die Betreffzeilen der jeweiligen Tage im Blick behielt. Die Einträge der letzten Wochen hatten vor allem mit Davids Sondierungssitzungen zu tun. Doch es gab auch einige andere

Protokolle. Aufzeichnungen von Arbeiten, die weit über das Tagesprogramm einer gewöhnlichen Klostergemeinschaft hinausgingen. Die meisten betrafen die Nutzung der Isolationskammer. Ein Begriff tauchte dabei regelmäßig auf.

Irgendwann konnte Catherine sich die Frage nicht mehr verkneifen. »Was ist das, ein Portal?«

»Portale sind besondere geografische Orte mit spiritualer Kraft, die an der Grenze zur nächsten Welt liegen«, erklärte Ciban. »Kirchen und Klöster hat man meist an solchen Orten erbaut. Man spricht von einer außergewöhnlichen Verdichtung der göttlichen Energie. Auch San Leonardo wurde über solch einem Ort errichtet.«

»Genauso wie der Petersdom«, ergänzte Martini.

»Der Petersdom ist ein … Portal?«

Martini nickte. »Sankt Peter ist sowohl ein innerer als auch ein äußerer Ort der Kraft. Übrigens erfüllen Isolationskammern in gewisser Weise eine ganz ähnliche Funktion. Deshalb werden auch sie, wann immer möglich, an Kraftorten erbaut.«

Catherine dachte an den alten Isolationstank, der tief in den Verliesen der Familienvilla stand, in dem Ciban als kleiner Junge so viele elende Stunden hatte verbringen müssen. Stand sein Zuhause etwa auch über einem Kraftort an der Grenze zur nächsten Welt? Beim Gedanken an all die symbolische Kunst und Architektur, die das Anwesen beherbergte, lag der Gedanke nah.

Plötzlich stutzte der Kardinal. Er scrollte zurück, gab ein paar Stichwörter aus Abt Umbertos Protokollen in den Finder ein und landete in einem anderen Dokument.

»Was zum Henker ist das?«, entfuhr es Martini leise.

Catherine zog sich einen der Rollsessel näher, um besser mitlesen zu können. Das hier waren Einträge gänzlich anderer Art. Das Lux Domini hatte in San Leonardo eine regelrechte Wachzentrale aufgebaut. Demnach hütete es nicht nur das hiesige Portal, sondern auch etliche andere mächtige Portale rund um den Globus. Dabei ging es keineswegs nur darum zu verfolgen, was an diesen Orten geschah oder durch sie hindurchkam, sondern auch darum, die weltliche Tagespolitik zu beobachen. Und zwar von angezettelten Kriegen über die ungerechte Verteilung und Forderung von begrenzten Ressourcen bis hin zu kriminellen Finanzbewegungen im Bankensektor und an der Börse.

Eines der Dokumente beinhaltete eine Weltkarte, auf der die wichtigsten Kraftorte verzeichnet waren, vor allem jene in der westlichen Welt. Catherine schluckte. Das Anwesen von Re-Source mit seinem monumentalen Tower in der Nähe von Chicago und dem Lake Michigan lag genau auf solch einem Kraftort. Ebenso der Hügel des Vatikans in Rom und auch der Kreml in Moskau. Linien, ähnlich denen für geografische Längen und Breiten, gingen von all diesen Orten aus oder führten zu ihnen hin. Mächtige Kraftorte wie der Vatikan oder San Leonardo verfügten über regelrechte Kabelstränge in die Welt.

Von San Leonardo aus führte ein Strahl direkt zu Re-Source, allerdings gab es keine entgegengesetzte Verbindung, wie zum Beispiel zwischen San Leonardo und dem Vatikan. Wenn Catherine die Karte richtig interpretierte, hatte das Lux Domini heimlich hinter die Kulissen von Re-Source gespäht. Re-Source hingegen war nicht in der Lage gewesen, den Ursprung des Spähers auszumachen und eine Gegenoffensive zu starten.

Die mediale Abschirmung von San Leonardo war zu stark, ebenso wie die des Vatikans.

Catherine dachte an den anonymen Anrufer, von dem Ciban ihr am Vortag erzählte, als er ihr die Auszüge aus den LUKAS-Daten überreicht hatte. Der Agent des Lux Domini hatte von brisanten, für die Kirche gefährlichen Daten gesprochen und davon, dass diese Informationen sogar den Kardinal persönlich betrafen. Er hatte einen Termin mit Ciban in Rom vereinbart, war jedoch nicht am Treffpunkt aufgetaucht. An jenem Tag musste das Massensterben in San Leonardo stattgefunden haben. Ob Abt Umberto am Ende der anonyme Anrufer gewesen war? Hatte er Ciban über den Re-Source-Fall informieren wollen? Immerhin war der Kardinal nicht nur der Präfekt der Glaubenskongregation, sondern auch der Chef der vatikanischen Sicherheit. Formal unterstanden ihm damit auch Gasperetti und das Lux Domini.

Als Ciban die nächste Datei öffnete, stieß er auf eine Akte mit dem Titel »Angelus F-XXVII«.

»Unfassbar«, sagte Martini leise. »Das Angelus-Projekt. Abt Umberto und seine Männer sind Re-Source wahrlich auf die Pelle gerückt.«

Ciban scrollte weiter, bis er auf eine Unterakte mit dem Titel »Göttliche Kraft« stieß. Doch als er das Dokument öffnete, war es bis auf zwei Wörter leer. »Heiliges Feuer«, stand da nur.

Der Kardinal seufzte enttäuscht und wandte sich Martini zu. »Sie sagten, dass Vandenberg Samuel Ashdowns Forschung unterstützt hat, obwohl er wusste, dass das KIMH oder vielmehr das Lux Domini diese Art Forschung strengstens untersagt hatte.«

»Das stimmt. Vandenberg ist an lebensverlängernder

sowie an Nahtodforschung äußerst interessiert. Sowohl in spiritueller als auch in wissenschaftlicher Hinsicht. Ashdowns Arbeit mit Medialen und Transgeneten hat ihm eine völlig neue Dimension eröffnet.«

Ciban schüttelte den Kopf, um anzudeuten, dass es ihm darum gar nicht ging. »Wie ich bereits sagte, ist Vandenberg ein Humanist, woran auch seine vorübergehende Mitgliedschaft bei den Legionären wenig geändert haben dürfte. Warum sollte er die Arbeit eines Wissenschaftlers unterstützen, die ihm mindestens so verwerflich erscheinen muss wie dem KIMH? Und warum sollte er das Lux Domini auf diese überaus brutale Weise vernichten wollen? Wie Sie uns außerdem berichtet haben, hat er Eliza Kirk aus der Gefahrenzone geschafft. Das ergibt alles keinen Sinn.«

»Vielleicht hat er seine Meinung im Hinblick auf die Experimente mit Transgeneten geändert. Jetzt, da es auch für ihn um Leben und Tod geht. Wie ich Ihnen schon sagte, er wurde übel zugerichtet, und wie wir nun wissen, musste er befürchten, dass das Lux Domini Ashdowns Arbeit früher oder später einen Riegel vorschiebt.«

Catherine schloss für einen Moment die Augen. »Aber hat er Ihnen nicht auch gesagt, der Tod könne bisweilen die größere Gnade sein? Das klingt für mich nach einem Menschen, der den Tod und nicht das ewige Leben herbeisehnt.«

»Irgendwie schon …«

Catherine beobachtete, wie Martini sich die Augen rieb. Er war mindestens so müde wie sie.

»Wollen Sie damit andeuten, dass Vandenberg genauso unfrei ist wie Schwester Serilla?«

»In gewisser Weise, ja. Vielleicht wird er beherrscht

oder manipuliert. Wäre das so unwahrscheinlich?«, sagte Catherine.

Martini starrte den Kardinal und die Nonne an. »Sie denken an das Triadensymbol im Refektorium.«

Catherine nickte. Auch wenn sie vor einigen Stunden bei dem Symbol noch an ein Ablenkungsmanöver gedacht hatte, inzwischen sah die Sache definitiv anders aus.

Martini schluckte. »Ich muss sofort zurück nach Chicago. Eliza…« Er stockte. »Doktor Kirk… Ich muss sie warnen.« Er eilte zur Tür, doch Ciban holte ihn nach wenigen Metern ein und packte ihn mit einer Kraft am Arm, die den Historiker förmlich herumriss.

»Genau das sollten Sie bleiben lassen, Doktor. So wie die Dinge im Augenblick liegen, wird Doktor Kirk nichts geschehen. Man ist sich ihrer als potenzielles Druckmittel sicher. Wenn Sie jetzt mit ihr in Kontakt treten, könnten Sie schlafende Hunde wecken. Sobald wir hier raus sind, werde ich mich um Ihre Kollegin kümmern. Sie haben mein Wort.«

Martini verharrte. Catherine spürte regelrecht, wie es ihm eiskalt den Rücken herunterlief. Wie er zwischen dem Drang, Doktor Kirk augenblicklich zu helfen, und der Vernunft, es angesichts ihrer Lage besser nicht zu tun, hin- und hergerissen war. Für Catherine bestand kein Zweifel. Martini und Eliza standen sich mindestens so nahe wie sie und Ciban.

Endlich nickte der Historiker und trat in den Raum zurück. »Was schlagen Sie vor?«, fragte er, den Blick auf die Datei mit dem Titel »Angelus F-XXVII« gerichtet.

Ciban ließ Martini nicht aus den Augen, als traute er dem Frieden noch nicht so ganz. »Zunächst müssen wir Angelus ausschalten. Das hat oberste Priorität. Er ist der Schlüsselplan unseres Gegners. Wenn der Drahtzieher tatsächlich ein Triade ist«, er stockte, als entsetzte ihn der Gedanke selbst, »dann reichen seine mit dem Angelus-Projekt, dem Portal und der archäologischen Fotografie verbundenen Pläne viel weiter, als wir uns das zum gegenwärtigen Zeitpunkt ausmalen können.«

Martini starrte von Ciban zu Catherine und wieder zu dem Kardinal, als hätte er hinter dieser Erkenntnis plötzlich eine noch viel schrecklichere Wahrheit entdeckt.

»Oh Gott, wie konnte ich nur so blind sein«, stöhnte er und sank in sich zusammen.

65

Catherine geleitete Martini vorsichtig zu einem Bürostuhl, während Ciban ihm eine Flasche Wasser aus der Getränkebox reichte, die Ben und Rebekah mitgebracht hatten. Der Historiker setzte sich, nahm einen großen Schluck und kühlte sich das Gesicht.

»Der Feind hat nicht einfach nur die Basis des Lux Domini zerstört, sondern das Vermächtnis Ihrer Mutter«, wandte er sich dann an Ciban.

»*Was?*«

»Ich … es tut mir leid … Ich habe es selbst erst vor Kurzem erfahren. Das Lux Domini …« Er stockte, gab sich dann aber einen inneren Ruck. »Eleonora Ciban ist die Gründerin.«

Catherine und Ciban standen da wie vom Donner gerührt. Der Kardinal wollte etwas erwidern, war dazu aber nicht in der Lage. Ob er es wollte oder nicht, auf einmal erschien alles in einem anderen Licht, ergab vieles erst einen Sinn. Die Treffen seiner Mutter mit Pater Darius und Martini in der Familienvilla. Die Besuche seiner Mutter in San Leonardo während seiner Kindheit. Ihre Begegnungen mit all den anderen Medialen. Selbst die Tatsache, dass das Lux Domini im Gegensatz zum Opus Dei nie versucht hatte, in Kontakt mit Ciban zu treten. Sah man von dem anonymen Telefonat ab, das der Kardinal vor wenigen Tagen mit dem Agenten des Lux geführt hatte.

Behutsam fuhr der Wissenschaftler fort: »Ich fürchte, der Feind wollte das Lux Domini nicht einfach nur zerstören, sondern auch verhindern, dass es wiederaufersteht.«

Es dauerte ein paar Sekunden, dann erkannte auch Catherine, worauf der Historiker hinauswollte. »Der Splitter der Finsternis«, flüsterte sie.

Ciban saß noch immer stumm neben ihr, doch sie war sich sicher, dass hinter der äußerlich ruhigen Fassade alles andere als Seelenfrieden herrschte.

Martini nickte ihr zu. »Deshalb hat man Seine Eminenz infiziert.« An Ciban gewandt fuhr er fort: »Der Feind will unterbinden, dass ein mächtiger Kirchenfürst wie Sie das kolossale Erbe seiner Mutter antritt. Dass Sie sich dazu überreden lassen, das Lux Domini zu leiten, diese mächtige Festung gegen die Dunkelheit.« Nach einer nachdenklichen Pause fügte der Historiker hinzu: »Jetzt verstehe ich auch, was es mit dem Namen des Ordens auf sich hat. Sie auch, Eminenz?«

»Das Licht des Herrn«, murmelte Catherine.

Als Ciban nicht antwortete, sagte Martini vorsichtig: »Ich nehme an, Sie wissen weit mehr über die Geschichte der Triaden als ich.«

Als Ciban noch immer nicht reagierte, berührte Catherine ihn freundschaftlich am Arm. »Marc?«

Der Kardinal starrte sie ein paar Sekunden lang an, ohne dass er sie wahrzunehmen schien. Es war, als befände er sich mit seinen Gedanken am anderen Ende der Galaxis, als blickte er dort auf einen bösen Fluch. Dann schüttelte er langsam den Kopf und wandte sich Martini zu.

»Ich … wünschte, es wäre so. Das hätte mir in den letzten Jahren viel Arbeit erspart. Natürlich habe ich die Erziehungsmethoden der Triaden kennengelernt, aber ich habe nie eine Einweihung erfahren. Weder seitens der Familie meiner Mutter noch seitens der Familie meines Vaters. Wie meine Schwester Sarah war ich als Bindeglied zwischen den beiden Clans gedacht, aber ich habe mich dieser Tradition verweigert und gelte seither als nicht vertrauenswürdig.«

»Nicht einmal die Familie Ihrer Mutter hat Sie eingeweiht?«, hakte Martini ungläubig nach.

»Wie ich schon sagte … ich … habe mich verweigert. Jeden weiteren Kontakt abgelehnt.«

Eine Weile sagte keiner ein Wort.

Dann fragte Catherine an Martini gewandt: »Was können Sie uns seit unserem letzten Gespräch in Ihrer Bibliothek noch über die Triaden berichten? Was wissen Sie über den Hintergrund der beiden Familien?«

»Ich weiß, was in einem Teil der alten Mythen steht und was Darius mir anvertraute. Leider ist es nicht gerade viel.«

»Vielleicht hilft es uns trotzdem«, sagte Catherine. »Legen Sie los.«

»In den alten Schriften steht, dass die Gemeinschaft der Triaden schon bald nach der Vereinigung mit den

Menschen in zwei Teile zerfallen ist. In das Licht und in die Dunkelheit, in die Clans der Lux und die der Nox. Das verborgene Tun und Trachten beider Blutlinien, die Auswirkungen auf die menschliche Welt, haben viele Künstler zu großen Werken inspiriert. Dantes *Göttliche Komödie*, Goethes *Faust* oder William Blakes *Der Rebell*.

»Bedeutet das etwa, dass die Lux die Engel und die Nox die Dämonen sind?«, wollte Catherine wissen.

»Ach, Dämonen ... eine sehr menschliche Auslegung.« Der Historiker schüttelte den Kopf. »Ganz so einfach ist es nicht. Wie nichts, was mit den Triaden zu tun hat, einfach ist. Es kann sein, dass sich ein Lux-Triade zu den Nox hingezogen fühlt oder ein Nox-Triade zu den Lux. Im Großen und Ganzen aber bleibt die Zugehörigkeit stabil. Eine besondere Ausnahme gibt es allerdings, die sogenannte Wandlung, um den Genpool frisch zu halten.«

»Ich erinnere mich«, sagte Catherine. »Sie meinen die Zuchtprogramme, von denen Sie vor ein paar Monaten gesprochen haben.«

Martini nickte. »Ja. Das alte Lied. Je größer der Genpool ist, desto besser passen sich die Nachkommen an die sich ständig verändernde Umwelt an. Nicht leicht zu akzeptieren für die Nox, denn sie sind nun mal keine Freunde der Lux und noch viel weniger Freunde der Menschen. Ihr Genpool ist deshalb in den letzten Jahrhunderten ... wie soll ich sagen ... recht homogen geworden.«

»Sie sprechen von Inzest«, stellte Catherine nüchtern fest.

»Ja. Es gibt deutliche Anzeichen von Degeneration, denn die Heiratspolitik der Nox hat über die Jahrtausende hinweg immer wieder zur Zusammenkunft relativ naher Verwandter geführt, ähnlich der früheren Heiratspolitik menschlicher Königshäuser. Die Zuchtprogramme waren natürlich überall dort vorteilhaft, wo man erwünschte Merkmale und Gaben verstärken wollte. Dummerweise wurden so aber auch Erbkrankheiten verstärkt weitergegeben. Im Gegensatz zu den Nox haben die Lux ihren sozialen Heiratskreis schon früh erweitert und sind manchmal auch Ehen mit Menschen eingegangen. Es heißt, die mediale Begabung der Menschen hätte darin ihren Ursprung.«

Insbesondere der letzte Satz erregte Catherines Interesse. »Dann trägt also jeder mediale Mensch Triadengene in sich?«

»Soweit ich weiß, nicht jeder. Aber Sie können bei einem Teil der medial begabten Menschen davon ausgehen, dass Triadengene im Spiel sind. Rufen Sie sich bitte auch in Erinnerung, dass die Verbindung mit einem Menschen in den Augen eines Nox eine absolut verdammenswerte Abscheulichkeit ist. Allein die Verbindung mit einem Lux-Triaden geschieht aus reiner Notwendigkeit.«

Ciban hielt den Blick weiterhin auf den Computerbildschirm geheftet. »Damit hätten wir das Motiv für die Verbindung zu Vandenberg und dem Re-Source-Konzern. Die rasante Entwicklung der Gentechnologie muss für die Nox äußerst verlockend sein.« Nach einer kurzen Pause fragte er: »Dann war mein Vater also ein … Nox?«

Martini zögerte. »Darius hat sich darüber nie eindeutig geäußert, aber nach allem, was ich von ihm gehört und selbst beobachtet habe, würde ich sagen, ja. Da ist allerdings noch etwas. Kurz vor seinem Tod habe ich Darius in Rottach getroffen, wo er mir einige Unterlagen aushändigte und mit mir unter anderem über Sie sprach, Eminenz. Damals deutete er an, Sie würden Schwester Catherine unterstützen, was ich – Sie verzeihen – angesichts Ihrer beruflichen Position zu bezweifeln wagte. Nun bin ich im Besitz einer Liste mit Namen, deren Trägern ich angeblich vertrauen kann, und einer zweiten Liste mit Namen, deren Trägern ich besser mit äußerster Vorsicht begegnen sollte.«

»Worin liegt genau das Problem? Ist es nicht gut, die Spreu vom Weizen getrennt zu wissen?«, fragte Catherine.

»Das will ich Ihnen gerne sagen, Schwester. Vandenberg steht auf der Liste der Guten. Wenn er jedoch kontrolliert wird, weiß ich nicht länger, was ich von diesen beiden Liste halten soll.«

»Auf welcher Liste findet sich mein Name?«, fragte Ciban.

Martini wirkte verlegen. »Offen gesagt, auf keiner von beiden, Eminenz. Aber Darius hat mir erklärt, dass er Ihnen vertraut und Sie sich während Ihrer Zusammenarbeit mit Kardinal Benelli dieses Vertrauens als würdig erwiesen hätten. Ich muss zugeben, dass ich dennoch gewisse Zweifel gehegt habe und offen gesagt noch immer hege. Ganz besonders angesichts Ihrer Infektion.«

Ciban ließ sich nicht anmerken, was er von Martinis Geständnis hielt. Er sagte nur: »Ist Letzteres meinem Vater widerfahren, Doktor? Hat man in ihm das Böse durch eine Infektion aktiviert? Womöglich über meine Mutter, weil er sie wahrlich geliebt hat? Wie Sie zweifellos wissen, ist für Liebe in der Tradition der Triaden kein Platz.«

Erneut Stille. Dieses Mal kam sie Catherine sogar noch länger und unerträglicher vor.

Martini atmete tief durch. »Darius hat etwas in dieser Richtung angedeutet, ja. Dass ihre Eltern so gut harmoniert haben, war dem Ciban-Clan mehr als nur ein Dorn im Auge. Niemand hätte gedacht, dass eine Verbindung zwischen Licht und Dunkelheit so viel Gleichgewicht und Harmonie zu schaffen vermag. Darius hat in diesem Zusammenhang jedoch nie von den Triaden gesprochen. Deshalb konnte ich mir über die Hintergründe nicht sicher sein.«

»Hat er sich je dazu geäußert, ab wann mein Vater sich verändert hat?«

Martini zögerte. »Nicht direkt. Aber wenn ich eine seiner Äußerungen richtig interpretiere, hat es wohl mit der Empfängnis von Sarah angefangen.«

Ciban schloss die Augen, rührte sich nicht, sagte keinen Ton. Catherine kannte diese Stille und spürte, dass Martinis Antwort den Kardinal getroffen hatte wie ein Hammerschlag. Im Moment des größten Glücks hatte man die Saat der Zerstörung in die Verbindung seiner Eltern eingepflanzt. Sie erinnerte sich an eine der Lektionen, die man ihr während ihrer Studien im KIMH als Heranwachsende erteilt hatte. Die Zeugung eines Menschen hatte neben der körperlichen stets auch eine spirituelle Seite – sowohl für jene, die ihre Energien während des Zeugungsaktes zusammenfließen ließen, als auch für denjenigen, der aus dieser Vereinigung hervorging. Die Hingabe beim Akt der Zeugung beeinflusste alle. Vater, Mutter und Kind.

Wie Catherine vor ein paar Monaten erfahren hatte, unterschied genau das normal gezeugte Menschen von Transgeneten, von künstlich gezeugten und in Gebärmuttertanks herangereiften Menschen. Der transgenetische Körper verfügte zwar über ein Zellbewusstsein, doch davon abgesehen war er von den tiefgreifenden Erfahrungen eines Kindes im Mutterleib, von der Macht des mütterlichen oder väterlichen Unterbewusstseins abgeschnitten. Das erzeugte Verwirrung und Angst, und diese Traumata brannten sich subtil in das Genom ein.

Als Ciban, der immer noch neben ihr saß, die Augen wieder öffnete, huschte zu Catherines Entsetzen eine Flamme der Finsternis über die eisgraue Iris. Als hätte Martini mit seiner Beichte Öl in ein Feuer gegossen, das seit vielen Jahren tief im Inneren des Kardinals geschwelt und nur darauf gewartet hatte, sich in einer Explosion Luft zu verschaffen. Doch Ciban zwang den Splitter der Finsternis, den Zorn und den Hass auf den Clan seines Vaters, der all das Übel über die Familie gebracht hatte, in den dunklen Kerker seiner Seele zurück.

Als er sich wieder unter Kontrolle hatte, hörte Catherine Martini sagen: »Es wird schwerer werden. Mit jedem Tag, mit jeder Stunde. Ihr dunkler Begleiter wird keine Ruhe geben und nur darauf warten, dass Sie sich eines Tages von nichts anderem als Ihren Emotionen leiten lassen. Wenn dieser Tag kommt, dann wird sich die dunkle Seite in Ihnen über die helle erheben.«

»Das wird nicht geschehen«, erklärte Ciban.

Martini bedachte den Kardinal mit einem nachdenklichen Blick, der Catherine auf subtile Weise einbezog. »Die Liebe ist eine starke Quelle der Macht. Die einzige Macht, die den Zorn, den Hass und die Verworfenheit besiegen kann.«

Cibans eisgraue Augen verengten sich. »Angesichts Ihrer archäologischen Fotografie hege ich daran nicht den geringsten Zweifel.«

»Ich kann Ihren Zynismus verstehen, doch im Fall

unseres Wächters hat ganz sicher ein extremes Ungleichgewicht geherrscht.«

»Wenn die Liebe so stark ist, wie Sie sagen, Doktor, warum hat sie dann meinen Vater nicht vor der Dunkelheit bewahrt?« Damit stellte Ciban exakt die Frage, die Catherine in diesem Moment durch den Kopf ging.

Martinis Antwort kam ohne Zögern. »Ihr Vater hat Ihre Mutter geliebt. Um sie zu schützen, hat er sehr wahrscheinlich die mediale Bindung aufgegeben. Eine heroische Tat. Letztendlich aber eine Entscheidung mit katastrophalem Ausgang.« Er hielt kurz inne, und Catherine sah, wie seine Gesichtszüge einen mitfühlenden Ausdruck annahmen. »Alleine werden Sie es nicht schaffen, Eminenz. Wie es aussieht, ist sich der Feind dieser Tatsache bewusst.«

Catherine zwang sich, Ciban nicht anzusehen. Dummerweise hatte sie die mediale Verbindung zwischen ihm und ihr vor wenigen Stunden selbst unterbrochen. Ob auch das zum Plan des Gegners gehörte? Sie seufzte innerlich. Typisch Triaden. Pläne innerhalb von Plänen innerhalb von Plänen …

Im Bruchteil einer Sekunde sprangen ihre Gedanken zu einem Gespräch, das sie vor einigen Wochen mit Ciban in der Familienvilla geführt hatte. Es war um die Vorbereitungen des Dritten Vatikanischen Konzils gegangen, darum, was alles zu beachten war. Seine kluge Voraussicht hatte sie zutiefst beeindruckt. Er hatte Muster, Grundstrukturen und Zusammenhänge gesehen, die anderen verborgen blieben. Er erkannte nicht nur die Pläne innerhalb von Plänen. Er schmiedete sie auch. Kühl, präzise und auf eine Weise, die diese für andere – besonders seine Gegner – unsichtbar machte.

Als sie und Ciban auf dem Tisch in der beeindruckenden Familienbibliothek ihre Unterlagen ausgebreitet hatten, hatte sie scherzhaft gesagt: »Ich komme mir vor, als würde ich Kardinal Richelieu beim Schmieden seiner Intrigen über die Schulter schauen.«

»Richelieu?« Ciban hob erstaunt den Kopf.

Catherine deutete von dem mit Papieren übersäten Tisch zu dem Deckenfresko über ihnen. Eine Wandmalerei der sinnbildlichen Darstellung von Wissenschaft und Glaube, die auch verborgene Triadensymbolik enthielt. »Lazarus hat mir den Generationenring gezeigt, den Kardinal Richelieu bei seiner Einweihung erhalten hat. Er war ein Triade.« Sie hatte Ciban nach dem Anschlag auf sein Leben von ihrem Treffen mit Robert Martini alias Lazarus erzählt.

»Richelieu ein Triade? Das wusste ich nicht. Schade, dass dein Lazarus tot ist. Ich hätte zu gerne ein paar Worte mit ihm gewechselt.«

Sie lachte. »Wo? In einem der Verliese der Engelsburg?« Etwas ernsthafter fügte sie hinzu. »Ich denke, ihr hättet euch ausgezeichnet verstanden, auch wenn er dir keinen Millimeter über den Weg getraut hätte.«

»Um Gottes willen, ich bin doch kein Richelieu!«

»Natürlich nicht ...« Erneut wanderte ihr Blick von dem riesigen Aktentisch zur Decke der Bibliothek.

Ciban hatte geseufzt, ehe sich seine Lippen zu einem ironischen Lächeln verzogen hatten. »Also gut, lass uns noch einmal über die Rolle der Führung bei dieser Reform nachdenken, damit wir nicht das gleiche Desaster erleben wie beim Zweiten Konzil. Wer könnte uns *deiner* Meinung nach noch dabei unter die Arme greifen?«

Catherines Gedanken kehrten ins Hier und Jetzt zurück, zu dem Muster an Plänen, das zu dem Massaker in San Leonardo geführt hatte, und zu den Zielen, die damit erreicht werden sollten. Ciban hatte recht. Angelus war der Schlüssel. Über Martini war Angelus bis zum Hauptquartier des Lux Domini vorgedrungen, zum Herzen jener Organisation, die Eleonora Ciban ins Leben gerufen hatte. Nun war nicht nur die Basis des Ordens zerstört, sondern auch Eleonoras Sohn mit dem Splitter des Bösen infiziert. Damit schien das Lux Domini für lange Zeit – vielleicht sogar für immer – außer Gefecht gesetzt. Doch hatte der Feind damit schon erreicht, was er wollte?

Gewiss, das Lux Domini war in den letzten Jahren sehr mächtig geworden, nur was hatte es gerade jetzt so gefährlich für die Triaden gemacht, dass sie nicht länger gezögert hatten, es zu zerstören? Lag es daran, dass die Mitglieder des Lux fast allesamt Menschen waren? Wurden die Menschen den Nox-Triaden zu stark? Auch Catherine war als mediale Katholikin ein Mitglied des Lux gewesen. Lag darin das Hauptmotiv?

»Pläne innerhalb von Plänen innerhalb von Plänen«, murmelte sie leise vor sich hin.

Ciban starrte sie an, als wäre ihm Ähnliches durch den Kopf gegangen. »Was haben Sie da gerade gesagt, Schwester?«

»Eigentlich nichts. Ich erinnerte mich nur an unser Gespräch über Kardinal Richelieu und seine Pläne innerhalb von Plänen …« Verblüfft hielt sie inne.

Vor dem geistigen Auge des Kardinals ging in dieser Sekunde offenbar eine ganze Festbeleuchtung auf. Martini gab keinen Mucks von sich, als wollte er den Gedankenfluss Cibans unter gar keinen Umständen unterbrechen.

Ruckartig fuhr der Kardinal zum Computerbildschirm herum und öffnete erneut die Datei mit Abt Umbertos Protokollbuch. Er scrollte bis zum Tag des Anschlags, las die betreffenden Zeilen und scrollte über die Protokollbucheinträge zu den Tagen davor. Die protokollierten Bruchstücke eines Gesprächs tauchten auf, empfangen aus dem Re-Source-Center während einiger Iso-Kammer-Sitzungen. Dabei ging es in zusammenhanglosen Einwürfen auch um das geplante Konzil.

Ciban erklärte: »Die größte Gefahr eines Medialen während der Sondierung besteht, wenn er einen Pfad für so attraktiv hält, dass er alles andere darüber vergisst. Wenn er vergisst, die kognitive Verbindung zwischen der Vergangenheit und der Gegenwart herzustellen. Oder zwischen der Gegenwart und der Zukunft.«

Catherine zuckte mit den Achseln. »Ich verstehe kein Wort.«

»*Wer* ist das Fundament des Konzils?«, fragte der Kardinal.

Catherine überlegte, während Ciban weiter in Windeseile durch das Logbuch scrollte. Immer wieder tauchten scheinbar belanglose Einträge zum Konzil auf.

»Seine Heiligkeit«, stellte Catherine schließlich fest.

»*Wer* sind die Eckpfeiler?«

»Ich würde sagen, die Konferenzteilnehmer des liberalen und progressiven Flügels.«

»Und?« Ciban gab keine Ruhe.

Catherine hörte, wie Martini neben ihr nach Luft schnappte. Dann sagte er: »Zum liberalen und progressiven Flügel gehören noch immer etliche Vertreter des Lux Domini.«

Ciban nickte und hielt inne. »Von den verdeckten Mitgliedern des Lux ganz zu schweigen.«

In dem elektronischen Protokoll tauchte unter den Stichworten zum Konzil auch ein besonderes Datum auf. Der heutige Tag!

»Das ... glaube ich einfach nicht«, entfuhr es Martini bestürzt.

Catherine konnte es ebenfalls kaum fassen. »Sie denken, der Feind will das Konzil sabotieren?«

Ciban erhob sich. »Wäre ich der Gegner, dann wäre die heutige Synode, auf der die führenden Vertreter der Moderne – darunter etliche hochkarätige Mitglieder des Lux – anwesend sind und auf der Seine Heiligkeit die Eröffnungsrede hält, mein bevorzugtes Ziel.«

»Aber wäre das nicht ein offener Angriff?«, gab Catherine zu bedenken. »Bisher haben sich die Triaden bedeckt gehalten. Zumindest konnten sie davon ausgehen, dass weder Re-Source noch der Vatikan die beiden bisherigen Anschläge an die Öffentlichkeit dringen lassen würden. Ein Angriff auf die Synode ließe sich wohl kaum mehr vertuschen.«

»Der Feind ist gut organisiert, Schwester«, meinte Ciban trocken. »Es wird ablaufen wie bei vatikanischen Machtkämpfen so üblich. Es werden Gerüchte gestreut, falsche Fährten gelegt, Zweifel und Zwietracht gesät. In Zeiten des Umbruchs ist das sogar noch einfacher als sonst. Der Verdacht wird zweifelsohne auf jene fallen, die am meisten bei einer Kirchenreform zu verlieren hätten. Seine Heiligkeit hat etliche vatikaninterne Dreh- und Angelpunkte der Macht aufgelöst. Zurzeit ist alles im Fluss, vor allem innerhalb der Kurie. Das ist eine hervorragende Gelegenheit, die der Feind sich gewiss nicht entgehen lässt. Sozusagen Triadenpolitik vom Feinsten.«

Unwillkürlich musste Catherine an den Selbstverteidigungsunterricht denken, den sie dank Cibans Intervention seit den Anschlägen auf den Papst seit über einem Jahr bei einem Meister der Kampfkunst nahm. In der Regel ging es darum, die Kontrolle über die Energie des Gegners zu erlangen, um diese zur Selbstverteidigung zu nutzen. Himmel! Ciban hatte recht. Die Nox-Triaden würden die freigesetzte Energie der gewaltlosen, aber doch einschneidenden Umstrukturierungsmaßnahmen des Papstes für ihre eigenen perfiden Machtpläne nutzen.

Ciban blickte auf die Zeitangabe des Computerbildschirms. »Noch eine knappe Dreiviertelstunde bis zum Synodenbeginn.« Dann warf er einen Blick auf sein Kryptohandy. »Kein Satellitensignal. Ich werde nach oben gehen und sofort mit dem Kommandanten der Vigilanza und Seiner Heiligkeit telefonieren. Die Synode darf auf gar keinen Fall stattfinden.« Er wandte sich an Catherine: »Wir kehren nach Rom zurück, Schwester. Bitte sorgen Sie dafür, dass hier alles gesichert und abgebaut wird, soweit möglich. Ich hole Sorti aus dem Kerker, und dann treffen wir uns alle draußen bei dem Jet.«

Sorti! Gütiger Gott! Catherine hatte den liebestollen Pater vollkommen vergessen.

»In Ordnung, Eminenz. Sie sollten jedoch Pater Hawlett mitnehmen, falls … nun … Sie wissen schon.« Falls der Monsignore immer noch völlig durchgeknallt ist, sagte ihr Blick.

»Die Pheromone?«, schaltete Martini sich behutsam ein.

Ciban seufzte. »Ja. Pater Sorti ist sehr empfänglich dafür.«

Martini wirkte plötzlich überaus besorgt. »Es ist Ihnen vielleicht nicht entgangen, dass auch Pater Hawlett auf die Reststrahlung anspricht. Dabei hat er die Hauptquelle noch nicht einmal betreten. Sie sollten lieber kein Risiko eingehen. Ich begleite Sie. Ich bin relativ immun.«

Ciban schüttelte den Kopf. »Wenn Sie immun sind, Doktor, bleiben Sie am besten hier und helfen Schwester Catherine.« Erneut wandte er sich ihr zu, und zwar so, dass Martini sein Gesicht nicht sehen konnte. »Sie und die anderen können diesen Bereich auch ohne meine Hilfe verlassen, Schwester. Doch Vorsicht. Wenn Sie erst einmal außerhalb des Sicherheitsfeldes sind, kommen Sie ohne den Code nicht wieder hinein. Bis gleich dann beim Jet.« Seine Augen glitten zu dem Elektroschocker in ihrer Jacke, ehe sie ihren Blick einen Moment lang liebevoll festhielten: Pass bloß auf dich auf!

Nachdem Ciban den Raum verlassen hatte, sagte Martini: »Wissen Sie, Schwester, ich hätte niemals gedacht, dass Darius in Bezug auf Sie und Kardinal Ciban recht behält.«

Catherine holte tief Luft. »Hören Sie, Doktor, es ist anders, als Sie denken. Für Erklärungen ist jetzt wahrlich nicht der rechte Zeitpunkt …«

»Sie brauchen mir nichts zu erklären. Mir am allerwenigsten. Das Rezept kennen Sie ja.«

Das Rezept? Dann begriff Catherine. »Vorsicht, *Lazarus*! Sie bewegen sich auf einem schmalen Grat.«

Ein gutmütiges Lächeln huschte über Martinis Gesicht, als sie sein Alias so mahnend aussprach. »Denken Sie an meine Worte, wenn es so weit ist.«

Kurz blieb es still, während Catherine überlegte, ob sie Martini eine schallende Ohrfeige verpassen sollte, wie Sorti am Vortag auf dem Parkplatz. Doch dann seufzte sie und entspannte sich. So unverblümt die Äußerung des Historikers auch war, der Mann wusste, wovon er sprach – und er meinte es aufrichtig.

»Schon gut, Doktor. Machen wir uns an die Arbeit. Wir haben nicht viel Zeit.«

Martini nickte und folgte ihr hinaus auf den Flur.

Als sie den Beobachtungsraum betraten, blickten Ben und Rebekah von Davids Tablet auf, von dem gerade ein lautes »Huiiiiii!« ertönte. Der Junge war aufgewacht, und wie Catherine anhand der Geräusche erkannte, spielte er gerade eine Runde *Angry Birds.*

»Na endlich«, sagte Ben mit einem Augenzwinkern. »Ich wollte schon eine Suchanzeige aufgeben. Noch ein Level, und ich hätte den Verstand verloren.«

66

Sarah warf einen Blick auf die alte Uhr über Tardinis Schreibtisch. Der Sekundenzeiger schien nach ihrem Empfinden rasend schnell über das weiße Ziffernblatt zu kreisen, während sich Angelus und der alte Bischof nach der Wanderung durch den Inquisitionspalast in Ruhe unterhielten.

Angelus gefiel sich in seiner Rolle als katholische Nonne. Er hatte Schwester Dorotheas Biografie ausgiebig studiert, bevor Sarah und er nach Rom gekommen waren. Sein Gebieter hatte ihm alle notwendigen Informationen besorgt und auch den Kontakt zwischen Angelus und Dorothea hergestellt. Letzteres war nicht weiter schwer gewesen, da die Nonne von ihrem amerikanischen Orden als Abgesandte nach Rom geschickt worden war. Innerhalb des Vatikans und in der Ewigen Stadt war Dorothea deshalb relativ unbekannt. Angelus war für die Nonne einfach nur eine junge Journalistin gewesen, die an einem Buch über das Leben moderner Ordensfrauen schrieb.

Sarah spürte, wie Angelus ihrem Blick auf die Uhr folgte und innerlich lächelte. »Nervös?«, frohlockte er in Gedanken, während Tardini keinen Schimmer hatte, wer ihm da an seinem Schreibtisch gegenübersaß. Sarah schenkte sich eine Antwort. Angesichts dessen, was dem alten Bischof und all den anderen bevorstand, war ihr speiübel, denn schon bald würden Angelus und der alte Mann den Inquisitionspalast verlassen und hinüber zur Nervi-Halle gehen. Einige der Teilnehmer der Synode hatten bereits kurz bei Cibans Sekretär vorbeigeschaut, ehe sie vorausgegangen waren, um den einen oder anderen Kollegen vorab zu treffen.

Wie Sarah mitbekommen hatte, wartete Tardini allerdings noch auf einen der wichtigsten Teilnehmer: Erasmus Vaira. Der Professor hatte sich ebenfalls im Vorfeld mit ihm treffen wollen, war jedoch bisher noch nicht erschienen. Leider hatte Tardini lediglich die Mailbox des Gelehrten erreicht.

»In Rom ist wirklich die Hölle los«, seufzte der Bischof. »Vermutlich steckt Professor Vaira im Stau und hat sein Mobiltelefon vergessen. Er wäre besser zu Fuß gegangen. Für ihn wird es verdammt knapp.«

Sarah beobachtete, wie Angelus auf den aktivierten Flachbildschirm deutete, auf dem sie während ihrer Unterhaltung die Medienereignisse rund um Leos Rede verfolgt hatten. Die eine oder andere Entwicklung mochte durchaus für das Zusammentreffen in der päpstlichen Audienzhalle wichtig sein. Auch waren die

Übertragungen – der Bildschirm zeigte vier Sendungen gleichzeitig – spannend wie ein Krimi. Die US-amerikanischen Fernsehsender machten aus der Erklärung des Papstes geradezu ein Hollywood-Märchen und spulten alles ab, was seit Beginn von Leos Pontifikat auch nur andeutungsweise den heutigen Tag vorausahnen ließ. Darüber hinaus spekulierten die Medien über die Reaktion der modernen Inquisition, blendeten Bilder von dem ganz in Weiß gekleideten Leo ein und zeigten parallel dazu Ciban in seiner schwarzem Kardinalsrobe. Die Symbolsprache für die Massen war klar: das Licht und die Dunkelheit. Bisher hatte die Dunkelheit sich jedoch noch nicht zu dem Vorfall geäußert, weshalb die Medien ohne Rücksicht auf Verluste über die reaktionären Kräfte der Glaubensbehörde spekulierten. Ihrer Meinung nach flogen hinter den dicken Mauern des Vatikans gerade die Fetzen.

Sarah hörte, wie Angelus in seiner Rolle als Dorothea gerade völlig gelassen sagte: »Vielleicht hat Professor Vaira das Gelände des Vatikans aber auch soeben über einen der Seitenzugänge erreicht, Exzellenz. Wir sollten nicht zu schwarz sehen. Selbst wenn er sich verspätet, was macht es an einem Tag wie diesem schon für einen Unterschied, ob die Synode eine Stunde früher oder später beginnt.«

Ja, stimmte Sarah in einem Anflug von bitterstem Zynismus in Gedanken zu. Was machte es schon für einen Unterschied, ob mehrere hundert Menschen eine Stunde früher oder später abgeschlachtet wurden? Erasmus Vaira würde ohnehin nicht unter den Opfern sein. Merdadus hatte die Anweisungen von Angelus, die den Professor betrafen, ganz gewiss längst Schritt für Schritt befolgt.

Tardini seufzte. »Ehrlich gesagt, frage ich mich, ob die Synode heute überhaupt noch stattfinden wird, Schwester. Etwa ein Drittel der Teilnehmer sind im Domus Sanctae Marthae untergekommen, unserem päpstlichen Gästehaus. Die restlichen Unterkünfte liegen über halb Rom verstreut. Sie sehen ja, dass es selbst für Fußgänger kaum ein Durchkommen gibt.«

Bei diesem Satz vernahm Sarah einen deutlichen Missklang in Angelus' Stimmung, der jedoch für Tardini unsichtbar blieb. Das hinderte Angelus jedoch nicht daran, einen Funken Ironie in seine nächste Äußerung zu legen.

»Das klingt ja fast, als hätte unser Pontifex die Synode mit seiner Radioansprache höchstselbst boykottiert. Kein kluger Schachzug, wenn Sie mich fragen.«

Tardini lachte kurz auf. Trotz der unerquicklichen Situation gefiel ihm der komische Aspekt dieses Gedankens. Überhaupt genoss er Schwester Dorotheas Gesellschaft, und Sarah musste neidlos zugeben, dass Angelus seine Rolle als modern gesinnte Nonne ausgezeichnet spielte.

Als jetzt einer der angesehensten Mediensprecher – ein Deutscher – auf dem Computermonitor erschien, wählte Tardini die entsprechende Nachrichtensendung aus und rückte den Flachbildschirm so zurecht, dass sein Gast die Sendung bequem mitverfolgen konnte. So kam es, dass Sarah nun schon zum dritten Mal in der silbernen, blank polierten Rückseite des Schirms ihr Spiegelbild sah, ohne dass Angelus es hätte verhindern können. Diesmal spürte sie angesichts der Erinnerungsfragmente, welche die Spiegelung aus den Tiefen ihres Unterbewusstseins an die Oberfläche spülte, sogar eine Gänsehaut auf den Unterarmen. Da die emotionale Verwirrung Angelus in dem geteilten Klonkörper zwangsläufig nicht entging, fiel es ihm zusehends schwerer, die Situation zu überspielen. Gott sei Dank war Tardini gerade intensiv mit dem Fernsehbericht beschäftigt, denn Sarah befand sich mit einem Mal für etliche Sekunden in einer komplett anderen Welt, und Angelus wurde unmittelbar Zeuge davon. Wenige Sekunden, die im Geiste Stunden, Tage, ja sogar Monate und Jahre umfassten.

In mehreren Flashbacks tauchte Sarahs Bruder auf. Der Kardinal hatte sie während ihrer Kindheit vor so mancher Bösartigkeit aus der eigenen Familie bewahrt. Dieses Mal waren die Bilder aus der Vergangenheit sogar noch realer als beim Passieren der Spiegelwand auf dem Weg zu Angelus' Einweihung. Plötzlich nahm sie außerdem noch einige andere Reminiszenzen wahr. Zum Beispiel die an einen geliebten Ehemann, die an einen schweren Unfall – und die an ein verlorenes Kind. Sarahs emotionale Erschütterung bei der letzten Erinnerung war so groß, dass der Widerhall diesmal sogar für Tardini in Dorotheas Mimik sichtbar wurde. Der alte Bischof stutzte kurz, doch dann bezog er Dorotheas Reaktion auf die aktuelle Fernsehübertragung und nahm sie mit einem wohlwollenden Schmunzeln hin. Frauen sind nun einmal so gestrickt, dachte er vermutlich.

Für den Bruchteil einer Sekunde blitzte eine völlig andere Reminiszenz in Sarahs Bewusstsein auf. Eine kleine, alte Kirche in Rom, deren morbide Knochensymbolik sie erschreckte. Sie war mit ihrem Bruder an diesem Ort, weil ihr Vater ein Treffen mit einem Priester arrangiert hatte. Ein Geräusch veranlasste die kleine Sarah, sich zum Altar umzudrehen, von wo ein Mann in einer schwarzen Soutane auf sie, ihren Bruder und ihren Vater zutrat. Der Mann trug ein Tablett, auf dem zwei Totenschädel ruhten.

»Das Opfer ist vollbracht«, sagte er. »Das Portal kann passiert werden.«

In diesem Moment betrat eine verhüllte Person die Kirche. Die erwachsene Sarah beobachtete, wie die Gestalt die Kapuze ihres Gewandes zurückschlug, durch den Mittelgang auf die Anwesenden zueilte und dem Priester das Tablett aus der Hand schlug. Es war ihre eigene Mutter!

»Wie kannst du es wagen«, stieß der Geistliche hervor.

Er wollte schon vortreten, um der Frau ins Gesicht zu schlagen, als Sarahs Vater die Hand des Mannes packte und ihn zurückhielt. Beide Schädel – ein Totenkopf für jedes Kind – waren auf dem Marmorboden zerschellt.

Sarahs Vater sagte kalt: »Lassen Sie es gut sein, Pater. Wir brauchen die Schädel nicht mehr. Die Pforte ist nicht länger versiegelt. Das ist es doch, was jetzt zählt, oder?«

Sarahs Mutter stellte sich zwischen die beiden Männer und die Kinder. Ihr Blick bohrte sich in die Augen ihres Gemahls. »Solange ich lebe, wird dies nicht geschehen«, zischte sie.

Der Priester gab sich mahnend. »Die Pforte wird nur für wenige Minuten geöffnet sein. Wir haben für diesen Unsinn keine Zeit.«

»*Unsinn?*« Sarahs Mutter nahm ihre beiden Kinder bei der Hand. »Die beiden sind *unser* Fleisch und *unser* Blut. Hier geht es um die Zukunft unserer Kinder. *Sie* und Ihre verdorbene Brut haben mit dieser Zukunft nicht das Geringste zu tun.«

Die beiden Männer standen wie erstarrt vor dem Altar, über dem ein gespenstisches Licht schimmerte. In der nächsten Sekunde wandte sich die Frau mit ihren beiden Kindern ab, um die Kirche durch das Hauptportal zu verlassen. Der Priester wollte noch etwas sagen, sich ihr in den Weg stellen, doch ihr Gemahl hielt ihn mit einer strengen Geste zurück.

Sarah hatte das Gefühl, als schwankte bei der Erinnerung der Boden unter ihren Füßen, als wären die Reminiszensen real und die Realität eine Illusion, in der sie wie in einem albtraumhaften Strudel gefangen war.

Dann machte die Retrospektive erneut einen Sprung und manifestierte sich in einer Szene, die sie als junge Frau in der Wartehalle eines Flughafens zeigte. Sie hatte gerade einen großen Koffer an einem der Schalter aufgegeben und hielt ein Flugticket in der Hand.

»Danke«, sagte sie in dieser Wirklichkeit zu einem hochgewachsenen Mann im Priesteranzug, der vor ihr stand und ihren Reiserucksack hielt.

»Es wird alles gut gehen. Glaub mir.« Der Priester reichte ihr das Gepäckstück.

Erneut erkannte sie in ihm ihren Bruder Marc. Außerdem kam ihr diese Sarah aus der Vergangenheit immer weniger wie eine Fremde vor. Sie seufzte. »Vater wird mir nie verzeihen.«

Der Mann rang sich ein Lächeln ab. »Willkommen im Club. Du hast dir nichts vorzuwerfen. Es ist *dein* Leben!«

Die Sarah aus der Vergangenheit nickte. Dann wurde sie ernst. Aber nicht aus Angst um sich selbst, sondern aus Angst um ihren Bruder. »Sei vorsichtig. Er wird herausfinden, dass du mir geholfen hast.«

»Und wenn schon. Mach dir keine Sorgen.«

Einen Augenblick lang standen sie schweigend da. Schließlich sagte die Frau seufzend: »Mein Flug wird aufgerufen. Ich muss los. Wenn du in London bist, melde dich bitte.«

Er nickte. »Ganz bestimmt. Und jetzt Kopf hoch …«

Eine Sekunde später befand Sarah sich wieder in der Gegenwart, in Tardinis Büro, mit Angelus in ihrem Körper, der alles miterlebte, der sie beherrschte. Sie hörte, wie seine innere Stimme zu ihr durchdrang, während er äußerlich gelassen mit dem Bischof die Berichterstattung im Fernsehen verfolgte. »Du verlierst dich! Es besteht kein Grund, in Tränen auszubrechen. Dieses Leben war nie dein Leben. Diese Familie war nie deine Familie. Dieses verlorene Kind … Es war nie dein Kind.«

Das stimmte. Gleichzeitig war es eine schmerzliche Lüge, denn der Drang sich zu erinnern und zu verstehen, war nicht nur in Sarah überwältigend groß. Angelus hungerte ebenfalls nach Erinnerung, doch ihm war nichts geblieben als der Schmerz in seinem Rücken, der Voyeurismus im Hinblick auf Sarahs Flashbacks sowie ein paar Kriegs- und Schlachtfeldszenarien. Nur deshalb tolerierte er Sarahs Begleitung selbst hier in Tardinis Büro. Ohne ihre Seele war seine Seele nahezu leer.

Als müsste Angelus sich rechtfertigen und seine Worte noch einmal bekräftigen, hörte sie ihn hinzufügen: »All diese Überbleibsel gehören nicht zu dir, sondern zu einer Person, die seit vielen Jahren tot ist. Denk daran!«

Ein Räuspern an der Tür ertönte, das dem Streit der beiden vorerst ein Ende setzte. Ein junger Mann betrat das Büro. Der Bischof erhob sich und stellte Schwester Dorothea und Monsignore Rinaldo einander vor.

»Kommen Sie, Pater«, sagte er. »Setzen Sie sich noch einen Moment zu uns. Die Deutschen sind gerade auf Sendung. Das wird interessant.«

Sarah verfolgte, wie Monsignore Rinaldo sich einen der gepolsterten Stühle aus dem Wartebereich holte und nichtsahnend lächelnd neben Schwester Dorothea Platz nahm.

»Ich kann nicht genau sagen, an wen, Schwester, aber Sie erinnern mich an jemanden«, sagte er.

Sarah registrierte Angelus' Lächeln, während er seinem Gegenüber als Schwester Dorothea erklärte, das sei ihm schon einmal passiert. Im nächsten Moment fügte er, was Sarah klar und deutlich miterleben konnte, den Namen des jungen Priesters zu seiner Todesliste hinzu.

67

Seine Heiligkeit Papst Leo stand am hohen Fenster seines Wohnraumes und blickte hinter dem Schutz der Vorhänge auf den sich immer rascher mit Menschen füllenden Petersplatz hinab. Dutzende Transparente wie auf einer Demonstration wurden hochgehalten. Auf einem stand: »Leo, wir stehen hinter dir!« Auf einem anderen: »*Das* ist der Weg!«

Etliche Unterredungen hatte Leo in den letzten Stunden hinter sich gebracht, darunter ein Vieraugengespräch mit dem Leiter des Vatikanischen Presseamtes, der sich weder dem Opus Dei noch dem Lux Domini noch sonst einer römisch-katholischen Organisation verpflichtet fühlte. Der offene, unbestechliche Geist des Deutschen hatte bei seinem Amtsantritt frischen Wind in die vatikanische Medienarbeit gebracht. An Augstein lag es nun, Leos Rede noch einmal für die Welt da draußen aufzubereiten und eine außerordentliche Pressekonferenz für den nächsten Tag vorzubereiten.

Trotz des ruhigen, professionellen Auftretens des Presseamtsleiters hatte Leo natürlich den einen oder anderen unausgesprochenen Gedanken sowie die eine oder andere Frage in dessen braunen Augen gesehen. Da kommt mehr als nur ein Tsunami auf uns zu, Heiligkeit. Die Menschen werden Sie für Ihre Kühnheit lieben, aber die Kurie … Selbst in den reformfreudigen Reihen wird man Ihnen vorwerfen, Sie hätten die Macht Ihres Amtes missbraucht. Wie hat Seine Eminenz Kardinal Ciban sich dazu geäußert? Was ist mit dem Kardinalstaatssekretär? Was werden sie heute Abend auf der Synode sagen?

Leo hatte keine dieser unausgesprochenen Fragen verunsichert. Er hatte eine Entscheidung gefällt und war gewillt, sich seinen Gegnern zu stellen. Und ja, er hatte den Umstand, dass die Kirche keine Demokratie kannte, dass er als Papst sowohl die Exekutive als auch die Legislative und Judikative verkörperte, für seine Reformziele ausgenutzt. Mit dieser ihm verliehenen Autorität hatte er die Dominanz des Papsttums, das römische Herrschaftssystem, eingeschränkt und bei der Gelegenheit auch gleich die Zölibatspflicht offiziell abgeschafft.

Eine weitere Menschengruppe betrat den Petersplatz. Diesmal mit einem gewaltigen englischsprachigen Transparent, auf dem stand: »One of us!« Die Tage des Zorns auf die Kirche schienen vorbei. Nichtsdestotrotz war Leo sich nur zu bewusst, dass noch ein weiter und äußerst steiniger Weg vor ihm und seinen Mitstreitern lag. Die Reise hatte gerade erst begonnen, und mit seiner Rede hatte er ganz gewiss selbst den letzten noch schlafenden Hund unter den Traditionalisten geweckt.

Er vernahm ein Räuspern hinter sich. Es war Corrado Massini, sein Privatsekretär.

»Seine Eminenz Kardinal Ciban ist am Apparat, Heiligkeit.«

Na endlich! Leo hatte sich schon gefragt, wie abgeschieden dieses San Leonardo wohl lag, dass Ciban sich erst jetzt nach seiner Radiorede erkundigte. Vermutlich würde der Kardinal ihm – wie so viele andere seiner Kollegen – am liebsten den Kopf abreißen. Nun denn, Leo war auch für diese Konfrontation gerüstet. Er wandte sich von dem hohen Fenster ab und nahm das handliche Kryptohandy von Massini entgegen.

»Hallo Marc, wie ich sehe, sind Sie aus den Tiefen Ihrer Ermittlungsarbeit wieder aufgetaucht und haben inzwischen vermutlich von meiner Rede gehört.«

Einen Augenblick lang herrschte Totenstille in der Leitung, dann erklärte der Kardinal: »Ich habe gerade mit dem Kommandanten der Vigilanza telefoniert, der mir erklärt hat, dass sowohl die Vatikan- als auch die römische Polizei alle Hände voll zu tun hätten, um der Menschenmassen auf dem Petersplatz Herr zu werden.«

»Dann mal raus mit der Sprache. Was sagen Sie dazu, Marc?«

»Was soll ich noch sagen, Heiligkeit? Wir haben mehrfach darüber gesprochen. Sie haben mir Ihre Gründe genannt, und Sie kennen meine Bedenken. Nun werden wir erleben, wie die Welt innerhalb und außerhalb der Kirche darauf reagiert. Grundsätzlich haben Sie meine Unterstützung. Das wissen Sie. Doch von nun an werden Kräfte im Spiel sein, wie wir sie uns selbst in unserer kühnsten Fantasie nicht hätten ausmalen können.«

Leo registrierte Eile in Cibans Stimme, und auch der Tonfall schien noch auf eine ganz andere Dringlichkeit zu zielen.

»Wir haben hier von San Leonardo ausgehend ein verdammt großes Problem«, sagte der Kardinal prompt. Er hielt kurz inne, und Leo glaubte zu hören, wie er seufzte. »Wie gesagt habe ich gerade mit Coelho telefoniert und ihm die Lage erklärt. Wir müssen die heutige Synode absagen. Sie ist Ziel eines Anschlags.«

»Was?« Das war eine Wendung, mit der Leo nun wahrlich nicht gerechnet hatte. »Woher haben Sie diese Information? Von einem der internationalen Geheimdienste?«

»Nein. Wir haben eine Spur in San Leonardo entdeckt, die direkt in den Vatikan führt. Coelho instruiert in dieser Minute seine Männer. Auch die Schweizergarde wird gerade informiert. Schwester Catherine und ich werden in etwa einer halben Stunde zurück in Rom sein.«

»Dann sind Sie also schon auf dem Weg hierher?«

»Wir brechen jetzt auf.«

»Gut. Dann erwarte ich Sie beide hier.«

»Das ist zu gefährlich, Heiligkeit. Aber das wird Ihnen Kommandant Coelho gleich selbst erklären.«

Der Papst hörte, wie Ciban die Leitung unterbrach. Vermutlich war die Lage weit brenzliger, als sie sich Leo in diesem Augenblick darstellte. Er hatte sogar eine gewisse Anspannung aus den Worten des sonst so kaltblütigen Glaubenspräfekten herausgehört, eine Unruhe, die gewiss nicht nur auf seine Rede im Radio zurückzuführen war. Nachdenklich gab er Massini das Kryptohandy zurück. Bei Gott, ein geplanter Anschlag auf die Synode! Die Auswirkungen würden nicht nur innerhalb des Vatikans verheerend sein.

»Alles in Ordnung, Heiligkeit?«, fragte Massini. Doch Leo hörte sehr wohl die Frage dahinter heraus: Wie hat Seine Eminenz Kardinal Ciban auf Ihren Alleingang reagiert?

Der Papst ließ sich seine Sorge nicht anmerken. »Es gibt eine Änderung im Terminplan, Corrado. Wie ich gerade erfahren habe, wird die Synode vertagt.«

Massini wirkte angesichts der Menschenmassen, die noch immer auf den Petersplatz strömten, nicht überrascht.

68

Ciban steckte das Kryptohandy in die Jackentasche und setzte seinen Weg ins Dormitorium zu Sorti fort. Von irgendwoher erklang das unwirkliche Heulen einer wilden Kreatur. Noch nie zuvor hatte der Kardinal einen solch durchdringenden, zornigen Klagelaut gehört. Er spürte, wie sich bei dem Laut seine Nackenhaare aufstellten. Gott sei Dank war das Tier kilometerweit vom Kloster entfernt.

Das erste Telefonat, das er vorhin mit Adrian Coelho geführt hatte, hatte ihn beinahe umgehauen. Zunächst informierte er den Kommandanten der Vigilanza in knappen, präzisen Sätzen über die Notlage, die sich aus den Ermittlungsarbeiten in San Leonardo ergeben hatte. Im Gegenzug erfuhr er, dass in Rom längst die Hölle losgebrochen war.

»Es ist gelinde gesagt kompliziert, Adrian, denn wir

haben zum einen kaum Zeit und müssen zum anderen die Synode verhindern.« Er erläuterte seinen Plan. Da Coelho Catherine nach dem Anschlag auf Cibans Leben bei ihren Ermittlungen unterstützt hatte, wusste er von der Ermordung Sarahs und auch von David. Ebenso waren der Triadenorden und dessen Gefährlichkeit keine unbekannte Größe für ihn.

»Ich werde sofort mit seiner Exzellenz Bischof Tardini sprechen und alle Maßnahmen einleiten, Eminenz«, erklärte der Kommandant. »Doch zunächst noch eine Frage: Haben Sie schon von der Rede Seiner Heiligkeit gehört?«

Ciban stutzte. »Sie meinen seine monatliche Rede über Radio Vatikan? Nein. Warum?«

Coelho hatte die Papstrede rasch für ihn zusammengefasst, woraufhin Ciban wegen der unglaublichen Neuigkeit glatt die Abzweigung zum Südquerschiff der Abteikirche verpasst hatte und etliche Meter am Chor mit dem verseuchten Altarbereich vorbei hatte zurücklaufen müssen. Wäre nicht Coelho am Telefon gewesen, er hätte die ganze Geschichte für einen üblen Scherz gehalten. Doch die feste Stimme des Kommandanten hatte ihm klargemacht, dass Leos Rede und deren Folgen ebenso real waren wie der Splitter der Finsternis in seiner Seele, der sein Triadenblut zum Kochen brachte, sofern er nicht auf der Hut war.

»In diesem Fall hätte ich eine Planänderung, Adrian …«, sagte er schließlich. So unglaublich es auch klang und so ungünstig das Timing von Leos Rede auch war, in diesem ganzen vermalmedeiten Chaos steckte eine unerwartete winzige Chance. Der Vigilanza-Kommandant lauschte seinen Worten und schien jede Silbe davon in sich aufzusaugen.

»Ein riskantes Unterfangen, Eminenz. Aber eine geniale Idee! Ich werde sofort alles Notwendige in die Wege leiten.«

»Das ist noch nicht alles, Adrian. Ich hätte noch einen Auftrag für einen unserer Agenten …« Rasch hatte er von Dr. Eliza Kirk, die von Chicago nach Rom gebracht werden sollte, berichtet.

»Keine offiziellen Wege. Ich verstehe, Eminenz. Ich werde alles für die Reise von Pater Cornelius und Doktor Kirk arrangieren.«

»Danke. Auf ein gutes Gelingen, Adrian. Beten Sie für uns.«

Cibans Gedanken kehrten zum Splitter der Finsternis zurück. Im Laufe der Telefonate hatte er ihn glatt vergessen. Dank Davids Eingreifen hatte der Kardinal zwar die Kontrolle über das Böse in ihm zurückerlangt, doch für wie lange? Das dunkle, gierige Flüstern ließ nicht nach. Verführerisch murmelte es zwischen seinen Schläfen, sendete Worte und Bilder, die mit jedem Tag drängender und schonungsloser werden würden. Die alten Dämonen, die er überwunden zu haben glaubte, kehrten aus den Abgründen seiner Vergangenheit zurück. Martini hatte angesichts der Infektion von einem dunklen Begleiter gesprochen, nicht ahnend, dass Ciban selbst sein dunkelster Begleiter war. In schmerzhaften Wellen legte der Virensplitter lediglich frei, was ohnehin an Dunkelheit in dem Kardinal vorhanden war, und diese Düsternis war schrecklicher als jeder menschliche Albtraum.

Er seufzte. Ganz gleich, was Martini da vorhin zwischen Catherine und ihm angedeutet hatte, Ciban würde der Frau, die er liebte, diese Abgründe auf gar keinen Fall zumuten. So viel war sicher!

Als er den Kreuzgang erreichte, blieb er kurz stehen und lehnte sich müde an den kühlen Stein einer der Säulen, was ihm zumindest für einen Augenblick Linderung verschaffte. Sein Blick schweifte über den Klausurhof mit dem Brunnenhaus, ohne dass er die Pflanzen, den Brunnen oder die Eiche in der Mitte im Einzelnen wahrnahm. Kalter Schweiß stand ihm auf der Stirn, als er ein weiteres der verhassten Bilder niederkämpfte.

Als er seinen Weg fortsetzen wollte, stutzte er nach wenigen Metern. Auf dem Steinboden vor dem Zugang des Dormitoriums lag etwas, das dort bei ihrer Ankunft vor wenigen Stunden noch nicht gelegen hatte. Vorsichtig trat er näher, wobei er aufmerksam auf seine Umgebung sowie auf jeden Schritt achtete. Er starrte auf einen Klumpen Fleisch, eine Lache Blut und ein paar Prankenabdrücke dazwischen, die in einer geraden Linie vom Dormitorium zum Refektorium führten. Sofort musste er wieder an das unheimliche Heulen denken. Er zog das Handy hervor und wählte Catherines Nummer, um die anderen zu warnen. Keine Verbindung. Sie waren noch im Sicherheitsbereich. Gut so.

Sein Blick fiel auf die Eingangspforte. Sie war nur angelehnt und gab Gott sei Dank beim Öffnen kein Geräusch von sich. Seltsamerweise empfand er keinerlei Unruhe, dennoch waren seine Instinkte hellwach. Der Anblick der blutbesudelten Treppe ließ ihn innehalten, allerdings nur kurz. Leise schlich er die Stufen empor. Einige knarrten, er hoffte, nicht zu verräterisch. Eine halbe Minute später stand er vor Abt Umbertos Räumlichkeiten. Der Stuhl, mit dem er die Tür gesichert hatte, lag mitten im Flur. Vorsichtig öffnete er die angelehnte Tür und trat ins Zimmer.

Der Anblick und der Gestank des Todes waren einfach unbeschreiblich. Die Überreste von Sortis Körper lagen über den gesamten Raum verteilt. Blut, Gewebe und Gedärm prangten in dicken, klebrigen Streifen und Spritzern selbst an der Decke und auf dem großen Fenster. Es sah aus wie in einem grotesken Schlachthaus. Cibans dunkle Seite war von der Szenerie, dem metallisch-süßlichen Geruch des Blutes fasziniert, während die helle Seite betäubt war und ungläubig gegen den kaum noch zu bändigenden Brechreiz ankämpfte.

Er stürzte hinaus auf den Gang und übergab sich.

Als er zu Umbertos Privatraum zurückkehrte, fragte er sich, welches Tier Sorti das angetan haben konnte? Etwa ein tollwütiger Bär, der in das Kloster eingebrochen war?

Da das Kryptohandy nicht über eine Kamerafunktion verfügte, griff er in seiner Jacke nach der Spezialkamera, mit der Catherine die Wände in Davids Zimmer abfotografiert hatte. Dabei erinnerte er sich an die albtraumhaften Bilder mit dem Höllenhund. Er machte ein paar Fotos und blickte sich um, auf der Suche nach etwas, das ihm im Notfall zur Verteidigung dienen könnte. Doch was sollte er im Wohnbereich eines kirchlichen Gelehrten und Medialen schon an waffentauglichen Instrumenten finden, außer einem schweren Buch?

Sein Blick fiel auf die Trümmer eines Stuhls und dann auf einen Brieföffner, der in einem schwarzen Mehrzweckbecher auf dem Schreibtisch stand. Ihm blieb nichts anderes übrig, als entlang mehrerer Meter Fleisch und Blut zu waten. Er schnappte sich eines der gebrochenen Stuhlbeine als Holzpflock und den stumpfen, aber langen Brieföffner, der aussah wie ein kleines Schwert. Nicht viel, jedoch besser als gar nichts.

Als er auf den Gang hinaustrat, griff er erneut nach dem Kryptohandy. Diesmal kam die Verbindung zustande.

»Schwester Catherine«, meldete sich Catherine formal.

»Wo seid ihr gerade?«

»Martini und ich sind inzwischen bei den Vorratsräumen. Rebekah, Ben und David dürften aber schon im Vorhof oder sogar beim Jet sein. Warum?«

Ihm stockte der Atem, als er sich den Grundriss der Abtei ins Gedächtnis rief. Die Vorratsräume lagen, durch den Hauptzugang getrennt, nahe beim Refektorium, wohin die blutige Prankenspur führte. Gleich dahinter befand sich der große Vorhof, wo Martinis alter Jeep parkte. Wenn das Biest sich dort noch aufhielt…

»Hör zu, Catherine. Sorti ist tot. Wie es aussieht, hat sich ein wildes, vielleicht sogar tollwütiges Tier in die Abtei geschlichen. Zieh deinen Elektroschocker, und sei wachsam. Und haltet euch vom Refektorium fern. Ich bin so schnell ich kann bei euch.« Da er keine Reaktion hörte, hakte er noch mal nach. »Hast du verstanden, Catherine?«

»Jaaa… ich… ja, ich habe verstanden. Bis gleich.«

Er unterbrach die Verbindung, steckte das Handy im Laufschritt ein und nahm die Abkürzung über den Klausurhof. Querfeldein hastete er über das frisch gemähte Gras und die Blumenbeete an der großen Eiche und dem Brunnen vorbei. Wenigstens hatte Catherine den Taser und verstand damit umzugehen.

Als er den Arkadengang auf der anderen Seite erreichte, hörte er einen Schrei. Einen menschlichen Schrei. Allerdings nicht von einer Frau oder einem Mann, sondern von einem Kind… David!

Er rannte in die Richtung, aus welcher der Schrei gekommen war, und erreichte kurz darauf die Vorratsräume. Von Catherine und Martini fehlte jedoch jede Spur. Verdammt! Vermutlich war sie mit Martini ebenfalls dem markerschütternden Hilfeschrei gefolgt.

Ciban stieß die nächstbeste Tür auf und hoffte, dass er eine Abkürzung durch das Gebäude zum Vorhof erwischt hatte. Zum Glück behielt er recht. Doch als er die Tür zur anderen Seite aufstieß und in den Hof sah, setzte sein Herzschlag für einen Moment aus.

Zuerst erblickte er das gewaltige, muskelbepackte, von Schleim und Blut triefende Monster. Es lag knapp zwei Meter vom Jeep entfernt rücklings auf dem Boden, von einem Schuss mit dem Taser niedergestreckt. Catherine stand noch immer wie angewurzelt da und zielte auf das Biest.

Als er näher trat, bemerkte er Rebekah und David im abgeschlossenen Jeep und den völlig schockierten Ben, der mit einer Axt in der Hand zusammen mit Martini danebenstand. Wie es aussah, hatte Ben sich die Axt geschnappt, während Catherine Rebekah und David gerade noch rechtzeitig in den Jeep verfrachtet hatte. Offenbar hatte das Scheusal ihn attackiert, woraufhin Catherine dem Angriff mit ihrem Taser ein Ende hatte bereiten können. Bei Gott, sie hatte den Abzug mehrmals betätigt und die ganze Kartusche auf das Biest entleert, direkt in die Herzgegend, bis es erst gelähmt zusammengebrochen und dann gestorben war. Am ganzen Leib bebend, stand Catherine da und schien jeden Augenblick zu hyperventilieren.

Ciban trat auf sie zu, nahm ihr den Taser aus der Hand und schloss sie in die Arme. Als sie seinen schnellen, gleichmäßigen Herzschlag und die Wärme seines Körpers wahrnahm, hörte das Zittern langsam auf. Es kostete ihn unendlich viel Kraft, ihr nicht übers Haar zu streichen und sie vor Erleichterung zu küssen.

Rebekah, die stumm neben David saß, blickte ihn durch die Frontscheibe des Jeeps an. Sie öffnete den Mund, schloss ihn dann aber wieder und schien für sich zu entscheiden, dass seine Geste in der überaus angespannten Situation nur allzu menschlich war. Für Ben schien sich die Sache etwas anders darzustellen, dennoch hielt er sich ebenfalls zurück.

Martini riss sich als Erster von Ciban und Catherine los und deutete auf das Monster. »Eindeutig das Werk von Angelus«, erklärte er keuchend. »Er hat nicht nur Merdadus pervertiert, sondern auch diesen treuen Schäferhund hier.«

Ciban bemerkte, wie Catherine sich aus seiner Umarmung löste und die formale Distanz wieder herstellte. Er hätte sie am liebsten nie mehr freigegeben. Sie wirkte auf einmal so verletzlich, so winzig, obwohl sie doch so stark war.

»Es geht schon wieder. Danke, Eminenz.« Sie wandte sich den anderen zu. »Wir sollten so schnell wie möglich von hier verschwinden.«

Ciban musterte sie besorgt. »Hören Sie, Schwester …«

Sie sah zu ihm auf, fast als wollte sie sagen: Verdammt, ich habe schon Schlimmeres gesehen. Was natürlich nicht stimmte. »Es geht mir gut. Wirklich.«

Er nickte. Was konnte er sonst auch tun?

Rebekah und David stiegen vorsichtig aus dem Wagen, ohne das Biest aus den Augen zu lassen, und sammelten gemeinsam mit Martini und Catherine einen Großteil von Rebekahs Spezialausrüstung ein, die überall verstreut war. Hastig trugen sie die Sachen zu dem Jet vorm Haupttor.

Es fiel Ciban schwer, seinen Blick von Catherine abzuwenden, doch er wollte nicht noch mehr Verdacht erregen. Erst recht wollte er nicht darüber nachdenken, was gewesen wäre, wenn die Bestie Catherine getötet hätte. Mechanisch trat er auf den monströsen Hundeleichnahm zu und untersuchte ihn. Das Herz des Tiers hatte aufgehört zu schlagen. Vorsichtig löste er die mit Widerhaken versehenen Nadelelektroden aus dessen Fleisch, um die Kabel des Tasers zusammenzupacken.

Die anderen, einschließlich Catherine, waren längst beim Jet, als er noch schnell mit Bens Hilfe Rebekahs restliche Ausrüstung aus dem Jeep holte. In einer der vier Taschen befand sich der externe Datenspeicher, den sie im Computerraum benutzt hatte. Schließlich hob der Pater die Axt vom Boden auf und blickte den Kardinal prüfend an.

»Wir sollten dringend über Nächstenliebe reden, Eminenz.«

Ciban hielt auf halbem Weg zwischen dem toten Monster und dem Jeep inne. Der Unterton und das, was er in den Augen des Paters sah, gefielen ihm ganz und gar nicht.

»Wir sollten die Unterredung verschieben. Wir haben einen anstrengenden Tag hinter uns, und er ist noch lange nicht vorbei.«

Mit der Axt in der Hand kam Ben auf ihn zu. »Ich weiß, dass Sie ein äußerst kompliziertes Leben führen und dass nicht wenige Menschen darunter leiden – einige sind sogar schon tot. Deshalb will ich, dass Sie Ihre Finger von Catherine lassen, Herr Kardinal.«

Einen Moment lang blieb es still. Dann beugte Ciban

sich vor, um die beiden vorderen Taschen aufzuheben, doch der Pater stellte sich ihm in den Weg.

Der Kardinal hob den Blick und musterte den Jüngeren. »Das sind nicht Sie, Ben.«

Die Augen des Paters funkelten entschlossen. »Kommen Sie mir jetzt nicht mit dieser spirituellen Pheromonscheiße. Ich sehe sehr klar, was hier läuft. Sie gehen mächtig ran.«

Ciban atmete tief durch. »Legen Sie die Axt nieder.«

»Zuerst geben Sie mir Ihr Wort, dass Sie Catherine nie wieder anrühren. Ich weiß, wenn Sie ein Versprechen geben, dann halten Sie es auch.«

Der Kardinal richtete sich auf. »Sie haben mein Wort, dass ich Catherine nie wissentlich oder willentlich Schaden zufügen werde.«

»Sie weichen mir aus, Herr Kardinal.«

»Ja, das tue ich, und das hat auch seinen Grund. Aber dieser Grund geht Sie nicht das Geringste an.«

Der Pater musterte ihn kalt und schweigend. Just in dem Moment vernahm Ciban das leise, dumpfe Knurren hinter seinem Rücken.

Verdammt! Die Bestie lebte noch!

»Die Axt, Ben. Bitte geben Sie sie mir.«

Der Pater zeigte weder Angst noch rührte er sich. Wollte er etwa, dass das Biest die mörderische Drecksarbeit für ihn erledigte? Diese verfluchten Botenstoffe! Oder steckte doch mehr dahinter? Legte die Reststrahlung am Ende Bens wahre Gefühle und Gedanken frei? Im Wein lag bekanntlich die Wahrheit. Vielleicht traf das ja auch auf die Pheromone zu?

Ciban wandte sich halb um, damit er sowohl Ben als auch das Biest im Auge hatte. Die monströse Kreatur, die aussah, als hätte sie sich stundenlang in Sortis Eingeweiden gewälzt, lag noch immer mit ihren aufgedunsenen, teuflisch funkelnden Augen auf dem Rücken. Doch in den Muskeln steckte bereits eine gewisse Anspannung. In weniger als einer Minute mochte das Biest wieder kampfbereit sein.

»Ihr Wort, Herr Kardinal«, forderte Ben.

»Ich werde Ihnen nichts versprechen, das ich nicht halten kann.« Ciban griff nach der Axt, doch Ben wich zurück und stieß entnervt die Luft aus.

Erneut regte sich die Kreatur, wenn auch noch immer stark benommen. Die Hinterbeine mit den Krallen zuckten, als suchten sie Halt. Schiere Mordlust starrte aus den blutunterlaufenen Augen.

»Ich mache Ihnen einen Vorschlag, Ben. Wenn das hier vorbei ist, reden wir noch einmal darüber, und wenn Sie dann immer noch der Überzeugung sind, dass ...«

Aus dem Augenwinkel nahm Ciban eine schwerfällige, aber zielgerichtete Bewegung wahr, während Ben entsetzt den Mund aufriss. Er sprang vor, packte die Axt, stieß den Pater mit einem wuchtigen Hieb gegen die Kühlerhaube des Jeeps, schwang sich herum und ließ den stählernen Keil in den Schädel des sich aufbäumenden Monstrums krachen. Die Bestie sackte augenblicklich in sich zusammen, dennoch holte er noch einmal aus und danach noch einmal. Er schlug so lange zu, bis die Kreatur nicht einmal mehr im Todeskampf zuckte.

Wie gelähmt stand er da und keuchte. Dann wandte er sich mit der blutverschmierten Axt Ben zu. Er konnte es zwar selbst nicht sehen, doch in seinen Augen flackerte abgrundtiefe Finsternis. Wie irrational wohltuend das Töten gerade gewesen war. Wie leicht und entspannend. Nun gut, er hatte es aus Notwehr getan. Er hatte es tun *müssen.*

Ben lehnte noch immer angeschlagen über der Kühlerhaube, eine Hand gegen die Rippen gepresst. Sein Blick wanderte von dem Monster über die Axt zu Cibans unmenschlichen Augen. Der Kardinal wollte ein paar entschuldigende Worte murmeln und dem Pater erklären, dass er sich noch immer unter Kontrolle hatte.

Ben kam ihm jedoch zuvor. »Wenn Sie Catherine noch einmal anrühren, bringe ich Sie um.«

Zwischen Licht und Dunkelheit hin- und hergerissen, verharrte Ciban ein paar Sekunden reglos. Dann schleuderte er die Axt in hohem Bogen davon, stützte sich am Jeep ab und zwang die Dunkelheit in die hinterste Kammer seines Selbst zurück. Die Willensanstrengung überstieg fast seine verbliebene Kraft, doch nachdem er es endlich geschafft hatte, fühlte es sich an, als wäre er in die Wirklichkeit zurückgekehrt.

Die Tür in der großen Pforte ging auf. Catherine und David traten hindurch, um nachzusehen, wo die beiden blieben. Mit einem Blick auf die beiden Männer und das Monstrum erfasste die Ordensfrau, was passiert war. Sie drehte sich zu dem Jungen um, gab ihm einen Kuss und schickte ihn zum Jet zurück. Dann eilte sie auf die Kontrahenten zu.

»Gütiger Gott … Ich dachte, es sei tot?«

»War es auch, allerdings nur für einen Moment. Sein Herz war stärker, als ich dachte«, erklärte Ciban. »Jetzt kann es niemandem mehr Schaden zufügen. Nicht wahr, Ben?«

Widerwillig blickte der Pater auf den mehrmals gespaltenen Schädel des Monstrums und nickte. »Ja. Dafür haben Sie ein für alle Mal gesorgt.«

Catherine sah Ben forschend an, doch ihr alter Freund tat so, als nähme er es gar nicht wahr, und wandte sich den Taschen zu.

»*Was* ist hier los?«, fragte sie.

»Nichts«, versicherten die Männer wie aus einem Mund. Doch keiner von beiden konnte sie darüber hinwegtäuschen, dass es hier gerade um wesentlich mehr gegangen war als die Tötung eines Monsters.

Sie sah die Widersacher aus geröteten, müden Augen an, und in ihrem Blick lag etwas Entschlossenes, das den Kirchenmännern sagte, dass ihr Geduldsfaden langsam, aber sicher überstrapaziert war. »Jetzt hört mir mal gut zu. Ich weiß nicht, was da gerade zwischen euch vorgefallen ist. Aber ich weiß, dass ich nur ganz, ganz wenigen Menschen auf dieser Welt rückhaltlos vertraue. Du, Ben, gehörst verdammt noch mal dazu. Und Sie, Eminenz, ebenfalls.«

Ciban blickte betreten drein. Ben errötete. Keiner sagte auch nur ein Wort.

»Jetzt, da das geklärt ist, sollten wir uns auf den Weg machen. Ein mörderischer Engel wartet auf uns, und wir haben noch immer nicht die leiseste Ahnung, wie wir ihn erledigen sollen.«

Sie holte jene Nummernschilder aus dem Jeep, die auf Martinis Namen registriert waren, schnappte sich eine der Taschen und stapfte davon.

Ciban und Ben standen noch einen Moment lang wie angewurzelt da.

»Wir sollten sie lieber nicht warten lassen«, sagte der Kardinal.

69

Zusammen mit Monsignore Rinaldo und Schwester Dorothea verfolgte Bischof Tardini freundlich interessiert die weitere Fernsehübertragung zu Leos Rede. Dabei ließ er sich nicht anmerken, was er eine knappe Viertelstunde zuvor in Kardinal Cibans Arbeitszimmer vom Kommandanten der Vigilanza erfahren hatte. Nicht die Telefonanlage im Büro des Bischofs hatte geklingelt, sondern das abhörsichere Kryptohandy, das Ciban seinen engeren Mitarbeitern besorgt hatte und das der alte Kirchfürst so gut wie nie benutzte.

»Tardini«, hatte er sich gemeldet und ein paar Sekunden lang zugehört, während seine beiden Gäste die Reportage weiter verfolgten. »Ah ja, das lässt sich gerade noch machen. Wir sind nämlich allmählich auf dem Weg.« Er wandte sich Dorothea und Rinaldo zu. »Entschuldigen Sie mich bitte für einen Moment. Ein Aktenfall. Ich bin gleich wieder da.«

Damit stand er auf und zog sich mit einem gelassenen Lächeln in Cibans Büro zurück. In Wahrheit hatte jedoch schon Adrian Coelhos erster Satz, »Sind Sie allein, Exzellenz?«, die Alarmglocken in seinem Inneren schrillen lassen.

»Ich bin jetzt im Büro Seiner Eminenz, Kommandant. Hier können wir ungestört reden. Was ist passiert?«

»Jemand plant einen Anschlag auf die Synode«, sagte Coelho und erläuterte Tardini erst kurz die Hintergründe, soweit für den Bischof relevant, und dann Cibans Plan.

»Das ist ziemlich starker Tobak für einen alten Mann, Adrian.«

»Ich weiß. Aber uns bleibt keine Wahl, und Sie sind nun mal der offizielle Stellvertreter Seiner Eminenz auf der Synode. Wir wollen keinen Verdacht erregen. Denken Sie, Sie schaffen das?«

Mit einem Seufzen und halb im Scherz entgegnete der alte Bischof: »Es wäre eher eine Paraderolle für Schwester Giada. Aber ja, ich werde mein Bestes tun. Am besten informiere ich als Erstes Schwester Dorothea und Monsignore Rinaldo darüber, dass die Synode vertagt wird.«

»Schwester … Dorothea?«

»Ja. Sie ist seit etwas über einer Stunde hier. Wir haben unter anderem über die Synode gesprochen, jedenfalls bis der Trubel um die Rede Seiner Heiligkeit dazwischengekommen ist. Warum?«

»Das ist seltsam« sagte Coelho vorsichtig. »Einen Moment bitte, Exzellenz.« Tardini hörte, wie der Kommandant mit einem seiner Männer sprach, um seine Mutmaßung zu überprüfen. Schließlich kehrte er zum Handy zurück. »Sind Sie sich ganz sicher, dass es sich um Schwester Dorothea handelt?«

»Nun ja, ich habe sie heute erst persönlich kennengelernt. Würden Sie mir bitte erklären, was los ist?«

»Laut unseren Informationen wollte sich Schwester Dorothea vor der Synode mit Professor Vaira treffen. Doch wir haben bisher weder unsere Schwester in Christo noch den Professor telefonisch erreicht. Würden Sie mir bitte *Ihre* Schwester Dorothea kurz beschreiben.«

»Aber gewiss.« Tardini charakterisierte Dorotheas Äußeres in wenigen Worten. Gesicht, Größe, Alter, Gewicht.

»Tut mir leid, Exzellenz. Das ist nicht Schwester Dorothea. Dafür klingt es aber verdächtig nach der Person, die wir suchen.«

»Gütiger Himmel! Dann werden Sie die Frau also gleich verhaften?«

»Nicht im Inquisitionspalast. Das ist zu gefährlich. Zu viele Menschen. Am besten wir bleiben bei unserem ursprünglichen Plan. Die Nervi-Halle liegt etwas abseits und lässt sich komplett verriegeln.«

Tardini holte tief Luft. »Ich verstehe.«

»Ich telefoniere noch mal mit Kardinal Ciban. Sollte sich eine Planänderung ergeben, werden wir Sie sofort informieren. Ansonsten bleibt alles wie gehabt. Sie können doch gut schauspielern, Exzellenz, oder?«

Daraufhin hatte der alte Bischof vernehmlich geseufzt. »Na ja, eigentlich spiele ich besser Schach.«

Das war keineswegs untertrieben. Mit gleichmütiger Miene saß Tardini nun vor dem Flachbildschirm und konnte Pater Rinaldo weder einweihen noch vor den unmittelbar bevorstehenden Unannehmlichkeiten warnen. Nun ja, vielleicht war das auch ganz gut so.

70

Während Catherine zum Jet zurückstapfte, hoffte sie, dass die Unstimmigkeiten zwischen den beiden Männern nicht allzu lange anhielten. Ben hatte entsetzt oder vielmehr wütend eine Hand gegen die Rippen gepresst, und sie bezweifelte, dass ein neuerlicher Angriff des Untiers die Ursache dafür war. Ciban hingegen...Catherine hatte die blutige Axt bemerkt, die etliche Meter von den beiden Männern entfernt im Vorhof lag, ebenso das Blut an Cibans Händen und seiner Kleidung. Der Schädel und der halbe Oberkörper des Monsters hatten ausgesehen, als wäre ein Mähdrescher darüber hinweggefahren. Die Nox verwandelten ihre Welt in einen Albtraum voller Misstrauen, Täuschung und Gewalt. Und niemand, der mit diesem Albtraum in Berührung kam, schien dagegen gefeit.

Eigentlich hatte sie mit Ben und Ciban über Leos Rede sprechen wollen, von der sie vom Piloten des Jets erfahren hatte. Der Mann hatte sie, Rebekah und Martini lapidar mit den Worten »Na, meine Damen und Herren, was sagen Sie zur Abschaffung des Zölibats? Damit hätte in diesem Jahrtausend doch keiner mehr gerechnet. Oder?« empfangen.

Martini hatte den Mann angestarrt, als hätte dieser zu tief ins Glas geschaut. »Tut mir leid, aber uns steht gerade nicht der Sinn nach solchen Scherzen.«

»Das ist kein Scherz. Haben Sie etwa Papst Leos Rede noch nicht gehört?«

Dann hatte der Pilot ihnen über das Satellitenfernsehen gezeigt, was gerade in Rom los war. Leo hatte tatsächlich den Pflichtzölibat abgeschafft. Von nun an stand es jedem Mann und jeder Frau der Kirche frei zu entscheiden, ob er oder sie zölibatär leben wollte oder nicht. Selbst Catherine als Rebellin hatte geglaubt, im falschen Film zu sein. Das alles klang so unwirklich, als hätte jemand die ganze Welt auf den Kopf gestellt.

Als sie nun in den Jet stieg, drückte sie Martini die registrierten Nummernschilder in die Hand. Der Historiker steckte die Kennzeichen dankbar in seinen Rucksack. Ciban und Ben folgten Catherine in einem kürzeren Abstand, als sie vermutet hatte. Der Pilot startete die Düsen, kaum dass er mit Ciban gesprochen hatte und die Flugzeugtür geschlossen war. Rasant entfernte sich der Jet von San Leonardo und nahm Kurs auf Rom. Die riesigen Berge und Täler, durch die man Tage, oft sogar mehrere Wochen streifen konnte, ohne auch nur einer einzigen Menschenseele zu begegnen, huschten unter ihnen dahin wie die Abschnitte einer Spielzeuglandschaft.

Rebekah und David durften in der Pilotenkanzel Platz nehmen, während Catherine, Ciban, Ben und Martini im hinteren Bereich saßen, der in komfortable Sitz- und Arbeitsnischen eingeteilt war. Nachdem Ciban sich eine frische Soutane übergestreift hatte, besprachen sie die weitere Lage.

Ben, der nach der Konfrontation mit Ciban nicht damit gerechnet hatte, überhaupt noch zum Team zu gehören, schien sich wieder auf seine besondere Stellung als Mitarbeiter der vatikanischen Sicherheit zu besinnen, nachdem der Kardinal ihn rasch über den aktuellen Stand der Ermittlungen und Ereignisse informiert hatte. Der Pater erfuhr von der Existenz der Nox, von Vandenbergs vermeintlicher Rolle bei den Morden durch Angelus und von Papst Leos Rede über Radio Vatikan. Den Umgang mit Ränke schmiedenden, teuflischen Gegnern war Ben durchaus gewohnt, doch das hohe Tempo, das der Reformpapst – so nannten die Medien Leo inzwischen – vorlegte, war selbst ihm als Modernisten alles andere als geheuer.

Schließlich berichtete Ciban von seinem Telefonat mit dem Kommandanten der Vigilanza, wobei Catherine sich des Eindrucks nicht erwehren konnte, dass er den wichtigsten Punkt des spontan entwickelten

Operationsplans nicht offenbarte. Schließlich kamen sie einmal mehr auf ihr dringlichstes Problem zu sprechen: Angelus. Martini wies eindrücklich darauf hin, wie wichtig es war, an den Sarah-Anteil in dem Klon zu appellieren. Selbst wenn es ihnen im Verlauf des bevorstehenden Gefechts nur eine Ablenkung von ein paar Sekunden verschaffen sollte.

»Sie haben keine guten Karten, Eminenz«, sagte der Historiker. »Sie werden es sogar am allerschwersten haben. Immerhin wurden Sie mit Dunkelheit infiziert, und wie es aussieht, weiß der Feind sehr genau, weshalb er Ihnen in Gestalt Ihrer Schwester entgegentritt. Sie dürfen nicht eine Sekunde vergessen, dass dieses Wesen *nicht* Sarah ist, auch wenn ich Ihnen dringend empfehle, es Sarah zu nennen. Der Feind will Sie auf die dunkle Seite ziehen. Wenn ihm das gelingt …« Er vollendete den Satz nicht.

Die anderen wussten auch so, was er sagen wollte.

Ciban saß einige Sekunden lang stumm da. Dann fragte er: »Was besagt das Sicherheitsprotokoll von Re-Source über das Massaker in den Laboren?«

»Es gibt kein Protokoll darüber. Die technischen Überwachungsanlagen wurden komplett zerstört, außer mir und Sarah hat niemand den Vorfall überlebt. Es wurden mehrere Schüsse auf Angelus abgefeuert, jedoch ohne erkennbare Wirkung.«

»Aber es muss doch wenigstens Aufzeichnungen darüber geben, wie der Klon das Gebäude verlassen hat?«, hakte Catherine ungläubig nach.

Martini seufzte. »Nein, Schwester. Bis zum Vorfall in San Leonardo hatte sich jede Spur von ihm verloren.«

»Dennoch hat der Klon einen menschlichen Körper. Und ein menschlicher Körper ist verwundbar«, gab Ben zu bedenken. »Selbst dieses abartige Monster im Kloster war nicht unsterblich.«

»Das ist wahr«, räumte der Historiker ein. »Allerdings hatte das Monster keinen Verstand, der Klon hingegen schon. Er wird von Angelus dominiert, und ich kann Ihnen allen versichern, dass Angelus ein Meister der Verführung und Manipulation ist. Jemand, der nicht weiß, mit wem er es zu tun hat, ist ihm hilflos ausgeliefert.«

»Ich verstehe nicht ganz«, sagte Catherine. »Was wäre zum Beispiel mit jemandem, der weiß, mit wem er es zu tun hat?«

»Letzterer würde einem Wesen wie Angelus tunlichst aus dem Weg gehen.«

Das war nicht die Antwort, auf die Catherine gehofft hatte, dafür war ihr nun umso klarer, weshalb der Kardinal sowohl dem Kommandanten der Vigilanza als auch dem Oberst der Schweizergarde jedes Eingreifen strikt untersagt hatte, sollten die Videokameras eine Person mit Sarahs Aussehen aufzeichnen. Einmal mehr keimte in ihr der Verdacht, dass Ciban etwas vorhatte, mit dem sie niemals einverstanden wäre.

»Wir werden nicht so hilflos sein wie die Wissenschaftler von Re-Source« erklärte der Kardinal. »Oder die Mönche von San Leonardo. Immerhin ist das Überraschungsmoment auf unserer Seite.«

Martini lächelte gequält. »Wer weiß, vielleicht hat der Splitter der Finsternis dieses Mal sogar etwas Gutes.« Alle merkten auf. »Manchmal kann man Feuer eben nur mit Feuer bekämpfen.« Er fixierte Ciban. »Aber ich warne Sie, Eminenz. Der Pfad der Dunkelheit führt in den meisten Fällen nicht wieder ins Licht. Und wenn er es doch einmal tut, weiß man nie, ob der Preis am Ende nicht zu hoch ist.«

Catherine seufzte. »Würden Sie sich bitte ein klein wenig klarer ausdrücken, Doktor?«

»Pater Darius würde Ihnen jetzt wohl erklären, dass man nie sicher sein kann, was von einer Seele in der Dunkelheit zurückbleibt und was eine Seele aus der Dunkelheit mitbringt. Der Himmel und die Hölle sind uns näher, als Sie denken, Schwester. Es gibt Orte in dieser Welt, gegen die der Vorhof zur Hölle geradezu wie das Paradies erscheint.«

Ciban ergriff das Wort. »Ich kenne meine neuralgischen Punkte. Ich habe schon einige Kriege gegen mich selbst geführt.«

»Davon gehe ich aus«, sagte Martini. »Dennoch ist es gefährlich, einen Teil seiner selbst zu verleugnen oder ihn gar niederzukämpfen. Die psychische Selbstverletzung kann einen aus der Balance bringen, einen innerlich zerreißen. Im schlimmsten Fall sogar in den Fanatismus oder Freitod treiben.«

»Die Betonung liegt auf *kann*«, entgegnete der Kardinal. Er wandte sich gezielt an die Runde. »Jeder von uns ist ein Außenseiter, bis zu einem gewissen Grad schizophren, und dennoch halten wir alle diese Spannung aus.«

»Verzeihen Sie, wenn ich es so offen sage, aber Sie sind ein Sonderfall«, entgegnete Martini. »Vergessen Sie nicht, was die dunkle Seite aus Ihrem Vater gemacht hat. Wenn Sie Sarah auch nur einen einzigen Moment emotional nachgeben, werden Sie eine Krise erleben, wie Sie noch keine erlebt haben. Diese Krise wird Sie innerlich spalten, sie wird Ihre alten, schlecht verheilten Wunden aufreißen, und das verheißt ganz sicher nichts Gutes.«

Ein paar Sekunden lang herrschte Stille.

»Ich danke Ihnen für Ihre Offenheit«, sagte Ciban schließlich. »Gibt es sonst noch etwas, das ich wissen sollte?«

Martini zuckte mit den Achseln. »Nein, leider ist das alles.«

Ein halb wehmütiges, halb ironisches Lächeln huschte über Cibans Gesicht. Er nahm Davids Tablet sowie einige ausgedruckte Aufzeichnungen aus dem San-Leonardo-Rechner vom Besprechungstisch, steckte alles in eine Aktentasche und überreichte diese Catherine. Geschickt nutzte er dabei die Gunst des Augenblicks und sorgte dafür, dass ihre Fingerspitzen sich kurz berührten.

Catherine spürte, wie ein Gefühl von Wärme und Liebe sie durchströmte. Zugleich nahm sie aber auch den bedrohlichen Schatten wahr, den der Kardinal nur dank seiner Willenskraft hinter Schloss und Riegel hielt. Innerlich fluchte sie darüber, dass Ciban und sie in der gegenwärtigen Situation nicht einmal eine oder zwei Minuten für sich hatten. Es war unglaublich frustrierend.

»Gut aufheben, Schwester. Wenn der Spuk vorbei ist, werden wir diese Daten brauchen.« Sein Blick wanderte zu Ben und bedeutete ihm: Ganz gleich, was da vorhin geschehen ist, ich weiß, dass Catherine und David sich auf Sie verlassen können.

Das Kryptohandy des Kardinals klingelte. Der Kommandant der Vigilanza war am Apparat. Mit jedem Wort, das Ciban hörte, verdüsterte sich sein Gesichtsausdruck.

»Ich verstehe, Adrian. Nein, Sie haben vollkommen richtig entschieden. Viel zu gefährlich. Es bleibt wie geplant. Wann wir eintreffen werden? Sekunde …« Er ging kurz zum Cockpit und fragte den Piloten. »In fünfzehn Minuten.«

Leider vermochte der Jet auf der kurzen Distanz die Höchstgeschwindigkeit nicht zu erreichen.

Kurz darauf näherten sie sich der wolkenverhangenen, regnerischen Ewigen Stadt. Auf der Frontscheibe des Cockpits erschien zu Catherines Erstaunen eine Anflugkarte von Rom, die kurz darauf einem digitalen Luftbild des Vatikans wich. Der Petersplatz, die Kathedrale und die Nervi-Halle mit dem benachbarten Domus Sanctae Marthae wirkten so unwirklich wie eine Illustration aus dem Sciencefiction-Film *Tron*. Sie flogen den Vatikan vom Südwesten her an, um bei der Ankunft auf dem Hubschrauberlandeplatz möglichst kein Aufsehen zu erregen. Der Jet war so lackiert, dass er vom Boden aus selbst auf den zweiten Blick noch neutral wirkte.

Dann ging alles sehr zügig. Eine schwarze Limousine rollte heran und hielt exakt vor der sich öffnenden Tür des Helikopters. Catherine ging davon aus, dass der Wagen sie umgehend zum Apostolischen Palast und zur Zentrale der Vatikanpolizei bringen würde, damit sie sich für die Konfrontation mit Angelus rüsten und Leo schützen konnten. Zu ihrer Verblüffung stieg dann aber der Papst aus dem Wagen aus, gefolgt von seinem Privatsekretär Monsignore Massini sowie dem Kommandanten der Vigilanza und zwei weiteren Vatikanpolizisten.

Ciban bat alle Anwesenden, im Jet zu bleiben, und eilte auf Leo zu, um ihn mit den beiden Polizisten die Schleusentreppe hinaufzugeleiten.

»Es ist nur vorübergehend, Heiligkeit«, hörte Catherine den Kardinal sagen. »In Rom sind Sie auf keinen Fall sicher. Schwester Catherine und Monsignore Hawlett werden Ihnen Geleitschutz geben.«

Damit hatte er die Katze aus dem Sack gelassen. Das war also das geheime Element in seinem Plan! Er hatte Catherine und Ben von Anfang an aus der Schusslinie von Angelus heraushalten wollen und hatte das Ganze so geschickt eingefädelt, dass sie ihm als Mitarbeiterin seines Stabs unmöglich widersprechen konnte. Die Sache war denkbar einfach: Er erteilte den Befehl, sie und Ben hatten zu gehorchen. Erst recht in Anwesenheit des Papstes!

In einer unbeobachteten Sekunde funkelte sie den Kardinal wütend an, doch Ciban bat sie noch in derselben Sekunde stumm um Verständnis und Verzeihung. Catherine atmete tief durch und schluckte ihren Ärger und ihre Wut hinunter. Letztendlich hatte Ciban lediglich die ihm zur Verfügung stehenden Karten auf die bestmögliche Art verteilt, um das zu schützen, was ihm lieb und teuer war.

Ein letztes Mal wanderte der Blick des Kardinals durch die Runde, als wollte er jeden Einzelnen noch einmal an die Wichtigkeit seiner Rolle bei dieser Mission erinnern. Dann verließ er den Jet, stieg in den Wagen und fuhr mit dem Vigilanza-Kommandaten davon. Catherine starrte der davonbrausenden Limousine nach, die bis zur Nervi-Halle nur ein paar Minuten unterwegs sein würde, und konnte es noch immer nicht fassen. Das sollte das Ende sein?

Als die Tür des Jets fast wieder zugeglitten war, platzte es aus ihr heraus. »Halt! Warten Sie!«, fuhr sie den Piloten an. Dann wandte sie sich Leo zu. »Ich kann es nicht erklären, Heiligkeit, aber ich weiß, dass ich nicht mitfliegen kann, dass ich unbedingt hierbleiben muss, weil ich hier gebraucht werde. Verstehen Sie das?«

Der Papst, der Catherine während der Mordermittlungen vor über einem Jahr bereits im Einsatz erlebt hatte, nickte gelassen. »Offen gesagt, ist mir an der ganzen Situation irgendetwas falsch vorgekommen, Schwester. Nun weiß ich, was es war. Gehen Sie. Folgen Sie Ihrer Intuition und Ihrem Herzen. Vertrauen Sie auf Ihre innere Stimme. Sie haben meinen Segen. Aber passen Sie gut auf sich auf!«

Auf ein Zeichen von Leo öffnete der Pilot noch einmal die Tür, die Treppe entfaltete sich, und Catherine eilte über die Stufen auf die betonierte Landefläche zu.

Noch einmal ging ihr Blick zu Leo, Ben und den anderen zurück. Dann rannte sie los, die Festungsmauer entlang zum Johannes-Turm und weiter querfeldein durch die prachtvollen Vatikanischen Gärten zur Nervi-Halle neben dem Inquisitionspalast.

71

Als Angelus die vatikanische Audienzhalle betrat, blieb er einen Moment lang beeindruckt stehen, vor allem weil er wahrnahm, wie vor Sarahs geistigem Auge binnen eines Sekundenbruchteils Erinnerungen an eine Generalaudienz mit Leos Vorgänger Papst Innozenz aufkamen. Mehrere tausend Menschen hatten dem Heiligen Vater damals zugejubelt. Nun verschmolz die Vergangenheit mit der Gegenwart zu einem atemberaubenden Moment.

Die unglaubliche Weite der spektakulären Hallenarchitektur mit der parabolisch geschwungenen, stützenlosen Deckenkonstruktion und den beiden ellipsenförmigen Seitenfenstern imponierten selbst Tardini, der die Halle sicher schon viele Male besichtigt hatte. Dass der gewaltige Raum in einer Art Halbdunkel lag, verstärkte die unglaubliche Wirkung noch.

»Tu es nicht!«, flehte Sarah über die mentale Verbindung den Todesengel an.

»Du weißt, dass kein Weg daran vorbeiführt. Es ist eine notwendige Heimsuchung. Schmerzlich, aber reinigend. Nur so lässt sich die alte Ordnung wiederherstellen.«

»Durch ein Blutbad?«

»Blut ist reinigend. Vor allem in der Verbindung mit Feuer. Sieh zu und lerne!«

Angelus wandte sich von Sarah ab und bedachte Tardini mit einem wohlwollenden Lächeln. Da es angefangen hatte zu regnen, hatte der alte Bischof sie durch einen unterirdischen Gang des Inquistionspalastes hergeleitet. Nun standen sie ganz hinten in der Aula und blickten auf die weiträumige Tribüne am anderen Ende mit dem Papstsitz, zu dem eine breite, hohe Freitreppe führte. Der hintere Bereich des gewaltigen Podiums lag in einem unwirklichen Zwielicht, und es sah aus, als führten die sich über den Audienzsaal erhebenden Stufen geradewegs in einen lichtlosen Tunnel hinein.

Sarah wusste, dass der Tunnel neben einer monumentalen Skulptur ein schreckliches Geheimnis barg, was Angelus genoss. Ebenso bemerkte er, wie ihr Blick nun auf einige andere Gäste in ihren Soutanen oder Anzügen fiel, die gerade die Halle betreten hatten. In der Stille ihrer Gedankenwelt betete sie, Gott möge ihr einen Weg weisen, um die bevorstehende Katastrophe zu verhindern. Er bedachte ihr Ansinnen einmal mehr mit einem mitleidigen Lächeln und flüsterte ihr über seine innere Stimme zu: »Es ist nicht Gott, der sich der

Kranken, Armen und Sterbenden annimmt. Es ist auch nicht Gott, der die Spreu vom Weizen trennt. So viel solltest du inzwischen gelernt haben.«

Tardini, der ihnen die Haupthalle unbedingt hatte zeigen wollen, bevor sie sich in die kleinere, für die Vorkonferenzen reservierte Aula im ersten Stock begaben, kramte plötzlich nervös in der Innentasche seiner Soutane.

»Auch das noch. Ich habe meine Lesebrille im Büro liegen lassen, und ohne sie kann ich mit meinen Notizen nichts anfangen.« Er wandte sich an Rinaldo. »Es tut mir leid, Pater, aber hätten Sie die Güte, noch einmal zurückzueilen und meine Brille zu holen?«

Rinaldo nickte ohne ein Zögern. »Selbstverständlich, Exzellenz. Wir treffen uns dann im ersten Stock.«

Angelus beobachtete, wie der Monsignore auf dem Absatz kehrtmachte und zu Sarahs Freude durch die Tür Richtung Inquisitionspalast verschwand.

Beinahe väterlich berührte Tardini Angelus am Arm, nach wie vor in dem Glauben, dass er Schwester Dorothea vor sich hatte. »Kommen Sie, Schwester. Bis die restlichen Teilnehmer eintreffen, haben wir noch etwas Zeit. Die Tribüne ist zwar nicht beleuchtet, und leider will uns der Himmel gerade kein zusätzliches Licht spenden, dennoch würde ich Ihnen gerne Fazzinis grandioses Kunstwerk von der Auferstehung aus der Nähe zeigen.«

Angelus hatte nicht das Geringste dagegen.

* * *

Adrian Coelho steuerte die Limousine zügig Richtung Nervi-Halle. Ciban behielt den Jet über den Rückspiegel im Auge, bis dieser aus seinem Blickfeld entschwand.

Er fühlte sich unendlich erleichtert, dass Catherine die Lage verstanden und seine Entscheidung hinsichtlich ihrer Aufgabe akzeptiert hatte.

»Hier, Eminenz.« Coelho griff seitlich hinter den Sitz und reichte ihm eine graue Mönchskutte.

Normalerweise war der Vigilanza-Kommandant mit einem unauffälligen, dunklen Anzug bekleidet, doch jetzt trug er zur Tarnung eine Kutte und hatte sein kurzes aschblondes Haar wie ein Mönch frisiert. Coelho gehörte zu den wenigen Menschen im Vatikan, denen der Kardinal vertraute. Nicht zuletzt hatte er vor einigen Monaten äußerst erfolgreich mit Catherine zusammengearbeitet, als es um die Aufklärung des Anschlags auf ihn gegangen war.

»Danke.« Ciban stellte die Metallbox, die sein Begleiter ihm beim Einsteigen ausgehändigt hatte, auf die Bodenmatte und streifte die Kutte über, während der Wagen die Via del Seminario Etiopico und den vatikanischen Bahnhof hinter sich ließ.

Der Chef der Vatikanpolizei holte tief Luft. »Wir haben Vairas Leichnam entdeckt, als wir alles für die Aktion vorbereiten wollten. Wer immer das getan hat, kennt sich im Vatikan aus und ist ein Teufel in Menschengestalt.«

Ciban nahm die bodenlose Abscheu in Coelhos braunen Augen wahr. Der Kommandant hatte während seiner Jahre beim vatikanischen Geheimdienst und bei der Vigilanza schon einiges erlebt, doch diese Abartigkeit überstieg selbst seine Toleranzgrenze.

Plötzlich neigte Coelho leicht den Kopf. Eine Meldung kam über sein Headset herein. Nachdem er einen Augenblick lang zugehört hatte, erklärte er: »Bischof Tardini und Monsignore Rinaldo haben die Audienzhalle mit der Zielperson betreten. Einen Moment noch...« Erneut hörte er zu. Dann sagte er: »Monsignore Rinaldo ist soeben in den Palast der Inquisition zurückgekehrt.«

Ciban atmete tief durch. »Ich hoffe, das bedeutet etwas Gutes, und wir können Tardini da rechtzeitig herausholen.«

»Wir haben alles unverändert gelassen, um keinen Verdacht zu erregen. Die Männer der Gendarmerie und der Garde haben inzwischen alle ihre Positionen bezogen und stehen bereit.«

Ciban nickte anerkennend, öffnete die Metallbox und betrachtete den schwarzgerippten, eiförmigen Inhalt.

»Haben Sie so ein Ding schon einmal benutzt, Eminenz?«

Ciban holte tief Luft. Seine Lippen verzogen sich zu einem zynischen Lächeln. »Nein, Adrian. Aber wie heißt es so schön: Es gibt für alles ein erstes Mal.«

»Sobald Sie den Sicherheitsstift gezogen und den Bügel losgelassen haben, bleiben Ihnen noch knapp drei Sekunden.«

Drei Sekunden! Das war jener Teil des Notfallplans, der dem Vigilanza-Chef am allerwenigsten gefiel, doch Ciban hatte sich nicht davon abbringen lassen. Auch wussten sie beide, dass niemand sonst die Aktion durchführen konnte.

Coelho lenkte den schwarzen Mercedes am vatikanischen Gästehaus, dem Domus Sanctae Marthae, vorbei, fuhr die Stirnseite der Nervi-Halle entlang und hielt vor jenem Zugang an, den der Papst für die mittwochs stattfindenden Generalaudienzen nutzte. Von hier aus führte ein schmaler Seitengang zur Rückseite der monumentalen Tribüne, die durch das sieben Meter hohe und zwanzig Meter breite, plastische Bronzerelief des auferstandenen Christus von Fazzini dominierte. Der Kardinal wusste, dass die expressionistische Dynamik des Kunstwerks Coehlo schon immer fasziniert hatte. Nun war das göttliche Opus zu einem kaltblütigen Tatort geworden.

Ciban steckte die Handgranate ein und schlug die Kapuze seiner Kutte über den Kopf.

»Möge Gott uns beistehen, Eminenz«, sagte Coelho.

»Das wird er, Adrian. Sollte ich wider Erwarten scheitern... Sie wissen, was dann zu tun ist.«

72

Angelus schlenderte mit Tardini im Mittelgang an den scheinbar endlos langen Sitzreihen und den massiven mauerartigen Absperrungen vorbei. Ein ständiges Kommen und Gehen herrschte. Teilnehmer der Synode warfen noch schnell einen Blick in das beeindruckende Bauwerk, bevor sie sich zur angebauten Aula im ersten Stock begaben. Eine kleine Gruppe von Mönchen ging am unteren Bereich des Podiums entlang. Die Männer hoben die Köpfe, wobei ihre Kapuzen sich leicht bewegten, und wirkten enttäuscht, weil Fazzinis Skulptur im Schatten lag.

Sarah hätte sich am liebsten in ihren mentalen Kerker zurückgezogen und ihre Wahrnehmung vor dem verschlossen, was ihr bevorstand. Doch es war Angelus, der in ihrem gemeinsamen Körper den Ton angab, der sie ebenso blind wie sehend, ebenso taub wie hörend machen konnte. Und er dachte nicht daran, ihr den drohenden Schrecken zu ersparen. Dafür liebte er ihre ohnmächtige Wut und das in ihr wachgerufene Grauen zu sehr.

Als Angelus und Tardini der Stirnseite der Nervi-Halle näher kamen und sich ihre Augen allmählich an die Dunkelheit gewöhnten, zeichneten sich auch für Sarah die Konturen des riesigen Bronzereliefs ab. Aus der Erinnerung wusste sie, dass über allem eine menschliche Gestalt mit hoch erhobenen, ausgebreiteten Armen emporragte, geboren aus einer Explosion lebender und toter Materie. Sarah selbst – das heißt, jene Sarah, die vor vielen Jahren in Rom gelebt hatte – hatte in der komplexen Komposition aus Gestein, Geäst und Wurzelwerk stets ein unheimliches Gebilde aus menschlichen und insektoiden Überresten gesehen, eine bizarre Detonation aus Knochen, Schädeln und Wirbelsäulen. Eine ebenso mystische wie unheimliche Wiedergeburt aus dem Tod. Beim Nähertreten stellte das Bewusstsein der geklonten Sarah jedoch fest, dass irgendetwas mit der knochigen, rastlosen Silhouette nicht stimmte.

»Lass dich überraschen«, frohlockte Angelus' innere Stimme, als Sarah zu beten begann. Unauffällig behielt er den Rest der Halle im Auge, ohne sich seinen Unmut darüber anmerken zu lassen, dass die Rede des Papstes seinen grandiosen Plan sabotiert hatte. Von den dreihundert erwarteten Teilnehmern würde höchstens die Hälfte anwesend sein, wenn überhaupt. Jene Gäste mitgerechnet, die man auf vatikanischem Boden im benachbarten Domus Sanctae Marthae untergebracht hatte und die ein Drittel der Teilnehmer ausmachten. Vielleicht war es am besten, die ganze restliche Aktion zu verschieben.

Die Mönche vor ihnen unterhielten sich leise und ehrfürchtig. Sie entfernten sich, bis auf einen, der noch einen Moment andächtig vor der Skulptur stehen blieb. Die große Halle leerte sich.

Ob der Papst schon in der kleineren Aula mit dem Panoramablick auf die Halle eingetroffen war? Eher unwahrscheinlich, denn dann wäre Tardini längst mit Angelus umgekehrt. Den Heiligen Vater ließ man nicht warten.

Als sie das Podium erreichten, konnte Sarah an Angelus' Bewusstsein vorbei noch immer kaum mehr als den gewaltigen Schattenriss des bronzenen Kunstwerks erkennen.

»Es ist wirklich ärgerlich, Schwester«, seufzte Tardini und wandte sich dem Todesengel in seiner Nonnentracht zu. »Aber wissen Sie was, es gibt im hinteren Foyer einen Schaltkasten. Ich werfe mal kurz einen Blick hinein und aktiviere die Beleuchtung. Ich bin in zwei Minuten wieder hier.«

Erstaunlich behände erklomm der weißhaarige Bischof die zehn Treppenstufen, stockte einen Moment, als er sich der Skulptur näherte, und ging dann zügig weiter.

Angelus bedachte den noch immer in seine Andacht versunkenen Mönch mit einem neugierigen Seitenblick. Dann taxierte er noch einmal den Rest der Nervi-Halle. Es bestand kein Zweifel. Sie waren allein. Die übrigen Teilnehmer hatten sich bereits in die Aula zurückgezogen.

Und Gott hatte – wie vorausgesehen – noch immer nicht Sarahs verzweifeltes Gebet erhört.

»Was denkst du?«, fragte Angelus. »Soll ich den Kuttenträger stören? Oder wollen wir warten, bis unser alter Freund die Scheinwerfer auf Erasmus gerichtet hat und sich der ganze Laden wieder mit diesen stupiden Dummköpfen füllt?«

Sein Blick wanderte nach oben zu den zugezogenen Vorhängen der Fensterreihe des Sitzungssaals. Er hatte den Gebäudeplan der Halle lange genug studiert, um zu wissen, wie eindrucksvoll selbst die kleinere Aula war.

Auf ein kaum merkliches Zeichen des einsamen Mönchs ertönte hinter dem Podium ein Klacken. Ein Ton, der sich rhythmisch rund um die riesige Aula fortsetzte.

Klack, klack, klack …

Ein leises und dennoch in der Stille hart tönendes metallisches Geräusch.

Während Sarah es nicht sofort einordnen konnte, erfasste Angelus die Situation im Nu. Die große Audienzhalle war komplett verriegelt worden!

* * *

Klack, klack, klack …

Das war der Moment, auf den Ciban gewartet hatte, nachdem alle anderen Teilnehmer die Halle verlassen hatten.

Das erste Klacken war zugleich der Beginn des Countdowns für die Scharfschützen, die sich im Schatten der gewaltigen Bronzeskulptur und hoch oben hinter einem der Fenster der Aula verborgen hielten. Angelus oder Sarah oder wie auch immer sich dieses mörderische Geschöpf nennen mochte stand im Fadenkreuz, seit es die Nervi-Halle betreten hatte. Doch erst nachdem Bischof Tardini in Sicherheit war, hatten die beiden Schützen grünes Licht.

Für einen Moment hatte der Kardinal das Gefühl, selbst durch eines der Zielfernrohre zu blicken. In dieser Vorstellung lag der Schnittpunkt des Fadenkreuzes direkt auf Angelus' teuflischer Stirn. Angelus ... Ciban hatte es nicht gewagt, den Klon auf seinem langen Weg durch die Aula auch nur ein einziges Mal anzuschauen. In seiner Vorstellung durfte das Geschöpf nichts weiter sein als ein abstraktes, nicht menschliches, skrupellos mordendes Etwas, das bestenfalls äußerlich der gütigen, intelligenten Frau glich, die einmal seine geliebte Schwester gewesen war. Martinis Mahnung fiel ihm wieder ein, doch er hatte keineswegs vor, an den Sarah-Anteil des Klons zu appellieren, weil der Feind genau damit rechnete. Nicht einmal in höchster Not. Er wollte die Sache einfach nur beenden, hier und jetzt, bevor der dunkle Anteil seiner Seele noch Gefallen an dem finsteren Treiben fand.

Klack, klack, klack ...

Beim dritten Klacken ertönten sechs donnernde Schüsse, die sich teils überlappten und die Luft in der Halle regelrecht erbeben ließen. Ciban weigerte sich auch jetzt noch hinzuschauen und beobachtete die Exekution lediglich aus dem Augenwinkel. Theoretisch hätte eines der Geschosse genügt, um Angelus vom Diesseits ins Jenseits zu befördern, doch dank seiner transgenetisch verbesserten Sinne sah er die Projektile in der verwirbelten Luft wohl wie Unterwassertorpedos ankommen. Blitzartig wich der Klon ihnen aus.

Zwei Projektile verfehlten ihr Ziel und schlugen mit einem lauten Krachen in der Tribünenwand ein. Das dritte streifte ihn am Arm, das vierte an der Schulter. Erst die fünfte und sechste Kugel schlugen wie Harpunen in seinen Körper ein. Die Treffer waren so heftig, dass es Angelus beim Fluchtsprung aus der Luft riss und ihn rücklings auf die Treppe zum Podium schleuderte, wo sich leuchtend rotes Blut auf die weißen Steinstufen ergoss.

Ciban hatte damit gerechnet, dass sich das Geschöpf weit schneller als ein Mensch bewegte, dass es nicht den physikalischen Gesetzen der menschlichen Zeitwahrnehmung unterlag und deshalb in der Lage sein würde, einer oder zwei Kugeln auszuweichen. Doch niemals allen Kugeln eines solchen Kreuzfeuers.

Er wartete, bis die Schüsse verhallt waren und absolute Stille eingekehrt war. Vorsichtig trat er näher, hielt aber ein wenig Abstand, als könnte das Wesen noch immer leben und so gefährlich sein wie ein verwundetes Raubtier. Der Klon rührte sich nicht, seine starren, leeren Augen waren an die Decke der Audienzhalle gerichtet. Die Schützen, das wusste Ciban, behielten den Klon selbst jetzt noch im Visier. Ungläubig spähte er auf den Leichnam hinab. Sollte das schon alles gewesen sein?

Die Blutlache auf dem Marmorstein wurde größer. Die verheerende Wirkung der letzten beiden Treffer ließ den Kardinal vermuten, dass Angelus schon tot gewesen sein musste, bevor er auf den Marmorstein aufschlug. Dennoch blieb er auf der Hut. Der Zwischenfall mit dem Höllenhund in San Leonardo war ihm noch lebhaft im Gedächtnis.

Er atmete tief durch und wagte sich noch einen Schritt näher an die Kreatur heran. Etwa zwei Meter trennten ihn noch von der Toten im Nonnenhabit. Ausreichend Distanz für den Notfall. Schließlich schlug er die Kapuze zurück und beugte sich langsam vor.

Der Anblick der Toten blieb nicht ohne Wirkung auf

ihn. Es fuhr ihm wie ein Stich durchs Herz. Das schmale, edle Gesicht, die hellblauen Augen … Eine Flut von Erinnerungen stürmte auf ihn ein … Da war das kleine Mädchen, das mutig an der Hand seines Vaters durch die von zwei Totenschädeln flankierte Pforte von Santa Maria dell'Orazione e Morte in Rom schritt, um dort Jahre später seine Einweihung als Triadin zu erfahren. Ciban hatte Sarah nie nach dem geheimen Ritual gefragt, weil er wusste, dass auf die Weitergabe an Nichteingeweihte die Todesstrafe stand. Dann die erste Begegnung von Sarah und Marc Ciban mit Pater Darius, von der Mutter initiiert, und der gute Einfluss, der von dem weisen Alten ausging. Sarah, wie sie ihren Bruder tapfer vor dem Vater verteidigte, als er sich weigerte, der dunklen Familientradition zu folgen. Sarah bei ihrer letzten Begegnung auf dem Flughafen Leonardo da Vinci, kurz bevor sie Rom verlassen hatte, um in Cambridge zu studieren. Schließlich Sarahs abgelegenes Grab in der Gruft der Familienvilla.

Ciban atmete tief durch.

Diese Frau, die da auf den Marmorstufen in ihrem Blut lag, sah seiner geliebten Schwester unglaublich ähnlich, weshalb er kaum glauben konnte, dass dieses Geschöpf all die erbärmlichen Gräuel über die Menschen im Re-Source-Tower und die Medialen in San Leonardo gebracht hatte. Einen Augenblick lang glaubte er, es nicht über sich zu bringen, sie einfach so auf den kalten, harten Stufen liegen zu lassen. Die Versuchung, ihre Augen sanft zu schließen, war unendlich groß. Doch es dauerte nur wenige Sekunden, ehe sein kühler Verstand wieder die Oberhand gewann.

Nein. Das war *nicht* Sarah.

Er machte das Kreuzzeichen und zog sich auf das

Podium zurück, um den Leichnam seinem endgültigen Schicksal zu überlassen, einem alles verzehrenden Feuer.

73

Ein Albtraum war das reinste Kinderspiel dagegen.

Nach dem Klacken hatte Sarah die ohrenbetäubenden Detonationen gehört, dann war ihr Körper regelrecht durchbohrt und auf die Treppenstufen geschleudert worden. Den Aufprall und wie gleich mehrere Rippen in ihrem Körper gebrochen waren, hatte sie schon gar nicht mehr registriert. Ebenso war die Präsenz von Angelus für einige Sekunden völlig aus ihrem Bewusstsein verschwunden, als hätte der brutale Anschlag sein herrisches Ich aus ihrem sterbenden Leib katapultiert.

Doch unmittelbar nach dem ersten Schock war das Leben in ihren Körper zurückgekehrt – und damit auch Angelus. Voller Wut und voller Angst. Dadurch war ein anderes Chaos über Sarah hereingebrochen. Der furchtbare Schrecken der Labore, der wahre Schrecken der Morde und Massaker, all jene Reminiszenzen und Details, die Angelus bisher von ihr ferngehalten hatte.

Doch da war noch mehr. Die Erinnerung an Angelus' Einweihung, an das sie umgebende Dunkel, an das leuchtende Blutbad, an seinen teuflischen Meister, der aus den tiefen Schatten eines scheinbar endlosen Raumes auf den Transgeneten zugetreten war. Sie erkannte die scharfe Adlernase und das kantige Kinn sofort, ganz zu schweigen von den kalten, durchdringenden Augen, die ihr als Kind niemals so eisig, so kompromisslos und so leer wie das All erschienen waren. Nicht einmal während ihrer Einweihung in Santa Maria dell'Orazione e Morte. Bei Gott, das war …

Dann ging eine Schockwelle durch ihren Leib, durchfuhr sie ein glühender Schmerz, als brenne Säure in den Tiefen ihres nach menschlichem Maßstab tödlich verwundeten Körpers. Ihr Blick, eben noch starr zur Decke gerichtet, füllte sich schlagartig mit Leben, mit Klarheit, mit Stärke. Aber auch mit einer Wut, die nicht die ihre war.

Wie von fern hörte sie gleichmäßige sich entfernende Schritte. Sofort wusste sie: Das war der Mönch, der mit ihnen vor dem Podium stehen geblieben war und das Zeichen gegeben hatte, die Audienzhalle zu schließen.

Bebend vor Zorn und ohne jede Vorwarnung rollte Angelus ihren gemeinsamen Körper blitzschnell zur Seite, sprang mit einer ungeheuren Energie und Geschwindigkeit auf und stürzte auf den Mann zu.

Ein weiterer Schock traf Sarah, als sie den Mönch erkannte, den Angelus so gnadenlos attackierte. Es war ihr Bruder! Und sie konnte nicht das Geringste gegen den Angriff tun.

* * *

Der Aufprall war so hart, dass Ciban glaubte, einige seiner Rippen brechen zu hören. Das Monstrum hatte ihn angehoben und mit Wucht auf die Kanten der Marmorstufen geschmettert, als wollte es mit seinem Körper einen Felsen spalten. Die Luft wich aus seinen Lungen, doch der Kardinal verlor nicht das Bewusstsein. Seltsamerweise verspürte er keine Furcht, dafür breitete sich jedoch die düstere Gewalt des Splitters so rasend schnell in ihm aus, als wollte die Finsternis seine Seele sprengen.

In der nächsten Sekunde war Angelus über ihm, stemmte ihn mit übermenschlicher Kraft hoch und schleuderte ihn gegen den Papstsitz. Dank seiner Triadengene war Ciban deutlich stärker als ein normaler Mensch, doch diese Attacken vermochte selbst er nicht endlos zu verkraften. Dennoch musste er verhindern, dass Angelus die Nervi-Halle lebend verließ.

Im Bruchteil eines Lidschlags packte der transgenetische Klon ihn erneut, hob ihn hoch wie ein Kind und schmetterte ihn in hohem Bogen gegen die harte, zerklüftete Bronzeskulptur. Diesmal bildete Ciban sich das Knacken seiner Knochen nicht ein. Ein heftiger Schmerz im Brustkorb ließ ihn die Luft anhalten. Er spürte nichts als Zorn, und zugleich bemächtige sich eine immense innere Kälte seiner Seele. *Das* war für ihn der eigentliche Albtraum. Der Absud des Splitters. Die dunkle Seite. Er war dabei, seine Menschlichkeit zu verlieren!

Im selben Moment vernahm Ciban weitere Explosionen direkt neben sich. Es hagelte Schüsse und Einschläge. Doch das transgenetisch verbesserte Monster bewegte sich viel zu schnell für die Schützen, außerdem fürchteten die Männer, den Präfekten zu treffen.

Angelus musterte Ciban, als ahnte er, was in ihm vorging. Der ruhige, eindringliche und zugleich zornige Blick Cibans schien ihn zu verzücken, aber auch zu irritieren. Da erst begriff der Kardinal, dass das Monster den Splitter in seiner Seele wirken sah, die zunehmende Schwärze. Es war wie ein Einbruch der Dunkelheit, auf den schon bald Finsternis folgen würde. Das gefiel Angelus sichtlich.

Keuchend kam Ciban auf die Beine und bemerkte

Blut an seinen Händen, allerdings war es weder sein eigenes noch das von Angelus. Coelho hatte ihm die Nervi-Halle während ihres Telefonats im Jet kurz beschrieben und ihn vorgewarnt, dennoch spürte er, wie es ihm bei dem Gedanken an das verborgene blutige Grauen in Fazzinis Bronzerelief eiskalt den Rücken herunterlief.

Angelus' Lippen formten sich zu einem überlegenen, spöttischen Grinsen. Seine Augen funkelten in abgrundtiefer Grausamkeit und Gier. Vergebens forschte Ciban nach einem Funken von Sarahs Seele darin. Wahrscheinlich war der Sarah-Anteil in dieser unsäglichen Verbindung schon lange tot.

Während er das dachte, hatte das Monster bereits zum nächsten Angriff ausgeholt, doch Ciban spürte, wie die Eiseskälte des Splitters die Zeit in seiner Wahrnehmung dehnte und ihn den nächsten Zug des Angreifers vorausahnen ließ. Er wich aus und machte einen gewaltigen Satz zur Seite, woraufhin das Monster krachend gegen das metallene Kunstwerk prallte. Erneut nutzten die Scharfschützen ihre Chance und schossen mehrmals. Die Patronen peitschten nur so auf das Podium, doch lediglich ein einziger Schuss streifte den Todesengel. Mit einer Geschwindigkeit, der die Scharfschützen nichts entgegenzusetzen hatten, raste Angelus erneut auf Ciban zu und drückte den Kardinal so brutal gegen einen der Vorsprünge der Skulptur, dass diesem vor Schmerz ein Schrei entfuhr. Ein neuerliches Kreuzfeuer war für die Schützen in dieser Position schlicht unmöglich, es sei denn, sie wollten den Tod des Kardinals riskieren.

Mit einem selbstgefälligen Lächeln sagte der Todesengel: »Sarah hat viel von dir erzählt. Ich hätte jedoch nicht gedacht, dir hier persönlich zu begegnen. Sag, wo hast du die Narren versteckt, die heute brennen sollen?«

Ciban schwieg und tastete nach der Handgranate.

»Umberto hat dich sicher nicht mehr warnen können. Du hattest für diese Aktion also kaum Zeit. Wo sind sie? Im Petersdom? Im Governatoratspalast? In den Tiefgaragen? Oder etwa noch immer im Domus Sanctae Marthae?«

Einen verräterischen Sekundenbruchteil lang stahl sich Entsetzen in Cibans Bewusstsein. Kein Mensch hätte es je bemerkt, doch Angelus war es Bestätigung genug.

»Ah, im Gästehaus also. Gut. Dann erhältst du hier und jetzt eine Sondervorstellung.«

Noch bevor die Hand des Kardinals die Granate umschließen konnte, traf ihn die geballte Faust seines Angreifers und schleuderte ihn etliche Meter quer über die Tribüne. Dann gab der Todbringer irgendjemandem ein Zeichen.

Schlagartig wurde es hell. Die Scheinwerfer rund um das Podium gingen an, und die Skulptur erstrahlte in ihrer wahren monumentalen Pracht. Christus, der sich mit emporgereckten Armen aus dem Grab erhob und gen Himmel fuhr.

Christus?

Ciban schnappte nach Luft, stand für einen Moment da wie gelähmt. Nein. Das war nicht Christus. Über ihm hing Erasmus Vaira, von Klebeband gehalten, und starrte aus leeren, bluttriefenden Augenhöhlen auf ihn herab. Genauso hatte einer von Coelhos Leuten den Gelehrten entdeckt, als sie die Halle und den unterirdischen Zugang vor der Synode noch einmal inspiziert hatten. Der Anblick übertraf bei Weitem Coelhos Schilderungen. Blutige Hautfetzen hingen vom gemarterten Leib des Professors und der Skulptur herab. Bäche von Blut hatten sich ihren Weg über das rohe Fleisch und das kalte Metall nach unten gesucht. Bei Gott, was hatte dieses irre Wesen Erasmus angetan!

Ciban spürte, wie der Zorn in ihm wuchs, wie sich tiefer Hass dazugesellte, wie die Natur des Splitters überhandnahm. Er wollte sich Angelus gerade zuwenden, um ihm endgültig den Garaus zu machen, als er das explosionsartige Krachen und Splittern von Holz vernahm. Der Todesengel hatte Cibans sekundenlange Schockstarre genutzt, um das Podium zu verlassen und das Tor zum Vorraum aufzubrechen. Tatsächlich waren die bewachten Tore ein Schwachpunkt, da sie vor allem dazu geschaffen waren, Eindringlinge fernzuhalten und nicht Ausbrüche zu verhindern.

Ciban spürte, wie ihm trotz des Zorns und der Eiseskälte in seinen Adern schlagartig übel wurde, denn er hatte aus dem bewachten Vorraum keinerlei Kampfgeräusche gehört. Weder einen Schrei noch einen Schuss. Martinis Schilderungen über Angelus' Ausbruch aus den Re-Source-Laboren kehrten lebhaft in sein Gedächtnis zurück. Der Klon war nicht einfach nur ein transgenetisch verbessertes Geschöpf aus ferner Vergangenheit, sondern auch eine Pforte dunkler Energie. Ebenso wie Catherine eine Pforte für die unsichtbare, universelle Kraft der Lebensenergie war. Catherine hatte mit ihrer Gabe sowohl Leo als auch Ciban das Leben gerettet. Im Grunde nutzten sie und Angelus sogar denselben universellen Urstoff, wenn auch mit einem entscheidenden Unterschied: Catherine rettete und bewahrte Leben, Angelus zerstörte es. Und jetzt war der

Todesengel auf dem Weg zum benachbarten Gästehaus, um dort genauso zu verfahren wie in den Laboren und in San Leonardo.

Ciban setzte Angelus nach, doch kaum hatte er die zwanzig Meter breite Skulptur zur Hälfte passiert, löste sich eines der blutbesudelten Elemente aus seiner Starre und sprang ihn mit einem gequälten Brüllen und fiebrigen Augen an. Die ungeheure Wucht und Aggression des Angriffs riss Ciban zu Boden. Es folgte ein erbitterter Schlagabtausch, bei dem er das wutentbrannte, blutige Ding zu fassen bekam und es so lange auf den kalten Stein drückte, bis es das Bewusstsein verlor. Dann blickte er dem Wesen ins Gesicht: Merdadus!

Zu gerne hätte er sich dem zur Bestie mutierten Irren gewidmet und ihm all das zukommen lassen, was der ehemalige Mönch Erasmus an Qualen hatte angedeihen lassen. Doch ein Rest an Menschlichkeit erinnerte ihn daran, dass der eigentliche Schuldige bereits das benachbarte Domus mit den restlichen Synodenteilnehmern erreicht haben musste. Ciban hechtete mit einem weiten Satz beiseite, damit die Scharfschützen ein freies Schussfeld hatten, gab ihnen ein Signal und rannte zum Vorraum. Noch in der geborstenen Tür hörte er das Stakkato der Schüsse. Diesmal schienen die Salven kein Ende zu nehmen.

Im Vorraum lagen drei bewaffnete Vatikanpolizisten tot in ihren blauen Uniformen. Ihre Körper waren zerschmettert, als wären sie vom obersten Stock eines Hochhauses auf Beton gekracht. Angelus hatte sie hinweggefegt, als wären sie lästige Insekten.

Ciban riss sich die sperrige Kutte vom Leib und steckte die Handgranate in die Hosentasche, während er hinaus unter das Vordach und weiter auf den asphaltierten Weg rannte, der sich hinter der Audienzhalle befand. Noch vor wenigen Minuten hatte Coelho ihn hier aus dem Wagen steigen lassen. Er folgte der Blutspur, die der Regen zum Teil schon wieder weggewaschen hatte. Als er vor dem Gästehaus ankam, stellte er fest, dass von den Schweizergardisten, die den Eingang üblicherweise bewachten und deren Zahl sogar verdoppelt worden war, jede Spur fehlte.

Er hastete auf die Pforte zu und ignorierte den Regen. Äußerlich hatte das Gästehaus nichts mit den kunstvollen Vatikangebäuden rundherum gemein, es erinnerte vielmehr an einen schlichten, modernen quadratischen Wohnkomplex. Seine wahre Pracht offenbarte sich dem Besucher erst im Innern. Als Ciban die Eingangspforte passierte, entdeckte er die vermissten Gardisten vor der Rezeption auf dem harten Mamorboden. Ebenso zerschmettert wie ihre Kollegen. Er stieß einen Fluch aus.

Stimmen und Geräusche drangen wie durch einen unendlich langen Tunnel in sein Bewusstsein. Nur wenige Sekunden später stand er in dem großen Speisesaal. Im Wandfernseher, von dem die Geräuschkulisse stammte, wurde das Spektakel auf dem Petersplatz übertragen. Die Pilger und Touristen hatten wegen des Regens ein buntes Meer aus Schirmen aufgespannt. Die fröhliche Farbenpracht stand in krassem Gegensatz zu dem, was sich Ciban gerade offenbarte.

Er ließ den Blick über die niedergemetzelten Leiber gleiten. Etwa drei Dutzend Geistliche hatten die TV-Reportage verfolgt, da das Domus nur während eines Konklaves von der Außenwelt abgeschirmt wurde. Die zertrümmerten Möbel, die zerschmetterten Toten … Es sah aus, als hätte man in dem Raum mehrere Sprengkörper gleichzeitig gezündet. Ciban fragte sich, ob es ein gutes oder ein schlechtes Zeichen war, dass er bei dem grauenhaften Anblick rein gar nichts empfand.

Plötzlich hallten Schüsse durchs Haus. Offenbar versuchten Coelhos treue Männer noch immer, Angelus auf seinem Todesmarsch zu stoppen. Verhängnisvollerweise hatten die sonst tödlichen Kugeln aus ihren Glocks jedoch keinen gewöhnlichen Menschen zum Ziel.

Ciban rannte die Treppe hinauf, nahm gleich mehrere Stufen auf einmal. Die Schüsse kamen direkt aus dem ersten Stock. Als er in den weitläufigen Korridor mit den antiken Möbeln und den rechts und links abgehenden Zimmern einbog, standen die vorderen Türen bereits offen. Weiter hinten lag einer von Coelhos Männern auf dem schweren Teppich vor einer geöffneten Tür. Ob er bewusstlos oder tot war, konnte Ciban auf die Entfernung unmöglich einschätzen.

Ohne in seinem Lauf innezuhalten, zog er die Handgranate aus der Hosentasche, entfernte den Sicherungsstift und hielt den Sprengkörper mit gedrücktem Bügel verborgen in der Hand.

74

Nachdem Angelus aus dem Sekundentod erwacht war, kannte sein Größenwahn keine Grenzen mehr. Sarah schlug wie von Sinnen auf ihn ein, in dem verzweifelten Versuch, ihn aufzuhalten und die Kontrolle über ihren Körper zu erringen. Ein paarmal gelang es ihr sogar, sich bis an die Oberfläche vorzukämpfen. Doch es war wie der Kampf David gegen Goliath. Angelus hatte für ihre Empörung und ihren Kampfgeist nichts als Hohn und Spott übrig.

»Glaubst du wirklich, du kannst mich überwältigen? Warum machst du es nicht einfach wie der Meister, lehnst dich zurück und genießt die Show?«

Sarah wusste, dass es dumm war, aber diese Äußerung hatte ihre Wut nur noch mehr geschürt. Prompt hatte Angelus seinem Spott noch ein paar weitere Äußerungen hinzugefügt.

»Du musst dir übrigens keine Sorgen mehr um den Kardinal machen. Das Gute in seiner Seele wird in der Finsternis dahinschmelzen wie Butter in der Sonne. Daran werden auch die leidenschaftlichen Küsse dieser Frau nichts ändern, die du in deiner Vision gesehen hast. Am Ende wird die Welt bekommen, was sie verdient!«

Hätte Sarah in diesem Moment die Kraft gehabt, Angelus zu töten, sie hätte es auf der Stelle getan, denn sie ahnte die schreckliche Wahrheit hinter seinen Worten. Die bisherigen Massaker sowie der Anschlag auf die Synode waren erst der Beginn eines weit größeren Schreckens. Hier ging es nicht mehr nur um den Kampf des Lichts gegen die Dunkelheit. Hier ging es um das Überleben der Menschheit.

Angelus fühlte sich inzwischen allen anderen haushoch überlegen, selbst dem Meister. Dabei war niemand, nicht einmal er, für den Meister mehr als eine gezielt platzierte Figur auf einem Schachbrett. Selbst Sarahs kleine, klägliche Existenz war darin ein wohlkalkuliertes Element. Die schrecklichste persönliche Erkenntnis für sie war jedoch, dass sie nicht bloß eine genetische Neuschöpfung der Labore des Meisters war, sondern auch dessen Tochter. Trotz der genetischen

Manipulation war sie noch immer Blut von seinem Blut, Fleisch von seinem Fleisch und Geist von seinem Geist. Nichtsdestotrotz benutzte er sie wie einen Gegenstand, wie ein hohles Gefäß, in das er Angelus gegossen hatte, um alles Licht in der Welt zu zerstören.

In einem Punkt hatte der Plan des Meisters allerdings versagt: Marc hatte sich nicht von Angelus' Erscheinungsbild täuschen lassen. Der Kardinal hatte sich nicht auf eine Ebene mit dem Geschöpf begeben. Irgendwie musste er hinter die Pläne des Meisters gekommen sein, denn er hatte im letzten Moment den Anschlag in der Nervi vereitelt und den tödlichen Angriff auf den Todesengel initiiert. Wäre Angelus nicht Angelus gewesen, er hätte den Kugelhagel in der Audienzhalle niemals überlebt.

All das wurde Sarah klar, während sie wütend auf Angelus einschlug. Gleichzeitig musste sie miterleben, wie er – trotz ihrer Bemühungen – einen Menschen nach dem anderen zerschmetterte.

Als Angelus das Domus Sanctae Marthae betrat, hatte er die vier wachhabenden Schweizergardisten hinweggefegt wie Geäst, das ihm den Weg versperrte. Im gut besuchten Refektorium hatte er ein paar Sekunden lang die Sendung im Fernseher mitverfolgt, ehe einer der Gäste ihn bemerkt und beim Anblick der Nonne in der blutbesudelten Kutte entsetzt hatte aufschreien wollen. Zu dem Schrei war es nicht mehr gekommen. Keiner hatte auch nur einen Ton von sich gegeben. Keiner hatte überlebt. Wäre Angelus von der Konfrontation mit Marc in der Nervi-Halle nicht geschwächt gewesen, hätte er den Speisesaal binnen Sekunden in eine lodernde Feuerhölle verwandelt.

Zufrieden und mordlüstern hatte er sich zur Treppe

begeben, um die Suiten und Einzelzimmer in den oberen Etagen heimzusuchen. Nicht einmal die herannahenden Männer der Vigilanza mit ihren Pistolen konnten ihm Einhalt gebieten.

Nacheinander hatte er die Zimmertüren im ersten Stock aufgerissen. Nicht alle Räume waren bewohnt, doch für jene Synodenteilnehmer, die vor den Fernsehapparaten sitzen geblieben waren, kam der Tod schneller als der nächste Bildwechsel.

Hinter der siebten Tür traf Angelus schließlich auf einen Medialen. Er schnappte sich den Mann wie eine leckere, reife Frucht.

* * *

Catherine erreichte den Eingang an der Stirnseite der Nervi-Halle. Der Regen peitschte auf den Boden, als würde der Asphalt brodeln. Auf ihrem Querfeldeinsprint hatte sie noch gehofft, auf eines der Elektro-Golfmobile zu stoßen, die auf dem Vatikangelände im Einsatz waren, doch das Glück war ihr nicht hold gewesen.

Dafür war ihr während ihres halsbrecherischen Laufs klar geworden, was ihr Unterbewusstsein längst erkannt hatte und weshalb sie unbedingt hatte hierbleiben müssen. Davids Wandmalerei! Genauer jene Szenenfolge, die Catherine an den Kampf des Erzengels Michael und seiner Mitstreiter gegen den Drachen erinnerte. Michael kämpfte in dieser Version mit einem magischen Kristall gegen den Satan, während sich gleichzeitig ein tiefer schwarzer Abgrund zu seinen Füßen auftat. Eine Gefahr, die der Erzengel während seines Zweikampfs nicht bemerkte. Doch einer seiner mitstreitenden Engel sah den Riss, warnte ihn und lenkte Satan ab.

Was Catherine für einen Drachen und ein explodierendes, blutiges Schlachtfeld gehalten hatte, war in Wahrheit eine Vision Davids von der Konfrontation in der Sala Nervi vor der Fazzini-Skulptur. Die geometrische Figurenanordnung der drei Rechtecke – dieses Bild im Bild – zeigte hingegen in Wahrheit einen Kartenausschnitt des Vatikangeländes. Sie dankte dem Himmel dafür, dass sie beim Anflug den Grundrissplan auf der Frontscheibe im Cockpit des Jets gesehen und unterbewusst die Verbindung hergestellt hatte. Davids Zeichnung zeigte nicht nur einfach ein paar Rechtecke, sondern die päpstliche Audienzhalle mit dem benachbarten Domus Sanctae Marthae. Der Rest der finalen Szene mit dem Bild im Bild barg einen zentralen Schlüssel, der in der Realität allerdings fehlte. Hoffentlich kam sie nicht zu spät!

Auf der Tribüne beugten sich drei Männer der Vigilanza über einen auf dem Boden liegenden Körper. Die feuchte, schmierige Flüssigkeit, die sich über etliche Quadratmeter des Marmorbodens verteilte, identifizierte Catherine sofort als Blut. Bei Gott, wer war der Tote? Angesichts der aufgebrochenen Tür ganz sicher nicht Angelus.

Sie stöhnte leise, als ihr Herz einen Schlag aussetzte.

Einer der Männer hörte sie herbeieilen, drehte sich um und erkannte sie. Noch ehe sie in die Nähe des leblosen Körpers kam, war der Mann auch schon aufgesprungen, eilte ihr entgegen und verhinderte, dass sie noch mehr sah. Es war Viktor, einer der engsten Mitarbeiter des Generalinspektors.

Auf Catherines fragenden Blick sagte der Sicherheitsmann nur: »Merdadus.«

Sie atmete unendlich erleichtert aus. Es bestand also noch Hoffnung.

»Leider ist uns der Haupttäter entwischt. Doch der Kommandant ist ihm auf der Spur«, erklärte Viktor.

Ebenso wie Ciban!, durchfuhr es sie. Auf einmal war ihr auch klar, weshalb Davids Vision von dem Kartenausschnitt das Domus neben der Nervi-Halle einschloss. Bis dorthin erstreckte sich das Schlachtfeld. Dort würde enden, was hier in der Sala Nervi begonnen hatte.

Catherine machte auf dem Absatz kehrt und rannte los, als wären die apokalyptischen Reiter hinter ihr her.

»Nein, Schwester!«, hörte sie Viktor noch rufen.

Doch sie dachte nicht daran, sich aufhalten zu lassen. Was immer sich gerade im Domus Sanctae Marthae abspielte, sie wusste, was zu tun war.

75

Ciban bog vom Gang in die Suite ein. Schon an der Schwelle loderte ihm die ungezügelte Leidenschaft seines Angreifers entgegen, die finstere, zornige Aura der Lust, die alles unterwarf, um es bis in den Tod hinein einem Feuer gleich zu durchbohren. Der Todesengel umfing gerade einen Medialen des Lux Domini, als wären die beiden ein Liebespaar.

Coelho, dessen Pistole leer geschossen war, wollte sich gerade auf Angelus stürzen, um den Mann aus der Umarmung zu befreien, doch die tiefschwarzen Augen des Todesengels ließen den Generalinspektor eine Sekunde lang zurückschrecken. Eine Sekunde, die ihm das Leben rettete, denn Ciban zögerte nicht, sondern packte den Kommandanten am Kragen und schleuderte ihn mit festem Griff hinaus auf den breiten Flur, wo er bewusstlos liegen blieb.

Der Mediale, den Angelus bedrängte, hatte eine starke Aura und leistete erbitterten Widerstand, was nicht nur die Gier, sondern auch den Zorn des Klons schürte. Das Lodern seiner schwarzen Feuerschwingen schwoll an und streifte Ciban, woraufhin der Kardinal spürte, wie der Absud des Splitters seine eigene Dunkelheit wachsen und pulsieren ließ. Aber da war noch etwas anderes im Bewusstseinsspektrum von Angelus. Eine eigentümliche Strömung, die Ciban seltsam vertraut erschien, ohne dass er sie bewusst voll wahrnahm.

Die Körperwärme des hartnäckig kämpfenden Medialen stieg bedenklich. Der Mann zitterte wie Espenlaub, während seine Augen anfingen zu tränen. Cibans finstere Seite spielte mit dem Gedanken, den Mann zu opfern. Ein Medialer mehr oder weniger, was machte das schon aus? Doch dann erhaschte er im Vorübergehen auf dem Schreibtisch einen Blick auf einen Briefkopf und zuckte zurück. Leander Bois. Neulich erst hatte Catherine mit ihm über Bois gesprochen, darüber, dass der Priester und Professor neben Erasmus Vaira einer der am besten geeigneten Kandidaten für die Synode war, woraufhin Ciban dessen Namen auf die Teilnehmerliste gesetzt hatte. Vielleicht war das Opfer doch zu groß.

Angelus musterte Ciban mit gespieltem Kummer. »Ah, der verlorene Sohn, der noch immer nicht begriffen hat, an wessen Seite sein Platz in der Welt ist.«

Wie ein tief empfundender Vorwurf hallte der Satz durch die Gewölbe von Cibans Bewusstsein. Eine endlose Sekunde lang begegneten sich ihre Blicke, taxierten sich ihre Seelen über den für Menschen unsichtbaren

Abgrund der Zwischenwelt hinweg. Dergleichen hatte Ciban bisher nur in dem roten Tank in der Familienvilla erfahren, in den sein Vater ihn als Kind des Öfteren zur Schärfung seiner psionischen Sinne eingesperrt hatte. Wie sehr er die quälende Erinnerung daran hasste. Wie sehr diese brutale Praxis dennoch seine Seelenstärke entwickelt, geformt und gestählt hatte – wenn auch nicht in die von seinem strengen Vater erwünschte Richtung. Doch was wusste dieses mordlüsterne Monster schon über seine Vergangenheit und die seiner Familie?

Fast in derselben Sekunde überkam Ciban die Erkenntnis: die genetische Fusion in den Laboren. Der Sarah-Anteil. Sarahs Zellbewusstsein. Das musste es sein! Bei dem Gedanken, dass einige der Erinnerungen seiner Schwester auf das Monster übergegangen waren, schauderte er innerlich. Und das nicht nur wegen der Gefahr, die darin lag.

Leander Bois kämpfte noch immer hartnäckig um sein Leben und schien nicht daran zu denken, die Dunkelheit des Verführers in sich eindringen zu lassen. Ciban zog daraus im Bruchteil einer Sekunde zwei Schlüsse: Entweder war Angelus nach der Konfrontation in der Nervi-Halle zu geschwächt, um sich den Medialen gefügig zu machen und sich an dessen Lebensenergie zu laben, oder aber der Mann war etwas ganz Besonderes. Womöglich war er sogar ein Mitglied von Papst Leos geheimer Kongregation.

Noch mehr Adrenalin schoss durch Cibans Adern. Kein gewöhnliches, sondern jene dunkle Energiereserve, die der Splitter in ihm mobilisierte. Der Segen im Fluch! Das, was seinen Vater letztendlich die Beziehung zu seiner Frau und seinen Kindern gekostet hatte. Der Splitter hatte die Verbindung seines Vaters zum Licht durchtrennt, nichtsdestotrotz brauchte Ciban jetzt genau diese Kraft, um Angelus entgegenzutreten. Er hatte keine Wahl.

Sein Herz schlug wie wild, als er nach vorne sprang, den Medialen aus der Umklammerung seines Angreifers riss und ihn – ebenso wie noch vor wenigen Sekunden Coelho – aus der Gefahrenzone schleuderte. Gleichzeitig krachte er mit dem Klon gegen den Einbauschrank in der gegenüberliegenden Wand. Wie schon zuvor nahm er dabei in der Aura des Todesengels eine seltsam vertraute Schwingung wahr, eine magische Anziehungskraft, die diesmal auch Angelus irritierte. Ciban ignorierte das Gefühl, ebenso wie er den pochenden Schmerz in seinen Knochen und Gelenken überging. Jede Tausendstelsekunde zählte. Er würde ein für alle Mal Schluss mit diesem Wahnsinn machen, selbst wenn es ihn das Leben kostete.

Es gab nur eines, was er zutiefst bedauerte: Catherine … Er würde sie nie wieder sehen, nie wieder ihre Stimme, ihr Lachen hören. Er würde sie nie wieder berühren, niemals eins mit ihr sein können. Er hatte sich nicht einmal richtig von ihr verabschiedet.

Angelus reagierte auf den Angriff wie erhofft mit einem amüsierten, überheblichen Lachen, packte ihn und zog ihn näher, um ihn nicht nur mental, sondern auch körperlich zu bezwingen.

»Wie es aussieht, willst du es genauso wie ich.«

Die schwarz glühenden Feuerschwingen einer ausschweifenden dämonischen Liebe nahmen Ciban in Besitz. Hass und Schmerz darin waren so hoffnungslos und grausam, dass er sie nur dank der Kraft des Splitters und des ausgedehnten Trainings in dem roten Tank ertrug. Draußen schlugen die schweren Regentropfen des Unwetters wie in einer endlosen Zeitlupe gegen die Fensterscheiben.

Ciban wartete noch einen Moment, bis ihre Körper fast aneinandergepresst waren und Angelus völlig von Sinnen schien. Vorsichtig brachte er die Hand mit der verborgenen Granate in Position. Drei Sekunden konnten in seiner Welt eine kleine Ewigkeit sein. Drei Sekunden, und alles wäre vorbei.

Aus dem Augenwinkel nahm er eine Bewegung in der Tür wahr. Jemand schrie etwas, einen Namen. So laut und eindringlich, dass es trotz des Gefechts bis in den hintersten Winkel von Cibans Gehirn drang.

»Sarah … SARAH!«

Catherine? Verdammt! Was machte sie hier? Sie sollte längst mit Leo, David und den anderen im Castell Gandolfo sein.

Just in diesem Moment durchschaute Angelus Cibans List. Er packte die Hand mit dem Sprengkörper und drückte so fest zu, dass sich der Bügel nicht mehr lösen ließ.

Wie durch einen dichten Drogennebel hörte Ciban weiterhin Catherines Stimme.

»Nein, SARAH! Nein! Lass es nicht zu!«, rief sie und deutete dabei auf die Granate in seiner Hand. Sie stand mitten im Raum, und er konnte nichts tun, um sie zu schützen.

Dann geschah etwas Merkwürdiges. Er konnte es direkt in den Augen von Angelus verfolgen. Da war sie wieder, die seltsame Strömung, die Schwingung, aus der er einfach nicht schlau wurde. Die lüsternen pechschwarzen Augen des Monsters flackerten wie eine Fackel im Sturm.

Licht zerriss Dunkelheit. Dunkelheit zerriss Licht.

Endlich begriff Ciban. Was er da sah, war ein Kampf, ein inneres Gefecht. Angelus kämpfte … gegen Sarah. Und Sarah kämpfte gegen ihn.

Nur wenige Zentimeter vom Gesicht des Todesengels entfernt, musste Ciban in ohnmächtigem Entsetzen mit ansehen, wie die Dunkelheit den mentalen Zweikampf zu gewinnen drohte. Catherines Appell hatte dazu geführt, dass jener Teil, der von Sarah in diesem teuflischen Wesen übrig geblieben war, erwachte und kämpfte. Und dann, völlig unvermittelt, brach das Licht durch. Hell. Glänzend. Strahlend. Ciban blickte für einen Moment in die Augen seiner Schwester. Sie erkannte ihn! Ihm wurde heiß und kalt.

Tränen traten in ihre Augen. Stumm bat sie um Verzeihung für alles, was geschehen war, für alles, was sie nicht hatte verhindern können. Sie streichelte Ciban über die Wange. Der kurze Kontakt war so intensiv, ihre Liebe so stark, dass die Dunkelheit in seiner Seele davor augenblicklich zurückschrak.

»Dich bekommt er nicht«, sagte sie.

Dann glitt ihr Blick liebevoll zu Catherine, die mit weit aufgerissenen Augen mitten im Raum stand. Sie hatte Sarah in den Tiefen ihres Kerkers durch ihren Schrei wachgerüttelt und deren Kampfgeist geweckt. Als Sarahs Blick zu Ciban zurückkehrte, huschte ein schwarzer Schleier über ihre Augen – Angelus –, doch sie drängte ihn mit aller Macht zurück.

»Marc, ich liebe dich.«

Ciban starrte sie wie gebannt an, außerstande etwas zu denken, zu sagen oder zu tun. Er konnte sich einfach nicht von ihrem Anblick lösen.

Noch einmal berührte sie seine Wange. »Sei auf der Hut. *Er* lebt. Hörst du? Unser Vater lebt!«

Blitzschnell entwand sie ihm die Handgranate und versetzte ihm einen so heftigen Schlag, dass er quer durch den Raum von ihr fortgeschleudert wurde.

»Und jetzt raus hier!«

Der Zweikampf in ihren Augen flammte wieder auf. Erneut kämpfte sie Angelus nieder. »Halte dich bereit«, presste sie zwischen den Zähnen hervor, »denn jetzt begegnest du deinem wahren Schöpfer.«

Sarah presste die Handgranate an sich und drehte sich zur Wand. Keine Sekunde zu spät packte Ciban Catherine, hechtete mit ihr hinaus auf den Gang, wo noch immer Bois und Coelho lagen, und schirmte sie ab.

Kaum waren sie draußen, hörten sie die Explosion. Ein überraschend kurzes, trockenes ohrenbetäubendes Krachen. Keiner von ihnen sollte dieses Geräusch jemals wieder vergessen.

76

Catherine stand in den Schatten der Kolonnaden und blickte auf die Tribüne vor dem Petersdom mit den im Wind flackernden Lichtern. Siebenundvierzig Kerzen für die siebenundvierzig Opfer. Tausende von Menschen kamen täglich nach Rom, legten Blumen und Kränze auf der großen Freitreppe nieder, um der Ermordeten zu gedenken. Papst Leos bewegende Trauerrede hallte nach zwei Wochen noch immer in den Köpfen der Gläubigen nach.

»Meine Trauer ist tief«, hatte Leo am Ende seiner Rede gesagt. »Auch ich bin wütend, denn ich bin ein Mensch. Aber ich werde mich weder von meiner

Trauer noch von meiner Wut beherrschen lassen. Ich blicke weiterhin nach vorne. Ich halte an unserem Reformkurs fest. Ich glaube an unsere Fähigkeit, die Zukunft mit Argumenten und nicht mit Gewalt zu gestalten. Aber dafür brauche ich euch. Jeder Einzelne ist bei dieser großen Aufgabe gefragt, denn Dunkelheit kann Dunkelheit nicht vertreiben. Das vermag nur das Licht. Und Hass kann Hass nicht vertreiben. Das vermag nur die Liebe.«

Catherine hatte sich beim Schlusssatz von Leos Rede gefragt, wie vielen Menschen in diesem Moment wohl bewusst war, dass er Martin Luther King zitiert hatte.

Auch in den Köpfen der Journalisten wirkte Leos Rede nach. Selbst die Revolverblätter unter den Medien hielten sich mit allzu reißerischen Schlagzeilen und Spekulationen zurück. Alle sprachen unisono von einer Tragödie, von einem verwerflichen Anschlag auf die erste Synode des neuen Konzils, und berichteten davon, dass ein bewaffneter Fanatiker sich verkleidet unter die Teilnehmer in der Audienzhalle gemischt und ein furchtbares Blutbad angerichtet habe. Am Ende habe der Attentäter sich mit einer Handgranate das Leben genommen. Nach möglichen Hintermännern werde gefahndet, doch noch gebe es keine einzige Spur.

Catherine beobachtete, wie eine größere Gruppe von Frauen und Männern vor dem mit Kerzen und Kränzen durchsetzten Blumenmeer niederkniete und betete. Mehrere der Besucher weinten. Den Trauerschmerz der Familien der Opfer konnte Catherine nur erahnen. Leo hatte nach der offiziellen Trauerfeier die Angehörigen empfangen. Offenbar hatte er auch in dieser schweren Stunde die richtigen Worte und Gesten gefunden.

Catherine konnte nur hoffen, dass das Geschehene für die Familien nun leichter zu ertragen war.

Ihr Blick glitt zum Apostolischen Palast, hinauf zu Papst Leos privatem Arbeitszimmer. Es fing an zu dämmern, weshalb hinter dem Fenster bereits Licht brannte. Ciban war in den letzten beiden Wochen nahezu täglich bei Papst Leo gewesen. Ebenso Seine Eminenz Kardinal Gasperetti, der Sortis Tod nur schwer zu verwinden schien. Nach den Massakern in San Leonardo und im Vatikan hatte der alte Kurienkardinal einen Versöhnungskurs eingeschlagen. Zumindest ließ er durchblicken, dass er trotz Papst Leos unbeugsamem Reformwillen bereit war, gemeinsam gegen den neuen Feind Stellung zu beziehen. Immerhin ging es um die Existenz der Kirche, weshalb er es mit der alten Redensart zu halten schien, dass der Feind eines Feindes ein Freund sei.

Gasperetti hatte zwar das Triadensymbol in San Leonardo gesehen und rudimentär von der Legende des Ordens gehört, doch er hatte keine Ahnung, wie tief die Geschichte der Triaden und der Kirche tatsächlich miteinander verwoben war. Triaden hatten die Kirche mitbegründet und waren schließlich von der Kirche verraten, bekämpft und aus der Geschichtsschreibung getilgt worden. Dennoch hatten über all die Jahrhunderte immer wieder hochrangige Kirchenleute den Triaden im Verborgenen angehört. Äbtissinnen, Äbte, Bischöfe, Kardinäle, sogar Heilige und Seher, wie Catherine von Dr. Robert Martini erfahren hatte.

Letztendlich waren die Triaden ein Feind, den sich die Kirche im Rahmen ihrer inquisitorischen Säuberungsaktionen selbst erschaffen hatte. Dass die offizielle Geschichtsschreibung nichts über den Orden zu berichten wusste, ja nicht einmal mehr den Namen kannte, lag an einer der erfolgreichsten Ausrottungs- und Vertuschungsaktionen, die die Kirche in ihrer Historie jemals durchgeführt hatte. Kein Wort, nicht einmal ein mythenbildendes Gerücht, war durch das engmaschige Netz der Inquisitionsmaschinerie gerutscht. Historisch gesehen hatte der Triadenorden niemals existiert. Demnach hatte es auch nie eine Verurteilung oder eine Auflösung des Ordens gegeben. Am Ende hatten sich die überlebenden Triaden das Stillschweigen um ihr Verschwinden und ihre Existenz zunutze gemacht, denn wer nicht existierte, der war für die Welt unsichtbar. So hatte selbst ein wohlorganisiertes Gefüge wie die Kirche ihren alten Feind vergessen. Doch nun waren die Triaden zurückgekehrt. Die Nox. Ausgerechnet jetzt, da die Kirche – ja die gesamte Menschheit – so verwundbar war wie nie zuvor.

Catherines Aufmerksamkeit kehrte zu den im Wind flackernden Kerzen und den betenden Menschen zurück. Als ihr Blick auf eine der Uhren an der Fassade des Doms fiel, erschrak sie. Fast hätte sie das Treffen mit Ben verpasst. Dabei war sie es gewesen, die ihn zum Essen eingeladen hatte.

Kurz darauf brauste sie mit ihrem kleinen eierschalenfarbenen Fiat los, lenkte den Wagen geschickt über Schleichwege an dem durch die Menschenmassen verursachten Verkehrschaos vorbei und kam nur wenige Minuten zu spät im *Matricianella* an. Sie schätzte die familiäre Atmosphäre des rustikalen, am Palazzo Borghese gelegenen Lokals, die bodenständige Speisekarte mit den ausgezeichneten Weinen.

Ben empfing sie mit einer herzlichen Umarmung, und sie nahmen an einem etwas abseits stehenden Tisch Platz, um in Ruhe reden zu können.

»Ich dachte schon, du hättest mich versetzt und ich müsste verhungern«, sagte er mit einem gutmütigen Grinsen, gerade so laut, dass nur Catherine es hören konnte. »Und das alles nur wegen dieses anderen Kerls.«

Catherine musste trotz des elenden Gefühls in ihrer Magengegend unwillkürlich schmunzeln, denn damit war Marc Ciban gemeint. Ein ganz klein wenig war ihr alter Freund wohl auf den Kardinal eifersüchtig.

Sie bestellten gebratenes Lamm mit Kartoffeln und Zucchini und Spaghetti alla carbonara mit einem extra großen Salatteller. Dazu eine Flasche Mineralwasser sowie eine große Karaffe Rotwein, der ihre Zungen löste.

Erst vor zwei Tagen waren sie sich am späten Abend auf dem Dach des Petersdoms begegnet. Eigentlich hatte jeder für sich ein paar Minuten Ruhe gesucht, um den grandiosen Blick von der Kuppel des Doms über die Ewige Stadt zu genießen. Doch wie es das Schicksal gewollt hatte, waren sie zur gleichen Zeit auf die gleiche Idee gekommen, und so hatten sie nach einigen Minuten des Schweigens angefangen zu reden. Über die Geschehnisse in San Leonardo und im Vatikan, über ihre ganz persönlichen Eindrücke und Konsequenzen daraus. Fast wie in alten Zeiten, als sie sich als Schüler und Studenten des Katholischen Instituts für Medial Hochbegabte über ihre Erfahrungen ausgetauscht und sich gegenseitig das Herz ausgeschüttet hatten.

Als Rom schließlich vollends in der eindrucksvollen Nachtbeleuchtung vor ihnen lag, hatte Ben über seine Konfrontation mit Ciban in San Leonardo zu sprechen begonnen. Die Sache lag ihm weit mehr auf dem Herzen, als Catherine vermutet hatte. Vor allem aus einem Grund, den sie am allerwenigsten vorhergesehen hatte, denn letztendlich hatte diese verfluchte mediale Reststrahlung ihnen allen ganz schön den Kopf verdreht.

»Es war erschreckend«, sagte Ben, während die Lichter Roms eine geheimnisvolle Traumlandschaft zu ihren Füßen erzeugten. »Bei Gott, als ich gesehen habe, wie er dir den Taser aus der Hand genommen und dich dann umarmt hat ... Ich hätte ihn umbringen können, und es hätte mir kein bisschen leidgetan. Ganz im Gegenteil. Als wäre er Jack the Ripper, der es auf meine kleine, unschuldige Schwester abgesehen hat.« Er hielt kurz inne und verfolgte in der Ferne die Leuchtfeuer eines Flugzeugs. »Erinnerst du dich noch, was ich dir vor eineinhalb Jahren in der Gemelli-Klinik gesagt habe, nach der mörderischen Nacht in der Sixtina?«

Catherine runzelte die Stirn und dachte einige Sekunden lang nach. Sie hatten damals über so vieles gesprochen, den Mordanschlag auf Papst Leo, das Geheimnis, das Lux Domini, Benelli, Darius ...

Ben wartete ihre Reaktion gar nicht ab. »Ich habe dir damals gesagt, dass du Ciban schwer beeindruckt und einen einflussreichen Freund unter den Kardinälen gewonnen hast. Nach dem Streit in San Leonardo ist mir klar, dass du ihm inzwischen sehr viel mehr bedeutest. Er liebt dich, Catherine.«

Sie begegnete Bens Blick, um die Intention seiner Worte besser abschätzen zu können. Nein, er verurteilte Cibans Gefühle ihr gegenüber nicht, machte weder eine Warnung noch ein Drama daraus. Er wollte sie lediglich wissen lassen, dass es da einen Menschen gab, dem sie auf dieser Welt weit mehr bedeutete, als ihr mit ihrem rebellischen Geist vielleicht klar war.

»Ich weiß«, sagte sie schlicht.

»Du … *weißt* es?«

Er starrte sie an, als hätte sie ihm gerade erklärt, dass die Sonne um die Erde kreiste und die Meere alles Land überfluteten. Noch nie hatte sie ihren alten Jugendfreund so verblüfft gesehen. Keine zwei Sekunden darauf erkannte er, dass Cibans Liebe keine Einbahnstraße war. Das war der Moment der allergrößten Verblüffung.

»Himmel, kaum ist man für ein paar Monate fort, um einen gottlosen Kardinal dingfest zu machen, schon verpasst man die wichtigsten Ereignisse im heimatlichen Freundeskreis.« Mit einem schiefen Lächeln fügte er hinzu: »Obwohl, so wie ich mich kenne, hätte ich es wahrscheinlich gar nicht bemerkt. Es sei denn, du hättest es mir gebeichtet.«

Der Kellner kam an ihren Tisch, um das Essen zu servieren, und holte Catherine in die Gegenwart zurück. Als hätte Ben ihre Gedanken gelesen, fragte er: »Was werdet ihr jetzt tun? Ich meine, angesichts der Tatsache, dass Seine Heiligkeit den Zölibat freigestellt hat.«

»In jedem Fall werden wir nichts überstürzen. Schlagzeilen à la ›Ketzerin verführt Glaubenswächter‹ in der Regenbogenpresse kann die Kirche derzeit ganz sicher nicht gebrauchen. Die Lage ist so schon heikel genug.«

»Ich muss gestehen, dass ich mich, als wir nach den Verhandlungen mit den ISA-Agenten über deine Arbeit gesprochen haben, bei Coelho fast verplappert hätte.«

Die International Security Agency war ein länderübergreifender Geheimdienst. Ben, Ciban und Adrian Coelho hatten sich inoffiziell mit Agenten der ISA getroffen, um mit ihnen über die Hintergründe des Massakers und mögliche Spuren zu sprechen, die zu den

Tätern führen könnten. Es war alles andere als einfach, der ISA die richtigen Stichworte zu liefern, ohne zu viele vatikanische Interna preiszugeben, ganz zu schweigen von Cibans Familiengeschichte. Dass Re-Source als Machtzentrum in vielerlei Hinsicht ohnehin schon auf dem Radar der ISA stand, hatte die Sache etwas erleichtert.

»Coelho weiß es, Ben«, sagte sie. »Ebenso Seine Heiligkeit. Wenn ich es recht bedenke, weiß es inzwischen auch Leander Bois.«

Der Professor hatte nach der halsbrecherischen Rettungsaktion im Domus so getan, als ob er die tiefe Zuneigung zwischen Ciban und Catherine nicht bemerkt hätte, doch das kurze überraschte Funkeln in seinen Augen hatte ihn verraten. So wie Catherine ihn einschätzte, würde er allerdings schweigen.

»Wusstest du, dass er ein Medialer ist?«, fragte Ben.

»Nein. Mediale Kirchenleute sind darin geübt, sich zu tarnen. Aber allein dass er mit Eleonora Ciban zusammengearbeitet hat und ein Mitglied des Lux Domini ist, hat etwas Fantastisches.«

»Jetzt sag endlich, wie ist das Gespräch Seiner Heiligkeit mit Bois gelaufen? Wird er die Aufgaben von Erasmus Vaira während des Konzils übernehmen?«

Catherine nickte. »Er hat eingewilligt. Aber es ist ihm nicht leichtgefallen, seine Relevanz für das Konzil zu akzeptieren. Er wird eine ganze Weile in Rom leben müssen, bevor er nach Münster zurückkehren kann. Falls überhaupt.« Catherine runzelte die Stirn. »Da fällt mir ein, was machen eigentlich Robert Martini und Doktor Kirk? Ist sie noch in Chicago?«

»Eliza Kirk ist in Sicherheit und wird morgen in Begleitung eines unserer Männer in Rom eintreffen. Martini ist auf dem Weg, um diese junge Frau, Bella Medici, aus Schwester Giadas Ordenshaus abzuholen. Sie wird vorerst in den Vatikan ziehen. Zur Sicherheit.«

Der Gedanke, dass Bella in Rom blieb, gefiel Catherine, so hatte David eine Bezugsperson hinter den vatikanischen Mauern. Auch wenn Bischof Tardini beim Klang des Nachnamens erst einmal in gespielter Entrüstung die Augen verdreht hatte. »*Medici?*«

Bens Miene verdüsterte sich. »Verzeih mir, dass ich das frage, aber denkst du, Vaira wurde deshalb so zugerichtet, weil er ein Triade war?«

Catherine seufzte. »Ein Triade, der sich mit Menschen einlässt, hat bei den Nox einen schweren Stand.«

Adrian Coelho, der inzwischen ebenfalls mit der Triadensymbolik vertraut war, hatte bei der Bergung des Leichnams das Symbol des Ordens in Vairas Priesterring entdeckt. Im Verlauf der weiteren Ermittlungen hatte der Vigilanza-Kommandant außerdem herausgefunden, dass Vaira nicht nur eine geheime Beziehung zu einer Kunsthistorikerin unterhalten, sondern mit dieser auch zwei Kinder hatte. Einen Jungen und ein Mädchen. Catherine wusste, dass es etliche Kinder gab, die einen katholischen Priester zum Vater hatten. Nicht alle diese heimlichen Verbindungen funktionierten, doch Vaira hatte die Gratwanderung zwischen Priestertum, Lehramt und heimlicher Vaterschaft offenbar meisterhaft gelebt. Seine heimliche Familie war sogar finanziell abgesichert.

Während des restlichen Essens versuchten Ben und Catherine, nicht mehr über die Massaker, die Triaden oder die ISA zu reden, doch selbst nach minutenlangem Themenwechsel kehrten ihre Gedanken stets zu den Ereignissen zurück. Irgendwie machte ihr Beisammensein in Verbindung mit dem Wein das Reden und Verarbeiten zumindest halbwegs erträglich.

Schließlich mahnte Ben mit schwerer Zunge zum Aufbruch.

Sie ließen Catherines Kleinwagen stehen und nahmen ein Taxi, das sie nacheinander zu ihren Wohnungen fuhr. Als Catherine ihr kleines Apartment beim Campo de' Fiori betrat, beschäftigte Bens Frage zu Erasmus Vairas brutaler Ermordung sie noch immer. Stellte ihre Beziehung zu Ciban für den Kardinal ein ähnlich großes Risiko dar? Ciban hatte sich zwar der traditionellen Einweihung der Triaden verweigert, trug also keinen Triadenring und war gewissermaßen ein Ausgestoßener, dennoch floss durch seine Adern Triadenblut, und Catherine war nun mal eine Nichttriadin.

Und was war mit David? Wie konnten sie den Jungen vor den Nox beschützen? Ciban hatte ihn auf Leos Anraten hin vorläufig im bewachten Apostolischen Palast untergebracht. Er bewohnte jenes abgelegene Zimmer, in dem Catherine vor über einem Jahr untergebracht gewesen war, als man sie in den päpstlichen Haushalt eingeschleust hatte, um Leo zu schützen. Zurzeit lebten dreiundzwanzig Kinder im Vatikan, deren Eltern, Angestellte oder Schweizergardisten, hier arbeiteten und lebten. Im Gegensatz zu David durften diese Kinder den Vatikan jederzeit durch das St.-Anna-Tor verlassen, um zum Beispiel zum Kindergarten oder zur Schule zu gehen oder um mit ihren römischen Freunden zu spielen. David lebte von ihnen isoliert und musste selbst dann vorsichtig sein, wenn er den Dachgarten des Palastes betrat. Was, wenn ein Nox-Triade in den Apostolischen Palast eindrang?

Über all diese Dinge dachte Catherine selbst dann

noch nach, als sie hundemüde ins Bett kroch und in einen unruhigen Halbschlaf fiel. Die Nox waren von einer solch perfiden Raffinesse und physischen Brutalität, dass ihr allein bei dem Gedanken das Blut in den Adern gefror.

»Das Problem sind nicht nur die Nox selbst«, hatte Martini während eines Spaziergangs durch die Villa Borghese gesagt, »sondern auch die Menschen, die für sie arbeiten, die den Nox-Institutionen und deren Machenschaften ihr Gesicht verleihen. Ich fürchte, die multinationalen Konzerne der Nox stellen inzwischen die wahren machtpolitischen Zentren unserer Welt da.«

»Was ist mit den Lux-Triaden?«, fragte Catherine. »Bilden sie nicht eine Art Gegengewicht?«

Sie dachte an Eleonora Ciban und den Lux-Domini-Orden, den sie als Bastion gegen das Böse gemeinsam mit menschlichen Medialen gegründet und aufgebaut hatte. Catherine konnte und wollte sich nicht vorstellen, dass mit der Zerstörung von San Leonardo auf Seiten des Lichts alles verloren war.

»Vorsicht, Catherine. Auch die Lux sind Triaden. Was ich Ihnen vor ein paar Monaten an Dunkelheit in dem alten Triadenbibelfragment gezeigt habe, trifft in vielen Teilen auch auf die Lux zu. Lux-Triaden bauen zwar mehr auf das, was wir Menschen gemeinhin Vernunft, ja Humanismus nennen, aber das macht sie nicht weniger gefährlich. Wie ich schon sagte, es soll Nox geben, die eher dem Licht angehören, und Lux, die grausame Kriege angezettelt haben.« Martini zögerte einen Moment, als sie vor der Statue des britischen Dichters Lord Byron stehen blieben. »Darf ich Ihnen eine persönliche Frage stellen, Catherine? Eine Frage, die Sie, Seine Eminenz, Sarah Ciban und vermutlich auch David betrifft?«

Catherine nickte. Martini und sie hatten in den letzten Tagen so viel gemeinsam durchgestanden, so viele Geheimnisse miteinander geteilt, dass sie bereit war, dem Wissenschaftler so ziemlich jede Frage zu beantworten, die ihm auf dem Herzen lag.

»Woher wussten Sie, dass Sie den Jet verlassen mussten? Woher wussten Sie, was Sie tun mussten, um Angelus im Domus zu stoppen?«

Catherine erzählte ihm daraufhin von Davids Wandgemälde, das sie zunächst für eine Darstellung des Kampfes zwischen dem Erzengel Michael und dem Satan gehalten hatte. Davon, dass ihr just in dem Moment, als sie den Kartenausschnitt des Vatikangeländes im Jet gesehen hatte, klar geworden war, wie zentral Davids Vision für den bevorstehenden Kampf mit Angelus war. Ihr sei schlagartig bewusst geworden, dass Ciban niemals an den Sarah-Anteil in Angelus appellieren würde, alleine in dem Bewusstsein, dass er seine Schwester – und sei sie auch nur ein Klon – dann nicht mehr würde töten können. Der dunkle Abgrund in der Wandmalerei zu Füßen des vermeintlichen Erzengels hatte deshalb nicht nur die Gefahr des Splitters der Finsternis symbolisiert, sondern war auch ein Signal für eine andere Figur in dem Gemälde, einen Mitstreiter, der die Gefahr erkannte, den Erzengel warnte und den Satan verwirrte. Das Bild hatte also gar nichts mit dem himmlischen Kampf Michaels zu tun gehabt, sondern vielmehr die unmittelbar bevorstehende Realität im Domus widergespiegelt. Catherine hatte plötzlich gewusst, dass sie selbst den Sarah-Anteil in Angelus wachrütteln musste. Dass es eine visionäre Verbindung zwischen ihr und Marc Cibans Schwester gab. Tatsächlich hatte

Sarah ihren Ruf gehört, Angelus überrascht und überwältigt.

Martini schaute sie still und nachdenklich an, während sie all das berichtete. Es hatte den Anschein, als ob er noch eine andere Wahrheit in Catherines Antwort sehen könne. Schließlich fasste er seine Gedanken in Worte.

»Was wissen Sie über Ihre Familie, Catherine? Damit meine ich jetzt nicht Darius, Ben oder das Institut, sondern Ihre leibliche Familie.«

»Vor zwei Jahren habe ich erfahren, dass meine Mutter nicht meine richtige Mutter ist. Da Darius nicht mehr lebt, werde ich wohl kaum Antworten auf meine Fragen finden.«

»Aber Ihre Adoptivmutter lebt noch?«

»Ja. Wir hatten jedoch nie ein gutes Mutter-Tochter-Verhältnis. Sie ist mit meinem Anderssein nicht klargekommen. Ich bezweifle, dass sie mir etwas über meine Familie sagen kann.«

»Hat Darius Ihnen denn nichts hinterlassen? Oder wenigstens mal eine Andeutung gemacht?«

Noch während sie darüber nachdachte, erinnerte sie sich daran, dass Darius ihre Adoption vor ihr geheim gehalten hatte, um sie zu schützen. Nur vor wem? Damals hatte sie an das aufstrebende Lux Domini gedacht, dessen Macht und Einfluss auf die medialen Institute der Kirche immer größer geworden war.

Sie schüttelte den Kopf. »Nein. Aber vielleicht fällt mir noch etwas dazu ein. Warum fragen Sie, Doktor?«

»Wenn ich eines weiß, Catherine, dann dass jedes denkende und fühlende Lebewesen dieser Welt das genetische und spirituelle Archiv all seiner Vorfahren ist. Als Sie Davids Wandmalerei gesehen haben und später im Jet Ihre ganz persönliche Offenbarung hatten, war das nicht alleine Ihrer Intuition zu verdanken. Ich weiß nicht, wie, aber Sie haben in diesem Moment den Bilderlimbus betreten, und zwar nicht den menschlichen. Wie es scheint, hatte Sarah oder vielmehr das, was von ihr in Angelus überdauert hat, Sie dort bereits einmal gesehen. Cibans Schwester hätte sonst nie auf Sie reagiert.«

Catherine starrte Lazarus entgeistert an. »Ich glaube, Sie haben recht! Sie hat *gewusst*, wer ich war. Sie hat mich erkannt!«

»Der Bilderlimbus der Triaden hält viele Realitäten und Verbindungen bereit«, sagte der Wissenschaftler. »Menschen können ihn allerdings so gut wie nie betreten. Und falls doch … Ein Mensch verliert dabei für gewöhnlich den Verstand.«

Nach einem Moment des Schweigens fragte Catherine: »Was ist mit Ihnen? Was ist mit Ihren Vorfahren, Ihrer Familie? Woher wissen Sie all diese Dinge?« Im Kern stellte sie damit jene Frage, deren Beantwortung Martini ihr und Ciban bisher schuldig geblieben war: *Wer* sind Sie?

Martini ließ den Blick über die Byron-Statue schweifen, als suche er nach einer letzten Ausflucht, dann setzte er zu einer Erklärung an. »Meine Familie ist schon seit langem Staub. Was ich weiß, habe ich mir über einen sehr langen Zeitraum angeeignet. Ich bin kein Medialer wie Sie oder Darius oder Kardinal Ciban, aber …« Er hielt kurz inne, um ihr anschließend fast schon lapidar zu eröffnen: »Mein wahrer Name ist Gaius Cassius.«

Catherine stand da wie vom Donner gerührt. G-a-i-u-s C-a-s-s-i-u-s. Der Name sickerte wie eine bewusstseinserweiternde Droge in ihren Geist. Golgatha! Das Hügelplateau, auf dem Jesus ans Kreuz geschlagen worden und gestorben war. Dazu die jahrtausendealte Legende von Longinus, dem Heiligen Speerträger.

Martini rührte sich nicht, während seine Offenbarung auf Catherine wirkte.

Der Zenturio Gaius Cassius war einer der römischen Soldaten gewesen, die Jesus auf dem Kreuzweg begleitet und anschließend die Hinrichtung durchgeführt und überwacht hatten. Gaius Cassius hatte das Wirken des Mannes, der von sich behauptete, der Messias zu sein, über viele Monate hinweg verfolgt. Der Mut und die Würde, mit denen der Nazarener die Kreuzigung über sich hatte ergehen lassen, hatten den Soldaten zutiefst beeindruckt. Als dann die Tempelwächter auf Golgatha erschienen waren, um den Leib des Ketzers mit Keulen zu zertrümmern, damit dieser noch vor dem Sabbath starb, war Gaius Cassius ihnen zuvorgekommen, indem er die Seite Jesu mit einem Speer durchstochen hatte. Auf diese Weise hatte er Jesus die Verstümmlung seines Leibes erspart. Gaius Cassius hatte sich schließlich zum Christentum bekannt, war den Märtyrertod gestorben und von da an als Held und Heiliger unter dem Namen Longinus verehrt worden.

Als Catherine nichts sagte, ergänzte Martini leise: »Als er sterbend am Kreuz hing, sagte er zu mir, meine Anwesenheit habe einen Zweck. Er werde mir ein Geschenk machen, auf dass ich das wahre Wesen des Menschen erfahre. In jener Stunde war er für mich lediglich der tapferste Mann, dem ich je begegnet war, und ich dachte, das Fieber und die Schmerzen sprächen aus ihm. Dann erst erkannte ich die Bedeutung seiner Worte und packte den Speer … Sein Blut tropfte von der Lanze auf mein Gesicht und besiegelte unser beider Schicksal. Seither bin ich über fünfzig Tode gestorben, habe über fünfzig Leben gelebt. Ich kann nicht sterben. Jedenfalls nicht endgültig. Nicht einmal im Feuer. Trotz meiner Sehnsucht nach dem Tod.«

Catherine atmete bei seinen Worten tief durch und schluckte mühsam ihre Tränen herunter. Plötzlich verstand sie, weshalb Martini – selbst unter dem Druck von Ciban – in San Leonardo so beharrlich geschwiegen hatte. Dieses Geständnis stellte alles in den Schatten, was sie je zu hören erwartet hatte. Davon abgesehen war es eine Offenbarung, die sie und Ciban ganz sicher von Angelus abgelenkt hätte.

Martini und Catherine hatten ihren Weg durch den Park fortgesetzt, und sie hatte von ihm bis ins letzte Detail wissen wollen, was er damals in Jerusalem und auf Golgatha erlebt hatte. Am selben Abend hatte Martini auch Ciban eingeweiht. Es war ein langer Abend geworden. Catherine hatte den Kardinal noch nie so bewegt gesehen. Vor allem als er erfahren hatte, wie sehr die Nox die Menschen hassten, weil der Sohn Gottes eigens für sie menschliche Gestalt angenommen hatte, um den neuen Bund zu besiegeln.

Catherine schreckte aus ihrem diffusen Halbschlaf auf und schlug die Decke zurück. Noch während sie nach Luft schnappte, hatte sie wieder die Szene im Domus mit Sarah und Ciban im Kopf, fielen ihr Sarahs letzte Worte ein, kurz bevor die Granate explodiert war: »Dich bekommt er nicht«, hatte sie zu dem Kardinal gesagt. »Sei auf der Hut. *Er* lebt. Hörst du? Unser Vater lebt!«

Damit war es endgültig mit dem Schlafen vorbei. Sie

sprang aus dem Bett, eilte ins Wohnzimmer und holte ihr Kryptohandy aus der Tasche. Aus irgendeinem unerklärlichen Verlangen heraus musste sie jetzt mit Marc Ciban reden, musste sie sich vergewissern, dass dies hier die Realität war und dass es ihm und David gut ging. Vor Mitternacht begab er sich ohnehin nie zur Ruhe.

»Hallo. Ich dachte, du schläfst längst tief und fest«, sagte er mit seiner wohlklingenden Stimme, kaum dass er das Gespräch angenommen hatte.

»Ich hab's versucht. Wie du hörst, mit wenig Erfolg.«

»Lass mich raten, anstatt im *Matricianella* abzuschalten, hast du mit Ben über die Arbeit gesprochen. Und jetzt schwirrt dir der Kopf vor lauter Grübelei.«

»So ähnlich«, gab Catherine kleinlaut zu. »Wie geht es David? Ich habe ihn heute gar nicht gesehen.«

»Er lebt sich ein. Ich habe ihm am Nachmittag ein paar geheime Wege gezeigt, das hat ihm ausgesprochen gut gefallen. Außerdem hat er mit Bischof Tardini Schach gespielt, nachdem er mit Papst Leo und mir zu Abend gegessen hatte. Der Vatikan ist sicher kein Paradies für Kinder, aber ich habe den Eindruck, er fühlt sich hier wohl. Übrigens scheint er sich deine Gardinenpredigt zu Herzen genommen zu haben. Zumindest tut er so, als ginge er Punkt neun ins Bett.«

»Das klingt doch gut«, sagte sie mit ironischem Unterton. »Es gibt also noch Kinder, die sich den Rat eines Erwachsenen zu Herzen nehmen.« Dann hörte sie, wie am anderen Ende der Telefonleitung eine Wagentür mit sattem Klang zufiel. Das konnte nur eines bedeuten: Ciban war noch im Vatikan und schickte sich gerade an, das Gelände zu verlassen. Er musste sich sputen, denn sämtliche von der Schweizergarde bewachten Tore schlossen pünktlich um Mitternacht, und dann kam bis zu den frühen Morgenstunden niemand mehr hinein oder heraus. »Du bist erst jetzt auf dem Heimweg?«

»Ja. Ich komme gerade aus dem Archiv.«

Wieso hatte sie das eindringliche Gefühl, dass dies nur die halbe Wahrheit war? Sie pokerte. »Parkst du im Damasushof?«

»Exakt.«

»Du fährst vermutlich nicht direkt nach Hause, sondern machst einen kleinen Umweg.«

Er zögerte. »Auch das stimmt.«

»Ich bin eben ein heller Kopf.«

Ciban lachte. Er hatte ein schönes Lachen, nur leider lachte er viel zu selten, wie Catherine fand.

Sie wagte einen weiteren Vorstoß. »Wo immer du hinfährst, nimm mich mit.«

»Kommt nicht in Frage. Du brauchst deinen Schlaf, sonst bist du morgen unausstehlich. Das möchte ich nicht einmal meinen ärgsten Fe…« Er brach ab. »Entschuldige, der Tag war sehr lang. Ich weiß schon nicht mehr, was ich rede.« Ihm war offensichtlich klar, dass er mit den Worten »ärgster Feind« in Catherine sofort Assoziationen an die Nox wachgerufen hatte.

»Entschuldigung angenommen«, sagte sie knapp und nutzte sofort die Situation. »Wo treffen wir uns?«

Er seufzte. »Catherine …«

»Bitte. Ich kann sowieso nicht schlafen. Tausend Dinge gehen mir durch den Kopf. Wir müssen ohnehin miteinander reden.«

Es folgte ein Moment der Stille. Sie hörte, wie er den Wagen zügig durch die Unterführungen steuerte, was bedeutete, dass er Richtung Sankt-Anna-Tor fuhr.

Schließlich grüßte er einen der Schweizergardisten und verließ den Vatikan.

»Was ist?«, fragte sie.

Sie glaubte, ein weiteres Seufzen über die Freisprechanlage der Limousine zu vernehmen. Eines, das eher so klang, als wollte der Kardinal ihr das, was er jetzt vorhatte, lieber ersparen.

»Also gut«, sagte er endlich. »In fünf Minuten. Aber zieh dir etwas Warmes an. Krypten sind kalt.«

77

Sie verließen Rom über die Via Flaminia Nuova nach Norden. Sah man vom Scheinwerferlicht der Limousine und den Lichtern der umliegenden Dörfer ab, war es stockdunkel. Leise Radiomusik drang aus den Lautsprechern, unterbrochen von dem einen oder anderen Werbespot und dem Geplapper eines leicht überdrehten Moderators.

»Du kannst gerne abschalten«, sagte Ciban. »Nachts habe ich das Radio manchmal an, damit es mich vorm Grübeln oder vorm Einnicken am Steuer bewahrt.«

Im Rückspiegel konnte Catherine die sich entfernenden Lichter der Ewigen Stadt sehen.

»Ist schon gut so. Ich finde es sogar beruhigend, wenn man mir über das Radio etwas über den Sinn und den Unsinn des Lebens erzählt.«

Er bedachte sie mit einem verständnisvollen Blick. »Ich hoffe, du und Ben konntet euch beim Essen wenigstens ein bisschen erholen. Die letzten Wochen waren kein Pappenstiel.«

»Wir haben zwei Karaffen Wein getrunken. Das hat den Abend etwas abgerundet.«

Seine Lippen verzogen sich zu einem Lächeln, das selbst die eisgrauen Augen erreichte.

Catherine blickte aus dem Seitenfenster, konnte die Wälder, Weinberge und Olivenhaine rechts der Fahrbahn in der Dunkelheit jedoch nur erahnen. In weiter Ferne schimmerten die Lichter des einen oder anderen Dorfes. Der Mond war am Himmel nicht zu sehen. Sie war noch nie mitten in der Nacht zur Villa der Cibans hinausgefahren. In dieser Nacht war selbst der Himmel schwarz.

»Du hast gesagt, wir müssten miteinander reden«, sagte Ciban. »Es hat sich dringend angehört.«

Sie spürte, wie sie leicht errötete. »Das war ein ganz klein wenig geflunkert. Vor allem wollte ich bei dir sein.«

Er hob eine Braue und erwiderte mit ironischem Unterton: »Ich werte das jetzt mal als Beichte.« Mit einem Seufzer fügte er hinzu: »Es tut mir leid, dass ich dir im Augenblick nicht mehr bieten kann als den Besuch eines Familiengrabs. Es wird womöglich kein schöner Anblick. Möchtest du nicht doch lieber in der Bibliothek warten?«

Mitfühlend berührte Catherine seine Hand, die auf dem Lenkrad ruhte. Ebenso wie ihr hatten sich auch ihm die letzten Worte des Klons seiner Schwester tief ins Gedächtnis eingebrannt. Offenbar hielt er den Zeitpunkt für gekommen, dem Wahrheitsgehalt dieser Worte auf den Grund zu gehen.

»Nein. Ich brauche ebenso Gewissheit wie du. Außerdem fürchte ich mich alleine in der Bibliothek.« Ihr kleiner, gar nicht mal so unwahrer Scherz entlockte ihm ein Schmunzeln.

»Denkst du, Lazarus liegt richtig mit seiner Vermutung, dass der Gegner im Besitz einer Triadenbibel sein könnte?«, fragte sie.

Sie hatten sich vor ein paar Tagen mit Martini, Leo und Ben in den Archiven getroffen, um über ihr weiteres Vorgehen zu beraten.

»Durchaus denkbar. Wie es aussieht, ist das Dritte Konzil ein gewichtigerer Angelpunkt in diesem Jahrzehnt, als uns derzeit bewusst ist.«

Catherine beobachtete, wie die Straßenmarkierungen auf dem Asphalt wie ein Laufband unter der schwarzen Limousine hindurchschossen. Dabei gingen ihr all die Dinge durch den Kopf, die sie von Lazarus und Ciban über den Inhalt der Heiligen Schrift der Triaden erfahren hatte. Die Entwicklungsgeschichte der Engel und der Menschen, die Geburt der Finsternis, der Krieg zwischen Gut und Böse, ein Krieg, der die Engelgemeinschaft ebenso involvierte wie die Menschheit. Lazarus besaß noch immer die Kopie eines Triadenbibelfragments. Darüber hinaus gab es, wie Catherine inzwischen wusste, ein etwas kleineres Fragment mit identischem Inhalt im Schwarzen Archiv des Vatikans. Ciban hatte sie am Tag ihrer Abreise nach L'Aquila eingeweiht. Dem Geheimnis von Davids Porträt in beiden Fragmenten waren sie seither jedoch nicht nähergekommen. Auch nicht dem Geheimnis des aus der Triadenschrift entfernten zweiten Konterfeis. Wer also war der in dem Fragment angekündigte Antichrist? David konnte es nach ihrer und Lazarus' Überzeugung unmöglich sein. Selbst Ciban war, wie sie inzwischen wusste, der Überzeugung, dass der Junge auf ihrer Seite stand.

»Was könnten wir der Macht einer solchen Triadenbibel überhaupt entgegensetzen?«, hatte Ben gefragt, nachdem er erfahren hatte, dass die Heilige Schrift des alten Wächterordens eine Art kosmisches Historien- und Zukunftsannal mit fixen und wandelbaren Punkten in Raum und Zeit war. Dass ein medialer Triade mit ihrer Hilfe praktisch in die Zukunft schauen und sich dieses Wissen zunutze machen konnte.

Darin lag die Magie dieser in Angologenkreisen Engelsbibel genannten Schrift und ihre immense Gefährlichkeit. Sie war wie ein Fernsehempfänger, dessen Programmwiedergabe zwar in weiten Teilen feststand. Allerdings gab es da auch noch diesen manipulierbaren Graubereich, jenes Rauschen, auf das ein starker Medialer Einfluss nehmen konnte, um seine Macht zu erweitern und damit Einfluss auf die Zukunft zu nehmen. Wie es aussah, stand das geplante Dritte Vatikanische Konzil den Zielen der Nox im Weg.

»Ich erwähne es nur ungern, aber wir haben noch immer David«, hatte Martini gesagt. »Mit seiner Hilfe können wir womöglich hinter die Kulissen des Gegners blicken, so wie es die Medialen in San Leonardo getan haben. Darüber hinaus besitzt der Junge die Gabe der Sondierung in Raum und Zeit.«

»Hat David nicht schon genug durchgemacht? Kann er nicht einfach mal ein ganz normaler Junge sein?«, wandte Catherine ein.

Martini sah sie mitfühlend an. »Ich bin mir sicher, dass Sie beide«, sein Blick hatte Ciban eingeschlossen, »alles tun werden, um dem Jungen so viel Normalität angedeihen zu lassen wie nur möglich. Nichtsdestotrotz ist er ein Medialer, ein Triade.«

»Der Junge müsste sich auch nicht alleine auf die Reise begeben«, hatte Papst Leo daraufhin ruhig gesagt. »Wir könnten die Sixtina als Isolationskammer nutzen. Ihre spirituelle Energie und Reichweite ist enorm.«

Ciban lenkte die Limousine abrupt in eine enge Kurve, was Catherine aus ihren Gedanken herausholte. Sie hatten die Autobahn und die Landstraße längst hinter sich gelassen und folgten nun einem breiten, einspurigen Fahrweg, der über einen bewaldeten Hügel zur Villa der Cibans führte. Sie hatte die Villa seit den Mordanschlägen auf den Papst inzwischen so oft betreten, dass sie schon gar nicht mehr wusste, wie oft. Längst war das einst stillgelegte und dann vorübergehend vermietete Anwesen zu einem geheimen Refugium für Catherines, Papst Leos und Cibans Treffen geworden, wann immer sie Pläne schmiedeten. Wenn Catherine es genau betrachtete, war die aus dem sechzehnten Jahrhundert stammende Villa inzwischen fast so etwas wie ein zweites Zuhause für sie geworden.

Endlich tauchte im Scheinwerferlicht das alte, gepflegte Gemäuer vor ihnen auf, das von großartiger Baukunst zeugte. Hoheitsvoll. Mächtig. Geheimnisvoll. Ebenso voller Hoffnung. Als vereinigte sich hier der Geist des Lichts mit dem der Dunkelheit in einer unbegreiflichen Synthese. Catherine dachte an die unglaubliche Innenausstattung, an die Wände mit den kostbaren Bildern, in deren mythologischen Motiven verborgene Triadensymbolik enthalten war. Auch versuchte sie sich vorzustellen, wie Cibans Eltern hier wohl gelebt, wie sie die Aura des Hauses geprägt hatten. Eleonoras Geist war in den oberen Etagen gewiss sehr dominant gewesen, während Cibans Vater die Kellergewölbe zu seinem persönlichen Refugium auserkoren hatte.

Licht und Schatten. Lux und Nox. Die eindrucksvolle Hauskapelle im ersten Untergeschoss musste als eine Art Schleuse zwischen diesen beiden Sphären gedient haben.

In der Kapelle hatte Kardinal Benelli, der letzte Mieter des Anwesens, Catherine während eines Empfangs auf ihre unglaubliche Mission geschickt, um den Pontifex zu beschützen. An diesem Ort hatte sie von Pater Darius' Ermordung erfahren. Es kam ihr vor, als läge das alles schon mehrere Jahrzehnte zurück, dabei war es gerade mal vor eineinhalb Jahren geschehen. Was hatte sich seither alles verändert!

Ciban lenkte die Limousine so souverän über den Vorplatz, dass Catherine das Gefühl hatte, der Wagen schwebe über dem Boden. Zwischen dem großen, festlichen Brunnen und der Freitreppe hielt er an.

»Ich erinnere mich noch genau an den Tag, an dem ich mit Ben das erste Mal hier rausgefahren bin«, sagte sie. »Was war ich damals wütend auf dich. Und wie besorgt, weil ich Kardinal Benellis Einladung trotz meines laufenden Disziplinarverfahrens angenommen hatte.« Sie hielt kurz inne. Cibans Blick ruhte auf ihr. »Erinnerst du dich noch an das, was Benelli auf dem Empfang zu uns gesagt hat?«

Ein paar Sekunden lang sah es so aus, als müsste der Kardinal passen, doch dann zitierte er leise: »Letztendlich ist es nicht der Verstand, sondern das Herz, das seinesgleichen eint.«

Er ließ das Lenkrad los, beugte sich zu ihr und küsste sie. Ein paar Sekunden lang saßen sie ganz still im Wagen, aneinandergelehnt, als zögen sie jeden Moment in die Schlacht.

»Bist du bereit?«, fragte Ciban schließlich.

Sie nickte. »Ja. Lass uns Klarheit schaffen, soweit es geht.«

Sie stiegen aus, und Ciban holte eine massive Brechstange aus dem Kofferraum. Den Gebrauchsspuren nach hatte er sie schon des Öfteren benutzt.

Er führte Catherine zu einem elektronisch gesicherten Seiteneingang unterhalb der Freitreppe, von wo aus sie durch einen schmalen, aber gut ausgeleuchteten Gang zur unterirdisch gelegenen Kapelle gelangten.

»Hoffentlich macht sich Niles keine Sorgen, wenn wir hier nachts so unverhofft aufkreuzen.«

Niles war der pflichtbewusste englische Butler, der seit vielen Jahren in den Diensten der Familie stand. Eleonora Ciban hatte ihn seinerzeit in London engagiert und schließlich nach Italien geholt. Ciban vertraute Niles ebenso bedingungslos wie Schwester Giada, die sich um sein zweistöckiges Apartment in Rom kümmerte.

»Keine Sorge, ich habe ihn informiert.«

Von der Kapelle aus führte ein geheimer Abstieg über alte, abgewetzte Steinstufen zur noch tiefer gelegenen Familiengruft. Die Begräbnisstätte der Cibans bestand aus mehreren großen, miteinander verbundenen labyrinthischen Kellergewölben. Insgesamt bestand der Untergrund der Villa aus drei weitläufigen Stockwerken. Dass die Keller selbst eine Folterkammer und ein Verlies bargen, hatte Ben am eigenen Leib erfahren dürfen. Während sie die einzelnen Gewölbekammern mit den Sarkophagen passierten, schlug ihnen die kalte, feuchte Luft entgegen. Catherines Blick glitt über teils jahrhundertealte Gräber aus Marmor und Granit, in deren Steinplatten die Namen und Daten der Verstorbenen eingemeißelt waren.

Schließlich blieben sie vor dem Grabmal von Orlando Ciban stehen. Es war ein mächtiges schwarzes Marmorgrab, fast schon ein unterirdisches Mausoleum. Der Name war in schlichten Lettern in den Stein gestanzt. Kein Geburtsjahr. Kein Todesjahr. Besonders erstaunte Catherine, dass das Grab nicht bei den jüngeren Grabmälern lag, sondern weitab am Ende der Gruft, dort wo die Familiengeschichte der Cibans in dieser Villa vor vielen Generationen begonnen hatte. Außerdem lagen die Sarkophage von Eleonora und Orlando voneinander getrennt, als hätte man es nicht gewagt, ihre Gebeine in derselben Gruft beizusetzen.

Ciban starrte auf das Grab, als stünde er seinem schlimmsten Feind gegenüber, als fürchte er den Fluch eines ägyptischen Mumiengrabs. Doch dann wechselte er mit Catherine einen kurzen, ermutigenden Blick, packte das Stemmeisen und hebelte die schwere Platte Zentimeter für Zentimeter beiseite. Das Geräusch der aneinanderreibenden Steine ließ Catherine bis ins Mark erschaudern. Im Geiste stellte sie sich vor, wie dem Grab der Geruch des Todes entströmte und die aufgebahrte, skelettartige Gestalt Orlando Cibans unter dem Deckel zum Vorschein kam.

Doch nichts dergleichen geschah.

Der Sarkophag war leer.

»Sarah hatte recht«, sagte Ciban. Das Echo seiner Stimme hallte von den Wänden wider. Er starrte in die Öffnung, als könne er es dennoch nicht fassen.

Catherine spürte bei der Erkenntnis, wie sich ein eisiges Gefühl in ihrer Magengegend ausbreitete. Wenn Orlando Ciban tatsächlich noch lebte, wenn er tatsächlich hinter den Anschlägen in San Leonoardo und auf die Synode steckte, wenn er tatsächlich die Macht hinter Re-Source war … Hatten sie dann überhaupt eine Chance?

Da sie kleiner war als der hochgewachsene Kardinal, bemerkte sie weiter hinten in dem finsteren Sarg eine kaum merkliche Reflexion. Sie beugte sich vor. »Ich glaube, da ist etwas, Marc.«

Ciban trat näher und zog das Etwas mit Hilfe des Stemmeisens näher heran. Sie starrten auf eine Marmorplatte mit einer Gravur, die in etwa die Größe eines Tablets hatte. Der Kardinal hielt einen Augenblick lang die Luft an. »Das Wappen der Familie meiner Mutter.«

Ein Schlaufenkreuz unterteilte das Wappen in vier Zonen. In einem Feld erblickte Catherine das christliche Kreuz und ein Schwert. In dem daneben einen von zwei Schlangen flankierten Skarabäus. Die Abbildung im dritten Feld erinnerte sie an das Wappen der Vatikanstadt. Im vierten und letzten Feld schließlich …

Jemand hatte das ursprüngliche Ornament entfernt und es durch eine Reihe von Zeichen ersetzt. Das war eindeutig Triadenschrift!

Ciban starrte die Zeichen wie hypnotisiert an. Dann nahm er Catherine bei der Hand und führte sie eilends aus der Gruft. Sie stürzten hinauf ins Erdgeschoss, wo sie über einen der hohen und prachtvollen Gänge schließlich die zweistöckige Privatbibliothek mit den deckenhohen Bücherregalen und der umlaufenden Galerie erreichten. Vor einer Glasvitrine mit besonders kostbaren Büchern gleich neben der mit Vorhängen verhüllten Fensterfront blieb der Kardinal stehen. Vorsichtig holte er eine unscheinbare kleine Holzkiste heraus. Eine Zettelbox mit etlichen Notizen und offenbar auch Codes.

»Meine Mutter hat für jedes Buch, das ihr besonders am Herzen lag, eine solche Karte angelegt«, erklärte

Ciban, während er die Zettel eilig durchblätterte. »Da ist es!«

Catherine blickte auf die kleine blaue Karte in Cibans Hand, auf der die gleichen Schriftzeichen prangten wie auf der Marmorplatte.

Eine Minute später hatten sie eine der beiden Wendeltreppen zur Galerie der Bibliothek erklommen und standen vor dem zwei Meter hohen Regal, aus dessen unterstem Bücherbord Ciban ein großes, altes Buch herausnahm. Er stellte den historischen Folianten jedoch nur auf den Boden und griff dann noch einmal ins Regal, tiefer diesmal, um eine Metallbox herauszuziehen. Sie sah aus wie eine jener Metallkassetten, die Catherine im Vatikanischen Archiv schon einmal gesehen hatte.

Sie kehrten ins Erdgeschoss zurück, öffneten die Kassette und breiteten den Inhalt auf dem großen Lesetisch aus, an dem sie schon für das neue Konzil gearbeitet hatten.

Ein Brief, ohne Empfänger oder Absender, ein gut gefüllter Ordner samt Inhaltsverzeichnis sowie eine Schachtel mit einem Anhänger und einem Triadenring. Catherine schluckte, als sie kurz darin blätterte. Es war die wohl umfangreichste Kopie einer Triadenbibel, die sie bisher zu Gesicht bekommen hatte.

Ciban atmete tief durch und öffnete den Briefumschlag.

»Die Handschrift meiner Mutter«, erklärte er. Seine Stimme war nicht ganz so fest wie sonst. Er hielt den Brief so, dass Catherine mitlesen konnte. Ein kühnes, intelligentes Schriftbild mit einer ausgewogenen Raumeinteilung, das jedoch auch darauf hindeutete, dass die Verfasserin, als sie diesen Text schrieb, gesundheitlich angeschlagen war.

Mein lieber Sohn,

wenn Du diesen Brief liest, müssen folgende Dinge eingetroffen sein:

Abt Umberto und Erasmus Vaira sind tot,
der Gründungsort des Lux Domini wurde angegriffen,
irgendeine Seele, die mir nie begegnet ist, hat Dir berichtet, dass Dein Vater noch lebt.

Die Dunkelheit hat Deinen Vater von nun an vollständig im Griff. Ich weiß, dass Du nach Sarahs Tod einige seiner Seilschaften und Unternehmungen zerschlagen hast, aber das hat ihn nicht daran gehindert, neue Verbindungen einzugehen, neue Abhängigkeiten zu schaffen und neuen Pfaden zu folgen.
Ich kenne Orlandos Pläne und sein Endziel nicht, wir dürfen jedoch ganz gewiss nichts Gutes erwarten.
Weder für die Menschen noch für uns.

Nun zu den Unterlagen, die diesem Brief beiliegen.
Es gibt ein paar Menschen und Triaden, denen Du vertrauen kannst, und zwar bedingungslos. Einige sind Mitglieder des Lux Domini, einige weitere gehören anderen oder gar keinen Organisationen an.
Ferner musst Du wissen, dass unser Orden zwar in San Leonardo seinen Ursprung genommen hat, es jedoch noch drei weitere Niederlassungen in Europa gibt. Genaueres findest Du in diesem Ordner.

Du wunderst Dich sicher über den Anhänger mit dem Familienwappen und über den Ring. Der Anhänger hat einst meiner Mutter gehört, Deiner Großmutter.

Der Ring Deinem Großvater. Beide Teile sind mehr als nur Familienerbstücke. Sie sind seit sieben Generationen dem Licht geweiht. Natürlich weiß ich, dass Du in Deiner Position als Kardinal niemals ein Ehebündnis eingehen kannst, weshalb Du vermutlich niemals am eigenen Leib erfahren wirst, wie stark die Liebe eine Seele machen kann. Dennoch bewahre bitte beide Stücke so auf, als bestünde die Möglichkeit dazu, denn nur als Einheit entfalten sie ihre wahre Kraft.

Noch etwas, mein Sohn, denn ich weiß, dass Du Dich schwer damit tust. Bitte zeige mehr Verständnis für die Menschen. Sie haben nicht dieselbe Gewissheit über Leben und Tod, die wir Triaden haben. Sie leben vor allem im Hier und Jetzt, mit ihren eigenen Mythen und Ritualen. Sie wollen nicht, dass ihre oder unsere Mythen reale Gestalt annehmen und zu einem Teil ihrer Alltagswelt werden. Die wenigsten Menschen würden es verkraften, einem Engel – erst recht einem Dämon – gegenüberzustehen. Blende also nie die Furcht der Menschen vor der Welt hinter der Welt aus. Sie können sie zwar in ihren Herzen fühlen, aber sie können sie nicht sehen, nicht betreten, geschweige denn begreifen.

Mein lieber Marcus, ich wollte Dir all dies niemals aufbürden, doch Sarah ist tot, und wenn Du diese Zeilen liest, ist die Dunkelheit bereits so mächtig, dass unsere Welt auf einem Fundament der Finsternis aufgebaut zu werden droht. Lass nicht zu, dass Dein Vater das Reich der Toten mit dem der Lebenden vermischt. Denn wenn das geschieht, wird jede Erinnerung an das Licht enden.

In Liebe
Deine Mutter
Eleonora van Sydoh Ciban

Ciban rührte sich nicht. Er sagte keinen Ton, stand einfach nur am Pult, blickte auf den Brief und las ihn ein zweites Mal.

Catherine spürte, wie schwer ihm dabei ums Herz war. Die letzten Zeilen seiner Mutter, vermutlich kurz vor ihrem Tod in der Familienvilla geschrieben, nachdem sie entdeckt hatte, dass ihr Mann noch lebte, und ihr klar geworden war, dass das Lux Domini nun stärker würde werden müssen als jemals zuvor.

Schließlich sagte Ciban leise: »Es war ein Fehler. Ich hätte mich nicht von meiner Familie abwenden dürfen. So hat meine Mutter die Last ganz alleine getragen. Gegen meinen Vater, gegen die Nox, ja selbst gegen die Lux.«

Catherine schüttelte den Kopf und legte ihre Hand auf die seine. »Sie war nicht alleine, Marc. Sie hatte viele Freunde und Verbündete.« Sie deutete auf die Listen von Menschen und Triaden, die Eleonora und das Lux Domini unterstützt hatten. »Außerdem ... Wie hättest du das alles nach dem Tod deines Vaters wissen sollen? Komm, lass uns die Unterlagen zusammen durchgehen. Lass uns sehen, was wir tun können, um deinen Vater aufzuhalten.«

Cibans Gesichtsausdruck veränderte sich. Er machte sich noch immer Vorwürfe wegen seiner Familie, das konnte sie deutlich spüren, doch sein alter Kampfgeist kehrte langsam zurück. »Du hast recht.«

Gemeinsam nahmen sie sich die Dokumente der Reihe nach vor, um sich einen ersten groben Überblick zu verschaffen. Über eine Stunde verbrachten sie damit, und mit jeder Minute wuchs ihr ehrfürchtiger Respekt vor Eleonoras Leistung. Cibans Mutter hatte so vieles erkannt. So vieles vorausgeahnt. Die Morde. Die Anschläge. Das Überleben ihres Mannes … Nur in einem Punkt hatte sie sich geirrt. Ihr Sohn war nicht allein. Ihr Sohn liebte. Und er wurde geliebt. Er würde die Dunkelheit in seinem Inneren weiterhin bezwingen. Selbst der Splitter der Finsternis vermochte letztendlich nichts gegen die Liebe auszurichten. Damit hatte auch Cibans Vater nicht gerechnet.

Catherine seufzte innerlich bei dem Gedanken, dass die Finsternis nur deshalb von Orlando Ciban hatte Besitz ergreifen können, weil er die Bindung zu seiner geliebten Frau aufgegeben hatte. Er hatte sie beschützen wollen, damit das Licht in ihr niemals erlosch. Catherine nahm sich vor, darauf zu achten, dass sich dieses Desaster nicht wiederholte.

Plötzlich bemerkte sie, dass Ciban sie beobachtete. Er rang sich ein mattes, verlegenes Lächeln ab und sagte: »Lass uns für heute Schluss machen. Morgen ist auch noch ein Tag.«

Sie legten sämtliche Unterlagen einschließlich des kostbaren Bibelfragments und der beiden Schmuckstücke in die Metallbox zurück und deponierten diese wieder in dem geheimen Fach auf der Galerie.

Schweigend kehrten sie zum Wagen zurück. Das heißt, sie hatten es vor, doch irgendwo auf dem langen Weg dorthin berührten sich erst ihre Hände und dann ihre Lippen. Sie entschieden, die letzten Stunden der Nacht gemeinsam zu verbringen. Ihre Sehnsucht, ein Fleisch und ein Geist zu werden, endlich zu stillen.

Ihre Seelen glühten, als wären sie gemeinsam in der

Lage, alle Kälte und Dunkelheit um sich herum zu vernichten. Sie teilten in dieser Nacht alles, was es an Liebe und Glück zu teilen gab. Ungeachtet der Gefahr. Ungeachtet aller Konsequenzen.

Epilog

Blitze zuckten vom Himmel herab. Schwere Regentropfen peitschten gegen das Glas, rannen in langen, dicken Fäden die Scheibe hinab und verliehen der verhüllten, hochgewachsenen Gestalt, die durch das Panoramafenster auf das Schauspiel blickte, etwas Schauriges.

»Treten Sie ruhig näher, Doktor Vandenberg. Ein einmaliger Anblick, finden Sie nicht?«

»Allerdings, Heiligkeit.«

Mühsam und unter Schmerzen ging Vandenberg um den großen, antiken Schreibtisch herum und stellte sich neben seinen Herrn. Regen, Blitz und Donner. Es gab kein Wetter, das er mehr hasste als dieses. Es erinnerte ihn an seinen Verlust. Es erinnerte ihn an seine Ohnmacht. Es erinnerte ihn an sein Unvermögen, er selbst zu sein. Serilla hatte ein ähnliches Schicksal erlitten und war darüber wahnsinnig geworden.

Aber es gab noch etwas anderes, das ihn an sein Unvermögen erinnerte, denn während er still neben dem Schwarzen Papst wartete, erblickte er in dem unerbittlichen Glas sein entsetzliches Spiegelbild. Die nie wirklich verheilenden Wunden. Das künstliche Auge. Das Implantat, das als elektronische Sprechhilfe seine Stimme war. Wie schockiert selbst Lazarus auf seinen Anblick reagiert hatte. Wie schockiert erst die Öffentlichkeit reagieren würde, sollten die Fernsehkameras jemals auch nur einen einzigen Blick auf seine wahre Gestalt erhaschen.

Über die Spiegelung registrierte Vandenberg auch,

dass der Großbildschirm im Hintergrund ohne Ton lief. Es ging um Papst Leos beeindruckenden Auftritt auf dem Petersplatz nach dem Massaker. Wie oft sich sein Herr Leos Rede wohl schon angesehen hatte? Der amtierende Papst sei ein gefährlicher Menschenfänger, hatte er gesagt.

Schließlich wandte der Schwarze Papst den Blick vom Unwetter ab. Sein Gesicht lag in einem tiefen Schatten, doch Vandenberg spürte, wie ihn die unsichtbaren Augen mit ihrem durchdringenden Blick fixierten.

»Sie haben Neuigkeiten?«

Das Dröhnen des Donners vermischte sich mit seiner eiskalten, messerscharfen Stimme.

»Ja, Heiligkeit. Seit John Neiryncks Tod sind wahrlich viele Jahre vergangen, doch nun bietet sich eine zweite Chance.«

Vandenberg legte eine Fotografie auf den Tisch und spürte, wie sich die unsichtbaren Augen darauf richteten, wie sie einen Moment auf dem Mann und auf der Frau verweilten.

»Und Sie sind sich ganz sicher?«, fragte der Schwarze Papst.

So schwer es Vandenberg fiel, er nickte. »Zerstört sie – und Ihr zerstört ihn. Damit ist der Weg frei zu Leo.«

»Was ist mit Eliza Kirk?«

»Sie ist präpariert und auf dem Weg.«

Glossar

Agnostiker: Mensch, der erklärt, dass die Frage nach der Existenz eines Gottes grundsätzlich nicht beweisbar ist.

Angelologie: Lehre von den Engeln.

Angelus: Gebet, das der Papst jeden Sonntagmittag von seinem Wohnungsfenster zum Gedächtnis an die Menschwerdung Christi betet.

Apokalypse: Prophetisch-visionäre Literatur vom Weltuntergang.

Apokryphen: Texte, die unter anderem aus religionspolitischen Gründen nicht in den Kanon der Bibel aufgenommen worden sind.

Apostolische Verfassung/Konstitution: Regelt als Erlass oder Verlautbarung des Papstes bestimmte Sachverhalte meist des Kirchenrechts, jedoch ohne Unfehlbarkeitsanspruch wie zum Beispiel beim Dogma, das für katholische Christen ein verpflichtender Glaubens- und Lehrsatz ist.

Apostolischer Palast: Residenz des Papstes in der Vatikanstadt.

Apsis: Halbkreisförmige oder vieleckige Nische für den Altar in christlichen Kirchen.

Atheist: Mensch, welcher der Überzeugung ist, dass der Mensch Gott erschaffen hat und nicht umgekehrt.

Aura: Energiekörper eines Lebewesens.

Bandenmuster/genetisches Profil/genetischer Fingerabdruck: In der optischen Darstellung einem Barcode ähnlich. Macht den genetischen Code eines Menschen identifizierbar.

Brevier: Liturgisches Buch, das die Texte des Stundengebets der römisch-katholischen Kirche enthält.

Carmerlengo (Kardinalkämmerer): Stellt den Tod des Papstes fest und übernimmt, ohne rechtssprechende Gewalt, die Verwaltung der Kirche, solange das Papstamt nicht besetzt ist.

Damoklesschwert: Schwert, dass der Tyrann Dionysios während eines Festmahls an einem Rosshaar über dem Höfling Damokles aufhängen ließ, um diesen zu lehren, dass Reichtum und Macht kein Garant für Sicherheit sind.

Diözese (Bistum): Kirchlicher Verwaltungsbezirk; der Amtsbereich eines Bischofs.

Dormitorium: Schlafbereich eines Klosters.

Elektroenzephalogramm (EEG): Grafische Darstellung der elektrischen Gehirnaktivität.

Exkommunikation: Ausschluss aus der kirchlichen Gemeinschaft.

Fisch: Laut einer mündlichen und später schriftlich festgehaltenen Überlieferung ein geheimes christliches Erkennungszeichen des Frühchristentums.

Glaubenskongregation: Hat die Aufgabe, die Kirche vor abweichenden Sitten- und Glaubenslehren zu schützen. Einst die von Papst Paul III. im 16. Jahrhundert gegründete »Heilige Römische und Universale Inquisition«.

Großinquisitor: Mittelalterliche Bezeichnung für Inquisitoren, deren Vollmacht über die eines normalen Inquisitors hinausgeht. Der Chef der Glaubenskongregation wird in den Medien gerne Großinquisitor genannt.

Häresie: Irrlehre, die von der offiziellen Glaubenslehre einer Großkirche abweicht.

Inquisition (von lat. Inquisito = Untersuchung): Verfolgung religiös oder ideologisch Andersdenkender mit Hilfe von Untersuchungs- und Gerichtsverfahren, die auch vor Folter nicht zurückschreckten.

In-vitro-Fertilisation: Künstliche Befruchtung im Reagenzglas.

Kalvarienberg (Golgatha): Hinrichtungsstätte Jesu Christi vor den Toren Jerusalems.

Kardinalelektoren: Bezeichnet jene Kardinäle aus dem Kardinalskollegium, die an der Papstwahl teilnehmen und das 80. Lebensjahr noch nicht vollendet haben.

Kernspintomografie: Bildgebendes Verfahren, das mit Hilfe von Magnetfeldern und elektromagnetischen Wechselfeldern im Radiofrequenzbereich Schnittbilder des menschlichen Körpers erzeugt.

Kleriker: Geweihter Amtsträger, z.B. Diakon, Priester, Bischof oder Kardinal.

Kongregation(en): Bezeichnung für die nach ihren Aufgabengebieten formierten Behörden der Zentralbehörde in Rom.

Konklave: Bezeichnet die Versammlung der Kardinalelektoren zur Papstwahl, aber auch den abgeschlossenen Raum, in dem die Papstwahl stattfindet.

Konsistorium: Zusammentreffen der Kardinäle unter dem Vorsitz des Papstes.

Konzil: Kirchliche Versammlung zur Klärung von kirchlichen Angelegenheiten.

Krematorium: Feuerbestattungsanlage oder vielmehr Anlage zur Einäscherung Verstorbener.

Krypta: Begehbare Begräbnisstätte unterhalb des Chors (Apsis) oder des Altars.

Kryptografie: Wissenschaft von der Informationsverschlüsselung.

Kryptohandy: Mobiltelefon zur Übertragung verschlüsselter Gesprächsdaten.

Kurie: Römisch-katholische Zentralbehörde in Rom.

Liturgie: Zusammengehörigkeit der Zeremonien und Riten eines Gottesdienstes.

Lot: Neffe Abrahams, der aufgrund seiner Rechtschaffenheit den Untergang der Sündenstadt Sodom überleben durfte; seine Frau erstarrte zur Salzsäule, als sie sich entgegen dem Verbot der Engel noch einmal zur Stadt umdrehte.

Nekropole (Totenstadt): Größere, außerhalb von Wohnsiedlungen gelegene Begräbnisstätten des Altertums und der vorgeschichtlichen Zeit.

Nephilim: Von Gottessöhnen (gefallenen Engeln) und Menschenfrauen gezeugte Mischwesen, größer und stärker als die Menschen und von extremer Boshaftigkeit.

Orthodoxie: Lehre, die sich stark an die ursprüngliche Auslegung hält.

Pileolus: Käppchen, das als Teil der kirchlichen Kleidung von Klerikern (schwarz), Bischöfen (violett), Kardinälen (scharlachrot) und dem Papst (weiß) getragen wird.

Pontifikat: Amtszeit eines Papstes.

Präfekt (Kardinalpräfekt): Leiter eines bestimmten Amtes der römischen Zentralbehörde, zum Beispiel des Staatssekretariats oder der Glaubenskongregation.

Prälat: Kirchlicher Würdenträger (Abt, Bischof oder Kardinal).

Promulgiertes Gesetz: Ein Gesetz, das mit der ersten öffentlichen Bekanntgabe in Kraft tritt (promulgieren = öffentlich verkünden).

Quantenuniversum: Welt des Allerkleinsten, erforscht

durch die so genannte Quantenphysik, die sich mit den Naturgesetzen subatomarer Teilchen beschäftigt.

Qumran-Funde: Bezeichnet die in den 50er und 60er Jahren des 20. Jahrhunderts entdeckten Schriftrollen vom Toten Meer; darunter die ältesten bekannten Handschriften der Bibel.

Refektorium: Speisesaal eines Klosters.

Sakrament: Begegnung mit Gott durch eine symbolische Handlung. Es gibt sieben Sakramente: Taufe, Erstkommunion, Firmung, Trauung, Buße, Krankensalbung, Weihe.

Sedisvakanz: Umfasst jenen Zeitraum, in dem das Papstamt nicht besetzt ist.

Subatomar: Kleiner als ein Atom, z.B. Atomkern, Elementarteilchen oder Quanten.

Superposition: In der Raum-Zeit-Geometrie die Fähigkeit eines Teilchens, sich zur selben Zeit an zwei oder mehreren Orten und damit in zwei oder mehreren Zuständen zu befinden.

Tempel des Salomon/Salomo: Im 10. Jahrhundert vor Chr. unter der Regentschaft von König Salomo erbauter erster israelitischer Tempel, in dem die Bundeslade mit den Zehn Geboten, die Moses von Gott erhalten hatte, aufbewahrt wurde.

Vaticanum: Lateinische Bezeichnung für Vatikanisches Konzil.

Zingulum: Gürtel, den Ordensleute um ihr Habit oder Priester um ihre Soutane tragen. Bei einem Kardinal ein breites, edles Stoffband in Scharlachrot.

Danksagung

Kein Buch entsteht im Vakuum, und so gilt unser Dank all jenen Menschen, die unser Denken bereichern und inspirieren und deren Sicht auf die Welt für uns seelischer sowie geistiger Treibstoff ist.

Von Herzen bedanken wir uns bei unserer Literaturagentin Lianne Kolf, die für uns zu den visionären Menschen gehört. Ebenso danken wir von Herzen unserer Blanvalet-Lektorin Eléonore Delair-Flasskamp und unserer Redakteurin Angela Troni, die uns mit ihrer Erfahrung und ihrem klugen Scharfsinn im Fiktionalen geerdet halten. Beiden verdanken wir überdies die Anregung für das Glossar. Ein herzliches Danke gilt auch dem Blanvalet-Team für seine Unterstützung und natürlich den Mitarbeitern der Grafikagentur bürosüd° für ihre großartigen Buchcover.

Was wären wir ohne die Unterstützung unserer klugen, findigen Testleser? Ein herzliches Merci gilt einmal mehr Ute C. Meyer und Stefan Schulz sowie den beiden Neulingen im Team: Christian Sauer und Philipp Schneider. Ebenso einen herzlichen Dank an Renate Roth für ihre Recherchetipps und Boto Klein für die moralische Unterstützung.

Last, but not least bedanken wir uns ganz herzlich bei unseren Lesern für das ausgezeichnete Feedback. Wir sind auf Facebook aktiv und freuen uns auf weitere Kommentare und Fragen. Informationen über uns und unser Schreiben halten wir auf unserer Homepage unter www.alex-thomas.london fest.